Carlo Karrenbauer

Hübschels Tochter

Carlo Karrenbauer

Hübschels Tochter

Roman
einer großen Liebe

Langen Müller

Vieles entspricht der historischen Wahrheit.
Etliches beschreibt persönliche Schicksale von Menschen, die gelebt haben.
Manches wurde verbindend hinzugedacht.
Einiges ist mit Dokumenten belegt.
Weniges ist von dieser Welt übriggeblieben.
Eines kann man bis heute besichtigen.

Schutzumschlag: Wolfgang Heinzel
Motiv: imago, Wien
Rückseite: Werbeagentur Benz, Renchen
Satz: Fotosatz Völkl, Türkenfeld
Druck und Binden: GGP Media GmbH, Pößneck
Printed in Germany
ISBN 3-7844-2984-X

1

Trompetenstöße und Trommelwirbel, Marschmusik und Pferdegetrappel klingen an diesem sonnigen Frühlingsmorgen durch die gewöhnlich um diese Zeit noch ruhige Schweidnitzer Straße in Breslau. Die kleine Bella ist wach geworden und reibt sich verwundert die Augen.

»Musik – da ist irgendwo Musik! Ich glaub', es kommt von der Straße!« Sie springt so schnell aus ihrem Bettchen, daß sie beinahe stolpert in dem langen weißen Nachthemd. Leise öffnet sie die Tür, lugt vorsichtig um die Ecke in den halbdunklen Gang, um zu sehen, ob niemand sie beobachtet. Gerade will sie aus dem Kinderzimmer entwischen, da kommt schon das wachsame Kindermädchen um die Ecke und fängt die Fünfjährige ab.

»Bella, Bella, wo willst du so schnell hin? Ohne Hausschuhe – ohne Morgenmantel. Du wirst dich erkälten!« Sie hebt die Kleine hoch und nimmt sie in die Arme.

»Aber hör doch, hör mal da draußen, Mimi, Musik, ich höre Marschmusik! Laß uns schauen gehen!«

Das kleine Mädchen mit den dunklen lockigen Haaren ist ganz aufgeregt, entwindet sich den beschützenden Händen der Gouvernante und huscht flink an ihr vorbei zur Tür des Speisezimmers, um zu den hohen Fenstern der Straßenfront zu gelangen. Schon drückt sie auf die Klinke, um die Tür zu öffnen, obwohl sie weiß, daß sie ohne Erlaubnis die vornehmen Räume zur Straßenseite, den großen und den kleinen Salon, die Bibliothek, das Herrenzimmer, die beiden Speisezimmer und Mutters Empfangszimmer nicht alleine betreten darf.

»Bella!« Streng tönt die warnende Stimme des Kindermädchens.

»Imi, Imi, ich will nur kurz schauen«, bettelt das Kind. Immer, wenn sie etwas durchsetzen will, benutzt sie ihre frühere Kleinkindsprache.

»Du sollst nicht dickköpfig sein, kleine Bella«, beruhigt sie das Mädchen, »ich gehe schon mit, aber du mußt dich beherrschen lernen!« Damit nimmt sie das Kind erneut an die Hand und öffnet die Tür. Es ist fast dunkel in dem großen Raum, die Vorhänge sind zugezogen, die schweren Lütticher Barockmöbel in brauner Eiche und die ebenso dunkle, reich kassettierte Decke lassen das große Eßzimmer immer etwas düster erscheinen.

Während sie sich im Halbdunkel quer durch den Raum vortasten und um den großen Tisch herumgehen, erzählt das Kindermädchen: »Das müssen die Leibkürassiere sein, die kommen von ihrer Kaserne in der Schweidnitzer Vorstadt und reiten jetzt zur Parade.«

»Parade? Was ist das?« fragt Bella interessiert.

»Heute ist doch Samstag, der 23. März, des Kaisers Geburtstag«, erklärt das Kindermädchen geduldig.

»Der Kaiser hat heute Geburtstag? Und was bekommt er geschenkt? Einen Kuchen mit Kerzen drauf?«

»Wenn unser Kaiser Wilhelm Geburtstag hat, reiten die Leibkürassiere zum Palaisplatz direkt am Schweidnitzer Stadtgraben. Da waren wir neulich erst spazieren, erinnerst du dich? Und genau dort ist heute die große Geburtstagsparade. – Mein Liebster hat es mir erzählt«, fügt Mimi leiser hinzu, »der ist nämlich auch bei den Kürassieren.« Eine leichte Röte überzieht ihr Gesicht.

Die beiden sind bei den Fenstern angekommen. Das Mädchen schiebt die langen roten Samtportiere beiseite, dann die weißen Spitzenvorhänge und schaut auf die Straße. Die Musik ist währenddessen immer lauter geworden, die Abteilung zieht jetzt direkt unten vor dem Haus vorbei.

Bella drückt sich die Nase platt, als die Spitze der berittenen Musikkapelle in ihren weißen Uniformen vorbeizieht, die Trompeten schmettern, die Hörner donnern. In der letzten Reihe reitet einer mit zwei großen Kesseln rechts und links vom Pferd – bei jedem Schlag klirren die Fensterscheiben. Da hält sich das Kind die Ohren zu, so gewaltig ist die Lautstärke.

»Ist dein Schatz da auch dabei?« fragt Bella vorwitzig und zeigt hinunter.

»Nein, er ist Hufschmied bei den Kürassieren, da kann er nicht dabeisein.«

Und dann kommt ein Offizier auf einem dunklen Hengst geritten, der vorneweg die Abteilung führt. Der silberne Küraß blinkt in der Sonne, die goldene Spitze seines Helms blitzt um die Wette mit den schwarzen, glänzenden Stulpenstiefeln und dem wippenden Palasch.

»Das ist Graf Benningsen, der Chef der Ersten Schwadron«, flüstert das Kindermädchen stolz. Dahinter traben drei Reiter mit aufgepflanzten Fahnen, dann kommt die Erste Eskadron in Dreierreihen, die Kürassiere in Reih und Glied. Stolz tragen sie ihre weiße Uniform mit schwarz-roter Paspelierung und dem weißen Bandelier. In der rechten Hand halten sie die hochaufgerichtete Lanze mit dem flatternden schwarz-weißen Wimpel. Die Kapelle spielt den Fehrbelliner Reitermarsch, und im Takt des leichten Trabs der Musik tanzen die Helme auf und ab, aber Kopf und Augen sind geradeaus gerichtet.

Nur der Offizier an der Spitze blickt dann und wann ein wenig rechts und links zu den prächtigen Häusern im schwarzweiß-roten Flaggenschmuck empor. Alle Bewohner stehen auf den Balkonen oder hinter den Fenstern und winken begeistert den Reitern zu. Das sind ihre Kürassiere, das Erste Schlesische Leibregiment ›Großer Kurfürst‹, die Traditionstruppe der Stadt, auf die jeder Breslauer stolz ist. Immer wieder branden Hochrufe auf. Und bisweilen hebt der Offizier leicht die Hand und grüßt beinahe unmerklich zu den festlich gekleideten Menschen hoch. Unten auf beiden Seiten der Straße laufen etliche Kinder mit den Soldaten mit, viele schwenken kleine Fähnchen. »Zieh mich schnell an, ich will auch mitlaufen«, bettelt das Kind.

Aber Mimi schüttelt nur den Kopf. »Das schickt sich nicht für eine Hübschel«, sagt sie ernst, »das würden deine Eltern nicht erlauben.«

»Wo sind sie? Ich will sie fragen.«

Wieder schüttelt Mimi den Kopf. »Deine Eltern sind wegen des Kaisers Geburtstag nicht zu Hause, du kannst sie nicht um Erlaubnis bitten.«

»Ich will aber raus«, beharrt das Kind. »Dann frage ich eben den Großvater.«

»Bella, Bella, das klingt ja richtig ungezogen«, weist Mimi die Kleine zurecht. Aber Bella ist heute eigensinnig, reißt sich von ihrer Hand los und ist schon nach hinten gelaufen.

Merkwürdig, daß diese laute Musik sie so sehr interessiert, denkt das Kindermädchen und geht ebenfalls zur hinteren zweiten Treppe, um die Kleine wieder einzuholen.

Über dieser Innentreppe, im Halbstock des repräsentativen Gebäudes, hat der Großvater seine eigene Wohnung. Er lebt, seit seine Frau Sarah gestorben ist, bei seinem Sohn Joschua, der sich jetzt Josef nennt.

»Großvater ... Großvater!« Bella stürzt aufgeregt und ohne anzuklopfen in den halbdunklen Raum, das »Studierzimmer«. Da sitzt der alte Mann in Kaftan und Jarmulke, um die Schultern den tallit, den Gebetsschal, und ist völlig vertieft in den Talmud.

Nur unwillig sieht er auf. »Bella, es ist Schabbat«, murmelt er ein wenig zurechtweisend. Aber Bella will die Erlaubnis haben, auf die Straße zu gehen, um mit den anderen Kindern mitzulaufen.

»Hör doch die Musik, Großvater! Militärmusik.«

»Es ist Schabbat, Bella, da bleibt ein jüdisches Kind im Haus. Draußen, das ist ›gojim nasches‹ – da feiern die anderen. Sei brav, Mädchen, bleib hier und störe mich nicht mehr, ich lese in der Schrift.«

Enttäuscht verläßt sie das Zimmer und läuft wieder nach

vorne. Die Kompanie ist mittlerweile vorbeigezogen, aber von fern klingt neue Marschmusik.

»Sei nicht traurig«, tröstet das Kindermädchen. »Da, hörst du? Das ist jetzt die Infanterie, die marschieren von der Oderkaserne her. Und alle treffen sich nachher um zehn Uhr bei der großen Militärparade aller Breslauer Truppenteile vor dem königlichen Schloß. Dort werden ein Mitglied der kaiserlichen Familie und der Oberkommandierende die Parade des Breslauer Militärs abnehmen. Und heute abend, ich glaube um sechs Uhr, wird der Bürgermeister vor dem Rathaus sprechen.«

Nie mehr wird Bella das klingende Spiel der weißen Kürassiere vergessen, die prächtigen Uniformen, die glänzenden Kürasse, nie den Rittmeister vorneweg, elegant seinen Braunen parierend und dabei beinahe unmerklich zu den vornehmen jungen Damen in den Fenstern heraufgrüßend …

Der alte Großvater liebt seine süße Enkelin. »Sie sieht gerade so aus wie meine Sarah«, pflegt er manchmal zu murmeln und streicht sich in Erinnerungen versunken durch den dichten schwarzgrauen Bart. »Sie ist so zart und hat doch ihren eigenen Kopf! Muß aber die jüdischen Grundsätze noch lernen.«

Diese Grundsätze hat er gehalten, seit er als junger Mann vor vielen Jahren, kurz nach der bar-mizwa – seiner religiösen Volljährigkeit –, aus einem kleinen russischen Dörfchen irgendwo im Schtetl verschleppt und zum Militär gepreßt wurde. Zvi Hübschel ist davon überzeugt, daß nur sein fester Glaube und die strenge Beachtung der alten jüdischen Gesetze ihn dieses harte Leben überstehen und schließlich in Deutschland erfolgreich und angesehen haben werden lassen.

Jetzt fühlt er sich alt und müde, und während er über dem Talmud sitzt und Psalmen murmelt, sich immer wieder verneigt, sinkt sein Kopf allmählich vornüber, bis der Bart das Buch berührt. Ein paarmal noch schreckt er hoch, dann schläft er endgültig ein.

Noch im Traum verfolgen ihn die lauten Geräusche der Straße, das Getrappel der Pferde, die Trommeln, die Trompeten, aber es sind keine schönen Erinnerungen, die dabei in ihm aufsteigen; es sind die alten Schrecken seiner Jugend, die ihn immer wieder überfallen, die ihn das ganze Leben lang nie mehr losgelassen haben.

2

Das vielstimmige Geläut aller Breslauer Kirchenglocken, die den abendlichen Festakt der Stadt zur kaiserlichen Geburtstagsfeier einläuten, lassen den alten Mann hochschrecken.

Seufzend betet er weiter, sich immer wieder verneigend.

Dann wird es langsam dunkel, und als drei Sterne am Himmel zu sehen sind, ist der Schabbat zu Ende. Aber da ist niemand heute, der mit Zvi hawdala – das Abschiedsgebet – sprechen würde. So legt er den Gebetsschal zusammen, wechselt vom Kaftan zum Anzug, nimmt Gehrock und Zylinder und macht sich auf den Weg ins Stadtzentrum.

Die Ehrung des Geburtstags Seiner Majestät durch die Stadt und die Bürger von Breslau endet mit einer prachtvollen Abschlußfeier. Auf dem Hauptmarkt, direkt neben der Staupsäule, ist eine große zweiteilige Tribüne aufgebaut. Die rechte Seite nimmt traditionsgemäß die schlesische Adelsgesellschaft ein, mit den Henckel von Donnersmarcks, den von Münchows, von Pless und sämtlichen Ritterguts- und Großgrundbesitzern des Bezirks. Links hat sich die gesamte Stadtspitze – der Bürgermeister, die Stadtverordneten, die Geistlichkeit, Chefs der Behörden sowie die bedeutendsten Bürger der Stadt – versammelt. In der ersten Reihe neben dem Bürgermeister stehen der Standortkommandant und die höchsten Offiziere der verschiedenen Regimenter.

Vor der Tribüne hat ein Musikkorps Aufstellung genommen, rechts ein Spielmannszug der Infanterie, links ein Musikzug der Artillerie. Dahinter je eine Abteilung aller Truppenteile der Garnison samt Fahnenkompanie.

Rings um den Platz haben sich schon seit einer Stunde die Soldaten des Train postiert; jeweils etwa einen Meter voneinander entfernt bilden sie die Absperrung. Dahinter drängt sich das Volk dicht an dicht.

Für Zvi Hübschel, einen der reichsten und angesehensten Bürger von Breslau, ist auf der Tribüne ein Platz in der Nähe des Bürgermeisters reserviert. Zwar mäkeln einige der Umstehenden, daß der bedeutende Fabrikant Hübschel es sich offensichtlich leisten könne, zu spät zu kommen, aber der protestantische Stadtpfarrer beruhigt sie. »Er gibt jetzt des Kaisers, was des Kaisers ist, an seinem Schabbat hat er Gott gegeben, was Gottes ist.«

Zvi sieht sich um, während der Spielmannszug einen flotten Marsch intoniert. Wie jedes Jahr findet man hier die Crème de la crème: wohlhabende Fabrikanten, verschiedene Bankiers, Besitzer der großen Handelshäuser. Da steht zwischen all den bekannten Unternehmern der Stadt auch so mancher jüdische Geschäftsfreund und etliche Bekannte, denen Zvi grüßend zunickt. Der alte Silberstein, sein Bankier und Vater seiner Schwiegertochter, winkt ihm zu. Daneben der Industriemagnat und geheime Kommerzienrat Fritz von Friedländer, Besitzer zahlreicher oberschlesischer Kohlengruben und Kokswerke. Erst jüngst ist ihm vom Kaiser als einem der ersten jüdischen Preußen das erbliche Adelsprädikat verliehen worden.

Ein paar Schritte weiter stehen der alte Sammel Huldschinsky und Eugen Landau. Auch Caesar Wollheim, Besitzer eines riesigen Handelsimperiums mit schlesischer Kohle, samt Dampfschiffreederei und großem eigenen Schiffspark, ist wie immer gekommen. Natürlich ist Meyer-Kauffmann auch da, samt seinem Sohn. Aus einem kleinen Weißwarengeschäft in Schweidnitz, das er mit seiner Frau Philippine betrieb, hat die Familie eine riesige Baumwollspinnerei, Färberei und Stoffdruckerei aufgezogen. Und dahinter steht der alte Pringsheim, Inhaber der Ferro AG und Chef einer der reichsten Familien in Preußen.

Ja, wir Juden sind erfolgreich in Breslau, geht es Zvi Hübschel durch den Kopf, und er selbst darf sich auch zu den Großen zählen. Aber daß keiner der anderen jüdischen Kaufleute das Schabbatgebot eingehalten hat, daß alle schon vorher zu dieser Feierstunde gekommen sind, das ärgert ihn. Der erste Teil meiner Weisung war: Ich muß dem Ewigen und Einzigen treu bleiben. Dies pflegt er immer wieder zu sagen. Nur deshalb hat sich auch der zweite Teil erfüllt. Damit ist Er mir treu geblieben.

Der Eröffnungsmarsch ist verklungen, der Bürgermeister beginnt mit seiner Festansprache, die mit einem dreifachen Hoch auf »Seine Allerhöchste Majestät, unsern Kaiser Wilhelm« endet. Die Musik intoniert die Kaiserhymne, und dann klingt es mit voller Stimme aus allen Kehlen: »Heil Dir im Siegerkranz.« Allmählich verschwimmen die Renaissancegiebel in der Dämmerung rund um den weiten Stadtplatz. Die Soldaten des Train, die in einem großen Geviert den Platz umstellen, haben jetzt eine Fackel in der Hand. Mit einer großen halbrunden Bewegung zünden sie sie nacheinander an, indem sie das Feuer weitergeben, bis der ganze Platz nur noch von brennenden Fackeln erleuchtet wird.

Dahinter haben vor dem dichtgedrängten Volk zahlreiche Reservisten Aufstellung genommen. Sie haben ihre zusammengerollten Regenschirme, die Hotzenflinten, mitgebracht. Die werden sie präsentieren, wenn die Kommandos kommen, so als wären sie noch im aktiven Dienst, als trügen sie noch das Gewehr. Da ertönen schon die schneidigen Kommandos des Stadtkommandanten über den Platz: »Achtung! Stillgestanden! Die Augen geradeaus! Präsentiert das Gewehr! ...«

Und dann wird es ruhig im weiten Rund, das Griffeklopfen und Hackenschlagen ist beendet, die Soldaten stehen ausgerichtet in Reih und Glied. Und während es immer dunkler wird, kommt das Kommando: »Musik! Fertig zum großen Zapfenstreich.« Da beginnen die Trommeln und Pfeifen des Spielmannszugs mit dem »Locken«, später fallen die Hörner und das ganze Bläserkorps ein. Und als am Schluß des Zapfenstreichs der Choral »Ich bete an die Macht der Liebe«, ertönt, da zieht auch der ungediente Preuße jüdischen Glaubens, Zvi Hübschel, seinen Zylinder.

Mit rauschendem Beifall verabschiedet man sich und begibt sich auf den Weg nach Hause. Zvi Hübschel, Joshe Melsak und Hermann Besirske gehen zusammen, wohnt man doch in der gleichen Straße. Melsak betreibt eine bedeutende Spinnerei in der Vorstadt, und Besirske besitzt mehrere Ziegeleien rund um Breslau.

Schön erleuchtet ist die Schweidnitzer Straße, so daß man sogar noch das große hell illuminierte Tauentziendenkmal an der Kreuzung gut erkennen kann. Heute ist der Sockel mit Fahnen drapiert, die auch die Fassaden der Häuser schmücken und jetzt leise im Wind flattern.

Beim Weitergehen, vorbei am repräsentativen neuen Stadttheater und dem ausladenden Bau des Generalkommandos, kommt das Stadtpalais der Familie Hübschel ins Blickfeld. Es ist ein langgestreckter, repräsentativer, mehrstöckiger Bau, den der Sohn erst vor einigen Jahren hat errichten lassen. In der Mitte unter einem kleinen Balkon ist das große Doppeltor, die Kutscheneinfahrt, daneben liegen die Kontore.

Da ist jeden Tag ein emsiges Arbeiten: Ernste Männer in dunklen Anzügen und Ärmelschonern sitzen an den Schreibtischen und stehen an den Schreibpulten hinter den vergitterten Schaltern. Hier ist die Zentrale der verschiedenen Firmen von Vater und Sohn, aus diesen Räumen werden die bedeutenden deutschen und ausländischen Niederlassungen und Geschäfte geleitet. Darüber im ersten Stock befinden sich die Gesellschaftsräume, in denen die Familie ihre gesellschaftliche Stellung repräsentiert. Im zweiten Stock lebt die junge Familie, im Zwischenstock nach hinten der Großvater, und unter dem Dach sind die Zimmer des Personals, der Dienstboten.

Heute hängt vom Speicher bis zum Balkon ein großes, wohl vier Meter breites weißes Banner herab, an beiden Seiten mit einem schwarz-roten Streifen und in der Mitte ein großer Reichsadler mit dem Brustschild in den preußischen Farben.

»Das muß man euch lassen, Zvi«, meint Melsak anerkennend, »an vaterländischer Gesinnung läßt es die Familie Hübschel nicht fehlen.«

»Und ein schöner Bau ist es außerdem«, murmelt Besirske anerkennend.

»Ja, ja, du hast schon Glück gehabt im Leben«, läßt sich Melsak wieder vernehmen, »hast einen tüchtigen Sohn, eine nette Familie. Jetzt sollte seine Beth nur noch einen Enkel bekommen, damit die Nachfolge gesichert ist.«

Hübschel, der seit einigen Wochen sieht, wie seine Schwiegertochter sich kräftig zu runden beginnt, lächelt leise und murmelt: »Mecht sein, daß de kleine Bella dieses Jahr noch a Briederchen kriegt.«

»Massel tov«, sagt Melsak. »Herzlichen Glückwunsch«, ruft Besirske, dann sind sie schon vor dem Tor angekommen, und Hübschel verabschiedet sich von den beiden.

»Ja, Glück gehabt hat er«, sagt Besirske noch einmal im Weitergehen, »aber wie er damals hochgekommen ist, also wie das alles angefangen hat und er sein erstes Geld gemacht hat, habe ich nie ganz verstanden.«

Da erzählt Melsak, der Zvi seit Jahrzehnten kennt, im Weitergehen wieder einmal die erstaunliche Geschichte des ungewöhnlichen Aufstiegs dieser Familie.

»Der Alte ist doch damals völlig mittellos, kaum des Lesens und Schreibens kundig, ohne Geld und Papiere aus dem Schtetl hierhergekommen. Als Sackträger hat er angefangen in der Mühle in Karlowitz. Hat viele Jahre lang gebuckelt, vom Morgen bis zum Abend Säcke geschleppt.

Aber jeden Schabbat war er in der Synagoge. Das hatte er mit dem alten Lehmann, dem Mühlenbesitzer, so ausgehandelt. Samstags frei für seinen Schabbat, dafür wiederum sonntags, wenn die Mühle ruhig stand, die ganze Maschinerie putzen. Das ging sehr gut. Der alte Lehmann hat mir mehr als einmal erzählt, wie zufrieden er mit dieser Einteilung war. Und die Mühle lief immer prächtig, ohne jeden Aussetzer, weil Zvi ständig dran rumschraubte und putzte.«

»Ja, fleißig sind sie alle, die Hübschels, der Vater wie der Sohn«, murmelt Besirske.

»Dann hatte er eine erste Idee«, fährt Melsak fort. »Früher mußten die Bäcker der Umgebung jede Woche mit einem kleinen Pferdewagen zur nächsten Mühle fahren und die verschiedenen Mehlsorten abholen, damit sie eine Woche lang ihre Brote backen konnten. Zvi kam auf die Idee, ihnen das Mehl – mit ein paar Kreuzern Aufschlag – zuzufahren. Irgendwo trieb er einen kleinen Einspännerwagen auf, und ein anderer hatte noch eine Blache in der Scheune, die er nicht brauchte. Schließlich gab ihm der Müller seine älteste Mähre, und so fuhr Zvi beinahe jeden Tag – nach seinem Tagwerk – den Bäckern das Mehl zu. Das sprach sich rum, immer mehr Bäcker wollten ihr Mehl zugefahren haben, und für die Neukunden, die er brachte, kassierte Zvi auch beim Müller ein paar Kreuzer.«

»Altes jüdisches Prinzip«, lacht Besirske, »links fünf Kreuzer, rechts fünf Kreuzer, schon hat er 'nen Taler, der Schachermacher.«

»Was spricht dagegen?« zuckt Melsak mit den Schultern und hebt die Hände. »Es is a ehrliches Geschäft, Gott der Gerechte. – Übrigens, die Firma, die das heute im großen Stil macht und den Bäckern nicht nur Mehl, sondern auch alle anderen Zutaten zufährt, heißt ›Bäckerglück‹, und dreimal darfst du raten, wem die Firma gehört – Zvi Hübschel!« Besirske nickt beifällig.

»Aber zurück zu damals. Erst mal hatte er sich dann von seinen mühsam zusammengesparten Kreuzern eine kleine Gutsmühle gekauft. – Moment«, unterbricht sich Melsak, »das ging natürlich erst, als er die deutsche Staatsangehörigkeit bekommen hatte – aber wie das lief, weiß ich nicht; es muß so um 1848 gewesen sein.«

»Wo hat er denn da mit seiner kleinen Mühle angefangen?« fragt Besirske.

»Nun ja«, Melsak beginnt zu lachen, »er hat für ein paar Taler die damals völlig heruntergekommene Lobowitzer Mühle bei Neukirch übernommen; das Gut ist doch vor Jahren mal wegen Mißwirtschaft unter den Hammer gekommen.«

»Ach«, wundert sich der andere, »und heute gehört ihm das gesamte Gut und gilt als Musterbetrieb.«

»Nicht nur dieses Gut gehört ihm, da gibt es noch ein paar andere Güter, im Osten ebenso wie im Hannoverschen. Er könnte sich sogar Rittergutsbesitzer nennen – gehört ihm doch auch der von Wanckersche Besitz. Aber auf solche Titel legt der Alte keinen Wert. Gut geheiratet hat er dann«, erinnert sich Melsak weiter. Und nachdenklich wie zu sich selbst fügt er hinzu: »Nein, keine reiche Dame – das Geld hat er später selbst gemacht –, aber eine gute rechte Hand. Wie der Rebbe damals schon sagte: ›Die Sarah wird e tichtige Mahme, die hat schon daheim gelernt, ein Geschäft zu führen.‹ Ihr Vater, mußt du wissen«, wendet er sich wieder an den Besirske, »hatte so einen Kolonialwarenhandel in der Vorstadt. Und die Kinder haben, wie's üblich ist, immer im Geschäft ausgeholfen. Schreiben konnte sie natürlich auch, besser als er.«

»Das kann er wohl bis heute nicht so gut«, meint Besirske halb fragend.

»Wie soll er denn, er kam doch aus Rußland, aus dem Schtetl, na, da haben sie nur in Chejder gesessen, in der jüdischen Elementarschule, und beten gelernt. Nein, nein, ohne die Sarah wäre aus dem Geschäft nichts geworden. Der alte Schadchen, der Brautwerber, hat immer erzählt, daß der Vater der Braut die ganze Hochzeit bezahlt habe. Was er uns natürlich nicht erzählt hat, war die Tatsache, daß die arme Sarah ein sitzengelassenes Mädchen war und der Vater ebenso glücklich über die Heirat seiner Tochter als letzte Chance, wie Zvi, der in dieser Heirat seine erste Chance sah.«

»Er hat was draus gemacht, das muß man ihm lassen!« murmelt Besirske. »Da gibt's nicht wenige, die neidisch sind.«

»Wenn die Bella erst mal herangewachsen ist, werden so manche Familien von der zu erwartenden Mitgift schwärmen. Da könnte man die jüdische Herkunft glatt vergessen, werden sie sagen, die Arier«, meint Melsak abschließend.

»Na ja«, stimmt Besirske zu, »aber der Sohn ist ja auch schon sehr liberal gegenüber dem Alten, schon fast ein richtiger Preuße, bei dem geht das Jüdische im Deutschen auf.«

Melsak nickt nachdenklich. Auch er hat mit der Vergrößerung seiner Betriebe seine jüdische Herkunft teilweise hinter sich lassen müssen. Da stehen sie auch schon vor seinem Haus.

»Gute Nacht, bis spätestens im nächsten Jahr«, sagt Besirske und zieht seinen Hut.

»Auf Wiedersehen und gutes Heimkommen«, verabschiedet sich ebenfalls Melsak.

3

Jeden Sonntag, wenn die gojim – die Christenmenschen – in die Kirchen strömen, ist der gläubige Jude unglücklich. Da es für ihn kein Ruhetag, kein Tag des Gebetes, ist, würde er gerne arbeiten. Aber die Mitarbeiter haben natürlich frei, die Kontore sind verlassen. So hat es sich eingebürgert, daß Vater und Sohn jeden Sonntag im verwaisten Kontor zusammensitzen, Entscheidungen treffen und die Planungen besprechen. Dabei sind die Firmen der beiden grundsätzlich unabhängig, man arbeitet jedoch zusammen. Der Alte hat seine ersten beiden Mühlen behalten, mehrere Güter und die große Nahrungsmittelfirma. Der Sohn, obgleich noch jung an Jahren, herrscht mittlerweile über ein wahres Getreidehandelsimperium. Selbst im Ausland gibt es Zweigfirmen. Er hat sich ganz auf den Getreidevertrieb und die Verarbeitung spezialisiert, kümmert sich um Mühlen, verschiedene Transportunternehmen, und ist, wie schon Vater Zvi, Heereslieferant. Nichts sichert einen geregelteren Absatz und ebenso geregelte Einnahmen.

Pünktlich jeden Sonntag um zehn Uhr ist der Alte in seinem Bureau. Wie immer, wenn er privat ist, trägt er die traditionelle Kleidung des Schtetl, den langen gegürteten Mantel und die Jarmulke. Ärgerlich geht er auf und ab – der Sohn läßt mal wieder auf sich warten. Vor dem Bild seiner verstorbenen Frau Sarah bleibt er stehen und hält stumme Zwiesprache. Ja, denkt er wieder einmal, wenn ich damals nicht das Glück gehabt hätte, die Tochter des kleinen Kolonialwarenhändlers Moshe Lustig aus der Breslauer Vorstadt zu heiraten, wer weiß, wie alles weitergegangen wäre. Vielleicht säße ich immer noch auf der kleinen armseligen Mühle, die ich damals gerade erworben hatte. »Sarah, du warst mein großes Glück – ich hab' Massel gehabt mit dir!« murmelt er. »Warum bist du nur so früh gegangen?«

Da geht die Tür auf, sein Sohn tritt ein, und sofort ärgert sich der Alte: glattrasiert, im flotten Anzug mit Krawatte wirkt Josef wie ein typischer preußischer Geschäftsmann, aber nicht mehr wie ein Jid. »Siehst de aus wie a goj, Jossele«, schimpft der Alte, »kein Bart, keine pejes, der Ewige wird dich strafen.«

Diese Diskussion ist nicht neu, deshalb antwortet der Sohn leicht entnervt, daß man in seinem »Aufzug« heute doch kaum mehr auf die Straße gehen, geschweige denn Geschäfte machen könne.

Da kommt er bei dem Alten schlecht an. »Dein Großvater Shmuel hat nie etwas anderes getragen als das, was ich jetzt anhabe.«

Es entwickelt sich eine richtige Diskussion um die pejes als jüdisch gebotene Haartracht, um den Wert eines gottesfürchtigen Lebens. Dem Sohn sind diese ständigen Reden über sein Judesein mehr als zuwider. Er geht zu den Festtagen in die Synagoge und spendet in mehreren jüdischen Vereinen. Dazu wird im Hause Hübschel strikt koscher gekocht – mehr kann der Alte wirklich nicht erwarten.

»Sehe ich richtig, die Beth erwartet ein Kind?« fragt Zvi schließlich, da das Gespräch zu eskalieren beginnt. Josef stimmt zu, und ein wenig Stolz huscht über sein Gesicht.

»Hoffen wer auf a Jüngele«, meint Zvi, »mecht er heißen wie mein Vater, Shmuel.«

»Aber Vater«, Josef ist jetzt wirklich verärgert, »ich kenne deinen Vater nicht einmal, deine ganze Verwandtschaft nicht.« Der Vater will etwas sagen, aber der Sohn wehrt ab.

»Ich weiß, ich weiß ... ich kenne deine Geschichte. Aber wie es nun ist – da kannst weder du noch ich was dafür –, da muß ich das Kind doch nicht damit strafen, daß es ein Leben lang Shmuel Hübschel heißt.« Er schweigt einen Augenblick. »Weißt du eigentlich noch, was in der Welt draußen vorgeht?« beginnt der Sohn wieder, und das Gespräch fällt ihm sichtlich schwer. »Weißt du, wie schwer es uns Juden überall gemacht wird?

Da kannst du jeden fragen, der beispielsweise Kohn heißt oder auch nur einen Vornamen wie Moische oder Itzig trägt! Die typischen Namen eben, über die sich gojim immer lustig machen. Weißt du, wie die Polizei, wie die Behörden mit einem solchen umgehen, wenn er nicht reich oder bekannt ist wie wir?« Er atmet schwer. »Ich bitte dich, komm zu Verstand, Vater, und sieh die Realität, mein Sohn soll es einmal leicht in unserem Land haben. Er soll zum Militär gehen können, an der Universität studieren, er soll ein guter Preuße und ein guter Deutscher werden. Und diesen Weg will ich ihm mit dem dummen Namen ›Shmuel‹ nicht verderben.«

Da fährt der Alte auf. »Dummer Shmuel, dummer Shmuel! Ohne den ›dummen Shmuel‹ wärst du gar nicht da, oder du würdest Kloschüsseln putzen in Minsk.«

Als er das zerquälte Gesicht des Sohnes sieht, beruhigt er sich wieder etwas.

»Ich weiß, ich weiß, du meinst es ja gut, wenn du es deinen Kindern leicht machen willst. Auch ich habe genügend Vorurteile in meinem Leben gespürt, glaub mir. Aber ich bin immer ganz bei mir geblieben, ich habe immer an meinem Glauben festgehalten, wie eine Rüstung umgibt er mich. Das solltest du dir merken und deinen Kindern weitergeben.«

Ein kurzes Schweigen entsteht.

»Weißt du, was Nietzsche einmal gesagt hat?« fragt der Sohn und hebt den Finger. »Ich bin noch keinem Deutschen begegnet, der den Juden gewogen wäre.« – »Kein Wunder«, fährt er fort, »Treitschke, das ist ein Berliner Professor, der hat jüngst gesagt, ›Die Juden sind unser Unglück‹. Stell dir das mal vor! Und das sind nur einige Stimmen.«

Wieder ist es still geworden im Kontor. Jetzt hängt jeder seinen Gedanken nach. »Wir müssen ja schon froh sein«, gibt er dem Gespräch eine andere Wendung, »daß wir einen guten Familiennamen haben. Stell dir mal vor, unsere liebe kleine Tochter müßte etwa Bella Fehltritt heißen, wie der Galanteriewarenhändler in der Vorstadt. Den guten – und neutralen – Namen Hübschel jedenfalls, den verdanken wir deinem Vater Shmuel.« Ein versöhnliches Lächeln schleicht sich auf sein Gesicht.

Dann strafft sich seine Gestalt. »Und daß wir Heereslieferanten sind, daß ich mit meinen Firmen das kaiserliche Militär versorgen kann und darf, das verdanke ich dir auch, und darauf – hörst du –, darauf bin ich stolz.« Josef ist sich nicht sicher, ob der Alte noch zuhört, da sein Blick in die Ferne schweift.

»Ja, der Tate – mein Vater ...«, sagt Zvi versonnen, »von ihm hab' ich alles gelernt: das Leben, das Mühlenhandwerk, ... und die Gottesfurcht. Du mußt wissen, er war ein schöner Mann und Preuße, da hast du noch gar nicht gelebt.«

Das letzte sagt er mit erhobener Stimme. Und dann erzählt er wieder einmal die Geschichte ihres Familiennamens.

Tate Shmuel war Pächter einer Gutsmühle bei einem polnischen Adeligen. Man kam meist gut miteinander aus, zumindest, solange immer ordentlich Gewinn erwirtschaftet wurde. Lowno, das kleine Dorf nahe des Gutshofs, lag damals in einer Gegend, die bei der ersten polnischen Teilung »Neuostpreußen« wurde. Die Preußen führten gleich eine Verwaltung ein und erhoben von jeder Familie Steuern. Das war einfach bei den katholischen Polen mit ihren alten, stets ordentlich geführten Kirchenbüchern, die jede Taufe, Eheschließung, jedes Todesdatum festhielten. Nicht aber bei den Juden des Schtetl. Die waren nirgendwo registriert und kannten keine Familiennamen. Man hieß einfach Shmuel, Japhes Sohn oder ähnlich. Damit konnten die Beamten nichts anfangen, also mußten alle Juden aufs Bureau »in Stot«, in die Kreisstadt, ihre Adresse angeben, Beruf, Familienstand, Kinderzahl et cetera und bekamen dann einen neuen Nachnamen.

Irgendwann ist auch das kleine Dorf Lowno an der Reihe, und alle männlichen Einwohner erhalten nach und nach ihre neuen Namen. Auch Tate Shmuel geht, als er aufgerufen wird, nach der Arbeit zum Bureau, und während er wartet, kommt er mit einem anderen ins Gespräch, Moische, einem Altkleiderhändler.

»Das ganze Jahr ziehe ich mit meinem Wagen über Land, um Kleider einzusammeln, zu richten und wieder zu verkaufen. Schweres Geschäft, aber was soll man machen?« sagt Moische, bevor er hereingerufen wird. Kaum eine Viertelstunde später kommt er wieder heraus, glücklich lachend.

»Na und – wie heißt du jetzt?« fragt Shmuel interessiert. »Kleidermann – wie mein Beruf. Ich glaube, is sich gut fir de Geschäfte«, lacht der. »Alle Leute werden sagen: ›Da kommt der Kleidermann, der nimmt die Kleider an.‹ Und das werd' ich jetzt immer singen, hör mal, etwa so«, und er erfindet sofort eine eingängige Melodie. »Da kommt der Kleidermann, der nimmt heut Kleider an …«

Na ja, sagt sich Shmuel – Zvi kann sich eines Lachens nicht erwehren –, dann werde ich wohl ab jetzt ›Mühlemann‹ heißen, auch nicht schlecht, mit so einem Namen kann man es sicher weit bringen. Aber als der junge Shmuel dann endlich ins Bureau hereingerufen wird, sagte einer der Beamten spontan: »Das ist aber mal ein Hübscher.«

»Soll er doch so heißen«, sagt der andere.

»Oi wej«, geht der Rabbi dazwischen, der als Dolmetscher bei diesen amtlichen Vorstellungen dabei ist. »Schreibn Sie ein ›l‹ am Schluß, schreibn Sie besser ›Hübschel‹ mecht sich besser redn in unserem mammelosch'n – in unserer Umgangssprache.«

Der Beamte hatte vielleicht eine freundliche Stunde oder war froh, daß er der letzte Antragsteller für diesen Tag war. Er gab nach, und nachdem Shmuel seinen Beruf, nämlich Mühlenpächter, gesagt hatte, den Ort und seinen Familienstand, verheiratet, drei Töchter, zwei Söhne, bekam er ein Papier, auf dem alles geschrieben stand.

»Von diesem Tag an mußte er Steuern zahlen, aber er durfte

auch den schönen Namen Hübschel tragen.« Der Alte reckt sich. »Als Preuße – hörst du. Na, vorher war er Pole, hinterher waren wir Russen ... Aber eins waren wir immer, und das sollst du dir merken: Wir waren Jidn.«

An diesem Punkt ist mit dem Alten nicht mehr zu reden, und Josef beendet die Diskussion. »Wenn es ein Junge wird, soll er nach unserm Kronprinzen heißen, ›Friedrich – Fritz‹, und meinetwegen als zweiten Namen ›Samuel‹. So habe ich's bestimmt – und jetzt lassen wir das, wir sollten übers Geschäft reden. Ich erwarte nächste Woche eine große Ladung Erbsen aus Bessarabien, da könnte ich die Hälfte für dich reservieren.«

Bella sitzt mit ihrer Mutter noch immer beim Frühstück im Speisesalon. Sonntags, wenn draußen alles ruhig ist, die Bonne – die erste der Dienstmädchen – schon die Teller abgetragen hat und der Vater unten in der Firma ist, lassen sie sich immer ein wenig Zeit. Unter der Woche ist Beth meist eine zurückhaltende und distanzierte Mutter, die die Erziehung weitgehend dem ausgebildeten Kindermädchen überläßt und sich mehr um die gesellschaftlichen Verpflichtungen der Familie kümmert. Für die kleinen Sorgen und Freuden ihrer Tochter bringt sie da eher wenig Verständnis auf. »Geh zu Mimi, die soll dir helfen«, hat Bella nur allzuoft gehört.

Sie ist ein lebhaftes Kind, die dunklen Augen strahlen unternehmungslustig in die Welt. Auch an diesem Morgen hat Bella gleich losgeplappert und wieder einmal nach der Familiengeschichte der Mutter gefragt.

»Meine Familie hat schon 1812 unter Friedrich Wilhelm III. das preußische Bürgerrecht bekommen, und ein Bruder meines Großvaters hat bereits bei den Freiheitskriegen auf preußischer Seite mitgekämpft. Er war bei den Lützowschen Jägern«, sagt sie stolz. Sie nimmt die Kleine, die bisher neben ihr auf dem Stuhl gesessen hat, auf einmal ganz spontan und liebevoll in den Arm.

»Und Vater?« fragt das Kind. »Hast du ihn da schon geheiratet?« Die Zusammenhänge sind noch ein wenig zu kompliziert für eine Fünfjährige.

»Bellakind«, beginnt die Mutter wieder und blickt dabei versonnen auf das Hochzeitsporträt der Eltern, das zwischen den beiden Fenstern im Speisezimmer hängt. »Bella, als wir geheiratet haben, war Vater längst ein Deutscher. Sein Vater, dein Großvater, wurde damals gerade der beste Kunde unserer Bank. Und Vater war ein gutaussehender junger Mann, mit dunklem kurzem Bart, strahlenden Augen und einer schönen Stimme.« Sie macht einen Augenblick Pause. »Und er sieht noch immer gut aus«, sagt sie leise mehr zu sich selbst. »Du hast einen guten, lieben Vater und einen erfolgreichen dazu«, murmelt sie, um wie in Gedanken fortzufahren: »Lieferant unseres kaiserlichen Heeres, das hat damals selbst meinem Vater imponiert.«

Aber das Kind hat die letzten Sätze schon nicht mehr so richtig verstanden, das gestrige Ereignis schwirrt noch immer in ihrem Kopfe. Und sie beginnt wieder: »Parade ... Parade ...«

»Kleine Bella«, lächelt die Mutter, »du wirst noch so viele Paraden sehen und viele Soldaten im bunten Rock.« Eine große Zärtlichkeit für das fröhliche Kind kommt über sie, und gleichzeitig spürt sie erste Bewegungen in ihrem Leib.

»Übrigens habe ich noch eine Neuigkeit für dich. Demnächst wirst du ein Brüderchen oder ein Schwesterchen bekommen. Deine Eltern und Großeltern freuen sich schon sehr – meine Bella auch?« Das Kind nickt ein paarmal, aber so recht kann sie sich das noch nicht vorstellen.

Einige Monate später wird Frau Hübschel im neuen israelitischen Krankenhaus von einem strammen Jungen entbunden, den die Eltern Friedrich Samuel nennen. Nach acht Tagen erfolgt bereits die Beschneidung, woraufhin auch der Großvater zufrieden ist, hat er doch für dieses Krankenhaus immense Summen gespendet.

»Und in einigen Jahren bei seiner bar-mizwa-Feier – bei seiner Einführunge in die Synagoge – wird man ihn dann mit seinem richtigen jüdischen Namen ›Samuel‹ aufrufen, damit er die Thora vorlese«, erklärt er befriedigt jedem, der es hören will.

4

Es ist bereits Herbst, als Bella zum ersten Mal in die Schule geht. Die allgemeine Schulpflicht führt alle Kinder in die staatliche Grundschule. Nur die Katholiken haben teilweise eigene, vom preußischen Staat anerkannte Privatschulen, meist in den Klöstern; den Juden wurden eigene Schulen nicht gestattet. Deshalb schickt manche vornehme jüdische Familie ihre Kinder in eine katholische Klosterschule, sie sollen besser sein, heißt es. Vater Hübschel hält nichts davon, zumal die nächste Volksschule ganz in der Nähe liegt. Darüber hinaus gibt es in der ersten Mädchenklasse nur die Kinder aus dem vornehmen Schweidnitzer Viertel, auch etliche jüdische Mädchen, deren Eltern man alle kennt. »Da lernt Bella schon einmal das richtige Leben kennen; hier im Haus wird sie doch nur verhätschelt«, meint ungewohnt fortschrittlich der Vater, der selbst auch eine gewöhnliche Volksschule, später die staatliche Handelsschule besuchte.

Am ersten Tag ist es die Mutter, die ihre Tochter in die Schule begleitet. Sie sitzt zusammen mit anderen Eltern für eine Stunde hinten in der Klasse und lernt die Lehrerin, Fräulein Schatzkowski, kennen. Dann wird Bella jeden Tag vom Kindermädchen in die Schule gebracht und mittags wieder abgeholt.

Einmal in der Woche geht sie ab dem zweiten Schuljahr zusätzlich am Nachmittag in eine israelitische Privatschule, die, von der Gemeinde unterstützt, in einem Nebenraum der großen und prächtigen Synagoge am Schweidnitzer Stadtgraben abgehalten wird. Auch dieser Weg ist kurz, eigentlich nur um die Ecke, aber Mimi begleitet sie dennoch zu jedem Unterricht.

Diese Privatschule besuchen fast alle jüdischen Kinder – Jungen und Mädchen natürlich getrennt. Die männlichen Schüler werden von einem lamdn unterrichtet, der den kleinen Jungen Buchstaben und Anfänge des Hebräischen, den Psalmensingsang und die Rituale beibringt. Das Ganze erinnert ein wenig an einen modernisierten chejder.

Die Mädchen erhalten keinen Unterricht im herkömmlichen Sinne. Die rebezem, die Frau des Rabbi, erzählt den Kindern die schönen, alten Geschichten des Pentateuch, von Abraham und Izaak, Jakob und der Himmelsleiter, von Moshe und dem Zug der Israeliten durch das Rote Meer. Danach dürfen die kleinen Mädchen Fragen stellen, etwa, warum andere Weihnachten feiern und sie nicht. Oder was es in einer Kirche zu sehen gibt, und warum die anderen Wurst und Käse auf einem Brot essen dürfen?

»Na, wie geht es in der Schule?« fragt der Großvater bisweilen, und Bella erzählt von ihren Schreib- und Leseversuchen. Aber lieber berichtet sie über die Synagogenschule, in der sie all die schönen Geschichten von der Vergangenheit ihres Volks kennenlernt. »Großvater, die rebezem hat gesagt, daß es bei uns dasselbe ist wie der Religionsunterricht, die Bibelstunde oder die Christenlehre der anderen«, erklärt sie altersklug.

»Es ist schon ein Glück«, sagt der Großvater, »daß wir jetzt auch diese israelitischen Privatschulen haben«, und spendet beim nächsten Besuch des Rabbi wieder mal einen ordentlichen Betrag, obwohl er der neuen Synagoge mit ihrem reformjüdischen Ritus sehr skeptisch gegenübersteht.

»Wenn ich schon den Rebbe sehe«, mault er, »im Talar mit Bäffchen, wie ein protestantischer Pfarrer, und dann die Orgel! Zu Hause war das alles noch ganz anders ...«, erklärt er immer wieder. Gerne erzählt er Bella bei solchen Gesprächen von seiner Jugend im Schtetl, »wo jeder Junge in chejder ging, wo man unter Anleitung des lamdn Hebräisch lernte und die Psalmen las – bis zur bar-mizwa-Feier. Sollst wissen, wie es war in Lowno, zu Hause, Bellamädchen. Wir waren arm, aber jede jüdische Familie hatte challe am Schabbat, dafür haben schon die zogerkes – die mildtätigen Frauen – gesorgt, die herumgingen und das Zopfbrot erbettelten für die Ärmsten. Und Shmuel, dein Urgroßvater, war Vorbeter. Der hatte so eine schöne Stimme, wenn er in der kleinen Synagoge seine Stimme erhob.«

Dann versucht der Großvater, mit seiner gebrochenen Altmännerstimme einen der Psalmen zu wiederholen, die Zvis Vater in seiner Kindheit gesungen hat.

Je älter er wird, um so mehr verklärt sich die Erinnerung an Lowno, an das Schtetl, um so mehr vergißt er, wie übel ihm die kahal – seine Gemeinde – mitgespielt hat.

»Und was war mit den Mädchen?« fragt Bella einmal ein wenig naseweis.

»Die lernten alles, was sie brauchten, bei der Mahme«, brummelt der Großvater, und der Vater setzt ein wenig bissig hinzu: »Fürs Schtetl mag's ja gereicht haben, aber heute sind wir froh, unseren Kindern eine gute Ausbildung geben zu können.«

»Erziehung und Ausbildung sind die wichtigsten Dinge, die ein Elternhaus mitgeben kann«, fügt Mutter Beth mit Nachdruck hinzu.

Für die häusliche Erziehung ist Mimi, das ausgebildete Kindermädchen, zuständig. Sie soll ihrer kleinen Schutzbefohlenen all die Anstandsregeln erklären, die man in der guten Gesellschaft pflegt. Deshalb muß die kleine Bella so lange mit der Bediensteten zusammen die Mahlzeiten einnehmen, bis sie sich tadellos bei Tisch benehmen kann.

»Gerade sitzen« – »ruhig sitzen« – »nur die Hände auf den Tisch« – »die Ellbogen frei zu beiden Seiten des Körpers schweben lassen« – »nur dann sprechen, wenn man gefragt wird« – ach, es gibt Dutzende solcher Regeln, die Bella – »fürs Leben«, sagt Mimi immer – lernen und üben muß. Erst als sie auch perfekt mit Messer und Gabel umgehen kann, die Dessertlöffel von den Teelöffeln und die Fischmesser von den gewöhnlichen Speisemessern zu unterscheiden vermag, darf sie im großen Eßzimmer zusammen mit den Erwachsenen speisen.

»Sieh mal, Josef, wie zierlich unsere Tochter zu essen versteht«, lobt die Mutter sie dann bisweilen.

Aber fällt einmal ein Löffel oder die Serviette herunter, dann blickt sie ihre Tochter strafend an, und der Vater wirft einen ärgerlichen Blick auf das Kindermädchen, die hinter Bellas Stuhl zu stehen hat. Die Kleine gibt sich alle Mühe, aber manchmal passiert eben doch noch ein solches Malheur. Bella, die sonst bei Tisch zu schweigen hat, wie jedes Kind, während die Erwachsenen sich unterhalten, sagt dann leise: »Entschuldigung.« Da nickt die Mutter wieder freundlich, und auch der Vater hat schon manchmal ganz lieb gebrummelt, das könne jedem einmal passieren.

Die Eltern unterhalten sich gerne bei Tisch. Über das Geschäft wird nie gesprochen, aber häufig erzählt der Vater von politischen Ereignissen und Neuigkeiten, die er in den Morgenzeitungen im Kontor gelesen hat.

»Die Socialistische Arbeiterpartei nennt sich jetzt ›Sozialdemokraten‹«, erzählt er eines Tages in abwertendem Ton. »Aber sie bleiben genauso radikal«, ist seine Meinung. Und wenig später berichtet er von zwei Attentaten auf Seine Majestät, den Kaiser. »Natürlich wieder die Socialisten«, schimpft er, um einige Wochen später zu verkünden, mit den Sozialistengesetzen von Bismarck werde der ganze Spuk jetzt aufhören.

Dann wieder kommt eine lebendige Schilderung der Weltausstellung in Paris, über die er offensichtlich viel gelesen hat, oder er träumt davon, bei seinem nächsten Berlinbesuch auch das neueste Gemälde von Max Liebermann, ›Die Kartoffelernte‹, oder ›Das Ballsouper‹ des berühmten Malers Adolf von Menzel anzusehen. Er hat natürlich von der derzeit laufenden Ausstellung dieser Gemälde gelesen, und der Verleger Guttentag hat sie ihm wärmstens ans Herz gelegt.

»Das müssen Sie sich ansehen, Hübschel«, hat er mehrfach betont, »das ist echte Kunst, das ist wirklich sehenswert und einmalig.«

Eines Tages sagt er zur Mutter beinahe aufgebracht: »Also damit kann ich nichts anfangen. Im ›Allgemeinen jüdischen Wochenblatt‹ steht, daß zum ersten Mal seit fast zweitausend Jahren einige Juden, das heißt jüdische Aktivisten, eine zionistische Siedlung in Palästina gegründet haben. Was wollen wir da?« ereifert er sich. »Das sind doch nur Träumer. Wer von uns möchte schon als Viehhirte oder Kleinbauer in einem wüstenähnlichen Land leben und sein Brot mühsam der Erde abringen? Ich glaube nicht an solche Hirngespinste, wie man sie jetzt von manchen Leuten hört. Wenn sie schon das Gelobte Land suchen, dann sollen sie es hier tun, wo wir leben. Wir müssen zwar immer noch um unseren Platz kämpfen, aber ich glaube, wir werden es schaffen.«

Mutter Beth nickt zu alledem meistens nur, sie liest ausschließlich Modezeitschriften oder Wochenblätter für die Frau, und da ist weniger von Politik als von Hofklatsch die Rede. Da gibt es praktische Anregungen, wie man etwa Flecken aus dem teuren Taftkleid herausbekommt, oder auch, daß jetzt neben der Uniform, dem Gehrock und dem Frack eine neue Herrenmode in Berlin en vogue werde, der Smoking. Aber der Vater zeigt kein großes Interesse an einem derartigen Kleidungsstück.

»Und denk dir«, berichtet sie eines Tages, »der deutsche Forschungsreisende Rohlfs hat als erster nicht nur Tripolitanien durchquert, er hat auch als erster Weißer die Kufra-Oasen in der Libyschen Wüste gesehen. Es muß ganz aufregend gewesen sein«, erzählt sie und beschreibt die vielen Bilder und Lithographien, die sie in der Zeitschrift »Über Land und Meer« gesehen hat. Da ist der Forschungsreisende mit Tropenhelm dargestellt, umgeben von zahlreichen Schwarzen, die die Lasten auf dem Kopf tragen; da sieht man die eingeborenen Araber auf ihren Kamelen; da sieht man Palmen, Sand und klare Nächte unter sternenbedecktem Himmel. Und in dem Bericht wird geradezu geschwärmt von der Farbigkeit des Orients, den fremdartigen Düften, dem flirrenden Sonnenlicht und dem sternklaren Nachthimmel. Man spürt förmlich, auch die Mutter ist von dieser fremden Welt fasziniert.

Bella kann vieles nicht verstehen, aber ihre lebhafte Vorstellungskraft läßt all diese Bilder in ihrem Kopf entstehen, Bilder, die für immer haftenbleiben. Natürlich weiß sie nicht, was Socialisten sind, kennt sie nur die Gemälde im Hause, und von libyschen Oasen hat sie auch noch nie gehört, dennoch formt sich aus diesen Gesprächen allmählich ihre Welt.

Eines Tages jedoch, als der Vater erzählt, in der Zeitung habe er gelesen, daß der berühmte Wilhelm Busch eine neue Bildergeschichte »Fips der Affe« geschrieben habe, da blickt sie auf. Wilhelm Busch kennt sie schon. Und der Vater streicht ihr über den Kopf und verspricht ihr, diese neue Bildergeschichte bald zu kaufen und mitzubringen.

Jeden Abend liest Mimi der Kleinen beim Zubettgehen noch etwas vor. Märchen und Kindergeschichten, während Bella selbst kleine Leseversuche macht, indem sie mit dem Finger unter den Zeilen entlangfährt. Mimi findet immer wieder neue Geschichten und Erzählungen, die Bella begeistern. »Wie das Kind sein soll« heißt ein schmales Buch aus dem Schreiber-Verlag in Esslingen. Der farbige Titel zeigt einen lächelnden Knaben im Samtanzug mit Dreiviertelhosen, blauer Schleife und einem gelben Strohhut in der Hand. Dahinter steht ein kleines weinendes Mädchen. Es sei ein »Kinderspiegel« sagt Mimi. Sie hat der Kleinen die bunten Bilder der wohlerzogenen Kinder samt den adretten Kindermädchen und den feinen Müttern so oft gezeigt, hat manche Texte so häufig vorgelesen, daß Bella sich noch in späten Jahren daran erinnert. »Frisch Heraus« heißt das erste Gedicht:

Sonne schaut zum Kind herein,
Ruft: »Du Siebenschläferlein,
Längst vorüber ist die Nacht,
Flink die Äuglein aufgemacht,
...
In die Söckchen, Schuh und Röckchen,
Schlüpft nun flink mein artig Döckchen.
Holt sich drauf den Schwamm herbei,
Puh! was tönt für ein Geschrei?
Sollt' es gar Lieb Lieschen sein?
Nein, es ist das Brüderlein.
Unser kluges liebes Lieschen
Schreit beim Waschen nicht ein bißchen
...

Ist gewaschen das Gesicht,
Spricht der Hals: »Vergiß mein nicht!«
Und die Öhrlein rot und klein,
wollen auch nicht schmutzig sein.
...
Jetzo kommt der Kamm fürs Kind,
Ach, da geht's nicht so geschwind ...
Aber wie ein kleines Lamm
hält mein Lieschen still den Kamm.
Denn »Es geht viel schneller ja,
Wenn man lieb ist«, sagt Mama ...

So geht es immer weiter, und Bella lernt jeden Abend ein neues Gedicht kennen, hört eine neue Geschichte. Etwa: »Was man tut, wenn man auf Reisen ist« – »Wie das Kind sich muß benehmen« oder »Eine gute Note«. Auch von »Lügengretchen« erfährt sie, von »Herzensgüte« und »Brich dem Armen dein Brot«. Farbenprächtig sind alle diese Geschichten, eindringlich die Bebilderung. Das Buch und seine Regeln entsprechen genau der begüterten, vornehmen Kinderwelt, in der die kleine Bella aufwächst. Etwas anderes hat sie nie gesehen.

An Sommersonntagen pflegt die Familie regelmäßig mit der Kutsche auszufahren, denn die Mutter liebt das gerade in Mode kommende »Picknick«.

Man bestimmt einen gewissen Platz im Park des Scheitniger Waldes, weit hinten zwischen Schwarzwasser und Oder. Dann fährt eine kleine Kutsche voraus, der Kutscher und ein Mädchen richten das Picknick, indem sie den Platz reinigen, einige Decken ausbreiten, Klappstühle aufstellen und das in Körben mitgebrachte Essen anrichten. Etwa eine Stunde später kommt die Familie in der komfortablen Chaise nach und läßt es sich bei dieser Waldpartie gutgehen.

Bei der Rückfahrt nach dem Picknick hält die Kutsche bisweilen beim Göppert-Denkmal am Promenadenpark. Der Vater läßt die Kutsche vorfahren bis zur Taschenbastion, während die Familie zu Fuß über die Promenade entlang des Stadtgrabens zur Liebigshöhe promeniert.

Hier sieht man am Sonntagnachmittag immer viele Spaziergänger. Der Vater zieht ständig den Hut, wenn er Bekannte trifft, und die Mutter verneigt sich leicht, lächelt dabei freundlich. Bella, an der Hand von Mimi, geht hinterher und hat ihre ganze Freude beim Betrachten der vielen Menschen. Da kommt ein Offizier in seiner stolzen Uniform, den langen Säbel an der Seite; gerade überholt sie ein Junge mit Strohhut, der einen Reifen treibt. Auf der Bank flirtet ein verliebtes Studentenpaar.

Ein eleganter Stutzer geht vorbei, sein Kragen ist mindestens fünf Zentimeter hoch, das schwarze Plastron ziert eine goldene Nadel gerade über der hochgeschlossenen Weste. In der behandschuhten Hand trägt er einen Bakel aus Manilaholz mit einem Elfenbeingriff, den er leicht bewegt. Als er auf gleicher Höhe mit Mimi und Bella ist, zieht er elegant seine schwarze Melone und grüßt mit den Worten: »Wohin des Wegs, die beiden schönen Damen?« Dabei macht er Mimi schöne Augen. Mimi packt Bella fester und schlägt sofort ihre Augen nieder. »Das hat nichts zu bedeuten«, murmelt sie.

Aber Bella hat alles genau beobachtet, und an diesem Abend will sie ein wenig mehr erfahren, warum die Männer so sind. Mimi wird diese Gelegenheit benutzen, ihr das sittsame Verhalten eines anständigen Mädchens auf der Straße und in der Öffentlichkeit zu erklären.

Und dann sind sie schon auf der Liebigshöhe, und wieder einmal bewundert der Vater die herrlichen Anlagen. Über den Hauptaufgang von der Taschenstraße kommt man zum Atrium mit Springbrunnen, dann geht es die Treppe herauf auf eine Terrasse, die von Arkaden umschlossen ist. Durch die Mitte der Arkadenreihe gelangt man zum nächsten Plateau mit dem Restaurant, und darüber erhebt sich der Aussichtsturm, von dem man bis zum Zobten sehen kann. Vater hebt die kleine Bella hoch, daß sie über die Stadt blicken kann, und erklärt, daß dieses herrliche Monument erst vor zwanzig Jahren von einem Zuckerfabrikanten zu Ehren seines verstorbenen Bruders errichtet und anschließend der Stadt und damit den Bürgern geschenkt wurde. Neben dem Rathaus ist dies das schönste Bauwerk der Stadt.

Im Herbst spaziert man bisweilen auch durch den Botanischen Garten, und Bella lernt vom Vater viel über die verschiedenen Pflanzen und Bäume, die dort wachsen.

Nach einer solchen Besichtigungstour geht es dann manchmal noch in ein Ausflugsrestaurant. Vater liebt die sogenannte »Schweizerei«, das Parkrestaurant nahe der Rennbahn in Scheitnig.

Da darf der kleine Friedrich natürlich noch nicht mit, die Kutsche fährt ihn samt Kindermädchen schon einmal nach Hause, während die Familie im sonnigen Wirtsgarten Platz nimmt. Vater bestellt sich ein Bier, Mutter und Tochter bekommen eine Limonade, und dann betrachten alle das fröhliche Treiben ringsherum. Fasziniert beobachtet Bella die Soldaten, die mit ihren Mädchen plaudern, die würdigen Familienväter, die sich gegenseitig von Tisch zu Tisch zuprosten und anschließend den Schaum aus dem Bart wischen, die fürsorglichen Mütter, die auf die wilde Jugend acht haben oder den Kinderwagen schaukeln.

Und dann kommt die Weihnachtszeit. Von diesem Fest hat Bella vor ihrer Schulzeit kaum etwas mitbekommen, jetzt aber erzählen die anderen Kinder Wunderdinge von den Geschenken, die sie erhalten, und dem leuchtenden Christbaum am Weihnachtsabend.

Bella hätte gerne gefragt, warum es bei ihnen keinen solchen Baum gibt und keine Geschenke, aber irgendeine Scheu hält sie davon ab.

Noch haben die Weihnachtsferien in der Schule nicht begonnen, da wird zu Hause das Chanukka-Fest, das Lichterfest, gefeiert. Es dauert acht Tage, aber man beginnt immer erst am Abend, tagsüber wird gearbeitet. Jeden Abend kommt die Familie zusammen, singt Lieder, zündet nacheinander die Lichter der Menora – des neunarmigen Leuchters – an, spricht die hebräischen

Segenswünsche, spielt anschließend Gesellschaftsspiele. Bella liebt das »Hütchen-hops-Spiel« oder auch das Kreiselspiel.

Nur wenige Tage später steht eines Abends überraschend ein großer Lichterbaum im Salon, und er sieht genauso aus, wie die anderen Kinder erzählt hatten. Die ganze Familie, selbst der Großvater, schart sich um den Tannenbaum mit den vielen strahlenden Kerzen und den silbern glitzernden Kugeln. Schöne deutsche Lieder wie »O Tannenbaum« und »Morgen Kinder wird's was geben« oder »Kling, Glöckchen, klingelingeling« werden gesungen und Geschenke verteilt, die der freundliche Weihnachtsmann unter den Baum gelegt hat.

»Solange du noch nicht in der Schule warst, brauchte er noch nicht zu kommen, aber jetzt, wo mein Kind so fleißig das Lesen und Schreiben übt, da erscheint er gerne und bringt seine Geschenke«, erklärt die Mutter und freut sich, als sie die strahlenden Augen ihrer Ältesten sieht. Selbst der kleine Friedrich ist ganz begeistert von den Lichtern am Baum. Beth hat ihn auf dem Arm, während er immer wieder nach den Kerzen greifen will, dabei vor Freude quietscht und stammelt.

Als die Kinder nach den Feiertagen wieder zur Synagoge ›in d'Schul‹ – wie jeder auf gut jiddisch den Unterricht in der Israelitischen Privatschule nennt – gehen, haben die Mädchen viele Fragen, die rebezem ihnen gerne beantwortet: »Wir sagen nicht Christbaum, sondern Lichterbaum; bei uns kommt nicht das Christkind, sondern der Weihnachtsmann; und manche Weihnachtslieder der Christen singen wir auch nicht, weil wir eben Juden und keine Christen sind – so einfach ist das.«

Daß es dennoch bei vielen jüdischen Familien wochenlange Diskussionen gibt, ob und inwieweit man sich den christlichen Weihnachtsgebräuchen annähern soll, ohne sich zu verbiegen, davon erfahren die Kinder natürlich nichts.

Im Frühjahr hat der Vater eine neue Idee. »Kinder brauchen viel frische Luft und Bewegung«, erklärt er, das habe ihm vor ein paar Tagen erst ein Freund, ein Mediziner, wieder einmal erklärt, und man müsse Sorge dafür tragen, daß seine beiden oft genug herauskämen, in die Natur.

Und schon ein paar Wochen später, an einem schönen Frühlingssonntagmorgen, überrascht er Beth, seine Frau, mit der Ankündigung, man fahre heute erstmals in die künftige eigene Sommerfrische.

Auch der Großvater wird eingeladen mitzukommen, die Chaise wird befohlen, und die Fahrt beginnt. Zuerst geht es den bekannten Weg über die Oder nach Scheitnig. An der Rennbahn vorbei führt die Straße durch den Scheitniger Park, dann weiter durch die Auenwälder, und schließlich am Ende des Waldes, als die Bäume schon lichter werden, biegt der Kutscher nach den Anweisungen des Vaters rechts ab, bis man an einer endlosen Mauer entlang zu einem großen schmiedeeisernen Tor kommt.

»Da sind wir«, sagt der Vater stolz. »Der ganze Park samt dem kleinen Herrenhaus und dem Gärtnerhaus am Tor gehört jetzt uns, hier können wir uns jeden Sonntag aufs prächtigste erholen, und die Kinder können spielen und sich in der frischen Luft bewegen.«

»Wie hast du dieses schöne, gepflegte Anwesen bekommen?« fragt Beth ganz erstaunt und bewundert das elegante Holzhaus mit unterschiedlichen Giebeln und Türmchen und den feinen Schnitzereien, auf das sie gerade zugehen.

Bella, die eine Schaukel entdeckt hat, reißt sich von Mutters Hand los.

»Sei vorsichtig!« ruft diese ihr hinterher und schickt Hertha, das Kindermädchen des Knaben, um auf sie aufzupassen. Da hat sie schon ein Eichhörnchen aufgeschreckt, das nun in possierlichen Sprüngen über das Gras rennt und den nächsten Baum zu erreichen sucht, wo es blitzschnell nach oben verschwindet. Alle müssen bei diesem Anblick lachen.

Da kommt auch schon das Verwalterpaar aus dem Torhaus. Sie sind sonntäglich angezogen und verneigen sich tief beim Anblick der Familie. Der Vater stellt alle der Reihe nach vor und ermahnt schließlich Bella, auf die Anweisungen von Herrn und Frau Schabzig zu hören. Dann bedeutet der Vater, die Schabzigs könnten sich zurückziehen, und die Familie setzt ihre Besichtigung fort.

»Man wird hier und da ein wenig umbauen müssen, aufräumen, neu einrichten, aber ansonsten ist das hier ein kleines Paradies«, sagt Beth, nachdem sie sich ein wenig im Hause umgesehen hat, und legt dankbar ihre Hand auf den Arm des Gatten.

Von nun an fährt die Familie Hübschel, so oft es geht, sonntags in ihren Park, lädt zwanglos die Freunde zum Nachmittagskaffee ein.

»Auch Seine Majestät, unser Kaiser, ist gerade in seiner Kutsche auf dem Weg in die Sommerfrische«, erzählt der Vater eines Sonntags, als die Chaise mit der ganzen Familie gemütlich zum »Paradiesgarten« rollt.

»Ich habe gerade gestern erst gelesen, daß er, wie schon seit Jahren, wieder einmal mit zwölf Pferden, zwölf Kutschen und kleinem Gefolge auf dem Weg nach Baden-Baden ist.«

»Ja, ja«, mischt sich die Mutter ein, »Baden-Baden ist schon sehr mondän, die Bäder und die Kuranstalten, die Wandelhallen, das Theater, die Villen. Ich habe neulich erst gelesen, daß sich auch der russische Zar Alexander und die englische Königin Victoria dort erholen. Man soll sie ganz leutselig auf dem morgendlichen Spaziergang in der Lichtenthaler Allee beobachten können. – Ach, könnten wir nicht auch einmal nach Baden-Baden fahren?« seufzt sie. »Da gibt es auch koschere Hotels, wie ich weiß.«

Aber der Vater hat gar nicht hingehört. Er stellt sich wohl die kaiserliche Equipage samt Bedeckung auf der langen Reise quer durch Deutschland vor.

»Erstaunlich, daß die große Welt noch immer nach Baden-Baden fährt, wo doch das Casino seit ein paar Jahren geschlossen ist«, murmelt er. »Aber auch unser Kaiser samt Kaiserin Augusta logiert dort alljährlich im Maison Meßmer, das ganz für sie reserviert ist.«

»Darf ich etwas fragen?« Bella hat die ganze Zeit zugehört.

Der Vater lächelt milde. »Was will meine Bella denn wissen?«

»Warum heißt die Stadt Baden-Baden? Es gibt ja auch nicht Berlin-Berlin oder ähnliches.«

»Baden-Baden heißt so, weil man in der Stadt wunderbar kurbaden kann und sie im Großherzogtum Baden liegt.«

»Dann geht unser Kaiser jetzt in Baden-Baden baden?« folgert Bella.

»Ja – und er steht dabei im Wasser bis an die Waden ...«, scherzt der Vater.

Da muß die ganze Familie lachen.

5

Jeden Freitagabend setzt sich der Großvater den schwarzen Hut aufs Haupt, schiebt ihn ein wenig nach hinten und macht sich auf den Weg in die Synagoge. Er geht aber nicht in den neuen prächtigen Backsteinbau mit der großen Kuppel, am Schweidnitzer Stadtgraben, den er von seinem Fenster aus sehen kann und der erst 1872 vollendet wurde, sondern in die alte orthodoxe Schul in der Antonienstraße 29, unweit des Karlsplatzes. Dort singt man noch die alten Psalmen, der Vorbeter singt in althergebrachter Weise ohne neumodische Orgelbegleitung, da trägt der Rebbe noch kein Bäffchen und hält keine neumodische Predigt, und »das ganze Geschwätz vom Reformjudentum der Herren Fraenkel und Geiger, all das bleibt da noch draußen«, wettert er. Und wenn er dann am Abend heimkommt, bringt er den »Schabbatengel« mit, wie man sagt. Dann füllt Beth im Eßzimmer den Kidduschbecher mit Wein, legt die challe – die traditionellen Zopfbrote – unter die Decke und entzündet die Schabbatlichter.

Auch Samstagmorgen geht er wieder zum »Tempel«, so heißt die alte Synagoge allgemein, und schon allein dieser Name gefällt ihm. Und wenn er dann gegen Mittag nach Hause kommt, bringt er meistens Gäste mit. So ist es Brauch, »so bin ich selbst einmal mitgenommen worden«, betont er immer wieder, wenn Beth ein Gesicht zieht. Und dabei zitiert er jedesmal aus der pessach-haggadah die Zeile: »Jeder, der hungrig ist, komme und werde satt.«

In jeder jüdischen Familie gibt es am Schabbat challe – Zopfbrot – und gefillte Fisch oder Hühnchen und Mazzeballsuppe. Aber im Hause Hübschel gibt es einmal im Monat statt dieser Suppe – und das ist ganz ungewöhnlich – Erbswurstsuppe, koschere Erbswurst natürlich. Alle Schabbatspeisen werden schon am Vortag gekocht und für den Schabbat in der Kochkiste warm gehalten oder durch einen nichtjüdischen Dritten, man nennt ihn den Schabbesgoij, nur noch erwärmt. Denn kein gläubiger Jude macht am Schabbat ein Feuer an. Bei der Familie Hübschel tut dies die nichtjüdische Bonne – die Oberste des Personals, die bei Tisch serviert. Sie bereitet auch die Erbswurstsuppe zu, auf die der Großvater soviel Wert legt.

Das Rezept ist ganz einfach. In einer Papierrolle, die auf beiden Seiten mit einem roten Faden zugebunden ist und deshalb wie eine Wurst aussieht, befindet sich eine festgepreßte mehlige Substanz. Gelblichgrün sieht das pulverige, leicht zusammengebackene Innere aus, und Farbe wie Geruch lassen an Erbsen denken. Dieser Strang ist in mehrere Abschnitte unterteilt, jeder reicht für eine Suppe. Man legt ein solches Stück in den Teller, gießt heißes Wasser darüber, rührt um, und fertig ist die Erbswurstsuppe. Natürlich sind nicht nur gemahlene Erbsen in dieser Masse, sondern auch Gewürze und andere Substanzen, dazu normalerweise geräucherter Schweinespeck, was den Geschmack verbessert. Bei der koscheren Erbswurst hingegen besteht diese schmackhafte Fleischwürze aus fein zerkleinerter und geräucherter Entenhaut.

Bella mag die Erbswurstsuppe nicht, aber auf diesem Gericht besteht der Großvater, sagt die Mutter und will ihm nicht widersprechen.

»Er macht das aus erzieherischen Gründen – da würde er nicht mit sich reden lassen.«

Darüber wundern sich auch immer wieder die von Zvi eingeladenen Gäste, wissen sie doch meist weder, wer der reiche Herr Hübschel ist, noch wie er sein Geld gemacht hat.

An einem dieser Sonntage hat der Großvater einen Unternehmer aus Hessen und zwei arme Schlucker mitgebracht. Der

Unternehmer besitzt eine Lederfabrik in Offenbach und ist gut gekleidet mit Überzieher, Anzug und schwarzem Hut, die beiden anderen tragen nur dünne Anzüge, die schon reichlich abgewetzt sind. Nach dem Essen wird der Großvater ihnen wohl sagen, daß sie auf den morgigen Sonntag an der Dienstbotentreppe läuten mögen, um sich einen Anzug oder einen Mantel abzuholen.

»Ja, grad so wie ihr«, wendet sich der Großvater an die beiden, während sie von der nichtjüdischen Bonne bedient werden, »grad so war ich auch einmal froh, am Schabbat eingeladen zu werden, war a arms Jidele. Ja, und was ich da bekam, das war manchmal das einzige warme Essen in der Woche. Deshalb ist es ein guter Brauch, am Schabbat jemanden von der Synagoge mitzubringen. Und du, Bella, sollst diesen Brauch auch mit deinem Mann pflegen, wenn du einmal verheiratet bist. Da muß die Frau drauf schauen, daß die jüdischen Gesetze und Gebote im Hause gehalten werden.«

Man sieht es den Eingeladenen an, sie können sich den reichen Herrn Hübschel mit der feinen Familie seines Sohnes in dem vornehmen Haus nur schwer als Habenichts vorstellen. Und nachdem auch an diesem Tag die Erbswurstsuppe aufgetragen wird, eine Speise, die am Schabbat für jüdische Familien ungewöhnlich ist, kann sich der Lederfabrikant nicht mehr halten.

»Das ist aber eine merkwürdige Schabbatspeise«, wundert er sich; die beiden anderen nicken dazu. Und nach einer kleinen Pause fährt der Fabrikant fort: »Ihr müßt uns erzählen, Herr Hübschel, wie Ihr es vom ›armen Jidele‹, wie Ihr sagt, zu diesem Reichtum gebracht habt.«

Sohn Josef und Beth schauen sich vielsagend an, zu oft haben sie schon die Geschichte gehört. Aber der Alte läßt sich da nicht bremsen, zumal er fest überzeugt ist, daß er sein ganzes Leben samt seinem Reichtum ›nur dem Ewigen verdankt‹. Deshalb erzählt er sein Schicksal wie eine Parabel von der Güte des Gottes Israel, der ihn errettet und geführt hat. Er ist sicher, daß nur sein Glaube ihm geholfen hat zu überleben.

»Ihr habt die richtigen Fragen gestellt, Herr Sontheimer«,

wendet er sich zu dem neben ihm sitzenden Lederfabrikanten, »warum ›Erbswurstsuppe am Schabbat‹ – koschere Erbswurst natürlich –, und ›wie haben wir unser Geld gemacht‹. Beide Fragen hängen zusammen, oder, gut talmudisch gesagt, es ist die gleiche Frage. Wir haben unser Geld mit der Erbswurst gemacht, und deshalb essen wir sie am Schabbat, um dafür zu danken.«

»Aber die Erbswurst«, wirft einer der Gäste ein, »ist das nicht ein Produkt der Firma Knorr in Heilbronn?«

»Viel später, mein Lieber, viel später«, winkt der Großvater ab. »Und«, setzt er mit lauterer Stimme fort, hebt dabei zusätzlich den Zeigefinger in die Luft, »und, die haben nie koscher Erbswurst gemacht.«

»Ihr spannt uns auf die Folter«, lacht der Offenbacher und ist sichtlich amüsiert, einen so interessanten Gesprächspartner getroffen zu haben.

»Es war 1849, in diesem Aufstandsjahr, da hatte ich die Möglichkeit, das Bürgerrecht und eine kleine Mühle zu erwerben, nachdem ich vorher nur als Sackträger gearbeitet hatte. Es war weder ein tolles Haus, noch hatte es eine funktionierende Mühle, eher ein heruntergekommenes Loch mit einem Mühlrad in der Mitte. Das Dach war undicht, die Türen windschief, kurz: Es fehlte an allem. Aber mehr konnte ich mir damals nicht leisten.

Zuerst mußte ich einmal die allernotwendigsten Reparaturen durchführen, den Lauf des Mühlrads reparieren, den Wasserzufluß entkrauten, das ganze Haus ein wenig herrichten, die Wände kalken, was man alles so macht. Nach einem halben Jahr sah die Mühle dann schon ganz ordentlich aus, und die ersten Bauern des nächsten Dorfes kamen vorbei und fragten, ob sie mir ihr Getreide bringen könnten. Ich hatte das vorher gut ausbaldowert: Im ganzen Kreis gab es nur noch eine weitere Mühle, und die war ebenso weit entfernt wie teuer. So begann ich zu mahlen und Mehl zu verkaufen, bis immer mehr Kundschaft kam, die Mühle also rentabel wurde.

So eine Bauernmühle wirft natürlich nicht viel ab, es war mehr Arbeit als Gewinn, und wenn ich damals nicht meine

Sarah gefunden und geheiratet hätte, die natürlich alle Geschäftsvorgänge in perfektem Deutsch abwickeln konnte, ich weiß nicht, ob ich durchgekommen wäre.

Jeden Schabbat ging ich in die Synagoge, und da gab es einige Jidn, die waren vom Schwarzen Meer heraufgekommen. Die erzählten immer von den schönen Speisen und Gerichten, die sie früher daheim mit gemahlenem Erbsmehl gemacht hatten. Sie seien schon überall gewesen, hätten jeden gefragt, Erbsenmehl, also das Mehl von getrockneten und gemahlenen Erbsen, kenne man in Deutschland gar nicht. Ich hörte mir das an, begann Trockenerbsen zu mahlen und Erbsmehl zu produzieren, und – die Leute rannten mir die Bude ein.

Ja, es gab auch Nichtjuden, die damit etwas anfangen konnten; also startete ich eine kleine Erbsmehlproduktion und verdiente nicht schlecht dabei. Besonders mein ›schwer‹, mein Schwiegervater, und seine ›schwiger‹ verkauften Unmengen davon in ihrem Lebensmittelgeschäft hier in der Vorstadt. Und er, der alte Moshe Lustig, war es auch, der mir den Kontakt zu einem Berliner Koch namens Grünberg verschaffte. Die kannten sich seit ihrer Jugend, und Moshe wußte, daß der Koch seit einigen Jahren mit verschiedenen Nährmitteln experimentierte. Er wollte so etwas wie eine Dauernahrung herstellen, etwas, das man immer benutzen konnte, eine Nahrung, die sich auch die einfachsten Schichten leisten konnten. Es hatte da vorher schon mehrere Versuche gegeben. So hatte in München einige Jahre vorher ein gewisser Freiherr von Rumford die sogenannte Rumfordsuppe erfunden, die als Armenspeisung Verwendung fand, auch andere hatten ähnliche Ideen.

Moshe Lustig lädt also eines Tages den Berliner Koch nach Breslau ein, stellt mich vor und erzählt von meinem Erbsmehl. Noch am gleichen Abend braut der Koch mit dem Erbsmehl, einigen anderen Zutaten wie Salz und Gewürzen und ganz kleingeschnittenem, durch eine Maschine gedrehtem Speck eine Suppe zusammen, die gut riecht und wunderbar schmeckt. Wir haben sie natürlich nicht probiert, Schweinespeck, das ist nichts für einen Jidn – nicht koscher. Welch ein

Glück, als er mir meine Frage, ob die Suppe auch mit geräucherter Gänsehaut oder anderem koscheren Fleisch zu machen sei, mit einem Nicken bestätigte.

Die Suppe mußte nahrhaft sein, sie war ganz sämig und hatte praktisch keine festen Teile. Das war für seine Idee wichtig, denn er wollte sie durch Hitze trocknen und damit haltbar machen. Später sollte man sie dann wieder in Wasser auflösen können. Der Abend war ein voller Erfolg, schon in der nächsten Woche kommt ein Eilbrief aus Berlin: ›Bitte mit einem Zentner Erbsmehl sofort nach Berlin kommen.‹ Um es kurz zu machen, die Sache kam ins Laufen, wir haben ein Patent auf die Erbswurstsuppe angemeldet, wobei mein ›schwer‹, der Moshe Lustig, die Idee mit der Papierrolle hatte, eine ideale Verpackung, eine Wurst ist etwas, das jeder kennt.

Während Grünberg und ich noch überlegen, wie wir das Patent verwerten können, meldet sich das Kriegsministerium bei uns. Man sei von höchster Seite sehr daran interessiert, diese neue Suppe zu prüfen, und wenn sie sich als militärisch tauglich erweisen sollte, wolle man das Patent kaufen. Wir müßten wegen dieser Prüfung nur erst einmal ein paar Monate stillhalten mit unserer Vermarktung. Der Koch sollte ein paar Zentner von dieser neuen Trockenmasse produzieren, dann werde die Prüfung beginnen.

Ich habe Tag und Nacht Erbsmehl gemahlen, er hat Tag und Nacht gekocht, und dann hat ein Armeefuhrwerk die Trockennahrung abgeholt. Erst viel später habe ich von dem Test des Kriegsministeriums erfahren. Sie gaben Häftlingen in einer Militärstrafanstalt sechs Wochen lang täglich nichts als Erbswurstsuppe und Brot. Die Häftlinge wurden vorher und nachher untersucht, und die Ärzte stellten fest, daß die Leute hinterher gesünder waren als vorher. Das war 1865. Damit war die Sache gelaufen. Grünberg und ich wurden ins Kriegsministerium bestellt und von zwei hohen Offizieren empfangen. Sie teilten uns mit, das Ministerium werde uns das Patent abkaufen und jedem von uns fünfundzwanzigtausend Taler dafür geben. Damit wären wir die Sache los, aber auch reich, darüber sollten wir nachdenken. Grünberg schlug sofort ein, denn er hatte schon ein Nobelrestaurant in Berlin im Auge, das er mit dem Geld erwerben wollte.

Bei mir dauerte es etwas länger, ich schlug den Herren Offizieren einen Handel vor. Ich wolle kein Geld vom preußischen Staat, aus Dankbarkeit, daß man mir doch gerade erst vor ein paar Jahren das Bürgerrecht gegeben hatte. Das hörten die hohen Herren natürlich gerne. Statt dessen würde ich mich damit zufriedengeben, das benötigte Erbsmehl zu liefern, das ohnedies in ganz Preußen außer mir bisher keiner herstellte. Und – meine Herren Offiziere, sagte ich – ich bin Jude, und wir Juden dürfen nur koschere Sachen essen. Darf ich nebenbei für den kleinen jüdischen Bedarf, im Heer und privat, eine koschere Erbswurst herstellen?

Die Herren lachten jovial, als hätte ich den besten Scherz gemacht. Sie sparen immerhin fünfundzwanzigtausend Taler, murmelte ich, und sie haben den Nachschub an Erbsmehl sicher. Da schlugen sie mir auf die Schulter: Machen wir, Herr Hübschel, das machen wir – ja, das vereinbaren wir sofort. Ich hatte das Gefühl, sie hielten mich für nicht so richtig im Kopf.

Das ist ja elefantös, sagte der eine Offizier, da bekommen wir die Zutaten auch noch gleich dazugeliefert. Noch am selben Tag wurde ein Schriftstück aufgesetzt, das mir diese Rechte zubilligte, ohne daß das Ministerium einen Pfennig an mich für das Erbswurstpatent zu zahlen brauchte.

Ja, meine Herren, das ist der Grundstein meines Vermögens. Denn die koschere Erbswurst mit geräucherter Entenhaut, vom hiesigen Rabbinat überwacht, entwickelte sich zu einem Renner, nicht nur im Inland, sondern auch im Ausland. Und was die Erbsmehllieferungen betraf, schon bald mußte ich Lohnaufträge vergeben, weil wir gar nicht nachkamen mit der Produktion.

Dann kam der deutsch-dänische Krieg, 1866, die Erstürmung der Düppeler Schanzen, in welchem unsere Erbswurst zum ersten Mal bei einem Regiment zum Truppeneinsatz kam und die Soldaten begeisterte.

Ein Topf, eine Wärmequelle, ein Stück Erbswurst rein, Wasser drüber und aufgebrüht, fertig war eine schmackhafte nährende Suppe, die den Bauch warm hielt und den Soldat bei Kräften.«

»Zum wirklichen Großeinsatz jedoch kam unsere Erbswurst erst im deutsch-französischen Krieg von 1870/71, dem sogenannten Siebziger Krieg«, mischt sich jetzt der Sohn ein, der die ganze Zeit geschwiegen hat. »Damals wurde die Erbswurst zur alltäglichen Truppenverpflegung, mit dem größten Erfolg. Übrigens haben in diesem Krieg zum ersten Mal in größerem Maße auch jüdische Soldaten mitgekämpft, und denen lieferten wir – ganz speziell – die koschere Erbswurst.« Nicht ohne Stolz blickt er in die Runde, bevor er fortfährt. »Aber ganz allgemein, meine Herren: Das Kriegsministerium hat uns in einem offiziellen Schreiben bestätigt, daß diese neue Fertignahrung, die Erbswurstsuppe, nicht nur kriegswichtig, sondern geradezu mit kriegsentscheidend für den Sieg der deutschen Fahnen gewesen sei. Aber da waren wir schon lange Heereslieferanten und hatten mehrere eigene Mühlen, die das Rohprodukt ständig liefern konnten.«

»Phantastisch, Herr Hübschel«, bedankt sich der Lederfabrikant und wird ein wenig nachdenklich. »Nur eine Frage noch! Was ist aus dem Koch Grünberg geworden? Der hatte ja nun das Geld auf der Hand.«

Zvi kratzt sich am Kopf. »Tja, der«, sagt er gedehnt, »der hat mit seinem Prachtrestaurant ein Jahr später Pleite gemacht, und dann war das ganze schöne Geld weg. Aber weil er in Berlin wohnt, erzählt er seit damals jedem, der es hören will, daß nur er die Erbswurst erfunden hätte. Und das glauben die Menschen bis heute noch.«

»Und Knorr?« fragt Sontheimer.

»Die haben das Patent erst später erworben, zur Belieferung des privaten Markts. Ein glänzendes Geschäft«, nickt Zvi und legt den Löffel weg.

»Das war wirklich sehr interessant, Herr Hübschel.«

Der Lederfabrikant erhebt sich, verbeugt sich vor Bella. »Dank an die Hausfrau für das schöne Schabbatmahl. Dank

Ihnen, Herr Hübschel, für diese Erfolgsgeschichte; ich habe heute viel gelernt.«

Auch die anderen beiden erheben sich. »Und ich weiß jetzt auch, daß diese Erbswurst Sie nicht nur reich gemacht hat, Sie haben damit auch dem Vaterland einen großen Dienst erwiesen«, nickt Sontheimer im Hinausgehen.

»Ohne Seine Fügung wäre das alles nicht entstanden. Er«, und Zvi zeigt nach oben, »hat mich aus der Eiswüste herausgeführt, wie unsere Vorfahren aus Ägypten, und mir das Gelobte Land gezeigt.«

Damit verabschiedet man sich, und Großvater zieht sich zum Talmudstudium zurück.

Sontheimer ist viel zuviel Kaufmann, um das ganze Potential dieses Betriebs nicht abschätzen zu können. Kaum sind sie unten im Parterre, sagt er mit einem Blick rechts und links in die Flure, von denen die vielen Kontore abgehen, zu seinen beiden Begleitern: »Und das alles werden die kleine Bella und ihr Brüderchen einmal erben. Wenn das kein Vermögen ist ...« Er läßt den Satz in der Luft stehen.

Vom scheinbar unaufhaltsam wachsenden Vermögen der Familie Hübschel ist auch in der Stadt immer mal wieder die Rede. Kein Wunder, daß etliche und beileibe nicht nur jüdische Familien von der zu erwartenden Mitgift schwärmen. Ja, wenn man es denn arrangieren könnte, daß der eigene Sohn die schwerreiche Tochter des bedeutenden Heereslieferanten Hübschel heiraten würde, man könnte ihre semitische Herkunft glatt vergessen. Und immer wieder wird auch in den guten Kreisen der Stadt vom ungewöhnlichen Aufstieg dieser jüdischen Familie erzählt. »Glück haben sie gehabt, aber Geschick obendrein«, sagen die besseren Kreise, wenn sie von den Hübschels sprechen. Nur Schwanitz, der selbst gerne Heereslieferant geworden wäre, kann sich meist nicht enthalten, etwas von jüdischem Ränkespiel zu murmeln. Aber da kommt er bei der liberalen Mehrheit schlecht an. »Zvi Hübschel ist zwar Jude, aber die Sache mit der Erbswurst, die macht ihm keiner nach. Schließlich hat die preußische Armee den Siebziger Krieg gegen Frankreich neben ihrer Tapferkeit auch der Erbswurst zu verdanken.«

Dem pflichtet sogar Graf Keulewitz, General a. D. des Vierten schlesischen Jägerbataillons bei, sonst eher ein Judenfresser, in diesem Falle jedoch die Ausgewogenheit in Person. Und gerne erzählt er immer wieder, wie sie anno 70 vor Gravelotte lagen, »nichts zu reißen, nichts zu beißen – ohne die Erbswurstsuppe hätten wir retirieren müssen. So jedoch ...«, und er macht immer wieder die gleiche ausholende Bewegung, um die für den positiven Schlachtenablauf entscheidende Zangenbewegung zu demonstrieren, »... haben wir auf der ganzen Linie gesiegt, und – nur mit der warmen Suppe im Bauch – die Franzosen vor uns hergetrieben.«

6

Bella kann trotzdem die Erbswurstsuppe nicht ausstehen – aber da kennt der Großvater kein Pardon. »Was für die einfachen Menschen gut und nährend ist, kann auch den Reichen nicht schaden!« Meist blickt er dabei mißbilligend auf die schönen Kleider, die Bella so gerne trägt. »Vergeßt nie eure Herkunft und danket Gott, denn er ist gütig, und seine Gnade währet ewiglich.«

Oft verfällt er dann ins Jiddische oder Hebräische und zitiert einen Psalm oder ein Gebet. Bella, die, seit sie sich erinnern kann, immer in diesem schönen großen Haus gelebt hatte, kann sich die alten Erzählungen des Großvaters aus seiner Jugend kaum ausmalen. Wie hatte er leben können ohne Bedienstete, die Küchenmamsell, das Kammermädchen, die Kinderfrau, die Waschfrau, den Tagesdiener? Na gut, nicht alle Eltern ihrer Kinderfreundinnen haben einen Kutscher, aber wenigstens dann doch einen Pferdejungen. Und wie hatte er Schabbat feiern können, der ihm doch so wichtig war, ohne Schabbesgoij? Manchmal war Großvater schwer zu verstehen ...

In der Schule müssen sie immer ganz artig dasitzen, je zwei Mädchen pro Schulbank. »Der Schulranzen gehört unter, die Hände auf die Bank«, sagt Fräulein Schatzkowski mindestens dreimal am Morgen, wenn eines der Mädchen wieder »herumzappelt«.

Neben Bella sitzt seit dem ersten Schultag Mascha Simmel, ein ruhiges, fast phlegmatisches Mädchen. Bella hat sich schnell mit ihr angefreundet, und wenn ihr bisweilen die Worte nur so aus dem Mund sprudeln, hört Mascha nur zu und schaut still mit ihren großen dunklen Augen. Während Bella schmal, beinahe überschlank ist, hat Mascha etwas Rundliches an sich, ihre Wangen sind ausgeprägt wie kleine Äpfelchen, und an den Armen hat sie noch Babyspeck, wie Mimi einmal sagt. Dabei ist sie ausgesprochen gutmütig und lieb. Alles wird geteilt, selbst das Pausenbrot. Während Bella meist nur einen Apfel und ein kleines Scheibchen Kuchenbrot in ihrer Pausendose findet, packt Mascha jeden Tag mehrere Brote aus, belegt mit Fisch oder dick bestrichen mit Butter. Die werden im Laufe des Morgens gemeinsam verschlungen.

Beim Schönschreiben ist sie besser als Bella, und rechnen kann sie auch nicht schlecht, aber Diktat fällt ihr schwer, und bei Heimatkunde weiß sie nicht, wovon die Rede ist. Bella ist so viel interessierter an allem, nimmt jeden Lehrstoff gleich in sich auf und stellt sinnvolle Fragen; Fräulein Schatzkowski hat schon zweimal zur Mutter gesagt, daß sie sehr zufrieden mit der jungen Hübschel sei.

Mascha wohnt nicht weit entfernt vom schönen Stadtpalais der Familie Hübschel. Ihre Familie bewohnt ein schmales, aber hohes Geschäftshaus in der Neuen Schweidnitzer Straße, der Verlängerung der alten Schweidnitzer zur Kaiser-Wilhelm-Straße hin. Vater Simmel besitzt ein Ledergeschäft, dort hat Mimi auch Bellas Schulranzen gekauft. »Philipp Simmel – Fabrik und Lager feiner Lederwaaren« steht groß über dem Eingang. Bella hat es genau buchstabiert, als sie einmal Mascha nach Hause begleiten darf. Vergnügt laufen die beiden Kinder die Straße entlang, während Mimi und das Hausmädchen, die gleichzeitig Maschas Kindermädchen ist, ebenfalls nebeneinander gehen und miteinander schwatzen.

Ganz fasziniert ist Bella von dem großen Laden und dem ungeheuren Angebot an Lederutensilien. In den Kontoren zu Hause bei uns gibt es nur Papier, denkt sie, das ist langweilig. Aber hier im Geschäft bei Maschas Eltern ist so unendlich viel zu entdecken, da könnte man den ganzen Tag Dinge in die Hand nehmen und ansehen: große und kleine Ledertaschen, Koffer und Köfferchen, Geldbeutel, Gürtel, ach, Bella kann die ganze Herrlichkeit so schnell gar nicht überblicken. Und ein Geruch liegt in der Luft, den sie nicht kennt und den sie kaum beschreiben kann.

Man geht durch die Geschäftsräume, über die hintere Treppe vorbei am ersten Stock, wo die Kontore sind, in die Wohnung in der zweiten Etage. Frau Simmel ist eine herzliche rundliche Frau, die sich freut, daß Mascha ihre Banknachbarin mitgebracht hat, und sogleich eine warme Schokolade offeriert. Dann darf Mascha ihr Zimmer sowie Spielsachen und Puppen zeigen. Doch all das interessiert Bella plötzlich nicht mehr, als sie durch die offene Tür im Nebenzimmer Maschas ältere Schwester sieht, die sich ans Klavier setzt und zu spielen beginnt.

Natürlich hat Bella schon Pianomusik gehört, und in den Repräsentationsräumen im ersten Stock zu Hause steht ein großer schwarzer Flügel, an dem bisweilen, insbesondere wenn eine Redoute oder ein Ball im Hause Hübschel stattfinden soll, von Musikern geübt und gespielt wird. Sie durfte auch schon einmal mit Mimi bei einer solchen Probe dabeisein. Trotzdem hat Musik in Bellas Leben bislang keine große Rolle gespielt.

»Darf ich dabeisein?« fragt sie ehrfurchtsvoll das Mädchen.

»Meinetwegen«, tut die andere großzügig, obwohl sie nur wenig älter ist als Bella, und widmet sich weiter ihrem Klavierspiel.

»Was spielst du da?« fragt Bella nach einer Weile.

Aber die andere wird nur unwirsch wegen der Störung und mault: »Czerny-Etüden, davon verstehst du sowieso nichts.«

Und dann ruft auch schon Mimi, daß es Zeit sei, nach Hause zu gehen. Bella verabschiedet sich von Mascha und bedankt sich artig mit einem Knicks bei Frau Simmel. Nur der letzte Satz von Maschas Schwester ärgert Bella noch tagelang: »Davon verstehst du sowieso nichts.« Und an einem dieser Sonntagmorgen, als der Vater schon ins Kontor zum Großvater gegangen ist und Bella mit ihrer Mutter noch plaudernd beisammensitzt, rückt sie plötzlich mit der Frage heraus: »Was würdest du sagen, wenn ich gerne das Klavierspiel lernen möchte?«

Die Mutter ist einen Augenblick erstaunt, war man in ihrer Familie doch nicht so musikalisch. Auch bei Hübschels hatte man außer von der schönen Stimme des Schtetl-Großvaters bislang noch nichts von musikalischen Regungen gehört. Bella erzählt von ihrem kleinen Erlebnis bei Maschas Schwester, ihrem dringlichen Wunsch, es ebenfalls zu beherrschen. »Bitte, bitte, liebe Mutter!«

Beim nächsten Geburtstag steht tatsächlich ein großes schwarzes Klavier von der Breslauer Klavierbaufirma Traugott Berndt im kleinen Salon der zweiten Etage, und Bella liest ehrfürchtig wieder und wieder die feingeschwungene Goldschrift auf dem schwarzen Deckel: »Hofinstrumentenmacher Sr. Majestät des Königs und Ihrer königl. Hoheit der Prinzess. Marianne der Niederlande.«

Eine Musiklehrerin wird engagiert, und schon beginnt die »Klavierlaufbahn meiner Tochter«, wie Vater lächelnd erklärt, nachdem er während einer der ersten Klavierstunden einmal voller Interesse dem Spiel seiner Tochter gelauscht hat.

»Aber vor die Karriere haben die Götter den Schweiß gesetzt«, wie Mimi mit ihren Sprüchen zu erklären weiß. Fräulein Knauer kommt zweimal in der Woche, und dazwischen muß Bella jeden Tag eine halbe Stunde, manchmal noch länger, üben.

»Bella ans Klavier« wird zur geflügelten Floskel im Hause Hübschel. Es dauert nicht lange, da spielt Bella schon richtige kleine Stücke wie »Der Fröhliche Landmann« in F-Dur.

»Von Robert Schumann«, sagte die Klavierlehrerin, »aus dem Album für die Jugend. Das ist schon richtige Literatur.

Und höre mal, die Melodie liegt hier im Baß, also in der linken Hand, nicht wie üblich im Sopran, in der rechten.«

Beim nächsten Besuch der Familie Silberstein – der Großvater und der Onkel mit Frau, der Cousin Max und die ältliche unverheiratete Tante Silberstein sind zum Abendessen eingeladen – muß Bella zum ersten Mal ihr Können unter Beweis stellen.

Solche privaten Abende im Hause Hübschel haben einen sehr familiären, ja gemütlichen Charakter im Gegensatz zu den offiziellen Einladungen, findet Bella. Man speist zuerst im Eßzimmer zusammen, wo sie mittlerweile schon ganz brav dabeisitzen und mitessen darf. Anschließend verabschiedet sie sich von allen und wird von Mimi zu Bett gebracht. Dann verziehen sich die Herren auf eine Zigarre und ein Glas Wein oder einen Cognac ins Herrenzimmer, Vaters privatem Bureau mit den großen Ledersesseln, dem dunklen Bücherschrank und dem opulenten Schreibtisch. Bella hat festgestellt, daß darin meist mehr geraucht und getrunken als gearbeitet wird. Manchmal schleicht sie sich früh am anderen Morgen hinein, um den würzigen Zigarrenduft, der noch immer im Raum hängt, zu riechen und auch schon einmal an dem kleinen Rest in einem Weinglas zu nippen. Dabei kommt sie sich unheimlich erwachsen vor.

Auf dem Boden liegen türkische Teppiche und vor dem Schreibtisch ein weißes Eisbärfell mit großem Kopf. Vor dem Eisbären hat sich die kleine Bella immer erschreckt, wenn sie einmal, was selten genug vorkam, Vaters Bureau betreten durfte. Heute kann sie darüber nur lachen.

Der Bücherschrank ist stets verschlossen. »Solche Bücher, die sind nichts für kleine Mädchen« ist die Erklärung, und Bella gibt sich damit zufrieden. Sie hat schon ein paarmal von außen durch das Glas in den Schrank geschaut, aber außer einem etwa zwanzigbändigen Meyer's Lexikon mit Goldschnitt und goldener Schrift auf dem Rücken, einer mehrbändigen Geschichte Preußens, einer ganzen Serie von Goethe- und Schillerbänden sowie etlichen Romanen hat sie nichts entdeckt, was ungewöhnlich oder verwerflich gewesen wäre. Vielleicht ist es ja der Roman von Gustav Freytag, »Soll und Haben«, denkt sie manchmal. Das Buch handelt von Breslauer Kaufleuten und wird unter den Erwachsenen immer mal wieder diskutiert. Aber bei diesen Gesprächen versteht sie vieles noch nicht so richtig.

Die Damen sind nach dem Essen ebenfalls noch gerne unter sich. Man bleibt sitzen und plaudert ein wenig, während die Bonne abträgt, oder man begibt sich in den Damensalon. Dort gibt es dann häufig ein wenig Gebäck und ein »Likörchen« oder »Käffchen«.

An solchen Abenden ist Mutter immer fein gekleidet, ein dunkles Taftkleid etwa mit einer großen weißen Kragenspitze. Darüber trägt sie eine weiße kleine Tändelschürze, aus feiner Spitze, die zeigt, daß sie die Hausherrin ist, erklärt Mimi der kleinen Bella. Und weil Mutter auch die Schlüsselgewalt hat, trägt sie an der Taille eine fein gearbeitete silberne Spange mit ihrem Monogramm und einem Ring. Daran befinden sich alle Schlüssel des Hauses, mit denen sie manchmal sogar klappert, wenn sie irgendwie nervös ist.

Aufgeregt ist an diesem Abend auch Bella. Zum ersten Mal soll sie zeigen, was sie gelernt hat, eine richtige Vorführung soll es werden! Dafür hat Mimi ihr eigens ein besonders schönes, schon etwas längeres Kleid angezogen und die Haare zu feinen Locken gedreht. Sie spielt ein kleines Menuett von Haydn, bekommt am Schluß des Stückes großen Beifall, muß sogar noch ein zweites spielen, denn die Gäste rufen: »Zugabe, Zugabe!« Da nimmt sie ein Allegro von Philipp Emanuel Bach, das kann sie besonders gut. Wieder gibt es Beifall und anerkennende Zurufe.

Auch ihre Eltern und Mimi sind stolz auf ihre Fortschritte. Nicht nur musikalisch, auch schulisch hat sie keine Mühe mehr im Lesen, Schreiben und Rechnen. Geschichte fällt ihr ebenfalls leicht.

An einem der schönen gemeinsamen Sonntagmorgen – der Vater ist, wie meist schon, im Kontor und Bella sitzt wie so häufig mit der Mutter noch plaudernd zusammen – rückt sie mit einem Wunsch heraus. »Sieh, Mutter, ich bin ja jetzt schon größer, und Mimi ist doch Erzieherin. Können wir sie jetzt nicht genauso nennen, statt Kindermädchen zu sagen? – Ich bin schon lange kein Kind mehr.«

»Du bist mein Kind und wirst immer mein Kind bleiben.« Die Mutter nimmt sie zärtlich in den Arm. »Aber es ist wahr, du bist wirklich groß geworden.« Und sie beschließt, mit ihrem Mann über das Thema zu reden.

»Du hast recht«, lächelt der Vater, »Erzieherin klingt besser, und sie steht ja auch nicht mehr hinter deinem Stuhl bei den Mahlzeiten, denn unsere ›große Bella‹«, er betont diese Worte ganz besonders, »hat sehr gute Manieren, weiß sich zu benehmen und wird langsam eine junge Dame.« Bella lächelt vor Stolz. Inzwischen läuft sie auch alleine zur Schule, und selbst zu Mascha darf sie hin und wieder ohne Begleitung gehen, ebenso zu anderen Freundinnen, die in der Nähe wohnen.

Für das Alleingehen erhält sie von Mimi, unterstützt durch die Mutter, genaue Anweisungen. Nicht umsonst hat sie im letzten Jahr zu Weihnachten das Buch »Der gute Ton in allen Lebenslagen«, fein in Leder gebunden, geschenkt bekommen.

»Meiner lieben Bella ... zum eifrigen Lesen ... und Befolgen«, hat die Mutter vorne hineingeschrieben und Mimi prägt ihr immer mal wieder einzelne Abschnitte wie diesen ein:

»Über eine Promenade – mitten durch die Welt – wird eine einzelne jüngere Dame oder ein Mädchen gewiß nicht im Spazierschritt gehen. Muß sie dort zufällig vorbei, so wird sie sich an den freien Straßenrand halten und eiligen Schrittes, ohne die Leute anzusehen, das Freie zu gewinnen suchen. In der Regel genügt ein Päckchen, das die Dame trägt, eine zusammengerollte Zeitung oder ein Schulbuch, um sie vor jeder Straßenzudringlichkeit zu schützen.«

Das jüdische Purim-Fest ist ganz nach dem Geschmack der Kinder. Der Ablauf ist, seit sie sich erinnern kann, immer gleich. Am Vorabend geht sie mit der Mutter in die Synagoge, nachdem die strenggläubigen Juden den ganzen Tag den Fasttag Esthers gehalten haben, wie Mutter erzählt. Dann wird die Megilla, die Schriftrolle Esther, vorgelesen, die Geschichte der Königin Esther, ihrem Pflegevater Mordechai und vom bösen Haman, der alle Juden umbringen lassen wollte. Der Vorleser liest an diesem Tag ganz besonders beschwingt, und immer wenn der Name Haman fällt, klopfen viele auf die Bank. Auf der anderen Seite, dort wo die Männer sitzen, hat eine ganze Reihe Knaben einen eigenen Hammer dabei, den Hamanhammer. Mit dem machen sie – je länger die Geschichte geht – einen richtigen Lärm. Und dazwischen wird gerufen: »Verflucht sei Haman« und »Gesegnet sei Mordechai«. Es ist das fröhlichste Fest des Jahres.

Zu Hause gibt es dann traditionell die mit Marmelade oder Mohn gefüllten »Hamantaschen« zu essen oder das »Hamanohr«. Am nächsten Tag beschenkt man sich gegenseitig, auch die Armen werden bedacht.

»Wie kann Freude im eigenen Haus herrschen, wenn man die Freude nicht auch ins Haus des Armen trägt«, sagt der Großvater und sorgt dafür, daß dies reichlich geschieht.

Dann laden die Eltern Freunde samt Kindern ein, um laut und fröhlich zu feiern. Es wird gegessen und Wein – viel Wein – getrunken. Die Alten sagen augenzwinkernd, man solle so viel trinken, »bis man nicht mehr zwischen ›Gesegnet sei Mordechai‹ und ›Verflucht sei Haman‹ unterscheiden kann«. Und alle sind kostümiert mit bunten Kleidern, tragen Masken und Lampions, blasen auf Pfeifen und sonstigen Instrumenten, wie an Karneval. Irgendwann zieht die ganze Gesellschaft hinunter auf die Straße, da trifft man noch mehr Kostümierte, die ebenfalls eingeladen werden mitzukommen, mitzutrinken. Bella ist dieses Jahr als »Esther, die Königin« verkleidet.

Später am Abend taut auch der Großvater auf. Er beginnt, nach einer eigenen, fremdartigen Melodie, die er selber singt, zu tanzen, dreht sich und hüpft herum, daß Bella aus dem Staunen nicht herauskommt.

7

Und dann liegt der Großvater eines Morgens tot im Bett. Es ist eine große Aufregung im Hause, ein Arzt wird sofort herbeigeholt, aber der kann nur noch den Tod durch Herzschlag feststellen.

»Er hat nicht leiden müssen, ist einfach so hinübergegangen – im Schlaf gewissermaßen«, tröstet der Arzt die Familie, die völlig fassungslos im Salon zusammensitzt.

»Gestern abend noch kam er kurz herein und erklärte, er werde heute nicht am Abendbrot teilnehmen, er fühle sich nicht so wohl«, schluchzt die Mutter. »Er strich Bella noch einmal über die Haare, wie er es gerne tat, dann ging er in sein Zimmer zurück. Freundlich lächelnd hat er mir zugenickt, als er aus der Tür spazierte.«

»Er war immer mit sich und der Welt im reinen, er hatte klare Standpunkte, ein gerades Wesen, einen Glauben und – das hat er uns vielleicht voraus – eine Weissagung, an die er unbedingt geglaubt hat«, läßt sich der alte Silberstein vernehmen, der, kaum benachrichtigt, sofort ins Trauerhaus kommt.

»Ja, er hatte einen ebenso festen Glauben wie einen dicken Kopf«, murmelt sein Sohn und spürt trotz aller Meinungsverschiedenheiten schon in diesem Augenblick die große Lücke, die der Vater hinterlassen wird.

Hätte ich mehr auf ihn eingehen sollen, hätte ich mich mehr mit ihm beschäftigen sollen? Das sind Fragen, die Josef in den nächsten Tagen mehr als einmal quälen. Erst ein klärendes Gespräch mit seiner Frau nimmt ihm ein wenig von dieser Last. Währenddessen laufen die Trauervorbereitungen. Die chewra-kadischa, die Beerdigungsbruderschaft, ist gleich benachrichtigt worden, schließlich soll der Großvater nach althergebrachter Weise beerdigt werden. Die Leiche wird gewaschen, dann das weiße Totenhemd – der Kittl – angezogen, einstmals hatte er ihn von seiner Sarah bei der Hochzeit geschenkt bekommen und alljährlich, wie es Brauch ist, zu roschhaschana und zu jom kipur getragen. Auch der tallit, meist das übliche Hochzeitsgeschenk des Schwiegervaters, wird ihm umgelegt, aber die zizes, die kleinen Schaufäden, werden abgeschnitten. Dann kommt der Leichnam in einen einfachen ungehobelten Sarg und wird schließlich von seinen alten Freunden aus dem Haus getragen, damit er endlich seine Ruhe in der Erde findet.

Die Totenwache, die vielen Trauerbesuche, das Seelenlicht und das tagelange Murmeln der Gebete und Psalmen im Hause führen zu einer seltsamen Stimmung. In den Kontoren wird nur noch geflüstert, die Mädchen in der Wohnung scheinen gar nicht mehr mit den Füßen aufzutreten, das große Haus hat eine gewisse weihevolle Atmosphäre, die das gesamte tägliche Leben erfaßt hat.

Die Beerdigung selbst hat Bella später nur noch undeutlich in Erinnerung; die Männer, die die Bahre trugen, der psalmodierende Kantor, der um Fassung ringende Vater, der sich ebenso wie die Mutter das Kleid zerriß. Viele alte Bekannte, einige Freunde des Großvaters, die sie noch nie gesehen hatte, waren dagewesen, um kaddisch das Trauergebet zu sagen. Auch die Verwandten von Zvis längst verstorbener Frau Sarah, etwa deren jüngere Schwester Brit, jetzt längst ein altgewordenes Weiblein, sowie ein Bruder samt Sohn waren zu dieser Trauerfeier gekommen, obwohl die Familien kaum Kontakt hatten.

Wohl ein Jahr später wird der Vater noch einmal beim Essen über die großmütterliche Familie reden und erzählen, daß der gutaussehende junge Mann am Grabe, an den sich Bella noch erinnert, inzwischen Sozius des bedeutenden Handelshauses Caro geworden sei und gerade den »Schlesischen Handelsverein« gegründet habe.

Das nächste, an das sich Bella viel später noch erinnern wird, sind die vielen Reden – ein hoher Offizier sprach ebenso wie ein Stadtverordneter –, die Abordnungen der Betriebe – teilweise mit Kränzen – und schließlich die drei Schaufeln Erde, die dumpf in das Loch polterten und das frisch ausgehobene Grab schon wieder anfüllten. All das verwob sich für das junge, empfindsame Gemüt des Mädchens zu einem geradezu unwirklichen Schauspiel.

Erst nach etlichen Wochen kehrt in den Bureaus des großen Hauses an der Schweidnitzer Straße wieder der übliche Arbeitseifer ein, und die Eltern sprechen nicht mehr ausschließlich vom Tod, obwohl das Seelenlicht noch immer brennt.

Und dann, nach einigen Monaten, ist die Familie wiederum zusammengekommen. Auch der alte Silberstein ebenso wie sein Sohn, Onkel Silberstein, Bruder von Beth, hat sich eingefunden, wie Großvater es schriftlich verlangt hatte. Der Notar hat sich angemeldet, mit seiner schwarzen Tasche steht er im Hausflur, um später das Testament zu verlesen.

Davon versteht Bella nichts; sie ist noch immer traurig, daß Großvater so schnell von ihr gegangen ist. Sie ist bei der Testamentseröffnung auch nicht anwesend, obwohl häufig von ihr und ihrem Bruder die Rede ist. Er hat nämlich sein ganzes Vermögen den beiden Enkelkindern vermacht, weil er mit den Assimilierungstendenzen seines Sohnes nicht einverstanden war. Mit monotoner Stimme liest der Notar völlig unbeteiligt die einzelnen Passagen mit den Anweisungen, Bemerkungen und Ermahnungen vor.

»Dir, mein Sohn, muß ich sagen«, beginnt eine der Passagen und dann weiter: »von deiner Vornamensänderung angefangen bis zu Bart und pejes, die du dir hast schneiden lassen, war ich nicht einverstanden. Ich habe mein Vermögen nur mit Hilfe des Einzigen und Ewigen und unter Beachtung Seiner Gebote gemacht«, ließ er warnend schreiben, »also erzürne Ihn nicht!«

Schließlich setzt er Onkel Silberstein als Vermögensverwalter für die Enkel ein, während der Sohn die Führung und Leitung der großväterlichen Betriebe übernehmen soll.

Am Schluß folgen die Legate für einzelne Personen, etwa das Mädchen, das ihn am meisten betreut hat, den ältesten Mitarbeiter in der Firma, und natürlich werden einzelne jüdische Wohlfahrtseinrichtungen mit nicht geringen Summen bedacht.

Nach der Verlesung ist erst mal Schweigen im Raum. »Ja, das war's«, sagt der Notar ganz überflüssig, »das ist sein Wille, den wir zu respektieren und auszuführen haben.« Er packt die Akte zusammen, läßt sich von dem noch immer stummen Vater die Aushändigung des Testaments unterschreiben und zieht sich zurück.

»Ja, wir haben seinen letzten Wunsch zu respektieren«, sagt auch der alte Silberstein und legt dabei eine Hand auf Vaters Arm. So verärgert der Vater im ersten Augenblick über dieses Testament, diese »unmögliche Regelung« ist, fügt er sich schließlich dem guten Zureden des Onkels, zuckt seufzend die Schultern und meint: »Ja, so war er eben.«

»Sieh, es bleibt doch alles in der Familie«, erklärt der alte Bankier ein paar Tage später, als man noch einmal über die Ausführungsmodalitäten des Testaments spricht. Großvater Silberstein ist nicht mehr häufig in der Bank, aber ein solches Gespräch behält sich der Senior noch immer gerne selbst vor. Er hat Zvis ganzen Lebenslauf verfolgt, bei ihm hatte der aufstrebende Mühlenbesitzer Hübschel das erste Konto eröffnet, und der alte Silberstein hat erlebt, wie diese Firma zum größten Kunden der Bank wurde. Dann ist man sogar verwandtschaftliche Beziehungen eingegangen, deshalb will er diese Situation ohne Probleme vom Tisch haben.

»Du weißt selbst, der Alte war immer ein besonderer Kopf«, beginnt er wieder. »Aber was viel wichtiger ist, die Betriebe – dein Handel und seine Mühlen – sind doch ohnedies so eng verzahnt, daß sie nur gemeinsam erfolgreich sein können. Schau, wir müssen das Amt als Vermögensverwalter deiner Kinder ernst nehmen, mein Sohn wird dich also zu kontrollieren haben – in verwandtschaftlicher Strenge. Wir verwalten ohnedies jetzt schon das Geldvermögen, die Aktien und die jährlichen Erträge. Man wird alles gut und solide anlegen, damit Bella später, wenn sie erwachsen ist, darüber verfügen kann und Friedrich ebenso. Aber du hast auch deine Vorteile, du kannst jetzt besser planen, die Auslastung der beiden Firmengruppen viel besser koordinieren, du hast keinen mehr, der dir reinredet. Glaube mir, die Regelung ist gar nicht so schlecht.« Er hält einen Augenblick inne. »Etwa eine Million Taler (das werden ab 1907 zirka drei Millionen Goldmark sein und wären heute zirka achtundzwanzig bis dreißig Millionen Euro) pro Kind; das ist natürlich nicht wenig, und die Zinsen und Erträge auf das Kapital werden das Ganze noch per anno ganz hübsch vermehren. Aber schau doch – es kommt ja nur deinen Kindern zugute.« Wieder schweigt er kurz.

»Natürlich hast du Mehrarbeit, aber das wird ja auch bezahlt. Sieh mal, das Rittergut, die anderen Güter, alle haben sie fähige Verwalter, die werden in Zukunft von hier aus kontrolliert, die Firma Bäckerglück überwachst du bereits indirekt. Die verkaufen doch jetzt schon nur deine Produkte, da kannst du jetzt noch mehr expandieren. Und die Mühlen mahlen doch auch nur das, was du anlieferst und dann wieder vertreibst ... Ich denke, du hast eher Vorteile als Nachteile.«

Wieder hält er einen Augenblick inne. »Und das schiere Bar, das hast du doch bei deinem glänzenden Geschäftsgang gar nicht nötig, wie ich als dein Bankhaus weiß!«

Als der alte Silberstein anschließend eine Flasche Cognac holt und zwei Gläser einschenkt, stoßen sie freundschaftlich miteinander an. Seit jener Aussprache hat es nie mehr eine Unstimmigkeit über diesen Punkt gegeben.

Jetzt ist er tot, denkt Bella in den nächsten Wochen immer wieder. Er war ihr nahe gewesen, freundlich, strich ihr bisweilen liebevoll übers Haar, war ihr aber gleichzeitig auch immer fremd geblieben, unverständlich, und was er sagte, blieb für Bella meist unerklärlich. Viele seiner Erzählungen erschienen ihr eher wie aus einem Märchen. Etwa, wenn er von dem Ort Lowno sprach, wo er herkam, oder wenn er von den alten Sitten dort erzählte. Selbst die einfachsten Dinge schienen bei ihm einen ganz anderen Sinn zu haben.

Kopfschüttelnd erinnert sich Bella auch an eine kleine Begebenheit im letzten Herbst, als er sie plötzlich an die Hand nahm und voll unerklärlicher Freude zu der großen Buche in der Mitte ihres Paradiesgartens führte. »Bella, schau mal«, sagte er mit seiner etwas kehligen Stimme, die ihr immer wie aus dem Rachen zu kommen schien, »Bella, das sind Bucheckern.« Bella sieht ihn nur verständnislos an. Dennoch murmelt sie folgsam: »Ja, Großvater«, aber mehr fällt ihr dazu nicht ein.

»Bella«, beginnt der Großvater wieder, »hast du schon einmal Bucheckern gegessen? Sie schmecken wunderbar.« Bella schüttelt den Kopf. Da sinkt der alte Mann auf die Knie und sucht eine Handvoll Bucheckern zusammen. Schon knackt er die ersten Schalen. »Hier nimm und iß, Bella, sie sind besser als Nüsse – das beste, was es gibt.« Gehorsam nimmt das Mädchen ein paar der kleinen entkernten Bucheckern und beginnt darauf zu kauen.

»Schmeckt mir nicht«, sagt sie dann und würde am liebsten wieder zurücklaufen zu den Eltern.

»Ach ja, du verstehst es nicht«, der Großvater steckt sich mit großem Behagen etliche Bucheckern in den Mund, »sie schmecken so ganz nach früher, nach Jugend, nach Glück.« Die letzten Worte hat er ganz leise gesprochen, und dabei schaut er sinnend auf den Boden zu den vielen Früchten, und ein verklärter Ausdruck erscheint auf seinem Gesicht. Es waren solche kleine Bucheckern, die ihm bei seiner Flucht einmal das Leben gerettet haben.

Sie hätte ihn damals fragen sollen, denkt sie heute, was es mit den Bucheckern auf sich hatte. Ja, jetzt wo sie allmählich erwachsen wird, hätte sie wohl viel besser mit ihm reden können als zu ihrer Kinderzeit, wo sie oft Furcht vor ihm hatte. Zu Hause trug er immer noch gerne den Kaftan und die Jarmulke, und wenn er nachdachte, zwirbelte er wohl seine grauen pejes und strich sich durch den Bart. Und bisweilen redete er unvermittelt »mammelosch'n« mit ihr, jiddisch, die Sprache seiner Heimat. Morgens etwa, wenn er zum Frühstück kam und gut gelaunt war, begann er manchmal die Begrüßung mit dem Satz: »Wos hert sech – ma leijbt und beschwert sech.« Da mußte Bella immer kichern, denn so ganz verstand sie nie, wenn Großvater ein paar Worte in dieser eigenen Sprache in seinen Bart hineinmurmelte.

Vater dagegen blickte immer mißbilligend, wenn er so »jiddelte«, machte sogar abfällige Bemerkungen, wenn er sich beklagte, daß es so selten kashe und andere jüdische Speisen aus seiner Heimat gebe. Mama sagte dann immer, sie verstände das alles gar nicht, obwohl sie doch auch aus einem jüdischen Hause stammte und der Großvater mit dem alten Silberstein bisweilen auch ein paar Worte Jiddisch wechselte. Denn so richtig perfekt preußisch-deutsch, wie Vater sich immer ausdrückte, konnte Großvater Zvi nie sprechen.

Bella stellt sich vor, daß seine Seele immer noch im Studierzimmer sitzt, wo man nichts verändert hat, wo alles noch so steht, als könne er jeden Augenblick zurückkommen. Aber seit er weg ist, hat Bella Angst, in seine Räume zu gehen. Vielleicht ist er ja doch noch da, denkt sie bisweilen.

»Ach was«, sagt Mimi, »er liegt in der Erde, du kannst sein Grab doch sehen.«

In den kommenden Jahren hält die Familie auf ihrem sonntäglichen Weg zu »Hübschels Paradiesgarten« häufig bei der alten jüdischen Begräbnisstätte in der Nähe des Centralbahnhofs und legt einen Stein auf sein Grab, wie es jüdische Sitte ist. Es ist kein Umweg, man fährt ohnedies lieber außen rum, da kommt man am Hauptbahnhof vorbei, und gegenüber, um die Ecke, versteckt in einem Park an der Lohsestraße, liegt der alte jüdische Bestattungsplatz. Dort haben auch Ferdinand Lasalle und viele andere berühmte jüdische Bürger der Stadt ihre letzte Ruhe gefunden.

An einem dieser Sonntage hat der Vater Geschäftsbesuch aus Posen zum Nachmittagskaffee in den Paradiesgarten eingeladen. Sigmund Cohn ist ein alter Kunde aus Vaters frühen Geschäftsverbindungen. Die Familie stammt aus Kreuzburg nahe der polnischen Grenze. Der Vater hatte einen Weinhandel, den er um 1860 zugunsten der Armeeverpflegung umwandelte. Ein solides Geschäft ist das, Heereslieferant, wie der Vater nur zu genau selbst weiß. Aber das wirklich große Geld hat Cohns Bruder Simon im Siebziger Krieg gemacht. Simon ist erst vor kurzem zum Geheimen Kommerzienrat ernannt worden, weil er der Armee, durch seine Verbindungen und seine Geschäftstüchtigkeit, Millionen von Talern für die Truppenverpflegung erspart hat, wie in allen Zeitungen zu lesen war. Er lebt und wohnt in Berlin und hat ein Palais in der vornehmen Behrenstraße.

Sigmund Cohn hat in Breslau nicht nur Geschäfte abgewickelt, sondern auch seinen Sohn besucht. Voller Stolz hat der Vater den Zweiundzwanzigjährigen mitgebracht. In gepflegter Kleidung mit dem weißen Stürmer auf dem Kopf macht der Farbenstudent einen sehr guten Eindruck. Er studiert an der Universität und absolviert gleichzeitig die neue Breslauer Rabbinerausbildung. Gemeinsam mit der Familie fahren die Gäste hinaus, und ganz natürlich kommt das Gespräch auf den Alten, während sie mit der Chaise am Begräbnisplatz vorbeifahren.

»Lassen Sie uns kurz am Grabe vorbeigehen«, bittet Cohn, »er hat unser Gedenken verdient.«

Die Kutsche hält an, man geht zum Grab, und jeder legt einen Stein auf eine der Balustraden des prächtigen neuen Denkmals, das der Sohn als Familiengrab jüngst errichtet hat. Zwischen griechischen Säulen mit architekturaler Bekrönung finden sich mehrere glatte Flächen, die alle jetzt noch frei sind. In der Mitte jedoch ist die erste Fläche mit dem Davidsstern geziert, und in aufgelegten hebräischen Kupferlettern steht dort Großvaters Name, darunter folgender Text:

Hier ist begraben
Zvi Hübschel,
ein Mann vielfältiger Treue,
fromm und redlich.
Er hielt den Ewigen in Ehren und enthielt sich des Bösen.
Einen guten Namen hat er erworben durch erhabene Taten,
und seine Hände hat er ausgebreitet zu den Armen.
Er starb in einem guten Greisenalter
am Tage des 26. Siwan 400+200+45.
Sein Angedenken gereiche zum Segen,
und seine Seele gelange ins Licht des Lebens.
Möge die Seele eingebunden sein im Beutel des Lebens.

Gemeinsam spricht man kaddisch – ist es doch religiöse Pflicht, für die verstorbenen Angehörigen zu beten:

Laß, o Herr, Deine Kraft sich groß zeigen,
wie Du es verheißen hast ...
Schaffe uns und ganz Israel
in Deiner Barmherzigkeit Frieden. – Amen.

»Hier haben wir ihn begraben«, sagt der Vater, »Sie, Herr Cohn, haben ihn ja noch gut gekannt.« Der andere nickt. »Ich hatte immer die größte Hochachtung vor Ihrem Vater, und wir haben viele gute und immer nur ehrliche Geschäfte gemacht. Aber er hatte in allem seinen eigenen Kopf. Ach, was hat er manchmal geschimpft über die Reformbestrebungen in der Synagoge, so lange, daß wir bisweilen kaum zum Geschäft kamen. Das hat ihn wirklich aufgeregt.«

Der Vater nickt und wendet sich an den Alten: »Aber denkt Euch, Herr Cohn, hier ist jetzt das moderne jüdisch-theologische Seminar, hier in Sichtweite seines Grabes bilden sie die modernen Doktorrabbiner aus, die er so wenig leiden mochte. Und der Platz hier vorne heißt jetzt sogar Fraenkel-Platz, weil der mit seinem Geld das ganze Unternehmen gestiftet hat.«

»Ja, hier in diesem Haus an der Ecke studiere ich jetzt, und in zwei Jahren werde ich hoffentlich Rabbiner sein«, mischt sich der junge Cohn ein. »Es ist schon viel, was man heutzutage verlangt. Ich muß ja neben der Ausbildung hier noch ein Universitätsstudium absolvieren, natürlich mit Promotion.«

»Ja, wie sich alles geändert hat, das hat ihm nicht gefallen«, murmelt der alte Cohn und fährt fort: »Jeder von uns weiß nur zu genau, welche Kämpfe es zwischen den Orthodoxen und Reformern innerhalb der jüdischen Gemeinden in den letzten Jahren gegeben hat und noch geben wird. Dieser Richtungsstreit hat sich in dieser Stadt entzündet; hier in Breslau wurde erstmals über eine Modernisierung der jüdischen Religion nachgedacht, über eine Anpassung an die moderne Gesellschaft mit ihren verschiedenen Glaubensrichtungen, die alle gleichberechtigt werden sollten. Dazu gehört natürlich auch die Reform der Rabbinerausbildung, die bislang geradezu formlos war. Und dieser Streit um die Reformen ist bis in die zahlreichen jüdischen Vereine, ja bis in die Familien, getragen worden.«

»Manchmal kann ich es schon nicht mehr hören«, stöhnt der Vater. »Die Frage, wie weit man sich assimilieren solle, wie sehr man nicht nur ein guter, sondern sogar ein besserer Deutscher zu sein habe, bestimmt in den letzten Jahren nahezu jede Diskussion unter unseren jüdischen Bürgern in Breslau.«

»Man will sich ja anpassen«, sagt der junge Cohn, »viele wollen gute Deutsche sein und dennoch treue Juden bleiben. Dabei gibt es zahlreiche Ablehnungen und Zurückweisungen in der Öffentlichkeit, es gibt Vereine, die keine Juden aufnehmen, mögen sie noch so angesehen sein. Manche Burschenschaften etwa weigern sich, jüdische Studenten eintreten zu lassen, Turnvereine wollen ›unter sich‹ bleiben, selbst manche Gesangvereine glauben, nur von arischen Stimmbändern könne ein deutscher Gesang wohllautend erschallen. – Also, ich«, er öffnet das Jackett und zeigt sein Band über der Brust, »ich trage mit Stolz die Farben der ›Viadrina‹, der ersten jüdischen, schlagenden Verbindung. Wir wollen zeigen, daß auch dem jüdischen Studenten Mut, Mensur und Männlichkeit nicht fremd sind. Ich könnte euch da vieles erzählen.« Der junge Cohn strafft sich sichtlich bei diesen Worten und fährt fort: »Und wenn wir dann einmal nach beendetem Studium unserer Hochschule Lebewohl sagen, so wissen wir, wo wir unsern Charakter gestählt, wo wir uns Mut und Entschlossenheit in jeder Lage angeeignet, aber auch wo wir gelernt haben zuzuhören, wenn ein älterer Kommilitone das Wort führte.«

Auch Josef Hübschel hat sich schon seit langem für seinen persönlichen Weg entschieden, und seit der Vater tot ist, verfolgt er ihn noch konsequenter: Er will Deutscher sein, aber auch Jude bleiben und dabei im Alltag so wenig auffallen wie ein protestantischer, ein katholischer oder reformierter Preuße. Deshalb trägt er keinen langen Bart und keine pejes mehr. Natürlich geht er dennoch mit dem schwarzen Hut zur Synagoge, spendet immer für die verschiedenen jüdischen Unterstützungsvereine und hält intern in seinem Hause auf jüdische Regeln und Gesetze.

»Und dann soll endlich Schluß mit der Diskriminierung

sein, mit den dummen Sprüchen, den nur scheinbar witzigen Karikaturen, all den kleinen Sticheleien der anderen, die man als Jude ständig überhören muß«, murrt er bisweilen. Und diskutieren will er darüber auch nicht ständig, noch weniger sich rechtfertigen, die Geschäfte nehmen ihn ohnedies sehr stark in Anspruch, seit der Großvater tot ist.

8

Der Vater hat inzwischen nur noch wenig Zeit für seinen Sonnenschein, wie er immer sagt. Nur eine Entspannung kennt er zwischen all seinen geschäftlichen Terminen: das wöchentliche Treffen mit seinen Schlaraffen. Diese kauzige Herrengesellschaft erscheint ihm wie das genaue Gegenteil seines täglichen Lebens, der akkuraten Arbeit in seinem Kontor, der Führung seiner Unternehmungen. Bei den Schlaraffen wird er zu einem ganz anderen Menschen, hier findet er all die Leichtigkeit seines Charakters, die er sich in seinem Beruf versagen muß. Von Herbst bis zum Frühjahr – die Schlaraffen treffen sich nur im Winterhalbjahr – ist ihm dieser eine Abend in der Woche der wichtigste. Da trifft er die unterschiedlichsten Menschen: Künstler, Beamte, Schauspieler, Anwälte, Offiziere, Honoratioren. Es ist der einzige Verein, in dem man auch als Jude völlig vorurteilsfrei aufgenommen wird. Da fragt wirklich niemand nach der Herkunft oder der Religion, nach Beruf oder Geld. Es ist bei den Zusammenkünften geradezu streng verboten, über derartige Themen zu sprechen. Jedesmal, wenn er von seinen Schlaraffen kommt, wirkt er fröhlich und ausgeglichen, lacht gar noch am anderen Tag.

Auch Bella ist schon aufgefallen, daß er nach diesen Abenden immer ganz entspannt wirkt. Mutter sagt, sie sei froh, daß es so etwas gebe wie diesen »Lulu-Lustverein«. Und selbst wenn er bisweilen nach einem langen Tag müde aus dem Kontor kommt, treibt sie ihn richtig an, dennoch zu den Schlaraffen zu gehen. »Das tut dir gut«, pflegt sie zu sagen, »und mir am andern Tag ebenso« – setzt sie dann manchmal leise hinzu.

»Man kann es schwer erklären«, meint er auch zu seinem Freund Werner Wentzel, der ihn zu dieser merkwürdigen Herrengesellschaft befragt.

Sie sitzen an einem schönen Sommernachmittag zusammen im Paradiesgarten und genießen die Natur. Werner Wentzel ist einer von Josefs ältesten Freunden, noch aus der Zeit der Handelsschule. Auch Wentzel ist längst Nachfolger seines Vaters Moritz und Inhaber des vornehmsten »Krystall-, Porzellan- und Luxuswarengeschäfts« am Ort. Die neuen elektrischen Beleuchtungskörper findet man ebenso wie feine Glasgravuren, die im eigenen Betrieb hergestellt werden und schon zahlreiche Preise auf Kunstgewerbeausstellungen errungen haben. Die Firma besteht seit 1801 und ist inzwischen Hoflieferant diverser Hoheiten, die regelmäßig die eleganten Geschäftsräume am Ring 15 gegenüber der Sankt-Elisabeth-Kirche nahe beim Rathaus frequentieren.

Seit ihrer Jugendzeit sind die beiden befreundet, man lädt sich immer wieder gegenseitig ein, denn diese Freundschaft ist dem Vater wichtig; der Kontakt zu dieser alteingesessenen protestantischen Familie bedeutet ihm viel.

»Ich habe schon so einiges von diesem Schlaraffia-Verein – oder ist es eine Loge? – gehört. Es sollen ja zahlreiche Mitglieder der guten Gesellschaft mitwirken. Andererseits erzählt man sich, es würde dort nur ›Hallodri‹ getrieben. Du bist ja wohl auch dabei, hat man mir neulich erst erzählt.«

»Nein, eine Loge sind die Schlaraffen nicht«, erklärt der Vater, »wir haben nichts mit dem ernsten strengen Ritual solcher Vereinigungen zu tun, wenn überhaupt, so könnte man Schlaraffia vielleicht die ›lachende Tochter‹ der Loge nennen. Aber das trifft es eben auch nicht. Schlaraffia, das ist etwas ganz Eigenes, in keinem Fall ein Geheimbund. ›Kunst, Freundschaft und Humor‹ ist unser Wahlspruch, und dieser Idee ordnen wir alles andere unter. Bei uns ist man nur einfach Mensch unter Menschen. Da zählt nicht Rang noch Religion, nicht Stand noch Position, die Kunst, die Freundschaft und der Humor, die drei sind es, die uns zusammenhalten.« Er wendet sich dem Freund zu und beugt sich vor. »Sieh hier, alle Schlaraffen tragen diese kleine Perle am Jackett, wir nennen sie die Rolandnadel. Die hast du vielleicht auch schon einmal gesehen. Daran kann uns jeder erkennen, und wir erkennen einander in einer fremden Stadt ebenso. Und dann sagen wir zueinander ›Lulu‹, denn so heißt unser Gruß.«

Er verzieht das Gesicht ein wenig und lächelt in sich hinein.

»Also, was wir wirklich so treiben, das ist gar nicht so leicht zu vermitteln. Wenn jemand beispielsweise zum ersten Mal zu uns kommt, denkt der meist, wir seien verrückt! Das habe ich übrigens beim ersten Besuch auch gedacht.« Einen Augenblick lang schwelgt er in Erinnerungen und schweigt.

»Schluß jetzt«, lacht Josef, »wir haben noch andere Themen heute, aber wenn du willst, kann ich dich einmal mitnehmen, im Herbst, wenn wir wieder sippen.« Er blickt dem Freund fest in die Augen. »Du hast alle Voraussetzungen! Du bist unbescholten, gut beleumundet, in gesicherten Verhältnissen, leicht fortgeschrittenen Alters, und du hättest sicher kein Problem, Paten zu finden. Aber was das wichtigste ist, wenn ich mich an unsere Jugendzeit erinnere, so warst du auch ein fröhliches Haus, zu manchem Scherz aufgelegt. Auch heute noch, wenn du dich nicht hinter deinen Porzellanbergen verkriechst.«

Da grinst Werner Wentzel über das ganze Gesicht.

Wentzels Lachen erschallt erneut, als sie im Spätherbst nach einem langen Sippungsabend kurz vor Mitternacht die »Friedensburg«, den Sitz der Schlaraffen, verlassen. Die Melodie des letzten Liedes klingt noch in ihren Ohren, und sie stehen schon auf der Straße, da singt Josef noch einmal leise die erste Strophe:

»Die Mitternachtsstunde, sie ist wieder da,
laßt scheiden uns Brüder in Uhu, Aha,
den Helm jetzt vom Haupte, das Schwert von der Seit,
ach, Scheiden, ihr Brüder, bringt Sorgen und Leid,
ach, Scheiden, ihr Brüder, bringt Sorgen und Leid.«

»Ich hätte nie gedacht, daß ich soviel Spaß haben könnte! Bei euch ist es wie in einer anderen Welt«, meint Wentzel kopfschüttelnd. »Allein schon die Ritternamen, die ihr euch gebt. ›Erbs – ihm ist alles Wurst‹, so heißt du ja offensichtlich, und die anderen skurrilen Namen.« Er faßt sich an den Kopf. »Ich habe ja etliche der Herren gekannt, und sie haben mich auch begrüßt. Singer, der Textiler.« – »Der heißt bei uns Stoffokles, das Singerlein oder Professor Schneider von der Universität ...« – »Das ist der Ritter Lobesam, der Schneidige.« – »Dann Freiherr von Mecknes, von der Provinzialverwaltung.« – »Ah, du meinst den Ritter Meck-meck in allen Provinzen.«

»Natürlich habe ich Franz Oberholzer, den Sänger, und ein paar Schauspieler auch erkannt. – Es ist wirklich ein buntes Völkchen, das sich da trifft und einen Abend lang nichts als geistvollen Scherz und Mummenschanz treibt«, sagt er nachdenklich.

»Und wir singen natürlich viel, wie du gemerkt haben wirst. Hast du auch den Schuhmacher mit seinem Baß gehört, das ist übrigens der Ritter Bass-o-phon auf leisen Sohlen.«

Sie gehen zusammen durch die Carlstraße, bis sich ihre Wege an der Schweidnitzer Straße trennen. »Ich danke dir für die Einladung! Es hat mir sehr viel Freude gemacht«, sagt Wentzel und drückt dem Freund die Hand, »und wenn du mich mal wieder mitnehmen könntest – Verzeihung, wenn der Ritter Erbs den Pilger Wentzel erneut in die Friedensburg einführen würde –, der Pilger wäre bereit.«

Da müssen beide lachen, und als Wentzel dem Freund die Hand reicht, gebraucht er zum ersten Mal den richtigen schlaraffischen Gruß: »Lulu.«

»Lulu zurück – und guten Heimritt«, antwortet der Ritter Erbs mit einem festen Händedruck.

»Du hast es leicht mit deinen Schlaraffen, die kennen wirklich keine Standesunterschiede, aber wenn ich hier mal wieder ein Fest organisieren soll, habe ich Probleme. Meinst du, ich kann auch die Freifrau von Spannwitz einladen?« bohrt Beth am sonntäglichen Mittagstisch über das für sie offensichtlich endlose Thema.

Bella kann das ewige »Die laden uns ein, die laden uns nicht ein« schon nicht mehr hören.

»Liebe Beth, wir haben gesellschaftliche Verpflichtungen, und denen wollen wir auch gerne nachkommen. Wir haben wunderschöne Gesellschaftsräume im ersten Stock, und wir laden die ein, die uns nahestehen, diejenigen, die uns auch einladen und die, mit denen wir geschäftlichen Kontakt pflegen, das ist doch klar. Der Adel ist eine eigene Kaste und bleibt sowieso unter sich, den brauchst du gar nicht auf die Liste zu setzen.«

»Bei uns zu Hause gab's aber durchaus Gäste von Stand«, murmelt Beth ein wenig muffig.

»Ich bitte dich«, der Vater wird ernst, »wir kennen beide genügend ›vons‹, die ständig in solchen Geldnöten sind, daß sie auf die Einladung eines Bankhauses hin geradezu auf allen vieren gekrochen kämen. Denk nur an die ganzen adeligen Offiziere mit ihren Spielschulden. Wir können hier nur einen festlichen Rahmen anbieten, keinen Kreditrahmen. Aber willst du solche Leute, nur weil sie im Dreibuchstabenverband sind?«

»Natürlich nicht«, beeilt sich Beth zu erklären, »aber es gibt so viele nette adelige Familien. Neulich hatte ich bei einem Kaffeeplausch bei der Gattin von Professor Welte ein kleines Gespräch mit der Gräfin Kageneck, eine reizende Dame, sag' ich dir. Doch als ich sie einlade, sagt sie aus durchsichtigen Gründen ab.«

»Die Wahrheit ist doch so: Obwohl wir vor dem Gesetz alle gleich sind, bleibt ein jeder doch in seiner Kiste – oder noch besser, in seiner Kaste. Sieh mal, die Katholiken sind durch den ultramontanen Streit so verärgert, daß sie beinahe nur noch unter sich verkehren. Früher kannte ich den Rechtsanwalt Hinderer, mittlerweile Abgeordneter der katholischen Konservativen, recht gut, jetzt wendet er sich von mir ab. Von den Protestanten werden sie als ›Römlinge‹ beschimpft, na, wie wir beschimpft werden, brauche ich dir ja nicht zu sagen …« Er macht eine Pause. »Kurz und gut, wir laden unseren klassischen Freundeskreis ein. Vielleicht bittest du die Familie Wagner auch einmal dazu, du weißt schon, die mit dem großen Transportunternehmen, das er ganz schön hochgebracht hat in den letzten Jahren. Er scheint mir sehr sympathisch, und wir haben in jüngster Zeit viele Aufträge an ihn vergeben.« Er schiebt den Teller von sich und zeigt dem Mädchen mit der Hand, daß er nicht mehr nachgelegt haben möchte. »Wir sind Unternehmer, ja sogar Heereslieferanten unseres kaiserlichen Heeres – und darauf bin ich stolz –, aber der ärmlichste Adel gilt weit mehr als wir. Und wir sind reich, Beth, aber nicht altreich, das mußt du immer bedenken.« Er legt die Serviette zusammen und steckt sie in den silbernen Serviettenring. »Wir sind angesehen, aber keine Protestanten. Wir werden gesellschaftlich akzeptiert, aber ich bin kein Reserveoffizier, ich habe nicht einmal gedient, weil sie damals noch keine Juden zum Militär nahmen … Vergiß das nie, denn in diesem Land ist die Uniform, der bunte Rock des Vaterlandes, das wichtigste, ungeachtet, wer drinsteckt, der Reserveoffizier ist geradezu der erste Mann im Staate.« Er steht auf. »Und deshalb wird unser Söhnchen auch einmal als Einjährig-Freiwilliger die Uniform tragen und Reserveleutnant werden, da lege ich Wert drauf«, erklärt die Mutter bestimmt.

9

Natürlich kommt das Fest dennoch zustande, und es wird ein reizender Abend. Diesmal soll es eine Soiree werden, mit musikalischen Darbietungen. Auch Tochter Bella soll ein Klavierstück vorführen, eine Beethoven-Sonate, und gleichzeitig damit ihre Einführung in der Gesellschaft feiern – wenn auch nur in kleinem Rahmen. Beth weiß sehr genau, daß viele andere Familien die gesellschaftliche Einführung ihrer Tochter in opulentem Maß als großes Ballereignis feiern. Aber bei den jüdischen Familien geschieht dies meist etwas früher und auch weniger spektakulär. Und Josef ist ganz mit ihrer Planung einverstanden.

So haben denn auch die meisten auf die Einladung nicht nur geantwortet, sondern auch zugesagt. Familie Wagner und Professor Klemm, der Nahrungsmittelchemiker; Rechtsanwalt Blaschke, der im Hause Hübschel seit Jahren für die juristische Beratung zuständig ist, erscheint mit Gattin; sowie das Ehepaar Wentzel, das auch zugesagt hat. Wentzel ist mittlerweile Schlaraffe und trägt den schönen Ritternamen »Elefäntchen im Porzelländchen«.

Natürlich kommen Silbersteins samt der unverheirateten Tante, Ephraim Bloch mit Frau, die mütterliche Berta Wiedehopf, von Jugend auf mit Beth befreundet, sowie das Ehepaar Kassenpauk, der Jugendfreund des Vaters. Frieder Wollheim, Bruder des bekannten Unternehmers Cäsar Wollheim, langjähriger Freund von Beths Bruder, trifft mit seiner Gattin ein, dazu noch einige andere engere Freunde der Familie. Insgesamt sind es etwa dreißig Personen, die sich auf das gesellschaftliche Flair einer solchen kleinen Soiree ebenso freuen wie auf den erwarteten Kunstgenuß. Beth hat ein Streichquartett engagiert, dessen Mitglieder ausnahmslos im Breslauer Symphonieorchester spielen, da darf man auf Qualität hoffen.

Bella ist seit Tagen in großer Spannung und Aufregung, nicht nur wegen ihres Vorspiels, mehr noch wegen ihres ersten öffentlichen Auftritts, besonders wegen ihrer Garderobe.

Der »gute Ton in allen Lebenslagen« findet auch hier die rechten Worte, die Bella bald schon auswendig kann.

Für junge Mädchen ist dies der bedeutsamste Schritt. Er wird für dieselben zu einem großen Ereignis, denn er bezeichnet in seinem Leben einen Wendepunkt, und zwar, daß es die Kinderschuhe ausgezogen hat und nunmehr in die Reihe und die Rechte der Erwachsenen eingetreten ist.

Wann dieser Eintritt zu erfolgen hat, ist nicht vorgeschrieben, bei manchen findet er unmittelbar nach der Konfirmation ..., selten vor dem sechzehnten Lebensjahr statt.

Man zeigt der Welt nicht die aufgeblühte Rose, sondern die im Elternhause herangewachsene Knospe, welche sich unter den Augen der Gesellschaft erst zur Blüte entfalten soll.

Was soll sie zu diesem großen Ereignis anziehen, was darf man als junges Mädchen schon tragen? Diese Frage bedarf tagelanger Erörterungen zuerst mit den Freundinnen, dann mit der Mutter.

Beth hat ihre Abendgarderobe bereits bestellt, sie wird den derzeit modischen Cul de Paris tragen, eine Erfindung der Pariser Schneider. Aber so eine »Modetorheit«, wie Mimi sagt, kommt für die Debütantin natürlich nicht in Frage.

Diese besondere Bauschung an jener Stelle des Körpers, an der mit einer freundlichen Rundung die Beine anfangen, ist gerade der dernier cri, der letzte Schrei. Gar nicht einfach ist es für die Schneiderinnen, diese künstliche Bauschung mit viel Tüll und Fischbein und Auspolsterung zu erzeugen, bisweilen soll es jedoch auch mit einem schlichten Sofakissen möglich sein. Mutters Kleid wird aus dunkelrotem Voile und cremefarbenem Zephir, die Stoffe der Saison, genäht und unter zusätzlicher Verwendung von Taft, Spitze und Stickerei gearbeitet. Der weite Rock ist mit einem hohen, à plissee gefalteten Teil vom gleichen Stoff ausgestattet und mit Spitzen besetzt, die, zusammen mit Rosetten und rotem Atlasband, auch die eng geschnürte Blusentaille und die faltige Tunika schmücken. Der halbrunde Ausschnitt wirkt ebenso dezent wie edel. Dazu gehören beigefarbene lange Spitzenhandschuhe und ein leichter beiger oder dunkelroter Fächer.

»Man kleidet sich zu einer Soiree eher zurückhaltend«, erklärt die Mutter, »es ist ja schließlich kein Ball.« Aber Bella findet, die Mutter sieht einfach wunderbar aus in ihrem Kleid.

»Es gibt eine Menge Dinge, die du jetzt allmählich auch lernen mußt. Noch hast du Zeit, aber sie wird schnell verrinnen, dann steht plötzlich ein Mann vor dir, der alle deine Sinne gefangen nimmt, der dich so einnehmen wird, wie du ihn an dich fesseln mußt. Dann mußt du wissen und beachten, was ich dir jetzt erkläre«, sagt die Mutter, während sie vor der Tochter das Kleid probiert und die Schneiderin vor ihr kniend immer wieder mit den Stecknadeln kleine Änderungen anzeigt.

»Es muß immer ein Vorrat an Reizen vorhanden sein, um kokett sein zu dürfen. Das ist die wichtigste Regel. Die erwachsene Frau – die du dich jetzt anschickst zu werden – darf kokett sein, muß es sogar bis zu einem erlaubten Grade. Gleichgültigkeit ist ein Fehler, der jedes Interesse tötet. Wir kommen jedoch in Verlegenheit, wenn wir die Grenzen der Zulässigkeit und Unzulässigkeit bestimmen wollen. Man kann etwa sagen, sie liegen dort, wo der Ernst beginnt – aber dann ist es vielleicht schon zu spät. Denn mit dem Feuer darf man nicht spielen.«

Bellas Kleid ist natürlich schlichter, wie es sich für ein junges Mädchen gehört, ohne Ausschnitt, hochgeschlossen. Es ist ganz auf die schlanke Silhouette gearbeitet, beiger Taft korrespondiert mit hellblauem Voile und applizierten rosa Stickereien. Der Rock hat eine echte Weite von hundertzweiundneunzig Zentimeter, gesäumt durch eine à plissee gelegte Tollfalte von fünfundzwanzig Zentimeter Länge und garniert mit einer acht Zentimeter breiten Brüsseler Spitze, natürlich ohne Cul, dafür aber mit einer großen Schleife an der gleichen Stelle. Dazu trägt sie dezente blaue Handschuhe.

»Einen Fächer würde ich dir noch nicht empfehlen, da solltest du noch ein wenig üben, schließlich gibt es eine eigene Fächersprache bei jungen Frauen, und bevor man die nicht kennt ...«, rät die Mutter. »Junge Mädchen tragen niemals Diamanten, nicht einmal an ihrem Hochzeitstag«, erklärt sie weiter, »das würde Tränen bedeuten. Man legt sie frühestens am Hochzeitsabend zum Ball an, so sagt man. Aber selbst da bin ich dagegen. Man hat ein Leben lang noch Zeit genug für Diamanten – und Tränen«, fügt sie leise hinzu.

»Der passende Schmuck für ein junges Mädchen ist eine Perlenkette oder – das würde zu diesem Kleid gut aussehen – Türkise, à la russe gefaßt, also in Silber, dazu passende kleine Ohrhänger.«

Am Morgen jenes denkwürdigen Tages gibt es noch eine ganz besondere Prozedur, das Haaremachen oder besser das Lockenbrennen. Seit Kindertagen kennt Bella eine ältere, streng blickende Person, die sie Tante nennt. Aber Grete Feddersen ist gar keine richtige Tante, sie war vor vielen Jahren einmal das Kindermädchen der Mutter. Und Mutter ist überzeugt, Grete Feddersen kann besser als jeder Friseur der Stadt mit der Brennschere umgehen. Wann immer ein großer Ball ansteht, wird Grete bestellt, um Mutter die Haare zu richten. Heute für das bedeutsame große Fest soll sie nicht nur die Haarpracht der Mutter, sondern auch Bellas verschönern, was vorher Mimis Aufgabe war.

Bereits beim Frühstück ermahnt Beth ihre Tochter, die Ankunft von Tante Grete nicht zu vergessen. »Könnte ich nicht einfach auch ohne Locken gehen?« fragt Bella zu Mimis Ärgernis.

Doch Grete, die inzwischen eingetroffen ist, sagt in würdiger Gelassenheit: »Das glaube ich nicht«, wobei sie die alte Brennschere, deren Schenkel aus massivem Metall sind, auf die blaue Flamme einer Spirituslampe setzt und das Seidenpapier bereitlegt.

»Tante, könntest du mir nicht einmal zur Abwechslung auch einige kleine Locken auf der Seite machen?«

»Ich denke nicht daran! Locken am Ende des Haares sind das äußerste, was man sich in deinem Alter erlauben darf. Komm her, setz dich her auf die Fußbank.«

Um sich auf die Bank zu setzen, biegt Bella ihre fünfzehnjährigen Storchenbeine ab. Unter dem schottischen Rock zeigen sich die gerippten Zwirnstrümpfe bis über die Knie, die, ohne daß das Mädchen es weiß, tadellos geformt sind.

Die Tante klemmt die eingedrehten, in Seidenpapier gefangenen dunklen Strähnen zwischen die Halbschalen und die Zange der heißen Brennschere. Geschickt und geduldig faßt sie mit ihren weichen Händen das Haar immer wieder in elastische größere und kleinere Strähnen zusammen, die Bella bis zur Schulter reichen. Der Geruch des Papiers, das Veilchenparfum der Tante und das gleichförmige Tun wirken irgendwie einschläfernd auf Bella.

»Hat man dir nicht hundertmal gesagt, daß du die Knie aneinanderdrücken sollst, wenn du sitzt?« schreckt die Tante sie aus ihren Träumen. »Und immer die Beine vor dem Abbiegen nach rechts oder links ganz zusammenhalten, um nicht unanständig auszusehen.«

»Aber Tante, ich habe darunter doch noch einen Unterrock und eine Hose an.«

»Hose hin, Hose her, auf Anstand muß man immer achten. Wie man sitzt, ist sehr wichtig«, knurrt die Tante.

»Aber könnte man mir dann nicht längere Röcke machen, daß ich nicht ständig wie ein Z zu sitzen brauche?« überlegt Bella. »Schau mal, Tante, wenn man mir den Rock nur um eine Handbreit länger machte oder einen Volant dransetzte ...«

»Glaubst du, deiner Mutter wäre es recht, ein Riesenmädchen nachzuschleppen, das wie achtzehn aussieht?« Kopfschüttelnd dreht sie Locke um Locke ein und murmelt dabei: »Wann wirst du endlich wissen, was sich gehört?«

Und dann ist der große Abend da, auf den Bella wochenlang gefiebert hat. Eine Kutsche nach der anderen fährt vor, der Hübschelsche Kutscher, heute in der Livree eines Wagenmeisters mit steifem Hut, weist die Wagen ein, öffnet den Schlag und hilft den Damen und Herren aus dem Coupé.

Die Gäste gehen durch die große geöffnete Doppelflügeltür auf die breite Marmortreppe zu, oben stehen der Hausherr im Frack und Beth in ihrer feinen Abendgarderobe. Beide begrüßen und empfangen die Eingeladenen. Das Mädchen nimmt die Mäntel und Umhänge entgegen, dann betritt man gemeinsam die Festräume, und nachdem man sich gegenseitig begrüßt beziehungsweise bekannt gemacht hat, gehen alle in den großen Mittelsalon und nehmen ganz zwanglos Platz an den kleinen Tischchen mit den zierlichen Sesselchen, die heute abend im großen Halbrund um den Flügel aufgestellt sind.

Die Bonne serviert Champagner und Limonade, das Quartett kommt herein und wird mit kleinem Applaus begrüßt.

Kurze Stimmprobe, dann das erste Stück, eine flotte Komposition von Hufnagel, ein moderner Konzertwalzer. Mutter hatte darum gebeten, mit leichter Musik zu beginnen und erst allmählich, nach der Soloeinlage der Tochter, zur Klassik überzugehen.

Während dieses ersten Musikstücks haben Vater und Mutter den Raum verlassen, und kaum ist der letzte Ton verklungen, da öffnen sich erneut die beiden Flügeltüren zum Salon, und die Eltern treten gemeinsam mit ihrer Tochter in den Saal.

»Wunderbar, charmant! Bewunderungswürdig!« rufen alle, als Bella am Arm ihres Vaters, die Mutter an der anderen Seite, auf die Gäste im großen Salon zugeht und jeden einzeln begrüßt.

»Ich habe noch nie so viele Komplimente erhalten wie in diesen Minuten«, wird sie später ihren Freundinnen erzählen. Beifall und unzählige Schmeicheleien bekommt sie auch eine Stunde später, nach Beendigung ihres Klavierkonzerts.

»Ein außerordentlich schöner Abend, ein wunderbares Konzert, besonders das Klaviersolo der Tochter«, sagt man beim Abschied, »ein zauberhaftes Mädchen, mit so herrlichen dunklen Locken – und so begabt«, »eine wunderschöne Gastgeberin, ein aufmerksamer Gemahl – ein reizvolles Ambiente, ein so elegantes Haus, eine glückliche Familie …« Die Komplimente wollen nicht enden an diesem Abend, und als die letzten Gäste gegangen sind, das Klappern der Räder auch der letzten Kutsche auf dem Pflaster verhallt ist, da bittet der Vater »seine zwei Frauen«, wie er zum ersten Mal sagt, noch einen Augenblick in den privaten Salon im zweiten Stock.

Etwas umständlich holt er eine Flasche Cognac und einen Sherry, dazu drei Gläser. »Liebe Bella, dies war deine Einführung in die Gesellschaft«, sagt er recht feierlich, »und wir sind stolz auf dich! Du kannst sehr zufrieden mit dir sein, denn alles verlief vorzüglich.« Dann schenkt er die Gläser ein, für sich einen guten Schluck Cognac, für die Damen bedeckt der Sherry gerade nur den Boden. »Bella, du hast noch nie Alkohol getrunken und sollst auch äußerst vorsichtig damit umgehen, aber heute, heute möchte ich mit dir und deiner Mutter anstoßen, da für uns ein Freudentag ist.«

Bella benetzt nur die Lippen, trotzdem muß sie sich schütteln. Ein »Brr« unterdrückt sie gerade noch. Warum die Menschen wohl an diesem merkwürdig schmeckenden Zeug Spaß haben? denkt sie. Am kommenden Schabbat jedoch wird auch Bella zum ersten Mal der Kidduschbecher mit dem Wein gereicht, damit sie einen Schluck davon nehme.

10

Die Schulzeit ist zu Ende, die Sommermonate verbringt Bella unbeschwert mit viel Klavierspiel und Lesen. Erst zum Herbst soll die höhere Bildung fortgesetzt werden. Zuerst hatten die Eltern geplant, während dieser Sommerzeit eine der jetzt so modernen Badereisen an die Ostsee zu machen, etwa nach Warnemünde.

»Die Kaiserbäder sind doch so in Mode«, insistiert die Mutter eines Tages beim Abendbrot, wird aber gleich von ihrem Mann unterbrochen.

»Solche Badereisen werden doch meist nur in der Hoffnung unternommen, erwachsenen Töchtern zu einer Zukunft zu verhelfen. Dieses Problem haben wir doch noch nicht. Und einen Assessor oder Fabrikanten wird Bella auch unter unserer Ägide finden.« Bella errötet bei diesem Gespräch, aber der Vater ist gerade richtig in Fahrt. »Du weißt doch selbst, wie oft solche Badehoffnungen von einem Resultat gekrönt werden, welches nachträgliches Entsetzen, wenn nicht gar unsägliches Elend über die Familie bringt. Denk nur an Schöngarts und die bedauernswerte Tochter. Diese Bäder sind die Sammelpunkte von Glücksrittern und Abenteurern aller Art. Und hinter manchem Baron und Grafen steckt dann am Schluß ein einfacher Ritter von der Elle. Aber, um gerecht zu sein, manche der dort vorgeführten vornehmen Damentoiletten seufzt auch still vor sich hin, wegen der Unsummen unbezahlter Schneiderrechnungen.« Er wischt mit beiden Händen solche Ideen geradezu weg. »Im übrigen gefällt mir diese Form ausgiebigster Freiheiten bei der sogenannten Badekleidung ebensowenig wie das offenherzige Strandleben. Da bleiben wir doch lieber in unserem Paradiesgarten«, schließt er. Und die Mutter stimmt ihm zu.

»Dieser Bruder Friedrich ist ein rechter Wüterich«, mault Bella bisweilen, denn der gerade zehnjährige ungebärdige Lockenkopf tyrannisiert nicht nur sein Kindermädchen, sondern alle Dienstboten sowie die Schwester. Selbst bei der feierlichen Beisetzung des Großvaters war er nicht ruhig gewesen. Deshalb hat Vater beschlossen, ihn auf das Kaiser-Friedrich-Gymnasium zu schicken, da würde er schon Ruhe, Ordnung und preußische Disziplin lernen.

Für Bella kommt eine höhere Bildung nicht in Betracht. Vater und Mutter sind der gleichen Meinung: Heirat, Ehe, Kinder sollten an oberster Stelle stehen. Aber auch für dieses Leben muß man so manches lernen, und dafür gibt es das Institut der Frau Mendelsohn. Vater hat seine Tochter schon einmal vorsorglich dort angemeldet, bevor sie selbst weiß, daß sie im Herbst das »Höhere Töchterinstitut für Israelitische Mädchen« besuchen wird.

An vielen Dingen spürt Bella, daß sie allmählich erwachsen wird. Und viel später muß sie noch häufig an diesen Sommer der großen Veränderungen denken.

»Die Kinderzeit ist vorbei – was wird die Zukunft bringen?« schreibt sie auf die letzte Seite ihres kindlichen Poesiealbums.

Erstmals seit diesem Sommer trägt Bella die langen Kleider der großen Mädchen, geht in die Mikwe und unterzieht sich dort dem vierwöchentlichen Reinigungszeremoniell jüdischer Frauen. Und seit diesem Sommer erhält sie auch von der Bank regelmäßig Mitteilung über ihr angehäuftes, gut angelegtes Vermögen. Onkel Silberstein, der Bankier persönlich, läßt es sich nicht nehmen, die »kleine Komteß«, so sagt er immer, über das ständige Wachstum ihres Erbes zu informieren.

Und noch ein Ereignis läßt sie aufgewühlt spüren, daß die Kindheit vorbei ist: Mimi, ihre Helferin, Erzieherin, Freundin, ja beinahe ältere Schwester, verläßt das Haus. »Du bist der liebste Mensch auf Erden«, hat sie schon als Kind dem Mädchen ins Ohr geflüstert, hat ihr neben der Liebe zu Vater und Mutter ebenfalls einen Platz im Herzen eingeräumt.

Bella wird nie erfahren, ob Mimi selbst gehen wollte oder ob die Eltern der Meinung waren, ihre Tochter sei jetzt erwachsen und bedürfe keiner Erzieherin mehr ... Es hieß einfach: »Mimi verläßt uns im nächsten Monat. Sie wird bald eine neue, sehr gute Stelle in einem adeligen Haushalt mit mehreren Kindern in Ostpreußen antreten.« Ohne Kontrolle fängt Bella am Tisch so herzzerreißend zu weinen an, daß der Vater sie zurechtweist und die Mutter ihr erlaubt, aufzustehen und hinauszugehen.

Sie läuft, die Augen voller Tränen, durch das ganze Haus auf der Suche nach Mimi, rennt sogar in den Dienstmädchenstock – doch niemand kann ihr sagen, wo ihr Kindermädchen steckt. Voller Verzweiflung schließt sie sich in ihrem Zimmer ein und wirft sich heulend aufs Bett.

Als sie Mimi am anderen Morgen sieht, schreit sie: »Sag, daß es nicht wahr ist! Sag es!« Erneut steigen ihr Tränen in die Augen. Mimi schüttelt nur den Kopf und muß sich abwenden, denn auch ihr kullern dicke Tropfen die Wangen hinunter.

»Sag mir, warum – sag, warum«, schluchzt Bella wieder, daß man es durch den ganzen Stock hören kann, aber auch da schüttelt Mimi nur den Kopf und drückt Bella ganz fest an sich.

Es dauert Stunden, bis sie sich halbwegs beruhigt hat, Essen verweigert sie ohnedies, ebenso lehnt sie es ab, ihr Zimmer zu verlassen. Jeder, Mimi, die Mutter, am Mittag sogar der Vater, reden begütigend auf sie ein.

»Schau mal, ich kann nicht immer hierbleiben – du wirst jetzt erwachsen, und es ist nur eine Frage der Zeit, wann auch du von hier weggehen wirst, um zu heiraten, einen Gemahl zu haben.« Mimi versucht es mit Logik.

Die Mutter erklärt, daß das ganze Leben Änderungen unterworfen sei, auch sie habe ihr Kindermädchen, ebenjene Grete Feddersen, unter Schmerzen aufgeben müssen. Vielleicht werde sie ja später als verheiratete Frau auch Mimi wiedersehen.

»Ich will gar nicht heiraten«, empört sich Bella so ungezogen, daß der Vater auf den Tisch klopft und etwas von »zusammenreißen« sagt.

Und dann geht alles schneller als gedacht. Mimi hat wohl mit den Eltern besprochen, dass man Bella den langen Abschied ersparen und sich schon am Wochenende trennen will.

Am Sonntagmittag, beim gemeinsamen Essen, sitzt Mimi zum ersten Mal mit der Herrschaft und Bella zusammen am Tisch im Speisezimmer. Der Vater voller Dank für alles, was sie in diesen fünfzehn Jahren in der und für die Familie geleistet hat, überreicht ihr ein Geschenk. Es ist eine kleine silberne Schale, auf dessen Boden geschrieben steht: »Für treue Dienste«, eingraviert mit den Jahreszahlen. Von der Mutter erhält sie einen schönen Umhang.

Und dann gibt es einen tränenreichen Abschied. Jetzt weinen alle, selbst der Vater hat eine ganz gebrochene, fast krächzende Stimme und muß sich ständig wegdrehen.

Als es Zeit ist zu gehen, will er nicht, daß sie eine Droschke ruft, und läßt statt dessen die Familienchaise anspannen. Wie eine herrschaftliche Frau darf sie sich fühlen, als sie mit ihrem kleinen Koffer allein zum Bahnhof kutschiert wird.

Bella wird Mimi nie mehr wiedersehen.

11

Die ersten Nebel ziehen morgens schon von der Oder herüber, da beginnt für Bella ein neuer Lebensabschnitt: Sie besucht für die nächsten zwei Jahre das Höhere Israelitische Töchterinstitut der Frau Mendelsohn in der Vorwerksstraße, schräg gegenüber dem evangelischen Gymnasium. Man kann zu Fuß dorthin gehen, und schon am ersten Tag lernt sie ein Mädchen in ihrer neuen Klasse kennen, die beinahe den gleichen Weg hat. So gehen sie ab jetzt immer gemeinsam, was Mutter sehr beruhigt. Bei Regen allerdings kommen die Familienkutschen zum Abholen der Mädchen, genauso wie bei Schnee oder Eis im Winter. Dann fahren die beiden oft zusammen und lassen den anderen Wagen leer hinterherlaufen.

Zu ihrem weiteren Schritt zum Erwachsenwerden darf Bella sich etwas wünschen, sagt die Mutter. Bella möchte »ein nilgrünes Korsett mit gestickten Rokokorosen« – »Oder vielleicht doch besser eine dunkelrote Notentasche«, in die viele Mädels ihre Hefte legen, um wie eine Schülerin von der Musikakademie zu wirken.

Das bringt die Mutter zum Lachen, erinnert sie sich doch an ihre eigene Jungmädchenzeit, in der sie mit ähnlichen Tricks gearbeitet hat. So kommt es, das Bella am nächsten Sonntag beim Mittagstisch die ersehnte Tasche in den Händen hält. Sie scheint ihr nur etwas dick zu sein. Ist da noch Papier drin? Nein! Beim Öffnen findet sie dann ... das nilgrüne Korsett. Spontan fällt sie ihrer Mutter ungewöhnlich lange um den Hals, so wie sie es früher mit Mimi immer gemacht hat, und bedankt sich herzlich.

Das Institut der Frau Mendelsohn ist staatlich anerkannt und bietet den Töchtern der besseren jüdischen Kreise eine adäquate Allgemeinbildung ohne berufsqualifizierenden Abschluß. Aber das ist auch weder im Interesse der Eltern noch der Mädchen. Und will dennoch einmal ein Mädchen Lehrerin werden, so bietet die Ausbildung am Institut so etwas wie eine Vorschule zum pädagogischen Seminar und wird anerkannt.

Mit fünf Stunden jeden Morgen und ein- bis zweimaligem Nachmittagsunterricht in der Woche erhalten sie hier ein recht umfangreiches Programm.

Frau Mendelsohn selbst gibt Unterricht in gesellschaftlichen Umgangsformen, lehrt weibliche Anstandsregeln, Benehmen und Comment. So lernt man etwa, wie und wann man einen Schleier trägt, sich in der Gesellschaft bewegt oder mit dem Fächer kokettiert. Frau Mendelsohn hat mehrere Beispiele mitgebracht, auf ihrem Pult aufgestellt und beginnt zu dozieren.

»Die Wahl eines Schleiers ist von großer Wichtigkeit. Junge Mädchen und Frauen, deren siegesgewisse Frische im Lichte des Tages nur gewinnen kann, wählen meist die blendend weiße durchsichtige Illusion, hinter welcher die zarten Wangen wie Pfirsichblüten hervorschimmern.

Etwas reifere Schönheiten ziehen Creme vor, weil die lichtgelbe Blässe der Haut, welche die erste Frische zu verdrängen beginnt, dann auf Rechnung des gefälligen Sündenbocks, des Schleiers, gesetzt wird …

Man kann den Schleier ›abweisend‹ und auch ›ermutigend‹ binden. Die Frau, die ihn wehen läßt, läßt gewiß mit sich reden. Fest und straff geknotet sagt er: ›Rühr mich nicht an.‹«

Was darf man mit dem Fächer und dem Sonnenschirm machen und was besser nicht? Einige der Mädchen wissen schon, daß es ähnlich wie beim Schleier eine eigene Fächersprache gibt – natürlich auch eine Verständigung mit dem Sonnenschirm; wie man ihn hält, ob man ihn dreht, ob er geschlossen wird. Die jungen Damen lieben solche Anspielungen, kichern untereinander im Klassenzimmer. Denn man lernt bei Frau Mendelsohn auch, wie man sich einem fremden Mann gegenüber zu benehmen hat, wie man einen Zudringlichen abwehrt, wie man sich gegenüber dem Verlobten verhält oder dem Ehemann.

Es sind eherne Verhaltensgrundsätze, die Frau Mendelsohn den Mädchen ins Schulheft diktiert, und Bella mag sich noch nach Jahren an ihre klare Stimme, ihre eindringliche, doktrine Art zu sprechen erinnern. Selbst das alte Schulheft mit ihren Texten hat sie beinahe ein Leben lang aufbewahrt und überallhin mitgenommen. Noch Jahrzehnte später liest sie amüsiert, was Frau Mendelsohn ihnen damals alles beizubringen versucht hat.

»*Große Vorsicht erheischt die Unterhaltung zwischen Herren und Damen, und zwar von beiden Seiten; besonders aber für die ersteren und ganz besonders, wenn die Damen noch jung und unerfahren sind.*

Es ist allerdings wahr, daß es viele Damen gibt, welche glauben, sich damit den Schein weiblichen Zartgefühls geben zu können, wenn sie eine möglichst empfindliche Sprödigkeit in bezug auf das jeweilige Gesprächsthema zur Schau tragen. Sie glauben beispielsweise zusammenschrecken zu müssen, wenn von einer Eidechse die Rede ist oder wenn sie das niedliche Tierchen gar betrachten sollen.

Am wenigsten lasse sich ein junges Mädchen verleiten, sich mit einem Herrn über Dinge des Gefühls zu unterhalten, ein Gespräch, welches zwischen zwei jungen Leuten überhaupt ausgeschlossen sein muß. Auch Erkundigungen nach dem Wohlergehen des Herrn sind zu vermeiden.«

Theater-, Konzert- und Museumsbesuche stehen ebenfalls auf dem Programm. Und auch dabei gibt es eine Vielzahl von Vorschriften und Benimmregeln, die gelernt werden müssen:

»*Wer zu einer vornehmen Welt gehören will, besuche Museen und Kunstausstellungen nur an den Tagen mit erhöhtem Eintrittsgeld.*«

Dann hebt sie warnend den Zeigefinger.

»*Eine grobe Ungehörigkeit ist es, wenn junge Mädchen vor Bildern einer freien Kunstrichtung stehen bleiben und kichern*«, doziert Frau Mendelsohn.

Frau Stößel, jahrelang in ersten Häusern tätig, gibt Kochunterricht. Allerdings lernen die Mädchen bei ihr weniger das praktische Kochen, sondern vielmehr, wie man die Köchin oder Kochmamsell anweist und führt. Hier werden die Besonderheiten der jüdischen Küche gelehrt, das Unterscheiden der »milchigen« Küche von der »fleischigen« etwa und damit die Notwendigkeit, drei verschiedene Geschirrvarianten haben zu müssen, nämlich noch ein eigenes für Pessach. Auch moderne koschere jüdische Gerichte werden vorgeführt, manchmal sogar gemeinsam gekocht. Die Mädchen lernen, wie das Zimmermädchen die Teppiche behandeln und klopfen soll, wie Kleider gepflegt werden, wie das Haus saubergehalten wird und nicht zuletzt, wie man gut mit dem Wirtschaftsgeld umgeht. Kurz, bei Frau Stößel lernen die Mädchen, später einmal einen perfekten jüdischen feinen Haushalt zu führen.

Frau Immermann bietet einen »Broderiekurs«, wie sie sagt, einen Nadelkurs, an, da stehen Sticken, Stricken und Häkeln auf dem Programm – eine der beliebtesten Freizeitbeschäftigungen der vornehmen Weiblichkeit. Frau Immermann hat ihre Ausbildung, auf die sie sehr stolz ist, in der französischen Schweiz gemacht und bringt eine Menge neue Muster und Techniken mit.

»Sticken, das ist mehr als Kreuzstich«, pflegt sie immer zu sagen, denn die meisten ihrer Schülerinnen haben auf der Volksschule nicht viel mehr gelernt.

Monsieur Grenier, ein Franzose, unterrichtet die jungen Damen in seiner Landessprache. Es ist die lustigste Stunde des Tages, denn über sein drolliges Deutsch müssen die Schülerinnen immer wieder lachen. Aber gleichzeitig lernen sie die französische Aussprache, die Herkunft der vielen französischen Wörter in der deutschen Sprache, und nach zwei Jahren werden sie eine einfache Konversation in französisch führen können, vorteilhaft etwa, wenn man mit dem Zukünftigen nach Biarritz oder nach Cannes in Ferien fährt.

Das Frauenturnen ist in jüngster Zeit sehr in Mode gekommen. Auch im Institut wird diesem modernen Bedürfnis Rechnung getragen. Einmal in der Woche kommt die Vorturnerin eines Turnvereins und treibt mit den Mädchen ein wenig Gymnastik.

Auch die alten Schulfächer Erdkunde, Geschichte, Biologie und deutsche Literatur werden ein wenig studiert – die Ausbildung soll ja eine weltgewandte, umfassend gebildete Dame der Gesellschaft hervorbringen.

Bis ans Lebensende wird sich Bella der »Hebraeischen Melodien« von Heinrich Heine erinnern, ein kleines Buch, dessen Umschlag eine Menora – ein siebenarmiger Leuchter – ziert. Eines der Gedichte, die verwunschene Geschichte der »Prinzessin Sabbath«, wurde sogar auswendig gelernt. War es nicht auch eine Geschichte ihres Volkes?

Bellas neue Freundin Lea, oder Lele, wie sie zu Hause genannt wird, ist keine Schönheit, hochaufgeschossen mit krummer Nase und schmalem Gesicht wirkt sie ein wenig vogelartig. Aber sie kommt aus sehr gutem Hause, ihr Vater, Professor Dr. Löwensohn, ist einer der berühmtesten Chirurgen der Stadt. Er hat mehrere Bücher geschrieben und neue Operationsmethoden entwickelt, die beim deutsch-französischen Krieg sehr vielen verwundeten Soldaten das Leben gerettet haben, erzählt der Vater.

Und Lea ist wahnsinnig intelligent, findet Bella. Mühelos wird sie in allen Fächern Klassenbeste.

»Eigentlich bin ich hier fehl am Platz«, vertraut sie schon in den ersten Tagen ihrer neuen Freundin Bella an. »Ich will nämlich das alles gar nicht lernen, ich will auch nicht heiraten, sondern studieren. Chemie etwa, die Naturwissenschaften, das würde mich interessieren.«

Bella hat nie darüber nachgedacht, daß Frauen neuerdings ja auch studieren können, nein, das kam für sie nicht in Frage.

»Und warum gehst du dann nicht auf die Realschule?« fragt Bella ein wenig erstaunt.

»Mein Vater denkt, ein Mädchen müsse eben heiraten«, murmelt Lea, »aber ich werde es doch noch durchsetzen.«

Tatsächlich verläßt Lea kurz nach Ende des Kurses Breslau, um ein Mädcheninternat samt Gymnasium in der Schweiz zu besuchen. Die beiden Freundinnen werden noch lange Zeit Briefe wechseln.

12

Leas Bruder Emil ist Primaner des evangelischen Gymnasiums, das dem Institut beinahe gegenüberliegt. Stolz trägt er seine weiße Primanermütze. Bella lernt ihn samt seinem Freund Carsten schon in den ersten Wochen kennen.

Sie hat die beiden beim ersten Mal gar nicht gesehen, als sie am Straßenrand warten. Erst als sie freundlich grüßen und die Mützen schwenken, sagt Lea: »Ah, da ist Emil, mein Bruder, und sein Freund Carsten.« Dabei neigt sie sich leicht vor Carsten, wie es die Erwachsenen tun.

»Und das ist meine neue Freundin Bella, Emil. Ich habe vor ein paar Tagen bei Tisch schon von ihr erzählt und daß wir jetzt beinahe täglich zusammen nach Hause gehen.« Auch Bella verneigt sich leicht vor beiden Primanern. »Sehr angenehm«, sagt sie, wie sie es zu Hause und in der Schule gelernt hat und wie es einer erwachsenen jungen Dame entspricht.

Sie hat das Gefühl, Carsten schaue sie von oben bis unten an, und Emil fragt: »Dürfen wir euch ein wenig begleiten? Lea und ich haben ohnehin den gleichen Heimweg – Carsten dreht da vorne bald ab, sein Vater ist Pfarrer der Kreuzgemeinde, sie wohnen im Pfarrhaus gleich daneben.«

Seitdem gehen sie nach der Schule häufiger zusammen nach Hause – aber nur, wenn die jungen Damen ein wenig trödeln, denn das Gymnasium endet später. Emil sieht Bella immer sehr freundlich an, wenn er mit ihr spricht, während sie die Augen zu Boden senkt.

»Er findet deine Augen und deine Haare schön«, flüstert Lea eines Tages der Freundin zu, »schon mehrmals hat er mir davon erzählt.« Da wird Bella über und über rot.

Emils Freund ist ihr eher unheimlich, ohne daß sie sagen könnte, woran es liegt – vielleicht weil er so eine direkte Art hat, denkt sie. Seine Familie wohnt auch erst seit ein paar Jahren in der Stadt, sie kommen aus Berlin. Ist man dort anders, in der Hauptstadt? fragt sie sich. Noch nie ist Bella in Berlin oder irgendeiner anderen Stadt gewesen. Geschäftsfreunde des

Vaters am Mittagstisch erzählen bisweilen von Berlin, von München, ja sogar von Sankt Petersburg. Bella würde auch gerne einmal reisen, andere Städte sehen, aber Mutter hat ihr einmal erklärt: »Einfach nur reisen, um des Reisens willen, das macht nur ein Luftikus. Man muß in sündhaft teuren Hotels leben, eine Mietdroschke nach der anderen bezahlen, und wenn man nach Hause kommt, ist alles wieder wie vorher. – Warte nur, bis du verheiratet bist, vielleicht macht ja dein Mann dann Weltreisen mit dir. Ich lese neuerdings im Journal der Dame, daß es Mode wird, durch die Welt zu kutschieren, nicht nur nach Frankreich oder England, nein, bis nach Afrika sogar. Also Bellakind«, schließt sie das Thema ab, »vielleicht ist ja dein Mann der Ritter, der dir die Welt zeigen wird.«

Ob ein Mann ein Ritter ist, das weiß sie nicht, ängstlich ist sie eher in der Gesellschaft junger Männer. Die beiden Primaner schlendern jetzt am Nachmittag häufiger noch ein wenig mit den beiden jungen Damen unerlaubterweise durch die Stadt. Einmal sieht der Vater sie von der Droschke aus, und da gibt es peinliche Fragen, mit wem Bella da durch die Stadt »lustwandelt«, wie der Vater es nennt. Aber nachdem sie genau erklärt hat, mit wem sie da gegangen ist, beruhigt der Vater sich wieder und mahnt nur: »Du sollst doch immer sofort und auf dem kürzesten Weg heimkommen.«

Das tun die jungen Leute auch in den kommenden Wochen nicht. Und zum ersten Mal genießt Bella unter dem männlichen Schutz der beiden Primaner das Promenieren in Straßen, die sie noch nie gesehen hat, in denen sie noch nie gewesen ist.

Eines Nachmittags, es ist ein wenig spät geworden und dämmert schon, drängt Bella darauf, den Heimweg anzutreten, woraufhin Emil vorschlägt, eine Abkürzung zu nehmen. Zuerst durch eine ganz enge Gasse und dann noch durch zwei kleine Straßen, dann sei man ganz schnell wieder auf der Schweidnitzer. Die jungen Damen zögern zuerst, willigen schließlich ein, als es auch noch anfängt zu nieseln.

Kaum sind sie in das Gäßchen eingebogen, kommen sie schon kaum mehr weiter. Vor ihnen mühen sich zwei Männer mit einem hochbeladenen Wagen, scheinbar voller Altkleider.

Während der eine vorne die Deichsel hält und ein Seil über die Schulter trägt, gegen das er sich mit seiner ganzen Gestalt stemmt, drückt der Hintere und flucht dabei ständig in einer fremden Sprache.

Wenn man genauer hinschaut, ist an diesen beiden Männern alles krumm: die Absätze krumm und schief, die Beine krumm, die Schultern krumm wie die Nase und der unförmige Mantel wirkt genauso krumm ausgebauscht wie die komische Mütze, die sie auf dem Kopf tragen. Der ungepflegte Bart, die wehenden Schläfenhaare vervollständigen diesen verwahrlosten Anblick. Und angenehm riechen tun die beiden samt Gefährt auch nicht, merken die Schüler, als sie sich an ihnen vorbeidrücken, um schnell nach Hause zu kommen.

»Ekliges Judenpack«, mault Carsten, »stinken nach Knoblauch, furchtbar.«

Er erwartet offensichtlich keine Antwort, da alle nur bestrebt sind, so schnell wie möglich von dort wegzukommen.

Zu Hause muß Bella die ganze Zeit an Carstens Ausspruch denken. Auch sie fand die Männer abstoßend, den Geruch furchtbar. Beim Abendbrot wendet sie sich schließlich an ihren Vater.

»Sag mal, darf man eigentlich ›eklige Juden‹ sagen?«

»Wer hat das von uns gesagt?« fährt der Vater hoch und ist sichtlich erregt.

»Nein, nein, das gilt doch nicht für uns«, beruhigt ihn Bella und erzählt das nachmittägliche Erlebnis.

»Weißt du, Kind«, beginnt der Vater, und man merkt, so ganz leicht fällt ihm das Gespräch nicht. »Ich kann dir katholische Polen zeigen, die sind so besoffen, daß ihnen der Wodka aus dem Munde rinnt, vom Rest gar nicht zu reden. Ich kann dir protestantische Landstreicher zeigen, die stinken drei Meter gegen den Wind. Aber niemand würde sagen: ›Guckt mal den Protestanten‹ oder ›Ah, wie furchtbar besoffen ist der Katholik‹. Nein, jeder sagt: ein besoffener Mensch. Nur bei uns, bei den Juden, ist das leider immer anders.«

Vater wendet sich zu Beth und zuckt die Schultern. »Was geben wir uns nicht für Mühe in unseren jüdischen Unterstützungsvereinen, daß diese Neueinwanderer bessere Kleidung bekommen, sich ordentlich aufführen, wie es hier üblich ist, einen richtigen Beruf bekommen. Das Schlimme ist, viele wollen das nicht einmal, sondern lieber so rumlaufen wie im Schtetl drüben.«

Und am Abend im ehelichen Schlafzimmer sagt Beth ganz leise: »Ich glaube, unser Großvater, Gott hab ihn selig, hat auch einmal nicht soviel anders ausgesehen, als er nach Deutschland kam. Aber das dürfen wir unseren Kindern nie, nie erzählen.« Da nickt der Vater stumm und wünscht seiner Frau eine gute Nacht und guten Schlaf.

Nur er selbst kann in dieser Nacht nicht gut schlafen. Immer wieder stehen ihm die abgerissenen jüdischen Gestalten, von denen Bella erzählt hat, vor Augen. Er kennt das Aussehen, er kennt die Vorurteile der anderen gegen diese »Kaftanjuden«, wie sie immer sagen. Und er weiß nur zu genau, daß auch sein Vater einmal so aussah, einmal genauso abgerissen in Breslau ankam in der Hoffnung, hier sein Glück zu machen.

Wieder und wieder wälzt er sich schlaflos im Bett herum, während seine Frau längst neben ihm mit ruhigen Atemzügen schläft. Immer wieder sieht er die schrecklichen Bilder aus der Vergangenheit seines Vaters vor Augen, holen ihn die vielen Erzählungen von Zvis furchtbaren Jugenderlebnissen ein.

Aber da gab es auch schöne Geschichten aus dem Schtetl, kleine Erlebnisse aus der kleinen Welt eines abgeschiedenen jüdischen Dorfes in der russischen Weite. Wie oft hatte er ihm erzählt von seiner Heimat im Schtetl, von Lowno, dem armseligen Kaff mit den windschiefen Häusern, den bizarren Gestalten. Aber ebensooft hatte der Vater auch seine eigene schlimme Geschichte erzählt, wie er geraubt wurde, entführt und geschlagen. Und er erinnert sich, dass Zvi noch bis ins hohe Alter bisweilen ein inneres Zittern und Beben bekam, wenn er laute militärische Befehle oder Trommeln und Militärmusik hörte. Josef weiß, diese Ängste verfolgten den Alten sein ganzes Leben lang, bis in den Schlaf hinein.

Und dann jagen auch den Sohn plötzlich die alten Geschichten – die Angstträume des Vaters, die er selbst noch einmal nacherlebt.

13

Geschlagen und gedemütigt, verspottet und gequält wurde der junge Zvi damals als Zögling der Militärschule in Minsk, wohin man den entführten kaum Vierzehnjährigen verschleppt hatte.

Er hatte sich am Anfang gewehrt, hatte um sich geschlagen, er wollte sich nicht einfangen, sich nicht verkaufen lassen. Aber es hatte nichts genützt. Nie wird er die Striemen der Nagaika, der russischen Peitsche, vergessen, nie das Weinen und die Schmerzensschreie der anderen Knaben, die mit ihm in die Militärschule gebracht wurden.

Seit dem Kantonistenerlaß des russischen Zaren Nikolaus I. mußte jeder zehnte jüdische Junge zum Militärdienst ausgehoben werden. Niemand ging freiwillig dorthin. Schließlich waren die Russen erst seit einigen Jahren die Herren dieser Region, und die russische Polizei war gefürchtet. Früher, als die Gegend um Lowno noch polnisch war, gab es zwar hin und wieder irgendwelche Repressalien, doch das war man gewohnt. Dann kamen die Preußen, das ganze Gebiet hieß jetzt für kurze Zeit »Neuostpreußen«. Aber das einzige, was von dieser Zeit übrigblieb, waren die schönen deutschen Familiennamen, die jede jüdische Familie von Amts wegen bekam.

Die ersten Pogrome gab es erst ab 1807, als das gesamte Gebiet wieder russisch wurde. In dem kleinen Dorf Lowno hatte man inzwischen schon einige Erfahrung mit der russischen Polizei. Manchmal kamen sie und rissen die Männer an den Bärten, schnitten ihnen die pejes ab, weil der gerade regierende Zar Alexander I. den Juden das Tragen ihrer traditionellen Kleidung, ihrer langen kaftanartigen Röcke sowie die Schläfenlocken und die langen Bärte verboten hatte. Jeder sollte wie ein Russe aussehen und das kurze russisch gegürtete Hemd tragen. Aber das wollte niemand im Schtetl.

Nur ein paar Jahre später erteilte dann der nächste Zar den Befehl, jeder zehnte jüdische Junge müsse zum Militär. Die Gemeinden drückten sich darum, bis irgendwann einmal eine

Militärpatrouille kam und sämtliche Kinder eines nahegelegenen Dorfes einsammelte und mitnahm. Danach schickte man sich in das Unvermeidliche. In einigen Gemeinden entschied das Los, in anderen bestimmte der Rebbe, wer zu gehen hatte. Es waren meist die Kinder der Ärmsten, deren Vater sie ohnehin kaum ernähren konnte. Manche Eltern kauften ihre Kinder frei, aber es gab auch Menschen, schlimmerweise sogar jüdische Menschen, wie Lejb Tate, der daraus ein Geschäft machte, immer wieder irgendwelche Kinder einfing und an das russische Militär auslieferte und dafür reiche Kinder freikaufte.

Auch Zvi wurde von zweien seiner Leute einfach überwältigt, als er allein auf der Landstraße lief, weil er für seinen Vater einen Lederriemen beim Händler in stot – in der Stadt – holen sollte.

Sie kamen mit einem Panjewagen vorbei; ohne ein Wort zu sagen, stürzte sich einer auf den Jungen, der andere half, und schon war er überwältigt. Er versuchte noch ein paarmal, um sich zu schlagen und zu treten, aber da waren die Hände schon auf den Rücken gefesselt, die Füße zusammengebunden. Eingefangen und angebunden lag er zusammen mit anderen Leidensgenossen ein paar Tage unter einer Plane in einem Wagen, bis man ihn dem russischen Militär übergab.

Von dem Tag an gab es nur noch Schläge und Schreie, Knüffe und Befehle. Der Kopf wurde ihm kahlgeschoren, ebenso der Bart und die pejes. Er wurde in eine russische Uniform gesteckt und mußte erst mal Russisch lernen; dann Exerzieren, Schießen, Kämpfen, alles gegen seinen Willen. Und zu essen gab es nur Ungenießbares: Rüben mit fettem Schweinefleisch, übelriechender Kohl mit Pferdefleisch oder stinkende Fischsuppen.

Sonntags kam ein Pope und erzählte Sachen, die er gar nicht verstand und nicht verstehen wollte. Denn er sollte, wie alle Judenkinder auf dieser Militärschule, zu einem Russen, einem Christen und Berufssoldaten umerzogen werden. Integration oder Russifizierung nannte man das.

Diese Militärschule dauerte zwei Jahre, und war man damit fertig, wurde man zur Truppe versetzt, in der Regel zu einem fernen Regiment, weit hinter dem Ural, denn die Kantonisten mußten fünfundzwanzig Jahre lang dienen.

Zvi, der jetzt auf russisch Zwoischek hieß, begriff, daß das Ende der Militärschule gleichzeitig die letzte Möglichkeit war zu fliehen, daß es später überhaupt kein Entkommen mehr geben würde. Nur heim zu den Seinen wollte er, zurück in die vertraute Umgebung seines Schtetl. Müller wollte er werden wie sein Vater, heiraten wie die anderen, die mit ihm in chejder – in der jiddischen Grundschule – waren. Und in »schul« – in die Synagoge – wollte er gehen, jeden Schabbat, ja täglich die Thora, den Talmud, studieren.

Die Herbstmanöver galten als der letzte große Ausbildungsabschnitt der Militärschule. Wer dabei durchkam und reüssierte, wurde anschließend befördert und zur regulären Truppe kommandiert. Mehrere Tage marschierten alle sogenannten Kantonisten hinaus in eine sumpfige Gegend; dort mußten sie schanzen, Knüppeldämme bauen, Angriff und Verteidigung üben, das ganze Kriegsszenario durchexerzieren.

Zvi hatte beschlossen, am letzten Tag des Manövers zu flüchten. Ein paar Brote hatte er schon beiseite gebracht und in einem hohlen Baum versteckt, auch eine Decke und mehrere Unterkleider. An einen Mantel war leider nicht zu kommen, das Herbstwetter war noch zu schön. Aber Zvi wußte, wie schnell das Wetter umschlagen, der Winter über die weite russische Steppe hereinbrechen konnte. Er hatte sich ausgerechnet, daß er etwa acht Tagereisen von der Heimat entfernt war, zumindest hatte er das durch Befragen in etwa herauszukriegen versucht.

Sie lagen in zeltartigen Unterständen, aber das Lager war Tag und Nacht bewacht, da rechnete er sich keine Chancen aus, die Posten schossen sofort, denn mit den »unsicheren Kantonisten« wurde kurzer Prozeß gemacht. Er wußte, er konnte nur während der Übungen fliehen, am besten während einer der Überquerungen des Flusses, der in dieser Gegend durch zahllose kleine Inseln und versunkene Baumstämme sehr unübersichtlich, ja bisweilen sogar reißend war. Sein Plan war, daß er sich von dem Ponton herunterfallen und mit der Strömung wegtreiben lassen wollte. Nur auftauchen durfte er dabei nicht, denn sicher würden sie auf ihn schießen. Er mußte einfach unter Wasser wegtreiben. Deshalb hatte er vorsorglich ein Schilfrohr zurechtgeschnitten und unter der Uniformjacke versteckt; mit dem wollte er unter Wasser Luft schnappen.

Ein letztes Mal richtete er sein Wort an Gott, dann stürzte er lautlos rückwärts vom Ponton ins Wasser. Es dauerte Minuten, bis der Zugführer und seine Kameraden begriffen hatten, daß da einer ins Wasser gefallen war.

»Was ist los?« schrie der Unteroffizier, und: »Wer kann schwimmen?« bellte er die dumpf blickenden Militärschüler an. Da meldete sich niemand, welcher Jude konnte schon schwimmen und wer wollte schon sein Leben riskieren für einen, der ins Wasser gefallen war.

»Dann wird er eben verrecken«, knurrte der Zugführer, »selbst schuld, wer fällt schon vom Ponton ins Wasser.« Er blickte den Wellen nach, so weit er sehen konnte, aber es schien, daß niemand auftauchte. Schließlich zog er die Pistole, schoß einige Male sinnlos ins Wasser und murmelte dann: »Doswidanja – Auf Wiedersehen.«

Dennoch ärgerte er sich. »Jetzt macht mir der lausige Kerl auch noch Schreibstubenarbeit.« »Unerlaubter Abgang von der Truppe ... mußte ihn erschießen.« So würde der Bericht aussehen. Auf einen mehr oder weniger kam es dann am Ende doch nicht an. Die anderen Militärschüler duckten sich; wenn der Zugführer schlecht gelaunt war, gab es häufig Strafexerzieren.

Zvi hatte richtig kalkuliert, niemand machte sich große Mühe, ihn zu verfolgen. Er würde erst einmal, während die Sonne ihren Lauf vollendete, auf einer dieser zahllosen kleinen Inseln bleiben. Eine Weile hielt er sich noch an den Uferzweigen fest, dann kletterte er aufs Trockene eines kleinen grasigen Eilandes. Hier kam kein Infanterist hin, kein Pferd würde durch das Wasser finden, hier konnten ihn auch keine Hunde erreichen, und von Brombeeren, einigen anderen Herbstfrüchten, Blättern und einem gefangenen Fisch konnte er sich erst mal den Tag über ernähren.

Am Abend würde eine Patrouille der Militärpolizei den Fluß entlangreiten, nach Spuren Ausschau halten und schließlich erfolglos heimkehren. Dann, so dachte er, war die Suche vorbei, und er konnte sich auf den Weg nach Hause machen. Was er nicht bedacht hatte, war, daß offensichtlich noch andere Militärschüler in der gleichen Nacht einen Fluchtversuch wagten. Einer wurde gleich erschossen, aber wegen des anderen, vielleicht auch, weil zwei Abgänge an einem Tag zuviel waren, wurde eine große Suchaktion eingeleitet, mit Fackeln und viel Geschrei. Bis tief in die Nacht hörte Zvi Schüsse und Rufe, Pferdegetrappel und die Stimmen eines Suchtrupps.

Es blieb ihm nichts anderes übrig, als mehrere Tage auf seiner Insel auszuhalten, bis das Lager abgebrochen wurde und die Herbstmanöver beendet waren. Da war aber auch schon sein Brot im Baumversteck verschimmelt; und während er sich jetzt auf den Weg machte, ernährte er sich nur noch von Wildfrüchten, einer Rübe, die er fand, und Rinden, die er kaute. Nur nach Westen, zurück zu seinem Schtetl, das war sein Ziel. Aber da er schon mehrmals in der Ferne berittene Patrouillen gesehen hatte, wagte er sich tagsüber nicht mehr auf die Straße. Sobald es hell wurde, versteckte er sich in den zahllosen kleinen Birkenwäldchen, die als einzige die endlose Ebene unterbrachen. Nur in der Dämmerung und nachts war er unterwegs, immer von Angst begleitet und vom quälenden Hunger.

Am zweiten oder dritten Tag sah er eine riesige Buche inmitten schütterer Birken und Gesträuch. Dort müßte es Bucheckern geben, war seine Überlegung. Und wirklich, der Boden war über und über bedeckt mit den aufgeplatzten Schoten und Millionen der kleinen eckigen Früchte. Wohl einen halben Tag lang bückte und kniete er sich, um möglichst viele Bucheckern aufzusammeln und in allen Taschen zu verstauen. Er wußte, sie waren fett und nahrhaft, sie konnten sein Überleben sichern.

An den nussigen Geschmack dieser kleinen Früchte würde er sich ein Leben lang erinnern, er würde ihn irgendwie immer auf der Zunge schmecken. Und gleichzeitig würde ihn immer wieder einmal das Glücksgefühl überkommen, das er an jenem Tag empfand: Er war seinen Peinigern entkommen, und – er hatte für einige Tage etwas zu essen gefunden.

Alle Abzeichen an seinem Uniformrock hatte er abgerissen und trug ihn verkehrt herum, das Innere nach außen gekehrt. Und über die Schulter hatte er die Decke gelegt, welche er vor seiner Flucht noch in dem hohlen Baum versteckt hatte. Denn an der Kragenform der Jacke konnte man immer noch den Uniformschnitt erkennen, schon das konnte ihm gefährlich werden.

Irgendwann in der Dämmerung sah er in der Ferne das kleine Licht eines Bauernhofes. Er ging darauf zu, schlang sich die Decke völlig um den Hals, klopfte und bat die russische Frau, die öffnete, um ein wenig Brot. Sie reichte ihm einen Kanten, und der Geruch dieses Brotes schien ihm der beste der Welt zu sein. Er wagte sogar, sie nach dem Weg zu fragen. Sie sah ihn zweifelnd an, verstand sie seine Situation? Er war nicht sicher und gab einige nichtssagende Erklärungen von Wanderschaft und Arbeitssuche ab. Sie zuckte gleichmütig mit den Schultern, zeigte ihm die Richtung zu der großen Straße, die nach Westen führte. »Aber was immer Ihr tut, tut nichts Unrechtes«, mahnte sie ihn, als er sich erneut auf den Weg begab.

Tagelang lief er so, immer auf der Hut, daß keine Polizei oder Militärpatrouille ihn fand. Er umging mehrere Dörfer, kaufte sich einmal von den wenigen Kopeken, die er in der Tasche hatte, ein Brot bei einem Bäcker am Rande einer größeren Ansiedlung. Schließlich begann er die Gegend wieder zu erkennen, hier war er schon als Kind mit seinem Vater vorbeigekommen. Einmal noch übernachtete er in einem Birkenwäldchen, dann schlug er freudig erregt die alte Straße zu seinem Dorf ein.

Ach, wie glücklich war er, als er das vertraute Dorf, die ersten windschiefen Häuser sah, das Haus des Schammes, die Hütte des Schneiders, ja, und gleich dahinter sah er den Mohel, der ihn einmal beschnitten hatte, vor seiner Tür stehen. Er winkte ihm fröhlich zu.

Jetzt wird alles gut, dachte er. Ich bin wieder daheim, mein böser Traum, der zwei Jahre dauerte, ist vorbei.

Die ersten Bekannten, die er auf der Straße traf, sahen ihn an wie einen Geist; der lamdn – der Lehrer – lief schreiend davon, obwohl Zvi doch mehrere Jahre bei ihm in chejder war.

Und dann stand er in der alten Mühle und rief: »Tate, Tateleben, hier ist dein Sohn Zvi, ich bin wieder daheim.«

Auch den Vater, schien es, traf der Schlag.

»Oj wej, oj, oj, oj, ja, wo kommst du her?« fragte der entgeistert. »Wie, wie kommst du hierher?« stotterte er völlig hilflos.

»Ja, freust du dich nicht, daß ich wieder hier bin? Ich bin geflohen, abgehauen, dem Militär weggelaufen. Wo ist die Mahme? Und jetzt bin ich wieder bei euch, für immer.«

»Geh erst mal rein, setz dich und iß was, du siehst aus wie verhungert.«

»Bin ich auch«, lachte Zvi und umarmte die ebenso verdutzte Mutter, die ihm sofort ein Essen hinstellte, das er mit Heißhunger verschlang.

»Hör zu, ich muß mit dir reden«, sagte der Vater schließlich ernst, und man sah, wie schwer es ihm fiel.

»Zvi, mein Jingele, mein Zweiter, mein Bester ..., es ist so«, er unterbrach sich, um wieder »Oj, oj, oj, Gwalt« zu schreien. »Du bist tot, nicht mehr da, weg, tot, a wejsen, ein Geist!«

Zvi verstand ihn nicht, zumal auch die Mutter im Hintergrund nur jammerte und flennte.

»Tateleben, ich bin nicht tot, hier, faß mich an«, schrie Zvi. »Ich sitze hier, ich bin jetzt wieder bei euch, ich kann dir helfen in der Mühle ...« Er begriff die ganze Situation nicht mehr und stopfte sich gleich noch einmal einen Kanten Brot in den Mund.

Schließlich versammelte sich das halbe Dorf vor der Mühle, und dann trat der Rabbi, vom lamdn verständigt, in den Raum.

Erst mal wurde ein Gebet gesprochen; Zvi hatte den Eindruck, sie hielten ihn wirklich für a wejsen – einen Geist. Aber dann begann der Rebbe ganz vernünftig, wenn auch für Zvi völlig unverständlich, mit ihm zu reden.

»Zvi, Jüngele, bist a schlimasl – ein Schlingel«, murmelte er, und man merkte, auch ihm fiel es in dieser Situation nicht leicht, die richtige Erklärung zu geben. Schließlich riß er sich sichtlich zusammen, straffte seinen Körper und sah ihn fest an. Gleichzeitig legte er ihm eine Hand auf den Arm und sagte ganz eindringlich: »Zvi, also du bist tot. Ja, du bist nicht mehr unter uns, tot, einfach weg, tot, verstehst du – tot.« Er schnaufte ein paarmal hörbar. »Hör zu. Wir haben dir, als du nicht mehr kamst, einfach weg warst – weg, verschwunden, verstehst du –, da haben wir dir mit all unseren Gebeten kaddisch gesagt und dich mit all unserer Feierlichkeit begraben.« Er unterbrach sich und schnaufte ein paarmal hörbar. »Und du bist auch wirklich tot. Schau dich an, keine Haare auf dem Kopf, kein Bart, keine pejes.«

Zvi strich sich über das kurze Stoppelhaar, fuhr über das stoppelige Kinn, ja, er hatte keine Haare mehr, alle waren ihm beim Militär geschnitten worden, er hatte keine pejes mehr, keinen Bart, Gott, der Gerechte, das hatte er in den letzten zwei Jahren ganz vergessen.

»Aber es ist nicht nur das«, fuhr der Rebbe fort, »du hast nicht koscher gelebt, wahrscheinlich haben sie dich getauft, du bist kein Jid mehr.«

»Ich bin a Jid!« schrie Zvi und sprang auf. »Ich hab' immer gebetet, wie ich es in chejder gelernt habe, ich will a Jid sein.«

»Beruhige dich«, mahnte der Rebbe. »Aber es ist so beschlossen vom bejß din, vom Rabbinergericht; wer bei den Soldaten war, ist kein Jid mehr.«

Hilflos sah der Rebbe von einem zum anderen, zu den Eltern, dann wieder auf Zvi. Draußen vor der offenen Tür stand das halbe Dorf, alle warteten gespannt darauf, was geschehen würde, und alle waren ganz still, niemand wagte es, ein Wort zu reden.

»Es sind schon mehr zurückgekommen ..., aber das sind gilgul – Umgänger, Wiedergänger –, ihre Seel' kann bei uns nicht mehr Ruhe finden.« Er atmete schwer.

»Geh, geh, du mußt weg, geh weg von hier!« schrie er plötzlich, aber es klang wie ein Leidensschrei.

Für Zvi brach eine Welt zusammen, gewohnt, die Worte des Rabbiners für wahr und als Richtschnur des Lebens zu sehen, nahm er dieses Urteil an, auch wenn er innerlich völlig verzweifelt war.

»Noch eins«, der Rabbi hatte sich wieder gefangen und beugte sich an sein Ohr, »das Militär, dem du ein Schnippchen geschlagen hast wie ein echter ganew – aj, aj, aj, wie ein Schlaumeier –, wird natürlich kommen und dich hier suchen. Dann zeigen wir ihnen dein Grab, denn du bist tot. Aber wenn sie dich hier finden, dann werden sie unser ganzes schönes Schtetl abbrennen, sie werden die Kosaken rufen, und die werden die Frauen vergewaltigen, die Männer erschlagen, die Kinder wegführen und verkaufen … Willst du das wirklich? – Du mußt gehen«, sagte er noch einmal eindringlich.

Zvi stand auf. »Gib mir als letzte Liebe einen Kaftan, eine Jarmulke, schenk mir einen alten Mantel, Tate, und gib mir ein paar Brote, Mahme«, schluchzte er, dann verließ er das Haus.

Die Menge vor der Tür war still geworden, sie machten ihm Platz und bildeten eine Gasse, als er ging. Und sie folgten ihm schweigend zu dem kleinen Begräbnisplatz hinter den letzten Häusern, bis er vor seinem eigenen Grab stand. Schluchzend brach er zusammen, warf sich über das Grab, hieb mit den Fäusten auf die Erde, bis der Rabbi im Hintergrund mit einem Psalm begann und die Männer des Dorfes in den Singsang einfielen.

Dann endlich stand er auf, sah nicht mehr hoch, sah niemanden mehr an und ging los, einfach drauflos. Ohne Ziel, ohne Richtung, einfach nur laufen, weglaufen, dachte er.

Mitten in der Nacht verließen ihn die Kräfte, er ließ sich fallen, wo er stand, und schlief, bis die halbe Mittagssonne ihm ins Gesicht schien.

»Oj wej, beschickert – zuviel getrunken …«, sagte plötzlich eine Stimme. Zvi erwachte abrupt und blickte hoch, da stand ein sojcher, ein Wanderhändler, wie es viele gab im Schtetl. Er hatte seine ganze Ware, Gummibänder, Strumpfbänder, Fäden, Nadeln, Schleifen und bunte Bänder für die jungen Frauen in einem aufklappbaren Doppelbrett auf dem Rücken.

»Nein, nein«, sagte Zvi, »mich haben sie aus meinem Schtetl verbannt.«

»Ja, ja, ich sehe schon«, grinste der sojcher, »ein entflohener Kantonist bist du, so wie du aussiehst, so geschoren ...« Er zog ihn hoch.

»Aber ängstige dich nicht, komm mit und erzähl«, sagte der sojcher, denn er war zugleich ein maggid, ein weiser Mann, eine Art Prophet oder Wanderprediger für die armen Leute.

Zvi erkannte es an seinem schtrejmel, dem pelzbesetzten runden Hut, wie ihn die Strenggläubigen trugen.

Und dann wanderten sie den ganzen Tag zusammen durch einen der letzten warmen Herbsttage. Die Birkenblätter färbten sich braun, und der Wind begann sie schon herunterzureißen, aber dafür hatte Zvi keinen Blick.

»Boruch haschem – im jirze haschem (Gelobt sei der Name [Gott] – wenn es sein Wille ist) – der Allgegenwärtige ist überall«, sagte der maggid. »Wenn du ihn finden willst, wird er dich auch finden. Hätte er dich untergehen lassen wollen, du wärst schon im Fluß am Tag deiner Flucht untergegangen. Vielleicht hat er Besonderes mit dir vor; höre also auf sein Wort und halte die Gebote.«

Zvi nickte. »Nur das will ich tun«, sagte er ernst.

Die Sonne ging schon unter, als sie sich trennten. Im Abendschein ihrer letzten Strahlen legte der maggid ihm eine Hand auf die Schulter, mit der anderen faßte er seine Rechte. »Er wird dich führen ins Gelobte Land, das er dem Mose verheißen hat. Wenn du ihn hörst, wird er dich hören, und er wird dich leiten.«

Der maggid hatte die Augen geschlossen, er machte eine Pause, dann zeigte er mit seiner Rechten gen Westen, genau zum Horizont, dorthin, wo die blutrote Sonne gerade unterging. »Geh geradeaus, geh dieser Abendsonne nach«, sagte der maggid. »Geh geradewegs immer weiter nach Westen, irgendwann wirst du ankommen. Du wirst dein gelobtes Land finden.« Er machte wieder eine Pause, atmete schwer und sprach plötzlich mit veränderter Stimme: »Ich höre eine andere Sprache, aber sie ist doch nicht so fremd. Ich sehe Getreide und viele kleine runde Körner, ich sehe Gemahlenes, dann eine große Stadt. Da wirst du leben, du wirst gut leben. Wirst eine Frau haben, ein Kind, und du wirst reich werden, sehr reich, und Er wird dich beschützen auf all deinen Wegen. Aber bleibe ihm treu, damit er dir treu bleiben kann.«

Zvi bedankte sich gerührt, der maggid hatte ihm neuen Lebensmut gegeben. Zusammen beteten sie das »sch'ma jisrael – Höre Israel«, dann trennten sich ihre Wege.

In den nächsten Tagen schritt Zvi munter voran, ja, er wollte das Schtetl hinter sich lassen, er wollte nach Westen ziehen, ein neues Leben als Jude beginnen. Aber er blieb vorsichtig, so wie er aussah, das hatten sie ihm schon in Lowno, das hatte ihm auch der sojcher gesagt, war er für die Juden ein Russe und für die Russen ein Deserteur. Deshalb wagte er sich noch nicht in ein Dorf, nicht in eine Stadt, bis sein Bart ein wenig gewachsen war, den Stoppelkopf versteckte er unter einer russischen Mütze, die ihm der maggid geschenkt hatte.

Ein wenig Geld hatte er in der Tasche des Mantels gefunden, den der Vater ihm noch gegeben hatte, eine letzte Freundlichkeit. Zvi wußte, viel hatten die Eltern selber nicht. Aber diese kleine Geste half ihm noch lange Jahre später, liebevoll an seinen Vater zu denken.

Tage später änderte sich das Wetter schlagartig. Kalte Winde fegten über die Steppe, Regen zuerst, dann der erste herbstliche Schneesturm. Hatte Zvi mit seinem Mantel dem Regen noch getrotzt, das Schneegestöber zwang ihn abzuwarten und sich zu verkriechen. Zitternd und frierend lag er mehrere Tage in einem Heuschober, versuchte, Gras zu essen und Birkenzweige zu kauen, und wurde dabei immer dünner, immer kraftloser.

Dann schlug das Wetter wieder um, die Sonne kam heraus, verwandelte den Schnee in endlose Wasserlachen und die Wege in eine einzige morastige Unwegbarkeit. Irgendwann sah er in der Ferne ein Gehöft, aber der Knecht jagte ihn davon. So schlich er schließlich nachts zurück und aß sich im Stall an Getreidekörnern satt, molk sich die Milch einer Kuh gleich in den Mund.

So gestärkt und alle Taschen voller Körner machte er sich durch den Morast wieder auf den Weg. Er kannte nur ein Ziel, er wollte gen Westen. Vielleicht würde er auf der großen Straße einen Bauern finden, der ihn ein Stück des Weges mitnahm, dachte er. Aber dann sah er wieder eine Polizeipatrouille. Sofort warf er sich platt zu Boden, daß ihn niemand mehr sehen konnte. Danach versteckte er sich wieder im Wäldchen.

Auch das Wetter hielt nicht an, mit jedem Tag wurde es kälter, die Wasserlachen begannen zu frieren, und schließlich heulte erneut ein Schneesturm über die Steppe.

Es war schon Nachmittag, die diesige, milchige Sonne hatte den Zenit schon überschritten, als er endlich die große Straße erreichte. Sie war sein Ziel, sein Traum und seine Hoffnung gewesen. Aber er konnte sie in der beginnenden Dämmerung kaum noch erkennen. Plötzlich kam Wind auf und begann unzählige Schneeflocken über die Steppe zu jagen, verwehte sie zu bizarren Formen und brauste und rauschte derart laut, daß er schier Halluzinationen bekam.

Es wurde immer dunkler, die Straße immer schwerer auszumachen, nur an den seitlichen Pfosten orientierte er sich noch. Die Augen tränten, bis er schneeblind war, die Füße, längst wund gelaufen und halb erfroren, versagten ihm den Dienst. Er torkelte, stolperte, fiel hin, raffte sich wieder und wieder auf, und schließlich brach er endgültig mitten auf dem Weg zusammen. Hunger, Entkräftung, Unterkühlung und Verzweiflung ließen ihn zu Boden sinken. Er würde den Westen nicht mehr erreichen, auch wenn er ihm in den letzten Tagen und Wochen wie das Gelobte Land erschienen war. Er wußte, dies war sein Ende. Bei diesem Schneesturm war kein Bauer unterwegs, kein Handelsmann trieb sein Pferdchen mit dem Panjewagen durch diese trostlose weiße Einöde. Hier half ihm niemand mehr – und in der Ferne heulten schon die Wölfe.

Ein letztes Gebet, ein letzter Gedanke an die Thora, die er bei seiner bar-mizwa zum ersten Mal vorgelesen hatte, dann verließ ihn die Besinnung. Eine gnädige Ohnmacht würde ihn nicht die letzten Schmerzen des Erfrierens spüren lassen.

Das kleine Bündel, mitten auf der Straße, irgendwo in den

unendlichen Weiten des Ostens, es war bald zugeweht vom Schneesturm, überdeckt mit jenem weißen Leintuch, unter dem schon so viele gestorben waren.

14

Jaroslav Biskubski war ein harter Mann. Einer wie er, der seit Jahren als Fuhrmann mit einem Sechsspänner die russischen Weiten durchquerte, der Glaswaren aus Böhmen nach Minsk, manchmal bis Odessa, Wolle oder Felle zurück nach Breslau oder Forst und von dort wiederum Eisenwaren zurück nach Böhmen transportierte, hatte schon alles erlebt. Früher, als die Zeiten noch besser waren, als es noch keine Eisenbahnen gab, da war er immer mit einem Knecht unterwegs, aber den konnte er sich nicht mehr leisten, seit der eiserne Schienenstrang immer weiter gen Osten vordrang; deshalb begleitete ihn in den letzten Jahren sein Sohn. Der mußte bei Steigungen und Gefälle hinten auf dem Baum sitzen und die Bremse für die hinteren Räder bedienen.

Meist fuhr man im Konvoi – vier, bisweilen sechs oder acht Fuhrleute taten sich zusammen und legten die Strecke gemeinsam zurück. Da konnte man sich bei einem Radbruch oder dem Versinken im Morast gegenseitig helfen und war besser gewappnet gegen Straßenräuber und Gesindel. Jeden Tag übernahm ein anderer die Spitze, und der fuhr dann am nächsten Tag als letzter im Zug. Alle kannten die Strecke seit Jahren, sie wußten, wann sie nur mit der Pistole in der Rechten, die Peitsche in der Linken fahren mußten, wann die Gegend ruhig war. Sie kannten die Polizeistationen, wo man den »Propusk«, den Durchfahrerlaubnisschein, vorlegen mußte und wo man ohne bakschisch gar nicht durchkam.

Vor Tagen, beim ersten Schneesturm des Jahres, waren sie noch in den hinteren Karpaten unterwegs gewesen. Fünf Fuhrwerke, die sich mühsam durch die Berge kämpften, durch das beinahe undurchdringliche Schneegestöber. Die Reisenden wußten, es würde noch Stunden dauern, bis man in der Herberge war, die Pferde zogen langsam und schwer an ihrer Last, und Biskubski war glücklich, daß er an diesem Tag der letzte in der Reihe war. So konnte er, dick in Felle eingehüllt, stundenlang auf dem Bock vor sich hin dösen, da die Pferde von allein dem vorausfahrenden Wagen nachliefen. Zu seinen Füßen lag der Schäferhund, der schon so manche Fahrt mit ihm gemacht hatte, und hinten auf dem Baum saß sein Sohn, der bei Gefälle die Bremse zu bedienen hatte.

Irgendwann war der Schäferhund unruhig geworden, hatte die Haare aufgestellt, gewinselt und gejault, aber Biskubski hatte nichts darauf gegeben und den Hund beruhigt. Es wurde langsam dunkel, der letzte Berg, Steigung und Gefälle, der Fuhrmann freute sich schon auf die warme Gaststube, da merkte er, daß sein Wagen bei der Abfahrt nicht mehr gebremst wurde. Er drehte wie wild an der Bremskurbel der Vorderräder neben dem Sitz, aber die Bremswirkung der Vorderräder reichte nicht aus, und sein Sohn schlief anscheinend.

»Jozef, Jozef«, schrie er immer wieder, »bremsen, Jozef, bremsen«, aber da rührte sich nichts. Mit Mühe brachte er den Lastzug zum Stehen, während die anderen Wagen vor ihm im gleichen Trott weiterfuhren und schon bald im dichten Schneegestöber verschwanden.

Ärgerlich ging er nach hinten, seinen Sohn anzuschnauzen – aber da war niemand.

»Heilige Maria von Vlad«, fluchte der Fuhrmann, »wo ist mein Sohn?«

Heruntergefallen? Unmöglich! Der Junge hatte seit seinem zwölften Lebensjahr schon viele Fahrten mit ihm gemacht. Nach vorne zu den anderen gegangen? Das konnte er sich kaum vorstellen, schließlich wußte sein Sohn, was seine Arbeit war.

Noch ein paarmal schrie er sinnlos seinen Namen in das dichte Schneetreiben hinein, dann zuckte er die Schultern und ging zurück auf seinen Bock. Wenden konnte er hier im halben Hohlweg ohnedies nicht, vielleicht ist er doch bei den anderen, dachte er und mußte nun im Nebenhergehen, die langen Zügel in der Hand, zusätzlich die beiden Bremsen bedienen.

Bis er schließlich wieder in die Ebene kam,war es Nacht, und als er beim Gasthaus anlangte, hatten die anderen schon ausgespannt, die Pferde gefüttert und saßen in der warmen Stube.

Nein, niemand hatte den Sohn gesehen, sagten die anderen. Bei der Nacht umzukehren war aussichtslos, denn die Pferde mußten stehen, und so entschloß sich Biskubski schweren Herzens, zu bleiben und erst am nächsten Morgen nach seinem Sohn zu suchen. Er wollte den Konvoi der anderen Fuhrleute verlassen und erst einmal allein die letzte Tagestour zurückfahren.

Also wieder umdrehen und zurück durch den Schnee. Es hatte ziemlich aufgeklart, nur noch wenige Flocken trieben im Wind, aber dafür setzte eine starke Kälte ein. Biskubski war besorgt, er konnte sich keinen Reim auf das Verschwinden des Sohnes machen, hoffte, ihn vielleicht beim letzten Rastplatz irgendwie zu finden.

Es wurde schon wieder Nachmittag, ein paar Stunden hatte die Sonne gleißend über der endlosen Schneefläche gestanden, jetzt zog schon wieder die Kälte auf. Immer noch keine Spur von seinem Sohn, Biskubski war beinahe sicher, daß er noch im letzten Gasthaus zu finden sei.

Da begann der Hund auf einmal wie am Vortag zu winseln und zu heulen, seine Nackenhaare stellten sich auf, jetzt wurde der Fuhrmann aufmerksam. Und dann bemerkte er plötzlich seitlich vom Wege viele Wolfsspuren und ein paar Meter weiter große Blutflecken im weißen Schnee. Plötzlich sah er auch zerrissene Reste von Kleidungsstücken – und während ihm ein böser Verdacht kam, entdeckte er auch schon die Kappe seines Sohnes weiter hinten im Schnee.

Biskubski war ein harter Mann, aber dieser Anblick ließ ihn zusammenbrechen.

»Jozef, mein Sohn«, schrie er ein ums andere Mal, und dann fluchte er so gräßlich und gotteslästerlich, wie man es selbst von einem polnischen Fuhrmann nur selten hörte.

Der Schäferhund hatte inzwischen die Kappe apportiert. Winselnd legte er sie zu Füßen seines Herrn, und es schien, als könne er die Situation verstehen, als fühle er den Schmerz des Mannes. Auch die Pferde waren stehengeblieben, alle Geräusche des Lastzugs, das ständige Quietschen der Lederriemen, das Rasseln der Ketten und das Ächzen der Räder, hatten aufgehört, nur eine unheimliche Stille war um ihn, und dann begannen in der Ferne plötzlich die Wölfe wieder zu heulen.

Nackte Angst kroch in Biskubski hoch, dazu der Schmerz, die Verzweiflung, alle Gefühle mischten sich. Er wandte sich blicklos um und griff wie mechanisch zu seiner Pistole, die immer geladen war.

Der Fuhrmann blickte einen Augenblick verzweifelt auf den mattglänzenden Doppellauf, hob die Waffe, drückte ab und schoß die beiden Schuß dann sinnlos in die Weite. Im letzten Augenblick hatte er die Pistole herumgeschwenkt. Tränen liefen ihm über das Gesicht.

An diesem Tag war er so verzweifelt, es fehlte nicht viel, er hätte die Waffe gegen sich selbst gerichtet.

Die Pferde führten ihn in der Nacht von selbst zum letzten Gasthaus – er hätte sie nicht mehr leiten können. Die Kappe seines Sohnes in der einen Hand, die leere Wodkaflasche in der anderen, wankte er in die Gaststube, und hätten ihm andere nicht die Pferde ausgespannt, er wäre dazu nicht mehr fähig gewesen. »Man hat das schon häufiger gehört«, meinte der Wirt, »die Wölfe greifen im Rudel an und reißen den Bremser hinten von der Deichsel runter. Wenn es schnell geht, spürt der gar nichts mehr, kein Schrei, kein Schmerz, da ist er schon tot, zerrissen von den Bestien.«

In dieser Nacht besoff sich der Fuhrmann so gräßlich, daß der Wirt schon fürchtete, er würde es nicht überleben. Und als er zwei Tage später endlich wieder in der Lage war, weiterzufahren, da hatte ihm ein Knecht die Pferde gefüttert und auf die Ladung aufgepaßt. Grau war er noch immer im Gesicht, essen konnte er nichts vor Kummer, der Wirt mußte ihm eine Speckseite und ein paar Brote aufdrängen, ein paar Flaschen Wodka nahm er ohnedies mit. Und so fuhr er in den nächsten

Tagen allein, ohne Konvoi, über Land, ließ die Pferde laufen und fluchte und betete und heulte in einem fort, leerte jeden Tag eine Flasche Wodka und wäre am liebsten tot gewesen.

Wieder ein Schneesturm, aber diesmal in der Ebene. Die Pferde kannten den Weg und gingen ihren Schritt. Biskubski hing schon wieder an der Flasche und brabbelte Unverständliches vor sich hin, als der Lastzug plötzlich abrupt stehenblieb. Gerade wollte er mit der Peitsche ausholen, um die Pferde zum Weiterfahren anzutreiben, da sprang der Schäferhund vom Bock, rannte nach vorne und begann zu bellen. Neugierig stand der Fuhrmann auf, sah zwischen den dampfenden Pferdeköpfen nach vorne und erblickte eine kleine Erhebung mitten auf der Straße.

Ein Reh, ein gefallenes Tier, dachte Biskubski, das man vielleicht mitnehmen konnte. Er sprang herunter, spürte, wie er torkelte, wankte nach vorne, griff in den Schneehaufen und zog einen schmächtigen Jungen, den halbtoten Zvi, am Arm hoch. Einen Augenblick war der Fuhrmann völlig verdattert, eine Jacke in der Hand zu haben, einen Arm …

Aber dann schrie er: »Jozef, mein Sohn«, schüttelte den schmalen Körper, den der Geist schon fast verlassen hatte, und riß den Körper ganz hoch. »Jozef, mein Sohn«, schrie er immer wieder in seinem Delirium, schüttelte den Schnee von Zvis Kleidern und begann sofort, sein Gesicht und seine Hände mit Schnee einzureiben. Nur Minuten später flößte er ihm Wodka ein, umarmte, küßte und massierte ihn so lange, bis der halbtote Zvi wirklich die Augen aufschlug.

»Jozef, mein Sohn«, rief der Fuhrmann erneut, obwohl das schmächtige Kerlchen, das er da gerade zum Leben erweckt hatte, so gar nichts mit seinem stämmigen Sohn zu tun haben konnte.

Er herzte und küßte ihn, wie seinen Sohn seit Jahren nicht, er drückte ihn immer wieder an sich, hüllte ihn in Decken, massierte Füße, Zehen und Beine, und als sie am Abend bei der nächsten Herberge ankamen, war Zvi wieder leidlich lebendig geworden, nur ein paar Zehen waren schwarz, die würden abfallen.

Und er kam in den nächsten Tagen sogar wieder richtig auf die Beine. Der Fuhrmann umsorgte ihn, wie er es bei seinem Sohn nie getan hatte. Er gab ihm andere Kleider, er bezahlte das Logis, das Essen, ja, er hätte ihn wohl an Sohnes statt angenommen, aber Zvi wollte unter allen Umständen nach Westen. So war es ihm vom maggid geweissagt worden, so würde er es machen.

Der katholische Pole verstand den jüdischen Jungen schon, wenn er dreimal am Tag betete, das taten sie morgens, mittags und abends beim Angelus zu Hause auch, aber daß er am Samstag gar nichts arbeiten wollte und nur beten, das leuchtete ihm nicht ein. »Es wird jeden Tag gefahren, bis wir in Deutschland sind, und da mußt du auch am Samstag hinten sitzen und bremsen«, brummelte Biskubski. Zvi fügte sich. Kurz vor der russisch-polnischen Grenze rief er dem Jungen zu: »Paß an dem Grenzwall auf, wenn sie dich ansprechen wollen; man hört, daß du kein Russe und kein Pole bist«, warnte er Zvi. »Du stellst dich dann taubstumm, hörst du. Aber es wird nichts passieren. Meist kommt man gut durch.« Und dann zeigte Biskubski die Frachtpapiere; die umständliche, mehrere Stunden dauernde Zollprozedur begann. In seinem Passport hatte er mittlerweile so viele Stempel, daß der polnische Zöllner sich erst zurechtfinden mußte. »Und der da?« fragte er und zeigte auf Zvi. »Mein Sohn«, sagte Biskubski.

»Wie heißt du?« fragte der Zöllner.

»Er kann Euch nicht antworten, er ist taubstumm«, sagte der Fuhrmann, »und sein Name steht ja auch in meinen Papieren eingetragen.«

Irgend etwas gefiel dem Zöllner nicht an dem Jungen. Er riß ihm die Kappe vom Kopf, sah die kurzen Stoppelhaare. »Aha ...«, sagte er dann.

»Er hat Krätze gehabt, ich mußte sie scheren«, mischte sich Biskubski ein. Der Zöllner warf dem Jungen die Kappe zu.

»Wirklich taubstumm?« fragte er lauernd. »Oder kann er kein Polnisch?«

Mit ein paar Schritten war er auf den Jungen zugegangen,

drehte ihm einen Arm auf den Rücken, bis es krachte und der Arm kraftlos herunterfiel. Aber mehr als ein wimmerndes »Wmhmmhmm« kam nicht über Zvis Lippen.

»Ich hab's doch gesagt, er ist taubstumm«, sagte der Fuhrmann. »Warum quält Ihr den Jungen?« Der Zöllner warf ihm die Papiere hin. »Ihr könnt fahren«, sagte er mürrisch.

Einige Tage später die gleiche Prozedur am preußischen Zoll. Wieder dauerte es Stunden, bis die Papiere geprüft, die Fracht beschaut war, aber diesmal gab es wenigstens keine Probleme mit dem Jungen. In den nächsten Tagen kühlte Zvi seinen Arm immer wieder im kalten Wasser der Bäche, aber noch wochenlang konnte er mit diesem Arm nicht arbeiten, noch monatelang hatte er Schmerzen.

»Ich danke Euch, Ihr habt viel für mich getan«, sagte Zvi, als sie endlich in der Breslauer Vorstadt ankamen, wo Biskubski seine Felle abladen konnte.

»Ich hätte dich gerne behalten, nicht als Knecht, sondern als meinen Sohn – aber du hast ja andere Ideen«, sagte der Fuhrmann leicht bekümmert, denn er hatte sich an den anständigen, ehrlichen Jungen gewöhnt und mochte ihn gern.

»Ich habe eine Weisung, eine Weissagung«, erklärte Zvi, »der muß ich folgen. Gott schütze Euch, Jaroslav, Ihr habt wirklich viel für mich getan.«

»Dann tue ich ein letztes für dich«, raffte der Fuhrmann sich auf. »Vielleicht hilft es ja auch meinem Sohn, der jetzt im Himmel ist ...« Schon wieder drohte den sonst so harten Mann die Rührung zu überwältigen, aber er fuhr fort. »Komm morgen, wenn ich hier alles abgeladen hab' und die Papiere fertig sind, noch einmal hier vorbei. Wir gehen dann zu einem katholischen Pfarrer, und der soll dir bestätigen, daß du der Jozef Biskubski bist – hier aus meinen Papieren heraus. Dann hast du etwas in der Hand, eine Identität. Ohne Papiere sitzt du in Preußen schneller und länger im Gefängnis, als dir lieb ist.«

Zvi drückte ihm mit dem heilen Arm die Hand. Und das tat er noch einmal, als er das vom Pfarrer unterschriebene und gestempelte Papier in Händen hielt.

»Es ist, als ob der Alte noch immer um mich wäre«, erzählt der Vater am anderen Morgen beim Aufwachen seiner Frau. »Ich habe letzte Nacht kaum geschlafen, nur Alpträume gehabt, weil ich die alten Geschichten seiner Jugend wieder einmal durchlitten habe.«

»Vergiß es doch«, beruhigt ihn Beth, »das war sein Leben in Rußland. So etwas wie diese Verfolgungen und Quälereien könnte hier bei uns in Preußen nie passieren. Wir sind doch ein zivilisiertes Volk.«

Da hat er nur genickt, froh in diesem Land zu leben, das er bisweilen so gern als »Gelobtes Land« bezeichnet.

15

Es ist noch nicht Herbst, da muß Bella wieder einmal unter Tränen Abschied nehmen – diesmal von Mascha. Acht Jahre haben sie jeden Tag auf der Schulbank nebeneinandergesessen, Freud und Leid miteinander geteilt. Jetzt werden sie auseinandergerissen. Die Freundin hat nach der Schule zuerst ein wenig im väterlichen Geschäft mitgeholfen, da hat man sich noch regelmäßig gesehen, aber dann hat Maschas Vater bestimmt, daß das Mädchen in Hamburg, bei einem Onkel – ebenfalls Lederhändler – eine Lehre beginnen soll.

»Da muß ich mich fügen«, sagt Mascha resigniert unter Tränen, »aber wir werden uns häufig schreiben!« So fliegen bald die ersten Briefe hin und her, voll von Ereignissen ihrer neuen Lebenssituation. Bella schreibt vom Institut und was sie alles lernen muß, Mascha von der freundlichen Aufnahme im Hause des Onkels, von ihrer Lehre, von den anderen Mädchen im Geschäft und von ihren vielen neuen Eindrücken in Hamburg.

Die Schule hat schon mehr als zwei Monate begonnen, da stellt Frau Mendelsohn der Klasse noch eine Nachzüglerin vor. Mirja Friedmann heißt das keck dreinblickende Mädchen, der man ansieht, daß sie genau weiß, was sie will.

»Mirja kommt erst jetzt in die Klasse, weil sie auf einer Sprachenschule in England die englische Sprache geübt hat«, erklärt Frau Mendelsohn, und neidisch blicken die anderen Mädchen auf die Nachzüglerin, die schon in der großen Welt herumgekommen zu sein scheint. Aber dann gibt sich die Tochter eines bekannten Professors ganz freundlich. »Mein Vater lehrte vor Jahren einige Semester an der Universität Brighton«, erklärt sie. »Da habe ich als Kind schon die Sprache gelernt, und meine Eltern wünschten, daß ich nicht alles vergesse.«

»Aber ein schnelles Mundwerk hat sie«, meint Ruth, die Banknachbarin von Bella. Und manchmal muß Bella ihr recht geben.

»So, du wohnst auf der Schweidnitzer Straße«, spricht sie am dritten Tag Bella in der Pause an. »Wohnst du auf der verheirateten oder der ledigen Seite der Schwo?«

Bella versteht erst mal gar nichts. »In der Schweidnitzer Straße«, sagt sie freundlich.

»Ja, sag ich doch, die Schwo.« Mirja stöhnt theatralisch auf. »Also, daß ihr das noch nicht wisst. ›Schwo‹ sagen die Studenten zu deiner Straße, weil sie dort herumschwofen, also herumstolzieren und sich zeigen, besonders natürlich die Farbenstudenten, die Korporierten, wenn sie in vollem Wichs gehen.«

»Und was war das mit der ledigen Seite?« Ruth kann die Neue nicht besonders leiden, ihr Ton ist ihr zu hochmütig. Aber da kommt sie bei Mirja schlecht an, die kann noch spitzmäuliger tun, wie Bella sich denkt. »Ihr habt wohl keine Augen im Kopf oder seid noch Kinder. Ihr müßtet doch schon wissen, daß die Schwo die Promenierstraße in Breslau ist, wo man sich der Öffentlichkeit präsentiert und miteinander flirtet. Und weil das Sichzeigen im milden Sonnenlicht des Spätnachmittags viel schöner ist, heißt die Ostseite, wo die Abendsonne hinscheint, ›die Ledigenseite‹. Die andere, dann schon im Schatten liegende, ist die Verheiratetenseite.«

»Also, da wohne ich«, sagt Bella ganz profan.

»Seht euch diesen Aufzug dort mal an«, lacht Mirja überlegen wissend, »dort stolzieren Bursch und Fux und etliche andere Stutzer beinahe täglich auf und ab und flirten, daß die Spitzen der Schnurrbärte nur so zittern.«

»Aber eine sich zur guten Gesellschaft zählende Dame geht doch da nicht hin. Denn man läuft auf der Straße weder so schnell wie ein Dienstmädchen, noch geht man so langsam, als wolle man promenieren. Man darf auch nicht vor Läden stillstehen. Schon gar nicht sich nach einem Herrn umdrehen. So hab' ich es gelernt«, mault Bella; dann läutet die Pausenglocke, und die Plauderzeit ist vorüber.

Dennoch hat dieses Gespräch in der Klasse für etliche Unruhe gesorgt. Nicht nur Bella schleicht sich jetzt bisweilen nachmittags in den vorderen Salon und schaut auf die andere Straßenseite – auch einige Schulkameradinnen fragen, ob sie nicht einmal kommen dürfen, um ebenfalls einen Blick auf die »Ledigenseite« werfen zu dürfen. Und ganz Mutige gehen eines Tages nach dem Nachmittagsunterricht einmal paarweise auf der sonnigen Seite rauf und runter. Aber sie haben die Schultaschen mitgenommen und pressen sie bei diesem gewagten Spaziergang fest an sich.

Im zweiten Jahr der Ausbildung wird ein umfangreicher Tanzkurs angeboten, der alle Modetänze vom Galopp und Marsch bis zum Rheinländer, von der Polka bis zum neuen Walzer umfaßt und natürlich auch die Tanzspiele wie Polonaise und Côtillon erklärt. Auf diesen Tanzkurs haben sich die jungen Damen ganz besonders gefreut. Natürlich hat die eine oder andere schon ein paar Schritte zu Hause geübt, vielleicht mit dem Vater oder dem Bruder. Mirja behauptet ja sogar, sie habe schon einmal mit einem Leutnant getanzt. Aber das glauben die anderen Mädchen nicht so richtig. Zuerst stehen alle in einer Reihe, und die Tanzlehrerin kommandiert: »Rechts vor – zurück – Tip – rück – links vor – Tip – rück«, oder beim Walzer: »Rechts vor – seitwärts schließen.«

»Ich habe mir nicht vorgestellt, daß das Tanzen so steif ist«, mault Ruth heimlich. Aber was zuerst wie eine Trockenübung aussieht, wird schon flüssiger, als die Tanzlehrerin beim dritten Mal einen alten Klavierspieler mitbringt, der die einzelnen

Tänze musikalisch untermalt. Mit Musik geht es dann schon viel besser.

Schließlich stellen sich die Mädchen gegeneinander auf und bilden jeweils ein Tanzpaar. »Um Gottes willen keine jungen Herren«, ereifert sich die Lehrerin auf eine schüchterne Frage. »Wollt ihr, daß ein Mann eure hölzernen Versuche mit ansieht, wollt ihr einem solchen vielleicht auf die Füße treten? – Übt erst mal schön zusammen, zum Abschluß dürfen die Besten dann jeweils einen Tanz mit einem jungen Herrn vorführen.«

Die Mädchen beginnen zu kichern, denn das spornt natürlich an, und man beobachtet einander eifersüchtig, welche denn nun besser sei.

»Bevor wir uns über irgendwelche Herren den Kopf zerbrechen, wollen wir erst einmal üben, wie man zum Tanz aufgefordert wird.« Die Tanzlehrerin hat eine durchdringende, gebieterische Stimme.

»Beginnt die Musik zu spielen, so verbeugt sich der Tänzer vor seiner Dame, diese steht mit einer leichten Verneigung auf und legt ihr Bukett auf den Stuhl, während sie den Fächer in der Hand behält ebenso wie er seinen Klapphut. Verstanden? Und das üben wir jetzt einmal. Links die Herren, rechts die Damen.«

Dennoch, um die Frage, welche Herren denn da eingeladen würden, gibt es tagelange heftige Diskussionen in den Pausen, aber die Tanzlehrerin schweigt beharrlich. »Heute erkläre ich den Höhepunkt jedes Balls, den Côtillon«, erklärt die Tanzlehrerin eines Tages und fährt fort: »Der Côtillon – der Name kommt vom französischen Wort für Unterrock – ist ein alter französischer Gesellschaftstanz, den wir auch heute noch gerne vollführen. Er beginnt mit der ersten Tour, einer großen Ronde, dann folgt eine Quadrille, und so geht es weiter. Der Reiz dabei ist, daß sich bei jeder Tour eine Dame einen Herrn oder umgekehrt wählt. In dieser Wahl der Tänzer liegt der Reiz des Côtillon, und dieser Reiz des Tanzes wird noch durch das Verteilen von Côtillon-Orden an die Herren und Blumensträußchen an die Damen erhöht.«

So geht es bei jeder Tanzstunde, da wird geübt und geprobt, da kichern die Mädchen und versuchen ein wenig, die große Dame zu sein, aber in Wirklichkeit ist alles doch nur ein Spiel, eine Vorübung auf den großen Schritt ins richtige Leben. Wie wird man dort bestehen?

Bella ertappt sich dabei, daß sie in letzter Zeit immer öfter in den Spiegel schaut. Sie betrachtet nicht nur ihr Gesicht, das allmählich die kindlichen Rundungen verliert, während unterhalb des Halses andere wachsen, sie taxiert auch kritisch ihre Kleidung, den Stoff, den Sitz, nicht zuletzt die Farbe. Steht mir das Kleid auch? Macht es mich erwachsen? sind Überlegungen, die ihr immer häufiger in den Sinn kommen.

»Jede Frau weiß, daß sie die Feuerprobe über den Wert oder Unwert eines neuen Kleides nur im Mienenspiegel der Vorübergehenden auf der Straße machen kann.« Solche Sätze liest sie in einem Modemagazin. Mit ihren Kleidern ist sie ja im allgemeinen ganz zufrieden, Mutter sieht darauf, daß »meine Große«, wie sie jetzt bisweilen sagt, immer adrett gekleidet ist. Aber wie ist es mit ihrem Aussehen? Da ist sie ganz unsicher. Sie hält sich nicht gerade für eine Schönheit. »Anmutig ist sie«, sagt Frau Mendelsohn.

»Die Nase gebogen und etwas zu lang, die dunklen Haare eher lockig, die hohen Wangenknochen ganz nett, und wenn man mit dem Essen aufpaßt, wird die Taille schöner«, erklärt ihre Freundin Mirja.

»Sieh nur, da steht er schon wieder«, zeigt sie eines Tages vom Flurfenster des Instituts nach draußen, wo sich ein gut gekleideter junger Stutzer im Aufundabgehen eine Zigarette anzündet. »Er wartet immer, bis ich herauskomme und in unsere Chaise steige, du weißt bei dem hohen Tritt muß ich den Rock über den Knöchel lupfen.«

»Ach, das ist der junge Wörnitz, die Familie hat Kohlebergwerke im Oberschlesischen, der steigt allen Jungfrauen nach«, tut Mirja abgebrüht. Seitdem will sie mit ihrer Freundin nicht mehr darüber reden, aber sie weiß auch nicht, wer ein besserer Gesprächspartner gewesen wäre. Ob Mimi ihr alle diese Fragen hätte beantworten können? Umsonst der Gedanke: Mimi ist nicht mehr da, Mutter hat keine Zeit. Wem könnte sie sich anvertrauen? Wen könnte sie fragen, warum nach der letzten Sederfeier im Hause des Onkels der junge Cousin Max Silberstein ständig versucht hat, mit ihr hinaus und nach hinten in den dunklen Garten zu gehen? Vielleicht würde sie auch fragen, warum ihr im Bauch so mulmig wurde, als sie neulich beim Frühlingsfest im Gartenhaus vor der Stadt mit dem jungen Eugen Friedrich Blaschke geschaukelt hat. Er ist jetzt Einjährig-Freiwilliger und sieht blendend aus in seiner Husarenlitewka. Sie hatte ganz verträumt die Kaffeetafel der Erwachsenen verlassen und war zu der alten Schaukel hinübergegangen. Wie oft hatte sie als Kind darauf gesessen. Auch jetzt tut sie es wieder und beginnt ein wenig hin und her zu pendeln, als der junge Blaschke unvermutet von hinten kommt und ganz plötzlich die Schaukel anhält. Da wäre sie ihm beinahe um den Hals gefallen. Dann stellen sie sich beide drauf und fliegen bis beinahe in den Himmel, schreit Bella jauchzend.

»Halt, halt, nicht so stürmisch, ihr beiden«, ruft Vater Blaschke, der beste Anwalt der Stadt, zu den beiden jungen Menschen herüber. Und dann haben sich Vater und Sohn auffällig schnell von der ganzen Kaffeetafel verabschiedet.

»Unser Geld lieben sie, aber unsere Gesellschaft fliehen sie«, knurrt der Vater und weist Bella ungeduldig zurecht. So ganz versteht sie ihn nicht, hatte sie doch nichts Unrechtes getan. Der stramme Bursche allerdings hatte ihr schon recht gut gefallen mit seiner schmucken Uniform.

16

Das Schaukelspiel mit dem jungen Blaschke ist nicht unbemerkt geblieben, und so sagt Mama schon wenige Wochen später: »Wir geben diesen Herbst wieder einmal eine festliche Einladung. Es soll ein schöner großer Ball werden – da kannst du dich hübsch herausputzen, denn es kommen bestimmt ein paar junge Männer, denen du den Kopf verdrehen wirst.« Sie spricht da so beiläufig von einer Situation, die Bella höchst seltsam und merkwürdig erscheint. Das mit dem »Kopfverdrehen« hat sie nicht richtig begriffen. Meinte Mutter etwa das merkwürdige Gefühl, das Bauchkribbeln, das sie gespürt hatte, als sie mit dem jungen Blaschke schaukelte? »Gibt es das bei Männern auch?« fragt sie sich und »hat Mutter das etwa gemeint?«

Bella denkt tagelang darüber nach. Doch ihr fällt niemand ein, den sie dazu hätte befragen können.

In den Wochen vor dem Ball spürt Bella an ihren Eltern eine gewisse Unruhe, die sie sich nicht erklären kann. Vielleicht liegt es daran, daß ich erstmals an diesem großen Ereignis aktiv teilnehmen werde, denkt sie und ist dennoch verwundert über Vaters häufige Ermahnungen. »Seit deiner Einführung bist du Teil der guten Gesellschaft, die wir pflegen und schätzen, und« – das hatte der Vater unlängst einmal ganz betont erklärt – »nicht nur bei diesem Ball, sondern wo immer du gehst und stehst, repräsentierst du mit dir auch unsere Familie.« Ein andermal meint er:

»Vergiß nie, du bist und bleibst eine Hübschel, die Tochter des bekannten Heereslieferanten, und alles, was du tust und nicht tust, wird man unserer Familie entsprechend auslegen. Du bist nun erwachsen und hast also auch als Frau unserem Ruf gerecht zu werden«, erklärt er mahnend, als Bella irgendeine Jungmädchentorheit von sich gibt.

Die äußeren Vorarbeiten laufen wie immer ab. Das Personal unterzieht den gesamten ersten Stock, den Festsaal, die beiden Salons und das kleine Musikzimmer einer gründlichen Reinigung: die Vorhänge werden ausgeklopft, Tische und Stühle von ihren Hussen befreit, abgestaubt und in einer bestimmten Art aufgestellt. Die Blumendekoration wird besprochen, das Podium für die Musiker zurechtgerückt, Tanzwachs zum Ausstreuen auf der Tanzfläche bereitgestellt. Am Schluß werden Gläser poliert, das Servierabteil gesäubert und endlose Kisten mit Sektflaschen, Wein und anderen Getränken herbeigeschafft.

Obwohl alles Routine ist, hat Bella den Eindruck, Mutter sei bei der Vorbereitung dieses Festes aufgeregter als sonst. Irgend etwas ist anders, denkt sie immer wieder, wenn Mutter geradezu nervös Kontakt mit ihren zahlreichen Bekannten sucht, die Einladungsliste wieder und wieder umwirft, Sitzpläne zeichnet und wieder zerreißt ... Dieser Ball scheint den Eltern wirklich am Herzen zu liegen.

Was Bella nicht hört, sind die abendlichen Gespräche im Elternschlafzimmer und die gewundenen und ebenso vorsichtigen wie zielgerichteten Gespräche mit anderen Eltern, die ebenfalls junge Mädchen »unter die Haube bringen wollen«. Dann die Kontakte mit Eltern, deren Söhne sich als prospektive Heiratskandidaten eignen, sowohl vom Alter als auch von der gesellschaftlichen Stellung und natürlich »vom Besitz, vom Vermögen und der Position« her, wie Vater nicht müde wird zu betonen. Ein weiteres kleines Problem soll dabei erst gar nicht auftreten, möchten doch alle Eltern, daß ihr Kind einen Partner der gleichen Religionsgemeinschaft findet; deshalb werden im Hause Hübschel diesmal keine evangelischen Kommerzienräte mit ihren Kindern, keine katholischen Abgeordneten mit Töchtern oder Söhnen eingeladen. Denn daß dieser Ball insgeheim eine große Verkuppelungsaktion ist, ist jedem klar, den Freunden, den Eingeladenen und auch denen, die diesmal nicht dabeisein dürfen.

»Sie wollen ihre Tochter unterbringen«, wird denn auch bisweilen in der Stadt geflüstert.

»Besser früh gefreit und richtig verheiratet als eine alte Jungfrau im Haus, oder – noch schlimmer – eine falsche Liaison«, sind sich alle einig.

»Ein Professorensohn – ich weiß nicht«, murmelt der Vater ein ums andere Mal. »Natürlich hätten wir die finanziellen Möglichkeiten, das junge Paar so lange zu unterstützen, bis der Zukünftige selbst einmal ...«, er läßt den Satz in der Luft hängen. Mutter dagegen hätte wohl gerne eine familiäre Beziehung zur Familie eines der berühmten Wissenschaftler wie Paul Ehrlich oder Professor Wiesengrund.

»Der älteste Friedmann-Sohn, Lion, der Bruder von Emil, ist

noch zu jung«, meint sie ein andermal, »ein reiferer Mann wäre besser für unsere ein wenig versponnene Tochter, so jemand hat Erfahrung, denke ich, er wird sie führen können.« Ja, es ist gar nicht leicht, den richtigen Kandidaten zu finden. In die eine Familie möchte man nicht gerne einheiraten, die andere Familie hat andere Pläne mit dem Nachwuchs. »So viele bleiben da gar nicht übrig«, resümiert die Mutter irgendwann vor dem Zubettgehen.

Da rückt der Vater eines Tages mit einer neuen Idee heraus. »Ich habe vor längerer Zeit einen Unternehmer aus Forst kennengelernt, Heereslieferant wie wir, besitzt ein großes Firmenkonglomerat im In- und Ausland, Uniformen und Militärstoffe – ein glänzendes Geschäft – ohne jede Konjunkturschwankung. In Berlin in der vornehmen Behrenstraße hat er Präsentations- und Verkaufsräume, dort gehen die höheren Offiziere ein und aus, um sich ihre Privatuniformen schneidern zu lassen. Wer heutzutage etwas auf sich hält im Offizierskorps, trägt doch keine Kammerstücke, keine Kledage aus der Kleiderkammer der Heeresbeschaffungsstelle, sondern nur eigene, privat gekaufte Uniformen. Allein die Sonderanfertigungen – zu groß, zu klein, zu dick, zu dünn – müssen ihm ein Vermögen einbringen. Auch Kadettenuniformen bekommt man dort, ja, ich habe mir sagen lassen, daß die Finkelsteinschen Betriebe sogar die Kinderuniformen für die Kaisersöhne gefertigt haben. Solche Spieluniformen für die Kleinen kommen gerade in Mode. Da marschiert er ebenfalls vorneweg bei diesem Trend.« Er hält einen Augenblick inne, und Beth stellt sich schon vor, ihrem kleinen Sohn Friedrich auch einmal eine Husarenuniform zu kaufen, aber da reißt er sie schon wieder aus ihren Träumen.

»Also, ich habe mich erkundigt, das ist alles sehr solide. Die Eltern haben den ehemals kleinen Militärschneiderbetrieb schon in den fünfziger Jahren hochgebracht, und der Sohn hat entsprechend ausgebaut. Heute fertigen sie selbst für das Ausland Uniformen, bis nach Chile hin. Denk dir, auch dort werden Uniformen im preußischen Schnitt getragen.«

Der Vater schweigt einen Augenblick, bis die Mutter interessiert einwirft: »Und wie alt ist dein Kandidat?«

»Er muß so Ende Zwanzig oder Anfang Dreißig sein. Kein Luftikus, denke ich, er sieht eher solide aus, gesetzt, mit kleinem Embonpoint und dem neuerdings so modernen gezwirbelten Schnauzbart, wie unser Kaiser. Ein fleißiger Kerl ist er, wie ich von mehreren Seiten höre, und natürlich in allerbesten Verhältnissen. Er hat zwei ältere Schwestern, die längst verheiratet und gut versorgt sind. Dazu einen jüngeren Bruder, ebenfalls Unternehmer, aber die Betriebe und die finanziellen Dinge sind völlig getrennt, das habe ich genau ausgeforscht, nur die Verkaufsräume in Berlin, die liegen nebeneinander. Dieser Bruder hat sich ganz auf Stoffdrucke und Textilien für das vornehme Heim spezialisiert. Der ist eher ein Künstler, habe ich mir sagen lassen, fertigt und bedruckt Stoffe im neuen Stil. Unser Finkelstein ist da solider, Produktion von Militärstoffen, Fertigung von Uniformen, das geht immer.«

Einige Tage später kommt der Vater mit weiteren Neuigkeiten. »Dieser gedachte Kandidat, er heißt, wie ich schon sagte, Simon Finkelstein und ist ›Heereslieferant feiner und feinster Uniformen für alle Waffengattungen‹ – so steht es auf seinem Briefkopf, so prangt das Firmenschild hoch über den großen Fabrikhallen in Forst. Er bewohnt zusammen mit seinem Bruder die elterliche Villa, umsorgt von einer alten Hauswirtschafterin. Die Alten sind vor ein paar Jahren gestorben. In Berlin hatte er bislang nur eine Junggesellenwohnung, ebenfalls zusammen mit seinem Bruder. Aber was vielleicht noch wichtiger ist, er baut gerade ein wunderschönes Haus in Berlin. Im feinen Stadtteil Wilmersdorf liegt die Villa, sie wird ganz im neuen Stil gebaut, und die Leute sollen jetzt schon voller Bewunderung davor stehenbleiben. Du siehst, da fehlt ihm jetzt nur noch die richtige Frau«, nickt er und erzählt dann weiter: »Mein Gewährsmann hat mir überdies erzählt, daß er durch seine Firmen – eben die feinen Uniformen für die höheren Offiziere – in der guten Berliner Gesellschaft ein und aus geht, ja, sogar bei Hofbällen soll er eingeladen sein.«

»Ach«, seufzt da die Mutter, und man sieht ihr an, daß sie auch gerne in Berlin wäre, einmal gerne einen Hofball besuchen würde, »ach, Berlin«, seufzt sie erneut. Mit diesen letzten Informationen hat der Kandidat in ihren Augen wirklich ein As im Ärmel.

»Und warum hat er bisher nicht …? Ich meine …« Die Mutter schweigt.

»Es scheint, daß ihm noch nicht die Richtige über den Weg gelaufen ist. Ist vielleicht ja auch gar nicht so einfach in Forst, und vielleicht sucht er ja eher eine junge Frau, eine hübsche, eine, mit der er auf den Bällen reüssieren kann. – Und unsere Bella ist schön und jung. Sie ist gut erzogen, freundlich, gebildet …«, er schweigt einen Augenblick, um dann fortzufahren, »kurzum, unsere Bella ist eine blendende Partie – selbst wenn man gar nicht an unser Geld und an ihr Vermögen vom Großvater denkt.«

Die Eltern überlegen noch einen Tag lang, schließlich muß die Sache ja irgendwann auf den Weg gebracht werden, dann wird ein erster Kontakt zu jenem Simon Finkelstein über hilfreiche Freunde geknüpft.

»Laß uns zusammenfassen«, zeigt der Vater unternehmerische Attitüde, kurz bevor die endgültigen Einladungen verschickt werden. »Wir laden Freunde und Bekannte ein, die ein Mädchen oder einen jungen Mann im heiratsfähigen Alter haben. Ebenfalls werden Einladungen zu den Silbersteins und einigen älteren Herrschaften geschickt, damit die Sache nicht gar zu durchsichtig ist. Ich werde einen Offizier vom Heeresbeschaffungsamt zu uns bitten – das macht sich immer gut, das zeigt unsere unternehmerische Position, nicht zuletzt gegenüber dem Herrn Finkelstein.« Er nickt ein paarmal, denn diese Idee gefällt ihm.

»Meinetwegen lade auch deine Professoren ein, das zeigt Stil und beweist, daß wir keine bloßen ›Koofmichs‹ sind.« – Er schweigt einen Augenblick, als müsse er sich sammeln. »Aber den Mann, den ich am liebsten für meine Tochter sehen würde, mit guten Kontakten zu den allerhöchsten Kreisen, das sollte wohl der Finkelstein sein. Ich denke, daß wir unsere Tochter mit dieser Partie in beste Hände geben und am besten versorgen.«

Bella ahnt nichts von all diesen Überlegungen, jungmädchenhaft naiv freut sie sich auf das große Fest, die glamourösen Roben und die flotte Musik – wäre da nicht doch etwas, das sie ein wenig beunruhigt, Mutters einfach dahingeworfener Satz. »Da kommen bestimmt ein paar junge Männer, denen du den Kopf verdrehen wirst«, hatte sie so beiläufig gesagt, als wäre dies der normalste Vorgang der Welt. Hatte Leles Bruder Emil auch schon einen »verdrehten Kopf«, nur weil er sie immer so freundlich ansah? Und was war mit dem jungen Wörnitz, der vor dem Institut immer darauf wartete, einen Blick auf ihre Knöchel unter dem hochgelupften Kleid tun zu dürfen? Oder Vetter Max?

Ganz vorsichtig versucht sie, die kluge Lele auszufragen, aber die versteht überhaupt nicht, wovon die Rede ist, und bei der Erwähnung des Balles, den die Eltern veranstalten wollen, tut sie eher gelangweilt. »Weißt du, wir lernen hier zwar tanzen, und das ist vielleicht ja auch ganz wichtig, aber viel wichtiger ist für mich die Frage, wann ich meinen Vater dazu rumkriegen kann, daß ich endlich das Abitur machen und auf die Universität gehen kann. Die Wissenschaft ist für mich ein größeres Abenteuer als eine Ballnacht.«

Was ist das schon wieder? denkt Bella, aber vielleicht liegen Leles Interessen ja wirklich auf einem ganz anderen Gebiet. Mirja ist da schon aufgeschlossener. »Sieh mal, es ist doch die Bestimmung der Frau, zu heiraten und Kinder zu bekommen. Wie soll das gehen, ohne daß wir den Männern die Köpfe verdrehen? Sie sollen uns lieben und verehren, sie sollen der neuen Familie Reputation geben, sie standesgemäß erhalten, das geht doch gar nicht, ohne daß wir sie faszinieren, sie anziehen und auch bei der Stange halten. Weißt du, Bella, mein Vater sagt manchmal, der freie Mann ist wie ein wildes Tier, er wird erst durch eine liebende Frau gezähmt und zum Haustier, das aus der Hand frißt. Und jedesmal, wenn er so etwas sagt, umarmt er anschließend meine Mutter, bis sie ganz merkwürdig kichert.«

Oje, denkt Bella in den folgenden Wochen, da wird ja noch so manches auf mich zukommen, bis ich irgendwann auch einmal ein »männliches Haustier habe, das mir aus der Hand frißt«. Aber gleichzeitig schiebt sie alle diese Gedanken wieder weit von sich – es ist ja noch lange hin, bis derlei Dinge in ihr Leben treten werden, denkt sie.

Mama hat die Schneiderin bestellt, und zum ersten Mal darf Bella eigene Wünsche äußern.

»Mauve«, haucht sie hingebungsvoll und ist glücklich, daß sie ihre eigenen Vorstellungen verwirklichen darf. Die Mädchen im Institut sind nämlich mittlerweile alle älter geworden und genau über die aktuelle Mode unterrichtet, beinahe jede kann von zu Hause ein anderes Modeheft mitbringen. Und Mauve ist Trumpf in dieser Saison. »Malvenfarbig«, sagt die Mutter, aber Bella erklärt ihr, daß dieses Mauve die erste künstliche Anilinfarbe sei, mit Hilfe der Chemie, nicht aus der Natur gewonnen. Es soll also ein mauvefarbenes Brokatkleid werden, mit einem prächtig gestickten Devant, so wie sie es in einer Modezeitschrift gesehen hat, und dekoriert mit einem Plein abschattierter Stiefmütterchen. Zum ersten Mal soll sie ein ausgeschnittenes Kleid bekommen, bestimmt die Mutter. Und auch Bella weiß, daß sie Formen bekommen hat.

»Du hast einen schönen Hals, Bellakind, du kannst ihn ruhig zeigen«, lächelt Beth aufmunternd, als Bella bei der Anprobe verschämt die Hand über den ungewohnten Ausschnitt legt. »Und wenn es dir zu tief erscheint, so werden wir noch ein kleines Collier finden, das dich noch schöner macht!«

Tatsächlich schenkt ihr der Vater kurz vor dem großen Ereignis ganz unvermittelt ein Kästchen. »Ich habe etwas für dich«, nuschelt er mit Verschwörermiene. »Bei Hofjuwelier Harbrecht in Berlin machen sie derzeit entzückende Sachen für junge Mädchen. Ich bin sicher, das wird meiner schönen Bella gefallen.«

Bei den Freundinnen im Institut hat sich der große Ball im Hause des bekannten Heereslieferanten und bedeutenden Breslauer Unternehmers Josef Hübschel natürlich gleich herumgesprochen und sorgt tagelang für Gesprächsstoff. Einige der Mädchen sind eingeladen, Mirja etwa, auch Lele, andere wiederum schauen ein wenig neidisch, aber da es Sache der Eltern ist, einzuladen, kann niemand Bella einen Vorwurf machen.

So muß sie wenigstens ihr Ballkleid beschreiben, die feine mauvefarbene Robe, die sie sich selbst aussuchen durfte und die tagelang umständlich besprochen wird. Ja, selbst die Tanzlehrerin erfährt von dem aufregenden Ereignis, und ab jetzt werden Bella und die beiden anderen Mädchen, die auf diesen Ball eingeladen sind, ganz besonders gut instruiert. Etwa wie und ob man einen Tänzer während des Tanzes ansieht, wie man auf seine Konversation antwortet, daß man nicht zu abweisend, aber auch keineswegs zu hingebungsvoll zu sein hat. Ein wenig hat dieser Ball sogar das Ende des Tanzkurses in den Hintergrund treten lassen, der nur wenige Wochen vor dem großen Ereignis im Hause Hübschel stattfindet und der gleichzeitig Teil der Abschlußfeier der zweijährigen Institutsausbildung ist. Dennoch ist dieser Abschlußabend eine gute Vorübung für unseren großen Ball, findet der Vater, und die Eltern begleiten ihre Tochter gerne zu der kleinen internen Veranstaltung in den Räumen des Instituts.

»Nur ein einfaches kleines Ballkleid«, hat Frau Mendelsohn gemahnt, wohl wissend, daß nicht alle Eltern über entsprechend große Geldmittel verfügen. Ja, diese Bitte samt kleinem Comment speziell für diesen Abend wird sogar den Eltern per Brief mitgeteilt. Also hat die Mutter beschlossen, daß Bella an diesem Abend die gleiche Robe anzieht wie bei der Soiree vor einem Jahr.

Endlich hat sich auch das Geheimnis der männlichen Tanzpartner entschleiert; vier Studenten der jüdischen Studentenverbindung Vimaria sind eingeladen, mit den besten Mädchen des Kurses jeweils einen Tanz vorzuführen. Bella ist mächtig stolz, denn sie darf vor allen Schülerinnen, Lehrern und Eltern den Walzer und den Rheinländer mit einem der jungen Männer vortanzen.

»Dies war der erfolgreiche und gelungene Abschlußabend eines ebenso erfolgreichen Curriculums«, erklärt am Schluß Frau Mendelsohn in einer kleinen Ansprache.

Alle sind mit der Ausbildung zufrieden, die Mädchen, die Eltern und auch die Lehrer bestätigen an diesem Abend mehrmals, dies sei ein besonders angenehmer und verheißungsvoller Kurs gewesen. Man wünscht den herangewachsenen jungen Damen Glück und Erfolg im Leben. »Die Schlüssel dazu – eine gute Ausbildung, die haben sie hier erhalten«, sagt Frau Mendelsohn. Demnächst wird es die Abschlußzeugnisse geben, etliche Belobigungen werden schon jetzt ausgesprochen. Auch Bella wird gelobt und bekommt ein Buchgeschenk. »Du, liebe Bella, warst in Stilkunde und Benehmen, im Comment und in perfektem weiblichem Auftreten immer die Beste. Deine Eltern können stolz auf dich sein, und wenn du einmal einen Ehemann hast und ein vornehmes Haus führen wirst, dann wird auch er voller Glück auf seine Ehegattin blicken, die den Haushalt ebenso wie die Dienerschaft und das gesellschaftliche Leben perfekt zu führen und zu leiten versteht«, sagt Frau Mendelsohn lächelnd.

Lea wird natürlich für ihre exzellenten Kenntnisse in allen Wissensfächern gelobt, Mirja hat sich im Fach Haushaltsführung hervorgetan. So sind auch die Mädchen mit dem Hausball und mit der ganzen Abschlußfeier zufrieden und die Eltern stolz auf ihre erfolgreichen Töchter. Dennoch wird an diesem Abend immer wieder von dem »großen Ball« im Hause Hübschel gesprochen und geträumt.

»Ja, liebe Bella, das Institutsfest heute, das ist erst der Anfang«, lacht der Vater, der den ersten Tanz, einen Marsch, mit seiner Tochter getanzt hat. »Meine schöne Bella wird noch viele Bälle erleben, viele Tänze genießen, vielleicht bald schon mit einem guten Ehemann.«

So richtig kann sich Bella diese Prophezeiung noch gar nicht vorstellen, und daß diese Situation schon bald Realität werden könnte, das ist ihr geradezu unheimlich.

Wann immer Bella später an diesen ersten großen Ball in ihrem Leben denkt und an seine Folgen, hat sie nur noch verschwommene Erinnerungen an die Ereignisse, so als wäre das alles nicht wirklich passiert. Und wann immer sie später versucht, sich den Ablauf des Abends oder einzelne Szenen ins

Gedächtnis zurückzurufen, es legt sich eine Mischung aus gnädigem Vergessen und verschleierter Aufregung über die Bilder ihrer Erinnerungen ...

Dabei war es ein schönes und auch aufregendes Fest. Silbersteins waren da, Mirja mit ihren Eltern, Professor Friedmann und Frau. Auch Bruder Lion war mitgekommen. Stolz präsentierte er sich mit Band und Mütze und einem ziemlich frischen Schmiß auf der Wange. Er studiert Jura, steht kurz vor dem Assessorexamen und ist Bursch der Vimaria, der ersten jüdischen Studentenkorporation. Frau Mendelsohn, die Leiterin des Mädcheninstituts, war natürlich auch eingeladen, ebenso zahlreiche bekannte Familien der Stadt, etwa Professor Dessauer mit Gattin und Sohn sowie die Familie des berühmten Arztes Dr. Paul Ehrlich, des Begründers der Chemotherapie, mit seiner Tochter Lea und Bruder Emil. Den hatte sie zu Beginn ihrer Institutszeit noch als schüchternen Oberprimaner mit weißer Mütze kennengelernt, jetzt war er schon Student im dritten Semster und Fux bei den Vimaren. Lele hatte erzählt, er sei ein flotter Tänzer.

Die Familie Dr. Haber war mit dem jungen Fritz erschienen, der gerade promoviert hatte. Der Bankier Pringsheim kam mit zwei Söhnen, der eine noch im Studium, der andere bereits Prokurist in der eigenen Bank. Des weiteren ein Bruder des Generalkonsuls Eugen Landau mit einer Tochter und die Schwester des berühmten Industriellen Fritz von Friedländer mit ihrem Gatten. Beths Bruder Ruben hatte seinen Jugendfreund Dr. Moses Nachmann eingeladen. Er ist Rabbi an der neuen Berliner Synagoge in der Oranienburger Straße, von deren Schönheit und Größe man soviel hörte. Er kam mit Gemahlin und einem seiner Söhne, einem jungen Medizinalassistenten und derzeit bei den Dragonern stehend. Er sah blendend aus in seiner Uniform, erinnert sich Bella noch viel später.

Dazu fanden sich etliche Geschäftsfreunde des Vaters ein: so die große Familie des Kommerzienrats Eduard Arnhold und ein gewisser Simon Finkelstein, Besitzer bedeutender Webereien und Textilfirmen in Forst und im Ausland. Das Heeresbeschaffungsamt hatte zu dieser wichtigen Einladung ebenfalls einen Offizier abgeordnet, Hauptmann von Werner mit Gemahlin. In dieser zivilen Umgebung stach seine Uniform geradezu hervor.

»Wohl alles Zivilisten hier«, knurrte er denn auch gleich beim Eintritt, während seine Frau murmelte: »Du bist doch heute bei Judens eingeladen, die sehen wir nicht so gern im bunten Rock.« Da nickte der Hauptmann, und seine Welt war wieder in Ordnung.

Mutter hatte eine moderne Tanzkapelle engagiert, mit einem Stehgeiger, der wie ein ungarischer Zigeunerprimas aussah und auch so spielte. Besonders bei den schnellen Stücken schien er nicht nur die ganze Kapelle mitzureißen, sondern auch die Tanzenden.

Noch in späteren Jahren lächelt Bella, wenn sie an ihre Aufregung bei diesem ersten richtigen Ball denkt, ihre Ängste, alles richtig zu machen, die Schrittfolge jedes Tanzes korrekt mitzuzählen und dem Herrn nicht auf den Fuß zu treten. Es war eine Anstrengung, erinnert sie sich immer wieder, von Leichtigkeit, von gelöster Freude keine Spur.

Zuerst gab es einen Cercle: alle eingeladenen Paare wurden entsprechend ihrer gesellschaftlichen Bedeutung von einem Zeremonienmeister vorgestellt, dann begrüßte man sich gegenseitig, besonders aber das Hausherrenpaar, das an diesem Abend gewissermaßen hofhielt.

Der Vater, elegant im Frack, die Mutter in großem grauchangierendem Abendkleid aus Brüsseler Spitze mit reichen Applikationen in Mauve. Einige der anwesenden Damen flüsterten, das Kleid müsse ein Vermögen gekostet haben.

Es paßte jedenfalls farblich hervorragend zu der Robe der Tochter, und die beiden Damen des Hauses zeigten sich denn auch den ganzen Abend gerne zusammen, was immer wieder begeisterte Ahs und Ohs und zahllose Komplimente der Gäste hervorrief.

Auf einer goldumrandeten Tafel am Eingang war die Abfolge der Tänze aufgeschrieben, ebenso auf dem kleinen Tanzbüchlein in Fächerform, das jeder Dame beim Eintritt überreicht wurde.

Da drängten sich alsbald, während der Cercle sich noch formierte, die jungen und nicht mehr ganz so jungen Herren um die Damen, die ihrerseits auch ein wenig die gedachten Favoriten zu ermuntern versuchten, um sich für die einzelnen Tänze in den Tanzfächer einzutragen. Eigentlich trägt sich ein Herr immer nur für einen Tanz bei einer Dame ein, aber ganz Mutige wagten es auch, um einen weiteren Tanz zu bitten. Herr Finkelstein, den der Vater Bella vorstellte, bat, vom Vater ermuntert, gleich um mehrere Tänze und trug sich auch sofort ein. Der Vater nickte freundlich dazu. »Er wird auch dein Tischnachbar sein, liebe Bella«, sagte er wissend. Die Tischordnung war schon vor Tagen abgesprochen und festgelegt worden; wer mit wem an welchem Tisch saß und welche der jungen Damen in der Nähe eines der jungen Männer plaziert werden sollte, den die Mütter sich ausgesucht oder ausgedacht hatten.

Auf ein Zeichen des Zeremonienmeisters begann plötzlich die Musik zu spielen, zuerst ein flotter Marsch, unter dessen Klänge die Gäste zu ihren Plätzen begleitet wurden. Ein Schlag mit seinem Stab, dann rief der Zeremonienmeister den Namen auf und führte das Paar zum Platz.

Bella saß mit den Eltern am Ehrentisch, dazu Hauptmann von Werner als Tischnachbar der Mutter, während Vater neben dessen Gemahlin saß. Wie zufällig kam Herr Finkelstein neben Bella zu sitzen. Aber darüber machte sie sich keine Gedanken, denn dann kam schon der Eröffnungstanz, der Walzer »An der schönen blauen Donau«. Sie selbst hatte den Vater gebeten, sich einzutragen. Glücklich lächelnd kam er um den Tisch auf Bella zu, verneigte sich vor seiner Tochter und führte sie mit dem ganzen Stolz eines Vaters auf die Tanzfläche. Ach, Bella fühlte sich wohl in Vaters Arm, obwohl sie doch sehr damit beschäftigt war, den schnellen Dreivierteltakt akkurat mitzuzählen, so wie sie es bei Frau Mendelsohn im Institut gelernt hatte. Danach kam ein Galopp, für den sich Finkelstein bereits eingetragen hatte, und es wurden noch viele Tänze an seiner Seite. Eigentlich hätte sie gerne ein paarmal mehr mit dem Sohn des

Berliner Rabbiners getanzt, aber auf den hatte Mirja schon ein Auge geworfen und ließ ihn nicht mehr aus den Fingern.

Finkelstein schien sich sehr gut mit dem Vater zu verstehen, aber er vergaß dabei nicht, den ganzen Abend der Tochter des Gastgebers ausgiebig den Hof zu machen. Ja, beim Côtillon, den der Zeremonienmeister souverän ansagte, heftete er ihr statt der üblichen Papierblume eine goldene Brosche ans Kleid. Das konnten nun wirklich alle sehen, und es erregte auch einiges Getuschel, denn jeder machte sich seine eigenen Gedanken, am wenigsten jedoch Bella.

Sie hätte nicht sagen können, daß Finkelstein ihr besonders gefiel. Sein dickes rotes Gesicht ließ ihn gutmütig erscheinen, der goldene Kneifer gab ihm etwas Strenges, und die dicke Uhrkette über dem Embonpoint hätte ruhig ein wenig dezenter sein können, fand sie. Seinen Schnurrbart trug er gebogen und spitz gezwirbelt, so wie der Kaiser. »Es ist erreicht«, sagte Mutter immer dazu und erklärte meist anschließend, daß sie Vaters breiten Schnurrbart viel mehr möge. Vater war natürlich auch älter und orientierte sich daher eher am alten Kaiser. Doch seit im Dreikaiserjahr der junge Wilhelm Regent geworden war, richteten sich alle Stutzer nur noch nach ihm. Der modebewußte Finkelstein gehörte sicherlich zu diesen modernen jungen Männern; er verstand es, aufmerksam zuzuhören, nett zu plaudern, und als er von der weißen Villa auf der Insel Usedom erzählte, die die Familie seit etlichen Jahren besitze, da horchte nicht nur die Mutter auf, da kam auch Bella ins Träumen ... Noch nie hatte sie das Meer gesehen.

Es wurde eine lange Ballnacht, aber wie sie zu Ende ging, daran konnte sich Bella später nie mehr erinnern. Das einzige, was sich ihr eingeprägt hatte, war der befriedigte Satz von Mama, die den Abend als vollen Erfolg bezeichnete. Irgendwann fiel Bella in einen unruhigen Schlaf, träumte wirre Bilder, in denen der Hauptmann von Werner den Kneifer trug und mit seinem Säbel dem etwas kurzatmigen Finkelstein nachjagte, immer um den Tisch herum, während die Musik einen wilden Galopp spielte.

17

Vier Wochen später erscheint am Sonntagmorgen gegen elf Uhr ganz förmlich Herr Finkelstein im schwarzen Gehrock, in eleganten Handschuhen und im Bowlerhut zum Antrittsbesuch.

Die Herren parlieren erst ein wenig über die Zeitläufte. Dann werden die Damen hinzugebeten, und der Besuch versäumt es nicht, die Schönheit der Hausherrin ebenso zu loben wie das frische Blut der gerade erblühten Tochter, samt deren Tanzkünsten, die er ja reichlich genießen durfte. Die Bonne serviert einen Sherry, und Bella wird von der Mutter wieder einmal für ihr schönes Klavierspiel gelobt, bis Herr Finkelstein bittet, doch »wenigstens für ein paar Minuten in den Kunstgenuß der musikalischen Fähigkeiten des Fräulein Tochter kommen zu dürfen«. So setzt sich Bella ans Klavier, das »Gebet einer Jungfrau« wird gegeben, und Herr Finkelstein ist ganz entzückt von den solistischen Fähigkeiten der jungen Hübschel.

»Ach, wenn man denn ein Herzlieb im Hause hätte, die so schön spielen könnte und des Alltags Abend mit solcher Musik verzauberte«, sagt er schwärmerisch und blickt dabei die Tochter an, die bis in die Haarspitzen errötet.

Nach zwanzig Minuten erhebt sich der Gast und wird aufs freundlichste verabschiedet.

Bereits am folgenden Tag kommt eine kleine Dankadresse und die Bitte, »in vierzehn Tagen doch in geradezu offizieller Mission nochmals seine Aufwartung machen und vorsprechen zu dürfen«.

Der Vater tuschelt mit der Mutter, Bella wird informiert, daß der »gute Herr Finkelstein« in zwei Wochen sein erneutes Erscheinen, seine Reverenz in »offizieller Mission« angekündigt habe, und Bella möge doch für diesen Anlaß ein besonders schönes Kleid tragen.

Tatsächlich hält vierzehn Tage später pünktlich um elf Uhr eine Kutsche vor dem Haus, der Herr Finkelstein entsteigt, diesmal im eleganten Cut mit Halbzylinder. In der Hand hält er einen großen Blumenstrauß. Bella wird sofort gerufen, damit er, kaum daß er eingetreten ist, den Strauß der Tochter überreichen kann.

Es ist eine steife Zeremonie. Bella hat das Gefühl, daß hier und heute eine Entscheidung für ihr Leben getroffen wird, bei der sie der unwichtigste Teil ist.

Zuerst haben die beiden Herren miteinander geredet, und die Mutter hat aufgeregt das Zimmer verlassen, sieht sich rasch nach der Tochter um. »Zieh was Besseres an, Kind«, sagt sie und schiebt Bella in Richtung des hinteren Flügels zu den Schlafzimmern, »ich habe so das Gefühl, daß sich heute noch etwas ganz Wichtiges ereignen wird.«

Vater kommt aus dem Herrenzimmer, tuschelt mit Mama, Bella wird wieder nach hinten gezerrt, diesmal bekommt sie noch ein Kettchen und Ohrringe von Mama umgehängt, und als sie schließlich von der Mutter in den Salon hineingeschoben wird, wo die Herren mittlerweile angelangt sind, da ist sie so verschüchtert, daß sie am liebsten in den Erdboden versunken wäre.

»Mein liebes Kind ...«, beginnt der Vater, »Verehrtes Fräulein Bella ...«, mischt sich Finkelstein ein ..., dann reden beide zusammen, und Bella versteht überhaupt nichts mehr. Schließlich wirft sich der korpulente Herr Finkelstein vor ihr auf die Knie, ergreift ihre Hand und stammelt: »Ich bitte um Ihre Hand, verehrte Fräulein Bella, ich ... ich möchte mich mit Ihnen verloben.« Dabei nestelt er ein Etui aus der Hosentasche, öffnet es und entnimmt ihm einen goldenen Ring. Dann ergreift er wieder ihre Hand. Bella steht völlig steif da, kein Wort bringt sie heraus. Sie hat das Gefühl, als habe er feuchte Hände, als er ihr mit einem ganz gepreßt herausgebrachten »Bitte, bitte, sagen Sie ja, Fräulein Bella« den Ring überstreift. Schließlich steht er ächzend auf, wedelt mit der Hand über die Hosenbeine, als wolle er Staub abwischen, und sagt dann ganz profan: »So, das war's.«

Mutter hat Bella inzwischen in den Arm genommen, drückt und herzt sie. »Nein, Kind, wie bin ich glücklich – er wird dein

Gatte sein.« Bella hat das Gefühl, die Mutter ist dem Weinen nahe, jedenfalls schluchzt sie ständig, bevor sie weiterreden kann.

»Ach, wie schön für dich, daß der Herr Finkelstein um deine Hand angehalten hat. Was isser fir a guter Mann – wird er e gute Tate … ein guter Vater deiner Kinder.« Sie scheint wirklich von der Emotion übermannt, denkt Bella, denn wann hatte sie je die Mutter im leichten jiddischen Tonfall gehört?

Vater hat sich gleich nach der Zeremonie umgedreht und öffnet umständlich eine Champagnerflasche. Der Sekt spritzt wie eine Fontäne hoch und benetzt alle.

Bella prustet vor Lachen und ihr ist, als habe sich gerade dadurch die ganze angespannte Situation des Morgens entladen. Herr Finkelstein zieht nur das Taschentüchlein aus der Innentasche des Cut und murmelt ärgerlich etwas von einem neuen Anzug, der nun ruiniert sei. Mutter läßt Bella los und kommt ihm zu Hilfe, aber sie weiß nicht, wie. Vater läutet Sturm nach dem Mädchen und entschuldigt sich fortwährend. Erst als die Bonne alles abgetupft hat und jeder ein volles Glas in der Hand hält, beruhigt man sich wieder.

»Liebe Bella«, beginnt der Vater, und auch er kämpft mit der Rührung, »liebes Kind, du bist unsere Älteste – mein Herzblatt –, nun bist du erwachsen, wirst in die Welt hinausgehen und eine eigene Familie haben. Wir gaben dir alles, unsere Liebe«, er verhaspelt sich und greift nun ebenfalls nach einem Taschentuch, »eine gute Erziehung und eine umfangreiche Ausbildung. Und du – du warst immer ein folgsames, braves Kind. Jetzt ist der Tag gekommen, den sich jedes Mädchen ersehnt: Dein Bräutigam steht vor dir.« Er nimmt ihre beiden Hände und gibt sie zusammen. »Werdet glücklich! Darauf wollen wir trinken!«

Man stößt zusammen an, Herr Finkelstein wird eingeladen, zum Mittagsmahl zu bleiben, und die beiden sitzen zum ersten Mal als versprochenes Paar nebeneinander.

Meist sprechen Vater und Mutter mit dem Gast, Bella sitzt lediglich daneben, weiß gar nicht, was sie sagen soll. Vom Institut kann sie dem welterfahrenen Mann ja nichts erzählen, von ihren Jungmädchenträumen kann sie auch nicht reden. So schweigt sie artig und beobachtet dabei ihren zukünftigen Verlobten und späteren Ehemann. Wenn er nachdenkt, zwirbelt er bisweilen seinen Schnurrbart, stellt sie fest, und wenn er sich über etwas erregt, dann zittern die spitzen Schnurrbarthaare. Bella muß immer wieder hinschauen, bis der Herr Finkelstein plötzlich ganz irritiert scheint. Da blickt sie wieder unter sich, wie es sich für eine wohlerzogene Tochter gehört. Dafür darf sie am Nachmittag noch einmal ein paar Klavierstücke vorführen, bis die Herren sich ins Herrenzimmer zurückziehen.

Dort besprechen Vater und der zukünftige Schwiegersohn die finanziellen Modalitäten der Eheschließung, die kurz vor der Hochzeit in einem Vertrag festgehalten werden. An diesem Tag wird auch schon der Hochzeitstermin gelegt; ziemlich genau in einem Jahr.

Bella erlebt dieses Verlobungsjahr wie in Trance. Seit die Institutsausbildung beendet ist, lebt sie wieder den ganzen Tag zu Hause, liest viel, spielt immer noch gerne Klavier und beschäftigt sich ansonsten mit Nadelarbeiten. Daneben schreibt sie lange Briefe an Mascha und die ehemaligen Institutsfreundinnen. Lea hat sich durchgesetzt und zu einem Internat in die Schweiz gewechselt, wird dort das Abitur machen. Mascha wird demnächst ihre Ausbildung in Hamburg beenden, und der Vater hofft wohl, daß sie einen Lederfabrikanten oder wenigstens den Inhaber eines großen Geschäfts heiratet. »Bis jetzt hat sich noch keiner bei mir gemeldet«, schreibt sie vergnügt in einem ihrer Briefe. Ihr Herz würde wohl eher für einen Akademiker schlagen, einen Lehrer vielleicht, oder Rabbiner, vertraut sie Bella an. Einstweilen jedenfalls verkauft sie jeden Tag Koffer, Taschen, Ledersachen, geht auf die Mädchenberufsschule und nimmt an einem Kochkurs teil. Mirja wurde von ihrem Vater zu einem weiteren einjährigen Internatsaufenthalt nach Brighton geschickt.

»Ich soll meine Englischkenntnisse vervollständigen«, vertraut sie Bella mißmutig an, »aber viel lieber würde ich nach

Berlin gehen.« Bella kann sich schon vorstellen, warum die Freundin so gerne in Berlin leben würde, aber auch bei kräftigem Nachfragen und Nachbohren ist Mirja nicht bereit, Näheres zu erzählen. »Ich habe dort Verwandte, weißt du«, murmelt sie nur vage.

Dabei hofft sie doch innerlich so inständig, daß dem ersten freundlichen, aber natürlich recht zurückhaltenden Brief aus Berlin noch weitere folgen möchten. Der junge Nachmann hat sich nämlich ausführlich dafür bedankt, »Ihre werte Bekanntschaft, verehrtes Fräulein Mirja, gemacht zu haben«. Namentlich dankt er ebenfalls für die »wunderbaren Tänze mit Ihnen und Ihr gewinnendes Lächeln, das ich nicht mehr vergessen kann. Ganz zu schweigen von den zauberhaften Plaudereien, die ich bei jenem denkwürdigen Ball im Hause Hübschel mit Ihnen führen durfte«.

Ja, der junge Medizinalassistent hat Stil, bemerken auch die Eltern, die ebenfalls einen Dankesbrief von seiner Feder bekommen haben. Mirja jedenfalls ist seit dieser Zeit ganz aufgeregt und hat gleich mit einem warmherzigen Schreiben geantwortet.

Was sie nicht weiß, ist die Tatsache, daß die Eltern in der Zwischenzeit gegenseitig Kontakt aufgenommen haben. Ein Medizinalassistent, der einmal Regimentsarzt werden wird, ist zwar eine gute Partie, und der bunte Rock des Vaterlandes mag schon locken, doch allein die Gehälter der Militärs sind so schmal bemessen, daß eine standesgemäße Lebensführung nur mit eigenem Vermögenshintergrund möglich ist. Der Adel hat es da leichter, seine Latifundien werfen in der Regel genügend ab, um mehreren Söhnen ein standesgemäßes Leben als Offizier Seiner Majestät zu ermöglichen. Bei einem Rabbiner jedoch, auch wenn er an der ersten Synagoge des Reichs amtiert, ist das ein wenig anders, und die Eltern von Mirja sind als Professorenfamilie zwar gut situiert, aber keineswegs wohlhabend.

»Dieser Punkt muß geklärt werden, bevor ich meine Zustimmung zu dieser Liebesheirat gebe«, meint denn auch Professor Friedmann eines Abends gegenüber seiner Frau. »Erinnere dich an meine Assistentenzeit, da wäre Schmalhans Küchenmeister gewesen, hätten wir nicht den monatlichen Zustupf deiner lieben Eltern gehabt. Nun gut«, fährt er fort, »dein Vater konnte es sich leisten, der Weinhandel in Bacharach lief ebensogut wie die zwei eigenen Schiffe, die seine Weine bis Holland und bis Basel transportierten.«

So wird es noch länger gehen, bis Mirja ihren Offizier heiraten kann; erst das Erbe einer verstorbenen Tante und der Erlös aus dem Verkauf ihres Weißwarengeschäfts in Gleiwitz werden den jungen Nachmann in die Lage versetzen, um die Hand der schönen Tochter des Professors Friedmann anzuhalten. Zu diesem Zeitpunkt wird er auch auf die obligatorische Frage des Vaters »Können Sie meine Tochter auch standesgemäß unterhalten?« voller Stolz antworten: »Selbstverständlich, lieber Schwiegervater in spe«, und dabei die Hacken salutierend zusammenschlagen.

Bella gilt nun als versprochen, die erste der Institutsmädchen, wie Lea in einem Brief bemerkt. Die Freundinnen beglückwünschen sie, aber sie selbst kann kaum sagen, wie sie sich fühlt. Immer wieder dreht sie den Ring am Finger, ach, wenn es ein Orakel gäbe, das mir meine Zukunft zeigen könnte, denkt sie dabei.

Herr Finkelstein schreibt unterhaltsame Briefe und schickt nach ein paar Wochen eine feine Seidenstola, »die möge Ihre anmutigen weißen Schultern zieren, liebstes Fräulein Bella«, hat er dazugeschrieben. Bella stellt ihrerseits ein selbstgemachtes Geschenk mit Monogramm in Aussicht.

»Zu Chanukka, Anfang Dezember, feiern wir offiziell eure Verlobung«, hat der Vater beschlossen und Bella gegenüber erklärt: »Chanukka – das Lichterfest – ist ein richtiges Familienfest, das paßt gut. Wir werden seine Verwandten einladen und kennenlernen, und bei dieser Feier werdet auch ihr euch näherkommen.« Der Vater hat nämlich bereits bemerkt, daß Bella eher zurückhaltend auf ihren Zukünftigen reagiert, ist sich aber dennoch sicher, das werde sich mit der Zeit geben. »Denk nur an uns«, sagt er im Schlafzimmer zu seiner Frau, als diese auf die scheue Zurückhaltung ihrer Tochter hinweist, »bei uns war es auch nicht anders. Ich hatte dich lediglich zweimal gesehen, bevor unsere Väter über die Möglichkeit einer Ehe sprachen. Ich erinnere mich noch gut, vor der Synagoge, ich glaube, es war am Purimfest, da kamst du mir so richtig hochnäsig vor, wie ein reiches, verwöhntes Mädchen.«

Beth lacht aus vollem Halse. »Du warst doch auch nicht arm damals. Glaubst du etwa, mein Vater hätte dich ausgesucht, wenn eure Familie nicht der beste Kunde der Bank gewesen wäre? Nein, nein, mein Lieber, du hast damals eher nach der schwarzhaarigen Ruth gesehen. Ich weiß es genau, meine Schwester hat es mir nämlich immer brühwarm erzählt.« Da müssen sie beide lachen, und der Vater nimmt seine Frau nach längerer Zeit wieder einmal in den Arm.

»Ach was«, nuschelt er, »der Wentzel hat mir damals auch erzählt, daß du hinter dem Wollheim mit seinen Schiffen her wärst und ihm schöne Augen gemacht hättest.« Er macht eine Pause. »Ich glaube, man muß sich aneinander gewöhnen, sich gegenseitig schätzen und achten lernen, dann hat man eine gute Ehe – so wie wir.« Das letzte sagt er mit Nachdruck. »Weißt du, diese große Liebe, wie sie in den Büchern steht, das ist etwas für Künstler, für Literaten vielleicht – aber wir lesen und hören ja auch immer wieder, wo das hinführt: Erst hat sie einen anderen, ja vielleicht sogar mehrere, dann verläßt sie ihn, schließlich duelliert er sich, fällt, und sie nimmt Schlaftabletten. – Also«, schließt er, »so etwas wollen wir nicht in der Familie haben; deshalb wird Bella ihren Simon schon noch lieben lernen, und sie werden gut zusammenleben, Kinderchen haben und eine neue stolze Generation hervorbringen. Genauso wie bei uns beiden.«

Da lächelt sie ihn an und beginnt das Kleid zu öffnen. Sie streckt die Hände nach ihm aus, und während er mit der einen Hand das Licht löscht, umarmt die andere schon den warmen, erwartungsvollen Körper seiner Frau.

Nach wenigen Wochen steht bereits das Lichterfest vor der Tür. Rechtzeitig wurde die kleine Hübschelsche Verwandtschaft eingeladen, der Großvater, die unverheiratete Tante, Beths Bruder Ruben samt Frau und Sohn Max, der jetzt auch schon fast erwachsen ist. Beths ältere Schwester Hilda ist seit Jahren mit einem Bankier verheiratet, der die Londoner Niederlassung einer großen deutschen Bank leitet. Sie hat eine liebenswürdige Depesche geschickt und wünscht dem jungen Paar alles Gute. Zur Verlobung kann sie nicht kommen, aber »zur Hochzeit, da würde ich mich freuen, euch alle wiederzusehen«, schreibt sie. Eingeladen hat man neben dem Zukünftigen, dessen Eltern vor ein paar Jahren kurz hintereinander verstorben sind, auch Finkelsteins Schwester Rosa. Sie ist die Älteste und lebt seit etlichen Jahren in Berlin mit ihrem Mann, dem Holzgroßhändler Hugo Lehmann, der es durchgesetzt hat, daß sie mit der Ehe auch protestantisch geworden ist, ebenso ihre drei Kinder.

Aber: »Familie bleibt Familie«, hat Finkelstein bei der Vorbesprechung gesagt, und so erhalten auch sie eine Karte. Ebenso der jüngste Bruder Paul, der ebenfalls in Forst lebt. »Eher ein Künstler, der auf einem anderen Stern lebt«, meint Finkelstein dazu.

So ist es nur eine kleine Familie, die sich im Musiksalon des Hübschelschen Hauses trifft. Die Herren haben den schwarzen Gehrock angelegt, die Damen die festliche Garderobe herausgeholt, es ist eine feine vornehme Gesellschaft, die dieses Fest feiert.

Beth hat für ein üppiges Mahl gesorgt. Nach der Begrüßung wird das erste Licht des achtarmigen Leuchters entzündet und ins Fenster gestellt. Der Vater hat noch ein Weihegebet gemurmelt, aber die Lehmann-Kinder – obwohl jetzt protestantisch – sind schon unruhig, denn dieses Fest ist das jüdische Weihnachten, bei dem alle Kinder und auch die Erwachsenen hübsche Geschenke bekommen.

»Erst nach dem Essen«, gebietet der Vater, während sich alle an den großen Tisch setzen: das versprochene Paar am Kopfende nebeneinander, dann auf der einen Seite die Mutter und der Vater neben dem Zukünftigen, Bruder Paul zur Rechten neben Bella, schließlich Familie Lehmann und die Silbersteins. Der Vater hält eine kleine Ansprache, in der er dem jungen Paar Glück, den Segen des Einen und Einzigen und ebenso viele Kinder, wie die Chanukkia – der Kerzenständer im Fenster – Lichter hat, wünscht, »und genauso hintereinander, wie wir sie in den nächsten Tagen anzünden, sollen sie kommen«, lächelt er. Da prusten alle los, man hebt das Sektglas und wünscht den Frischverlobten ebenfalls Glück und Gottes Segen.

»Ihr müßt jetzt du zueinander sagen und euch einen Kuß geben«, fordert Rosa, die Schwester.

Zaghaft sieht Bella ihren Verlobten an. Da steht Simon auf, zieht sie an sich, umarmt sie zum ersten Mal und drückt einen leichten Kuß auf ihren Mund. »Ich liebe dich, Bella«, murmelt er, »ich freue mich, daß du meine Frau wirst.«

»Ich freue mich auch, lieber Simon«, weiß Bella zu sagen. Doch was sie wirklich empfindet, ist ihr noch immer unklar. Zeit, darüber nachzudenken, hat sie allerdings nicht, denn schon klatschen alle, Simon zieht ein Verlobungsgeschenk aus der Tasche, überreicht Bella eine feine weiße Perlenkette in einem wunderschönen roten Saffianlederetui.

»Du mußt sie ihr umlegen«, fordert die forsche Rosa, und so kommt es, daß Simon an diesem Abend zum ersten Mal ihren schönen Hals berührt und über ihre weiße Haut streicht.

Es wird noch ein lustiger Abend. Alle bekommen Geschenke, die Kinder Spielsachen, die Jungens eine Trompete, einen Säbel und einen Helm aus Pappmaché mit goldener Spitze, das Mädchen eine Puppe. Die Erwachsenen schenken sich französisches Parfum, ein Plastron, Beth bekommt einen feinen Ring, und Bella schließlich schenkt ihrem Zukünftigen ein Gemälde mit ihrem Porträt, das der Vater hat malen lassen. Da steht sie als Halbfigur in einem eleganten langen weißen Kleid, seitlich ein wenig rosa Blütenstickerei. Um die Schultern trägt sie einen langen feinen weißen Pelz, in dem sie so jung, süß und reizend aussieht, daß alle begeistert ins Schwärmen geraten, ihren Blick kaum von dem Bild wenden können.

Es ist spät geworden, aber »es war ein gelungenes Fest«, sagt die Mutter, nachdem die Gäste gegangen sind; die Finkelsteins ins Hotel, die Silbersteins nach Hause.

Glück, was heißt das? Liebe, was ist das? Bella weiß mit beiden Begriffen immer noch nichts anzufangen. Zwar hat sie jetzt schon zum zweiten Mal den ganzen Abend neben ihrem Zukünftigen gesessen und sich mit ihm über seine Fabriken, seinen Beruf unterhalten. Aber eigentlich möchte sie mehr wissen, ihn besser kennenlernen. Was denkt er, überlegt sie, was mag er …?

Der erste Kuß von ihm war nicht so aufregend, wie die Mädchen das bisweilen flüsternd im Institut erzählt haben. Aber diese leichte Berührung der Lippen war ja auch wohl nur ein Vorgeschmack, sinniert sie. Und sein Schnurrbart … irgendwie hat der gekitzelt, denkt sie und beschließt, diese neue Erfahrung in den nächsten Tagen sofort ihrer besten Freundin Mirja nach Brighton zu schreiben.

Ich weiß jetzt, was er besitzt, geht es ihr in den folgenden Tagen immer wieder durch den Kopf, aber wie er ist, im Alltag, davon habe ich keine Ahnung. Nein, er ist kein Prinz, denkt sie ein anderes Mal, aber vielleicht lieb, ein guter Ehemann hoffentlich. Der Blick seiner Augen erscheint ihr kühl, obwohl seine Briefe in Süße schwelgen. Sein Herz, wird es ihr einmal ganz gehören oder doch nur seinen Firmen? Er ist ernst, sehr viel älter, denkt sie. Fröhlicher könnte er sein, lustiger. Aber sind erwachsene Männer lustig? Hat mein Vater Humor? fragt sie sich.

Ich werde ihn kennenlernen, versucht sie sich dann wieder zu beruhigen und bemüht sich, den Gedanken zu verscheuchen, daß sie ein wenig Angst vor ihm hat. Bisweilen liest sie moderne Romane von Hedwig Courts Mahler oder Sofie Schrey. Da wird die Liebe immer ganz anders beschrieben. Da wird von großen Gefühlen der Frauen, von heldenmutigen Taten gutaussehender Männer berichtet. Nein, das ist nicht die Wirklichkeit, das weiß sie, aber ein wenig von diesem großen Gefühl der Hingabe würde sie doch gerne spüren. Und ihr junger Held, könnte er nicht ein wenig mitreißender sein als der rundliche Simon?

»Bist du glücklich, Kind?« fragt die Mama immer wieder und malt die Ehe mit »diesem reichen, guten Mann« in den schönsten Farben aus. »Bedenke, Kind, du wirst in Berlin wohnen, er hat dort ein neues Haus im modernen Stil gebaut, und er hat eine große weiße Ferienvilla auf Usedom. Es wird dir an nichts fehlen.«

Zum großen Frühjahrsball im Hause Hübschel treten Bella und Simon erstmals als verlobtes Paar zusammen auf und nehmen die zahlreichen nachträglichen Glückwünsche der Gäste entgegen. Bella betrachtet sich an diesem Abend zum ersten Mal als Partnerin von Simon. »So werde ich für den Rest meines Lebens an seiner Seite stehen und nur noch zusammen mit ihm gesehen und angesprochen werden«, denkt sie.

Ach, er ist bekannt, seine Firmen bedeutend, was an diesem Abend deutlich spürbar ist, denn auf seine Unternehmen wird er vielfach angesprochen. Schwärmend spricht er von Uniformen und Stoffen, von militärischem Tand und Flitter, den seine Fabriken produzieren. Dennoch findet er dazwischen Zeit, zu ihr freundlich zu sein, liebenswürdig und zuneigend.

»Aber er ist weder Adonis noch Romeo«, vertraut sie in einem Brief ihrer Freundin Mascha an. Am nächsten Tag jedoch zerreißt sie diesen, anstatt ihn abzuschicken.

Im Frühjahr hat der Verlobte die zukünftigen Schwiegereltern samt dem Fräulein Tochter nach Forst eingeladen. »Sehr vernünftig«, sagt der Vater, »dort lernen wir seine Familie und seine Lebensumstände noch besser kennen.« Und so fahren Hübschels im Mai nach Forst. »Wir werden im Hotel Imperial absteigen. Es schickt sich nicht, wenn Brautleute vor der Hochzeit unter einem Dach wohnen«, sagt der Vater.

Es ist ein wunderschöner Maientag, als Simon sie im offenen Landauer vom Bahnhof abholt. Zuerst geht es ins Hotel, die Damen machen Toilette, auch der Vater zieht den Gehrock an und nimmt den Halbzylinder mit. Simon wartet derweil im Vestibül, während der Kutscher die Pferde versorgt. Dann fährt man gemeinsam durch die Stadt; die Mutter trägt eine hochgeschlossene schwarze Robe, Bella hat sich schon für ein sommerlich weißes Musselinkleid entschieden, dazu passende Handschuhe, den feinen Sonnenschirm. So nimmt sie im Fond neben Simon Platz, die Eltern gegenüber. Die beiden Paare sehen schon sehr vornehm aus in der offenen Kutsche, und immer wieder grüßen etliche Herren und lüften den Hut beim Anblick des bekannten Forster Unternehmers.

Interessiert schaut sich Bella um, ist sie doch bislang kaum aus Breslau herausgekommen. Voller Erstaunen sieht sie die vielen hohen Schornsteine, und Simon erklärt, daß Forst eben eine Industriestadt sei mit zahlreichen Fabriken, Tuchwebereien, Spinnereien und anderen Firmen.

Die Finkelsteinsche Fabrik liegt ein wenig vom Zentrum entfernt. Auf dem großen Areal befindet sich auch die elterliche Villa, in einem großen Park am Rande des Fabrikgeländes.

»Wir sind gleich da«, sagt Simon, als auch schon das große Firmenschild auftaucht. Plötzlich beginnen von verschiedenen Seiten mehrere Sirenen unschön zu tönen. »Was ist das?« fragt Bella erstaunt.

»Schichtwechsel«, meint Simon gleichmütig, und wenig später sieht Bella Scharen von alten und jungen Männern und Frauen ihnen entgegenkommen. Die Menschen nehmen beinahe die ganze Straße ein, es müssen Hunderte sein, wundert sich Bella, die so etwas noch nie gesehen hat; ein unablässiger Strom von Menschen. Schmale, graue Gesichter, einfache blaue und graue Arbeitskleidung. Irgendwie wirkt der ganze Zug müde, man hört das Schlurfen der Füße, das Murmeln halblauter Unterhaltungen. Jeder hat ein Blechgeschirr am Gürtel oder ein Emailgefäß in der Hand. Es ist ein warmer Tag, die Männer haben die Jacke über die Schulter geworfen und den Hut in den Nacken geschoben, manche Frauen die Ärmel hochgekrempelt. Die Arbeiter ziehen den Hut oder die Kappe beim Anblick der offenen Kutsche ihres Fabrikherrn, einige der Frauen winken mit der Hand. »Wie viele Arbeiter habt ihr beschäftigt?« fragt der Vater.

»Es mögen um die tausend hier im Werk sein«, antwortet Finkelstein. »Da drüben in der Stoffdruckerei meines Bruders arbeiten noch mal etwa zweihundert, und natürlich kommen die Arbeiter in den anderen Werken dazu, in Oppeln und Posen, die Posamentierwerkstätten in Berlin-Lichterfelde ... Alles in allem mehr als tausendachthundert Leute. Es waren noch mehr, aber ich habe etliche entlassen, sozialistische Umtriebe, ihr versteht. Da lasse ich nicht mit mir spaßen.«

Der Zug der Menschen ist immer noch nicht abgerissen, da biegt der Kutscher schon in den Park zur Fabrikantenvilla ein. Arbeiter, denkt Bella. Arbeiter habe ich bisher noch nie gesehen. Alle diese Menschen arbeiten also für meinen zukünftigen Mann, weben, stellen Stoffe her, färben sie, schneiden zu und nähen. Waren Arbeiter nicht alle rot, wie ihr Vater manchmal schimpfte? Aber was das heißen sollte, ist ihr auch ziemlich unklar.

Vaters Firmen liegen außerhalb von Breslau, eine der väterlichen Mühlen, die sie einmal besucht haben, war etwas ganz anderes als eine solche Fabrik, und die jungen Bauernburschen, die sie dort gesehen hat, wirkten irgendwie fröhlicher.

So viel vom Leben habe ich noch gar nicht gesehen, denkt sie wieder einmal bei sich.

Die Villa ist solide, nicht protzig, zwei Stockwerke mit etwa fünfzehn Zimmern, umgeben von hohen alten Bäumen und einem großen Park, und als die Kutsche vor dem Herrschaftshaus hält, kommt gleich Maria, die alte Hauswirtschafterin, heraus und begrüßt herzlich die Gäste. Simon stellt sie seiner Verlobten und den Eltern vor.

»Nein, wie freue ich mich, daß der junge Herr« – so sagt sie wirklich – »jetzt eine so schöne Braut heimführt!« Sie lächelt Bella freundlich zu.

»Das ist eigentlich die Villa meiner Eltern«, erklärt Simon. »Mein Bruder, der unverheiratet ist, wohnt noch im oberen Stock. Auch ich lebe oft unter der Woche hier im Haus, um in der Nähe meiner Unternehmen zu sein. Unsere alte Hauswirtschafterin, Maria, versorgt mich dann, aber grundsätzlich werden wir nach der Hochzeit in Berlin wohnen und unsere Kinder dort aufwachsen lassen«, sagt er und legt kurz seinen Arm um Bellas Schulter.

Es ist alles aufs beste gerichtet, die kleine Erfrischung ebenso wie das Abendessen. Die Familie fühlt sich wohl in den großen Räumen im altdeutschen Stil und bewundert die schönen Eichenmöbel ebenso wie die Gemälde.

Das Abendmahl ist schon beinahe beendet, draußen beginnt es dunkel zu werden, da ertönt plötzlich ein Männerchor vor den Fenstern. Erstaunt sieht die Familie auf. »Was ist das?« fragt der Vater.

Simon lacht. »Das ist unser Arbeitergesangverein. Er will der neuen Prinzipalin«, und dabei verneigt er sich leicht zu Bella hin, »ein Antrittsständchen bringen.«

Die Männer draußen singen von »Lust und Liebe, Freud und Leid, in dieser schönen Sommerszeit ...«.

Simon hat Bella derweil an die Hand genommen, gemeinsam geht man zur Eingangstür. Das Paar bleibt oben am Treppenabsatz stehen, dahinter die Eltern.

Draußen haben sich etwa sechzig Männer postiert, sonntäglich gekleidet mit Krawatten und Jackett, den Hut in der einen, das Notenblatt in der anderen Hand, und die Bässe klingen, die Tenöre schmelzen, daß es »eine Lust ist zuzuhören«, wie Vater später sagt. Dann folgt ein zweites Lied, eine alte ostpreußische Weise, »Ännchen von Tharau ist's, die mir gefällt ... sie ist mein Leben, mein Gut und mein Geld ...«.

Anschließend tritt einer hervor, verneigt sich, begrüßt »unsern Prinzipal«, dann die junge Verlobte samt ihren Eltern, wünscht Glück zum baldigen Ehestand und überreicht Bella einen großen Strauß Blumen. »Hoch, hoch, unserm Prinzipal und seiner schönen Frau«, rufen die Männer und schwenken ihre Hüte. Als letztes kommt noch ein schönes schwäbisches Volkslied, »Das Lieben bringt groß' Freud«, bevor sie lachend abmarschieren. Finkelstein winkt den Dirigenten heran. »Zwei Bier für jeden Sänger – auf meine Kosten in der Kaffeeküche«, grinst er und bedankt sich mit einem Händedruck.

Bella ist gerührt, und noch bei der späteren Heimfahrt ins Hotel trägt sie den großen Strauß wie eine Trophäe in der Hand. Immer wieder riecht sie an den Blumen und spürt zum ersten Mal etwas wie Gefühl und Rührung, Erwartung und auch Hoffnung auf künftiges Glück.

Seit diesem Besuch in Forst ist Finkelstein ein häufiger Gast im Hause Hübschel.

»Wir müssen uns doch kennenlernen«, meint er ganz vernünftig, aber es gilt auch etliches mit dem Vater zu besprechen, etwa, den Ehevertrag, wie es in jüdischen Familien üblich ist, unter Dach und Fach zu bringen. Darin steht geschrieben, daß der Mann seine Frau zu lieben und zu ehren hat. Er verpflichtet sich, seine zukünftige Gattin standesgemäß zu unterhalten, ihr nicht nur ausreichendes Haushaltsgeld, sondern auch sogenanntes Nadelgeld für Kleidung und persönlichen Aufwand zur Verfügung zu stellen. Dann steht natürlich drin, daß Bella jegliche Verfügungsgewalt über ihr großväterliches Erbe behält und der zukünftige Ehemann weder Anteil noch Recht darauf hat. Die finanzielle Situation der späteren Kinder wird ebenso geregelt wie die Aufteilung eines eventuellen Erbes von dritter Seite. Und schließlich wird sogar eine mögliche Scheidung angesprochen, ganz unüblich in christlichen Familien, aber im jüdischen Bereich, wo bisweilen mehr Realitätsbewußtsein herrscht, wie Vater oft zu sagen pflegt, ist auch eine solche Situation, sollte sie denn eintreten, bereits vorsorglich geregelt. In diesem Falle behält Bella ihr eigenes Vermögen, ihre Kinder jedoch bekämen das großelterliche Erbe zu gleichen Teilen, und zwar von beiden Seiten. Trifft die Frau die Schuld des Zerwürfnisses, so hat der Mann nichts zu zahlen, in besonders schwerem Falle sogar Anrecht auf Wiedergutmachung seiner Ehrabschneidung. Im Falle der Schuld des Mannes gilt die eheliche Regelung weiter, er muß also Haushaltsgeld, Nadelgeld und eine angemessene Wohnung beziehungsweise ein Haus zur Verfügung stellen.

Beide unterwerfen sich den jüdischen Scheidungsregeln, dem sogenannten Get, da aber nur der Mann ein Get beantragen kann, soll die staatliche Scheidung eines ordentlichen Gerichts diesem Get vorangehen. Letzteres hat der Vater eigens hineinsetzen lassen, will er seine Tochter doch, sollte das Undenkbare wirklich geschehen, nicht von der Gnade des Mannes abhängig wissen.

Wie in jeder Familie wird stundenlang über das Hochzeitskleid geredet, die umfangreiche Aussteuer ausgewählt und bestellt.

Auch wenn der neue Ehemann und seine Familie in der Stoffbranche tätig sind, Mutter Beth will sich nicht nachsagen lassen, ihr Kind nicht standesgemäß mit einer perfekten Aussteuer versehen zu haben. »Alles zwölffach und vom feinsten«, erklärt sie und zählt die Bettlaken und Bezüge, die Paradekissen und Plumeaus genau durch, bevor die Mädchen sie mit einem feinen rosa Seidenband umwickeln und ein wenig Vetiver zwischen den Stoff legen.

»Das riecht dann einfach besser«, sagt die Mutter und zählt auch die zwölfteilige Küchenausstattung nach, mit Geschirr-, Hand-, und Küchentüchern, großen, mittleren sowie kleinen Damastdecken für den feinen Tisch, ebenso die Servietten und Mitteldecken.

Dann kommt die Leibwäsche. Mieder, Korsetts, Unterhemden und Nachthemden in feinster Ausstattung mit Spitzenbesatz, nur bestes Batist, feinstes Leinen, etliches sogar in Seide.

Alles wird mit großer Liebe ausgesucht, gekauft und, wenn die Sachen vom Geschäft gebracht sind, überprüft und aufs sauberste verpackt.

So füllt sich ein Schrankkoffer nach dem anderen, die nach der Hochzeit alle nach Berlin geschickt werden müssen. Und während die Mutter sich selbst um kleinste Details kümmert, wird ihr mehr und mehr klar, daß sie dabei ist, ihr Kind, ihre Älteste, wegzugeben, daß Bella schon bald für immer aus dem Hause gehen wird. Da ist ihr plötzlich ganz schwer ums Herz, geht es doch um ihren Sonnenschein, um ihr liebes und zartes Kind. Nach der Heirat kann sie ihre Tochter nie mehr aufnehmen. »Geh zu deinem Mann zurück«, müßte sie sagen, so verlangt es die jüdische Sitte. Sie muß ihr Kind fortschicken, denn Bella muß nun eine neue Familie bilden, wie der Talmud es vorschreibt. Früher waren selbst spätere Besuche bei den Eltern kaum üblich. Das wenigstens hat sich geändert, denkt Beth und stellt sich vor, wie Bella eines Tages mit ein paar Kindern an der Hand die Treppe heraufkommt. »Hat meine Mutter – Gott habe sie selig – bei meiner Hochzeit und meinem Weggang von daheim auch so gelitten?« überlegt sie und fragt eines Abends ihren Mann.

»Man hat es damals nicht so gezeigt«, antwortet der. »Wir müssen glücklich sein, daß sie einen ehrbaren Mann gefunden hat, hoffen, daß alles gutgeht, und wünschen, daß sie glücklich werden.«

»Und wenn nicht?« Die Mutter fragt beinahe angstvoll.

»Sie ist erwachsen, sie ist aus dem Haus und wird sich arrangieren müssen. Wir haben zwar einen Scheidungspassus im Ehevertrag, aber da steht auch drin, daß sie nicht mehr zu uns zurückkommen darf. Das hat Simon mit Recht so gefordert. Sie gehört jetzt zu ihm, ist gewissermaßen sein.«

Dann ist es auch schon Sommer geworden, und Bella wird zur alten rebezem, der Frau des Rabbiners Weiß, geschickt. Frau Weiß legt ihr den Talmud aus, erzählt von den Pflichten, aber auch den Rechten einer jüdischen Frau, etwa, wann der Mann zu ihr kommen darf und wann nicht. Bella ist so naiv, daß sie die einfachsten Dinge fragt, und geduldig erklärt die erfahrene rebezem etliches, was man gerade noch aussprechen kann.

»Aber du weißt doch wenigstens, daß es beim ersten Male blutet und daß es schmerzt?« fragt die Alte und weiß doch gleichzeitig, daß alle guterzogenen Mädchen absolut unwissend in den Ehestand treten; ihr ging es ja vor Jahrzehnten nicht anders.

Eines Tages ist die große Einladungsliste fertig, die vornehmen Karten mit dem bunten Bild eines Rokoko-Hochzeitspaares auf der Vorderseite sind gedruckt und werden verschickt. Das Menü ist besprochen, die Menükarten bestellt, die Tischkarten sind fertig, auch die Sitzordnung liegt fest. Ja, die Vorbereitungen werden täglich konkreter, spürt Bella, denn auch die Schneiderin war schon zweimal da, um Maß zu nehmen und das feine weiße Hochzeitskleid zu nähen.

Es wird eine große Hochzeit werden, das will der Vater, das erwartet auch der Bräutigam. Deshalb hat man sich entschlossen, das Fest nicht zu Hause, sondern im Festsaal des ersten Hauses am Platze, des Hotels Monopol am Palaisplatz, gegenüber dem Stadttheater, in Breslaus Stadtmitte zu feiern. »Meine ganzen Freunde aus Forst und Berlin werden ohnehin im Monopol wohnen«, bemerkt der Zukünftige, »und was uns betrifft ... die erste Nacht – sie soll nicht hier im Hause ihrer Kindheit, nein, sie soll in einer neuen Welt stattfinden.«

So reserviert man den Festsaal, die große Suite und etliche weitere Zimmer, denn es werden mehr als einhundert Gäste erwartet: Freunde der Eltern, die Bella haben aufwachsen sehen, ebenso wie Geschäftspartner, die man gerne zu diesem Anlaß einlädt, dann die Schlaraffenfreunde und etliche gute Bekannte der Angehörigen.

Maschas und Leas Familien kommen, ebenso Mirja mit ihren Eltern. Und da auf Wunsch der Mutter Rabbiner Dr. Nachmann die Zeremonie vornehmen soll, hat man auch gleich den stolzen Sohn Fritz mit eingeladen, sicher zur großen Freude von Mirja, wie Bella lächelnd bemerkt.

Aus Forst kommen etliche andere Fabrikanten, Bekannte und Freunde des Bräutigams, mehrere Jugendgefährten aus seiner Ausbildungszeit in Berlin und natürlich die ganze Verwandtschaft beider Seiten.

Endlich ist der große Tag da. Seit dem Vorabend schon peitschen Regen und Schauer, die ersten Herbststürme über die Stadt, dabei hätte Bella sich so sehr einen sonnigen Hochzeitstag gewünscht.

Die beiden Verlobten haben sich in den letzten Tagen nicht mehr gesehen, sie sollen sich ganz auf dieses wichtige Ereignis konzentrieren. Alle restlichen Vorbereitungen liegen nun in den Händen der Eltern. Ihrem zukünftigen Mann wird Bella erst am Hochzeitsmorgen unmittelbar vor der Trauung in der Synagoge gegenübertreten.

Beide fasten – wie es üblich ist – am Tage vor der Eheschließung, und jeder geht – getrennt natürlich – in die Mikwe, reinigt sich dort von allem, was vorher war.

So ist Bella an diesem Tag zum letzten Mal in ihrem Mädchenzimmer. Mutter hat ihr ein Frauengebetbuch in deutsch und hebräisch hingelegt. Sie greift mehrmals danach, liest den Abschnitt zur Ehe, kann sich aber nicht so richtig auf den Text konzentrieren. Immer wieder steht sie auf, geht im Zimmer auf und ab und betrachtet jeden Gegenstand, der ihr von Kindesbeinen an vertraut ist. »All das werde ich hierlassen«, murmelt sie leise, »ja, auch die Eltern und ganz Breslau werde ich hinter mir lassen, alles, was ich bisher kannte, alles, was mir lieb war. Eintauschen dafür werde ich einen lieben Mann und ein schönes Haus in der Hauptstadt, große elegante Feste, und, ja vielleicht schon bald ein liebes Kindchen.« Sie faßt mit der Hand beinahe unwillkürlich auf ihren schmalen Bauch. Da drin wird es wachsen. Und bei diesem Gedanken erfaßt sie plötzlich eine große Freude. »Ja, ein Kind will ich haben, zwei, auch drei oder vier«, flüstert sie. »Er wird ein guter Vater sein, häuslich, mich als Ehefrau und Mutter und die Kinder umsorgen ... Es wird uns an nichts fehlen.« Sie steht auf, geht zum weißen, zweiteiligen Hochzeitskleid, ein Complet. Es ist so schmal, so zierlich und elegant, die schwere Atlasseide mit der darüberfallenden Brüsseler Spitze fühlt sich so weich an, die feine Paillettenstickerei schillert in rötlichgrünlichen Tönen, wenn Licht darauffällt. Bella spürt, daß sie sich darin fühlen wird wie eine Königin. Am Morgen, bei der Trauungszeremonie, wird sie das Kleid hochgeschlossen tragen, mit einem zierlichen Jäckchen, am Nachmittag bei der Feier wird es dann schulterfrei sein und einen tiefen Ausschnitt zeigen.

So offen habe ich mich noch nie präsentiert, sinniert sie, aber jetzt als verheiratete Frau kann ich meine Formen offenbaren – für meinen Mann und in der Gesellschaft. Ich weiß, daß ich hübsch bin, eine gute Figur habe, denkt sie, strafft ihren Körper unwillkürlich, geht ins Kreuz und drückt ihren zierlichen Busen vor, so wie sie es noch nie gemacht hat.

Die letzte Nacht in ihrem Jungmädchenbett ist kurz, schon frühmorgens kommt Tante Grete Feddersen, um die Haare zu legen, die Locken zu drehen.

Diesmal ist die Alte ganz liebenswürdig. »Kindchen, ich habe deiner Mutter damals auch die Haare eingedreht, als sie geheiratet hat, ach, herrje, wie die Zeit vergeht«, murmelt sie. Und nach einem Blick auf das am Schrank hängende Hochzeitskleid meint sie: »Du wirst eine wunderschöne Braut sein, und ich wünsche dir alles Glück dieser Welt.«

Ansonsten ist sie eher wortkarg heute morgen, denkt Bella, hängt wohl ihren eigenen Gedanken nach. Sie hat nie geheiratet, die Grete, das alte Kindermädchen ihrer Mutter, die sie seit Kindesbeinen Tante nennt. »Und wohin macht ihr die Hochzeitsreise?« fragt sie plötzlich voller Neugier.

»Heute ist die Feier, und morgen in der Früh fahren wir los. Es geht nach Heringsdorf, auf die Insel Usedom. Simon hat dort eine schöne große Villa, sie heißt Sturmvogel. Er hat so oft davon geschwärmt, daß wir dort die Flitterwochen verbringen werden. Seine Hauswirtschafterin, Maria aus Forst, ist schon da und hat alles vorbereitet. Für mich sind bereits zwei Koffer, die das Nötigste enthalten, vorausgeschickt worden. Denk dir, Tante, dann werde ich zum ersten Mal das Meer sehen und fremde Städte kennenlernen.«

»Nicht nur das Meer wirst du kennenlernen«, murmelt die Tante, »erst dann wirst du auch ihn richtig kennenlernen. Na, ich wünsche dir nochmals alles, alles Gute.«

Sie wendet sich wieder der Erwärmung ihrer Lockenscheren zu. Und als die ganze Prozedur fertig ist, wird noch ein durchbrochenes Diadem aus Perlenbögen und Diamanten ins Haar eingeflochten und schließlich von hinten noch ein kleiner Schleier angesetzt, der über die Schultern fällt. Bella weiß, die Tante hält nichts von Männern, deshalb kann man auf ihre Worte nicht viel geben, aber nervös ist sie trotzdem und aufgeregt. Selbst ohne das Fasten würde ich jetzt keinen Bissen herunterbringen, denkt sie.

»Nach der Coiffure kommt noch Frau Melber. Sie wird dich schminken, Rouge auf die Wangen legen, damit du nicht so blaß aussiehst, und den Teint ein wenig aufhellen. Sie macht das sehr gut, und du wirst so hübsch aussehen, daß du dich selbst kaum mehr erkennst«, hat Mutter schon gestern verkündet. Mehrmals kommt sie nachsehen, ob die Tochter auch wirklich so schön geschminkt wird, wie sie sich das vorstellt.

»Bitte keine Kette unter dem Jäckchen, kein Armband; trage nur das Diadem und die schönen Perlschnüre als Ohrgehänge«, sagt sie wissend, kontrolliert noch einmal das Gesicht ihrer Tochter, murmelt, daß ein wenig mehr Rouge den blassen Wangen guttäte, wechselt dann das Thema. »Ich habe ein kleines Köfferchen für dich packen lassen, mit den notwendigsten Utensilien für die Nacht im Hotel«, erklärt sie. »Ein neues Batistnegligé samt Seidenmorgenrock, Pantöffelchen, Waschzeug – für morgen ein Reisekleid, neue Unterwäsche und Schuhe. Der Kutscher wird den Koffer ins Hotel bringen. Laß das Hochzeitskleid und die Tageswäsche im Zimmer liegen. Ich schicke Lore vorbei, die soll alles abholen, und wenn ihr nach der Hochzeitsreise hier vorbeikommt, wirst du das Kleid – und natürlich auch alle Geschenke – mit nach Berlin nehmen. Ansonsten sind deine Ferienkoffer ja bereits in den letzten Tagen nach Usedom abgegangen, alles Weitere findest du in Berlin vor. Du siehst, bis jetzt habe ich die Planung übernommen, aber in Zukunft wirst du alle diese Dinge ohne mich regeln müssen.«

»Das weiß ich, und ich danke dir«, antwortet Bella ganz lieb. Die Mutter ist schon seit Stunden auf den Beinen, sieht überall nach dem Rechten und wirkt trotzdem hochelegant in ihrer schwarzen paillettenverzierten Robe.

»Wenn Engel heiraten, weint der Himmel«, sagt der Vater im eleganten schwarzen Cut, als er seine Tochter am Festmorgen zum ersten Mal im herrlichen weißen Brautkleid sieht.

»Du bist so hübsch, meine Tochter, in deiner jugendlichen Schönheit erinnerst du mich stark an deine Mutter«, und bevor die Familie gemeinsam die große Treppe hinunterschreitet und in die Kutsche steigt, haucht er einen zarten Kuß auf ihre Wangen.

Die Chaise ist mit grün-weißen Girlanden und Sträußen geschmückt. Wie schön wäre es gewesen, offen zu fahren, denkt der Vater, aber der Wind fegt immer noch durch die Straße und treibt den Regen vor sich her, während die Kutsche langsam aus dem Hausdurchgang herausfährt und den Weg zur großen neuen Synagoge am Schweidnitzer Stadtgraben nimmt.

Etliche Gäste erwarten sie schon am Eingang und im Vorraum des prächtigen Kuppelbaus im romanischen Stil. Voller Bedauern über das schlechte Wetter schütteln sie ihre Regenschirme ab, und der alte Mendel krächzt so laut, daß jeder das alte jüdische Sprichwort hören kann: »Soviel Wasser auf die Braut – soviel Geld im Kasten.«

Da müssen alle kräftig lachen, und einige klatschen jetzt schon.

Der Bräutigam ist vorher angekommen und wartet in einem Nebenraum, während die Braut nun von ihrer Mutter und der Freundin Mirja auf einen besonderen Thron geführt wird, auf den sie sich ein wenig steif, aber feierlich, gleichzeitig stolz und erhaben niedersetzt.

Nach und nach wird sie von den bereits eingetroffenen Hochzeitsgästen begrüßt und bewundert – ein lautes und fröhliches Treiben herrscht nun in der überfüllten Synagoge. Zahlreiche Menschen sind da, ehemalige Freundinnen aus dem Institut, Anwohner der Schweidnitzer Straße, Vaters Schlaraffenfreunde, etliche Mitarbeiter aus Vaters Betrieben und diverse Mitglieder der Gemeinde, die sich alle die Hochzeitsfeier dieser bekannten Familie nicht entgehen lassen wollen und sich mit dem Hochzeitspaar freuen.

Das ähnelt ja einer Huldigung, denkt Bella, lächelt jedem strahlend zu und genießt offensichtlich ihre Situation.

Währenddessen betet der Bräutigam zusammen mit dem Rabbiner und seinen Freunden in einem anderen Raum. Schließlich wird, in Anwesenheit des Rabbiners, die ketuba, der Ehevertrag, unterschrieben. Darin gelobt der Bräutigam, seine Braut und zukünftige Frau zu lieben und zu ehren, sie nicht zu bedrängen, wenn das Reinheitsgebot den ehelichen Verkehr nicht zuläßt, ihre Kinder anzunehmen und als sein eigen zu betrachten. Der Text ist hebräisch, aber eine deutsche Fassung liegt dem Vertrag bei, auf daß jeder auch noch später darauf hinweisen kann, was bei der Hochzeit unterschrieben wurde.

Jetzt wird der Bräutigam im grauen Cut zu seiner Braut geführt, von zwei verheirateten Männern, die ihn rechts und links am Arme nehmen. Bella sieht ihn an und lächelt sanft.

Ja, genauso habe ich mir meine Frau immer vorgestellt, denkt Simon, ergriffen von ihrer Schönheit, bevor er Bellas Gesicht mit dem Schleier bedeckt, wie das Ritual es vorschreibt.

»Er soll sich also überzeugen, daß er gleich auch die richtige Frau heiraten wird«, grinst Emil, »und es ihm nicht wie dem alten Jakob in der Bibel geht, dem der lange Laban bekanntlich statt seiner geliebten Rebekka zuerst die falsche Frau untergeschoben hatte.«

Die beiden Männer stehen immer noch links und rechts von ihm. Sie führen ihn nun zu dem Schrein, in dem die Thorarollen verschlossen sind. Davor halten vier seiner besten Freunde eine schön gestickte Decke, die man chuppa nennt und die das neue Heim, die zukünftige Familie symbolisiert, an Stöcken hoch.

Bella, ganz verschleiert, wird nun von der Mutter und ihrer Freundin Mirja an der Hand unter die chuppa zu ihrem Bräutigam geführt. Hier wird die eigentliche Trauungszeremonie vollzogen.

Nachdem Dr. Nachmann die Segenswünsche gesprochen hat, streift der Bräutigam der Braut einen Ring über ihren Zeigefinger und sagt dabei auf hebräisch: »Mit diesem Ring bist du mir angetraut – nach dem Gesetz des Moses und Israels.« Jemand liest die ketuba vor, und beide trinken zum ersten Mal gemeinsam aus einem Becher den Wein, der vorher gesegnet wurde. Nach den sieben Segenssprüchen wird ein leeres Glas auf den Boden gelegt, damit der frischgebackene Ehemann es zertrete.

Dr. Nachmann hat in seiner Ansprache erklärt, daß die Seele der Frau die Seele des Mannes »einwickeln« möge und sie mit weiblicher Fürsorglichkeit hegen und pflegen soll für alle Zeit. Des weiteren wurden die einzelnen Schritte der Trauung erläutert, nicht zuletzt, weil einige Christen anwesend sind, die die Symbolik etwa des zertretenen Glases nicht verstehen würden. »Wir zertreten das Glas nicht deshalb, weil ›Scherben Glück bringen‹, sondern um auch im Augenblick dieses höchsten Glücks eines jungen Paares an die Zerstörung des Tempels zu erinnern«, sagt er feierlich. Fest tritt Simon zu, so daß es laut krachend zersplittert. Alle Hochzeitsgäste rufen jetzt aus vollem Halse: »Massel tov – viel Glück und alles Gute«, woraufhin ein richtiges Geschrei und Durcheinander entsteht, da jeder den beiden die Hand drücken will, um sie zu beglückwünschen und den Eltern zu gratulieren. Der ganze Trubel stört das Hochzeitspaar nicht, sondern sorgt sogar dafür, daß Bellas Nervosität völlig verschwindet. Sie ist stolz, glücklich und froh, Frau Finkelstein zu sein. Ein Name, der dank der Gäste sofortige Verwendung findet. Am Synagogenausgang gibt es ein richtiges Gedränge, und alle springen in die Kutschen, um zum Festsaal zu fahren.

Das frischgetraute Ehepaar macht mitsamt der Trauzeugen noch einen kleinen Umweg zum Standesamt. Alles ist bestellt, alles vorbereitet. Der Beamte überprüft die Personalien, spricht ein paar Worte, und dann bedarf es eigentlich nur noch der Unterschriften und eines zärtlichen Kusses des neuen Paares. Damit ist auch dem Staat und dem Gesetz Genüge getan.

Im Festsaal des Hotels Monopol ist die große Feier bereits in vollem Gange. Kaum steht das Brautpaar unter der Eingangstür, bricht ein wahrer Tumult los. Da heben sich besonders die Freunde des Bräutigams, die Gäste aus Forst, hervor, aber die jungen Breslauer stehen ihnen in nichts nach. Diese Freunde sind es auch, die, als Geschenk, eine Klezmer-Kapelle aus Kreuzburg engagiert haben und zum Erstaunen der Breslauer Gäste aufspielen lassen. Da fiedelt einer wie wild auf der Geige, da blasen zwei die Klarinetten, und einer zupft ebenso wild an einer Art Harfe.

»Das ist ja wie in der Pollakei«, murmelt der Vater leise für sich. »Wenn Großvater das noch miterlebt hätte«, sagt er zu Beth, »der hätte bestimmt mitgetanzt.« Andererseits ist ihm diese ausgelassene Wildheit der Freunde eher etwas zuwider. »Man muß ja nicht alles übertreiben«, sagt er leicht ärgerlich, »das wirkt doch eher ländlich, oder?«

»Sonst sind sie immer so ruhig und zurückhaltend, nur bei einer Hochzeit sind die Juden immer wie außer Rand und Band«, sagt auch Hotelier Stegmann zu seinem Rezeptionisten, der am Eingang hinter dem Empfang steht und wortlos, aber kopfschüttelnd das Geschrei, das von der Tür des Festsaals herüberdringt, kommentiert.

Da es Glück bringen soll und den Unverheirateten im nächsten Jahr einen guten Ehepartner, versuchen die Anwesenden ständig, das Brautpaar zu berühren. Gleichzeitig wird es unter dem Gesang und Geklatsche der ganzen Festgesellschaft in Richtung Nebenzimmer geschoben und die Tür geschlossen.

Was jetzt dort drinnen passiert, weiß niemand ganz genau.

»Den ersten richtigen Kuß werden sie sich gegeben haben«, mutmaßt Mirja und schaut dabei sehnsüchtig zum Rabbinersohn.

»Zuerst haben sie einmal gegessen. Es war doch angerichtet da drin, denn schließlich hatten sie vorher lange gefastet«, meint die praktische Mascha.

»Ich würde so nahe bei den Festgästen und in der ganzen Aufregung auch gar nichts anderes mit mir machen lassen«, stellt Lea trocken fest, irritiert durch ihren Bruder, der zwei Worte immer wiederholt: »und dann, und dann, und dann ...«

»Früher in Polen oder Rußland bei den Orthodoxen, da war das noch ganz anders. Da ist da drinnen wirklich etwas passiert, und hinterher haben sie das blutige Laken herumgezeigt, stell dir mal so was vor«, meint Professor Friedmann zu seiner Frau und schüttelt den Kopf.

»Wie gut, daß diese Zeiten schon lange vorbei sind, das waren ja barbarische Bräuche«, stellt seine Frau fest.

Nach etwa einer Stunde tauchen die beiden wieder auf. Wie es üblich ist, trägt Bella ihre Brautkrone schief auf dem Kopf und erscheint im schulterfreien Kleid, nachdem sie das hochgeschlossene Jäckchen drinnen abgelegt hat. Der Ehemann gibt sich den Anschein, als ziehe er gerade die Jacke wieder an und nestele noch an seiner Hose.

Aber das tollste ist der Schmuck, den die Braut jetzt trägt. Offensichtlich hat ihr der Bräutigam in der Zwischenzeit sein Hochzeitsgeschenk umgelegt. Es ist eine große Parure, ein Complet gewissermaßen, bestehend aus Collier, Ohrgehänge, Armspange und Ring, das alles in einem großen wunderschönen Saffianlederkasten dekoriert vom Bräutigam präsentiert wurde.

Sofort drängen sich die Freundinnen um die Braut und bewundern die ungewöhnlich feine Arbeit und die großen funkelnden Steine. Jedes der Schmuckstücke ziert auf der Schauseite ein großer Smaragd im Treppenschliff von intensivem Grün, umgeben von einem Brillantkranz, eingehängt in mehrere Gelbgoldketten in feinster Goldschmiedearbeit.

Da will der Jubel und die Bewunderung der Mädchen kein

Ende nehmen, wer hat auch je einen solch teuren und feinen Schmuck getragen? Bella, voller Stolz und hocherhobenen Hauptes, reckt ihren zarten Busen mit dem Collier den Freundinnen entgegen.

Lautes Geschrei empfängt auch den Bräutigam, dem die ausgelassenen Freunde lachend und augenzwinkernd in die Seite stoßen. Die unverheirateten Mädchen nehmen Bella in ihre Mitte und führen einen übermütigen Tanz auf, in welchen sich die unverheirateten Burschen mit einbeziehen lassen, bis der ganze Saal wie wild durcheinander hopst und springt.

Als schließlich zum Essen gebeten wird, beruhigen sich die Gemüter wieder. Die Klezmer-Kapelle zieht ab, macht einem Trio Platz, das leichte Tafelmusik aufspielt.

Die Tische sind aufs feinste gedeckt und mit grün-weißen Blumen und Blättern verziert, auf den Menükarten prangt ein junges Rokokopaar beim Tanz. Genau diesen Ehren- und Hochzeitstanz wird das Paar am Abend, nachdem eine große Musikkapelle den Hochzeitsball eröffnet hat, vor allen Gästen vollführen. Es soll ein Walzer sein, hat sich Bella gewünscht. Und so spielt die Kapelle denn »Wiener Blut«. Bella wiegt sich in ihrem wunderschönen Kleid, zeigt den feinen Schmuck, dreht sich zu den schmelzenden Klängen der Geigen und schmiegt sich in die Arme ihres Mannes, daß alle Festgäste begeistert mitklatschen und so manche Mutter sich wünscht, ihr Kind wäre auch so glücklich wie dieses Paar.

»Ach, das ist alles nur Quatsch – man ist froh, daß man nach dem Fasten etwas zu essen bekommt, und das mit der verrutschten Krone macht man eben so«, lacht Bella, als Mirja sie ein paar Stunden später direkt auf das Geschehen im Brautzimmer anspricht. Dabei hat sie sich doch die ganze Zeit im Zimmer ein wenig unsicher gefühlt, gefürchtet, es könnte mehr geschehen. Und ein wenig Angst hat sie auch vor dem, was wirklich in der Nacht auf sie zukommt ...

Bella hat während des ganzen Tages nicht viel getrunken. Allein ihr Mann hat dem Sekt und auch dem Wein, der bei Tisch gereicht wird, kräftig zugesprochen, das hat sie wohl gesehen.

Jetzt, zwischen zwei Tänzen, ermuntert Simon sie, doch ruhig noch ein Glas Champagner zu trinken, und kommt nach wenigen Minuten – leicht schwankend, wie sie meint – mit zwei vollen Gläsern auf sie zu. Es ist dunkel geworden draußen, das Fest beginnt sich seinem »dritten und wesentlichen Teil« zu nähern, wie Mirja erklärt hat. Da nimmt sie das Glas aus seiner Hand, prostet ihm zu und trinkt es in einem Zug aus.

War das ein Zeichen? Simon stellt die Gläser ab, nimmt sie in den Arm und beginnt mit ihr zu tanzen. Und während des Tanzes drängt er allmählich immer mehr zur Treppe hinüber – Bella ahnt, was er vorhat. Aber bevor sie endgültig heimlich verschwunden sind, hat die fröhliche Festgesellschaft die Absicht des Bräutigams erkannt und begleitet ihren Abgang mit einem rhythmischen Klatschmarsch. Die Musikkapelle bricht ihre Weise abrupt ab und spielt die Polka von Paul Lincke, derzeit ein richtiger Gassenhauer.

Siehst du wohl, da kimmt er,
lange Schritte nimmt er.
Siehst du wohl, da kimmt er schon,
der verliebte Schwiegersohn …
Siehst du wohl, da steht er,
seinen Schnurrbart dreht er.
Siehst du wohl, da steht er schon,
der verliebte Schwiegersohn …

Das Lachen und Klatschen verfolgt sie bis in den ersten Stock, bis zur Tür der Suite, über deren Schwelle der Bräutigam seine Frau nach alter Sitte hinüberträgt.

Die Suite ist festlich geschmückt und hell erleuchtet. Bella jedoch hat dafür keinen Blick, denn sie sieht nur das große Bett, das sie schon bald aufnehmen wird. Aber Simon versteht es, ihr für einen Augenblick diese Scheu zu nehmen.

»Komm, wir trinken noch einen Schluck Champagner«, lacht er und geht zu einem seitlichen Tischchen, um die Flasche mit lautem Knall zu öffnen. Die Tür ist längst geschlossen, aber noch immer klingt von unten der Lärm des Festes herauf.

»Jetzt bist du meine Frau«, lacht er wieder, reicht ihr ein volles Glas und fordert zugleich einen Kuß.

Bella trinkt das Glas erneut in einem Zug. Als sie anschließend ins Bad geht, spürt sie, daß sie nicht mehr so sicher auf den Füßen steht, ist aber gleichzeitig dankbar, daß der Champagner sie fröhlich und unbeschwert macht. Sie entkleidet sich, legt Collier und Diadem ab, zieht das neue, feine Negligé über und nimmt noch ein wenig Parfum. Als sie heraustritt, sitzt Simon bereits mit dem vollen Glas auf der Bettkante. Unwillkürlich entfährt ihm ein »Donnerwetter – bist du schön!«.

Eigentlich hatte sie vermutet, er würde ebenfalls ins Badezimmer gehen, aber dazu scheint er jetzt keine Zeit mehr zu haben. Ein wenig unsicher steht er auf, faßt sie um die Hüfte und wirft sie beinahe unsanft auf das Bett.

»Das Licht ... das Licht«, murmelt sie, aber er ist nur aufgestanden, um sich seiner Jacke zu entledigen, der Weste. Dann zieht er seine Hosenträger herunter, und im nächsten Augenblick liegt er neben ihr. »Das Licht«, sagt sie nochmals bittend, aber da lacht er nur, »ich will doch sehen, was ich mir eingehandelt habe.«

Seine Hände sind groß, als er nach ihren Brüsten greift und das Hemd öffnet. Wenn er auch versucht, sanft zu sein, so empfindet sie dennoch seine fordernden Berührungen als grob, seinen Griff als fest und fordernd. Dennoch will sie sich ihm schenken, knöpft deshalb das Hemd weiter auf, weil er zu ungeschickt, zu fahrig an den Knöpfen reißt. Und daß ihm ihre Brüste so gefallen, daß er sein Gesicht zwischen ihren zarten Hügeln verbirgt und sie küßt, das erfüllt sie mit einem gewissen Stolz.

Aber dann hält er es nicht mehr aus, er kommt über sie, drückt ihre Beine auseinander, und was nun folgt, erlebt Bella mit einer Mischung aus Schmerz und Ekel.

»Die Hochzeitsnacht ist wunderschön, du kannst es dir gar nicht vorstellen, wie das ist, wenn dein Mann zu dir kommt und dich beglückt«, hat Mirja ihr einmal anvertraut, und sie hat nicht nachgefragt, woher sie das weiß. Sie hat jetzt keine Zeit, darüber nachzudenken, es tut weh, sie spürt, es blutet, gleichzeitig bewegt sich der starke Mann auf ihr immer schneller, dann keucht und stöhnt er plötzlich auf, um sich schließlich von ihr herunterzurollen und im nächsten Augenblick laut zu schnarchen. Bella bleibt noch einige Augenblicke liegen …

Wenn das die Ehe ist …, geht es ihr durch den Kopf. Sie bemüht sich, ein Gefühl des Abscheus und der Enttäuschung zu unterdrücken, und hat die gleichen Gefühle doch wenige Minuten später im Bad, als sie sich reinigt, vom Blut ebenso wie von einer merkwürdigen Flüssigkeit …

Das ist er, erkennt sie. So ist das also – und dann umfängt sie eine große Traurigkeit, die sie in den Schlaf hineinbegleitet.

18

Seit mehr als einer Stunde rattert der Zug eintönig durch die flache mecklenburgische Landschaft. Ab und an ein gellender Pfiff vor einer der vielen Bahnübergänge. Bella schaut die ganze Zeit schweigsam aus dem Fenster, den großen weißen Rauchwolken nach, die die stampfende Lokomotive, heftig hustend, ausstößt.

»Warum bist du so ruhig?« fragt Simon und blickt ihr liebevoll ins Gesicht.

»Ich habe wohl zuviel getrunken gestern abend – ich habe furchtbar Kopfweh«, murmelt sie schwach. Diesen Satz wird er in der Zukunft noch häufig zu hören bekommen. Im Augenblick jedoch ist Simon noch überaus fröhlich, richtig glücklich. Er führt eine wunderschöne Frau nach Hause, weich und sanft, mit zarten Gesichtszügen, blendenden Manieren und vornehmer Haltung. »Ich werde Eindruck machen mit ihr in Berlin, auch auf der Promenade in Usedom«, denkt er und blickt sie geradezu verliebt an. Aber ein wenig zuviel hatte er gestern wohl auch getrunken, und da sie weiterhin schweigt, sinkt sein Kopf allmählich nach hinten ins Polster, und seine regelmäßigen Atemzüge verkünden bald, daß er ein wenig Schlaf nachholt.

»Anklam, Anklam!« ruft der Schaffner die nächste Station aus und Bella blickt noch immer stumm zum Fenster hinaus. Ich will nicht nachdenken, ich will nur die Landschaft sehen, die Städte, das Meer. Aber dann heißt es schon umsteigen in die Bäderbahn, und als sie das Fenster öffnet, riecht sie zum ersten Mal die salzige Seeluft.

»Ahlbeck – Landungsbrücke«, ruft es beim übernächsten Halt. Da schreckt Simon auf. »Wir sind da«, murmelt er und hilft seiner Frau beim Aussteigen. Der Dienstmann bemächtigt sich der Koffer, Simon winkt einer Droschke. Dann fahren sie zur großen weißen Villa.

»Wunderschön«, entfährt es Bella mehrmals beim Anblick der herrschaftlichen Häuser, während sie durch die Straßen fahren. »Wir sind da, komm steig aus«, sagt Simon, als die Droschke vor der Villa Sturmvogel hält. Während Bella noch die Fassade zum schwungvollen Namenszug emporblickt, kommt die alte Maria schon heraus, gefolgt von einem Mädchen, die sich der Koffer annimmt.

»Komm rein, ich zeige dir unser neues Reich«, verkündet Simon stolz, als er die Begeisterung auf dem Gesicht seiner Frau sieht.

»Ein wunderschönes Haus mit herrlichem Inventar und phantastischen Stoffen«, jubelt Bella, als sie im riesigen Eingangsbereich der modernen Villa steht.

»Ja, die Vorhänge sind neu, die Polstermöbel frisch bezogen. Diese Stoffe, die produziert mein Bruder. Alles im neuen Stil, so wie es jetzt in München oder in Darmstadt Mode ist. Mit solchen modernen Kollektionen findet er zur Zeit überall Beifall. Ich bin zwar nicht so künstlerisch veranlagt, eher konservativ mit meinen Uniformen, aber dafür auch sehr erfolgreich.«

In der Zwischenzeit haben sie die Wohnräume im Erdgeschoß besichtigt, sie befinden sich jetzt im ersten Stock. »Ich habe hier alles renovieren lassen, seit ich wußte, daß du meine Frau wirst. Meine Eltern haben das Haus vor etwa zwanzig

Jahren gebaut. Hier verbrachten wir jedes Jahr unsere Ferien. Aber«, er öffnet die Tür zum ehelichen Schlafzimmer, »ich wollte dir die alte Einrichtung nicht mehr zumuten. Du siehst, alles ist neu angeschafft worden für dich.«

Da wendet Bella sich ihm zu und drückt ihm einen zarten Kuß auf die Wange. »Danke, du bist sehr lieb«, flüstert sie und folgt ihm durch die restlichen Zimmer des Hauses.

Danach bittet sie ihn, sich erst einmal zurückziehen zu dürfen, da sie sich frisch machen und ausruhen möchte – ermüdet von der Fahrt, den Anstrengungen der Hochzeit und dem Klimawechsel.

Erst zum Abendbrot sieht man sich wieder. Maria serviert kalte Platten mit – Schinken.

»Schinken? Ist das etwa Schweinefleisch?« Maria nickt, während Bella entsetzt hinzufügt: »Puh, man riecht es schon von weitem. Maria, ich möchte nie mehr Schinken auf dem Tisch sehen«, erklärt sie mit fester Stimme.

»Aber der Herr Finkelstein hat doch immer schon so gern ...« Maria versucht sich zu verteidigen.

»Schinken schmeckt wunderbar – du solltest es einmal selbst versuchen«, bestätigt Simon grinsend Marias Aussage und versucht, die Szene ins Lächerliche zu ziehen.

»Ich denke, Simon, wir werden eine koschere Küche haben, die ich auch von zu Hause gewöhnt bin«, antwortet Bella, verwundert, wie bestimmt sie urplötzlich reagiert. Aber die Küche ist ihr Terrain, und da will sie sich auch nicht reinreden lassen.

Als sie nach dem Essen noch immer über Kopfschmerzen klagt, zeigt Simon Verständnis, ist er ja selbst noch ganz erschöpft von der Hochzeitsfeier am Vortag. Nur wegen des Schinkens will er noch mal mit ihr reden und denkt gleich noch an die Buletten, die er seit seiner Lehrzeit in Berlin so schätzen gelernt hat.

Am anderen Morgen ist Bella früh auf den Beinen. Ihr erster Weg führt sie zur Küche. Maria bereitet das Frühstück vor, von ihrem Mann ist noch nichts zu sehen.

»Ist der Kaffee schon fertig?« fragt sie, und als Maria bejaht, meint sie: »Dann wollen wir uns mit einer Tasse ein paar Minuten in den Wintergarten setzen.« Und während das Mädchen im Hintergrund das Brot schneidet und aufträgt, zieht sich Bella mit Maria zurück.

»Sie sind lange bei der Familie Finkelstein?« fragt sie die Hauswirtschafterin.

»Über zwanzig Jahre«, nickt Maria.

»War das immer schon so in dieser Familie, daß Schinken serviert wird?«

Maria schüttelt den Kopf. »Nein, nein, die Alten waren da noch ganz strikt, die beiden Jungen sind da eher locker«, grinst sie.

»Dann können Sie also koscher kochen?«

»Natürlich«, nickt Maria, und Bella fährt fort: »In Zukunft werden wir das wieder so machen.«

»Aber die Buletten ...«, wirft Maria ein, »Ihr Mann ißt so gerne Buletten.«

»Die kann man doch auch aus Rindfleisch machen«, erwidert Bella, ohne zu zögern, »aus koscherem Rindfleisch natürlich. – Und was den Schinken anbetrifft, da gibt es geräucherte Entenbrust, wie üblich, ansonsten habe ich im Institut gelernt, daß es auch Rinderschinken gibt. – Na gut«, unterbricht sie sich, »vielleicht nicht hier, aber in Berlin ganz sicher. Da soll mein Simon« – zum ersten Mal hat sie jetzt diese Formulierung gebraucht – »mein Simon«, sagt sie noch einmal mit Nachdruck, »nicht drauf verzichten müssen, auf seinen Schinken.«

»Sollen wir dann in Forst auch ...? Ich meine, wenn er ab und an dort ist und von mir versorgt wird?« fragt Maria vorsorglich.

Bella lächelt ein wenig. »Was mein Mann macht« – wieder so eine neue Formulierung, denkt sie – »wenn er mal geschäftlich in Forst zu tun hat, stört mich wenig. Aber in Berlin oder hier, wo wir zusammenleben, da wird gekocht, wie ich es möchte.«

Maria nickt, zeigt ihr damit, daß sie sie als neue Hausherrin akzeptiert. Bella steht auf, geht gemeinsam mit ihr in die

Küche, überprüft kurz, ob genügend Geschirr und Töpfe vorhanden sind für die fleischige und die milchige Küche. »Ein bißchen was könnte man ersetzen, ein paar Schüsseln, die schon ein wenig angeschlagen sind, nachkaufen«, gibt sie der Hauswirtschafterin den Auftrag.

Maria berichtet ihr von dem Hausbesorgerehepaar im Souterrain. Der Mann kümmere sich um das Haus und den Garten, die Frau putze und helfe auch bisweilen in der Küche und beim Servieren aus. »Das Mädchen, das jetzt hier arbeitet, ist ihre Tochter. Sie steht in Lohn bei einem der großen Hotels, aber jetzt, außerhalb der Saison, ist sie froh, daß ich sie für ein paar Tage eingestellt habe«, erklärt Maria, und Bella nickt zustimmend. Das Mädchen macht einen guten Eindruck, und das Verwalterpaar wird sie nach dem Frühstück zur Vorstellung bitten.

»Ich bin ja nur ausnahmsweise hier, um Sie zu unterstützen und gewissermaßen einzuführen«, lächelt Maria. Bella dankt ihr freundlich. Schnell ist klar, daß die beiden Frauen keine Probleme haben werden, ihre Rollen und Aufgaben sind eindeutig verteilt.

»Eine letzte Frage«, Maria hält die junge Hausherrin am Arm zurück. »Feiern Sie Schabbat wie früher? Ich meine, traditionell?« Bella nickt. »Gut zu wissen«, murmelt Maria, »dann muß ich einmal suchen gehen, wo die Schabbatleuchter der Eltern geblieben sind und der Kidduschbecher.«

Simon kommt die Treppe herunter. Er sieht noch immer ganz verkatert aus, denkt Bella. Sie setzen sich zum gemeinsamen Frühstück. Simon hat sich die »Berliner Nachrichten« bringen lassen, ebenso den »Usedomer Bäderkurier« und liest, während er frühstückt.

Das hat der Vater schon bisweilen getan, denkt Bella, vielleicht sind sich ja alle Männer ziemlich ähnlich. Sie greift zum Bäderkurier und überfliegt die Seiten. Nachsaisongeplaudere. Ein paar der Herrschaften sind abgereist, einige jetzt erst angekommen, man zählt die wichtigsten Ereignisse der Saison auf, eine erste Nachlese der berühmtesten Besucher.

Prinzen und Prinzessinnen hatten sich ein Stelldichein gegeben, der hohe Adel samt Fürstlichkeiten und ihrem Anhang, auch Tolstoi ist wieder da gewesen und weitere berühmte Schriftsteller, Maler und Schauspieler. Ja, Usedom und die Kaiserbäder sind im Sommer die feinste Adresse im ganzen Deutschen Reich, das hat Bella schon zu Hause gelesen, und ab jetzt wird auch sie immer im Frühsommer allen Bekannten erzählen: »Ach, wir gehen wieder in unsere weiße Villa nach Usedom, wie jedes Jahr.«

»Es hat aufgeklart, heute mittag wird uns die Herbstsonne bescheinen. Da werde ich doch gleich für heute nachmittag eine Kutsche oder Voiturette besorgen, um dir die Schönheit der Insel und die Pracht der Kaiserbäder zu zeigen«, lächelt Simon freundlich, und Bella fühlt sich geschmeichelt, denn sie spürt sein Bestreben, auf sie einzugehen, es ihr recht zu machen.

Schon am frühen Nachmittag fährt er in einem zweirädrigen Wägelchen vor, das Verdeck zurückgeklappt, einen schmalen Braunen vorgespannt, Doktorwagen haben wir dazu in Breslau gesagt, denkt Bella lächelnd.

Simon ist ganz übermütig. »Endlich wieder einmal selbst fahren«, sagt er und lacht. »Das habe ich als Junge so oft hier gemacht. Der Pferdestall ist gleich zwei Straßen weiter, und jetzt außerhalb der Saison ist die Miete für einen Nachmittag ausgesprochen günstig.«

Er bietet ihr galant die Hand zum Einstieg, und Bella spannt den zierlichen Sonnenschirm auf. Simon nimmt Zügel und Peitsche auf, schnalzt einmal mit der Zunge, und schon läuft das Pferdchen los, den leichten Wagen mühelos ziehend.

Einen ganzen Nachmittag dauert die Fahrt, zuerst durch die Hauptstraße von Heringsdorf, hin auf die Promenade am Meer entlang. Bella kann einen ersten Blick auf die Strände mit den neumodischen Strandkörben bis zur großen Landungsbrücke mit den kleinen Buden tun. Weiter geht's nach Ahlbeck mit den feinen Hotels, den vornehmen Villen, dann nach Heringsdorf zurück und wieder über eine elegante Promenade. Sie ist hellauf begeistert, mag sich kaum satt sehen, so sehr fasziniert sie all das Neue, was sich ihr darbietet.

»Du müßtest das hier erst mal im Sommer erleben! Ein

wahrhaft vornehmes Treiben, ständiges Grüßen, Sehen und Gesehenwerden. Die Damen in feinster Garderobe mit zierlichen Sonnenschirmchen, die Herren im hellen Anzug mit Strohhut, den sie ständig schwenken, dazwischen die Offiziere, die hier auf Erholungsurlaub sind ...«, er hält einen Augenblick inne, als rufe er sich die Bilder all dieser Sommer zurück. »Der ganze Kurbetrieb, die Promenadenstücke, die Platzkonzerte des Militärs ...«, wieder schwelgt er einen Augenblick in Erinnerungen. »Na, ich bin jedenfalls sicher, du wirst deine Freude haben, wenn wir nächstes Jahr sechs Wochen hier verbringen. Die Kontakte zu den Offizieren sind wichtig fürs Geschäft, und du wirst – davon bin ich überzeugt – eine blendende Figur machen, auf der Promenade ebenso wie bei der Redoute. Wie ich schon sagte, das ist wiederum gut für mein Unternehmen.« Er lächelt sie an. »Und wenn erst mal die Kinderchen da sind und hier im Sand spielen ...« – vertraulich legt er ihr eine Hand auf die Schulter.

Bella spürt, daß er eine gewisse Zärtlichkeit für sie empfindet, daß er ihr etwas bieten will, stolz ist, eine so schöne Frau zu haben.

Die Sonne beginnt sich schon zu neigen, aber er lenkt noch nicht nach Hause. »Du mußt noch das Achterwasser sehen, und wenn wir ein wenig schneller traben, zeige ich dir die Landspitze weit im Westen der Insel, das ist Peenemünde, und davor die großen Sanddünen.«

Es ist schon beinahe dunkel, als der Wagen in die heimische Straße einbiegt. Simon läßt seine Frau aussteigen und bringt das Gefährt zurück, während sie sich für den Abend richtet.

In dieser Nacht kommt er zu ihr ins Schlafzimmer. Sie hat sich kaum entkleidet, da ist er schon bei ihr, und das Nachthemd ist kaum hochgezogen, da ist er schon in ihr. Es schmerzt noch immer, und Bella empfindet seinen warmen stoßweisen Atem in ihrem Gesicht als unangenehm. Aber er war den Tag über so freundlich, daß sie ihn nicht abweisen mag. Ob das jetzt immer so sein wird? überlegt sie und steht auf, um ins Bad zu gehen, während er sich bereits zur Seite gedreht hat, laut und gleichmäßig schnarchend.

»Du mußt dich entspannen«, sagt er an einem der nächsten Abende zu ihr, als sie wieder einmal stocksteif im Bett liegt und erwartet, daß er sich über sie wälzt. »Hast du keine Freude daran, mich zu spüren?« fragt er ein andermal, aber da schüttelt sie nur den Kopf. »Warte nur, das kommt noch, dann wirst du auch Spaß dran haben«, murmelt er am dritten Abend, an dem für Bella offensichtlich wird, daß er große Freude an dieser »Sache« hat, während sie nur auf das Ende hofft.

»Sei doch ein wenig fröhlicher dabei! Warum kommst du immer so hochgeschlossen ins Bett? Und warum muß immer das Licht gelöscht sein? Ich möchte dich doch auch einmal sehen und deinen schönen Körper bewundern«, sagt er in einer weiteren Nacht. Doch Bella hat nichts zu erwidern ...

Es ist noch ein schöner Spätsommer geworden, nur die morgendlichen Nebel kündigen den nahen Herbst an. Bei ihren Spaziergängen auf der Promenade werden sie immer wieder von allen Seiten gegrüßt, und sie spürt ganz deutlich, daß die vorbeipromenierenden Männer, sofern alleine, sie mit großem Wohlgefallen betrachten. Simon hat das längst bemerkt. Stolz wie ein Pfau präsentiert er sich mit Bella am Arm, erfüllt von Wissen um ihre Anmut, ihre Eleganz und ihre Wirkung auf das andere Geschlecht.

Bisweilen, wenn sie hinunter zum Strand blickt, sieht sie einige Männer in gestreiften Badeanzügen, die sich mit turnerartigen Bewegungen ins Wasser werfen, ja inzwischen hat sie sogar schon ein paar Mädchen oder junge Frauen ausgemacht, die sich ebenfalls ins Naß wagen. Allerdings sind diese beinahe ganz bekleidet mit umfänglich gebauschten Badesachen, einer Mütze über den Haaren und Strümpfen an den Beinen.

»Das ist nichts für uns«, sagt Simon dann bisweilen schroff, wenn sie zum Wasser deutet. »Als Junge bin ich gerne ins Wasser gegangen, habe Sandburgen gebaut, mit meinem Bruder, aber als Erwachsener? Ich weiß nicht ... Was du hier siehst, sind eher die Jünger von Turnvater Jahn, und bei den Damen, na ja – ob das denn Damen sind?« rümpft er die Nase.

»Aber ich habe doch schon gelesen, daß Gräfin Wentow samt Freundinnen den Wonnen des Seebades frönt«, beharrt Bella.

»Wentow, die kenne ich nicht«, meint ihr Mann gedehnt. »Also, so wie ich das sehe, sind es eher Schauspielerinnen, die sich mit kuriosen Hüten auf den Köpfen bisweilen ein wenig die Füße naß machen – mehr nicht. Denn da geht keine richtig ins Wasser, da ist alles nur Flirt, nur Anknüpfungsversuche«, sagt er bestimmt.

Währenddessen vergehen die Tage der Hochzeitsreise wie im Flug. Wie unbeschwert könnte sie sich fühlen, wäre da nicht diese abendliche »Sache«, der sie so gar keinen Gefallen abgewinnen kann. Und ganz ohne Schmerz geht es auch nie ab. Aber sie begreift, daß Männer die »Sache« zu brauchen scheinen, daß sie ihre »Pflicht« zu erfüllen hat, vor allem, da Simon schon einmal ganz ungehalten geworden ist, als sie versuchte, sich einfach wegzudrehen. »Stell dich nicht so an!« hat er sie angefahren, da hat sie in der Nacht zum ersten Mal geweint.

19

Die Hochzeitsreise neigt sich ihrem Ende, das Wetter verschlechtert sich bereits: starker Wind zerzaust die Bäume, die Ostsee wirft hohe Wellen an den Strand, die Strandkörbe werden bis zum nächsten Jahr weggepackt. Es wird ungemütlich auf der Promenade, die Frauen müssen die Sonnenschirmchen zusammenklappen und ihre Hüte festhalten. Simon wird bereits ungeduldig, er will nach seinen Betrieben sehen. Maria wird nach Forst fahren, nachdem sie am letzten Tag die weiße Villa »winterfest« gemacht hat.

»Wenn du möchtest, kann Maria dir in Berlin noch eine Woche zur Seite stehen, bis du Personal gefunden hast und alles richtig eingerichtet ist«, meint Simon. »Es gibt bisher nur ein Mädchen dort, die ein wenig saubermacht, das Haus gewissermaßen bewacht und mir bei meinen spärlichen Besuchen das Frühstück gerichtet hat.«

Bella wundert sich ein wenig. »Hast du nie dort gewohnt?« fragt sie, vergißt dabei, daß er bereits von seiner Junggesellenwohnung in der Behrenstraße berichtet hatte, die er sich mit seinem Bruder teilte, direkt über deren Geschäfts- und Präsentationsräume. »Dort bin ich inzwischen ausgezogen, seit unser neues Haus beziehbar war«, ergänzt er. »Bruder Paul hat die ganze Wohnung übernommen, da sein Stoffverkauf neben meinen Geschäftsräumen stattfindet. Du mußt wissen, das Haus ist ja gerade erst im Frühsommer fertig geworden, und bislang hat noch niemand darin gewohnt – abgesehen von ein paar wenigen Übernachtungen. Da wird es noch etliches einzurichten geben, Neuanschaffungen, auch für den privaten Bereich. Daher ist es besser, Maria würde dich da unterstützen.«

Bella ist froh über dieses Angebot. Ein ganzes Haus neu einrichten, das traut sie sich allein doch noch nicht ganz zu. »Was finde ich denn in dem Haus vor an Möbeln, Betten, Geschirr und so?«

»Der junge belgische Architekt – van der Velde heißt er übrigens – hat nicht nur das ganze Haus im neuen Stil entworfen, sondern auch das gesamte Inventar nach seinen Vorlagen in einer Kunstschreinerei gearbeitet und alle Eisenteile von einer Kunstschlosserei extra einzeln angefertigt. Sämtliche Vorhänge und Bezüge wurden eigens bei meinem Bruder gewebt, nach seinen Entwürfen, sogar das Geschirr wurde von ihm kreiert und danach in Thüringen produziert. Du verstehst, das Haus ist beinahe komplett eingerichtet. Aber natürlich fehlt es noch in der Küche und im privaten Bereich.«

»Einen belgischen Architekten hattest du?« wundert sich Bella.

»Ach, das ist eine längere Geschichte«, wehrt er ab, erzählt dann aber doch weiter. »Also, der junge Henry van de Velde hat sich direkt nach seinem Studienabschluß bei meinem Bruder vorgestellt, wollte Stoffmustervorlagen im neuen Stil verkaufen. Mein Bruder, für alles Neue, wenn es noch so risikoreich ist, immer aufgeschlossen, kauft ihm die Muster ab, produziert sie auch und – hat Erfolg damit. Henry wird also wieder nach Forst eingeladen, um neue Muster zu präsentieren. Inzwischen interessiert sich bereits ein Thüringer Geschirrhersteller für seinen speziellen Stil, und dann erscheint auch schon ein erster Bericht über unseren Henry in der Zeitschrift ›Kunst und Dekoration‹, die in Darmstadt verlegt wird.

Ich hatte gerade das Grundstück in Wilmersdorf erworben und plante eine Villa. Da mir Henrys Stil gut gefiel, habe ich ihn darum gebeten, ein Haus für mich zu entwerfen. Also, wir werden einig, er setzt sich hin, zeichnet und entwirft, und das Ergebnis wirst du nächste Woche sehen. Jedermann ist begeistert, selbst eine Architekturzeitschrift hat sich schon angemeldet und will über unsere ›Van-de-Velde-Villa‹ berichten, wie das Haus jetzt schon heißt. Inzwischen ist unser Henry nämlich auf dem besten Weg, eine Berühmtheit zu werden, wird damit natürlich auch teurer in seinen Honoraren«, schließt er die Geschichte ab. »Ich bin sicher, daß dir das Haus gefallen wird, alles in demselben Stil perfekt durchgezogen.«

Das junge Paar hat die Koffer gepackt, Usedom verlassen und fährt zuerst nach Breslau. Bella wird noch einmal einige Tage im Haus der Eltern bleiben, ihre restliche Garderobe packen, insbesondere die Hochzeitsgeschenke, während Simon nach Forst fährt, um sich ums Geschäft zu kümmern. Sie schläft jetzt nicht mehr in ihrem Kinder-, sondern im Gästezimmer, welches das Mädchen für ihren Besuch gerichtet hat, und mit ihrem Ehemann wird sie auch die letzte Nacht dort verbringen. Daß sich viel geändert hat, spürt Bella auch an diesem kleinen Zeichen, denn sie ist jetzt nicht mehr Tochter, sondern Ehefrau.

Mirja und die anderen Ehemaligen vom Institut, die längst gehört haben, daß Bella wieder in der Stadt ist, haben sich bereits für den übernächsten Tag angemeldet. »Du hast dein Glück gemacht«, sagen die Freundinnen, und ein wenig Neid scheint in diesen Worten mitzuschwingen.

»Tagsüber ja«, möchte Bella am liebsten antworten, aber die Sitte verbietet ihr natürlich, über die brutalen und schmerzhaften Erlebnisse seit der Hochzeitsnacht zu sprechen. Diese Worte bleiben in ihrem Herzen verschlossen, unverbindlich bleiben ihre Aussagen. So läßt sie die Freundinnen reden und rätseln, träumen und hoffen. Sie werden schon noch selbst draufkommen, wie das ist mit der Ehe, denkt Bella bitter.

Am nächsten Tag packt sie zusammen mit der Mutter alle Hochzeitsgeschenke für Berlin ein.

Die Eltern haben einen großen silbernen Tafelaufsatz geschenkt, gefertigt von einem der bekanntesten Breslauer Goldschmiede.

Auf einem runden getriebenen Stand mit Muscheln und Meeresgetier erhebt sich ein Delphin, der den Schwanz hoch erhoben trägt. Und darauf wiederum ruht eine große Früchteschale in Muschelform. Innen vergoldet, wird sie dazu dienen, Obst aufzunehmen und die vornehme Tafel in Berlin zu zieren.

Der alte Silberstein hat zwei Schabbatleuchter geschenkt, der kugelige Schaft ist reich dekoriert und mit blattartigen Tropfenfängern für das Kerzenwachs verziert.

»Großvater scheint an alles gedacht zu haben, als er noch lebte«, sagt die Mutter nachdenklich, »er hat schon vor Jahren den Kidduschbecher für die junge Familie gekauft und uns übergeben, damit wir ihn zur Hochzeit in seinem Namen schenken können.«

Da erinnert sich Bella dankbar des gradlinigen alten Mannes und verspricht ihm insgeheim, ihr neues Zuhause genauso strikt jüdisch zu führen, wie Großvater es oft von ihr verlangt hat. Noch immer hat sie seine Altmännerstimme im Ohr: »Die Frau macht das Haus, die Frau muß dafür sorgen, daß Schabbat und alle anderen Festtage genau eingehalten werden, daß koscher gekocht und dem Einen immer die Ehre gegeben wird, das sollst du wissen, Bellakind.«

Es sind so viele, so schöne Geschenke, daß Mutter und Tochter stundenlang einpacken. Der Betrieb hat ein Gemälde von Breslau geschenkt. »Zur immerwährenden Erinnerung an Ihre Heimatstadt« steht rückseitig in verschnörkelten Buchstaben.

»Mutter, von wem ist das Meißener Service? Wer hat die Gläser geschenkt? Wer das silberne Speisebesteck mit dem schön verschlungenen Monogramm BF? Und wer die KPM-

Vase und die große Porzellangruppe?« Immer wieder muß Bella rückfragen, da einfach zuviel geschehen ist in diesen Wochen. Zwischen den vielen Geschenken, die eingepackt und in die Transportkisten verstaut werden, wendet sich Bella mit einer vorsichtigen Anfrage an ihre Mutter, die »Sache« betreffend.

Doch da dreht sich die Mutter brüsk weg. »Das mußt du jetzt mit deinem Mann ausmachen. Männer sind eben so. Denk an was anderes – mach dir das Leben schön, schließlich lebst du bald schon in Berlin, unserer Hauptstadt.«

Damit hat Bella nicht gerechnet, und diese Ablehnung von seiten ihrer Mutter zeigt ihr zum ersten Mal ganz deutlich, daß sie mit ihrer Heirat aus dem Haus gegeben worden und nur noch ihrem Mann verantwortlich ist, »untertan«, hatte der Rabbi gesagt.

Simon ist aus Forst zurückgekehrt, und damit sind auch die Tage in Breslau vorbei. Die junge Familie macht sich auf, ihr eigenes Leben zu beginnen. Die Koffer und Kisten mit der Aussteuer und den Präsenten, Bellas Garderobe und alles, was sie gerne aus ihrer Kinderzeit ins neue Heim mitnehmen möchte, wurden bereits zur Bahn gebracht und versandt. Am nächsten Morgen wird sich auch das junge Paar auf den Weg nach Berlin machen.

Als der Zug am anderen Morgen aus der großen Halle des Hauptbahnhofs herausdampft und sie noch einmal einen Blick auf die Stadt mit ihren vielen Türmen wirft, spürt Bella deutlich, daß dies nicht nur ein Abschied von ihrer Jugend ist, sondern auch ein Abschied von ihrem Elternhaus, den Verwandten und von dieser Stadt.

20

Die Zugfahrt nach Berlin dauert nicht lange. Kaum ist es Mittag geworden, da stehen sie schon vor dem neuen Haus in Wilmersdorf.

»Beeindruckend!« ist Bellas spontaner Kommentar. Im ersten Augenblick ist sie überwältigt von dem neuartigen Stil des prächtigen repräsentativen Baus. Von der Straße her begrenzt ein Eisengitter auf einer kleinen Mauer das Anwesen. Es sind keineswegs die üblichen geraden Eisenstangen, sondern seltsam gebogen, ergeben sie blütenartige Figuren. Dahinter sind ein paar Gärtner damit beschäftigt, den Vorgarten herzurichten.

»Na, wie gefällt dir das Haus?« fragt Simon interessiert.

»Faszinierend«, sagt Bella noch einmal, überwältigt von dem klaren Gesamteindruck des massiven Baus, der gleichzeitig grazil wirkt, viel leichter als etwa das große Palais zu Hause. Dieses Gefühl verstärkt sich noch, als er die Tür aufschließt und sie nach einem kurzen gewölbten Gang plötzlich in einem großen, lichten Vestibül steht. Die Wände sind halbhoch mit Holz verkleidet, die sehr hohe Decke mit geschwungenem Stuck dekoriert, und in der Mitte öffnet sich die Decke zu einem großen Fenster. Von dort fällt während des ganzen Tages das Licht herein, die milchigen Scheiben sind in große quadratische Eisenbänder eingehängt, offensichtlich ein gläsernes Dach, denkt Bella. Weiter hinten schwingt sich eine breite Holztreppe nach oben und endet im ersten Stock in einem offenen Rundgang mit umlaufendem Geländer.

»Alles im gleichen Stil, alles zusammenpassend«, sagt sie ein wenig hilflos, denn so etwas hat sie in Breslau noch nie gesehen. »Es ist alles wunderschön« – aber gleichzeitig fühlt sie sich auch ein wenig verloren in dieser fremden Umgebung. Daran werde ich mich gewöhnen müssen, denkt sie.

Plötzlich geht eine Tür auf, und die fröhliche Maria kommt von hinten aus der Küche. »Schön, daß Sie da sind«, lacht die Haushälterin und reicht ihnen die Hand. »Wie war die Reise?«

Während die beiden nicken, berichtet sie sofort: »Ich bin schon seit gestern hier. Also, Frau Finkelstein, da müssen wir in Küche und Kammer noch etliches anschaffen! Aber fürs erste ist alles gerichtet, ein kleiner Imbiß steht für Sie bereit.«

Während Simon seine junge Frau durch die Räume des Erdgeschosses führt, bis zum Eßzimmer, wo Maria gerade den Tisch richtet, bemerkt Bella immer wieder mit wachsender Bewunderung, daß die Muster der schmiedeisernen Deckenlampe und der Wandlampen perfekt mit denen der Vorhänge harmonieren, ja, daß sich die gleichen Muster im Teppich ebenso wiederfinden wie in der Tischdecke. Selbst auf den Tellern, die Maria gerade serviert, zeigt sich das gleiche Muster. Farblich scheint dieser Henry eine Vorliebe für Grün- und Blautöne zu haben, dennoch wirkt alles völlig harmonisch, geht es ihr durch den Kopf. »Ich möchte den Architekten dieses erstaunlichen Baus wohl gerne einmal kennenlernen«, sagt sie zu Simon.

»Dazu wirst du sicherlich Gelegenheit haben. Er hat versprochen, beim nächsten Berlinbesuch hier vorbeizukommen; schließlich will er sein fertiges Werk einmal sehen. Denk dir, er nennt dieses Haus mit der perfekt auf die Architektur abgestimmten Inneneinrichtung ein ›Kunstwerk‹ – ja, ich glaube er sagt sogar ›Gesamtkunstwerk‹ dazu.«

Nach dem Imbiß werden die restlichen Zimmer im ersten Stock inspiziert, das große Elternschlafzimmer mit hellen Schränken und Betten im gleichen Stil, dann das Bad und daneben zwei hübsche Kinderzimmer, wobei Simon ihr im Kinderzimmer etwas unpassend auf den Bauch klopft und meint: »Na, tut sich da schon etwas?«

Es scheint ihm sehr wichtig zu sein, daß bald Nachwuchs das Haus bevölkert, denkt sie. Nun ja – sagt sie sich, das ist ja auch der Sinn der Familie und der »Sache«, die auch an diesem Abend wieder von ihr gefordert wird.

Die kommenden Tage sind angefüllt mit vielerlei Besorgungen in der Stadt und zahlreichen Einkäufen in den großstädtischen Kaufhäusern wie Karstadt und Tietz. Etliche Töpfe, Tiegel und Geschirr sind zu ordern, tausenderlei Dinge, die man in einer guten Küche eben benötigt. Maria begleitet sie, und Bella ist dankbar für ihren Sachverstand. Sämtliche Einkäufe in den verschiedenen Häusern werden am folgenden Tag von Boten gebracht und müssen ausgepackt werden.

Die Koffer und Kisten von zu Hause sind mittlerweile mit einem Wagen der bahnamtlichen Rollfuhr angekommen. Einer der Gärtner hilft, das meiste in den ersten Stock zu schaffen.

»Zum Glück habe ich meine Aussteuer jetzt hier«, sagt Bella zu Maria. Gemeinsam räumt man die ganzen Geschirrtücher, Handtücher und all die anderen Wäschestücke ein.

Maria hat sich auch nach einer zuverlässigen Agentur für Hauspersonal erkundigt und einige Aufträge gegeben. In den nächsten Tagen stellen sich mehrere Köchinnen vor, ebenso einige Putzhilfen, die gleichzeitig bügeln, waschen und auch bei Bedarf in der Küche mithelfen sollen. Bella entscheidet sich für eine jüngere Köchin aus Brandenburg, die bereits bei ihrer letzten Herrschaft die koschere Küche kennen und kochen gelernt hat und gute Zeugnisse vorweisen kann. Als Putzhilfe will sie lieber eine ältere Frau nehmen, denn »die sind meist sorgfältiger«, sagt sie zu Maria. Beides sind Zugehkräfte, nur die Bonne wird vorerst unter dem Dach in einem der Dienstbotenzimmer wohnen. Bella hat sich im Beisein der erfahrenen Maria mit dem Mädchen unterhalten, das ihr Mann bereits eingestellt hatte. Hedwig, so heißt sie, hat schon in mehreren großen Häusern gearbeitet, stammt aus Dresden und scheint sehr zuverlässig zu sein. Sie ist nach Berlin gekommen, weil ihr »Schatz« hier bei der Polizei dient. Ihre Zeugnisse sehen ebenso proper aus wie ihr ganzes Auftreten.

»Ich kann schlampige Dienstboten nicht ausstehen«, vertraut Bella der verständnisvoll lächelnden Maria an. »Also, wenn das Schürzchen nicht faltenfrei, in feinstem Weiß strahlt, das Häubchen nicht adrett sitzt oder wenn die Fingernägel gar – Sie wissen schon, so eine ist bei mir an der falschen Adresse.«

Nach einer Woche ist das Haus eingerichtet. Das Verlobungsgemälde, das wunderschöne Porträt von Bella, hängt jetzt im Speisezimmer. Im Salon ziehen zwei Gemälde von Lesser Ury immer wieder die Blicke aller Besucher auf sich; es sind Ansichten von Berliner Straßen. Simon hat die Bilder erst kürzlich beim Maler selbst gekauft. In den Eingang hat Bella das Hochzeitsgeschenk der väterlichen Betriebe, die große Ansicht von Breslau, gehängt. Gleich wenn man hereinkommt, begrüßen jetzt an der Stirnseite des Vestibüls die Türme von Breslau die Besucher.

Maria hat sich nach etwa zehn Tagen verabschiedet, um nach Forst zurückzukehren.

»Aber wenn Sie mich brauchen – ich bin jederzeit sofort wieder hier und für Sie da«, erklärt sie Bella beim Abschied. »Und falls sich etwas Kleines ankündigt – da stehe ich Ihnen natürlich auch zur Seite.« Eine liebenswürdige Person, denkt Bella bisweilen, sollte sich die Situation in Forst einmal verändern, der Bruder etwa heiraten, würde ich Maria gerne trotz ihres Alters übernehmen.

Nun ist sie allein in dem großen Haus, die neuen Hausangestellten haben ihren Dienst angetreten, und Bella ist mit der Auswahl des Personals zufrieden, Simon ebenfalls.

»Der Laden läuft jetzt offensichtlich«, bemerkt Simon eines Abends anerkennend, während die adrett gekleidete Bonne das Abendbrot serviert. Die Teller sind schön vorgerichtet und bieten eine breite Auswahl.

»Alles geht einen guten Gang«, schreibt sie in ihrem ersten Brief nach Hause. Was sie nicht erwähnt, ist der Streit mit ihrem Mann wegen Schabbat.

Bella hat gleich am ersten Freitag nachdem sie eingezogen sind, vorkochen lassen für den kommenden Tag, wie es in jüdischen Familien Brauch ist. Sie hat die neuen Kerzenständer, das Geschenk des alten Silberstein, aufgestellt, dazu Großvaters Kidduschbecher, die neue Decke zum Zudecken des Zopfbrotes, ebenfalls ein Brautgeschenk, in eine Schale gelegt, die challe darunter. So wartet sie auf ihren Mann, der in den letzten Tagen erstmals wieder ins Geschäft gegangen ist.

Die Sonne beginnt sich zu neigen, doch er ist immer noch nicht da. Schließlich zündet sie allein die Kerzen an und spricht den Segen. Dann kann sie nur noch warten.

Er kommt erst spät, und sie macht ihm Vorhaltungen, er habe den Schabbatanfang versäumt. Ungehalten schreit er sie an, er wolle nicht mehr jeden Freitag die alte Zeremonie wie früher bei den Eltern. »Die Christen machen auch nicht soviel Trara jede Woche«, mault er. Aber da bleibt Bella fest, das hat sie dem Großvater versprochen.

»Gedenke, daß du den Schabbat heiligst«, sagt sie und erinnert damit an eines der Zehn Gebote. Schließlich lenkt er ein: »Ich sehe es ja ein«, sagt er, »draußen ein Preuße, drinnen ein Jude, das hat mein Vater schon immer gepredigt. – Also gut, wenn du es denn wirklich willst, dann bin ich in Zukunft am Freitagabend zu Hause, und wir feiern gemeinsam den Beginn des Schabbat – aber in Schul, in die Synagoge, gehen wir nur an den hohen Festtagen«, legt er fest.

Damit ist Bella durchaus zufrieden, denn so hat es der Vater auch meist gehalten, und spontan umarmt und küßt sie ihn.

Jeden Morgen wird Simon zur gleichen Zeit von einer Erste-Klasse-Droschke abgeholt. Dann arbeitet er den ganzen Tag im Kontor hinter dem Geschäft und führt von dort aus seine Firmen. So kann er auch persönlich anwesend sein, die Honneurs machen, wenn etwa ein höherer Offizier kommt und sich gleich mehrere Uniformen anmessen läßt oder wenn ein Abgesandter des Beschaffungsamts sich anmeldet, um diese oder jene Änderung oder auch Neuaufträge zu besprechen.

An einem der ersten Tage hat er Bella mit ins Geschäft genommen. »Du sollst einmal sehen, was wir so machen«, hat er gesagt. Die Angestellten haben sie mit tiefem Bückling begrüßt, die Verkäuferinnen, alles junge Mädchen, einen Knicks gemacht.

Eine faszinierende Welt, findet Bella. Schon im Schaufenster steht eine ganze Reihe Kleiderpuppen in Reih und Glied wie bei einer Parade. Jede trägt eine andere Galauniform, perfekt sitzend und mit allen denkbaren militärischen Orden, Bandelieren und Quasten behängt. Da sieht man Husaren und Dragoner, Ulanen und Jäger, Infanterieuniformen ebenso wie Marineblusen. Am schönsten sind natürlich die Uniformen der

Leibgarde, der Hofgardisten und der Palastgarde, meint Bella. In den eingebauten Schränken finden sich alle Troddeln, Schützenschnüre und Leibschärpen, ebenso Schabracken und Pferdedecken in den jeweiligen Regimentsfarben – das farbenfrohe Angebot scheint unüberschaubar.

Als sie nach zwei Stunden das Geschäft verläßt, schwirrt ihr der Kopf vor lauter unbekannten Bezeichnungen und Begriffen der Uniformkunde.

Daneben liegt das Geschäft des Bruders mit den modernen Stoffen, da will sie ein andermal hineinschauen. Dort, bei Tischtüchern und Servietten, bei Portieren und Vorhängen, denkt sie, kenne ich mich dann doch ein wenig besser aus.

Sie sitzen am Abend noch ein wenig zusammen. Bella ist wirklich beeindruckt von der Vielfalt der Uniformen und Uniformteile. »Wie schaffst du das alles nur?« fragt sie interessiert.

»Weißt du, die Firmen in Forst – die Färberei und Schneiderei – das läuft ziemlich perfekt, weil die dortigen Meister gut ausgebildet sind und einen hohen Qualitätsstandard haben. Die Spinnerei in Posen, welche die verschiedenen Militärtuche herstellt, läuft völlig selbständig, da habe ich einen guten Betriebsleiter. In Oppeln fertigen sie die groben Stoffe sowie Filz und Militärdecken, das läuft auch von alleine. Am heikelsten ist die Posamentierwerkstätte hier in Lichterfelde. Da sind fast nur Frauen, die sticken die Kokarden, zwirnen die Portepees der verschiedenen Truppenteile, die Bandeliere und die Abzeichen, kurz: all das goldene und silberne Lametta, was unser Militär, und insbesondere unsere Allerhöchste Majestät, so liebt. Da muß ich öfter nach dem Rechten sehen, denn die Arbeit ist diffizil und die Frauen arbeiten manchmal zu nachlässig.«

Es ist dunkel geworden draußen, man sitzt gemeinsam noch im Speisezimmer, das Mädchen hat schon abgetragen; während Simon sich sein Bier schmecken läßt, trinkt Bella einen Tee.

»Sag mal, bist du glücklich, Bella? Hier in dem schönen neuen Haus, mit mir?« fragt Simon unvermittelt. Bella, die gerade so vor sich hin geträumt hat, trifft die Frage völlig unvorbereitet. Was soll sie auch sagen? Daß sie Simon schätzt, aber nicht liebt? Nein, lieben wohl nicht. Dabei hat sie sich in der Zwischenzeit immer wieder gefragt, was denn Liebe sei. Also das, was in den Büchern steht, ist es wohl nicht, denkt sie mittlerweile, aber was ist es dann?

»Du antwortest gar nicht, Bella«, kommt seine fordernde Stimme.

»Ich weiß«, Bella versucht sich zu erklären. »Es ist so schwer, Simon, du bist liebevoll zu mir, freundlich, das Haus ist schön, sehr schön – aber ich muß mich wohl an all das Neue erst einmal gewöhnen. Denk mal, ich bin jetzt gerade mal etwas über einen Monat von zu Hause weg, gerade mal vor ein paar Wochen haben wir geheiratet, hast du mich aus dem elterlichen Haus geholt.« Sie lacht ein wenig. Aber er scheint zu verstehen.

»Und an die ›Sache‹ im Bett muß ich mich erst gewöhnen«, sagt sie so leise, daß er es kaum verstehen kann. Trotzdem lacht er dröhnend.

»Daran mußt du dich wirklich gewöhnen, liebe Bella – das ist die Ehe«, er lacht wieder schallend, doch Bella gefällt dieses Lachen gar nicht. »Du weißt doch, so werden die kleinen Kinder gemacht, und Kinderchen wollen wir doch beide.«

Da nickt sie heftig mit dem Kopf, und als hätte er bei diesen Sätzen gerade die richtige Idee bekommen, trinkt er sein Bier in einem Zug aus und klingelt dem Mädchen, daß es abräume und dann nach oben gehe. Dann nimmt er seine Frau an die Hand. »Es ist doch gar nicht so schlimm«, murmelt er, »du kannst doch auch Spaß dabei haben! Na, das findet sich sicher noch«, brummelt er abschließend, zieht sie ins Schlafzimmer und verschließt die Tür.

Während sie sich mit Leidensmiene auszieht, weil sie schon weiß, was jetzt wieder kommen wird, erinnert er sich an so manche frühere Liebschaft: Schauspielerinnen, Ballettratten, Theatervolk, ja auch an die Mädchen der käuflichen Liebe. Sie waren alle ganz anders gewesen, viel lustiger, fröhlicher, in jedem Fall williger als seine Angetraute.

Vielleicht ist das ja der Unterschied zur Ehefrau, mutmaßt er im stillen und wendet sich seiner stocksteifen Gattin zu. »Nun mach doch schon das Hemd hoch und die Beine auseinander«, herrscht er sie beinahe barsch an. »Und ein wenig fröhlicher, etwas hingebungsvoller könntest du auch sein.« Aber dann hat er an der stummen Gehorsamkeit seiner Ehefrau auch keinen rechten Gefallen.

Am anderen Morgen, Simon ist schon ins Geschäft gefahren, sitzt sie noch lange allein vor ihrer Kaffeetasse und grübelt. So angenehm die Tage mit dem selbstverständlichen Luxus um sie herum sind, so deprimierend ist die Nacht. Nein, die »Sache« macht ihr keine Freude, und etwas wie Ekel erfaßt sie, wenn sie nur daran denkt. Dieses Abwehrgefühl überträgt sich auch auf Simon, ohne daß sie sich dagegen wehren kann.

Ich bin unglücklich, spürt sie und überlegt gleichzeitig mit Angst und Schrecken, daß dieses Unglück wohl ihr Leben lang andauern wird. Ob Mutter auch so unglücklich ist? fragt sie sich.

Um sich abzulenken, schreibt sie ihren ersten Brief an Mirja, die inzwischen wieder in England ist.

Zuerst ein kurzer Dank, daß sie eigens zu ihrer Hochzeit den weiten Weg über den Kanal nach Breslau gemacht hatte. »Ich werde Dir nie vergessen, daß Du bei meiner Hochzeit an meiner Seite standst, daß Du mich zusammen mit Mutter geführt hast«, notiert sie. Dann kommt sie schon auf das neue Haus zu sprechen, auf die feine Umgebung, in der sie jetzt wohnt.

Das Geschäft von Simon und seine täglichen Aktivitäten werden ebenfalls lang und breit geschildert. Nur über ihr Glück schreibt sie nichts.

Auch Mascha erhält einen Brief ähnlichen Inhalts. Wiederum verliert sie über die Schwierigkeiten bei Nacht und die zunehmende Abneigung gegenüber Simon kein Wort.

So vergehen die Tage in ruhiger Abgeschiedenheit, bis ihr Mann eines Abends überschwenglich lustig gestimmt nach Hause kommt: »Bella, Bella!« ruft er fröhlich. »Übernächste Woche besuchen wir den Kavaliersball, ich habe heute die Karten bekommen!«

»Das freut mich«, lächelt sie, »davon habe ich immer schon geträumt«, flüstert sie ihm ins Ohr, während sie ihm einen Kuß auf die Wange haucht.

Tagelang ist sie dann damit beschäftigt, ihre Garderobe zu sichten und zu überprüfen. Viele Fragen gehen ihr durch den Kopf. Kann ich mit meinen neuesten Roben hier im vornehmen Berlin noch auftreten? überlegt sie sich und betrachtet bei einem Stadtbummel die Modepuppen in den Schaufenstern der vornehmen Geschäfte der Friedrichsstraße. Das Ergebnis ist zufriedenstellend, in Breslau weiß man sich ebensogut zu kleiden wie hier, aber im nächsten Jahr, denkt sie schon voraus, muß ich mich hier nach einer Schneiderin umsehen oder nach einem exklusiven Modesalon.

Da sie bis jetzt völlig abgeschieden in dem großen Haus gelebt hat, wird sie auch Bekanntschaften mit anderen Damen in Berlin machen müssen.

Endlich kommt der große Abend. Mein erster Ball in der Hauptstadt, denkt sie mit Stolz.

Simon spürt, wie nervös und ängstlich sie ist, und versucht sie deshalb zu beruhigen. »Keine Sorge, Bella, es läuft nicht viel anders ab als in Breslau, und ich werde ja an deiner Seite sein – da kann nichts schiefgehen. Außerdem wird dich deine gute Erziehung sicher durch den Abend geleiten.«

»Ein unvergeßliches Ereignis« schreibt sie am folgenden Tag in ihrem zweiten Brief an Mascha. Ausführlich schildert sie Stimmung und Besucher des Kavalierballs. Anwesend war so ziemlich alles, was zum Hof gehört oder ihm nahesteht: ein blendender Flor junger Schönheiten in schimmernden Toiletten, dazu fast das gesamte tanzfähige Offizierskorps der Garde, auch Fürsten, Prinzen und feinsinnige Diplomaten, aber nur wenige Parlamentarier von Ruf.

Ich habe an diesem Abend die reizende Frau des Geheimen Kommerzienrats Fritz Cohn kennengelernt, eine liebenswürdige ältere Dame. Der Mann ist ebenfalls Heereslieferant, vielleicht der größte, jedenfalls der bekannteste, wie Simon mir sagte. Frau Cohn war äußerst freundlich, »Kind«, sagte sie zu mir, »Sie sind ja ganz neu hier, da muß ich mich doch ein wenig um Sie kümmern. Ich werde Sie nächste Woche zum Nachmittagsplausch bei uns einladen. Da lernen Sie gleich ein paar interessante Damen unserer Gesellschaft kennen.« – Denk Dir, Mascha, sie wohnen in einem schönen Palais in der Behrenstraße, kaum einen Steinwurf von Simons Geschäft entfernt.

Auf diese Einladung freue ich mich wirklich, denn ich muß ja jetzt auch »hier in der Gesellschaft ankommen«, wie Mutter mir neulich erst geschrieben hat.

Du siehst, es scheint ich bin gut angekommen hier, und das wunderschöne Haus tut ein übriges dazu, auf das ich schon mehrmals angesprochen worden bin.

Nun kann ich Dir selbst für Deine zukünftigen Pläne nur noch alles Gute wünschen,

Deine Dich immer liebende Bella.

Kaum eine Woche nach dem Ball, den sie immer noch träumerisch durchlebt, kommt auch schon die Einladung von Frau Kommerzienrat Cohn. Man freue sich, die junge elegante Gattin des liebenswürdigen Herrn Finkelstein im kleinen Damenkreis begrüßen zu dürfen.

Für Bella ist dieses Entree eine große Ehre. »Das beginnt ja verheißungsvoll und sieht nach einem erfolgreichen Einstieg in die Berliner Gesellschaft aus«, bemerkt Simon am Abend, als sie ihm den kleinen veilchenduftenden Brief zeigt.

Die Gruppe wohlsituierter Damen hat Bella sofort aufs liebenswürdigste aufgenommen.

»Wie schön, daß Sie jetzt auch in Berlin wohnen«, heißt es, und »wir kennen das elegante Geschäft Ihres Herrn Gemahls«, sagt eine andere, »mein Bruder ist im diplomatischen Dienst, er hat dort seine Diplomatenuniform bezogen«.

Da einige der Damen schon Wunderdinge von ihrem Haus im neuen Stil gehört haben, muß Bella erst einmal alles über das Haus und den Architekten erzählen. Das wiederum gibt ihr die Möglichkeit, eine eigene Einladung auszusprechen.

So kommt es, daß schon nach drei weiteren Wochen ein

fröhliches Stelldichein im Hause Finkelstein stattfindet. Bella hat Tee serviert, dazu einen »Fino«, trockenen Sherry, wie sie es im Institut gelernt hat. Und als noch kleine Sandkuchen im englischen Stil angeboten werden, sind die Damen des Lobes voll über die ebenso junge wie perfekte Gastgeberin.

Dank dir, liebe Mirja, denkt sie am Abend, du hast mir das englische Rezept während unserer gemeinsamen Institutszeit einmal aufgeschrieben und mir versichert, diese Art Teekuchen kenne kein Mensch in Deutschland. Heute konnte ich mit deinem Rezept wahrhaft reüssieren.

Und sie beschließt, der Freundin bald einen ausführlichen Dankesbrief zu schreiben.

So vergeht die Zeit in Berlin; es ist Winter geworden, die Luft ist kalt, die Straßen verschneit und matschig. Die Tage verlaufen gleichförmig, die Einladungen sind Routine geworden. Bella hat erstaunlich schnell Zugang zu einigen der interessantesten Salons in der Stadt gefunden, ist häufig am Nachmittag eingeladen. Gemeinsam mit ihrem Mann erlebt sie etliche vornehme Abendveranstaltungen wie bei den von Magnus oder bei Bankier Bleichröder.

Der alte Geheime Kommerzienrat Cohn hat Bella besonders ins Herz geschlossen. Er umarmt sie überschwenglich, erzählt immer wieder von ihrem Großvater Zvi, den er selbst kennengelernt hat.

»Mein Bruder pflegt, wenn ich mich richtig erinnere, bis heute Geschäftsverbindungen mit Ihrem Vater«, sagt er einmal. Da dämmert es auch Bella, daß es einmal eine sonntägliche Fahrt zu Hübschels Paradiesgarten gegeben hat, bei der ein Geschäftsfreund des Vaters namens Cohn aus Kreuzburg mitgefahren war, samt seinem studierenden Sohn.

Der alte Kommerzienrat lacht dröhnend. »Genau, das müssen Sie gewesen sein. Und sein Sohn ist heute Rabbi in irgendeiner norddeutschen Kleinstadt – aber zufrieden und glücklich.«

Auch Simon könnte sich glücklich schätzen, eine so junge und gutaussehende Frau nach Hause geführt zu haben, eine Frau, die gesellschaftlich ebenso Anerkennung findet wie als Hausfrau.

Wenn nur die leidige »Sache« nicht wäre, schimpft er und ärgert sich über ihre Kälte und »Unfähigkeit, sich als Frau zu zeigen«.

»Fühlst du immer noch keine Veränderung, ich meine, daß du etwa schwanger bist?« fragt er außerdem etwas ungeduldig.

Bella zuckt die Schultern, zieht es vor zu schweigen. Obwohl sie tagsüber guten Mutes ist und alle Obliegenheiten des Hauses und der Dienstboten mit leichter Hand beherrscht, verdüstert sich, sobald es Abend wird, ihre Stimmung, und als es draußen Frühjahr wird, beginnt sie beinahe schwermütig zu werden. Ein Besuch bei einem Arzt, den Simon empfohlen hat, bessert nichts an ihrer Situation.

»Ich kann nichts finden«, meint der Mediziner nach einer oberflächlichen Untersuchung.

Und als sie mühsam und verklausuliert von ihrer Ablehnung der »Sache« spricht, meint der Arzt: »Dagegen gibt es natürlich kein Medikament. Man hört derlei zwar häufiger, aber ich habe immer wieder festgestellt, wenn eine Frau ihren Mann von Herzen liebt, dann öffnet sie sich ihm auch allmählich, dann will sie ihn auch empfangen«, spricht er und zuckt mit den Schultern. »Sie sind eben noch zu verkrampft, meine Liebe. Lockern Sie sich, denken Sie an etwas Schönes dabei.«

Voller Gedanken fährt Bella heim. In dieser ohnehin schon düsteren Stimmung erhält sie einen ebenso kurzen wie inhaltsschweren und enthusiastischen Brief der überglücklichen Mirja. Die Eltern haben miteinander geredet, schreibt sie, und der Verbindung zugestimmt. Es gab eine Erbschaft, die dafür gesorgt hat, daß der Hochzeit nichts mehr im Wege steht. Und du bist natürlich als erste eingeladen, jubelt sie.

Als wäre das nicht genug des fremden Glücks, das sich ihrem traurigen Gemüt darbietet, kommt nur einige Tage später ein ähnlicher Brief ihrer alten Schulfreundin Mascha aus Hamburg.

Liebe Bella,
dieser Brief, den Du in Händen hältst, wird so ganz anders werden als all das, was ich Dir bisher geschrieben habe. Ich

bin eine ganz andere geworden. Du weißt, daß mich meine Lehrherren wie Eltern aufgenommen haben und wie ihr eigen Kind halten. Das schönste ist, daß ich auch bei ihren Festen mit dabeisein darf. Mir ist, als wäre mir seitdem das Leben erst voll und ganz aufgegangen, aber ich will versuchen, der Reihe nach zu erzählen, damit Du einen tiefen Blick in meine Seele tun kannst. – Aber wo soll ich beginnen?

Am besten in dem Moment, als das Schimmelfuhrwerk der Blumenthals angerasselt kam. Voller Neugierde spähten Luise, meine Nennschwester, und ich nach den Insassen des Wagens. Sie kletterten alle heraus. Herr und Frau Blumenthal, die Söhne Erich und Karl, dann die Tochter Helene.

Erich wurde mein Tischnachbar und ich muß gestehen, das machte mich sehr glücklich. Nach dem Essen wurde musiziert, und zum ersten Mal durfte ich Erichs herrliche Stimme hören. Schon bei Tisch sprach er davon, wie er sich nun, seit er Studienassessor sei, auch wieder mehr der von ihm so geliebten Musik zuwenden werde.

Ich hätte ihn für mein Leben gern nach der ältesten Tochter der Familie Schipanski gefragt, bei der er zur Untermiete lebt, denn mir war schon einiger Tratsch zu Ohren gekommen. Doch bevor ich mich versah, schlug Tante Aurelie auf den Busch und quetschte ihn über dieses Fräulein Schipanski aus. Mir stockte förmlich der Atem. »Fräulein Schipanski«, sagte Erich gedehnt und sah mich ganz flüchtig an, »ist eine bildschöne, junge und geistvolle Dame.« Ich brachte kein Wort hervor, griff statt dessen mechanisch nach meinem Weinglas und leerte es bis auf den Grund in einem Zug. Erich schenkte mir sogleich wieder ein. »Trinken wir auf das Wohl des Fräulein Schipanski und ihres sehr liebenswürdigen … Bräutigams.«

Ich war völlig starr. Meinte er sich damit?

»Sie hat sich nämlich vor acht Tagen mit einem Offizier, einem Leutnant bei den Gardeulanen verlobt«, fuhr Erich lächelnd fort, und unwillkürlich drängte sich ein Seufzer der

Erleichterung von meinen Lippen. Ich war unsagbar glücklich und wußte eigentlich nicht, worüber.

Als Erich später am Abend einige Stücke sang, war es wie ein wunderschöner Traum. Ich hatte mich im kleinen Kabinett, das direkt an den Salon stößt, versteckt und lauschte voller Begeisterung der schmeichelnden, zauberhaften und geheimnisvollen Stimme. Dann, zuletzt gab er das kleine Lied von Bach, »Willst du dein Herz mir schenken«, zum besten. Ich schloß die Augen, und als ich wieder aufblickte, stand Erich plötzlich vor mir und lachte mich schelmisch an.

Ich glaube, die Sonne der Liebe geht auf über meinem Leben. Noch ist sie halb verschleiert, und ich wage den Schleier nicht ganz zu lüften, aber es ist mir, als müßten meine Augen geblendet werden von all dem Seligen, das ich jetzt schon dunkel erahne.

Bella läßt den Brief voller Schmerz sinken. Sie kann einfach nicht mehr weiterlesen, der Brief ist zuviel des Glücks. Und wieder einmal beginnt sie zu weinen und kann kaum aufhören.

Wenn sie sich dagegen ihr Leben vorstellt ...

Warum ist sie die einzige, die nicht weiß, was Glück, Liebe und Freude sind?

Eintöniger Alltag und traurige Einsamkeit haben sich breit gemacht in dem schönen Haus in Wilmersdorf. Ach wenn doch ein paar Kinder hier herumtoben würden, denkt Bella, als sie die leeren Kinderzimmer betritt. Ist mein Körper schuld daran? Kann in mir nichts heranwachsen?

Selbst ihre Eltern wundern sich bereits, stellen vorsichtige Fragen in ihren Briefen.

Und als nach mehr als zwei Jahren noch immer kein Nachwuchs, geschweige denn ein Stammhalter, in Sicht ist, lassen das Interesse ihres Mannes und seine Geschenke für sie merklich nach. Das läßt er sie bei jedem Wort, bei jeder Geste spüren. Vor allem dann, wenn er immer häufiger erklärt, er müsse jetzt für einige Tage nach Forst verreisen, sie werde ihn ja ohnedies nicht vermissen. Simon kommt nämlich seit einiger Zeit keineswegs mehr jeden Abend zum Essen nach Hause. Seine Frau scheint ihm egal geworden. »Du bist mir heute so gleichgültig, wie ich dir immer war«, sagt er irgendwann einmal bitter.

Einmal hat sie ihn gefragt, ob sie ihn begleiten solle, doch da hat er nur bitter gelacht und gemeint: »Du interessierst dich ja ohnedies nicht für meine Geschäfte, du interessierst dich auch nicht für mein Wohlergehen, was willst du also da? – Die Maria, ja, die Maria kümmert sich mehr um mich als du, ist liebenswürdiger als meine eigene Frau.« Voller Trauer und Schuldgefühle schloß sie sich daraufhin tagelang in ihrem Zimmer ein. Dabei wird sie von Tag zu Tag schöner. Überall gibt es galante Andeutungen, tiefe Blicke ins Dekolleté. Vor allem seit Finkelstein ein Verhältnis zu einer Schauspielerin unterhält – ein allseits offenes Geheimnis. Einige Bekannte haben nur vornehm und zurückhaltend auf diese neue Situation hingewiesen, bei anderen glaubt sie Häme, ja Mißgunst herauszuhören, wenn von den »kleinen Freiheiten« des Herrn Gemahl die Rede ist. Daraufhin hat sie sich immer mehr aus der Gesellschaft zurückgezogen, lehnt Soireen ab und gibt auch selbst keine mehr.

Als sie eines Tages versucht, ihren Mann zur Rede zu stellen, mokiert er sich über sie, macht schmutzige Andeutungen, was ein Mann so brauche. Dennoch besteht er auf Einladungen und gesellschaftliche Kontakte an ihrer Seite, da diese für sein Geschäft elementar seien – schließlich habe er auch einen Ruf zu verlieren. Dabei würde sie sich am liebsten zurückziehen, sich verkriechen. Sie hat keine Freude mehr an großen Bällen, meidet mittlerweile die Salons. Sie hat die mitleidvollen oder spöttischen Blicke der anderen satt und kann auch die Frage nach Kindern kaum noch ertragen.

Selbst in ihrer eleganten Ferienvilla in Heringsdorf, wo sich das Paar jeden Sommer erholt, müssen Einladungen gegeben, Kontakte, insbesondere zum höheren Offizierskorps, gepflegt werden, denn die meisten der schönen Uniformen, mit denen die Herren auf der Heringsdorfer Strandpromenade paradieren, stammen aus seinen Webereien, sind in seinen Firmen genäht worden.

Bella nimmt die ihr zugewiesenen Aufgaben zwar weiterhin

wahr, aber die Entfremdung zwischen den Eheleuten nimmt unaufhaltsam ihren Lauf. Gesprächsthemen scheint es keine mehr zu geben, gemeinsame Interessen sind gänzlich verschwunden.

Wieder ist es Herbst geworden, wieder ist die Familie nach Berlin zurückgekehrt, wieder hat sich Simon in seine Arbeit gestürzt. Er verbringt mittlerweile immer mehr Zeit in Forst. Nur ein einziges Mal begeht Bella den Fehler, ihn in seinen Präsentationsräumen aufzusuchen, findet ihn jedoch nicht vor. Seine Mitarbeiter scheinen unangenehm berührt über ihr Erscheinen und weichen allen ihren Fragen gekonnt aus. Als sie Simon an einem der folgenden Tage zur Rede stellt, muß sie sich eine Tirade von Beschimpfungen anhören, daß sie in seinen Geschäftsräumen nichts zu suchen habe. »Was sollen denn die Angestellten denken?« Bella bleibt nichts übrig, als sich zu fügen.

Allmählich beginnt sie, die Langeweile im einsamen Haus zu fürchten. Wenn ich doch nur ein Klavier hätte, denkt sie, aber sie wagt es gar nicht mehr, ihn darum zu bitten.

Eines Tages kommt eine Einladung, die sie froh und heiter stimmt. Frau Pringsheim hat zum Tee gebeten, und Bella freut sich über diese Einladung in das schöne Pringsheimsche Palais. Man sitzt im kleinen, im sogenannten französischen Salon, umgeben von zahlreichen modernen Gemälden bekannter französischer Künstler. Es sind noch einige andere Damen der Gesellschaft anwesend. Die Unterhaltung plätschert dahin, ein wenig Klatsch, ein paar Neuigkeiten. Die Bonne serviert Tee und Kaffee, kleine Baisers, und es verspricht, ein angenehmer Nachmittag zu werden. Plötzlich hält Frau Pringsheim eine kleine Ansprache und stellt ein ganz ungewöhnliches Projekt vor. Alle Damen sind sofort fasziniert von der Idee und erklären sich spontan bereit mitzumachen.

»Es gibt den Plan, daß die ersten Damen der Gesellschaft einen großen Wohltätigkeitsbasar veranstalten«, erklärt Frau Pringsheim. »Mit Einfallsreichtum, Witz und Pfiff, mit allerlei Tand soll den Besuchern – natürlich ebenfalls aus der guten

Gesellschaft – dabei das Geld aus der Tasche gezogen werden. Der Erlös dient am Schluß einem guten Zweck, nämlich dem Bau eines Heimes für gefallene Mädchen der einfachsten Schichten. Marienheim soll das Haus heißen und unter der Leitung von Diakonissen stehen.«

Bella findet diese Idee so interessant, daß sie – wie alle anderen Damen an diesem Nachmittag auch – sofort mit anpacken möchte, wo auch immer sie gebraucht werde.

Endlich einmal Abwechslung, endlich einmal etwas Sinnvolles tun, denkt sie bei der Rückfahrt nach Hause. An diesem Abend wirkt sie so fröhlich, daß Simon sein übliches Schweigen beim Abendbrot bricht und interessiert fragt: »Was ist dir denn heute Interessantes über den Weg gelaufen, du wirkst ja richtig aufgeräumt?«

Die Veranstaltung wird eines der bedeutendsten Ereignisse der Saison und findet im Festsaal des bekannten Hotels Kaiserhof statt, wo Bella schon mehrere große Bälle erlebt hat. Wochenlang sprechen die feinen Kreise von nichts anderem als diesem Basar, und während des ganzen Wochenendes, an dem die Veranstaltung stattfindet, ist das Hotel ständig voller Menschen. Die gesamte vornehme Gesellschaft von Berlin, ja weit darüber hinaus, hat sich hier versammelt, um einige Kleinigkeiten teuer zu erstehen.

Auch Bella ist völlig begeistert, kann sich an den eleganten Besuchern in ihren prächtigen Roben und Uniformen, die den ganzen Tag durch die Gassen zwischen den einzelnen Ständen promenieren, kaum satt sehen.

Und gleich am Montag setzt sie sich hin und schreibt der Mutter einen langen Brief mit all ihren Erlebnissen des vorangegangenen Wochenendes.

Nach den üblichen Einleitungsfloskeln, Fragen nach dem Wohlergehen und guten Wünschen an alle, beginnt sie ihren Bericht.

Du erinnerst Dich, liebe Mutter, daß unser Großvater und auch ihr den zahlreichen jüdischen Wohlfahrtsverbänden immer wieder kleinere und größere Summen gespendet habt, ohne groß darüber zu sprechen. Hier in Berlin ist das ganz anders. »Tu Gutes und rede darüber«, hat Finkelstein mir sicher schon mehr als ein Dutzend Mal gesagt, was ich nur kopfschüttelnd quittieren kann, aber jüngst habe ich diesen Satz auch von Frau Pringsheim wieder gehört. Du erinnerst Dich, die Gattin des hiesigen Privatiers, Sohn der Bahnmagnatenfamilie aus Ohlau.

Wenn in unserer Hauptstadt die vornehme Welt wohltätig wird, amüsiert sie sich auch gern dabei. Die bekannte Verbindung des Nützlichen mit dem Angenehmen ist in den Diensten der hochgeehrten Caritas am beliebtesten.

Besser konnte für das neue Marienheim, das unter dem Protektorat hoher und höchster Herrschaften zum Wohl der weiblichen Jugend aus den untersten Volksschichten ins Leben gerufen wurde, nicht geworben und gesammelt werden, als dies mit dem Basar der Fall war, den die Hofgesellschaft am Sonntag arrangiert hatte.

Der vornehme Raum war malerisch geschmückt, die Mitte der einen Breitseite nahm der duftende Blumenstand ein, um ihn herum gruppierten sich die übrigen Stände und Zelte, in denen die liebenswürdigste und anmutigste Weiblichkeit die Hände weit offen hielt. Die Kaiserin, die durch die Erkrankung des Prinzen Joachim an das Bett ihres Kindes gefesselt war, hat sich durch die Prinzessin Friedrich Leopold vertreten lassen. Im übrigen wimmelte es nur von Fürstlichkeiten und Prinzessinnen wie die Fürstin von Sachsen-Altenburg, den Erbprinzen von Stolberg-Werningerode, Fürstin Hohenlohe, Baroneß Fürstenberg, die Gattin des Kriegsministers samt Töchtern und die Gräfin von der Planitz, um nur einige zu nennen.

In einer Schwarzwälder Bude handelten zwei hübsche Bäuerinnen, die Gräfin Beroldingen und Frau von Jagemann, mit Kirschwasser und Uhren, und in ihrer Nähe konnte man bei Frau Schmidthals allerliebste Püppchen erstehen. Frau Geheimrat Jordan und ihre Töchter verkauften handbedrucktes Buntpapier, und die Prinzessinnen Ratibor und Hohenlohe hielten Meißner Porzellan feil. Ich hatte mich ihnen an-

geschlossen und bot kleine KPM-Figürchen an, Amoretten, Mädchen und Knaben, hochwertigstes Material – ich muß Dir sagen, ich habe blendend verkauft.

Sehr umdrängt wurde auch das spanische Zelt, in dem die Gattin des Botschafters Mendez de Vigo mit Frau von Penalfer und Frau Oberst Ferrer, alle drei in der Nationaltracht ihrer Heimat, Fächer und Spitzentücher anboten. Stark umlagert war ebenfalls die Seelenapotheke der Gräfin Keyserlingk, der die Gräfin Dürckheim und Fräulein von Werner treulich zur Seite standen. Was die arme Seele sich wünschte, war hier zu bekommen: Anti-Eifersuchtin und Liebesheilserum etwa mit apothekengemäßen Preisen. In einem der kleineren Säle verabreichten Frau von Ledl-Malchow, Lady Whitehead, Mrs. Jackson und die Generalin von Loose Erfrischungen, und im bayrischen Bierstübel, in dem die Gräfin Wedel, Frau von Hansemann und Frau Geheimrat Pringsheim als Tiroler Dearndl die Gäste bedienten, konnte man a Maß und a Paar Schweinshaxn bekommen, wenn man gehörig bezahlte, denn darum drehte sich alles. Die neuen Insassen des Marienheims werden der Animierkunst der liebenswürdigen Verkäuferinnen nur dankbar sein können. Der Basar war ein ebenso großer gesellschaftlicher wie finanzieller Erfolg. Alle Beteiligten waren stolz auf die eigene Mitarbeit bei diesem hübschen, bunten und lustigen Treiben.

»Du siehst, liebe Mutter, es kündigt sich ein ereignisreicher Winter an, in der guten Berliner Gesellschaft«, schließt sie den Brief. Über ihre Probleme, ihr Alleinsein, auch ihre Schuldgefühle ist sie nicht fähig zu schreiben.

In einem jüdischen Haus aufgewachsen, in einem ebensolchen Institut erzogen, nur umgeben von Menschen der gleichen Denkungsart, weiß sie im Grunde wenig von der inneren Struktur der christlichen, der preußischen Gesellschaft, und das ist bekanntlich die große Mehrheit. Wie diese Frauen leben, das hat sie bislang nur von außen gesehen. So hat sie festgestellt, daß einige der vornehmen Damen, ja selbst Fürstinnen kinderlos sind und niemand darüber ein Wort verliert. Prinzessin Hohenlohe hat sie nach Nachwuchs gefragt, und als

Bella bedauernd verneinte, hat sie sehr nett reagiert. »Da bleibt Ihnen schon vieles erspart.« Eine andere Dame, die zugehört hatte, erklärte frank und frei: »Da haben Sie Glück, denn Sie können viel mehr mit dem Gemahl zusammensein und gemeinsam große Reisen unternehmen.«

Tagelang grübelt Bella anschließend über diese Sätze nach. Die christlichen Frauen schienen moderner zu sein, das Glück einer Frau, ja einer ganzen Ehe, nicht nur in den Kindern zu sehen, wie bei ihren konservativen Glaubensgenossen. Oder ist das der Grund, sinniert sie, warum in letzter Zeit so viele liberal geworden sind, dem alten Glauben der Väter den Rücken gekehrt, ihn teilweise ganz aufgegeben haben oder konvertiert sind?

Überhaupt war der Umgang der Damen auf diesem Basar viel freier, die Sprache offener, als Bella dies von zu Hause oder auch bei den Freundinnen bisher gewohnt war.

Sind sie anders als wir? fragt sie sich jetzt bisweilen. Aber dann verwirft sie solche Gedanken sofort, hilft es ihr bei der eigenen Ehe doch sowieso nicht weiter.

Erst jüngst hat sie durch Zufall in einem Mantel von Simon zwei Eintrittskarten eines Varietés gefunden. Sie zeigt sie ihm am Abend, fragt, mit wem er dort gewesen sei.

Er reagiert nur ungehalten und herrscht sie an: »Wenn ich das, was ich will, nicht zu Hause bekomme, muß ich es mir eben woanders suchen.« Da schießen ihr schon wieder die Tränen in die Augen.

21

Bella erträgt dies alles geduldig, doch in letzter Zeit spürt sie, daß sie immer stärker zu Migräne neigt und ihr sehr häufig unpäßlich ist. Der Arzt kann ihr wenig mehr sagen, außer die beunruhigende Häufigkeit ihrer Menstruation zu bemängeln.

Sie hält noch immer alle jüdischen Reinheitsgebote, wonach

der Mann nur zu bestimmten Zeiten zu ihr kommen kann; und selbst Simon hält sich daran, wenn er denn neben ihr liegt.

Trotz ihrer melancholischen Gemütslage bemüht sie sich, immer eine gute Gastgeberin zu sein. Sie weiß auf der Promenade den Herren Offizieren freundlich zuzulächeln, wenn man sich grüßt, und macht auch bei den großen Redouten eine gute Figur. Dafür gestattet ihr Simon, außerhalb der Saison ab und an einige Wochen in der weißen Villa in Heringsdorf zu verbringen, sofern Tante Silberstein, die unverheiratete Schwester ihrer Mutter, dabei ist.

Wenigstens eine Abwechslung, wenigstens nette Gespräche, denkt Bella und nimmt das Angebot dankend an. Tante Silberstein ist schnell überzeugt mitzukommen, und so verbringt man jeweils im Frühsommer und dann wieder im Herbst ein paar Wochen in der schönen weißen Villa an der Ostsee.

Wochenlang leben die beiden Frauen dort völlig zurückgezogen, dennoch wagt Bella es nicht, über ihre Probleme und Schwierigkeiten zu reden, obwohl die Tante des öfteren das Gespräch auf ihre Ehe und die Kinderlosigkeit bringt. Bella grübelt in dieser Zeit viel darüber nach, ob diese fünf langen Jahre Ehe denn alles gewesen sein sollen. Stundenlang wandert sie am Strand entlang, zuerst in Begleitung der Tante, später ganz allein, immer weiter hinaus. Diesen Strand und das Achterwasser hatte Simon ihr gezeigt, als sie hier auf Hochzeitsreise waren, denkt sie, wann immer sie die Wege geht, die sie damals gemeinsam zurückgelegt haben.

Sie entdeckt in der Zeitschrift »Die elegante Welt« die neuen Reformkleider: endlich befreit von Fischbeinstäben im Mieder, von der engen Schnürung, die nur Ohnmachtsanfälle zuläßt. Endlich den Saum wenigstens so hoch tragen, daß der Fuß frei ausschreiten kann. Bella empfindet schon das Lesen darüber als einen Akt persönlicher Befreiung.

Tante Silberstein, die eine der ersten Frauen war, die studieren konnte und Ärztin geworden ist, unterstützt diese Ideen vorsichtig und erklärt ihr den medizinischen Unsinn der engen Schnürung.

»Sieh mal, der ganze Brustkorb wird völlig unnatürlich eingepreßt, und das nur, damit der Busen sich um so deutlicher hervorhebe. Die Wespentaille, nach der alle Welt strebt, ist keine Erfindung der Frauen, denn sie behindert sie nur. Andererseits ist sie wohl ein enormes Anziehungsmittel für die Männer, ein Lockmittel, das ihre Sinne anregt. – Du bist schlank, Bella«, schließt sie, »und du bist verheiratet, du mußt niemanden mehr anziehen noch anregen. Ich denke, für dich werden die Reformkleider – solange du sie nur hier, außerhalb der Augen deines Mannes trägst – eine Befreiung sein.«

Tante Silberstein, eigentlich Dr. med. Esther Silberstein, ist eine merkwürdige Frau, muß Bella bisweilen denken. Wenn sie hier in Heringsdorf am Abend mit ihr zusammensitzt, ihre Ansichten und Ideen hört, dann hat sie das Gefühl, ihr Gegenüber sei jemand ganz anderes als die Frau, die sie in ihrer Jugend kannte. Brav und eher schweigsam war sie bei jeder Einladung im Hause Hübschel dabeigewesen, zusammen mit dem alten Silberstein und der Familie des zweitjüngsten Bruders Ruben samt Sohn Max.

Nie hatte sie sich besonders mit einer eigenen Meinung hervorgetan, nie das Wort geführt.

Erst jetzt lernt Bella diese Frau kennen, ihren Lebensweg ebenso wie ihre Gedanken.

»Ich bin die älteste der Silbersteinkinder, Mutter ist kurz nach der Geburt unserer jüngsten Schwester, deiner Mutter, gestorben. Wir führten damals schon ein großes Haus, die Bank des Vaters war erfolgreich, aber du hast keine Ahnung, wie es ist, nur von Dienstboten erzogen zu werden. Der Vater war ja immer bei seinen Geschäften, und wenn er mal in Erscheinung trat, hatte er, besonders, was die Mädchenerziehung anbetrifft, mehr als konservative Ansichten.

Du kannst dir das gar nicht mehr vorstellen, aber das ganze Leben war vom Glauben geprägt und bestimmt. Damals sprachen wir zu Hause noch halbjiddisch, nur außer Haus und in der Schule hochdeutsch. Als ich herangewachsen war – ich hatte als eines der ersten Mädchen in einer katholischen Klosterschule das Gymnasium besucht –, sollte ich verheiratet werden. Der Vater hatte schon einen mir unbekannten Mann auserkoren. Nur eines war klar, bei der Eheschließung würde man mir die Haare scheren, und ich müßte den Schejtel, wie wir sagten, eine Perücke, tragen. Denk mal, für den Rest des Lebens oben kahl, dafür so einen komischen Fludel auf dem Kopf und dem Manne damit völlig ausgeliefert.

Da habe ich mich gewehrt, da war ich zum ersten Mal bockig. Du kannst dir nicht vorstellen, was das für ein Aufruhr war, die halbe Gemeinde wußte, daß die junge Esther Silberstein keinen Schejtel tragen und auch den Mann nicht heiraten will, den der Vater ihr ausgesucht hatte.« Sie schweigt einen Augenblick und hängt ihren Gedanken nach. »Da gab es welche, die schoben das nur auf die Tatsache, daß ich mein Abitur gemacht hatte. ›Siehst du‹, sagten die zu meinem Vater, ›siehst du, wo das hinführt, wenn man Mädchen studieren läßt und dann noch bei katholischen Schwestern.‹ Dabei waren die Schwestern selbst unter ihrer Haube geschoren und konnten gar nichts für meine Ansichten. Bei den Nonnen war ich ohnedies nur, weil das damals die einzige Möglichkeit für ein Mädchen war, die höhere Bildung zu erlangen. Ich habe mich immer durchgesetzt, vor allem, was mein Medizinstudium betrifft.«

Bella liegt schon im Bett, da denkt sie noch immer an die Worte der Tante. Den Kopf geschoren, statt dessen eine Perücke, so etwas kann sie sich gar nicht vorstellen, sie hat nicht einmal gewußt, daß so etwas einmal üblich war. Aber zum Glück ändern sich die Zeiten …

An einem anderen Abend erzählt die Tante, wie mühevoll es als Mädchen, dazu noch Tochter aus einer konservativen jüdischen Familie, war, den Traum vom Medizinstudium zu verwirklichen, einen Abschluß zu machen und zu promovieren.

»Das ist in Deutschland bis heute unmöglich«, erklärt sie kopfschüttelnd und zitiert auch gleich einen Münchner Arzt, Theodor Bischoff mit Namen, der est kürzlich in einer wissenschaftlichen Arbeit erklärt hatte: »Es fehlt dem weiblichen Geschlecht nach göttlicher Anordnung die Pflege zur Befähigung und Ausübung der Wissenschaften, vor allem der Naturwissenschaften und der Medizin.« Nachdenklich schweigt die Tante, um resigniert fortzufahren: »Das hat sich bis heute nicht geändert. Deshalb bin ich zuerst nach Frankreich gegangen, dann in die Schweiz. In Zürich habe ich als zweite Frau meinen medizinischen Abschluß gemacht. Aber damit hätte ich hier immer noch nicht arbeiten dürfen. Als Kurpfuscherin wurde ich von allen Männern verspottet, als Heilpraktikerin wollte man mich gerade noch durchlassen. Dabei hätte ich mir mit dem Geld der Familie eine noble Praxis einrichten können«, lacht sie.

Bella hört sich das alles gespannt an, hatte sie über das Leben ihrer Tante bis jetzt doch wenig erfahren.

»Am schlimmsten war das Wissen um die Not der Arbeiter und Dienstboten, die ich während meines Studiums und meiner Assistentenzeit erstmals kennenlernte. Kaum Geld, kaum Auskommen, lebten sie teilweise in elenden Löchern unter grauenhaften hygienischen Verhältnissen. Ihre Kinder, Unmengen von Kindern, deren Väter unbekannt blieben, wuchsen genauso heran. Meistens wurden diese Frauen von ihrem jeweiligen Dienstherrn geschwängert, der oft genug auch in dieser Hinsicht Gehorsam erwartete.« Wieder schweigt die Tante, ahnend, daß Bella nichts von solchen früher herrschenden Verhältnissen ahnt, die sich erst in den letzten zwanzig bis dreißig Jahren positiv veränderten. »In der Zwischenzeit haben die einfachen Leute wenigstens gewisse Minimalrechte wie Altersversorgung und Krankenversicherung«, murmelt die Tante. Und daran hat sie, Esther Silberstein, auch einen kleinen Anteil, auf den sie stolz ist.

Sie denkt einen Augenblick darüber nach, ihrer Nichte von den Krawallen und Protesten der Vergangenheit, den Straßenschlachten mit der Polizei, von den Arbeiterdemonstrationen, bei denen sie selbst, zum Entsetzen ihres Vaters, in der ersten Reihe mitmarschiert ist, zu erzählen, entscheidet sich aber dagegen. Nein, Bella würde es nicht verstehen, daß sie damals Reden geschwungen, Flugblätter und Zeitschriften verteilt und für ein menschenwürdiges Leben der unteren Klassen gekämpft hat. »Aber das ist alles lange her«, murmelt sie nachdenklich. »Ich konnte damals eben keine noble Praxis aufmachen, aber auf Bitten des Arbeiterunterstützungsvereins habe ich eine Ambulanz für Kinder in einer Vorstadt eröffnet. Das waren zehn Stunden Arbeit täglich, aber es hat Freude, und bei diesen armen Würmchen, die ich dort zu sehen bekam, auch Sinn gemacht. Bis ich schließlich nach ein paar Jahren selbst entkräftet zusammenbrach. Im Krankenhaus stellten sie Tbc fest, Lungentuberkulose; wahrscheinlich durch Ansteckung. Derlei Krankheiten waren ja im Arbeitermilieu früher gang und gäbe. Ich habe es auskuriert, na ja, so halbwegs, aber arbeiten konnte ich seitdem nicht mehr. Du kennst doch meine Kurzatmigkeit, dieses asthmatische Röcheln – das ist geblieben. – So, das war meine Geschichte«, schließt sie. »Du siehst, das Leben schreibt oft grad auf krummen Zeilen, das wirst du auch noch feststellen. Aber ich bereue nichts, ich habe alles richtig gemacht.« Sie steht auf, um nach oben zu gehen. »Und jetzt bestell schon diese neuen Reformkleider, sie werden dir gefallen.« Und während sie schnaufend die Treppe heraufsteigt, murmelt sie: »Wenn ich nicht so alt wäre, würde ich sie wohl auch noch tragen.«

Bella läßt sich gleich einige dieser neuen bequemen Kleidungsstücke schicken, mit denen man auch sportlich wandern kann. Ja, das will sie auch, wandern, weit weggehen, am liebsten für immer. Aber solche Gedanken kann sie sich selbst kaum eingestehen.

22

Eines Nachmittags wandert sie wieder einmal weit durch die Dünen, Richtung Peenemünde. Der Blick von der Spitze der Düne auf das ewig bewegte Meer, die unendliche Weite läßt sie in Gedanken versinken, und träumerisch setzt sie einen Fuß vor den anderen, ohne auf den Weg zu achten. Da tritt sie plötzlich am Dünenkamm daneben, stolpert, versucht sich zu halten, rutscht im angewehten leichten Sand aus und knickt schließlich mit dem Fuß um. Zusammenzuckend vor Schmerz läßt sie sich in den Sand fallen.

Zuerst bleibt sie liegen, versucht, den pochenden Fuß zu reiben, bis sie merkt, wie das Gelenk langsam anschwillt. Niemand in Sicht, so weit das Auge reicht. Sie klettert wieder mühsam auf den Dünenkamm und sieht sich erneut um. Kein Spaziergänger, kein Dorf, nicht einmal eine Straße in der Nähe, und die Sonne schickt sich schon langsam an unterzugehen.

Da bekommt sie Angst, denn sie weiß, daß sie sich zu weit herausgewagt hat, daß sie zu unvorsichtig war. Jetzt, außerhalb der Saison, wird es lange Zeit dauern, bis ein Mensch vorbeikommt, sie findet und ihr helfen könnte. Stöhnend vor Schmerz bleibt sie erst einmal liegen, kaum fähig, einen klaren Gedanken zu fassen.

Allmählich beginnt der frühe Abend lange Schatten zu werfen, und erschreckt muß sie sich eingestehen, daß sie hier niemand suchen wird. Langsam und mühsam, mit schmerzverzerrtem Gesicht, versucht sie humpelnd, das nächste Fischerdorf zu erreichen, als plötzlich in einer aufspritzenden Sandfontäne, dicht neben ihr, ein schnaubendes Pferd zum Stehen kommt.

»Von Räckwitz«, stellt sich der Reiter vor und tippt leicht an die Mütze. Ein eleganter, etwa dreißigjähriger, gutaussehender Mann in einem Reitanzug englischen Stils springt geschickt vom Pferd, kniet nieder und wendet sich ohne ein weiteres Wort ihrem schmerzenden Knöchel zu.

»Ich habe Sie schon von weitem humpeln sehen. Sie haben Glück, daß ich heute diesen Weg genommen habe – hier draußen findet Sie sonst kein Mensch, und das nächste Dorf ist einige Kilometer entfernt. – Nein, nicht gebrochen«, stellt er sachkundig fest, »nur gezerrt. Sie werden den Fuß einige Wochen hochlegen müssen. – Ich fürchte, ich muß Sie nach Hause bringen.«

Bella hat außer einem Stöhnen, als er den Fuß bewegt, bisher kein Wort herausgebracht. Überraschung, Schmerz, weibliche

Angst, all das läßt sie erst einmal verstummen, nur mühsam findet sie ihre Sprache. »Machen Sie sich bitte keine Mühe …«, preßt sie heraus. Aber der Herr antwortet nur mit einem Lachen. »Trotz Ihres sportlichen Aufzugs, gnädige Frau, werden Sie alleine nicht weit kommen. Sie setzen sich jetzt auf mein Pferd, ich führe es am Zügel und bringe Sie so zurück. Und dann lassen Sie einen Arzt rufen«, sagt er mit bestimmtem, keinen Widerspruch duldendem Ton.

»Das geht nicht«, stammelt Bella, »ich … ich kann gar nicht reiten! Ich habe Angst da oben.« Ihre Augen sind schreckgeweitet.

»Ach«, sagt er erstaunt, »dann reiten wir zusammen. Sie vor mir auf dem Sattel.«

»Nein, nein, ich bin verheiratet – unmöglich …« Bella erscheint die Situation mehr als ungewöhnlich: ihr schmerzender, immer mehr anschwellender Knöchel, der galante Retter vor ihr, aber auch die Angst um ihren Ruf und die Gefahr, die Reputation ihrer Familie aufs Spiel zu setzen.

»Unmöglich, mein Mann – meine Familie«, wiederholt sie noch einmal.

»Gnädige Frau, ich gebe Ihnen mein Ehrenwort als Edelmann und Offizier, daß ich Sie ritterlich behandeln werde. Ihre Situation ist ausweglos, das wird auch der Herr Gemahl begreifen. – Los jetzt, bevor es völlig dunkel wird. – Entschuldigung, aber ich muß Sie jetzt anfassen. – Achtung, ich setze Sie jetzt in den Sattel. – Halten Sie sich an mir fest. – Legen Sie Ihren Arm um meinen Hals. – Dann greifen Sie die Mähne. So – und jetzt schwinge ich mich hinter Ihnen aufs Pferd. Lehnen Sie sich an mich – es wird Ihnen nichts geschehen.«

Willenlos läßt sich Bella aufs Pferd heben, fühlt, wie der Herr sich in die Steigbügel schwingt, und spürt plötzlich seinen Körper hinter ihr auf dem Pferderücken.

Mit Erstaunen bemerkt sie den kleinen Schenkeldruck, der das Pferd in Bewegung setzt. Langsam bahnt es sich einen Weg durch den Strandhafer und die Dünen, bis sie schließlich auf dem Feldweg landen.

Sie haben während der ganzen Zeit kein Wort gesprochen. Er

akzeptiert ihr Schweigen, sie ist ihm dankbar dafür. Tapfer beißt sie die Zähne zusammen, da der Schmerz immer stärker wird, und dankt heimlich dem Reiter, daß er so bestimmt und schnell gehandelt hat.

»Das ist sehr nett von Ihnen«, preßt sie schließlich mühsam zwischen den Lippen heraus. Sie spürt, wie er dazu nickt. Und gleichzeitig fühlt sie, wie die völlige Verkrampfung ihres Körpers ein wenig nachläßt, wie sie die gleichmäßige Bewegung des vorwärts schreitenden Tieres beruhigt, ja, wie angenehm es ist, sich gegen seine Brust zu lehnen, beidseits der Taille die Sicherheit seiner Arme zu spüren, die souverän die Zügel halten.

Als die ersten Lichter der Stadt und der Promenade in der Ferne aufleuchten, hat sie sich halbwegs gefangen. »Ich danke Ihnen sehr – ich glaube, ich wäre ohne Sie ziemlich hilflos gewesen! – Nur, bitte nicht durch die Stadt – reiten Sie hier seitwärts und dann hinten herum durch den Wald; ich wohne in der Achterwasserstraße, Villa Sturmvogel.«

Die Tante hat schon unruhig gewartet. Erschrocken und erleichtert zugleich öffnet sie nach dem ersten Läuten die Tür, durch die von Räckwitz Bella ins Haus trägt. Er verabschiedet sich sogleich, während Tante und Nichte ihm dankend die Hand drücken.

Finkelstein wird von dem Unfall informiert, aber da Bella in guter Obhut scheint, hält er es nicht für nötig, ihr nachzureisen.

Am übernächsten Tag bringt ein Bursche ein Billett. »Rittmeister Freiherr von Räckwitz bittet, der gnädigen Frau seine Aufwartung machen zu dürfen, um sich nach dero Wohlergehen zu erkundigen.«

Die Damen sind bereit, ihn zu empfangen, und anderntags erscheint von Räckwitz um elf Uhr in seiner schmucken hellblauen Dragoneruniform und erkundigt sich förmlich nach ihrem Befinden. Man bedankt sich wiederum, auch im Namen des Ehemannes, für die Rettungsaktion.

Er bedauert, daß Bellas Mann der Geschäfte wegen keine

Zeit gefunden hat, nach Usedom zu kommen, und verabschiedet sich zwanzig Minuten später.

Ein zweites Treffen bleibt aus, da Räckwitz' Erholungsurlaub beendet ist und er als Rittmeister bei den Berliner Gardedragonern wieder zur Truppe muß.

23

Eine quälend lange Zeit muß Bella sitzend verbringen, das Bein hochgelegt, den Fuß mit Tüchern voller essigsaurer Tonerde umwickelt. Sie beschäftigt sich mit Handarbeiten, liest Bücher und illustrierte Blätter, führt Gespräche mit Tante Silberstein.

Als ihr an einem der nächsten Tage plötzlich eine Melodie durch den Kopf geht, weiß sie anfangs nicht, woher sie sie kennt.

Die blauen Dragoner – sie reiten,
Mit klingendem Spiel durch das Tor.
Fanfaren sie begleiten,
Hell zu den Hügeln empor.
Ja, ja, ja,
Hell zu den Hügeln empor.

Immer wieder summt sie dieses Lied, das ihr nicht mehr aus dem Kopf gehen will.

»Er hat dir wohl gefallen, der blaue Offizier?« fragt die Tante lachend.

Da wird Bella über und über rot, wie seit ihrer Institutszeit nicht mehr, und sagt kein einziges Wort.

Zum Wochenende erhält Bella einen Brief von Mascha. In der gleichen überschwenglichen Tonart wie letztes Mal berichtet sie von dem Fortgang ihrer so unendlich glücklichen Beziehung zu Erich, seiner neuen Stellung und ihren Heiratsplänen.

Die Hochzeit soll hier in Hamburg stattfinden, hier lebt Erich, hier hat er seine Freunde. In dieser Stadt habe ich mich jetzt auch schon seit einigen Jahren eingelebt, meine Zieheltern und meine neuen Freunde wohnen ebenfalls hier. Und Du bist natürlich herzlichst eingeladen mit Deinem lieben Mann.

»Das geht nun gar nicht«, sagt die Tante, der Bella ihr Dilemma erzählt hat. »Du kannst unmöglich mit dem verknacksten Fuß nach Hamburg reisen, das sage ich dir vor allem als Ärztin!«

Dabei wäre Bella so gerne bei der Hochzeit ihrer ältesten Freundin an ihrer Seite gewesen. Seit ihrem ersten Schultag kennt sie die liebenswürdige, immer ein wenig rundliche Mascha, und viele kleine Kindheitserlebnisse verbindet sie mit der Tochter aus dem Lederwarengeschäft unweit des eigenen Elternhauses.

Andererseits ist sie sich nicht sicher, ob sie das »Geturtel« des offenbar überglücklichen Brautpaares ertragen könnte. »Mußt du auch gar nicht«, sagt die Tante resolut, als sie eine Andeutung macht, »du hast doch die beste Ausrede.«

So schreibt Bella einen langen Brief, erklärt, warum sie verhindert ist, wünscht dem Paar alles Gute und stellt das Hochzeitsgeschenk in Aussicht, »wenn ich zurück in Berlin bin und wieder laufen kann«.

Auch Mirja hat nach längerer Zeit wieder einmal geschrieben.

Fritz ist noch vor den Ferien nach Berlin versetzt worden. Er hat seine Zeit in einem Militärkrankenhaus in der Rheinprovinz hinter sich, stand die ganze Zwischenzeit auf Abruf bei einem rheinischen Regiment als Truppenarzt, wie ich Dir wohl geschrieben hatte, und hat erst kürzlich seine Bestallung zu einem Garderegiment in Berlin erhalten.

Endlich in Berlin – Fritz kann sein Glück kaum fassen, ist er doch einer der ersten jüdischen Truppenärzte bei einem Garderegiment, und das noch in unserer Haupt- und seiner Heimatstadt! Sven, unser Sohn, macht ebenfalls die schönsten

Fortschritte, und Richard beginnt schon zu laufen. Inzwischen haben wir in einem Neubaugebiet nahe dem Wannsee ein schönes Haus erworben und uns eingerichtet. Wenn der Garten noch ein wenig grüner wird im nächsten Jahr, sieht das Anwesen mit dem alten Baumbestand wie eine ländliche Villa aus.

»Ihr müßt uns bald besuchen kommen, jetzt wohnen wir ja nicht mehr weit auseinander«, schließt sie und wünscht Bella und ihrem Mann alles Gute.

Die Herbststürme brausen schon über die Insel, bis Bella endlich wieder reisefähig ist und mit dem Zug nach Berlin fahren kann. Tante Silberstein hat sich verabschiedet und ist nach Breslau zurückgekehrt.

In Berlin ist sie wochenlang allein. Schließlich bittet sie ihre alte Institutsfreundin aus Breslau, sie zu besuchen. »Du mußt aber zu mir kommen«, schreibt sie in dem kleinen Billett, »denn ich bin malade, habe mir auf Usedom den Fuß verknackst.«

Trotz der vielen Jahre, in denen sie sich nicht getroffen haben, gibt es ein herzliches Wiedersehen. Man hat sich natürlich viel zu erzählen, spricht von alten Zeiten, von Breslau und den Familien.

Während Mirja ihr Privatleben vor Bella ausbreitet, hält sich Bella sehr zurück. Ihren Mann erwähnt sie kaum, redet statt dessen stundenlang von den zahlreichen gesellschaftlichen Einladungen, den Festen und Bällen. Mirja hört sich all das leicht amüsiert an, besonders bei der Geschichte ihrer Rettung auf Usedom lächelt sie verschmitzt. »Du wirst dich doch nicht in deinen Retter verguckt haben?«

Mit entwaffnender Ehrlichkeit sagt Bella: »Und wenn es so wäre? Schau, ich sitze hier Tag für Tag alleine rum, mein Mann vernachlässigt mich, Kinder habe ich nicht. Ich bin völlig allein.« Eine Pause entsteht, in der Mirja die Freundin halb bekümmert, halb amüsiert anschaut. »Ich habe in diesen Wochen viel Zeit gehabt – zuviel Zeit«, beginnt Bella aufs neue. »Du hast deine Erfüllung, du bist glücklich, das sieht man dir an. Und ich – ich bin jetzt fünfundzwanzig Jahre alt, verblühe hier, sinnlos ... Trotz meines Reichtums habe ich nichts vom Leben. Finkelstein« – sie spricht in der letzten Zeit von ihrem Mann nur noch in dieser Form – »braucht mein Geld nicht, ich kann, wenn ich hier sitzenbleibe, auch nichts damit anfangen. Ach, ich möchte gerne reisen, fremde Länder sehen. Denk mal, unser Kaiser war gerade erst in Palästina ... Ich habe alle Berichte verschlungen! Ja, ich möchte auch einmal Jerusalem oder Acca sehen, Konstantinopel, Rom oder Neapel ...« Sie hat sich in Rage geredet und jede Zurückhaltung aufgegeben.

»Und am liebsten würdest du wohl mit deinem Retter reisen, diesem von Räckwitz.«

Bella antwortet nicht, aber die leichte Röte ihrer Wangen ist beredt genug. »Laß uns von etwas anderem reden, denn ich werde ihn ohnedies nie mehr wiedersehen, habe gar keine Möglichkeit dazu. Wir leben gesellschaftlich in verschiedenen Welten, und er – er hätte wohl auch gar kein Interesse an mir: ich, verheiratet, eine Jüdin«, lächelt sie resigniert und legt eine Hand auf den Arm der Freundin, »aber man wird doch träumen dürfen.«

Wieder lächelt Mirja so eigentümlich, aber Bella hat keinen Mut, sie nach dem Grund zu fragen. Man spricht noch von Frau Mendelsohn, dem jungen Blaschke, der die ältliche, aber reiche Bernet geheiratet hat und in die Kanzlei des Vaters eingestiegen ist, von den vielen alten Bekannten in Breslau, und als es Zeit wird zu gehen, verspricht man sich gegenseitig ein baldiges Wiedersehen.

Der Oktoberwind fegt die Blätter durch die Straßen, als das Mädchen die Tür öffnet und Mirja in die Droschke steigt; ein letztes Winken aus dem Fenster, dann ist Bella wieder allein mit ihren Träumen und Gedanken.

Selbst wenn Finkelstein in Berlin wäre, selbst wenn man das beste Einvernehmen hätte, in dieser Saison würde es keinen Ball geben, keine Redoute, der Fuß ist noch immer nicht verheilt, obwohl sie ihn fleißig mit essigsaurer Tonerde behandelt, wie Dr. Kaufmann empfohlen hat.

24

Wenige Wochen später erhält Bella die Einladung zu einem Hauskonzert. »Herr und Frau Dr. med. Nachmann geben sich die Ehre«, und handschriftlich hat Mirja dazugeschrieben: »Du bist meine Freundin, Du kannst und sollst – das war unterstrichen – auch alleine kommen. Es wird eine Abwechslung für Dich sein.«

Bella sagt ohne zu zögern zu. So ein Hauskonzert, sicher mit etlichen älteren Herrschaften, das war doch unverfänglich; ein wenig Beethoven und Mozart würde auch ihre trübe Novemberstimmung erhellen.

Finkelstein war in der Zwischenzeit nur einmal kurz für etwa zwei Stunden dagewesen, hatte etwas von Geschäftsproblemen gemurmelt und daß er frühestens um die Weihnachtstage oder zum Jahreswechsel wieder in Berlin sein werde.

»Soll ich dich begleiten, ich meine, möchtest du, daß ich dir in Forst den Haushalt führe?« Schließlich gab es dort noch die große elterliche Villa, in der Finkelstein jetzt meistens lebt. Aber er wehrt ab. »Die Maria – du weißt, die alte Hauswirtschafterin meiner Eltern – versorgt mich prächtig. Den ganzen Tag bin ich ohnedies im Kontor und abends – mit deinem Fuß kannst du ja wohl kaum groß auftreten ..., auf großem Fuße leben ...« Er lacht ob seines Scherzes, aber es ist kein freundliches Lachen.

Trotz Bellas Zusage hat sich Mirja nochmals vergewissert, daß sie wirklich kommt. »Und zieh was Hübsches an, damit du nicht so sauertöpfig wirkst«, sagt sie leichthin.

Bella hat eine dezente dunkle Robe mit weißer Seidenpaspelierung gewählt – bei den Schuhen muß sie noch vorsichtig sein –, ihre dunkelbraunen Haare nach hinten zurückgenommen, um ihre hohen Wangenknochen zu betonen. Und als sie sich so zum ersten Mal seit Monaten wieder für eine gesellschaftliche Einladung fertig macht, wird sie auf einmal ganz fröhlich. In dieser Stimmung besteigt sie die Droschke und freut sich auf einen Abend mit anspruchsvoller Musik.

Mirja scheint auf sie gewartet zu haben, begrüßt sie überschwenglich und stellt sie ihrem Mann Fritz vor, der sich natürlich an die Familie und das denkwürdige Fest in Breslau erinnert, das auch ihn und seine Frau zusammengeführt hatte. Dann führen sie Bella in ihren kleinen Freundeskreis ein.

Es sind größtenteils Ärzte und Offiziere, ein Oberstabsapotheker, ein Kommerzienrat, alle mit Gattin und einige schon im gesetzten Alter, aber die Uniformen herrschen doch vor. Man plaudert ein wenig, nebenan im Salon stimmen die Musiker bereits ihre Instrumente, die Kerzen werden entzündet, und Bella sieht sich suchend um, welchen der älteren Herren Mirja denn wohl zu ihrer Begleitung bestimmt habe. Hoffentlich nicht diesen Dr. Adanoff, denkt sie, denn der düstere Mann mit dem schwarzen Vollbart und dem stechenden Blick sagt ihr gar nicht zu. »Er ist ein Sozialist«, hatte Mirja ihr bei der Vorstellung zugeflüstert, »Fritz hält beruflich viel von ihm – er ist auch Militärarzt, aber bei den Husaren.«

Mirja hat ihren Blick erraten. »Warte nur, dein Begleitherr kann erst im letzten Augenblick kommen.« Die Bonne öffnet die Flügeltüren zum Salon, die Herrschaften begeben sich auf die halbkreisförmig angeordneten Sitze, da läutet es Sturm, und im Geschwindschritt stürzt ein Offizier herein. »Tut mir leid, Frau Nachmann, aber Sie wissen – der Dienst!«

»Wir wußten ja, daß Sie direkt vom Regiment kommen – darf ich Ihnen meine Freundin vorstellen ...?« Sie winkt Bella heran, und in diesem Augenblick schlägt der Offizier schon die Hacken zusammen. »Gestatten, Rittmeister von Räckwitz.«

Da hat er Bella beinahe schon wieder im Arm, denn wie bei einer plötzlichen Ohnmacht scheint es, als drehe sich alles um sie herum und sie müsse zu Boden sinken.

Er fängt sie halbwegs auf. »Doch nicht schon wieder den Fuß verknackst«, lacht er fröhlich.

»Aha, die Herrschaften kennen sich«, lächelt Mirja leichthin, »nun, dann nehmen Sie getrost die beiden letzten Plätze hier – tut mir leid, daß Sie dabei schon fast im Herrenzimmer sitzen, aber …«

Räckwitz hat gerade noch Zeit, Bella den Arm zu reichen und zu den Sitzen zu begleiten, da beginnen schon die ersten Töne des Andante.

Nie hat sie sich später auch nur an einen Ton erinnern können, denn so aufgewühlt, wie ihr Inneres war, konnte sie sich nicht auf die Musik konzentrieren. Woher kennt Mirja ihn? Wie steht er zu ihr? – Wie sie selbst zu ihm steht, besser gesagt, wie es um sie steht, kann sie am Pochen ihres Herzens, an dem Gefühl der Ohnmacht, deutlich spüren. Mechanisch absolviert sie den Beifall, dann folgt die Pause. »Darf ich Ihnen meinen Arm reichen?«

Hat er ihren Zustand bemerkt? – Mirja, das sprühende Leben, die elegante Gastgeberin, wirbelt heran, bringt zwei Gläser Champagner, noch ehe sie ihren Platz verlassen haben.

»War das eine Überraschung«, blickt sie die beiden schelmisch an. »Du mußt wissen, mein Mann und Rittmeister von Räckwitz stehen im gleichen Regiment, da war es für mich ein leichtes, eure Bekanntschaft aus Usedom zu erneuern. Du bist ihm ja wirklich zu Dank verpflichtet. – Ohne Ihre Ritterlichkeit«, sie neigt ihren Kopf leicht vor ihm, »hättest du noch lange im Sand herumstolpern können. Aber jetzt muß ich mich um die anderen Gäste kümmern, während Sie in Ruhe Usedomer Erinnerungen austauschen können.«

»Ich muß Ihnen wirklich nochmals danken, auch im Namen meines Mannes, der leider meist unterwegs bei seinen Geschäften ist«, beginnt Bella, aber von Räckwitz wehrt ab.

»Genug davon! Was ich gemacht habe, hätte jeder Gentleman getan.« Es folgt ein Augenblick der Stille. »Er läßt Sie viel allein, der Herr Gemahl«, beginnt der Rittmeister mit nachdenklicher Stimme. »Weiß er eigentlich, wie schön seine Frau ist? Daß jeder noch so wichtige Geschäftsabschluß in ihrem Schatten steht?!«

Ohne zu wollen, spürt Bella, wie sie resignierend die Schultern zuckt.

»Wissen Sie, an wen Sie mich erinnern – und das schon vom

ersten Augenblick an? Ich war einmal in London im British Museum, in der ägyptischen Abteilung, da gibt es die Fajoum-Bilder, Frauenporträts auf Holz – vor viertausend Jahren gemalt.« Sie sieht ihn erstaunt an, aber er fährt fort: »Die gleichen großen Augen, die hohen Wangenknochen, das dunkle, leicht gelockte Haar. – Sie müßten es sich selbst einmal ansehen.«

Sie bleibt stumm.

»Nein, Sie müssen nicht bis London reisen, zum Glück gibt es ähnliche Bilder in der hiesigen Ägyptensammlung des Nationalmuseums. Ich könnte sie Ihnen wohl einmal zeigen, wenn Sie möchten.«

Der kleine Gong, mit dem der Hausherr das Ende der Pause anzeigt, enthebt sie fürs erste einer Antwort. Er reicht ihr den Arm und geleitet sie zurück zu ihren Plätzen, aber bevor er ihn losläßt, drückt sie – ohne es zu wollen – plötzlich seine Hand. Dann setzt die Musik wieder ein.

Das Konzert hat allgemein gefallen, der Applaus ist langanhaltend, die Herren sind des Lobes voll, und die Damen lächeln fein dazu.

»O ja, es wird demnächst auch bei uns einen Hausmusikabend geben – Löwe-Lieder«, sagt plötzlich Herr Zaddik, »und meine Frau wird sie vortragen.«

»Ja, ich liebe die Löwe-Lieder«, meint schwärmerisch die etwas rundliche Gemahlin an seinem Arm. »›Herr Heinrich saß am Vogelherd ganz frisch und wohlgemut‹ oder ›Ich trage, wo ich gehe, stets eine Uhr bei mir …‹«, trällert sie und wird sogleich ob ihrer klaren Stimme bewundert.

»Ein Abend in Ihrem wunderschönen Haus in Wilmersdorf, Herr Zaddik, das ist uns eine Freude und Ehre zugleich«, läßt sich der Oberstabsapotheker vernehmen.

»Wir würden uns freuen, Sie alle bei uns zu sehen«, nimmt der Gemahl den Faden wieder auf, »selbstredend kommt noch eine schriftliche Einladung.«

Ein kleiner Applaus ist die Antwort, und er blickt sich ein wenig stolz, mit dem Kopf nickend, um. »Oh, fast hätte ich es vergessen, verehrte Frau Finkelstein – wenn der Herr Gemahl

Zeit und Sie Lust haben, es wäre uns eine Freude, Sie ebenfalls bei uns begrüßen zu dürfen.«

Bella spürt, wie ihr das Blut ins Gesicht schießt, war dies eine Anspielung? Ein Affront gar?

Aber Mirja läßt ihr keine Zeit, darüber nachzudenken. »Mose«, meint sie lächelnd, aber mit etwas erhobener Stimme, »Bella ist meine einzige, meine beste Freundin seit unseren Kindertagen, und ich kenne ihren Gatten seit ihrer ersten Begegnung, aber er ist leider beinahe ständig in Geschäften unterwegs – Heereslieferant, weißt du ...«

»Seien Sie uns gerne willkommen – vielleicht findet der Herr Gemahl ja doch einmal Zeit, wenn er unsere Einladung bekommen hat.« Die schon etwas ältliche Frau Zaddik ergreift ebenso spontan wie herzlich Bellas Hand. »Wir würden uns jedenfalls sehr freuen.«

Sie wendet sich um. »Vielleicht gibt uns ja auch Rittmeister von Räckwitz die Ehre seines Besuchs, zumal sich ihre Familien offensichtlich kennen ...« Und sofort beginnt sie wieder zu singen: »Herr Heinrich saß am Vogelherd ganz frisch und wohlgemut. Aus tausend Perlen blinkt und blitzt der Morgensonne Glut.«

»Genug, genug«, bremst sie der Ehemann, »sonst fehlt den Gästen ja jede Überraschung. – Also, es bleibt dabei«, sagt er mit Nachdruck, schaut nochmals in die Runde und blickt dabei auch Bella und ihren Begleiter lächelnd an.

Man verabschiedet sich bald. Bella drückt von Räckwitz ein wenig länger die Hand und fragt beiläufig: »Wie hieß noch gleich das Museum, von dem Sie sprachen?«

»Es ist das Nationalmuseum auf der Museumsinsel – die ägyptische Abteilung, und Sonntag gegen elf Uhr ist die beste Zeit, sich alles in Ruhe anzusehen.«

Er tritt einen kleinen Schritt zurück, schlägt die Hacken zusammen, salutiert leicht und verabschiedet sich.

»Ich danke Ihnen – der Abend war sehr angenehm«, sagt er mit kaum erhobener Stimme – und es bleibt unklar, ob er Bella oder Mirja meint, die gerade zu ihnen getreten ist, um die Freundin zum Abschied zu umarmen.

25

Wieder einmal eine lange einsame Woche für Bella. Sie hat früh am anderen Tag ein Dankbillett an Mirja und ihren Mann geschrieben und in einem P. S. auch gleich der Freundin mitgeteilt, daß sie der Einladung zum Liederabend bei Familie Zaddik nicht folgen werde – »wie die Dinge stehen …, aber daß Du mir noch einmal die Gelegenheit gegeben hast, meinem Retter aus Usedom zu danken, das werde ich Dir nie vergessen«.

Am Donnerstag ertappt sie sich dabei, wie sie ihren Kleiderschrank nach einem Vormittagskostüm durchmustert. Nur so, redet sie sich ein und spürt doch, daß ihr Herz schneller zu schlagen beginnt, wenn sie an den kommenden Sonntag denkt.

Warum soll sie sich nicht einmal diese ägyptischen Bilder ansehen? Da konnte nichts Schlechtes dabei sein – ein Museum ist öffentlich, ein allgemeiner Bildungsort, sie hat ohnedies zu lange keinen solchen Besuch mehr gemacht.

Lächelnd erinnert sie sich an Frau Mendelsohn und die Besuche mit den Mädchen des Instituts im Breslauer Museum. Ja, sie hat dort eine gute Bildung erhalten – auch wenn sie wenig von Ägypten weiß. Sie nimmt das Konversationslexikon zur Hand. Ach, Ägypten, das ist so unendlich weit. Nicht einmal in Deutschlands großen Städten ist Bella bisher gewesen, ins Ausland gereist ist sie noch nie. Alles, was sie über die Welt weiß, hat sie an den langen einsamen Tagen und Abenden gelesen. »Über Land und Meer«, das ist eine ihrer Lieblingszeitschriften. Seit Jahren verschlingt sie die Geschichten aus den deutschen Kolonien, die immer wieder in den Illustrierten erscheinen.

Wenn Finkelstein einen anderen Weg zu ihr gefunden hätte, wenn er mit ihr gereist wäre …

Alle paar Jahre ist er wegen der Baumwolle geschäftlich in Ägypten. Aber nie hat er sie bisher gefragt, ob sie mitkommen möchte. Beim letzten Mal jedoch, da ist sie sich sicher, hat ihn die Tänzerin begleitet.

Der Wunsch nach fremden Ländern und Kulturen ergreift immer stärker Besitz von ihr. Aber allein zu reisen – das kann sie sich noch nicht vorstellen, selbst wenn in der »Eleganten Welt« bereits Reiseberichte von mutigen Frauen wie Madame Blavatski zu lesen sind. Gerne wäre sie auch so kühn. Doch solch eigene Schritte hat sie nie gelernt, weder im Elternhaus noch in der Ehe. Die jüdische Frau fügt sich in die Familie und ordnet sich ihrem Manne unter – da ist kein Platz für eigene Ideen und Interessen.

Sie denkt an Großvater, an die Welt, aus der er kommt, an Breslau, ihre Familie, und sie fühlt, daß sie jetzt erst beginnt, eigenständig zu handeln, einen eigenen, allerdings auch schweren Weg zu beschreiten.

Der Sonntag morgen beginnt fröhlich. Das graue Kostüm mit der taillierten Jacke steht ihr gut, wirkt es ein wenig wie ein Reitkostüm, dazu das kecke Hütchen in gleicher Farbe und ein kleiner schwarzer Schleier, der sich zur Not herunterziehen läßt. Die schwarzen Knöpfstiefel müssen sein, obwohl sie sich da eher mühsam hineinzwängt, schwarze Handschuhe und eine schwarze kleine Tasche.

Dieser Besuch heute morgen hat keine Bedeutung. Ich will einfach diese Bilder anschauen, sagt sie sich, während die Erste-Klasse-Droschke schon wartet, und mit leichtem Herzklopfen lehnt sich Bella im Polster zurück. Eine ruhige Sonntagsstille im nebligen Novemberglast liegt über der Stadt, hier und da sieht man Gruppen von Bürgern in dunklen Mänteln, die die Sonntagsgottesdienste verlassen und eilig nach Hause streben.

Der Kutscher kennt sein Ziel, am Dom vorbei und über die Museumsbrücke, direkt vor die gewaltigen Säulen des Museums. Das große Tor ist angelehnt, und im Vorraum sitzt ein Mann an der Kasse und träumt vor sich hin.

Erst ihre Ankunft und die Frage nach der ägyptischen Abteilung lassen ihn munter werden. Sie folgt seiner Hand und den Buchstaben der Säle. Absolute Stille empfängt sie, nur die jeweiligen Wärter auf ihren Hockern bewegen sich gähnend, als sie die Räume durchschreitet. Ein junger Künstler schließlich scheint der einzige Besucher, aber der beugt sich über seinen Skizzenblock und kopiert ein Motiv. Im nächsten Raum steht eine ältliche Dame, die nervös mit ihrem Lorgnon fuchtelnd eine Marmorskulptur betrachtet.

Bella eilt vorbei an Mumien und Särgen des alten Reichs, des mittleren Reichs, bis sie endlich die Fajoum-Bilder gefunden hat. Es sind durchweg Frauengesichter mit großen, dunklen Augen, die sie geradewegs anschauen, mit fremdartigen, leicht gekrausten Frisuren. Manche Farben scheinen noch frisch, andere verblaßt, bisweilen ist das Holz gesprungen, oder es fehlen Teile. Bella beginnt die kleinen Texte zu lesen, die sich neben den Tafeln befinden, und denkt sich in die fremde Welt hinein.

»Soll ich Sie halten, damit Sie nicht wieder umsinken?« Sie zuckt zusammen, aber diesmal hat sie sich besser im Griff.

»Ich bitte Sie, Herr Rittmeister, beim dritten Male mag ich mich an Ihre Stimme wohl gewöhnen.« Sie wendet sich um, wieder trägt er einen Anzug im englischen Stil, und wieder muß sie sich eingestehen, daß er blendend darin aussieht.

So schelmisch und herzlich wie die Begrüßung ist der Ton zwischen ihnen. Beinahe nach Lausbubenart bewegen sie sich heute morgen hier bar jeder Konvention, doch beide genießen das lockere Zusammensein, lassen sich von der Stimme des anderen tragen, beobachten den Gesichtsausdruck, die Mimik – sind dies doch die ersten privaten Minuten, die sie gemeinsam erleben.

Nachdem er sie nochmals auf die Ähnlichkeit mit den dargestellten Gesichtern hingewiesen hat, sagt er: »Sie müßten einmal die vielen Porträts im British Museum in London sehen. Dort finden Sie noch viel eindrucksvollere Bilder.«

»Sie waren in London? Als Offizier?« fragt sie interessiert.

»Nein«, lacht er, »ich war bei meinen Verwandten, als ich noch jung war, jedes Jahr, doch in letzter Zeit ...«

Sie blickt ihn mit großen Augen an.

»Meine Mutter war Engländerin, Hofdame à la suite bei der Mutter unseres jetzigen Kaisers, Kaiserin Victoria, Gemahlin des unglücklichen Friedrich III., der so früh sterben mußte.« Er macht eine Pause. »So kam sie nach Berlin, heiratete meinen Vater und wurde eine von Räckwitz.« Er lächelt. »Ich habe es immer sehr reizvoll empfunden, beide Länder, beide Kulturen zu kennen, beide Sprachen zu sprechen, auch wenn das preußische Durchschnittsmilitär darin eher einen Geburtsfehler sieht, ein Karrierehindernis.« Die letzten Worte klingen sarkastisch, und er entschuldigt sich sogleich. Dennoch fährt er fort: »Ich weiß nicht einmal, ob ich auf die Dauer hierbleiben werde – ob ich den bunten Rock nicht an den Nagel hänge. Der Bruder führt unser Gut, die Eltern sind gestorben, ich bin allein, unverheiratet – nichts würde mich halten.« Wieder unterbricht er sich: »Verzeihen Sie, das sind keine Themen für eine schöne Frau wie Sie.«

Eine Stille entsteht, sie denkt an Finkelstein, den sie mittlerweile auch für so etwas wie ein Karrierehindernis hält.

Ein junges Pärchen betritt den Raum, seelenvolle Blicke, Hände, die sich suchen. Beinahe gleichzeitig beschließen Bella und von Räckwitz, den Raum zu verlassen und weiterzugehen, denn diese offene jugendliche Intimität empfinden beide in diesem Augenblick als schmerzhaft.

Wo trifft man sich unauffällig zum zweiten Mal? Diese Frage beginnt sie plötzlich zu beschäftigen, denn so langsam wird es Zeit, sich zu verabschieden. Als habe er nur auf einen solchen Gedanken gewartet, fragt er, während sie langsam dem Foyer und damit dem Ausgang zustreben: »Kennen Sie die Kultur der Mesopotamier, den Pergamonaltar?«

»Nein, nächsten Sonntag also, elf Uhr im Pergamonmuseum!« sagt sie kühn; auf Finkelstein muß sie ohnehin keine Rücksicht nehmen.

Die ganze Woche über muß der Rittmeister an diese Frau denken. Nicht nur an den Abenden, nein, sogar während seines Dienstes geht ihm diese schöne, schlanke Frau nicht aus dem Sinn. Ach was, das ist nur ein Flirt; ein harmloses Spiel, wie man es in der Gesellschaft liebt, sagt er sich. Hat er nicht schon so manche junge Frau kennengelernt, hatten ihm nicht etliche junge Damen der Gesellschaft schöne Augen gemacht?

Nein, von Räckwitz ist nicht unerfahren, »kein Kind von Traurigkeit«, wie sein etwas muffiger Bruder bisweilen zu sagen pflegt. »Der sitzt nur dröge auf seinem Gut samt seiner ebenso drögen pommerschen Ehefrau und wartet, daß alle zwei Jahre neuer Nachwuchs kommt«, murmelt er.

Irgendeinen fremden Reiz strahlt sie aus, etwas, das andere Frauen nicht haben, denkt er. Ist es ihr feines Gesicht, ihre zurückhaltende Art, etwa ihr Charakter? Dann wiederum verwirft er alle diese Gedanken. Sie ist verheiratet, auch wenn sich ihr Mann wohl wenig um sie kümmert. Wohlsituiert ist sie, offensichtlich Jüdin. Aber das ist schon alles, was ich von ihr weiß – und das ist herzlich wenig. Trotzdem, ich möchte sie gerne wiedersehen.

Schließlich ertappt er sich dabei, wie er schon früh am Sonntagmorgen den Burschen anweist, den besten englischen Anzug herauszulegen, ebenso ein elegantes Hemd, die getupfte moderne Krawatte und natürlich den guten Kamelhaarmantel samt steifem Hut.

Museumscafés sind nicht unbedingt die gastlichsten Orte, eher Plätze der Erholung für ermüdete Füße. Mit einer Tasse Kaffee oder einem kleinen Selters sind sie Zwischenaufenthalte verschiedener Eindrücke, Kunstepochen oder auch nur Säle. Bisweilen jedoch kann selbst der ungastlichste Ort Geborgenheit schenken, Zweisamkeit, Seelenfreundschaft. Und so sitzen Bella und der Rittmeister, wieder in Zivil, am kommenden Sonntag in einem dieser unverfänglichen Durchgangscafés, so als habe man sich gerade völlig absichtslos hier getroffen, als habe die gleiche Kunstleidenschaft zwei zufällige Bekannte an einen ebenso zufällig gefundenen gemeinsamen Tisch geführt. Nur dem aufmerksamen Beobachter wäre aufgefallen, daß dieser Aufenthalt von ungewöhnlich langer Dauer ist, daß man schon den zweiten Kaffee genommen hat und Hörnchen dazu, um die Mittagszeit zu überbrücken.

Nein, er will diese Frau, die er kaum kennt, obwohl er sie schon in den Armen gehalten hat, nicht kompromittieren. Er will keinen Skandal, keinen Gesellschaftstratsch oder Klatsch, deshalb beschließt er, diese Situation ein für allemal zu klären.

»Sie sind allein gekommen! Haben Sie keine Schwierigkeit, das eheliche Heim zu jeder Zeit zu verlassen?« wird er ganz direkt, nachdem man die ersten Freundlichkeiten ausgetauscht hat.

Bella spürt, daß er Klarheit will, keine schrägen Begegnungen, keine gesellschaftlichen Probleme.

Einen Augenblick schweigt sie noch. Mut gehört dazu, über ihr Leben, ihre Probleme zu sprechen. Doch sie spürt, daß sie offen sein muß, wenn sie das Band zwischen ihnen nicht zerschneiden will. Ohne Umschweife beginnt sie, ihre verfahrene Situation, ihre mißlungene Ehe, auch ihre Einsamkeit und Hoffnungslosigkeit zu erklären. Noch nie hat sie einem Menschen gegenüber so freimütig gesprochen, aber sie spürt, hier kann sie es tun.

»Mein Mann ist kaum zu Hause, und wenn, zeigt er kein Interesse an mir. Freunde – außer Mirja aus Breslau und ein paar Jugendfreundinnen habe ich nicht. Die gesellschaftlichen Kontakte ergeben sich eher durch die Position meines Mannes. So lebe ich denn meist einsam und allein in diesem schönen Haus. Ich werde Ihnen ein andermal von meiner Familie erzählen. Als jüdische Frau ist man ein Exot in dieser Gesellschaft.« Sie schweigt, fürchtet beinahe, zuviel gesagt zu haben.

Aber er nickt nur im Einverständnis.

»Ein Exot bin auch ich«, lächelt er. »Mit meiner englischen Mutter, meinem englischen Habitus, den ich schätze, ecke ich nicht nur in der Armee an. Mein Bruder, wenn Sie den sehen würden, Sie könnten keine Ähnlichkeit mit mir erkennen. Nun ja, er sitzt auf unserem Gut, während ich mich vom Landleben fernhalte. Freunde, na, die kann ich beinahe an zwei Fingern abzählen, ein Jugendfreund aus Kadettentagen ist mir lieb und wert, mehr hat sich nicht ergeben.« Er macht einen Augenblick Pause, um dann fortzufahren. »Von Jugend auf bin ich nach England gefahren, zu den Verwandten, Brüdern und Eltern meiner Mutter. Ich habe die Sprache, meine Familie und das Land geliebt, aber hierzulande hat man den Briten gegenüber ja kräftige Vorbehalte. Dabei, wenn ich an London denke ...«

»Ach, London«, sagt Bella schwärmerisch. »Wissen Sie, ich

würde so gerne reisen, fremde Menschen, Länder, Welten sehen! Für eine jüdische Frau ist das fast unmöglich, ihr Leben ist Pflichterfüllung. Ich habe gelesen, daß heutzutage Frauen auch alleine reisen können, es gibt Berichte von einer Madame Blavatski, die den Orient bereiste, die bis nach Indien und Tibet kam, ganz auf sich gestellt ...!«

Die Bedienung kommt an den Tisch und beginnt die Tassen wegzuräumen. »Wir schließen jetzt«, sagt sie geschäftsmäßig. Als sie sich im Vorraum des Museums verabschieden, gibt er ihr seine Karte. »Hier, Sie sollten wenigstens wissen, wo Sie mich erreichen können – wenn Sie denn irgendwann der Hilfe bedürfen«, murmelt er.

Sie reichen sich die Hand, ein wenig überhastet erklärt er: »Die nächsten vierzehn Tage bin ich im Manöver, den Pergamonaltar könnte man sich auch noch am ersten Novembersonntag ansehen.« Da nickt sie, ungewohnt heftig. Der warme, intensive Händedruck zeigt ihre Verbundenheit.

Nach wenigen Schritten stehen sie schon vor der Tür, von Räckwitz winkt zwei Droschken herbei. Dann fahren zwei Menschen allein durch die Dunkelheit.

26

Bis ins Frühjahr hinein treffen sie sich unregelmäßig, kommen sich näher und lernen einander im Erzählen kennen. In der Zwischenzeit hat Bella auch einmal eine Parade vor dem königlichen Schloß gesehen, mit von Räckwitz an der Spitze seiner Kompanie. Ach, wie wurde ihr warm ums Herz, als sie den heimlich geliebten Mann voller Stolz betrachtete. In diesem Augenblick erinnerte sie sich ihrer Kindheit, als sie im elterlichen Stadtpalais die Nase am Fenster des Speisesalons platt drückte, um die Kürassiere zu sehen. Unwillkürlich denkt sie an den Großvater und seine Verbote, aber das warme Gefühl in ihrem Herzen ist stärker.

An einem hellen Frühjahrsmorgen entführt er sie nach Potsdam in den Schloßpark von Sanssouci. Zum ersten Mal küßt er nicht nur ihre Hand. Diese sanfte, vorsichtige erste Zärtlichkeit genießt sie, bringt ihre Gefühle in Wallung. Ein Kribbeln zieht sich durch ihren Bauch, das sie noch Tage beschäftigt.

Ostern wird bei der Judenheit natürlich nicht gefeiert, aber die deutschen Juden feiern mittlerweile nicht nur ihr Pessach mit Matzen und vier Bechern Wein, sondern auch das christliche Ostern mit Eiersuche und Osterspaziergang. Bella erinnert sich, wie der Vater bei diesem Anlaß jedes Jahr Goethe zitierte: »Vom Eise befreit sind Strom und Bäche, durch des Frühlings holden belebenden Blick, im Tale grünet Hoffnungsglück ...«

Bella hat erwartet, daß Finkelstein die Festtage in Berlin verbringen würde, aber er hat kurzfristig abgesagt – »wegen Pessach, ich bin der Älteste daheim, du verstehst«. Da er nicht sehr gläubig ist, versteht sie es selbstverständlich nicht, läßt sich allerdings zuerst nichts anmerken. Erst als Finkelstein an Pfingsten zu Hause erscheint, tritt sie ihm ebenso kühl wie selbstsicher entgegen. Es kommt zu einer Auseinandersetzung, indem sie ihm andere Frauen und sein häufiges Fernbleiben vorwirft – er revanchiert sich mit Anspielungen auf ihre Kälte und der Tatsache, daß sie keine Kinder bekommt. Zum ersten Mal fällt das Wort Trennung.

Sie ist in der Zwischenzeit aus dem gemeinsamen Schlafzimmer ausgezogen, und nach nur zwei Tagen reist er erneut ab. Bella ist wieder allein in der schönen Villa.

Nach ein paar Tagen beschließt sie, nach Hause zu ihren Eltern zu fahren, die Zugreise zwischen Berlin und Breslau beträgt nur zweieinhalb Stunden.

Die Eltern nehmen sie zwar freundlich auf, bemängeln jedoch die allein unternommene Reise, ohne Ehemann. Der Bruder ist mittlerweile in die Firma eingestiegen. Er hat seinen Militärdienst hinter sich, ist Reserveoffizier und hat einen geradezu peinlich preußischen Kasernenhofton.

Von ihrem Besuch erfahren auch Silbersteins. Noch am gleichen Abend kommen sie vorbei, um die verheiratete Nichte zu begrüßen. Pflichtschuldigst berichtet der Bankier vom weiteren Wachsen ihres Vermögens. Als er sie immer noch »Komteßchen« nennt, kann sie sich eines Lächelns nicht erwehren. Am folgenden Tag unternimmt sie einen heimlichen Besuch in der Bank. Zum Entsetzen des Onkels fragt Bella genau nach, wieviel sie besitzt, ob und wie sie über das Geld verfügen kann. Sie verpflichtet Silberstein zum Schweigen und vereinbart mit ihm eine monatliche Apanage aus ihren Zinsen auf ein neues eigenes Konto bei der Berliner Zweigstelle der Silberstein-Bank zu transferieren. Zwei Tage später reist sie mißmutig ab, als sie feststellen muß, daß sie zu Hause kaum noch erwünscht ist. Im Grunde ahnt sie, daß dies wohl der letzte Besuch in ihrem Elternhaus in Breslau sein wird.

Auch die alten Freundinnen, die sie noch getroffen hat, entsprechen voll und ganz diesem Bild, man fragt nur nach ihrem Mann, bedauert sie, daß sie noch keine Kinder hat, und ist erstaunt, daß sie allein gereist ist. Bellas Frage nach deren persönlichem Glück wird in Metaphern des Familienglücks ausgedrückt. Auf dem Bahnhof in Breslau – gerade wird ein Zug nach Frankfurt an der Oder über Forst ausgerufen – entschließt sie sich spontan, statt nach Berlin nach Forst zu reisen, um ihren Mann dort zu überraschen.

Sie war zwar nur einmal in dieser Stadt, findet sich aber gut zurecht. Der Kutscher bringt sie auf direktem Weg zu der schönen Finkelsteinschen Familienvilla am Rande der Webereien und Fabrikanlagen. Maria, die alte Haushälterin, ist völlig überrascht und konsterniert.

»Ja, ist er denn nicht bei Ihnen in Berlin, der Herr Gemahl?«

Bella erfährt von Maria, daß Finkelstein offensichtlich die meiste Zeit in Berlin wohnt; aber nicht bei ihr, wie sie weiß.

Wieder einmal fühlt sie sich gedemütigt, vor allem vor der alten Haushälterin, die die wahren Zusammenhänge zu durchschauen scheint. Als sie unvermutet beim Verlassen des Hauses auch noch auf seinen Bruder trifft, der sich natürlich ebenfalls wundert, ist die Katastrophe perfekt.

Genauso überstürzt, wie sie angekommen ist, reist sie auch

schon wieder ab, um noch am gleichen Abend in Berlin zu sein. Natürlich ist Finkelstein nicht in dieser gemeinsamen Villa, sondern längst in einer eigenen Wohnung, die er sich sicher mit einer anderen Frau teilt.

Noch in der Nacht schreibt sie den ersten Brief an von Räckwitz und bittet um eine Zusammenkunft am übernächsten Frühabend in einem Kaffeehaus. Es ist eine seltsame Entschlossenheit, die sie plötzlich antreibt, ein immer stärker werdender Wunsch, ihr Schicksal in die eigenen Hände zu nehmen. Zum ersten Mal treffen sie sich auf ihr Betreiben und – in aller Öffentlichkeit.

Mit gleicher Post geht ein Brief an Mirja, ebenfalls mit der Bitte um eine Verabredung.

Am anderen Nachmittag besucht die Freundin Bella und wird in ihre prekäre Situation und den Entschluß, sich von Finkelstein zu trennen, eingeweiht. »Ich weiß um die Schwere meines Schrittes, die gesellschaftliche Verurteilung, aber bevor ich mich in diesem Hause lebend begrabe oder an einer Krankheit dahinsieche, will ich lieber mein Schicksal selbst in die Hand nehmen. Ich brauche weder sein Geld noch sein Wohlwollen – vielleicht gehe ich ja weg von hier, ins Ausland ...« Unbewußt wiederholt sie diesen Satz, den auch von Räckwitz schon einmal angesichts seiner Situation gesagt hatte.

»Also bist du sicher, daß du dir alleine eine Wohnung nehmen und den Rest des Lebens einsam verbringen willst?«

Bella macht eine unbestimmte Bewegung, zuckt schließlich mit den Schultern.

»Oder hast du Pläne? Vielleicht sogar Absichten?« Mirja spürt, daß da noch etwas anderes dahintersteckt, daß die Freundin ihr etwas verschweigt.

»Gibt es vielleicht noch etwas, das ich wissen sollte? Einen anderen Mann?«

Bella schlägt die Augen nieder wie ein ertapptes Schulmädchen. »Und wenn es so wäre?« fragt sie bockig.

»Wer ist es – sag mir, wer?« Mirja insistiert.

»Du kennst ihn!« preßt Bella heraus.

»Von Räckwitz?« fragt sie. »Hast du ihn wiedergesehen?«

Voller Röte murmelt Bella unverständliches Zeug.

»Welchen Platz in deinem Leben, gar in deinem Herzen nimmt er ein?«

»Er weiß noch nichts von der neuesten Entwicklung«, antwortet Bella.

»Trefft ihr euch regelmäßig?«

Bella nickt, der Hals ist ihr zugeschnürt.

»Bellakind«, Mirja nimmt die Freundin in die Arme, als sei sie wirklich die Mutter, »Bellakind«, wiederholt sie noch einmal, »du bist Jüdin, und du bist verheiratet – gut, vielleicht demnächst geschieden, aber das macht keinen Unterschied. Von Räckwitz dagegen ist preußischer Offizier, a goj«, verfällt sie kurz ins Jiddische.

»Bella, du weißt nicht, wie schwer es meinem Mann in der Armee wird – und er ist in erster Linie Arzt, kein Truppenoffizier. Sie mögen uns nicht, die gojim, sie haben ständig Vorurteile und erzählen immer wieder scheinbar witzige Geschichten über uns, amüsieren sich auf unsere Kosten.« Beruhigend streicht sie mit der Hand über Bellas Haar. »Nein, nein, Bellakind, gib dich keinen Illusionen hin, dein Traum geht nicht in Erfüllung, und wenn, dann machst du euch beide unglücklich.«

Jetzt beginnt Bella wirklich zu weinen. Die Freundin hat ihr jede Hoffnung genommen.

Es ist schon dunkel, als Mirja geht. Sie haben vieles besprochen, Möglichkeiten bedacht, Situationen abgewogen, aber es gibt für eine Frau, dazu noch eine Jüdin, keine Möglichkeit eines gesellschaftlich akzeptierten Entkommens aus ihrer Situation.

Bella liegt die ganze Nacht wach. Immer wieder gehen ihr Mirjas Worte durch den Kopf: »Dann machst du euch beide unglücklich!« Um ihres Glückes und ihrer Liebe willen darf sie ihm doch nicht seine Zukunft verpfuschen!

Erst gegen Morgen fällt sie in einen kurzen, unruhigen Schlaf. Sie hat beschlossen, ihn nie wieder zu sehen, seinem eigenen Glück nicht im Wege zu stehen. Sie schreibt noch in den Morgenstunden einen Brief, in dem sie von Räckwitz alles darlegt und ihn bittet, den Nachmittagstermin zu streichen, sich überhaupt nie mehr mit ihr zu treffen und sie zu vergessen.

Ein Dienstmann soll die Botschaft sofort überbringen, dem Mädchen will sie erst gar keine Möglichkeit geben, seinen Namen und seine Adresse zu entziffern.

Anschließend legt sie sich mit starken Kopfschmerzen, ihrer typischen Migräne, ins Bett, will am liebsten sterben. Die Schmerzmittel beginnen zu wirken, Bella dämmert im halbdunklen Zimmer zwischen Wachen und Schlaf dahin.

Ich will dieses sinnlose Leben nicht mehr. Was wäre, wenn ich das ganze Gläschen Veronal auf meinem Nachttisch schlucken würde? Ich könnte einfach einschlafen und damit meinem ganzen qualvollen Dasein ein Ende bereiten. Aber bevor sie diese Gedanken zu Ende bringen kann, fällt sie in einen unruhigen Schlaf mit ebenso unruhigen Träumen. In ihnen mischen sich Todessehnsucht, bunte Uniformen von Soldaten, Paraden, die über sie hinwegmarschieren, eine Wasserspiegelung, in der sie ihr bleiches Gesicht erkennt.

Abrupt wacht sie durch ein lautes Klopfen auf.

»Verzeihung, gnä' Frau, aber der Herr Offizier läßt sich nicht abweisen, obwohl er nicht angemeldet ist. – Er sagt: ›Rittmeister von Räckwitz bittet, in dienstlicher Absicht seine Aufwartung machen zu dürfen. Die Sache dulde keinen Aufschub.‹ Nachdem ich ihm gesagt habe, daß der Herr Gemahl, den er zuerst zu sprechen wünschte, nicht da ist, besteht er darauf, Sie zu sehen.«

Das Mädchen Hedwig hält Bella das kleine silberne Tablett mit der Visitenkarte entgegen.

»Ich – ich kann nicht empfangen …«, stammelt Bella und blickt auf ihr Nachthemd. »Bitte sagen Sie ihm, mir sei unpäßlich – ich könne nicht herunterkommen – unmöglich.«

Das Mädchen verschwindet mit einem Knicks, um kurze Zeit später wieder zu klopfen. »Der Herr Rittmeister ist bereit zu gehen, er bittet jedoch, heute gegen achtzehn Uhr nochmals vorsprechen zu dürfen – es sei überaus wichtig.«

»In Ordnung – ich erwarte ihn – richten Sie ihm das aus, Hedwig.« Das Mädchen verschwindet, während Bella versucht, sich zu beruhigen.

Hat ihm Mirja etwas erzählt? Hat er meinen Brief nicht erhalten? Wollte er mich noch ein letztes Mal sehen? Etliche Fragen schießen ihr durch den Kopf. Während des ganzen Tages ist sie völlig durcheinander. Tausend Gedanken gehen ihr durch den Kopf, absagen – zusagen, flüchten – warten, Liebe – Verzicht.

Um ungestört mit ihm zu sein, schickt sie das Mädchen spätnachmittags in die Stadt zu Pleyel & Co, um dort den neuen Hut abzuholen. Das Mädchen ist kaum weg, da läutet es schon.

Bella öffnet selbst, blickt ihn an, ist erneut einer Ohnmacht nahe. Er fängt sie auf, wobei er sie diesmal fest an seine Brust drückt, kaum daß die Tür geschlossen ist.

»Bella – sag, was los ist, Bella!« Zum ersten Mal hört sie von ihm das vertraute Du. »Du hast mich ins Café Schneider bestellt, aber dann bist du selbst nicht erschienen. Deshalb mußte ich zu dir kommen.«

»Meinen zweiten Brief – hast du meinen Absagebrief nicht erhalten?« Er schüttelt den Kopf. »Welchen Brief – ich bin gleich nach dem Dienst zum Café Schneider geeilt.«

Sie sind im Vestibül stehengeblieben, vor Aufregung hat sie vergessen, ihn in den Salon zu bitten.

Überstürzt und verwirrend erklärt sie ihm in einer Minute ihre Pläne: auszuziehen, wegzugehen, ins Ausland zu reisen. Und als er einwirft, das müsse wohl bedacht sein, sprudelt aus ihr heraus, daß sie am liebsten mit ihm ginge. Im nächsten Augenblick wiederum herrscht sie ihn an, man dürfe sich nie mehr sehen, unter keinen Umständen. Sie erzählt etwas von Offiziersehre, weshalb die Beziehung unmöglich sei. Jetzt ist er derjenige, der ihr klarzumachen versucht, daß sie davon nun wirklich nichts verstehe. Als sie sich etwas beruhigt hat, bittet sie ihn in den Salon.

»Ich weiß jetzt, daß es für uns keine Zukunft gibt«, sagt sie schließlich ganz gefaßt. Da ergreift er inbrünstig ihre Hand und sagt bestimmt: »Doch, Bella, ich glaube ganz fest, daß auf uns eine wunderschöne Zukunft wartet.«

Er spürt seine Liebe zu ihr, auch wenn er sich über die unvermeidlichen Konsequenzen, die Folgen, die dabei auf ihn zukommen, bislang noch keine Gedanken gemacht hat.

»Du weißt, was du auf dich nimmst?« fragt sie, und er antwortet mit einem festen »Ja«. Und etwas leiser: »Du auch?«

»Es gibt nichts, was ich nicht sofort für dich aufgeben würde«, beteuert sie.

27

Am anderen Morgen studiert Bella erstmals in ihrem Leben die Wohnungsanzeigen der Berliner Zeitung, während zur gleichen Zeit von Räckwitz die HDV – die Heeresdienstverordnung – aufschlägt, um die einschlägigen Paragraphen der freiwilligen Resignation vom Heer durchzulesen.

»Vielleicht retiriere ich bald – meine Karriere ist ohnedies gelaufen«, erklärt er am Mittag seinem einzigen Vertrauten beim Militär, Generalmajor Baron von Kitzingen. Er hat ihn zu einem Treffen ins Casino gebeten. Die beiden kennen sich schon seit der Kadettenanstalt; von Räckwitz schätzt die pfälzisch-gemütliche Art des Freundes aus Rheinpreußen, seine weiche Sprachmelodie und die Fähigkeit, jeder Situation etwas Gutes abzugewinnen.

»Langsam, langsam«, meint von Kitzingen denn auch. »Ich habe dich immer wieder zur Beförderung empfohlen, aber du kennst doch die Diskussion um den Beförderungsstau. – Schau, mich haben sie auch nur gehoben, weil ich gewissermaßen ein Beutepreuße bin, sie müssen die Rheinprovinz doch näher ans Reich binden, da soll der heimische Adel die Vorreiterrolle übernehmen. Du weißt, der zweite Stern auf meinen Epauletten ist nur Taktik unseres Kriegsministeriums.«

»Es geht nicht darum«, seufzt von Räckwitz. »Es hat nichts mit meiner Karriere zu tun! Nein, ich habe mich verliebt und werde vielleicht sogar heiraten.«

»Das ist doch wunderbar, mein Freund, laß uns zur Feier des Tages ein Fläschchen aufmachen, vom besten Wingert meines Weinguts.«

»Ach, wenn du wüßtest ...«, stöhnt er wieder.

Aber von Kitzingen gerät sofort sichtlich in gute Laune, die Gelegenheit, einen edlen Tropfen zu trinken, läßt er sich nie entgehen und hat sich auch in seinen Berliner Jahren nicht an Bier gewöhnen können. »Komm heute abend nach Dienstschluß zu mir, ich schicke gleich den Burschen, etwas vorzubereiten. Meine Frau wird sich freuen, dich zu sehen. Diese gute Nachricht ist mir sogar zwei Flaschen wert«, lacht er und klopft seinem Freund auf die Schulter. »Mach jetzt bloß keine Jammermiene zum freudigen Ereignis! In einer Viertelstunde steht Ausritt auf dem Programm.«

Es tut gut, wenigstens einen Freund zu haben, denkt von Räckwitz, als er sich am Abend zu von Kitzingens Wohnung aufmacht.

»Den Abend lob' ich mir«, lacht der Freund, als von Räckwitz in seinem Salon sitzt. »Schau her, es gibt Leber- und Blutwurst, ja sogar Saumagen, alles aus der Pfalz – dank der Schnelligkeit unserer Reichspost. Und dazu einen guten Tropfen, alles eigene Erzeugung. Da lasse ich doch alle Buletten stehen!«

Sie haben bereits zwei Gläser hinter sich, als er ernst wird. »Also, raus mit der Sprache – wie heißt sie, deine Angebetete?«

»Bella Finkelstein.«

»Nein! Sag, daß das nicht wahr ist! – Eine Jüdin und dazu auch noch die Frau eines anderen, dieses Heereslieferanten Finkenschein?«

»Finkelstein.«

»Bist du noch bei Trost? George – Räckwitz, komm zu dir, mach keine Dummheiten, dazu bist du zu alt.«

Von Räckwitz sagt keinen Ton, blickt traurig in sein Glas.

»Du weißt, was das bedeutet, unehrenhafter Ausschluß aus der Armee, Tilgung aus den Ranglisten, Verlust der Pension, der militärischen Ehre und der Satisfaktionsfähigkeit. – Mann, bist du verrückt geworden?« Er steht auf, ergreift den Freund bei den Schultern. »Komm zu dir, mach dich nicht unglücklich. Das würdest du später bereuen. Du weißt, ich könnte nie mehr etwas für dich tun. Ich dürfte nicht einmal mehr mit dir befreundet sein. Aber laß mal«, er nimmt ihn nochmals bei den Schultern, »ich würde dir privat immer beistehen.«

»Ich werde nächste Woche freiwillig meinen Abschied nehmen«, sagt von Räckwitz schließlich. »Du wirst das Gesuch auf den Tisch bekommen, und ich hoffe, mit positiver Beurteilung ans Kriegsministerium weiterleiten.«

»Da verlaß dich drauf, mein Lieber. Daß du freiwillig demissionierst, ist nicht schlecht, bringt dir einige Vorteile. Damit kommst du der Entlassung von seiten Seiner Majestät und des Kriegsministeriums zuvor. Da könnte sogar – wenn man es gut anstellt – noch die Pension verhandelbar sein.«

Er murmelt, streicht sich durchs Haar und ist sichtlich bemüht, dem Freund zu helfen.

»Aber die Begründung! Welche Begründung gibst du an? Niemand nimmt dir so ohne weiteres das Abschiedsgesuch ab, und sie werden sich Zeit lassen, dich einbestellen – bis dahin wissen sie längst den wahren Grund.«

»Ich will's dir sagen: Verdacht auf beginnendes Lungenleiden – und das ist nicht einmal so sehr geflunkert, du kennst meinen trockenen Husten nach einem scharfen Ritt. Und warum denkst du, daß ich nicht rauche? – Ich hatte als Kind schon einmal Probleme. Ich glaube, Dr. Nachmann, unser Regimentsarzt, würde mir das ohne Probleme attestieren können.« Er macht eine Pause. »Es ist übrigens in der letzten Zeit eher schlimmer geworden, ich kann zwar keine Ursache erkennen, aber ich denke daran, mich in südlichen Gefilden auskurieren zu lassen.«

»Oh, das tut mir leid, ich erinnere mich deines Hüstelns bisweilen, aber ich habe nie etwas drauf gegeben. Jedenfalls – für dein Vorhaben ist das am Ende nicht schlecht –, bevor sie voll zahlen müssen, werden sie dich schnell loswerden wollen, und das kommt deinem Wunsch ja entgegen. Und sie werden dich loben, daß du die Armee nicht mit deinen Krankheitskosten belastest.« Er macht eine kurze Pause. »Aber dein weiterer Lebensunterhalt? Wie steht's damit?«

»Bella ist ja nicht unvermögend, und – ich werde mir wohl etwas Neues suchen müssen.«

»Aber wenn deine Liaison erst mal herumgetratscht wird, können sie dich nachträglich relegieren. Denk an deinen Namen!«

»Ich höre in erster Linie auf mein Herz! Bella ist die erste Frau in meinem Leben, die mir wirklich etwas bedeutet. Sie besitzt ein gutes Herz, Mitgefühl, einen klaren Verstand und exzellente Manieren. Das ist mir tausendmal lieber als ein hochnäsiger Etagenadel oder ein pommersches Pferdegesicht. Außerdem haben wir viel gemeinsam – sie ist auch so ein Sonderfall wie ich.«

»Ich weiß, ich weiß«, antwortet der Freund, »aber ich habe deine diesbezüglichen Probleme nie so recht verstanden. Für mich warst du nie der ›Sonderfall‹, sondern gerade durch deine andere, im übrigen sehr edle Abstammung viel interessanter als alle anderen zusammen! Sieh dir nur den knochentrockenen ostpreußischen oder gar den sturen Baltenadel an.«

»Ja, ihr Süd- und Westdeutschen seid da toleranter als wir Preußen – aber wie's auch sei, ich trete ab.«

»Na denn, prost.« Der Baron schenkt nach. »Ich wünsche dir jedenfalls alles Gute.«

28

An diesem Wochenende scheint sich alles zuzuspitzen. In den Merkursälen findet die große Frühjahrsredoute statt. Finkelstein, der dieses gesellschaftliche Ereignis nie versäumt – »Da müssen wir Flagge zeigen« –, hat sich bei Bella nicht gemeldet. Sie ist glücklich, ihn nicht begleiten zu müssen und den ganzen Abend die liebende Gemahlin zu spielen.

Die kalte Dusche kommt jedoch montags mit den Morgenblättern. In den Gesellschaftsnachrichten wird ausführlich über das Fest berichtet, der Kronprinz samt seiner Frau habe dem Ereignis Glanz verliehen, hohe und höchste Herrschaften hatten sich die Ehre gegeben, und unter der Vielzahl der aufgeführten Gäste, jeweils »mit Gemahlin«, findet sich auch Finkelsteins Name, aber mit dem Zusatz: »führte die schöne Tänzerin Pia Paletti zum Tanz«.

Diese Erwähnung ist schon schlimm genug, weiß doch jeder, daß er verheiratet ist, hatte man ihn doch in letzten Jahren immer in Begleitung seiner hübschen Frau Bella gesehen.

Noch schlimmer ist jedoch die Glosse in der »Berliner Zeitung«. In dem Text läßt sich einer – am Beispiel eines »gewissen Heereslieferanten« – in eindeutiger Weise über die Vorliebe reicher Juden für hübsche blonde Frauen aus und fragt gleichzeitig nach den Quellen des Reichtums. Als wäre das nicht schon diskriminierend genug, veröffentlicht man dazu noch eine Karikatur: der korpulente Finkelstein als dickbäuchiger Jude mit großer Uhrkette, Locken und krummer Nase, wie er vor der Tänzerin kniet und Sekt aus ihrem Schuh schlürft, während sie einen Fuß auf seine Schulter setzt und triumphierend einen Arm nach oben reckt.

Bella hat die Zeitung kaum gelesen, da überfällt sie eine unglaublich starke Migräne. Verzweiflung und Scham steigen in ihr hoch, und wieder einmal denkt sie an Veronal. Sie begreift, daß hinter seinem Auftritt eine Absicht steht: Demütigung. Vermutlich weil sie in Forst nach ihm gesucht hat und damit der Familie sein Doppelleben offenbarte. Er will sie gesellschaftlich bloßstellen, bevor sie auf die Idee kommen könnte, ihn zu verlassen.

Jeder, der die Zeilen liest, spürt diesen unglaublichen Affront. Mirja und von Räckwitz schreiben verständnisvolle Briefe und bieten ihr an, eine neue Wohnung für sie zu suchen.

In dieser verfahrenen ehelichen Situation schreibt Bella einen kurzen Brief an die Eltern, in welchem sie mitteilt, daß sie sich von ihrem Mann scheiden lassen will. Zum Beweis der Aussichtslosigkeit ihrer Ehe legt sie den Zeitungsausschnitt samt Karikatur bei.

Zwei Tage später kommt, nur kurz vorher angemeldet, Tante Silberstein aus Breslau, um mit Bella die neue Situation zu besprechen.

Sie kommt bereits mitten im Aufbruch. Bella ist gerade dabei, mit Hilfe des Mädchens ihre Garderobe in etliche Schrankkoffer zu packen, ebenso einige der Gegenstände, die sie in die Ehe gebracht hat, etwa die Schabbatleuchter, den Kidduschbecher, den silbernen Breslauer Tafelaufsatz, ihr Verlobungsgemälde, das Bild von Breslau und einige wenige andere Erinnerungsstücke.

»Ich ziehe fürs erste ins Hotel Adlon. Dann werde ich weitersehen. Die Kleidungsstücke nehme ich mit, der Rest wird eingelagert.«

Bella wundert sich über sich selbst, wie sicher und selbstbewußt sie plötzlich agiert. Tante Silberstein, die eine völlig demoralisierte und hilflose Person zu finden glaubte, kommt nicht aus dem Staunen heraus.

Die Familie sei völlig konsterniert, aber der Bruder werde ihre Ehre rächen, berichtet sie, und er habe Finkelstein schon zum Duell aufgefordert. Dennoch erklärt sie ihr einen Abend lang die religiös definierte Sichtweise einer jüdischen Frau in ihrer Situation und betont, dies sei auch der Standpunkt der Familie.

»Aber Vater war doch nie so religiös«, murmelt Bella, »ich erinnere mich noch, wie oft er sich mit dem Großvater wegen dessen orthodoxen Ansichten gestritten hat.«

»An was sollen sie sich halten, die Eltern?« meint die Tante achselzuckend. »Wir sind Jidn, und wir bleiben Jidn.« Sie legt Bella die Hand auf die Schulter. »Ich bitte dich, geh zurück zu deinem Mann, versuch einen Neuanfang, vielleicht tut es ihm ja auch schon lange leid, und er wäre froh, wenn er eine so schöne junge Frau wie dich wieder in den Arm nehmen könnte.«

Bei den letzten Worten spürt Bella, wie sich alles innerlich in ihr verkrampft. Aber sie schweigt und hört sich die angeführten Gründe ohne äußere Gefühlsregung an.

»Bemühe dich nicht, liebe Tante«, meint sie abschließend, »mein Entschluß steht fest. Ich gehe – ich verlasse Finkelstein.«

Die beiden Frauen sitzen nach dem Abendbrot noch ein wenig im Damensalon zusammen, das Mädchen ist schon nach oben geschickt worden.

»Noch ein Gläschen Likör – das macht's nicht so schwer«, sagt die Tante plötzlich, und Bella beeilt sich, der alten Dame einzuschenken.

»Du gehst einen schweren Weg, liebe Bella, ich hätte dich gerne vom Gegenteil überzeugt, ich hätte dir gerne diese steinige Strecke, die jetzt vor dir liegt, erspart«, murmelt die Tante.

»Steinig, sagst du ...« Bella schaut sie ganz lange an, dann sagt sie: »Steinig waren die letzten Jahre, wo er sich nicht mehr um mich kümmerte, ständig Frauengeschichten hatte ...! Denk nur an Usedom.« Sie atmet heftig. »Wo war er da, als es mir schlecht ging?«

»Es war trotzdem sehr nett, damals auf Usedom ...«, lächelt die Tante. »Na ja, da war die dumme Geschichte mit deinem Fuß. Aber du hattest auch einen feschen Retter, Leutnant ... wie hieß er noch ...?«

»Rittmeister von Räckwitz«, sagt Bella und gießt sich nun selbst auch ein zweites Gläschen ein.

»Ach, du hast den Namen behalten? Na ja, ist ja auch kein Wunder! So a feiner Mann, a guter deutscher Adel und so anständig. Denk nur, er bringt dich nach Hause, besucht uns ...! Schade, daß er dann wieder zum Regiment mußte. Hast nie mehr was von ihm gehört, Bellachen?«

»Doch«, sagt Bella gedehnt und beginnt nervös zu werden. »Er verkehrt bei Mirja, du erinnerst dich? – Mirja, meine alte Schulfreundin, die Tochter von Professor Friedmann, die den Sohn des Berliner Rabbiners, Dr. Nachmann, geheiratet hat. Er ist Regimentsarzt und dient mit von Räckwitz im gleichen Regiment.«

»Schenk mir noch ein Schlückchen ein«, sagt die Tante, »und erzähl, was ist. Hast de deinen ›blauen Dragoner‹ inzwischen etwa wiedergesehen?« Sie beugt sich vor und blickt Bella ganz genau ins Gesicht. Diese spürt, wie sie über und über rot zu werden beginnt. Da lächelt die Tante ganz merkwürdig. »Hast de dich vielleicht sogar verliebt in de goj. – Wirst de kriegen zores, bist de doch jetz a agune – a verlassene Ehefrau.« Die Tante schüttelt den Kopf. »Na, na – und alles weil dein Mann a schickse hat, und du – oi waj – keine Kinderchen kriegst.« Sie ist unversehens in den halbjiddischen Tonfall ihrer Kindheit gefallen, aber ihre Augen blicken nicht böse, eher freundlich. »Bella«, beginnt sie wieder, »du wirst aus der Familie, aus der Judenheit ausgeschlossen werden, denk dran, überleg dir's. Willst du de goj heiraten? Dann wird er sagen, du sollst konvertieren, protestantisch werden.«

Bella zuckt mit den Schultern. In diesem Augenblick ist ihr das auch egal.

»Sei ehrlich, das würdest du tun?«

Bella nickt stur.

»Dann werden se dich enterben«, sagt die Tante plötzlich streng. »Dein Vater ist da unbeugsam. – Pflichtteil bekommst du, da wird Brüderchen Silberstein schon für sorgen.« Sie zuckt mit den Schultern, und ein Schweigen entsteht. »Aber Geld hast du ja genug«, beginnt die Tante wieder, »Silberstein hat alles fein für dich angelegt. Du bist eine reiche Frau – a gute Partie. Aber man wird dich daheim nicht mehr sehen wollen, sie werden sich deiner schämen – wie a schickse werden sie sagen«, murmelt sie.

Es herrscht einige Augenblicke Stille, plötzlich beugt sich die Tante vor und sagt dann fast flüsternd: »Aber wenn dieser Weg dein Glück ist – sag keinem, was ich jetzt sage – dann tu's – dann tu's – dann tu's«, meint sie voller Überzeugung und zwinkert ihr dabei zu. Sie trinkt einen weiteren Schluck, atmet tief durch. »Weißt du, Bellachen, ich hab' in meiner Jugend nur Bücher gelesen, war a bichernize – und dann den schejtel verweigert. Ooj, was is fir geschraj gewesen, die ganze mischpoche ist über mich hergefallen. Weißt, Bellachen, damals waren Frauen noch viel schlechter dran.« Sie nimmt erneut das Glas und trinkt es in einem Zug leer. »Was du tust, hab' ich auch gewollt – aber nicht gewagt in meiner Jugend. Ach was war es fir a schejner goij – ein hübscher junger Mann, aber eben ein Christ ...« Ein Schweigen entsteht. Die Tante hängt ihren Erinnerungen nach, und Bella träumt von ihrer großen Liebe.

»Massel tov, liebe Bella. – Und jetzt bin ich miede«, spricht's, steht auf und geht, ohne sich umzusehen, ein wenig steifbeinig aus dem Damensalon hinauf in ihr Zimmer.

Am anderen Morgen gibt es nur noch eine kurze Verabschiedung, die Tante muß früh auf den Zug, die Droschke wartet schon. »Massel tov, liebe Bella. Viel Glück.«

29

Nicht massel tov, sondern »verflucht soll sie sein« schreit Finkelstein, als er Bellas Abschiedsbrief in Händen hält und die Mitteilung, daß sie bereits ausgezogen sei. Der letzte Satz lautet unmißverständlich: »Gib dir keine Mühe, ich komme nicht zurück.«

Über die Duellforderung ihres Bruders dagegen kann er nur lachen; ungedient, wie er ist, wirft er den Brief gleich weg.

Die gesetzliche Scheidung macht wenig Probleme, Bellas Anwalt schlachtet das Verhalten des Ehemannes, insbesondere die Geschichte mit der Tänzerin und die daraus resultierende Nachricht in der Gesellschaftsspalte der Berliner Zeitung, weidlich aus, und da sie keine finanziellen Ansprüche stellt, erkennt das Gericht ihren Mann, Simon Finkelstein, für schuldig – Bella ist frei.

Rabbi Dr. Nachmann, Mirjas Schwiegervater, meint, daß der Talmud durchaus eine religiöse Scheidung in einem solchen Falle kenne. Bella hatte sich an ihn gewandt und nach einem »get«, also den Möglichkeiten der Auflösung ihrer Ehe, gefragt.

»Ein ›get‹ kann nur der Mann beantragen. Aber ich werde in deinem Fall – wegen des Zeitungsartikels und der Karikatur – ein bejß din, ein Rabbinergericht, einberufen, und dann wird man sehen. Wir Reformrabbiner betrachten das nicht mehr so eng wie früher«, antwortet er.

Die in Aussicht genommene Ehe mit einem Nichtjuden kann er aber natürlich nicht gutheißen, obwohl er einräumt: »Das kommt in jüngster Zeit häufiger vor.«

Das Scheidungsurteil ist kaum ausgesprochen, da wird ein immer noch wutschnaubender Finkelstein bei Bellas Eltern vorstellig. Er verlange Wiedergutmachung nach jüdischem Recht, Erstattung der zahlreichen Kosten, die er durch die nun gesetzlich geschiedene Ehe gehabt habe, vom Rufschaden durch das unmögliche Verhalten dieser Tochter ganz zu schweigen. Schließlich gebe es ja einen Ehevertrag.

Da kommt er jedoch bei Bellas Bruder schlecht an; zwar billige die Familie Bellas Verhalten nicht, schnarrt er im knackigsten preußischen Kasernenhofton, aber wenn hier von unmöglichem Verhalten die Rede sei – unerwartet schlägt er ihm die inkriminierende Ausgabe der Berliner Zeitung um die Ohren.

»Gott der Gerechte! Warum hat sie uns das angetan?« jammert der Vater ein ums andere Mal. »Zum Glück hat Großvater das alles nicht mehr miterlebt – es hätte ihm das Herz gebrochen.«

30

Noch in der gleichen Woche, in der sie das Scheidungsurteil in Händen hält, beginnt Bella, die komfortable und elegante Sechs-Zimmer-Stadtwohnung, die von Räckwitz in der Kantstraße gefunden hat, einzurichten.

Zum ersten Mal kann sie selbst Entscheidungen treffen, ihren eigenen Geschmack durchsetzen. Diese Tätigkeit lenkt sie von den starken Erschütterungen, die ihr Leben in der letzten Zeit geprägt haben, ab. Und indem sie zahlreiche Details der Wohnung mit von Räckwitz bespricht, entsteht zwischen ihnen eine täglich größer werdende Vertrautheit.

Bella hat von ihrem Elternhaus her einen großbürgerlichen Geschmack, dazu eine Vorliebe für die aktuellen Möbel und Dekore des modernen Stils. Von Räckwitz vertraut in Stilfragen ihrer geschickten Hand.

Nach wenigen Wochen schon ist die Wohnung möbliert und dekoriert, ein neues Dienstmädchen von der Agentur besorgt. Nach längerem Nachdenken hat sie sich entschlossen, erstmals eine deutsche Köchin zu engagieren. »Aber Schweinefleisch möchte ich dann doch lieber nicht auf der Speisekarte sehen«, hat sie ihr beim ersten Gespräch erklärt.

Noch am gleichen Wochenende verläßt sie das Hotel und zieht samt ihren Schrankkoffern in der Kantstraße ein. Wenige Tage später bittet sie von Räckwitz zum ersten Mal in ihr neues Zuhause. Ein intimes Abendessen ist gerichtet, Champagner steht bereit, sich am Tisch gegenübersitzend stößt man auf die schöne Wohnung und insbesondere auf den neuen Lebensabschnitt an.

Von da an ist er beinahe täglich nach dem Dienst bei ihr. Man nimmt das Abendbrot zusammen ein und besucht bisweilen Konzerte, Opern oder auch die großen Theater.

Für Bella ist das eine völlig neue Welt, die sie begierig aufnimmt. Nie war Finkelstein mit ihr ins Theater gegangen, nie hatte er sie – außer bei offiziellen Anlässen – ausgeführt.

»Das schickt sich nicht für uns«, pflegte er zu sagen, wenn sie am Anfang ihrer Ehe solche Wünsche äußerte. Bella lebt nun förmlich auf, kann sie doch zum ersten Mal Glanz und Flair der deutschen Hauptstadt genießen.

Von Räckwitz ist ein ebenso eleganter wie kenntnisreicher Führer durch das gesellschaftliche Leben Berlins. Auch wenn sie manchmal spüren, wie Leute sich von ihnen wegdrehen, um sie nicht grüßen zu müssen, haben sie doch eine wunderschöne Zeit.

Noch immer verläßt er sie allabendlich. »Ich möchte deinen Ruf nicht schädigen – ich denke, daß wir noch viel Zeit haben werden«, sagt er dann, während er ihr einen zarten Kuß auf die Stirn drückt. Bella, ist erstaunt und glücklich zugleich über seine Zurückhaltung.

So langsam kommt sie zur Ruhe, findet zu sich selbst. Daß sie jetzt gleichsam im luftleeren Raum lebt, geschieden und ohne Mann, von den Eltern abgeschoben und von zahlreichen bisherigen Bekannten gemieden, verarbeitet sie nur langsam.

»Dabei bin ich noch immer die gleiche Person«, sagt sie einmal zu von Räckwitz.

»Vergiß nicht«, antwortet er und ergreift ihre Hand, »dieser Schritt, den du getan hast, dieser Bruch aller Konventionen, das alles bedeutet für dich ein großes Abschiednehmen, aber gleichzeitig auch einen Ausblick in eine neue Zukunft.«

Für den Rittmeister bedeuten diese Wochen ebenfalls ein langsames Abschiednehmen von seinem Dienst, der sein Leben war, von all den kleinen Annehmlichkeiten, die der bunte Rock und die Stellung eines höheren Offiziers so selbstverständlich mit sich bringen. Die Casinoabende, so laut und aufdringlich sie manchmal waren, werde ich vermissen, sagt er zu sich selbst.

»Die Sicherheit, die deine Position dir gab, deine unangefochtene privilegierte Stellung als Offizier Seiner Majestät, in einem der ersten Regimenter der Hauptstadt, das wird dir fehlen«, bemerkt von Kitzingen eines Mittags beim gemeinsamen Essen. »Übrigens, dein Abschiedsgesuch wird höheren Ortes zügig bearbeitet.«

»Siehst du«, sagt von Räckwitz, »sie sind froh, daß sie mich loswerden.«

»Ach, das würde ich jetzt nicht mehr so sehen«, beschwichtigt ihn der Freund. »Sei lieber froh, wenn es schnell geht, denn du willst sie doch hoffentlich bald heiraten!?«

Von Räckwitz bleibt für den Augenblick eine Antwort schuldig.

»Du besuchst sie doch beinahe täglich, wie ich höre, du bist ein Ehrenmann, du mußt sie heiraten«, insistiert der Freund, um fortzufahren: »Hast du deine Familie schon verständigt? Ich meine, was sagt dein Bruder zu dieser Entwicklung?«

George weicht seinem Blick aus und schweigt.

Kitzingen spürt, da hat er den wunden Punkt getroffen.

»Ich habe meinen Bruder von meinem Abschiedsgesuch verständigt und ihm gleichzeitig erklärt, daß ich nicht nach Groß-Räckwitz zurückkehren werde. Er mißbilligt diesen Schritt, aber ich sei natürlich Herr meiner Entscheidungen.«

»Und Bella, hast du ihm auch von ihr berichtet?« Er macht eine bedeutungsvolle Pause. »Oder spielt sie in deinem Leben doch keine so große Rolle?«

»Nein ... ich meine, doch ...« Von Räckwitz verhaspelt sich.

Alles hat er wohl abgewogen: sein Abschied vom Militär fällt leicht, zurück nach Groß-Räckwitz aufs elterliche Gut kann und will er nicht, eine Tätigkeit im privaten Sektor, wie er sich ausdrückt, würde sich wohl finden lassen, die Ehe scheint auch für ihn möglich und richtig. Aber da gibt es doch noch etwas ...

»Na, raus mit der Sprache ...«, bohrt von Kitzingen. »Wo liegt dein Problem?«

»Ich, ich heirate unter meinem Stand«, bringt von Räckwitz gepreßt hervor.

Nun ist es an von Kitzingen, kräftig zu lachen, wiederholt schlägt er sich auf die Schenkel.

»Nein, was du nicht sagst, und da bist du wohl gerade erst draufgekommen? Jetzt mal im Ernst«, er beruhigt sich wieder, »deinen Namen, deinen Titel behältst du natürlich, aber deine preußische Adelsgesellschaft wird dich scheel ansehen, das ist doch ganz natürlich. Bei der alljährlichen Herbstredoute des pommerschen Adels hier in der Hauptstadt werden sie dich nicht mehr einladen, ebensowenig bei den Veranstaltungen zu Hause, den Hochzeiten und so weiter. Rundum, auf den Gütern werden sie dich schneiden, schließlich machst du eine geschiedene Jüdin, die Frau Finkelstein, zur Frau von Räckwitz. Daß das nach dem Comment und unserem Ehrenkodex unmöglich ist, muß ich dir nicht sagen, das wußtest du auch selbst. Aber das andere, macht es dir wirklich soviel aus?«

»Ich bin eben so aufgewachsen. Wir haben immer mit den

Plötzwitzens gejagt, Erntedankfest gefeiert bei den Grafen Schulau oder den Odermarcks. Mein Bruder hat eine Wenckhausen geheiratet ...!«

»Du wirst dich entscheiden müssen«, sagt von Kitzingen ernst, »ich kann dich gut verstehen – ich bin ja ähnlich aufgewachsen bei uns daheim in der Pfalz. Aber im Grunde hast du dich schon entschieden; als Ehrenmann kannst du nicht mehr zurück.«

»Will ich auch nicht!« sagt von Räckwitz ein wenig lauter und strafft sich. »Ich will und werde Bella heiraten.«

Mirja hat sich angemeldet, nachdem Bella eingeladen hatte. »Ihr müßt doch die neue Wohnung ansehen«, hat sie geschrieben, doch Mirja ist alleine gekommen.

»Fritz möchte sich im Augenblick ein wenig zurückhalten – solange das Räckwitzsche Gesuch nicht durch ist, du verstehst ...?

Sie dienen schließlich im gleichen Regiment. Und er verantwortet das Gesundheitsattest.«

»Ich verstehe ...« Bella läßt sich nichts anmerken, aber sie spürt die gesellschaftlichen Schwierigkeiten, die in Zukunft gehäuft auf sie zukommen werden. Die meisten Bekannten haben sich in der Zwischenzeit zurückgezogen, sei es, weil sie ihren Schritt mißbilligen, sei es, weil sie mit ihrem früheren Mann befreundet waren.

»Das mußt du einsehen«, sagt Mirja, »viele deiner Freunde und Bekannte sind strenggläubig, die müssen deinen Schritt mißbilligen. Sie würden auch nichts mehr bei dir essen oder trinken können; du kochst doch nicht mehr koscher.«

Erst jetzt wird ihr klar, warum auch Mirja bei diesem Besuch nur ein Glas Wasser zu sich nimmt. Ja, es wird schwer werden, denkt sie.

»Dein Schwiegervater, der Rabbi Nachmann, wird er noch mit mir sprechen?«

»Wir hatten neulich beim gemeinsamen Schabbesabend das Thema«, sagt Mirja und wird ernst. »Als Mensch bist du uns immer willkommen, Jüdin bleibst du auch, und wenn du Kinder bekommst, werden sie Juden sein, denn nur von einer jüdischen Mutter Geborene sind Juden, aber ...«, sie macht eine Pause und schluckt, »die verheiratete Frau von Räckwitz wird man aus der Synagoge weisen, du hast dich selbst aus der kahal ausgeschlossen.«

Sie hat sich nie als besonders fromm oder besonders jüdisch empfunden, und doch spürt sie, daß dies die Welt ist, in der und mit der sie aufgewachsen ist. Sie hat bisher nichts anderes getan, als koscher zu kochen, in die Mikwe zu gehen und sich an jüdische Gesetze zu halten. Sollte das alles vorbei sein?

»Ich werde aus meiner Welt in seine hineingehen; aber er wird mir auch ein wenig in meine entgegenkommen müssen«, murmelt sie nachdenklich. »Da gibt es keine Vorbilder, wir müssen alles selbst erfinden – wir müssen uns unsere Welt neu erbauen.«

»Im Grunde hast du dich bereits entschieden«, beginnt Mirja wieder, »du kannst nicht mehr zurück.«

»Will ich auch nicht!« sagt Bella ein wenig lauter. »Wenn er mich fragt, werde ich ja sagen. Ich weiß, wir haben eine Zukunft.«

31

Es ist schon wieder Herbst geworden, ein goldener Herbst, Bella erfreut sich täglich an den roten Blättern der Platanen vor ihrer Wohnung. Sie hat sich in ihre neue Rolle hineingefunden, in ihrer Wohnung eingelebt. Im Sommer hat sie noch einen langen Brief nach Hause geschrieben, von der Scheidung, auch ihrem Verhältnis zu von Räckwitz berichtet und von der vorgesehenen neuen Ehe. Sie hat keine Antwort erhalten.

Sein Abschiedsgesuch ist durchgegangen und positiv beschieden worden, abtreten wird er als Major, also sogar mit Rangerhöhung. Seit Spätsommer ist er frei, Privatier gewissermaßen. Bella weiß, daß seine Apanage aus dem heimischen

Gut nicht allzu hoch ist, geschweige denn die kleine Offiziersrente, die er bezieht. Man hat nie darüber gesprochen, aber sie macht sich darüber auch keine großen Gedanken. Vielmehr spricht man über andere Dinge, über Bücher, die man gelesen, oder Theaterstücke, die man gesehen hat.

»Graf Egmont« wurde aufgeführt, und abendelang hatten sie über den Gegensatz zwischen Pflicht und Neigung diskutiert. Gemeinsam wandeln sie auf den Spuren Goethes in Weimar, wo er sie mit der Übernachtung im »Weißen Elefanten« überrascht. Es werden ein paar traumhaft schöne Tage, man besichtigt Goethes Gartenhaus, spricht über Frau von Stein, huldigt dem Denkmal der beiden Dichterfürsten, und am Abend führt von Räckwitz sie unvermutet nicht in den Speisesaal, sondern in ein Séparée.

Der Champagner ist kalt gestellt, und mit Erstaunen stellt Bella fest, daß das ganze Menü bereits seitlich angerichtet ist. »Dann stört uns keiner«, lacht von Räckwitz.

Sie erheben die Gläser, prosten sich zu, und dann wird er plötzlich ganz förmlich: Er bittet sie, sich ebenfalls zu erheben, räuspert sich, greift umständlich in die Tasche und bringt schließlich ein Etui und einen Ring hervor.

»Liebste Bella, ich möchte dir diesen Ring anstecken. Er trägt mein Wappen und soll unser Verlobungsring sein –«, er räuspert sich nochmals, »bis wir heiraten. – Bella, willst du meine Frau werden?«

Vor Staunen und Rührung bringt Bella kein Wort heraus, aber sie streckt ihm den Finger entgegen. »Ja, ich will«, haucht sie, bevor sie an seine Brust sinkt.

An diesem Abend bittet Bella ihn, bei ihr zu bleiben.

Von Räckwitz hat vorsorglich eine Suite gebucht, auch dort steht schon eine Flasche Champagner bereit. Bella bedient sich heute abend reichlich dieses prickelnden Getränks. Das dritte Glas beschert ihr einen angenehmen Schwips. Das mädchenhaft leichte und fröhliche Gefühl, das sie während des ganzen Tages über als geselligen Begleiter genießen durfte, wird durch diesen Zustand noch verstärkt.

»Warte einen Augenblick«, kichert sie und verschwindet aus

dem Salon ins angrenzende Schlafgemach. Bella hat bislang kaum Erfahrungen mit Hotels, dem Übernachten außerhalb der eigenen vier Wände. Sie hat jedoch vorsorglich ein besonders feines, seidenes Nachthemd mit Brüsseler Spitze und einen ebensolchen Morgenmantel eingepackt. Jetzt preist sie sich glücklich ob ihrer Umsicht, und als sie nur wenige Minuten später im Morgenmantel vor ihm steht, bemerkt sie seine vor Erstaunen aufgerissenen Augen, die jedes Detail ihrer schlanken Gestalt zu verschlingen scheinen. Als er sie berühren will, entzieht sie sich ihm lachend, wirbelt herum, versteckt sich hinter dem Tisch auf der anderen Seite und kichert: »So fang mich doch!«

Zum ersten Mal fühlt sie sich begehrenswert, verführerisch. Der verdutzte von Räckwitz nimmt sein Glas, trinkt es in einem Zug leer, entledigt sich seiner Jacke und beschließt, auf ihr Spiel einzugehen. Um den Tisch herum, rund ums Sofa geht die Jagd, während Bella vor Lachen prustet und jede Sekunde genießt. Während dieser Minuten spürt sie ihren Körper, fühlt jede Bewegung der Hüften, das leichte Auf und Ab ihrer Brüste, die sich unter dem anschmiegsamen Stoff des Nachthemdes abzeichnen. Die Vorahnungen eines unbekannten Glücksgefühls durchrieseln sie, und warme Wellen scheinen in ihrem Körper zu pulsieren. Als er sie schließlich zu fassen bekommt, wirft sie sich ihm völlig entgegen, blickt ihn an, öffnet ihren Mund, bis er ihn mit dem seinen verschließt. Sanft nimmt er sie auf und trägt sie hinüber aufs Bett.

Ihr Herz pocht wie wild, der Atem geht schnell und stoßweise. Wie durch einen Nebel sieht sie ihm zu, wie er die Krawatte löst, die Manschetten öffnet, das Hemd über den Kopf zieht. Und als er sich neben sie legt, schmiegt sie sich an ihn. Zum ersten Mal fühlt sie Begierde, Verlangen. Seine liebkosende Hand streicht zart und weich über ihren Körper, während sie sich entspannt, ihr Leib aufnahmebereit wird. Schon schiebt er behutsam das Nachthemd beiseite, betrachtet liebevoll die Rundungen und Wölbungen ihrer Figur. Mit gepreßter Stimme raunt er ihr zu: »Wie schön du bist, Bella, wie ich dich begehre!« Dann vergißt sie alles um sich herum.

32

Seit diesem Tag, seit dieser Nacht ist Bella eine andere. Eine große Last ist von ihr gefallen, sie fühlt sich leicht und beschwingt wie nie zuvor. Noch auf der Heimfahrt ist sie voller Glück und Seligkeit, ein Gefühl, das sie auch in den nächsten Wochen nicht verläßt.

Ihr Körper fühlt ein bisher unbekanntes Begehren nach dem geliebten Mann. Ihre Zärtlichkeiten werden offener, eine Hand, die zur anderen findet, eine Umarmung, ein Abschiedskuß.

Er verläßt sie noch immer jeden Abend, obwohl sie ihn rund um die Uhr spüren und küssen möchte.

»Ich habe noch nie Dresden gesehen – die Semperoper, das Grüne Gewölbe, die Brühlschen Terrassen …«, plaudert sie an einem der nächsten Abende ebenso unbefangen wie absichtsvoll.

»Allein die Kunstschätze wären eine Reise wert – und dann die Sächsische Schweiz …«, nimmt er den Faden auf, »ja, das könnte eine tolle Fahrt werden. Ich war lange nicht mehr dort.«

»Ich lade dich ein«, entkommt es ihr impulsiv.

»Nein, nein, das müssen wir uns erst mal genau überlegen.«

Bella spürt, daß sie auf dem direkten Weg nicht weiterkommt. Er ist wegen seiner kleinen Apanage zurückhaltend, will sich nichts schenken lassen, dies gilt es für die Zukunft zu berücksichtigen, stellt sie fest. Aber Bella kommt über Umwege erfolgreich an ihr Ziel: Bisweilen spielen sie abends eine Runde Bridge. George liebt dieses Spiel seit seinen Englandaufenthalten. Und als sie eines Abends wieder einmal die Karten in der Hand, zusammensitzen, schlägt Bella eine Belohnung für den Gewinner vor. »Der Verlierer muss sich ausdenken, was er dem Gewinner schenken könnte …«, erklärt sie voller Vorfreude. Und so fällt Karte auf Karte, Stich auf Stich. Als sie wenig später als Verliererin aus dem Spiel hervorgeht, überreicht sie ihm einen kleinen Umschlag mit den Worten: »Ein gemeinsames Wochenende für unsere Liebe, Karten für zwei Personen nach Dresden samt zwei Übernachtungen im Grandhotel Taschenbergpalais – die Sächsische Schweiz mußt du dann dranhängen!«

Da lacht er aus vollem Halse. »Du bist eine Spielerin sondergleichen. Du Dickkopf, mußt dich wohl immer durchsetzen!« Zärtlich nimmt er sie in die Arme und verschließt ihren Mund mit seinen Küssen.

Dresden empfängt sie mit hellem Sonnenschein. Sie spazieren über die Brühlschen Terrassen, stehen vor der Kreuzkirche, besuchen eine Aufführung in der Semperoper und – in Erinnerung an Weimar – speisen sie wieder im Séparée. Der folgende Tag scheint einer der schönsten Herbsttage werden zu wollen. Früh ist man aufgestanden, wandert zum Bahnhof und fährt hinaus. Ihrer beider Stimmung ist noch gelöster als nach der ersten Nacht. Als sie aussteigen und Hand in Hand zu den steilen hohen Felsen im Elbtal wandern, erzählt sie ihm zum ersten Mal von ihrem Großvater, wie er immer in seinem Studierzimmer saß, im Gebetsschal Psalmen murmelnd und seinem Gott dienend. »Er hat immer vom Gelobten Land geträumt, und ich habe nie begriffen, ob er ein Diesseits oder ein jenseitiges Land gemeint hat.«

»Wir haben zueinandergefunden«, erwidert er, »weil wir gleich fühlen, bei aller Verschiedenheit der Herkunft. Die perfekte Ergänzung unserer Seelen ist die Stärke unserer großen Liebe. Trotz unserer äußerlichen Verschiedenheit empfinden wir uns als Einheit.« Er schweigt einen Augenblick und legt den Arm um sie. »Wir beide haben viel aufgegeben, sind dadurch aber frei vom Gestern, frei von dem, was uns bisher getragen, aber auch belastet hat.« Wieder macht er eine Pause und blickt hinunter ins Elbtal. »Bella, schau hinunter in die Ebene: Das ist unser schönes Deutschland, unsere Heimat, das Gelobte Land für uns beide, das auch für alle deutschen Juden Heimat geworden ist. Dein Großvater konnte das noch nicht so sehen, aber du bist hier geboren, du gehörst hierher. Hier in unserem deutschen Vaterland werden wir leben und glücklich sein.«

Sie sind schweigsam beim Abstieg, jeder hängt seinen Gedanken nach. Bella denkt wieder einmal daran, daß ihr Großvater ihren Schritt wohl nicht verstanden hätte; George fühlt, daß er mit dem Abschied vom Militär auch so etwas wie eine Familie aufgegeben hat.

Erst die gemeinsame Nacht läßt sie wieder fröhlich und optimistisch werden.

33

Zurück in Berlin, überschlagen sich die Ereignisse. »Wir wollen so bald als möglich heiraten«, hat er noch in der Nacht in Weimar gesagt. Papiere müssen besorgt, das Aufgebot bestellt werden. Bei welchem Standesamt würde man die entscheidende Unterschrift leisten? – »Rheinsberg! – Da denk' ich immer an Fontane«, schmunzelt er.

»Ich bin nicht sehr gläubig«, murmelt von Räckwitz, »möchte mit dir aber richtig verbunden sein. Würdest du in eine protestantische Trauung einwilligen?«

Diese Frage und die Idee einer Konversion zum protestantischen Glauben hatte sich ihr noch gar nicht gestellt. Als Jüdin? – Ja, war sie das überhaupt noch, nach der Scheidung und der Wiedervermählung? Mit fester Stimme antwortet sie: »Wo du hingehst, da gehe auch ich hin.«

Man hatte auch mehrfach darüber gesprochen, wen man einladen sollte; sein Bruder kommt nicht in Frage, der hatte sich zu dieser Ehe völlig ablehnend geäußert. Bellas Familie hat kommentarlos den Brief retourniert. Tante Silberstein hat sie auch benachrichtigt, aber da sie schon alt ist, wundert sie sich nicht, von ihr kein Lebenszeichen zu hören. Daß von ihren wenigen früheren Bekannten niemand kommen würde, war ebenso klar wie die Tatsache, daß von seinem ehemaligen Regiment niemand auftaucht.

»Wir haben nur uns«, lacht sie dennoch, »nicht Eltern noch Bruder, nicht Freund noch Freundin. Aber uns und unsere Liebe.«

Mirja hatte sich bereit erklärt, als Trauzeuge zu fungieren, ebenso von Kitzingen.

»Aber natürlich nicht in vollem Wichs«, scherzt er. Und von Räckwitz ist es im Grunde lieb, die frühere Uniform an diesem Tag nicht sehen zu müssen.

Es ist eine schlichte Zeremonie, die Bella Finkelstein zu Frau von Räckwitz macht, und wenn sich der Standesbeamte wundert, so zeigt er es nicht. Mit der perfekten Routine des preußischen Staatsbeamten spricht er ein paar Worte über das Zitat »Die Liebe ist eine Himmelsmacht«, dann fordert er das Paar zur Bekräftigung der Eheformel auf und beurkundet die Unterschriften. Nach kurzer Zeit stehen sie wieder vor der Tür des kleinen Standesamtes.

Die Hochzeitsfeier in der protestantischen Kirche in Rheinsberg ist ebenso schlicht. Der Pfarrer, ein entfernter Bekannter der Familie von Räckwitz, der George schon konfirmiert hat, zeigt Verständnis, daß man kein großes Aufheben machen will.

Dennoch kommt plötzlich Feierlichkeit auf. Die Pfarrersfrau ist mitgekommen, hat sich an die Orgel gesetzt und intoniert zu Beginn den Hochzeitsmarsch aus Lohengrin von Richard Wagner: »Treulich geführt – ziehet dahin«.

Die Predigt kreist um einen Satz aus dem Hohenlied Salomons: »Denn deine Liebe ist stark wie der Tod. Ihre Glut ist feurig und eine Flamme des Herrn« (Sal 8/5).

Irgendwann dreht sich Bella halb um und nimmt hinten in der letzten Bank eine ältere Person wahr. Jemand aus der Gemeinde, denkt sie und freut sich insgeheim, daß noch ein weiterer Besucher in den Bänken der Kirche sitzt.

Nach dem Ringtausch erklingt erneut die Stimme der Pfarrersfrau:

»So nimm denn meine Hände
Und führe mich.
Bis an mein selig Ende
Und ewiglich.

Ich mag allein nicht gehen
Nicht einen Schritt.
Wo du wirst gehen und stehen,
Da nimm mich mit.«

Diese deutsche Hochzeit ist so anders als die letzte, denkt Bella. Jetzt nur nicht über die erste Hochzeit grübeln, den Baldachin, den Rabbi und die schluchzende Mutter ...

»... Wo du wirst gehen und stehen, da nimm mich mit«, singt die Pfarrersfrau weiter, und George murmelt mit brüchiger Stimme: »Ja, das will ich.« Auch Bella rinnen einige Tränen über die Wangen.

In seinen Schlußworten geht der Pfarrer noch einmal kurz auf ihre gemeinsame Liebe und die Geschichte des Liedes ein: »Es ist das Lied einer unendlichen Liebe, aber auch schweren Verlusts«, erklärt er. »Die Melodie von Friedrich Silcher bekam den Text von einer großen Liebenden, Julie Hausmann. Sie stammte aus Riga, lebte lange Zeit als Hauslehrerin in Hamburg. Als sie einen evangelischen Missionar aus Afrika kennenlernt, folgt sie ihm, um ihn in der Mission zu unterstützen. Doch die Vorbereitungen zogen sich länger hin als erwartet. Es dauerte geraume Zeit, bis alle Visa besorgt, die Reise arrangiert war. Und als Julie schließlich in Afrika ankommt, in dem Ort des Wirkens ihres zukünftigen Mannes, da tritt ihr der Missionsleiter mit traurigem Blick entgegen – ihr Mann ist in der Zwischenzeit an einem unbekannten Fieber verstorben.

So entstand die zweite Strophe – in ihrem Schmerz, aber auch in ihrem Glauben.

In dein Erbarmen hülle
Mein schwaches Herz.
Und mach es gänzlich stille
In Freud und Schmerz.
Laß ruh'n zu deinen Füßen
Dein armes Kind.
Es will die Augen schließen
Und glauben blind.

»Und so«, fährt der Pfarrer fort, »so sollen auch Sie Ihre Zukunft Gott anvertrauen, sich in die Hände des Herrn geben«, und zitiert die dritte Strophe.

Wenn ich auch gleich nichts fühle
Von Deiner Macht.
Du bringst mich doch zum Ziele
Auch durch die Nacht.
So nimm denn meine Hände
Und führe mich.
Bis an mein selig Ende
Und ewiglich.

Leider können der Pfarrer und seine Frau nicht bleiben, »eine Beerdigung zu Hause – schon heute nachmittag«, bedauert er und strebt nach seinen Glückwünschen sogleich dem Bahnhof zu.

Beim Abschied übergibt seine Frau ein kleines Päckchen. »Das hat mir vorhin eine alte Dame für Sie zugesteckt«, sagt sie.

Das frischgebackene Ehepaar von Räckwitz hat die Trauzeugen zu einem festlichen Mittagsmahl eingeladen. »So bleiben wir noch ein wenig zusammen, schließlich seid ihr beide die Menschen, die uns am nächsten stehen«, sagt Bella mit einem Lächeln.

Als sie das Päckchen der alten Frau später während des Mittagessens öffnet, empfindet sie Schreck und Glück zugleich. Es sind zwei Silberbecher drin, Hochzeitsbecher. Und eine Karte dazu. ›Massel tov, liebe Bella – Herzlichen Glückwunsch, Herr von Räckwitz. Tante Silberstein.«

Bella packt die beiden Becher aus. Beim ersten erschrickt sie; denn es ist der Kidduschbecher ihrer Familie, die gleiche klare hohe Form auf drei Kugelfüßen. Beim zweiten Blick sieht sie, daß es nur eine neue Kopie ist, und entspannt sich. Auf der Schauseite der beiden Becher ist der deutsche Reichsadler eingraviert, aber statt des Preußenwappens hält er einen kleinen Davidsstern vor der Brust.

»So geht's zusammen«, lacht sie schließlich, zeigt den beiden anderen das Geschenk und bittet um einen Wein, um mit ihrem Mann die neuen Becher zu erheben.

Und dann geschieht noch etwas sehr Ungewöhnliches. Bella erhebt die Stimme und erklärt: »Bei jeder Hochzeit ist es üblich, daß ein Hochzeitsspruch von Eltern oder Geschwistern vorgetragen wird.« Sie schweigt einen Augenblick.

»Du meinst einen Toast?« fragt ihr frischangetrauter Ehemann vorsichtig.

Bella nickt und zieht ein Papier heraus. »Da weder Eltern noch Geschwister anwesend sind, habe ich gedacht, daß ich das selbst übernehmen könnte«, und sie beginnt zu lesen:

Das »Gelobte Land«,
so haben wir einmal unsern Traum genannt,
den Adler und den Stern
ohne Furcht und Schranken
hier in unserm Deutschland zu vereinen.
»Gelobter Tag«,
so nenne ich die Stunde,
an welcher wir beschlossen haben,
unser beider Leben zusammenzufügen …

Unsere Begegnung,
zu Beginn nur flüchtiges Berühren,
bei dem sich dennoch Herz und Seele fanden,
ist ein Geschenk des Schicksals,
für das ich Gott und meiner Bestimmung dankbar bin.
Dankbar bin ich auch,
daß sich meine Idee einer Einheit, in Gefühl und Geist mit einem Partner,
der ich über Jahre hinweg nur träumerisch anhing,
heute erfüllt hat.

So bin ich glücklich,
daß ich sagen kann:
George ist der Mann
meines Lebens.
Und ich bitte Gott,
daß er mir die Kraft gibt,

in den unterschiedlichsten Schwankungen
mit Liebe, Verständnis und Erkenntnis
positiv für meinen Mann und unsere Ehe zu leben.

Einen Augenblick herrscht betroffenes, mitfühlendes Schweigen am Tisch. Dann erhebt sich George, umarmt seine Frau liebevoll und gibt ihr einen langen Kuß. »Ich danke dir von Herzen, daß du mir dein Herz so weit geöffnet hast – hier vor den Zeugen unserer Liebe.«

In der kommenden Woche läßt Bella durch den Hausbesorger das Klingelschild ihrer Wohnung austauschen. Von Räckwitz hat seine Wohnung schon gekündigt, und es vergehen nur noch wenige Tage, bis das Ehepaar zusammenlebt.

Die Kantstraße gehört zu den sogenannten guten Adressen der Stadt. Außer dem frischgetrauten Paar wohnen noch die Familie eines Regierungsrats, ein älterer Legationssekretär mit seiner Mutter sowie ein pensionierter General samt Frau im Hause. Der Namenswechsel am Klingelschild ist nicht unbemerkt geblieben, und entsprechend spitz begrüßt die alte Generalin Bella beim nächsten Treffen im Treppenhaus. Bella mit einem freundlichen, höflichen »Guten Tag, Gräfin Reiffenstein« wird mit einer süffisanten Antwort der Angesprochenen abgespeist. »Ich lese, Sie gehören jetzt auch zu uns – Frau von Räckwitz.« Bella spürt die schiere Mißgunst, nimmt sich aber vor, diese zu ignorieren, und wünscht noch einen schönen Tag.

Die ältliche, rundliche und gemütliche Frau Hartmann, Gemahlin des Regierungsrats, hingegen hatte Bella schon bei ihrem Einzug herzlich willkommen geheißen, gab ihr ein paar Tips für die Geschäfte der Umgebung, empfahl ihr eine seriöse Agentur für das neue Dienstmädchen und besorgte schließlich auch noch die Köchin. Auch jetzt ist sie wieder voller Freundlichkeit. »Nee, Frau von Räckwitz, wie ick mir freue, dat Sie jetzt jeheiratet haben«, sagt sie über das ganze Gesicht strahlend. »Man hat den Ihrigen, pardon, den Herrn Jemahl ja schon vorher bisweilen jesehen, aber der hat sich ja immer penibel am Abend verabschiedet, da konnte man die Uhr nach stelle. Und jetze sind Sie so 'n schönet Paar. Ick sehe immer aus 'm Fenster, und wenn Sie so abends wechjehen, er hochjewachsen, Sie mit der schönen Frisur und den süßen Hütchen, die Sie immer trajen, ick sach zu mein'm Mann: ›Berlin ist doch heutzutach voller Elejanz.‹«

Am Abend des folgenden Tages schafft von Räckwitz still und heimlich Bellas Hochzeitsgeschenk in die Wohnung. Es ist ein rechteckiger Kasten mit einem Trichter daran, dessen Sinn die meisten Menschen nicht hätten erraten können. Als sie am nächsten Tag, einem schönen Sonntag morgen, bei offenen Fenstern am Frühstückstisch sitzen, verschwindet George unter einem Vorwand, woraufhin Augenblicke später ein deutscher Chor durch die Wohnung hallt.

»Sonntag ist's – in allen Wipfeln rauschet es der grüne Wald …«

Bella springt auf, rennt ans Fenster. Doch der Gesang kommt nicht von der Straße. Als sie sich umdreht, schließt George sie in seine Arme und küßt sie. »Das ist der Berliner Lehrergesangverein, den können wir jetzt jederzeit für uns singen lassen, so oft es uns beliebt. Genauso wie den ›Einzug auf die Wartburg‹ oder einen schneidigen Armeemarsch.«

Bella hat schon von der epochalen Erfindung, dem Phonograph eines gewissen Emil Berliner, gehört, der mit Hilfe eines Plattensprechapparats Töne aufnehmen, festhalten und wieder hörbar machen kann. Sie ist wahrhaft begeistert, und selbst die Generalin erkundigt sich in der kommenden Woche interessiert nach der Musik am Sonntagmorgen, die natürlich das ganze Haus vernommen hat.

34

Bellas Geschenk wird die Hochzeitsreise. Sie hält alle Vorbereitungen zu diesem Unternehmen völlig geheim, nur Mirja ist eingeweiht, an sie gehen alle Briefe und Bestätigungen. Man hätte ja eine Reise mit dem Zug unternehmen können, nach Paris oder Italien. Das war gerade modern, das taten inzwischen viele Menschen, denn der eiserne Schienenstrang erstreckte sich mittlerweile durch ganz Europa, bis zu den fernsten Enden.

»Aber die Eisenbahn engt auch ein, denn man ist an den Lauf der Schienen gebunden, und die eisernen Kästen der Zugwagen sind eine Fessel, die jede Individualität abtötet.«

Es war ihr väterlicher Freund, der alte Cohn, der irgendwann einmal diese Worte gefunden hatte. Bella blieb stumm bei diesem Satz, sie hatte wohl mit dem Kopf genickt und daran gedacht, daß der Kommerzienrat mit seinen unbegrenzten Mitteln ebenso leicht wie individuell mit einer Kutsche durch Europa reisen mochte.

»Sie können mit der Kutsche fahren, lieber Herr Cohn, so wie unser alter Kaiser jedes Jahr mit der Kutsche durch halb Deutschland gereist ist, bis nach Baden-Baden«, hatte sie geantwortet. Aber da schüttelte der alte Cohn den Kopf. »Die Kutschenzeit ist vorüber, auch wenn ich nichts anderes mehr benutzen werde in meinem Alter; Pferde und Kutschenwagen, das war meine Zeit. – Sehen Sie sich dagegen das Fahrrad an, zugegeben, es ist ein neuartiges Gefährt für die Jugend, aber es ist das Gefährt der Zukunft, es vereinigt die Technik mit der Individualität. Man kann aufsteigen und fahren, solange man will, man kann rasten, die Natur erleben, ohne von Reisezeiten und Fahrplänen gedrängt zu werden. Man kann das Gefährt abstellen und aufnehmen, ohne Futter, ohne Stall. Ein Fahrrad ist so individuell wie Schusters Rappen, nur schneller und weniger mühevoll.« Er nickte kurz, um sofort weiterzusprechen. »Es ist etwas Abenteuerliches, ein Sichdavontragenlassen, etwas Normloses, das mit der Ungebundenheit des Wanderns zu vergleichen ist, von der Bewegung in frischer Luft, den gesundheitlichen Aspekten, die das freie Herumfahren mit sich bringt, gar nicht zu reden.«

Schon damals hat sie sich über die vorausschauenden klugen Sätze des alten Kommerzienrats gewundert. Ja, an diese Sätze hatte sie in der Zwischenzeit häufig denken müssen, besonders seit die Fahrräder in Mode gekommen sind und immer mehr Velocipeds, wie man auch sagt, in den Straßen der Stadt, aber insbesondere an Wochenenden auf den Waldwegen rund um den Wannsee auftauchen. Mirja, die dort wohnt, spricht bereits von einer Plage. Und nicht nur Männer, selbst die Frauen schwingen sich in jüngster Zeit auf die Drahtesel, wie man immer häufiger sehen kann. In etlichen Frauenzeitschriften wird bereits eine eigene Mode für die Dame auf dem Fahrrad propagiert. Diese Velocipeds sahen zuerst hochrädrig und gefährlich wie seltsame Sportgeräte aus, inzwischen aber, mit zwei gleich großen Rädern, wirken sie so manierlich und zierlich wie der Unterschied vom hochbeinigen Pferde- zum Ponyreiten.

Nein, keine Hochzeitsreise mit dem Fahrrad wolle sie unternehmen, lacht sie während eines solchen Gesprächs. Eine Reise mit dem Laufwagen – das ist genau das Richtige.

Selten hat sie Mirja so sprachlos gesehen wie bei dieser Ankündigung. »Und wie willst du ..., ich meine, ich habe schon einmal ein solches Gefährt gesehen, aber, damit kann man doch nicht wirklich ...?« Bella lächelt einfach nur, und Mirja merkt, daß die sonst so zurückhaltende Freundin in Wirklichkeit nicht nur mutig ist, sondern bereits sehr modern denkt.

In einer Zeitschrift hat sie von der großen Fahrradfirma Adler in Frankfurt gelesen. Jedermann kennt mittlerweile die Adler-Fahrräder, wie sie zu Hunderten durch die Stadt brausen.

Diese renommierte Firma baut seit einigen Jahren auch einen sogenannten Lauf- oder Motorwagen, von manchen auch Automobil genannt. Und ein solches Gefährt kann man, so ist es da beschrieben – natürlich nur mit dem entsprechenden Maschinisten –, für eine gewisse Zeit mieten. Es sei gewissermaßen als Werbung für die Gebrauchsfähigkeit dieser Automobile gedacht, wird in der Zeitschrift berichtet. Jedermann kann sich damit herumkutschieren lassen, zu jedem gewünschten Ziel.

»Chauffierenlassen sagt man dazu, und den Maschinisten, den eigentlichen Beherrscher des Motorwagens, nennt man Chauffeur, schließlich heizt er die Kutsche, damit sie fährt«, erklärt sie Mirja.

Die schüttelt immer noch ungläubig den Kopf. »Du bist verrückt«, sagt sie nur.

Aber was Bella sich in den Kopf gesetzt hat, das führt sie auch aus, zumal sie längst gesehen hat, wie interessiert ihr Mann an diesen neuen Motorwagen ist. Wann immer ein solches Ungetüm knatternd und fauchend durch die Straße donnert, ist er schier nicht mehr zu halten.

Heimlich hat sie deshalb Kontakt mit der Niederlassung der Firma Adler in Berlin aufgenommen, angefragt, ob eine solche Reise möglich sei, und sich bestätigen lassen, daß man sowohl einen entsprechenden Wagen als auch einen Chauffeur zur Verfügung stellen könne.

»Bislang kann sich die Fahrt jedoch nur innerhalb des Deutschen Reichs erstrecken, gnädige Frau, weil bei Reparaturen unsere Fahrradniederlassungen in allen Städten zu Hilfe eilen können.«

»Es ist also möglich, eine Fahrt durch Deutschland bis nach Baden-Baden zu unternehmen?« fragt sie ganz direkt.

»Natürlich, gnädige Frau! Unser großer Reisewagen, der Phaeton, ist für solche Strecken sehr gut ausgerüstet. Wir würden uns freuen, Ihnen zu Diensten sein zu dürfen.«

Bella hat genug gehört. Da sie auch den Preis angemessen findet, steht der genaueren Planung des Urlaubs nichts mehr im Wege. Es soll von Berlin durchs Tempelhofer Feld hinaus nach Zossen gehen, Richtung Großenheim über Meißen nach Dresden als erste Station. Immer mit dem Baedeker in der Hand will man anhalten können und die Schönheiten der Natur ebenso bewundern wie die Baudenkmäler der Städte.

Bella tut gegenüber George sehr geheimnisvoll: Sie spricht von einer weiten Reise, auf der man nur zwei große Koffer mitnehmen könne, dazu Plaid und Mantel, Schawl und Hut sowie seine englische Mütze. Bei der Firma Adler hat sie zusätzlich Lederhauben, Spezialbrillen und zwei Ledermäntel deponiert, die soll er erst zur Abfahrt zu sehen bekommen.

»Du darfst mich nicht fragen, denn ich werde nichts sagen; es soll eine Überraschung sein.«

Und diese Überraschung ist ihr wirklich gelungen, als am

Morgen der Abfahrt der Chauffeur in Lederkleidung und Lederhaube, die Brille hochgeschoben, zur abgesprochenen Zeit an der Tür läutet, sich vorstellt und bereit ist, die Herrschaften samt Koffer mitzunehmen.

»Aha, du läßt uns ganz vornehm mit Extrapost zur Eisenbahn kutschieren«, lacht George und bewundert den Chauffeur, der den einen Koffer hinten festzurrt, den anderen vorne auf den zweiten Sitz legt.

»Es geht los, wie besprochen, die Herrschaften. Sie, gnädige Frau, sollten Ihren Hut mit einem Schawl unter dem Kinn festbinden, und für den Herrn mag im Augenblick, bei diesem schönen Wetter, die englische Mütze genügen. Aber wenn es windig wird«, er zeigt ein Futteral mit zwei neuen Ledermänteln, »habe ich für Sie die Ledermäntel, Autobrillen und die Lederkappen.« Er verstaut die Kleidung wieder und wendet sich an die beiden: »Wir werden heute wohl bis in die Gegend von Dresden kommen.« Dann stellt er sich vor das Automobil und läßt mit einer Kurbel den Motor aufheulen, bevor er sich auf den Bock schwingt.

Der Wagen hat sich schon etliche Meter fauchend und rumpelnd in Bewegung gesetzt, rollt bereits durch die morgendlichen Straßen von Berlin, bevor George seine Sprache wiederfindet.

»Du bist ein Teufelskerl«, entfährt es ihm, noch immer im alten Casinoton, während er sie fest an sich drückt.

»Wir werden im gleichen Hotel wohnen, wo der alte Kaiser abgestiegen ist. Und nach vierzehn Tagen fahren wir dann gemütlich mit der Eisenbahn wieder nach Hause«, lächelt sie.

Schon am ersten Abend im Hotel in Dresden schreibt von Räckwitz seinem Freund von Kitzingen einen langen Brief, in dem er sein Erstaunen, seine Begeisterung und die Faszination, die dieser Motorwagen auf ihn ausübt, zum Ausdruck bringt.

Lieber Kitz,
wenn Du diesen Brief erhältst, solltest Du Dich vorher hinsetzen. Denn was ich Dir jetzt berichte, ist so unglaublich, so unfaßbar, daß auch ich erst einmal gar nicht aus dem Staunen herauskam.

Bella hat uns eine Hochzeitsreise geschenkt! Wir fahren mit einem Motorwagen samt Chauffeur durch die Lande. Es ist ein offener Adlerwagen – ein Phaeton –, mit dem wir seit heute morgen sieben Uhr unterwegs sind.

Der Motor hat einen Zylinder, der acht Pferdestärken leistet, und treibt den Wagen mit seinen drei verschiedenen Gängen etwa fünfundzwanzig Kilometer in der Stunde voran. Das heißt, man läßt sich durch fortgesetzte Benzinexplosionen, die sich in dem Zylinder abspielen, vorwärts bewegen.

Der Chauffeur sitzt an einem runden Lenkring und bedient alle wichtigen Teile, besonders jedoch die Bremsen. Du hast keine Vorstellung, was in den Dörfern passiert, wenn er einen Gummiball der Hupe bedient. Kinder schreien, Hühner fliegen erschreckt hoch, Pferde scheuen, und die Dorfbewohner sehen uns mit blöden, aufgerissenen Augen nach, als kämen wir vom Mond, ja, mancher ballt sogar die Faust, als wäre der Teufel hinter ihm her.

Es war heute den ganzen Tag wunderschönes Wetter, so daß wir offen fahren konnten. Wir rollten auf elastischen Continentalpneus dahin, die Maschine, hustend und spuckend, aber munter laufend, rüttelte und schüttelte wie bei einer wohltuenden Massage. Dazwischen müssen wir immer mal wieder bei einer Apotheke anhalten und Ligroin, auch Benzin genannt, einkaufen. Aber es ist offensichtlich überall genügend vorhanden. »Der Wagen könnte doch einen größeren Vorrat mit sich führen«, habe ich Herrn Wellmann, der uns chauffiert, vorgeschlagen. »Man arbeitet daran«, hat er mir erklärt, aber ich möge auch bedenken, daß dieses Benzin giftig und hochexplosiv sei. Von da an hielten wir gerne bei jeder Stadtapotheke an.

Nur gegen die Hunde, die uns kläffend verfolgen, werden wir etwas unternehmen müssen; ich habe da an eine Reitpeitsche gedacht.

Und wenn wir in die Berge kommen und es zu steil werden sollte, haben wir abzusteigen – aber das macht nichts: wir reisen, wir rasen nicht, denn das Wesentliche ist nicht die Schnelligkeit, sondern die Freiheit der Bewegung. Der Weg ist das Ziel, sagt Bella immer. Sie ist übrigens glücklich und an allem interessiert, wie ein junges Mädchen, und ich fühle mich dadurch ebenfalls etliche Jahre jünger. Lieber Kitz, an dieser Stelle alles Gute und auf bald, ich melde mich wieder.

Am nächsten Morgen fährt man schon früh wieder los, das Automobil ist in bestem Zustand, vom Staub befreit und sauber gewischt, Öl und Benzin sind aufgefüllt. Wellmann hat am Abend noch alle Teile nachgesehen, hier und da eine Schraube festgezogen und den Wagen wieder perfekt hergerichtet. »Die Zeit vergeht wie im Rausch«, meint George, als sie nach wenigen Tagen die Stadt Karlsruhe erreichen und den Rhein sehen.

Einen Tag später fahren sie in Baden-Baden ein. Hier kurt die große Welt: Russische Prinzen und englische Ladies, deutscher und ausländischer Adel, ebenso das vornehme und wohlhabende Bürgertum des Reichs haben diese Stadt seit Jahren zu ihrem Lieblingsaufenthalt gewählt.

Man mag es bereits daran erkennen, hat George geäußert, daß wir alleine bei der Fahrt durch die Stadt bis zum Hotel mehr Motorwagen gesehen haben als auf der ganzen Strecke von Berlin bis hierher.

Als man vor dem Hotel angekommen ist, verabschiedet und bedankt man sich, versichert einander, die angenehmste Reisebegleitung gewesen zu sein. Herr Wellmann wird den Wagen als nächstes nach Frankfurt kutschieren, wo eine Generalüberholung stattfinden soll.

»Die Rückfahrt mit der Eisenbahn wird uns lange nicht soviel Freude machen, wie Sie und der wunderbare Phaeton uns gebracht haben«, sagt George zum Abschied. »So werden wir wohl im Zug sitzen und vom Automobil träumen.«

Bella hat das vornehme Hotel Meßmer ausgesucht. Unweit der Kolonaden gelegen, beinahe neben dem Kurhaus, bietet das Hotel für das frischvermählte Ehepaar von Räckwitz den richtigen Rahmen für einen eleganten Aufenthalt. Hier genießt Bella zum ersten Mal den Glanz der internationalen feinen Welt, die Sicherheit und das Ansehen aufgrund ihres adeligen Namens. Hier kennt sie niemand.

35

Zurück in Berlin, überwiegen dagegen wieder die mißgünstigen und neidischen Bemerkungen. Die feine, insbesondere adelige Gesellschaft hat ein neues Klatschthema, die jüdische Gesellschaft eine von selbst ausgelöste Diskussionslawine. »Gibt es eigentlich auch eine männliche Form von ›schickse‹?« fragt man sich boshaft lachend, und bisweilen antwortet einer: Da muß man vielleicht ab jetzt »von Schickswitz« sagen.

Bella und George haben nur einen kleinen Bekanntenkreis, man trifft sich im Theater, geht in die Oper, besucht Konzerte und Ausstellungen, aber so ganz erfüllt George dies alles nicht. Nach langer Zeit trifft er sich einmal wieder mit seinem alten Freund von Kitzingen.

Nachdem sie einige Artigkeiten ausgetauscht und von Kitzingen den neuesten Regimentstratsch erzählt hat, fragt er rundheraus: »Sag, Räckwitz, was willst du jetzt machen? Ich meine, du mußt dir doch trotz des Reichtums deiner Angebeteten eine neue Position suchen.«

Von Räckwitz wehrt ab. »Das ist und soll ihr Geld bleiben, ansonsten ... es ist nicht einfach, eine Beschäftigung zu finden«, murmelt er. »Hier in Berlin fällt mir nichts ein. Aber vielleicht ergibt sich ja noch etwas. Bella will reisen, sie hat noch nicht viel von der Welt gesehen. Vielleicht machen wir im Herbst einen Rheinausflug.«

»Fabelhafte Idee, zur Weinlese an den Rhein.« Und mit warmem Schulterklopfen: »Kommt mich besuchen, alter Freund, kommt Ende September, das ist die schönste Zeit, und da bin ich ohnedies auf meinem Weingut bei Neustadt in der Pfalz. Unsere Latifundien und das Herrenhaus sind natürlich keineswegs groß, denkt man an eure Güter im Osten, aber es wird dir gefallen.«

So stehen Bella und George eines Tages vor dem Kölner Dom, fahren mit dem Dampfer den Rhein herunter, sehen die Winzer in den steilen Hängen zwischen den bunten Blättern der Weinstöcke und besichtigen das Deutsche Eck in Koblenz mit dem gerade fertiggestellten Kaiser-Wilhelm-Denkmal. Tags darauf sitzen sie auf der Loreley, blicken ins Tal hinunter auf den Rheinstrom, und Bella singt das alte Lied von Heinrich Heine:

»Ich weiß nicht, was soll es bedeuten, daß ich so traurig bin, ein Märchen aus uralten Zeiten, das geht mir nicht aus dem Sinn ...«

»Ist es nicht auch wie ein Märchen, daß wir hier zusammen sind, daß wir hier sitzen können und die ganze Welt uns zu Füßen liegt?« fragt Bella und drückt innig den Arm ihres Mannes an sich.

Sie sehen den Mäuseturm, wo Blücher anno 1811 über den Rhein gegangen ist, und fahren schließlich nach Neustadt, Georges Freund besuchen. Kitz hat das Paar persönlich mit der Kutsche von der Eisenbahn abgeholt und führt sie voller Freude nach Hause.

»Da oben die Ruine«, erzählt er auf der Fahrt, »das war die Burg meiner Vorfahren, die ist den Franzosen zum Opfer gefallen, als Ludwig der Vierzehnte die Pfalz bis Heidelberg verwüstet hat. Wir haben den alten dunklen Kasten nicht mehr aufgebaut.«

Die Kutsche hält vor einem ländlichen Herrenhaus mit klassizistischem Giebel, breitem Treppenaufgang und zahlreichen Fenstern, umgeben von den Wirtschaftsgebäuden und einem kleinen Park, der jedoch gleich in die Rebberge übergeht.

»Schön hast du's hier«, lobt George beim Anblick des biedermeierlich gemütlichen Ensembles. Und er ist weiterhin des Lobes voll, als er nach alter Tradition noch unter der Tür vom Hausherrn den ersten Kelch Pfälzer Wein kredenzt bekommt.

»Du mußt ihn austrinken, am besten in einem Zug, das bringt Glück«, sagt der Freund lachend, »er ist von meinem besten Faß.«

Die Tage vergehen schnell, tagsüber spaziert man durch die Weinberge, macht kleine Ausflüge in die Umgebung. Jeden Abend genießt man bei Tisch den herrlichen Wein und die Köstlichkeiten der Pfälzer Küche.

»Die Menschen sind so freundlich hier«, stellt Bella bei einem der Spaziergänge fest, »jeder grüßt uns und zieht den Hut. Ihre weiche Sprache, der Dialekt, den sie hier sprechen, klingt angenehm ...« – »wie der Wein«, ergänzt George und fährt fort: »Wenn man sie bisweilen in den Weinbergen die schönen alten Volkslieder singen hört, könnte man richtig romantisch werden.«

Schnell gehen die Tage vorüber, bis die Kutsche das Paar wieder zum Bahnhof bringt. Und die Dankesworte wollen kein Ende nehmen. »Du hast den Garten Eden hier, lieber Kitz, was hält dich eigentlich im kalten Berlin? Selbst uns kommt es jetzt schon so vor, als müßten wir das Paradies verlassen.«

Bella und George sind glücklich zusammen; das Reisen sorgt für Abwechslung und neue Eindrücke, schafft Gemeinsamkeiten und Interessen. Dennoch kommt der Tag, an dem von Räckwitz mit seiner Frau ein ernsthaftes Gespräch über seine Zukunft führt.

»Bella«, beginnt er, »wir müssen etwas ändern. Sieh – ich kann nicht den ganzen Tag hier herumsitzen, Bücher lesen, spazieren gehen, reisen, nichts tun. Ich bin noch nicht alt, ich kann so nicht leben. Und ich kann auch finanziell so nicht weiterleben. Meine Apanage, die kleine Pension, das reicht nicht«, fügt er etwas zögerlich hinzu.

»Aber George, du weißt, ich bin vermögend, mach dir diesbezüglich keine Sorgen!« Bella versucht ständig, ihm solche Gedanken auszureden, aber als er schon wieder damit anfängt, wird ihr klar, daß er nicht nur eine Beschäftigung, finanzielle Eigenständigkeit sucht, sondern einen neuen Beruf, eine Herausforderung, eine Selbstbestätigung als Mann.

»Ich verstehe dich«, beschwichtigt sie ihn, »aber es muß natürlich etwas Passendes sein, deinen Fähigkeiten angemessen, deinem Namen. Und deshalb würde ich mir Zeit lassen, gründlich zu suchen, nicht gleich das Erstbeste anzunehmen. Du sprichst doch perfekt Englisch ...«

Bella versucht Zeit zu gewinnen, sie fürchtet, daß ihr Glück an den kalten Realitäten des Lebens zerbrechen könnte. Und da sie gerade von seinen englischen Fähigkeiten spricht, beschließt sie, ihn durch eine weitere Reise abzulenken.

»Warum reisen wir nicht erst einmal nach London, du besuchst deine englischen Verwandten, du zeigst mir – wie schon lange versprochen – die Fajoumbilder im Britischen Museum. Ach, ich würde so gerne einmal den Buckingham-Palast sehen, Themse und Towerbridge«, schwärmt sie. »Und vielleicht fahren wir ja auch nach Stratfort on Avon, zu Shakespeare. Erinnerst du dich, wie wir neulich ›Richard III.‹ im Residenztheater gesehen haben?« Da vermag auch George nicht mehr standhaft zu bleiben.

36

»London« – seine Augen leuchten – »warum bin ich nicht früher darauf gekommen? Du wirst begeistert sein! London ist eine Weltstadt. Und meine Verwandten – ich denke, du wirst ihnen gefallen, sie sind so open minded.« Erstmals erklärt er ihr genau die Herkunft seiner Mutter aus dem Geschlecht der Winslet, erzählt vom Stammschloß Bowmore in Devonshire, beschreibt das elegante Stadthaus und erklärt die internationalen Beziehungen, die man durch den großen Familienverband nicht zuletzt in den Kolonien hat.

»Vielleicht ergibt sich da auch für dich eine berufliche Perspektive«, meint Bella und überrascht ihn nur wenige Tage später mit den Reisetickets. »Wir fahren nach Hamburg, dann mit dem Schiff an Helgoland vorbei und dann weiter nach London«, jubelt sie. Von Jugend auf hatte sie »Über Land und Meer« gelesen, sich interessiert für ferne Städte, fremde Völker. Nun endlich bietet sich die Möglichkeit, mit einem stattlichen Mann an ihrer Seite all dies in natura anzuschauen. Und niemand fragt nach ihrer Herkunft oder seiner Vergangenheit.

George schreibt also mehrere Briefe an die englische Verwandtschaft. Er habe geheiratet, den Dienst quittiert und würde sich freuen, die alten Kontakte wieder ein wenig zu intensivieren. Zum letzten Mal hat man sich beim Tod seiner Mutter auf Groß-Räckwitz gesehen. Im Gegensatz zu den zahlreichen Besuchen seiner Jugend war die britische Verwandtschaft damals sehr reserviert gewesen und bereits am Tag nach der Beisetzung abgereist.

Als junger Kadett hingegen hatte er interessante Ferien in England verlebt. Er erinnert sich an fröhliche Cross-country-Ritte, aufregende Moorhuhnjagden in Schottland und verzweifelte Versuche der Vettern, ihm das Crickettspiel beizubringen. Später, als Offizier, hatte er die englische Verwandtschaft nie mehr besucht, man schrieb sich nur die üblichen Festtagsgrüße, erhielt ab und an ein paar Fotos und Einladugen zu diversen Hochzeiten.

Onkel Edward, der Bruder seiner Mutter, ein betagtes, ein wenig steifleinenes Mitglied des Oberhauses und nach dem Tod des alten Earl der Chef der Familie, antwortet. Er lebt abwechselnd auf Bowmore Castle und im eleganten Stadthaus in der Crescent Street. Er sei willkommen, schreibt Onkel Edward, und man empfange das junge Paar gerne zum Tee im Familienkreise in der Crescent Street.

»Du wirst sehen, sie werden dich mit ausgebreiteten Armen aufnehmen, sie sind sehr viel weltoffener als die ollen Preußen.« Die Reise an sich ist bereits ein Erlebnis für Bella, die Einschiffung im Hamburger Hafen, das Ablegen, die Schlepper, die den riesigen Dampfer ziehen, und schließlich das weite Meer. Nach ein paar Stunden erkennt man von der Ferne die Insel Helgoland, die im Tausch gegen Sansibar an Deutschland gefallen ist.

Ruhig zieht das Schiff seinen Kurs. Erst nach Stunden kommt wieder Land in Sicht.

»Die Themsemündung! Jetzt sind wir bald in London«, erklärt George fröhlich. Alles ist hier noch größer als in Hamburg, stellt Bella fest, aber die Ausschiffung geht schnell und unkompliziert. Ihre Papiere sind in Ordnung, der Zoll macht bei Kurzreisen keine großen Umstände, schon winkt George einem Dienstmann, der sie zur nächsten Kutschenstation führt.

Bella genießt die angenehme Fahrt durch die City, die Eleganz der Häuser und Paläste, die vielen vornehmen Geschäfte, schließlich das lebhafte Menschengetümmel auf den Straßen. Und dann hält die Kutsche schon vor dem Hotel Bristol. Der »doorman« öffnet den Schlag, zieht den Hut und heißt das elegante Paar willkommen, während der Hoteldiener sich des Gepäcks bemächtigt. Internationale Eleganz, Menschen aller Länder empfangen sie in der weitläufigen Halle des weltweit bekannten Hotels. Bella kann sich nicht satt sehen.

»London ist wirklich das Weltzentrum des British Empire und der zahllosen Besitzungen der englischen Krone rund um den Globus«, erklärt George. »Denk nur an Indien, halb Afrika, die endlosen Weiten Kanadas, dann Neuseeland, nicht zu vergessen Australien – ein ganzer Kontinent für sich.«

Dank seiner Sprachkenntnisse haben sie keinerlei Verständigungsprobleme, dank seiner Ortskenntnis besichtigen sie in den folgenden Tagen alle interessanten Plätze der Stadt.

Bella hat gefragt, warum sie nicht in der Crescent Street wohnen, das Haus sei doch wohl geräumig, Dienstboten sicherlich genügend vorhanden. Diese Frage hat sich auch George schon gestellt, warum sie als Verwandte nicht ins Stadtpalais eingeladen werden, wie es bei den guten Familien üblich ist. Aber dann verwirft er den Gedanken wieder. Man hat sich eben doch ein wenig auseinandergelebt in den letzten Jahren, und vielleicht spielen die politischen Spannungen zwischen Großbritannien und dem Deutschen Reich, Kaiser Wilhelms Flottenpolitik, bei dem alten Edward eine nicht zu unterschätzende Rolle.

Endlich kommt der Tag der Einladung. Bella hat sich schon in den einschlägigen Geschäften der Stadt umgesehen. Ihr cremefarbenes Nachmittagskostüm mitsamt Hütchen kann sich auch hier durchaus sehen lassen. George kleidet sich ohnedies seit Jahren nach englischer Mode, sein Berliner

Schneider ist in dieser Hinsicht perfekt. Sie sind ein schönes Paar, und Bella kennt aus ihrem großbürgerlichen Elternhaus die Etikette.

Der Butler empfängt sie freundlich und führt sie in die Halle. Der alte Earl of Bowmore sitzt an der Stirnseite, neben dem Kamin, einen Stock zwischen den Knien, um ihn herum zahlreiche Vettern samt einigen Frauen. Aufgereiht wie bei einem Familienbild, denkt Bella und wundert sich, daß trotz des warmen Tages im Kamin ein Feuer glüht.

»Der Earl ist schlecht zu Fuß, Sir«, murmelt der Butler beinahe unhörbar und geleitet sie zum Chef des Hauses. »Mr. and Mrs. von Räckwitz«, posaunt er dann kurz vor dem Sitz so laut, daß George sich sofort darüber im klaren ist, der Onkel hört auch schlecht.

»How do you do, Missis – dear George? Nice to see you here in London.«

»May I present you my wife, Bella, dear oncle Edward?«

»Hattet ihr eine gute Überfahrt? In letzter Zeit soll es schreckliche Stürme gegeben haben.«

»Danke, liebe Oheim, aber es war wirklich einfach – die neuen Dampfer der Hapag-Linie sind phantastisch«, erklärt George.

»Ah, ihr seid mit Cunard gefahren – sehr gute Schiffe«, murmelt der Alte. »Aber jetzt stell deine Frau einmal der Familie vor.«

Es geht reihum, so manchen erkennt George noch, mancher klopft ihm freundlich auf die Schulter, einige der Familie in seinem Alter haben inzwischen ebenfalls geheiratet, auch die Frauen werden vorgestellt, selbstredend mit ihren jeweiligen adeligen Geburtsnamen. George sieht sich um, da fehlte doch einer, Richard, ebenso alt wie er und in der Jugend sein bester Freund.

»Oh, er ist längst im diplomatischen Dienst, Legationsrat bei unserer Botschaft in Ägypten. Zur Zeit ist er gerade hier in London – jetzt leider noch im Außenamt. Du wirst ihn sicher noch treffen können!«

Der Butler serviert Tee und Sandkuchen, eine der jungen Damen hat ein Pensionat in der Schweiz besucht, sie spricht neben Französisch auch ein wenig Deutsch und widmet sich Bella. Der Nachmittag läßt sich freundlich, wenn auch ein wenig distanziert an, aber es sieht alles danach aus, als werde man nun die Verwandtschaft der Reihe nach besuchen, vielleicht nach Bowmore eingeladen werden. Es verspricht, eine nette Zeit in England zu werden.

»By the way«, krächzt der alte Earl plötzlich, »did you tell me the family name of your beloved wife?«

»Finkelstein«, sagte George.

»Von Finkenstein? – Correct?«, antwortet der Earl und hält die Hand ans Ohr.

»No, simply Finkelstein.« George betont das »l« ein wenig stärker.

»Oh – a nice name – isn't it?« schnarrt der Alte, und dann hat Bella das Gefühl, als gehe zwischen ihnen und dem Rest der Familie ein eiserner Vorhang herunter, wie im Theater nach Schluß der Vorstellung. Einen Augenblick herrscht Stille, dann ein leises Hüsteln, schließlich: »Ich muß noch ins Oberhaus – nett, dich gesehen zu haben, George – Missis.« Der Earl hebt die Hand zum Gruß, der Butler ist zur Stelle, um ihn zu stützen, und im nächsten Moment ist er verschwunden. Nun haben es auch die anderen Familienmitglieder sichtlich eilig. »Ich muß nochmals ins Amt«, verabschiedet sich der nächste; »See you, lieber George – Missis Bella ...«

George läßt sich nichts anmerken. Kaum ist der Butler wieder im Zimmer, bittet er um eine Droschke und verabschiedet sich nun seinerseits.

»Wir haben leider heute abend noch eine Verabredung mit dem deutschen Botschafter – war nett, alle einmal wiederzusehen.« Er bleibt stumm, während der ganzen Droschkenfahrt, ja selbst noch, als sie schon längst in der Halle des Bristol stehen.

»Laß uns morgen ins British Museum gehen«, bittet sie unvermittelt. »Wir sind ja eigentlich wegen der Fajoumbilder hergefahren.«

Er nickt, kann sich aber nicht enthalten, etwas von einem »Rauswurf erster Klasse« zu murmeln.

Sie legt ihre Hand auf seinen Arm. »Willst du weiterhin Schwierigkeiten meinetwegen haben?«

»Ja«, sagt er trocken, »jetzt erst recht.«

Die Fajoumbilder sind wirklich ein Lichtblick dieser Reise, die ungeheure Anzahl der Mumiensärge und all die sonstigen Gegenstände des alten Ägypten lassen beide ins Schwärmen kommen, aber auch ein anderer Besuch heitert sein Gemüt nachhaltig auf.

Am nächsten Tag finden sie bei ihrer Rückkunft eine Nachricht vor. Vetter Richard bittet um ein Treffen im Bristol am folgenden Nachmittag.

Voll froher Erwartung sitzen George und Bella in der Halle, als pünktlich um halb vier eine große braungebrannte Gestalt im Geschwindschritt hereinstürmt.

»Da ist er!« ruft George, springt auf, und im nächsten Augenblick liegen sich die beiden Männer in den Armen. »So nice to see you«, ruft Richard mehrmals ganz unenglisch laut und klopft dem Freund so fest auf den Rücken, daß von Räckwitz leicht zu hüsteln beginnt.

»Meine Frau – she is a born Hübschel, was a married Finkelstein – you know«, sagt von Räckwitz mit Nachdruck.

Aber Richard winkt nur ab und lacht. »Ich habe schon alles gehört – brühwarm berichtet. Vergiß doch den Alten, vergiß das ganze steife englische Getue. Sie sind nie rausgekommen. Was willst du? Du siehst glücklich aus, und Missis ...« – »Bella«, sagt George – »... Missis Bella ist jung, hübsch and well educated as I see! George, was willst du mehr? Ich bin überzeugt, bei euch in Preußen sind sie schon lange nicht mehr so engstirnig wie hier.«

George zieht es vor, darauf nicht näher einzugehen. »Erzähl! Was machst du? Wo steckst du? Bist du verheiratet? Hast du Kinder?«

»Langsam – alles der Reihe nach«, bremst ihn Richard und lacht, »aber, wenn ihr Zeit habt? Ich kenne in Knightsbridge ein wunderbares Restaurant. Ich habe schon einmal vorsorglich reserviert.«

»Nur zu gerne«, sagt George, scheint Richard doch geradezu versessen, das bisherige Bild seiner englischen Verwandtschaft zu verschönern.

So sitzen sie den ganzen Nachmittag bis spät in den Abend zusammen; Richard erzählt von seinem Beruf als Attaché im diplomatischen Dienst, der ihn schon in verschiedene Länder geführt hat. Seit einigen Jahren steht er nun schon in Kairo im Dienste der britischen Majestät. Von der Stadt und von Ägypten spricht er in den höchsten Tönen der Begeisterung.

»Weißt du, die Araber, der Khedive, also die ägyptische Gesellschaft, das ist das eine, und das ist schon exotisch genug, aber die europäische Kolonie – nicht nur Briten, sondern auch Franzosen, Deutsche, Italiener – ist ein durch und durch buntes Völkchen. Die Botschaften und ihr Personal bilden natürlich so etwas wie einen Grundstock, aber es leben eine ganze Menge reicher Müßiggänger dort, fasziniert vom Orient oder dem alten Ägypten. Manche beschäftigen sich mit Ausgrabungen, andere sind Schriftsteller, Maler oder intellektuelle Träumer, ich sage dir, es ist eine gesellschaftliche Mischung dort, die ich nirgendwo so erlebt habe. Ich jedenfalls fühle mich derart wohl, daß ich noch nicht daran gedacht habe, eine britische Lady zu ehelichen und Kinderchen zu haben.«

George übersetzt immer wieder, aber noch in den folgenden Tagen muß er Bella jedes Wort berichten, von den Wunderdingen, die der Vetter von diesem orientalischen Traumland erzählt hat. Man trifft sich ein weiteres Mal, und diesmal lädt Richard seinen deutschen Vetter und Bella direkt nach Kairo ein.

»Per Dampfschiff ab Genua oder – für euch vielleicht einfacher – über das österreichische Triest und dann erster Klasse, mit Außenkabine oder Suite, mit dem Schiff quer über das Mittelmeer mit Anlegen in Dubrovnik, dann Malta und schließlich Kairo. Die Reise allein ist schon ein Genuß. Ich könnte euch ein Haus im Europäerviertel besorgen. Dienstboten, alles kein Problem, der deutsche Botschafter samt Gemahlin sind reizend. Ich bin überzeugt, es würde euch gefallen. Zeit und Geld – wenn ich das recht herausgehört habe – spielen doch keine Rolle.«

Bella nickt heftig, als George das übersetzt hat, und wäre am liebsten sofort aufgebrochen. Von Räckwitz bedankt sich immerhin und verspricht, eventuell darauf zurückzukommen. »Aber dann mußt du auch noch einige Jahre in Kairo bleiben«, lacht er, die Versetzungspraktiken im auswärtigen Dienst genau kennend.

So hat der Londonbesuch noch einen positiven Abschluß gefunden, dazu die Museumsbesuche, die vielen Besichtigungen, die beide so unendlich fasziniert und ihre restlichen Tage beinahe völlig ausgefüllt hatten.

37

Begeistert erzählt Bella ihrer Freundin Mirja von den Londoner Tagen. »Könntest du mir ein wenig Englisch beibringen?« bittet Bella bei einem ihrer nachmittäglichen Treffs.

Mirja erklärt sich bereit, ihre »eingerosteten Kenntnisse noch einmal aufzupolieren«, und so beginnt Bella allmählich in die fremde Sprache vorzudringen.

Jede Woche lernt sie neue Wörter und kleine Sätze, während George nichts von Bellas Plänen ahnt.

In der »Eleganten Welt«, die sie seit Usedom regelmäßig liest, gibt es in letzter Zeit häufiger Berichte über die neuen Automobile. Ein solcher Wagen würde George vielleicht von seinen immer wiederkehrenden Trübsinnigkeiten und quälenden Überlegungen bezüglich eigener Tätigkeiten ablenken. Gerade jetzt hat er eine Absage aus dem Außenministerium bekommen, wo er sich aufgrund seiner hervorragenden Englischkenntnisse und seines Hintergrundwissens bezüglich der englischen Gesellschaft eine Position versprochen hatte. Die Anfrage war sehr vorsichtig und unter Einschaltung alter Freunde und Beziehungen eingefädelt worden. Die nachgeschobene Begründung – er möge erst einmal seine Lungenprobleme auskurieren – nimmt er achselzuckend.

In der Friedrichstraße hat ein Automobilsalon seine Pforten eröffnet. Alle Welt strömt hin, die verschiedenen Modelle einer schwäbischen Firma, DMG – Daimler Motoren Gesellschaft –, zu sehen. Bella hat in aller Heimlichkeit dem Prokuristen der Silbersteinschen Bank in Breslau telegraphiert, um eine größere Summe auf ihre Berliner Bank überweisen zu lassen. Schließlich hat sie es arrangiert, daß man bei einem Stadtbummel bei dem Automobilsalon vorbeikommt. Da hellt sich Georges seit Tagen trübe Miene förmlich auf. Ein Typ, Phönix genannt, hat es ihm besonders angetan, und Bella spürt, daß er sich nur schwer von diesem – zugegeben – eleganten, offenen Zweisitzer losreißen kann.

Da der Hochzeitstag ohnehin bevorsteht, ist der Rest nur noch eine Frage guten Arrangements.

Sie hat Glück, der Hochzeitstag fällt auf einen Sonntag, und als gegen halb zwölf Uhr morgens auf der ansonsten stillen Kantstraße mehrfach ein langgezogenes Hupen ertönt, geht er ganz von selbst auf das Fenster zu und öffnet es. »Sieh mal, Bella, da unten steht ein Daimler«, sagt er mit leuchtenden Augen. »Es ist der Phönix-Typ, den wir in der Ausstellung gesehen haben, und der gleiche, den der Erbprinz von Hohenlohe-Schillingsfürst besitzt – ein tolles Gefährt.«

»Wollen wir uns den Wagen unten nicht wenigstens einmal ansehen?« Sie geht schon zur Tür, aber er hält sie zurück. »Nein, nein, das geht nicht, das wäre zu aufdringlich, was würde der Besitzer sagen?«

»Ach, ich kenne ihn – er hat sicherlich nichts dagegen«, lacht Bella und zieht den Widerstrebenden zur Tür hinaus und die Treppe herunter. Oben steht schon Frau Hartmann mit ihrem Mann am Fenster. Bella ist sicher, daß sich auch die Generalin zwischen den Vorhängen versteckt, um das Geschehen genau verfolgen zu können. Auf der gegenüberliegenden Straßenseite hat sich eine kleine Menge gebildet und schaut voller Interesse zu.

Bella muß George an die Hand nehmen und förmlich mitziehen. »Guten Morgen, Herr Läpple«, begrüßt sie den Chauffeur, der sofort seine Kappe zieht. »Wollen Sie nicht meinen Gatten einmal auf eine Probefahrt mitnehmen?«

Läpple öffnet sofort den Schlag und sagt ehrerbietig: »Bitte sehr, wenn der gnädige Herr Platz nehmen möchten.«

George weiß nicht, wie ihm geschieht. Hatte sie etwa eine Probefahrt für ihn arrangiert? Und das genau mit seinem Traumwagen? »Nun setz dich schon rein! Herr Läpple hat nicht viel Zeit und will dir noch den Wagen erklären«, lacht Bella. Da setzt er sich in den Sitz, während der Chauffeur ihm eine Brille reicht, den Schlag schließt, um das Auto herumgeht, ein paarmal die Anlasserkurbel dreht und im nächsten Augenblick zweiunddreißig Pferdestärken losbrüllen. George blickt noch immer ziemlich fassungslos, als sich der Wagen mit Getöse in Bewegung setzt. Er hört auch nicht mehr, daß von einigen Fenstern herunter geklatscht wird, aber spätestens zu diesem Zeitpunkt weiß Bella, daß ihr Kalkül aufgegangen ist.

Die Fahrt geht quer durch die Stadt, über den Kurfürstendamm, hinaus bis zum Wannsee, durch die Villenvororte, dann die Wälder und schließlich wieder zurück. Zuerst hat George nur so dagesessen, das Gefühl des Gefahrenwerdens genossen, den Wind, der ihm durch die Haare streicht, gespürt, die Häuser vorbeiziehen lassen.

Läpple ist wohl instruiert, ganz langsam soll er mit der Einweisung beginnen, die Kulissenschaltung erklären, die Bremsen, all die technischen Details, die George bislang nur theoretisch kennt.

Seine Begeisterung für das Gefährt ist grenzenlos, als er nach beinahe zwei Stunden wieder zu Hause ankommt. Der Chauffeur verabschiedet sich ehrerbietig und bietet sich an, ihn am kommenden Nachmittag zu einer ersten Fahrstunde abzuholen. »Gut, auf sechzehn Uhr dann«, meint von Räckwitz und verabschiedet sich.

Erst als er in der Wohnungstür steht und der fröhlich und glücklich lachenden Bella ansichtig wird, kommt er gewissermaßen zur Besinnung. »O Gott, ich habe den Chauffeur wirklich für morgen nachmittag bestellt – ich muß das absagen«, meint er und kann ihre fröhliche Laune in diesem Augenblick gar nicht verstehen. »Nichts mußt du absagen, mein lieber George, im Gegenteil, jetzt wirst du jeden Tag Fahrstunden nehmen, bis du mich auch einmal herumkutschieren kannst. – Der Wagen gehört dir. Er ist mein Hochzeitsgeschenk an dich.«

»Du bist verrückt«, bringt er nur heraus, dann schließt er sie in seine Arme.

Das Automobil verändert ihr Leben. Nicht nur, daß sie jetzt häufiger hinausfahren, an der Havel entlang bis zur pommerschen Seenplatte. Dieser Wagen gibt ihm offensichtlich ein neues Selbstbewußtsein.

»Das Regiment ist grün und gelb vor Neid über dein Automobil – im Casino reden sie über nichts anderes mehr«, berichtet von Kitzingen und fühlt sich ebenso geehrt wie glücklich, als ihm von Räckwitz eine Vergnügungsfahrt nach Potsdam und zurück anbietet.

»Donnerwetter, janz famos«, verfällt selbst von Kitzingen in den üblichen Casinoton und fühlt sich auf dem Beifahrersitz wie Seine Majestät persönlich.

Kurz darauf flattert von Räckwitz eine Einladung mit herzoglichem Wappen ins Haus.

Der Kaiserliche Automobil und Motorsportclub (KAMC)
beehrt sich,
Herrn Georg von Räckwitz,
Besitzer eines neuen Phönix Daimler,
zur nächsten gemeinsamen Ausfahrt
am kommenden Sonntag vierzehn Uhr einzuladen.
Treffpunkt Schloßrondell,

unterzeichnet: Kommerzienrat Hohmann (zweiter Sekretär)
im Auftrag
SKH Herzog von Ratibor, Präsident

»Woher die wohl wissen, daß ich jetzt ...«, sinniert George, aber Bella lacht nur. »Da kann ich dir nachhelfen, ich bin schließlich in einem Geschäftshaushalt aufgewachsen. Das ist doch ganz einfach, mein Lieber. Die Firma Daimler gibt die Adressen der Käufer weiter, die ihre großen Modelle kaufen, und wenn der Käufer dann dem Clubvorstand paßt, wird man eingeladen. Das nennt man heutzutage ›Reklame‹. – Es wird dir gefallen! Du wirst dich dort wohl fühlen!«

Pünktlich, kurz vor vierzehn Uhr, findet sich von Räckwitz mit seinem Phönix am Schloßrondell ein, wo schon einige Phaeton, Horch, AWA Daimler, ein Benz und zwei Adlerwagen herumstehen, neugierig begafft von der Menge, die zu diesem Anlaß herbeigeströmt ist. Automobile sind immer noch eine Attraktion, um so mehr, wenn zahlreiche verschiedene Typen und Marken zu sehen sind. Von Räckwitz stellt sich dem nächsten Automobilisten vor und fragt nach dem Clubsekretär. Er wird gleich freudig begrüßt und zu Herrn Kommerzienrat Hohmann geführt, der ihm mitteilt: »Sie müssen bei uns Mitglied werden«, ihm die Clubsatzung überreicht und verschwörerisch meint: »Ich stelle Sie auch gleich unserem Präsidenten vor.«

Es dauert nicht lange, da biegt ein Phönix schneidig um die Ecke, die Zuschauer klatschen, und als er vor ihnen hält, steigt Seine Königliche Hoheit, der Herzog von Ratibor, aus. Kommerzienrat Hohmann geht mit George auf den Prinzen zu. »Königliche Hoheit – unser neues Mitglied Freiherr von Räckwitz – wir sprachen darüber …«

»Gestatten von Räckwitz, verabschiedeter Major im Ersten Gardedragonerregiment.«

»Rühren, rühren Sie, lieber Räckwitz, rühren Sie«, sagt SKH lächelnd. »Bei uns im Club geht's fast schon demokratisch zu. Freut mich, daß Sie zu uns stoßen wollen. Wir sind hier ein verschworener Haufen von Motorenthusiasten! Na, wie ich sehe« – er blickt hinüber zu Georges neuem Wagen – »sind Sie es auch. Die Wahl Ihres Kraftfahrzeugs beweist Ihren guten Geschmack. Wissen Sie«, fährt er leutselig fort, »ich nenne meinen Daimler Phönix nur ›SSK‹ – das steht für ›schön, schnell und kräftig‹.« Er sieht sich wiederum suchend um. »Wo ist denn Ihre Gemahlin, lieber Räckwitz? Ausfahrten, müssen Sie wissen, werden immer mit Damen gemacht – sportliche Veranstaltungen natürlich nicht«, fügt er hinzu. »Also, mein Lieber, das nächste Mal bringen Sie Ihre liebenswürdige Gattin mit. Soll ja eine Schönheit sein, habe ich mir sagen lassen – die dürfen Sie uns nicht vorenthalten«, lacht er und fügt hinzu: »Stammt doch aus der Erbswurstdynastie – wenn ich mich nicht irre?«

»Richtig«, erklärt von Räckwitz, »sie ist eine gebürtige Hübschel.«

»Gute Leute«, nickt der Prinz, »haben dem Vaterland mit ihrer Erfindung im Siebziger Krieg mehr genützt als ein paar Bataillone Infanterie – besonders, wenn die ohne die Erbswurst eben verhungert wären. Also, lieber Räckwitz, da werden wir uns in Zukunft ja häufiger sehen.« Er hebt die Hand zum Gruß, winkt noch einigen anderen Automobilisten und gibt dann das Zeichen zum Aufbruch. Sofort sind etliche der umstehenden Männer bereit, die Anlasserkurbeln der Wagen zu betätigen, bis die einzelnen Motoren knatternd und Rauchwolken ausstoßend nacheinander in Gang kommen.

Es ist schon ein faszinierendes Schauspiel für die Zuschauer, wie sich die ganze Karawane fauchend und krachend in Bewegung setzt. Der Benzingeruch wird dabei ebenso genossen wie die Auspuffschwaden.

George erzählt am Abend voller Stolz von dem langen persönlichen Gespräch mit SKH und dessen ausdrücklichem Wunsch, beim nächsten Mal Bella mitzubringen. Und Bella spürt sehr wohl die Befriedigung und den Stolz, die in seinen Worten mitschwingen.

Natürlich darf auch Mirja einmal in dem tollen Automobil mitfahren. Selbst ihr Mann Fritz hat um eine Probefahrt gebeten. Er ist mittlerweile Stabsarzt geworden, hat also das Regiment verlassen und sucht nun wieder den Kontakt zu seinem alten Kameraden. »Du mußt verstehen ...«, beginnt er, als sie nach langer Zeit zum ersten Mal wieder aufeinandertreffen, aber von Räckwitz winkt ab.

»Denk nicht mehr drüber nach, du hast mir mit deinem Attest geholfen, der Rest ... ist eben so.«

»Einverstanden«, nickt Fritz, »nur eine Frage wegen des Attests: Hast du jemals etwas wegen deiner Lunge unternommen?«

George schüttelt den Kopf.

»Kommt doch am Wochenende auf einen Kaffee zu uns nach Hause, ich bringe das Stethoskop mit – ich habe dir damals kein Gefälligkeitsattest ausgestellt, da war wirklich etwas.«

George wehrt ab. »Ach was, ich bin kerngesund!« Doch auch Bella läßt nicht locker.

So trifft man sich dann am Wochenende zu Kaffee und Untersuchung.

»Ich höre ein deutliches Rasseln«, meint Fritz und klappt sein Stethoskop zu. »Du hast doch alle Zeit, hast alle Möglichkeiten, warum verbringst du den Winter nicht im Süden? Das wird jetzt ohnehin schick. Einer unserer Stabsoffiziere, ein Patient von mir, war letztes Jahr aus ähnlichen Gründen auf Mallorca, im Mittelmeer. Dort gibt es jetzt ein hervorragendes Grandhotel, ganz neu und im modernen Stil gebaut. Es muß eine traumhafte Insel sein. Seine ganzen Probleme sind verschwunden.« Er schweigt einen Augenblick.

»Oder geht doch nach Madeira. Soweit ich weiß, steht dort eines der vornehmsten englischen Hotels, Reid's Palace. Die Sprache ist für dich ja kein Problem, und dieses Eiland soll eine Insel des ewigen Frühlings sein.«

Von Räckwitz wirkt nicht gerade begeistert. »Oder wenigstens für einen Monat nach Cannes oder Monte Carlo, das ist ebenso elegant wie gesund.«

George gefallen alle diese Vorschläge nicht besonders, aber Bella hat gut zugehört.

38

Der Herbst kommt in diesem Jahr unerwartet früh. Kaum ist die Sommerhitze vergangen, hängen tagelang Regenwolken über Berlin, feuchter Wind peitscht um die Ecken, und die ungemütliche Stimmung läßt die Menschen schneller nach Hause hasten, um bereits den Kamin anzufeuern. An fröhliche Automobilausfahrten mit dem SSK – wie George sich angewöhnt hat zu sagen – ist bei diesem Wetter nicht mehr zu denken. Schon bei der letzten Tour ist er durchnäßt und frierend nach Hause gekommen. Seitdem fröstelt er ständig, und auch das Hüsteln hat zugenommen.

»Willst du nicht doch auf Fritz' Worte hören? Wir könnten doch das Angebot deines Vetters Richard annehmen, den Winter in Ägypten zu verbringen. Du tätest endlich etwas Vernünftiges für deine Gesundheit und hättest gleichzeitig ein ganz besonderes Erlebnis«, lockt Bella, der die Einladung des Vetters seit dem Besuch in London nicht mehr aus dem Kopf gegangen ist.

George wehrt ab, das lasse sich so schnell nicht realisieren, die Reise sei unkalkulierbar wegen der Kosten, und für die Planung sei mindestens ein halbes Jahr vonnöten. Aber Bella läßt nicht locker. Sie wartet längst auf Post aus Kairo, hat sie doch, ohne sein Wissen, bereits einen entsprechenden Brief an Vetter Richard geschrieben.

Die Antwortpost kommt nur wenige Tage später: Richard schreibt, er freue sich sehr auf ihr Kommen. Alles sei bereit, die Passage bei der MSC Mediterranian Shipping Co. ab dem österreichischen Adriahafen Triest vorgebucht, auch ein Haus sei bereits gemietet. »Es ist ein richtiger kleiner Palast mit Bediensteten und allem Komfort, in einem morgenländisch-südlichen Park gelegen«, schreibt er. »Ich bin sicher, ihr werdet begeistert sein! Liebe Bella, bring Deine Sommergarderobe mit, und Du, George, packe deine Uniform ein! – Hier ist man bisweilen etwas formal und hebt sich gern gegenüber den Zivilisten ab.«

Wieder einmal hat Bella sich durchgesetzt, allerdings in einer Art, in der er ihr nicht böse sein kann. Dennoch, ein wenig kränkt ihn seine Rolle als »Prinzgemahl« – wenn er nur eine eigene Position finden würde! Er beschließt, im nächsten Frühjahr, wenn sie aus Ägypten zurück sind, weitere ernsthafte Schritte zu unternehmen.

Zuerst jedoch müssen die großen Schrankkoffer gepackt werden, die neueste Wintergarderobe bleibt daheim.

Die Zugreise Berlin–Wien–Triest im komfortablen Erste-

Klasse-Wagen mit Schlafabteil ist angenehm und entspannend. Richtung Österreich kommt immer stärker die Sonne hervor. Salzburg präsentiert sich mit seinen unzähligen Kuppeln und Türmen schon im strahlenden Sonnenlicht unter stahlblauem Himmel. Aus klarer Luft ragen in der Ferne, aber immer näher kommend, die schroffen Alpengipfel mit ihren Schneehäuptern empor. Im Speisewagen treffen sie auf einen Herrn, unterwegs zum deutschen Konsulat auf Malta. Der Diplomat kennt Kairo sehr gut, denn er war einige Jahre zuvor zweiter Sekretär an der dortigen Botschaft. Gemeinsam schifft man sich in Triest ein. Die »Aurora«, ein italienischer Dampfer, ausgestattet mit allem modernen Luxus, bietet elegante Kabinen der ersten Klasse und prachtvolle Gesellschaftsräume, die schon einen Vorgeschmack auf das, was man in den kommenden Tagen erleben wird, geben. Das Paar genießt tagtäglich aufs neue das blaue Meer der Adria, die zahlreichen Fischerboote, die immer wieder die Route des Dampfers kreuzen, und die vielgestaltigen Küsten Istriens, die bisweilen im Dunst auftauchen. Dann kommen ferne Inseln in den Blick, rauh und schroff ragen manche wie Felsen aus dem Meer. Erinnerungen an das alte Hellas, Erinnerungen an Homer, die Sagen des alten Griechenland, werden wach. Und stundenlang stehen sie an der Reling, blicken zu den fernen Ufern hin oder verfolgen den Weg des Dampfers, der eine schnurgerade Linie durch das chrysoprasgrüne, bisweilen smaragddunkle Wasser des endlosen Meeres schneidet.

Wenn sie nicht an der Reling stehen, genießen sie die Pracht und die Eleganz des Luxusschiffes. Täglich eine Soiree, jeden Abend ein großes Diner in Gesellschaftskleidung und Uniform, dazwischen Konzerte, Tea-Time, Matineen.

»Man kommt mit dem Umziehen gar nicht mehr nach«, lacht George, doch Bella spürt deutlich, wie sehr ihm nach der erzwungenen Ruhe in Berlin die gesellschaftliche Atmosphäre an Bord gefällt. Vergnügungsreisende und reiche Müßiggänger, Kaufleute und Diplomaten bevölkern die erste Klasse, und die Gespräche, die sich immer wieder ergeben, sind beinahe so farbig wie die Welt des Orients, in die sie alle in den kommenden

Tagen eintauchen werden. George wird wieder wie früher zum blendenden Gesellschafter, und seine perfekten Englischkenntnisse überwinden mühelos die nationalen Schranken. Bella genießt es, die Frau an seiner Seite zu sein und die Bestätigung zu erhalten, daß sie ein ebenso schönes wie interessantes deutsches Paar sind.

Am zweiten Tag sieht sie plötzlich von ferne den Arzt mit dem dunklen Vollbart, den Mirja ihr damals beim Konzert in ihrem Hause kurz vorgestellt hatte. »Er ist Socialist«, hatte sie damals geflüstert, »aber mein Mann hält viel von ihm.«

»Dr. Adanoff«, stellt er sich noch am gleichen Abend bei einem zufälligen Treffen in der Schiffsbar vor. »Haben wir uns nicht schon einmal gesehen?«

»Ich glaube, Sie sind ein Freund von Dr. Nachmann, dem Militärarzt bei den Ersten Gardedragonern«, erklärt Bella, nachdem sich auch ihr Mann vorgestellt hat.

»Von Räckwitz ...?« meint der Arzt gedehnt. »Ich habe da eine Erinnerung, warten Sie mal ...«

»Ich war Rittmeister bei der gleichen Einheit«, erklärt George, »daran werden Sie wohl denken – habe aber inzwischen demissioniert.«

Da lacht der Arzt. »Genau wie ich. Ich war Truppenarzt bei den Husaren, aber das war kein Leben für mich. Inzwischen bin ich an der medizinischen Fakultät tätig, Virologie ist mein Fach. Da reise ich sehr viel, um Erfahrungen zu sammeln und neue Viren zu entdecken.«

Man plaudert noch eine halbe Stunde, Adanoff erzählt von seinem Weg zur Oase Kufra. Noch immer ist ihr der Arzt mit seinem düsteren Gesicht etwas unheimlich. Ob er sich wirklich nicht an die gemeinsame erste Begegnung mit ihr – damals noch Frau Finkelstein – erinnert?

»Was hältst du von dem Arzt?« fragt Bella am Abend, als sie schon im Bett liegen.

»Undurchsichtig«, murmelt George, »irgendwie gefällt er mir nicht.« Dem kann sich Bella nur anschließen.

Die Woche an Bord vergeht so schnell im süßen Nichtstun. Malta, die letzte Zwischenstation, liegt schon wieder zwei Tage hinter ihnen. Der Diplomat, der ihnen so viele interessante Neuigkeiten über das Leben in Ägypten erzählen konnte, hat sich verabschiedet. Er tritt seinen Dienst als Legationsrat im deutschen Konsulat in Malta an. »Eine kleine Mission, keine Konflikte, keine großen Probleme«, lächelt er, als er das Schiff verläßt, »aber das deutsche Reich muß überall Flagge zeigen – gegen die Übermacht der Briten. Besuchen Sie doch bei Ihrer nächsten Lustreise einmal Malta, ich werde Ihnen gerne behilflich sein.«

Die Sonne brennt täglich wärmer vom ewigblauen Himmel herunter, und es ist mittlerweile richtig heiß tagsüber. Bella genießt diese Sonnenwärme, wohlbehütet unter einem großen Sonnenschirm, der breitkrempige Strohhut schützt ihren empfindlichen Teint. So verbringt sie mehrere Stunden im Liegestuhl auf Deck und schaut dem Spiel der Delphine zu, die das Schiff begleiten. Glücklich ist sie in diesen Augenblicken, und sie spürt, daß alles, was sie sich als junges Mädchen je erträumte, in Erfüllung gegangen ist: ein gutaussehender Gatte in glänzender Uniform, ein adeliger Name, der ihnen hier die entsprechende gesellschaftliche Reputation gibt.

Aber dann taucht dennoch immer wieder eine andere Seite ihres Inneren vor ihrem geistigen Auge auf: Sie sieht das schöne Haus in der Schweidnitzer Straße vor sich, hört die sonore Stimme des Vaters, erinnert sich der Eleganz der Mutter, träumt von den unbeschwerten Kindertagen mit Mimi, den fröhlichen Purimfesten. Auch der Großvater erscheint immer wieder vor ihrem inneren Auge. Sie erinnert sich nur allzugut an seine Stärke, die er vor allem aus seinem festen Glauben erhielt. Plötzlich ist ihr, als fehle zu allem Glück, das sie stündlich, ja minütlich genießt, ein wenig ihre alte, heimelig jüdische Welt in Breslau. Aber schnell verscheucht sie solche Gedanken der Wehmut wieder. Es ist vergangen, vorbei, sagt sie sich, und als sich der Decksteward in seiner weißen Livree dienstbeflissen nähert, bestellt sie »einen Campari mit sehr viel Wasser«.

Das Klirren des Eises im Glas mit der roten Flüssigkeit vertreibt schnell die kurzen trüben Gedanken, und dann kommt auch schon George im gutgeschnittenen hellen Tropenanzug, den Panamahut tief ins Gesicht gezogen. Dieser Anblick allein verschafft ihr ein neues Glücksgefühl. Die Sonnenbräune im Gesicht steht ihm gut. Er hüstelt weniger, und sie glaubt zu sehen, daß selbst seine Haltung wieder gerader geworden ist, aufrechter. Er wirkt jünger, gesünder, ja auch männlicher, stellt sie fest.

Und dann kommt in der Ferne das erste Stückchen Afrika in Sicht. Alle Passagiere sind von den Kabinen heraufgekommen, als das Tuten des Schiffes das Einlaufen in den Hafen ankündigt. Nun stehen sie gespannt an der Bugreling. Etliche haben Ferngläser dabei, um den Anblick des ersten afrikanischen Landzipfels nicht zu verpassen.

»Da beginnt Ägypten, da ist die Landspitze von Alexandrien«, sagen die Umstehenden, und begeistert zeigt man sich gegenseitig die ersten in Sicht kommenden Uferbefestigungen. Das mittlerweile so vertraute Stampfen der Maschinen ist leiser und ruhiger geworden, langsam schiebt sich der majestätische Dampfer in die Hafeneinfahrt hinein.

»Schau mal, links hinter dem Leuchtturm, das Palais Ras el Tin, das Schloß des Vizekönigs«, erklärt lautstark in kehligem Deutsch ein Österreicher seiner Frau. »Rechts – da kommen jetzt die Kasematten und Hafenanlagen in unser Blickfeld, weiter vorn, das ist das Fort Napoleon.«

Seitwärts sieht man einen Wald von Masten, voraus die große Mole, dort ankern noch zwei Überseedampfer.

Vetter Richard hatte telegraphiert, er werde Bella und George persönlich vom Schiff abholen. So stehen sie ganz gespannt an der Reling und genießen das unvergleichliche Schauspiel eines orientalischen Hafens. Dutzende von kleineren und größeren Booten umschwärmen jetzt das Schiff, das immer mehr an Fahrt verliert, langsame Dhaus hissen ihr Dreieckssegel und nehmen Fahrt auf, andere dümpeln träge im schmutziggelben Wasser des Hafenbeckens.

Der Blick auf den Kai bietet ein quirliges Bild. Hunderte von Stimmen wollen schreiend fremdartige Waren verkaufen, zahllose Hände recken sich hoch, gefüllt mit frischem Obst und tausend anderen exotischen oder unbekannten Dingen. Güter werden gestapelt, andere auf Wagen und Karren verladen. Maultiere und Esel trotten durch das Gewühl, Händler schreien, Hotelboys winken, Lastträger balancieren mit ihren Waren, und zum ersten Mal sehen und begreifen Bella und George, das ist der »Orient«.

Vetter Richard scheint in dem bunten Durcheinander der einzige zu sein, der weder einen Turban noch einen Fes trägt. Er steht auf einer Kutsche und schwenkt seinen weißen Hut, um sich bemerkbar zu machen. Auch George hat den Panama gezogen und winkt begeistert zurück.

Langsam legt das Schiff an der Mole an, Taue werden herabgeworfen und unter endlosem Geschrei befestigt, aber es dauert noch eine lange halbe Stunde, bis endlich die Landungsbrücke festgemacht ist und man an Land gehen kann. Zuerst müssen die Passagiere ins Zollhaus; die Formalitäten gehen schleppend, die Beamten untersuchen minuziös die Pässe, vergleichen etliche Listen und stempeln schließlich mit wichtiger Miene die Papiere. Dann kommt der Zoll, erst mal für das Handgepäck, die Schrankkoffer werden erst später entladen. Die Beamten murmeln Unverständliches, lassen einzelne Taschen öffnen. Aber wie George erst später begreifen wird, geht die Abfertigung für orientalische Verhältnisse geradezu blitzschnell.

Vetter Richard hat sich einen Weg durch das Gewühl gebahnt, steht jetzt direkt vor der Tür des Zollhauses und umarmt die beiden stürmisch. »Welcome in Egypt, und willkommen im Orient«, ruft er immer wieder. Bella kann seine Begeisterung, seine Freude, sie hier zu haben, deutlich spüren, obwohl sie nur wenig Englisch versteht und es eine Zeitlang dauert, bis George sich aus den Armen des Vetters befreit hat, um ihr die ersten Worte zu übersetzen.

»Jetzt geht es erst mal raus aus dem Gewühl hier und in die Stadt hinein«, versucht er das laute Geschrei und den Lärm um sie herum zu übertönen.

»Ich habe hier für uns ein Hotel gebucht, denn wir werden heute hier übernachten, später dann die Schrankkoffer übernehmen und morgen mit dem Zug nach Kairo fahren. Ich habe schon alles geregelt, die Zimmer sind im Grandhotel ›Alhambra‹ gegenüber dem gleichnamigen Theater bestellt, der

Hotelboy wird sich um das Gepäck kümmern, und die Plätze im Zug sind auch schon reserviert. Das ›Alhambra‹ ist nicht weit von unserem Abfahrtsbahnhof entfernt und liegt im ›Frankenquartier‹, so nennen sie hier die europäischen Wohnbezirke.«

»Thank you, Richard – danke«, macht Bella ihre ersten englischen Sprachversuche und drückt dem Vetter die Hand. Sie weiß, daß es ohne seine Hilfe nicht einfach gewesen wäre, sich hier zurechtzufinden. Auf ihrem Weg zur Kutsche werden sie immer wieder angesprochen. »Madame«, schreit der eine, »Mister, Mister«, wird ihr Mann von einem anderen am Arm gezupft. »Monsieur – Signore – Signore«, kreischt ein dritter. Sie sind umringt von irgendwelchen Händlern, Trägern, Bettlern, Zeitungsjungen, die ihnen ihre Dienste anbieten wollen und sie in allen europäischen Sprachen anzureden versuchen. Dazwischen sicher auch Taschendiebe, die sich die Unwissenheit der Neuankömmlinge zunutze machen wollen.

»Mra-be« oder so ähnlich schreit der Vetter mehrmals ganz energisch und macht eine wegscheuchende Handbewegung. Aber den letzten Händler muß er schier vom Kutschentritt herunterwerfen, als man bereits eingestiegen und angefahren ist.

»Das ist der Orient«, lacht Richard, »daran muß man sich gewöhnen. – Aber jetzt geht es erst mal durch die Stadt.«

Die Droschke verläßt das Hafenareal, der Weg führt über eine Brücke, dann biegt man in eine große, breite Straße mit neuen und fast europäischen Häusern zu beiden Seiten.

»Vor hundert Jahren, nämlich 1798, als Napoleon Alexandrien während seines Ägyptenfeldzugs erobert hat, lag die Stadt noch völlig darnieder; nichts als Lehmhütten, kaum fünftausend Einwohner. Der gesamte Glanz der Antike, alles, was die Europäer mit dem Namen Alexandria verbinden, war zerstört und ist in vielen Jahrhunderten untergegangen. Erst Mehmed Ali, der erste Statthalter von Ägypten, dessen Söhne Khedive, Vizekönige, wurden, hat das alles hier aufgebaut. Gleich werdet ihr sein Denkmal sehen.« Und tatsächlich, mitten im Frankenquartier, wo sich die Botschaften und Konsulate, europäische

Banken und Schulen aller wichtiger Nationen, auch Krankenhäuser, ja sogar Altersheime und verschiedene Kirchen befinden, steht seine Reiterstatue, umrankt von Büschen und Blumenrabatten sowie zwei Fontänen.

»An Napoleon erinnert hier noch vieles, nicht nur der Begriff ›Frankenquartier‹. Auch die Hauptstraße in Kairo heißt noch immer ›Rue neuve‹, die Umgangssprache der gebildeten Einheimischen mit uns Europäern ist noch immer das Französische. Aber damit werdet ihr keine Probleme bekommen; wir Briten sprechen untereinander ohnedies nur Englisch, die deutsche Kolonie unterhält sich natürlich in deutsch, und was eure zukünftige Dienerschaft anbetrifft, die sind schon danach ausgesucht, daß sie Englisch sprechen und verstehen können.«

Das elegante Hotel ist im maurischen Stil erbaut und wirkt auf den ersten Blick ebenso arabisch wie europäisch. Die Pagen übernehmen das Handgepäck, und Richard führt die beiden ohne Umwege durch die großzügige, luxuriös eingerichtete Halle direkt hinüber zur Bar.

»Ihr müßt erst mal ankommen«, grinst der Vetter und bestellt drei doppelte Gin. »Damit ihr gleich von Anfang an Bescheid wißt: Das hier ist kein Alkohol, sondern Medizin. Aber natürlich gibt es keinen öffentlichen Ausschank, nur privat und in reinen Ausländerhotels, denn wir sind hier in einem moslemischen Land.

Cheers, willkommen in Ägypten, willkommen im Orient.«

»Ich trinke zwar auch gerne mal einen Schnaps«, meint George, »aber Medizin – na ja.« Da hebt der Vetter die Hand. »Moment – du hast mich nicht ausreden lassen. Willkommen im Orient, das heißt nicht nur das bunte pulsierende Leben draußen genießen, das heißt auch für uns Europäer ein paar Regeln beachten. – Die meisten werden euch wenig Probleme machen; das sind die gesellschaftlichen Umgangsformen. Bei den gesundheitlichen Vorsichtsmaßnahmen müßt ihr selbst aufpassen und Vorsorge treffen. Erste Lektion: Nie Wasser trinken, das nicht abgekocht ist, nie etwas essen, was nicht für Europäer eigens zubereitet ist! Und«, er macht eine Pause, »dennoch werdet ihr ›Pharaos Rache‹ nicht entgehen.« Bella und

George blicken erstaunt. »Kurz gesagt, es trifft nachgerade jeden Neuankömmling hier.« Er schweigt einen Augenblick und wendet sich dann an Bella. »Verzeihung, Missis Bella, aber ich muß kurz deutlich werden. – Es ist schmerzhaft, man kommt zwei Tage lang nicht mehr aus dem ›wash-room‹, und man sollte einen Arzt konsultieren. Aber danach ist man geheilt, der Körper auf Ägypten eingestellt, und man hat gelernt, besser aufzupassen.«

»Also richtiger Durchfall«, bemerkt George knapp, »davon habe ich schon einmal gelesen, soll schrecklich sein!«

»Ach, es ist nicht so schlimm, wie man sagt, und – cheers – nehmt nur reichlich von dieser guten englischen Medizin.«

Bella will nur die Lippen ein wenig benetzen, aber der Vetter macht ihr klar, daß sie einen richtigen Schluck trinken müsse. »Erklär's ihr, George, das ist wirklich gut für die Gesundheit, und wichtig zur Desinfizierung.«

So desinfizieren sie sich dann wohl mehr als eine Stunde, die Herren mit mehreren Gläsern des typisch britischen Getränks, Bella immer noch bei ihrem ersten, bis ein Boy auftaucht und erklärt, die Schrankkoffer seien jetzt angekommen. Richard zaubert einige Geldstücke aus der Hosentasche, die mit der gleichen Zauberei in der Hand des Pagen verschwinden.

»Zweite Lektion: Wenn du einen Sonderwunsch hast, etwas gutgegangen ist oder du einfach nur etwas belohnen willst, das Zauberwort heißt ›Bakschisch‹. Dritte Lektion: Nur nicht zuviel tun, sich nicht viel bewegen und – ganz wichtig – nicht zuviel von anderen fordern. Es heißt ›Kef halten‹ – sich beschaulicher Ruhe hingeben. Dies ist eine der wichtigsten Tätigkeiten in der Hitze des Orients – sonst wird man hier nicht alt.«

Die Hitze spüren sie wirklich, und die vielen neuen Eindrücke müssen die beiden erst einmal verarbeiten, ebenso wie den Gin. So sind sie froh, aufs Zimmer zu kommen und sich auszuruhen.

Kaum hat George die Tür geschlossen und den Hut achtlos auf den Tisch gelegt, wendet sich Bella ihm zu, während sie die Bänder des Sommerhutes löst.

»Bist du glücklich?« fragt sie lächelnd. Da nimmt er sie in die Arme, und obwohl sie müde und erschöpft sind von den Strapazen der Ankunft, von der stickigen Luft in der Stadt, verschließt er ihr den Mund mit seinen Küssen. Auch Bella spürt eine wohlige Müdigkeit, aber ihr Körper antwortet dennoch seinem Drängen. Ja, sie ersehnt ihn – jetzt.

George schlägt einfach ihre Kleider hoch. Ungestüm wie noch nie kommt er über sie, aber Bella genießt diese Überwältigung. Dieses wilde Drängen am hellen Nachmittag – unmöglich in Berlin – hier in der Hitze des Tages wird es die Regel werden und das vernehmliche Stöhnen seiner Frau sagt George, daß Bella wirklich eine heißblütige Frau ist. Anschließend bleiben sie einfach so liegen, übermannt von der Schläfrigkeit des orientalischen Nachmittags.

Beim gemeinsamen Dinner am Abend wird der Vetter nicht müde, ihnen die wichtigsten Dinge über Ägypten zu erzählen, etwa wie das Geld, Piaster genannt, aussieht oder daß das Land ein Tributärstaat der Hohen Pforte, also der Türkei, ist. »Der Herrscher trägt den Titel Khedive, Vizekönig, und das ist seit 1892 der junge Abbas II. Hilmi, der Sohn von Tewfik Pascha. Wir Engländer sorgen seit einigen Jahren zusammen mit anderen Nationen dafür, daß das Land nicht völlig überschuldet zusammenbricht. Die haben hier früher abenteuerlich über ihre Verhältnisse gelebt. Seit einigen Jahren steht ein größeres Kontingent englischer Truppen im Land, und erst jüngst hat Lord Kitchener den Sudan für Ägypten zurückerobert.« Begeistert berichtet er über die Erfolge der englischen Truppen und den Madhi-Aufstand.

Dann ist der Abend auch schon vorbei. Alle sind müde und erschöpft vom heißen Klima.

Am nächsten Morgen übernehmen die Hotelboys die Koffer und das Gepäck, die drei Herrschaften steigen in die Droschke, und schon bald befindet man sich am sogenannten Kairoer Bahnhof. Es ist eine Station ganz im europäischen Stil, mit zuvorkommenden Bahnbeamten in englischen Uniformen. »Großbritannien scheint hier wirklich überall präsent zu sein«, murmelt George und betrachtet die englische Lok und das Wagenmaterial.

»Wir fahren jetzt etwa vier bis fünf Stunden, es sind etwas mehr als zweihundert Kilometer durch das fruchtbare Schwemmland des Nils, also durch ganz Unterägypten bis nach Kairo«, erklärt der Vetter.

»Hier leben wirklich die unterschiedlichsten Völkerschaften zusammen und nebeneinander«, erläutert Richard, als sich der Zug in Bewegung setzt und Bella und George interessiert aus dem Fenster blicken. »Beginnen wir bei den sogenannten Einheimischen. Die Menschen, die ihr allgemein für Ägypter haltet, sind in Wirklichkeit Fellahs, wie die, die hier draußen auf den Feldern arbeiten, dann Araber, Abessinier, Türken. Dazu kommen Nordafrikaner, Libyer, Beduinen, Syrer, Perser und nicht zuletzt zahlreiche Schwarze aus dem Süden, aus dem Sudan und noch weiter her. Dann gibt es in Kairo mehr als fünfunddreißigtausend Fremde, die größte Kolonie sind die Griechen, etwa zehntausend. Das sind meist einfache Händler, Handwerker und Zureicher. Dann kommen die Italiener mit etwa achttausend, viele Geldleute, darunter Großhandel und Schiffsmakler. Wir Engländer sind zusammen wohl sechstausend Köpfe und nochmals sechstausend als Garnison. Schließlich gibt es ungefähr zweitausend Österreicher und etwa fünfhundert Deutsche, darunter etliche Wissenschaftler, Archäologen und Ausgräber, reiche Müßiggänger, die gerne im Winter kommen. Ihr werdet hier überhaupt den erstaunlichsten und merkwürdigsten Menschen begegnen, das verspreche ich euch jetzt schon. Und alle Nationen haben ihre Kirchen und Klöster, dazu zahlreiche Synagogen, massenhaft Moscheen – es sollen mehr als fünfhundert sein – und Medressen mit ihren Türmen und Minaretts, den vieltönigen Muezzins ...« Er hält einen Augenblick inne. »Also, Kairo ist so kosmopolitisch wie keine Stadt sonst, die ich kenne, eine wirkliche Metropole; durch seine Lage einer der begünstigten Plätze des ganzen Orients, der politische und zivilisatorische Brennpunkt für ganz Nordostafrika und gewissermaßen die Brücke zu Europa«, schließt er und zeigt nach draußen, wo fruchtbare Felder mit Dattelhainen und Obstplantagen sich abwechseln. Zwischendrin Windmühlen, merkwürdige Wasserräder und immer wieder Fellahs mit Eseln und Maultieren bei der Feldarbeit. »Dreimal kann man hier ernten, so fruchtbar ist der schwarze Boden des Nildeltas«, beginnt der Vetter aufs neue, »und auf dieser Fruchtbarkeit des Schwemmlandes basiert die ganze Historie des Landes, seit den alten Ägyptern. Wer hat sich nicht alles um dieses Land gestritten, Mesopotamier und Perser, Griechen und Römer, Araber, Syrer, Türken, Franzosen! Und jetzt sind wir hier.

Alle diese Völker haben Spuren hinterlassen. Altkairo, die Neustadt, Ismaelia, wo ihr wohnen werdet, dann natürlich das alte Memphis, Gizeh, die Pyramiden. Ich glaube, bei einem einzigen Aufenthalt ist das gar nicht zu bewältigen. Ihr werdet wiederkommen müssen«, nickt er den beiden zu und lächelt wissend.

Schon in den nächsten Tagen wird Bella einen ersten Brief an Mascha nach Hamburg schreiben, mit all den neuen faszinierenden Eindrücken, die sie während dieser Fahrt gesammelt hat:

Liebste Mascha,
es ist unmöglich, die Fülle des Erlebten, die unzähligen Eindrücke zu schildern, die uns seit unserer Ankunft hier überwältigen. Ich weiß nicht einmal, wo ich beginnen soll …

Es scheint, als sei von der einst so blühenden, alten ägyptischen Kultur so gut wie gar nichts übriggeblieben. Alles, was wir damals im Institut der Frau Mendelsohn über das Pharaonenland gelernt haben, liegt in Wirklichkeit in Schutt und Trümmern und muß mühsam wieder ausgegraben werden. Die heutigen Bewohner Ägyptens heißen »Fellachen«. Sie arbeiten auf den Feldern, sind offensichtlich arm, ohne Bildung. Die Herrschaft der Türken und Araber lastet schwer auf ihren Schultern, und wie Vetter Richard sagt, sind die Abgaben und Steuern fast unerschwinglich für sie.

Die kleinen Ortschaften der Fellachen bestehen aus viereckigen, kastenartigen Gebäuden, die man aus dem schwarzen Schlamm errichtet hat, nur mit einer Türöffnung versehen. Dann und wann wiegt eine Dattelpalme ihre vielfach geteilte Blätterkrone über diese höhlenartigen Hütten, deren innere Ausstattung nur aus einigen Strohmatten, einem Kupferkes-

sel, einigen Holzschüsseln und tönernen Wasserkrügen besteht. Dazwischen auf einem freien Platz erhebt sich meist die Moschee, vor der oft die Derwischtänze aufgeführt werden.

Immer wieder sieht man nackte schwarzbraune Gestalten, Feldarbeiter, sie stehen bis an den Gürtel im Schlamm, schöpfen das fruchtbare Erdreich mit großen Körben aus und schütten es auf das Feld. Wieder andere haben ein Tuch ausgebreitet, tauchen es in fließendes Wasser, heben es taktmäßig hoch und werfen das Naß über die Beete.

Ach, ich könnte Dir schon über all das Gesehene nur dieses ersten Tages, nur über die Zugfahrt noch seitenlang berichten. Aber dabei vergesse ich fast, mein gemeinsames Glück mit George zu erwähnen, unsere geradezu überwältigende Stimmung und unsere Erwartungen für die kommende Zeit hier in diesem faszinierenden Land …

Mein nächster Brief wird Dir unser neues Zuhause vorstellen, die ersten Tage in Kairo.

Die Zugfahrt ist schnell vergangen mit all den neuen Eindrücken und den ebenso heiteren wie informativen Plaudereien. Richard ist ein guter Erzähler und weiß die Geschichte des Landes ebenso wie zahllose »Histörchen« zwischen Europäern und Einheimischen aufs interessanteste zu berichten.

Bald haben sie die letzte Station Kalaub verlassen, es geht eine Weile am Nil entlang, und plötzlich steht Richard auf und bittet sie ans Fenster. Die Eisenbahn fährt jetzt fauchend und stampfend einen Bogen, bis man plötzlich ein ganz unglaubliches Panorama überblickt. Auf einer westlich vom Nil begrenzten Ebene, die sich von Norden, von der fruchtbaren Landschaft des Deltas, allmählich verengt, steigt die Stadt mit ihren zahllosen eigentümlichen Kuppeln und Minaretten, in leichter Erhebung gegen die mächtigen Unterbauten, der alles überragenden Zitadelle, empor, die auf dem letzten Vorberg eines kahlen Gebirges liegt. Wendet man den Blick nach Südwesten, so erblickt man in der unendlichen Lichtfülle einer südlichen Sonne den ganzen langgestreckten kahlen Felsrücken des Mokattam, zu dessen Füßen sich die Stadt ausbreitet.

Gegen Westen ist sie von Fels und Wüste begrenzt, im Osten von den Silberbändern des Nils, und am Horizont erkennt man das lichte Plateau der libyschen Wüste mit den Pyramiden des alten Memphis. Ganz im Süden dehnt sich die Stadt bis an die Schuttkegel des alten Fustat aus, der ersten arabischen Siedlung in Ägypten.

»Schaut her«, sagt der Vetter, und in seiner Stimme schwingt noch immer so etwas wie Bewunderung, »rechts beginnt bereits die Wüste.«

Bella und George stehen stumm am Fenster des Salonwagens, gebannt vom Anblick des Märchens aus Tausendundeiner Nacht.

Plötzlich ändert sich die Szenerie: mehrstöckige arabische Häuser mit geschnitzten hölzernen, jedoch geschlossenen Balkonen, eine Brücke über einem großen Kanal oder Flußarm – das ist der Nil, erklärt der Vetter –, dann bremst der Zug quietschend, und man ist am Ziel.

Bella und George wollen gleich aufstehen und aussteigen, aber der Vetter hält sie zurück. »Weiter vorne in den Wagen der dritten Klasse fahren die Einheimischen. Laßt sie zuerst aussteigen, dann wird unser Wagenschaffner kommen und uns hinausbegleiten.«

So ist es dann auch. Als nächstes stehen sie auf dem Bahnsteig, sehen sich um und bemerken sogleich noch andere europäische Reisende, die ebenfalls gerade ausgestiegen sind. Sofort lösen sich aus dem Schatten des großen Bahnhofgebäudes einer oder mehrere Diener, die ihrer Herrschaft entgegeneilen. Man spannt Schirme auf gegen die Sonne, nimmt das Handgepäck und geleitet die Ankommenden zu dem Bahnhofsgebäude.

Auch der Vetter winkt nur einmal kurz, da rennt schon ein junger Mann in einer Art Uniform herbei. »Das ist Ali, einer meiner Diener«, erklärt Richard kurz, »er wird uns jetzt zu eurem neuen Heim fahren!« Er strahlt bei diesen Worten über das ganze Gesicht.

Ali verneigt sich vor Bella und George, murmelt etwas wie »Sala am«, nimmt dann die Reisetaschen und bewegt sich ohne Umschweife durch die dunkle Bahnhofshalle in Richtung

Ausgang. Noch ehe sich die Augen wieder an das gleißende Nachmittagslicht gewöhnt haben, fährt die Kutsche vor.

»Wir hatten Tee und Gebäck im Zug, und man ißt hier ohnedies erst später. Ich denke, wir fahren jetzt erst einmal durch die Hauptstraße, damit ihr wißt, wo ihr angekommen seid.«

George nickt.

Ein kehliger unverständlicher Befehl zum Kutscher, dann setzt sich der Wagen in Bewegung.

Wieder das wilde Verkehrsdurcheinander, das die beiden schon von Alexandria her kennen, es ist geradezu erstaunlich, daß die Pferde zwischen all den Karren, Menschen und Eseln ihren Weg finden. Nach kurzer Zeit biegt die Kutsche ab, und der Blick öffnet sich zu einer großen breiten Prachtstraße.

»Da gibt es ja eine Straßenbahn!« sagt Bella ganz erstaunt. »Aber natürlich«, der Vetter ist verblüfft, »und ebenso gibt es ganz normale Wasseranschlüsse, Elektrizität und Telegraphenposten – zumindest dort, wo wir uns bewegen …«, fügt er ein wenig leiser hinzu.

»Das ist die Muski, und ihre Fortsetzung heißt bei uns Europäern Rue neuve. Sie durchzieht die ganze alte Stadt in ihrer Breite. Links und rechts seht ihr Geschäfte, die schon beinahe europäisch wirken. Hier kauft nicht nur die ägyptische Oberschicht, sondern auch Europäer und Reisende kleiden sich dort ein. Dahinter sind Basare, da pulsiert das althergebrachte arabische Leben. Das müßt ihr selbst einmal erkunden. Wir biegen da vorne ab und streifen den Ezbekihgarten, einen achteckigen großen Park mit Cafés, Sommertheater und allerlei Vergnügungen. An den Randstraßen liegen das Opernhaus, die Börse, das Post- und Telegraphengebäude sowie andere öffentliche Bauwerke.«

Der Kutscher scheint den Weg zu kennen – quer durch den Garten kommen sie auf eine Straße, gesäumt von Kasernen, passieren dann eine große Moscheeruine. »Die Daher-Beibas-Moschee«, erklärt der Vetter. »Die kann man sich gut merken, denn ab hier beginnt das neue Stadtviertel, in dem die meisten Europäer wohnen. Noch vor wenigen Jahrzehnten muß das hier eine einzige Ansammlung jahrhunderte-, was sage ich?, jahrtausendealter Schutthügel gewesen sein, wahre Berge, wie man sie im Süden der Stadt bei Fustat noch bisweilen sehen kann. Dann hat Ibrahim Pascha, der Adoptivsohn von Mehmed Ali, hier alles eingeebnet und einen Park angelegt, der seinen Namen trug. Anschließend hat dann in jüngster Zeit Khedive Ismael das Villenviertel Ismaelia hier errichtet. Das war einmal eine stille Nekropole, ein antikes Gräberfeld ...«, sagt der Vetter nachdenklich, »jetzt gibt es hier Paläste, Militärschulen und Kasernen, Häuser, Villen, Spitäler, sogar ein deutsches Hotel! Die ganze Gegend hat sich völlig verändert. An die Vergangenheit erinnert nur noch das Mausoleum el-Fadauije, das umgebaut wurde und heute wohl als Gebetssaal dient. Es ist weithin sichtbar.«

Die Kutsche biegt in eine breite, palmengesäumte Straße, mit Häusern und Villen zu beiden Seiten, versteckt hinter Bougainvilleas und exotischen Büschen, im europäischen Stil erbaut, und Richard verrät, daß hier ein nicht geringer Teil der europäischen Kolonie wohnt.

Noch eine Straßenbiegung, eine lange hohe Mauer, dann kommt ein großes Tor ins Blickfeld. Seitwärts in einem kleinen Häuschen wacht der nurja, der Torwächter. Beim Anblick der Kutsche kommt er sofort heraus und verneigt sich tief. Er ist bereits informiert, daß seine neue Herrschaft angekommen ist. Der rote Fes mit der schwarzen Troddel gibt ihm – zumindest für ägyptische Verhältnisse – ein offizielles Aussehen, der lange Burnus dagegen ist das übliche Kleidungsstück hierzulande. Die Kutsche hält kurz, da geht das Tor schon wie von Geisterhand auf.

»Wir sind da. Das wird für die nächsten Monate euer Zuhause sein.«

Die Kutsche fährt langsam die breite, von Büschen und Bäumen gesäumte Auffahrt hoch, in der Mitte des ausgedehnten Parks steht ihre Villa, nein, ihr Palast.

George und Bella sind völlig sprachlos. Alles mögliche haben sie erwartet – und seit ihrer Ankunft in diesem faszinierenden Land sogar das schier Unmögliche –, aber das, was sie hier sehen, ist einfach unvorstellbar.

»Ich muß euch das erklären! Dieser Bau und der gesamte Park sind vor einigen Jahren von einem reichen spleenigen

Engländer im orientalischen Stil erbaut worden, Geld spielte keine Rolle – das werdet ihr auch noch bei der Inneneinrichtung sehen. Dieser Mr. Masseltoe – ich kannte ihn selbst nur flüchtig – hat einige Jahre hier gelebt. Dann kam ihm die Idee, im Sudan die Quellen des Nils zu erforschen. Die sind zwar schon seit einigen Jahren bekannt, aber er wollte noch weiter ins unerforschte Land eindringen, um neue Erkenntnisse ans Licht zu bringen. Er rüstet also eine große Expedition aus und zieht gen Süden. Seitdem haben wir nichts mehr von ihm gehört, aber irgendwelche gefangenen Madhi-Emire haben ausgesagt, der Mann sei bei einer dieser kriegerischen Unternehmungen samt seiner ganzen Expedition und dem Troß ausgeraubt worden und zu Tode gekommen.«

Er schweigt einen Augenblick und bedeutet dem Kutscher, langsamer zu fahren, damit man einen Blick in den Park werfen kann.

»Ja«, fährt er schließlich fort, »längere Zeit stand das Haus dann leer, die Botschaft mußte sich ganz offiziell drum kümmern, auch um die angeheuerte Dienerschaft, die ja noch immer vorhanden war und bislang vom Butler als Chef des Hausstandes entlöhnt wird. Derlei Dinge gehören übrigens hier zu meinem Geschäftsbereich in der Botschaft. Kurz und gut, nachdem für uns sicher war, daß der Besitzer beim Madhi-Aufstand im Sudan nahe Khartoum ums Leben gekommen war, haben wir die Verwaltung des Besitzes samt der Dienerschaft übernommen und diverse Ämter in England angeschrieben, um allfällige Erben ausfindig zu machen.

Aber irgendwie muß das hier ja doch bewohnt werden. Also haben wir vor einiger Zeit beschlossen, Personen unseres Vertrauens vorübergehend hier aufzunehmen und wohnen zu lassen, bis irgendeine Nachricht von Nachkommen aus England eingetroffen ist. – Deshalb steht das Anwesen erst einmal für euch zur Verfügung«, beendet er seine Geschichte.

Für drei Monate soll dieser wunderbare Palast nun Bellas und Georges Wohnsitz werden.

Bella ist seit frühesten Kindertagen Dienstpersonal gewohnt, auch auf Groß-Räckwitz hatte man immer mehrere Dienstboten, aber dieser Stil, der sich ihnen hier bietet, ist mehr als alles, was sie bisher kennengelernt hat. Es scheinen mehr als ein Dutzend zu sein. Da gibt es den Butler, einen »Lichtanzünder« und eine »Fliegenwedlerin«, einen Leibdiener, die Kammerfrau, Hausdiener und Hofbesorger samt zwei Gärtnern, den Koch und seine Hilfen, mehrere Reinigungspersonen, den »groom« und den Stallknecht, schließlich die Wagenbereitschaft, zwei Wächter und den »doorman«.

Sie gehen ins Haus, dessen maurischer Baustil mit den vielen Erkern und minarettartigen Türmen wunderbar mit der fremdartigen Einrichtung einerseits, den modernen Installationen samt elektrischem Licht und fließendem Wasser andererseits harmoniert. Der Vetter führt sie durch die verschiedenen Räume, die allesamt Pracht und Reichtum ausstrahlen. Sprachlosigkeit breitet sich aus, als man den Festsaal betritt. Es ist ein riesiger rechteckiger Raum, mit drei überdimensionalen Spiegeln an der Breitseite, die den Saal beinahe doppelt so groß erscheinen lassen. Riesige goldene Kronleuchter ermöglichen ein Farbspiel aus Glanz, Glitzer und Prunk.

»Das sind die größten Spiegel in ganz Ägypten«, murmelt der Vetter, »die wurden eigens aus Österreich per Schiff und Lastboot hierhergeschafft.«

Die Spiegel sind eingelassen in die geschwungene Linie arabischer Türen und Fenster, und der ganze Saal ist über und über mit kleinteiligen Stuckarbeiten dekoriert. Alle diese kleinen Flächen sind unterschiedlich bemalt in Rot und Blau, bisweilen auf weißem Grund, die größeren Strukturen wie Medaillons und Flächenumrahmungen sowie die Säulen und Kapitelle sind teilweise vergoldet.

»Typisch arabischer Dekorstil der Mameluckenzeit«, läßt sich der Vetter vernehmen, »aber so rein und so perfekt wie hier werdet ihr diesen Stil wahrscheinlich nicht mal im Palast des Khedive sehen können. – Der verrückte Besitzer hat sich wohl selbst ein Denkmal setzen wollen!«

Man wendet sich zum Gehen, als Bella über der Tür ein arabisches Schriftbild entdeckt. »Weißt du, was das heißt?« fragt Bella neugierig.

»Nein, tut mir leid, ich kann arabische Zeichen kaum lesen, und dies ist eine besondere, speziell dekorative Schrift.«

Er wendet sich um, um den Butler zu fragen, als dieser bereits das Wort ergreift. »Es heißt ›Gesegnet sei dein Eintritt – gesegnet dein Ausgang‹ – das stammt aus dem Koran«, sagt er und verneigt sich.

»Eine Arabeske«, meint George kopfschüttelnd, als sie den Raum verlassen und weitergehen.

Begeistert ist Bella ebenfalls von dem viereckigen Innenhof mit den Palmen und den unbekannten Blütensträuchern, in dessen Mitte ein Springbrunnen plätschert. Und als inmitten dieser exotischen Pracht plötzlich ein paar Vögel zu zwitschern beginnen, entlockt es ihnen erstaunte und entzückte Ausrufe.

»Ich habe für heute abend das Dinner bereits vorbestellt«, reißt Richard die beiden aus den Gedanken und führt sie zu dem gedeckten Tisch im Speisesaal.

»Und du gibst uns natürlich die Ehre an diesem Abend, wir müssen dich heute einfach hierbehalten. Du kannst dir denken, daß du uns ganz viel zu erzählen und zu erklären hast«, sagt George und legt dem Vetter vertraulich den Arm um die Schulter.

»Bitte verrate uns noch ein paar Dinge über den Besitzer, diesen Mister Masseltoe oder wie er heißt …«, bittet Bella, nachdem der Hauptgang abgetragen ist.

»Das ist schnell berichtet!« Der Vetter legt die Serviette neben den Teller und zündet sich eine Zigarre an. »Mr. Masseltoe kommt aus Manchester, soweit ich weiß. Er ist durch die ägyptische Baumwolle reich geworden, die er nicht nur nach England, sondern in alle Welt exportierte.

Er war wirklich reich, fürstlich reich. Aber ich weiß nicht, ob er bei all diesem vielen Geld glücklich war. Er lebte allein in diesem Palast, den er sich vor ein paar Jahren hatte bauen lassen. Ich habe den Mann nur wenige Male gesehen …« Gedankenvoll schweigt Richard und zieht an seiner Zigarre. »Ich glaube, er war ein Einzelgänger, ein Sonderling. Ich habe nie gehört, daß er in diesem Palast einmal ein Fest gegeben hätte.

Bisweilen hat man ihn bei den üblichen Veranstaltungen in der Botschaft, beim Nationalfeiertag, oder der offiziellen Geburtstagsfeier unseres Herrschers und auch bei einigen anderen Anlässen treffen können, aber ich kenne niemanden, zu dem er näheren Kontakt gehabt hätte.« Der Vetter zieht an seiner Zigarre und schweigt gedankenverloren.

»Ich glaube, er hätte gerne ebensoviel Anerkennung gehabt wie die Gelehrten, die hier die altägyptischen Mumien ausgraben – etwa der spleenige Lord, der so lange bei den Pyramiden herumgebuddelt hat, bis er das Ramsesgrab fand, und damit natürlich weltweite Berühmtheit erlangte. Der König hätte einen solchen Schatzgräber sicher auch geadelt, wenn dieser Lord nicht schon adelig gewesen wäre.« Wieder schweigt Richard einen Augenblick.

»Vielleicht spukte so etwas auch in Masseltoes Kopf herum. Jedenfalls hat er plötzlich davon angefangen, er werde die wahren Quellen des Nils suchen. Seit ein paar Jahren kennt man die großen Seen, aus denen sich der weiße und der schwarze Nil speist, seit jüngerem hat man sogar die Vorflüsse untersucht, aber er wollte wohl irgend etwas noch Gewaltigeres finden. Er rüstet also eine riesige Expedition aus und zieht mit einer Karawane von Tieren, Treibern, Bediensteten und etlichen jungen Wissenschaftlern gen Süden, Richtung Sudan. Das war leider ungefähr die gleiche Zeit, als dort unten der schreckliche Madhi-Aufstand begann, vor dem man ihn gewarnt hatte. Aber er wollte sich nicht abhalten lassen und ist somit in sein Verderben geritten.

Niemand hat mehr einen Menschen von dieser Expedition gesehen oder irgend etwas von ihnen gehört ... Die Armee war mit dem Mahdi-Aufstand beschäftigt und sah keine Möglichkeit einer Suchexpedition. Offen gesagt, die gesamte Mannschaft muß dort unten elend zu Tode gekommen sein. Die spärlichen Nachrichten, die wir aus einigen Gefangenen herausquetschen konnten, lassen keinen anderen Schluß zu. Und ihr«, schließt der Vetter und drückt seine Zigarre aus, »ihr seid jetzt die Nutznießer dieses Dramas. Genießt die Zeit hier, genießt den Luxus! Was dieses Haus zu bieten hat, ist selbst für Ägypten außergewöhnlich.«

»Wie können wir dir nur danken?« sind denn auch Georges letzte Worte, als Richard spät am Abend wieder in die Kutsche steigt. Das Zirpen der Zikaden, der tiefblaue Nachthimmel mit Tausenden von funkelnden Sternen erscheint den Neuankömmlingen atemberaubend schön und verstärkt ihr Urlaubsgefühl der letzten Tage.

In der kommenden Woche sind die beiden erst einmal damit beschäftigt, sich einzurichten und den Haushalt zu organisieren; und von jetzt an lernt Bella ständig neue englische Begriffe, um sich mit dem Personal zu verständigen.

Die täglich scheinende Sonne, die angenehme Wärme bieten reinste Erholung, und jeder Tag wird von den beiden sichtlich genossen. Doch eines Abends spürt Bella plötzlich ein merkwürdiges Ziehen und Drücken im Magen, dann Schmerzen, gefolgt von Krämpfen, die den gesamten Bauchbereich einnehmen – und als sie schließlich einen nicht regulierbaren Drang verspürt, da weiß sie, daß Pharaos Rache sie erreicht hat.

Es müssen die Früchte gewesen sein – oder der Salat, ahnt sie. Vielleicht auch vom Diener nicht abgekochtes Wasser! Langsam spürt sie eine unglaubliche Schlaffheit des ganzen Körpers.

»Trinken, Madam, viel trinken«, flüstert das Kammermädchen – aber das war's dann auch schon mit den gutgemeinten Ratschlägen. George will sie zuerst nicht belästigen, aber als er nach einer Stunde ihr Schlafgemach betritt, kalkweiß im Gesicht und wie taumelnd, da weiß sie, daß die tückische Krankheit auch ihn erwischt hat.

»Es geht vorüber«, murmelt er, »ich habe schon zwei Gläser Gin getrunken.« Und nachdem er Bellas Zustand gesehen hat, dreht er sich um und kommt wenige Minuten später ebenfalls mit einem vollen Glas Gin zurück. Aber Bella kann das scharfe Zeug kaum trinken, würgt es geradezu hinunter. »Nein, es geht nicht«, haucht sie mit dem Gefühl, als müsse sie sterben! Wenn sie nur nicht alle paar Minuten aufspringen müßte – obwohl ihr Körper doch längst alles von sich gegeben hat.

George scheint es nicht ganz so hart erwischt zu haben, denn am nächsten Morgen fühlt er sich zwar noch müde, zerschlagen und matt, aber der Drang zur Entleerung hat aufgehört, und er spricht schon wieder vom Frühstück.

»Porridge without anything, except tea«, hat er bestellt, und er hat beim Verzehr das Gefühl, noch nie ein so gesundes und verträgliches Gericht zu sich genommen zu haben. Bella dagegen hat eine schwere Nacht hinter sich, unfähig aufzustehen. George beginnt sich ernsthaft Sorgen zu machen und schickt nach Vetter Richard mit der entsprechenden Nachricht. Kaum eine Stunde später ist dieser samt englischem Arzt zur Stelle.

Die Diagnose ist schnell gestellt: schwere Diarrhöe. Es gibt jedoch bislang kein Heilmittel dagegen. »Viel Gin«, meint Richard, aber Bella schüttelt nur matt den Kopf.

»Man wird Opium geben müssen«, erklärt der Arzt nach einer kurzen Untersuchung, »Ihre Frau braucht unbedingt Ruhe, sie ist sehr zart und ziemlich geschwächt. Möglicherweise sind noch andere Organe angegriffen«, meint er dann leiser und macht ein bekümmertes Gesicht.

Ein wenig ratlos stehen die drei Männer um ihr Bett, bis Richard plötzlich eine Idee hat.

»Der deutsche Arzt – Dr. Wool oder so – hat, glaube ich, ein neues Mittel gefunden, jedenfalls hat mir das eine englische Lady neulich erzählt.« George nickt hoffnungsfroh mit dem Kopf, während der Arzt nochmals den Puls fühlt.

»Entschuldigt mich – Doctor, I take your cab.« Schon ist er zur Tür hinaus.

Der dösende Kutscher wundert sich, daß ein Fremder ihn so bestimmt auffordert, schnellstmöglich loszufahren, aber er gehorcht, und so stehen sie kaum eine halbe Stunde später mit dem deutschen Arzt wieder an Bellas Bett.

»Doktor Paul Wollheim, vom Bodensee …«, stellt dieser sich vor und reicht der Kranken die Hand. Der zierliche, ja fast schmächtige Mann, der bisweilen etwas hüstelt, wirkt beinahe selbst wie ein Leidender. George und Richard überragen ihn um Hauptеslänge.

Doch bereits seine ersten deutschen Worte und der warme freundliche Händedruck scheinen sich nicht nur auf den

Krankheitszustand, sondern auch auf den Lebensmut der Patientin positiv auszuwirken.

Mit einem Auge hat er die Situation erfaßt: schwere Diarrhöe, erhöhte Infektionsgefahr und mögliche Schädigung der Leber – dazu allgemeine Schwäche. Er nimmt nochmals ihre Hand und beginnt den Puls zu zählen; anschließend befühlt er ihre Stirn, um die Temperatur zu messen. Schließlich nickt er mit dem Kopf und meint: »Sie sollten als erstes dieses schwarze Granulat hier nehmen, immer mit viel Wasser. Dieses Pulver wird die Bakterien gewissermaßen aufsaugen und dadurch den Entleerungsdrang stoppen. Dann sehen wir weiter. Heute nachmittag schaue ich nochmals vorbei.« Er reicht ihr die Hand zum Abschied und läßt ein kleines Fläschchen mit bröseligem Pulver zurück. »Mehr kann man im Augenblick nicht tun«, murmelt er, während die Herren sich in den Salon begeben.

»Wir müssen uns erst mal desinfizieren!« – Richard kann schon wieder lachen, als sie unten im Salon angekommen sind. George beeilt sich, den Diener zu rufen, damit eine Flasche Gin samt Gläsern auf den Tisch kommt.

»Was geben Sie da, Doktor?« fragt der englische Arzt interessiert, nachdem Richard kurz erzählt hat, daß vor einigen Wochen die neu angekommene Missis McKnee ebenfalls ganz schwer darniedergelegen und ihr Mann – ein Archäologe und guter Bekannter von Dr. Wollheim – denselben um dieses schwarze Pulver gebeten habe.

»Nach zwei Tagen stand sie auf und war wieder kerngesund«, schließt er seinen kurzen Bericht. Dr. Wollheim nickt. »Aber Missis McKnee ist trotzdem eine stabilere Frau gewesen als unsere zierliche Kranke hier. Sie wird noch ein paar Tage brauchen, bis sie wieder auf den Beinen ist.«

Er wendet sich an George. »Und dann viel Ruhe, Schonung und Rotwein mit gequirltem Ei zum Aufbau. Ihre Frau wirkt doch recht angegriffen.«

Der englische Arzt meldet sich erneut: »Herr Kollege, was hat die deutsche Pharmaindustrie in dieses schwarze Pulver verpackt, daß es offenbar so gut wirkt?«

»Nein, nicht die Pharmaindustrie«, lächelt Wollheim zurückhaltend, »ich habe dieses Pulver selbst hergestellt und seine Wirkung an mir und meiner Familie vielfach erprobt.« Er macht eine kleine Pause. »Es besteht ganz einfach aus Kohle, genauer gesagt aus Tierknochen, die hoch gebrannt und dadurch desinfiziert werden. Anschließend wird das Ganze pulverisiert. Im Magen und Darm saugt die hochporöse Kohle dann die Bakterien an und bindet sie zur problemlosen Ausscheidung.«

»Bedenkenswert, bedenkenswert«, murmelt der Engländer mehrfach, als er zusammen mit Vetter Richard das Haus verläßt.

Am Nachmittag, als Dr. Wollheim sich ein zweites Mal anmeldet, um nach der Patientin zu sehen, geht es Bella schon ein wenig besser. Diesmal nimmt sich der Arzt mehr Zeit für sie, fragt nach Herkunft, nach möglichen früheren Krankheiten.

Als er am folgenden Tag wieder vorbeischaut, hat sich Bella bereits sichtlich erholt, hat das erste »porridge« gegessen. Auch von ihrer Schwäche scheint sie sich langsam zu erholen. Das merkt Dr. Wollheim nicht zuletzt an dem gestiegenen Interesse an seiner Person.

»Wollheim ..., Wollheim, der Name kommt mir irgendwie bekannt vor«, meint Bella. »Ich glaube, mein Vater in Breslau kannte einen Wollheim. Warten Sie mal ..., da gab es, glaube ich, einen Cäsar Wollheim – ja, richtig, ich erinnere mich an etliche Transportfuhrwerke mit dieser Aufschrift, die brachten Kohlen, wenn ich mich recht entsinne, ja selbst Schiffe gab es mit diesem Firmennamen, glaube ich.«

»Sie haben recht!« lacht der Arzt. »Da kommt unsere Familie her – Wollheim ist eine uralte Breslauer Familie, deren Wurzeln bis ins siebzehnte Jahrhundert zurückreichen, und Cäsar Wollheim, der Inhaber der großen Kohlenhandelsgesellschaft, ist mein Onkel.« – Er schweigt einen Augenblick, um dann fortzufahren. »Ich bin schon früh aus dieser geschäftigen oberschlesischen Industriellenfamilie ausgebüxt. Wie Sie sehen, bin ich Mediziner geworden. Und die Liebe zu einer Alemannin hat mich dann sogar bis ins Badische verschlagen. Ich praktizierte jahrelang im Hegau. Drei Krankenhäuser habe ich dort gegründet: in Engen, Singen und Arlen. Na ja«, unterbricht er sich, »das sind kleine Orte in der Nähe des Bodensees, von denen werden Sie noch nie etwas gehört haben. Aber Krankenhäuser in der Region sind wichtig, nicht nur für die medizinisch unterversorgte Landbevölkerung im Hegau, sondern insbesondere für die Industriearbeiter der neuen Firmen, die sich dort angesiedelt haben. Tenbrink – eine große Spinnerei – stellt Stoffe her. Der alte Karl Tenbrink war ein sehr sozial eingestellter Unternehmer, der hat Werkswohnungen für seine Arbeiter gebaut und sogar das Krankenhaus gestiftet.« Eine Sekunde blickt der Arzt, in Erinnerung versunken, vor sich hin.

»Und die Firma Maggi natürlich – die sitzt unweit in Singen. Von Maggi werden Sie schon gehört haben, dieses Unternehmen ist groß geworden mit einer scharfen braunen Würze in einer charakteristischen Viereckflasche …«

»Maggi? Ah ja, mit einem gelb-roten Schriftzug«, erinnert sich Bella und kann schon fast wieder lachen.

Wieder macht er eine Pause, sein schwerer Atem rasselt. »Und Sie, Frau von Räckwitz, Sie stammen auch aus Breslau?« fragt er.

»Ja«, antwortet sie ohne Umschweife. »Ich bin eine geborene Hübschel, aus der Erbswurstfamilie, wenn Sie die kennen.«

Der Arzt nickt. »Wer kennt Ihre Familie nicht?« Er sieht sie an und lächelt. »Dann sind unsere Familien ja in die gemeinsame Synagoge gegangen«, meint er versonnen. »Ich bin später protestantisch geworden – meiner Alemannin zuliebe.«

Da nickt auch Bella zustimmend, und für einen Augenblick taucht das Bild ihrer Hochzeit und dem protestantischen Pfarrer vor ihrem inneren Auge auf. »Aber meine Schabbatleuchter und den Kidduschbecher schleppe ich immer noch mit mir herum, selbst hier in Ägypten sind sie dabei«, bekennt Bella.

»Ja, ja, das kann ich verstehen. Man kommt gar nicht so leicht los von seinen Wurzeln.«

»Aber wie kommen Sie als Arzt vom Bodensee oder aus dem

Hegau – wie Sie sagen – nach Kairo?« verscheucht sie unwirsch diese elegischen Gedanken.

Einen Augenblick schweigt Dr. Wollheim, ein erneutes Hüsteln entringt sich seiner Brust.

»Sie hören es, Tuberkulose – kaum ansteckend, aber auch nicht heilbar. Ich lebe seit einigen Jahren hier mit meiner Familie, meiner Frau und unseren Kindern. Seitdem geht es mir besser – aber nicht gut.« Die letzten Worte sagt er sehr leise. »Und deshalb praktiziere ich hier auch eher in Sonderfällen, wenn ich wirklich helfen kann, wie bei Ihnen.«

Dr. Wollheim erhebt sich. »Die Breslauer mögen empfindlich sein, aber sie geben nie auf. – Schauen Sie sich selbst an, Sie sind schon beinahe wieder auf den Beinen und bald wieder gesund.« Damit reicht er ihr die Hand zum Abschied.

Sie sollte ihn nur noch einmal wiedersehen, eine letzte Konsultation. Schade eigentlich, denkt Bella; er wußte ebenso bildhaft wie plastisch von den Schönheiten dieses Landes wie von seinen Menschen zu plaudern.

Nur wenige Zeit später macht in der deutschen Kolonie die traurige Nachricht die Runde, daß der allseits so beliebte Mediziner Dr. med. Paul Wollheim plötzlich verstorben sei. Auch Bella schickt ein Kondolenzschreiben an die trauernde Witwe und seine Kinder. Und als die Botschaft die kirchliche Trauerfeier für den beliebten Landsmann ankündigt, kommen Bella und George, wie viele andere, um seiner zu gedenken. Bella ist so beeindruckt von der Trauerfeier, der Rede des Pastors und der ganzen Beerdigung, daß sie Pfarrer Wedemann um eine Abschrift bittet. Noch lange Zeit befindet sich das kleine Blatt bei ihren wichtigsten Unterlagen.

Am 6. Februar verschied nach langer schwerer Krankheit Dr. Paul Wollheim. Das ungewöhnlich zahlreiche Trauergefolge, welches ihn heute zu seiner letzten Ruhestätte begleitet hat, legt davon Zeugnis ab, daß sein Verlust weit über die Grenzen der deutschen Kolonie hinaus mit schmerzlichster Teilnahme empfunden wurde. Dr. Wollheim praktizierte früher in Baden, wo er sich eines ausgedehnten Wirkungskreises erfreuen konn-

te, und wurde vor drei Jahren durch seine Krankheit gezwungen, ein südliches Klima zur Besserung seines Gesundheitszustands aufzusuchen. Obwohl er bereits als Schwerkranker hierherkam, gelang es ihm, sich schon nach kurzer Zeit allgemeiner Achtung und großer Beliebtheit als Arzt und als Mensch zu erfreuen …

Allen gemeinnützigen Bestrebungen brachte er das größte Interesse entgegen. Wollheim war ein Mann von schlichter Offenheit und Geradheit, die Wahrheit ging ihm über alles. Und gerade diese Wahrheitsliebe, in Wort und Tat, machte ihn zu einem vielgesuchten Berater in allen möglichen Belangen, und mancher wird sich noch lange dankbar der guten Worte erinnern, die der kranke Philosoph in stillen Abendstunden zu ihm gesprochen hat.

Doch was fruchtet es, noch viel zum Lobe dieses seltenen Mannes zu sagen? Wir alle kannten ihn und wissen, was wir an ihm verloren haben, wie tief er sich im Andenken all derer eingegraben hat, welche das Glück besaßen, ihn näher kennenlernen zu dürfen. So steht des Verstorbenen Bild vor uns: ein bedeutender Arzt von eisernem Pflichtgefühl, der bis zum letzten Augenblick aushielt bis zur völligen Erschlaffung der Kräfte, ein guter Vater und Gatte, ein edler Mensch, voll Begeisterung für alles Gute und Schöne, ein wahrer, aufrichtiger Freund.

Wir schulden ihm das Andenken des Helden, der als Steuermann eines sinkenden Schiffes auf seinem Platze ausharrt und ruhig und aufrecht ohne Furcht und Bangen dem sicheren Tode lächelnd entgegenschaut. So möge des Verstorbenen Bild im Andenken aller haften. Möge seine kurze, segensreiche Arbeit in Kairo weiterwirken als leuchtendes Beispiel seiner Pflichterfüllung und edler Mannestugend.

Kurze Zeit später hat Bella dann erfahren, daß die Witwe Wollheim mit ihren Kindern wieder nach Deutschland zurückgegangen ist, an den Bodensee.

Und dann der erste Brief an ihre alte Freundin Mirja nach Deutschland. Bella erzählt von der Schiffsreise, von der unvergeßlichen Ankunft in Alexandria, von der Zugreise und den ersten Eindrücken hier in Kairo. Von Pharaos Rache, ihrer Krankheit, schreibt sie nicht. Als sie George davon erzählt, lacht er laut auf. »Hast du schon jemals bei einem unserer großen Forschungsreisenden gelesen, daß sie Pharaos Rache erlegen sind?« fragt er breit grinsend. »Natürlich war es so, aber keiner berichtet über die kleinen Niederlagen – Siege will die Welt.« Da muß Bella ebenfalls lachen und liest ihm den Brief vor.

Liebste Mirja,
wir sind nicht nur gut in Kairo angekommen, wir sind auch voller Glück und Seligkeit an diesem Ort. Denn es ist keineswegs so, daß wir hier nur unter Einheimischen leben, nein, es gibt eine riesengroße europäische Kolonie, und das erleichtert vieles.

Jetzt in den Wintermonaten wird Ägypten stark von Fremden besucht, mußt Du wissen. Die einen kommen wegen des Vergnügens, andere sind an der Geschichte des Landes interessiert, wieder andere wollen hier gesunden. Besonders den Atemwegen soll das trockene Klima guttun, heißt es. Ich habe in der Zwischenzeit einen Arzt, Dr. Paul Wollheim, dessen Familie ebenfalls aus Breslau stammt, kennengelernt, der mir dies bestätigt hat. Auch bezüglich Georges Hüsteln wird dieser Aufenthalt sehr viel Besserung bringen. Bitte erzähle davon auch Deinem Mann, der George ja zur Heilung in südlichem Klima wissen wollte.

Die berühmteste Stadt im ganzen östlichen Mittelmeer ist gegenwärtig natürlich Kairo. Man findet hier die besten Hotels und die feinsten Kaffeehäuser, wie in jeder europäischen Großstadt. Man kann hier bayerisches Bier trinken und dazu ein Stück westfälischen Pumpernickel mit Schinken essen, wie ich schon in den ersten Tagen ausprobiert habe. Auch Theater- oder Opernbesuche sind ohne weiteres möglich.

Das einheimische Kairo ist voller Häuser mit flachen Dächern, die am Abend mit Matten belegt und als Veranda benutzt werden. Das Trinkwasser wird – außer in unserem neuen Europäerviertel und den europäischen Hotels – vielfach noch in Schläuchen auf Kamelen aus dem Nil geholt und in den Straßen zum Verkauf angeboten. Das ständige Scheppern der Wasserverkäufer, die ihre Messingschalen gegen die wassergefüllten Tongefäße, die sie auf ihrer Hüfte tragen, schlagen, um auf sich aufmerksam zu machen, ist zuerst interessant, hinterher wird es eher lästig.

Lästig werden können auch die zahlreichen Beduinen, die an allen Ecken herumlungern und ständig Altertümer zum Kaufe anbieten oder Führerdienste leisten wollen.

Dr. Wollheim, der sich mit ägyptischen Ausgrabungen beschäftigt und schon länger hier lebt und sich auskennt, sagt ohnedies, daß die meisten der angebotenen Objekte gefälscht seien.

Die Frauen, die wir in den Straßen erblicken, sind ganz in Kleider und Schleier gehüllt, so daß man nur die Augen, die Nase und vielleicht noch die gelben Pantöffelchen zu sehen bekommt. …

Bella ist so voller Begeisterung über all das Neue, das sie täglich erlebt, daß sie bei ihren Erzählungen kein Ende findet. Sie weiß genau, daß sie in Superlativen schwelgt, andererseits ist das, was sie hier erleben, wirklich superlativ!

Als sie in den nächsten Tagen die förmliche Einladung zum Antrittsbesuch beim deutschen Botschafter in Händen hält, ist das für sie und George der erste offizielle Termin, und sie ist stolz, als sie an der Seite ihres gutaussehenden Mannes in seiner prächtigen blauen Uniform den Weg zur Botschaft heraufschreiten. Schon am Nachmittag beim Herausnehmen und Ausbürsten seiner ehemaligen Dienstbekleidung hatte George etwas von wohligen Erinnerungen gemurmelt, die beim Anblick der Litewka in ihm aufstiegen. Und sie spürt sein altes Selbstbewußtsein, als er die Jacke geraderichtet, von oben nach unten zuknöpft und schließlich mit Mütze und Säbel, Portepee an der Seite und Gardebandelier über der Brust, vor dem Spiegel steht. Auch Bella ist viel zu sehr Preußin, um diesen Anblick nicht zu genießen, besonders aber genießt sie in diesem Augenblick das wohlige Gefühl, seine Frau zu sein.

Exzellenz Graf Mannhardt zeigt sich entzückt, ein so reizendes Paar direkt aus der Hauptstadt für die nächsten Monate zur deutschen Kolonie zählen zu dürfen. Bei dieser Gelegenheit stellt sich auch heraus, daß der Graf die Eltern von George einmal bei einer Redoute kennengelernt hatte und man – sehr zum Mißvergnügen der Umstehenden – den halben Abend Englisch gesprochen hatte.

»Wenn man die meiste Zeit seines Lebens im auswärtigen Dienst ist, erscheint einem dies nicht gerade als etwas Besonderes, und Ihre Frau Mutter freute sich, wieder einmal in ihrer Muttersprache reden zu können. Aber der ostelbische Adel ›was not amused‹«, lacht er, um ernster werdend fortzufahren. »Vieles von dem, was man in Berlin so denkt und für richtig hält, gilt hier kaum, ja gibt es teilweise gar nicht. Ich vertrete hier zwar Kaiser und Reich, aber die deutsche Kolonie führt doch gewissermaßen ein Eigenleben. Auch die Beziehung zu den Botschaften der anderen Staaten und deren Exzellenzen laufen meist ganz anders ab, als sich die subalternen Beamten im Außenamt von Berlin vorstellen können. Wir haben weniger Vorurteile, weniger Beschränkungen und genießen dies. Sie werden das sicher noch feststellen und garantiert ebenfalls genießen.« Und dabei blickt er Bella geradewegs ins Gesicht, daß sie sicher ist, er kennt ihre Herkunft, aber sein Comment verbietet es, dies auch nur anzudeuten und damit der deutschen Kolonie in irgendeiner Form bekannt zu machen. Man verabschiedet sich, nicht ohne ein baldiges Wiedersehen in Aussicht zu stellen.

Die Einladung zu einer abendlichen Reunion flattert denn auch schon drei Tage später ins Haus. Und so lernt man schnell die gesamte deutsche Kolonie kennen, einige höhere Botschaftsangehörige, mehrere Unternehmer und Zigarettenexporteure, etliche Vertreter bedeutender deutscher Handelshäuser, ein paar Schiffsmakler, aber auch reiche Müßiggänger und Ägyptenträumer und schließlich zwei Ägyptologen, die bei den Ausgrabungen mitwirken.

Es ist eine interessante Gruppe, stellt Bella auf Anhieb fest, manche leben schon viele Jahre in Kairo, meist mit Ehepartner, einige sogar mit Kindern. Andere wohnen allein oder mit ihrem Butler. Niemand macht sich darüber Gedanken. Man fühlt sich schnell wohl und aufgenommen in diesem Kreise, insbesondere Bella bekommt von den Damen noch am gleichen Abend etliche Hinweise, wie man als europäische Frau in einer moslemischen Stadt zu leben und sich zu bewegen hat. Auch weitere Einladungen gibt es bereits an diesem Abend. Die Gesellschaft hier scheint sehr offen und extrovertiert zu sein, geradezu begierig, neue Menschen zu integrieren, fällt Bella auf.

Aber vielleicht trägt zu dieser Offenheit auch ihr derzeitiges Haus bei, denkt sie bisweilen, wird doch immer wieder von dem phantastischen Palast gesprochen, in dem die beiden jetzt leben.

»Nein, was für ein Glück Sie auch haben, in solch einem Palast zu wohnen – die vielen Türmchen und Erker, wie ein Märchenschloß«, ruft Frau Steinheuer an diesem Abend mehrfach aus. Die Gattin eines Tabakimporteurs ist eine rheinische Frohnatur, die ihr Herz auf den Lippen trägt und Bella gleich für nächste Woche zu einem »kleinen Nachmittagskaffee« einlädt. Als die Fragen nach dem Palast zum Thema des Abends zu werden scheinen, erzählt George mit geradezu erhobener Stimme für alle Anwesenden die Geschichte des Anwesens und des verstorbenen Mr. Masseltoe. In zwei Sätzen erklärt er, daß seine Mutter aus dem englischen Hochadel stamme, daß sein Vetter bei der englischen Botschaft Dienst tue und man so die Möglichkeit bekommen habe, den leerstehenden Palast für wenige Monate zu mieten.

»Damit ist die Neugierde aller befriedigt, jeder weiß jetzt, wie wir zu diesem Haus kommen. Ich denke, es war das Beste so, ein für allemal jede Spekulation zu stoppen«, sagt George zu Bella auf dem Heimweg.

George versäumt es denn auch nicht, dem britischen Botschafter Sir Archibald Windermere schon bald seine Aufwartung zu machen – Vetter Richard hatte angeregt, dazu ebenfalls die Uniform anzulegen. George möchte sich besonders für die Überlassung beziehungsweise Vermietung seines derzeitigen Wohnsitzes durch die englische Botschaft bedanken.

Seine genaue Kenntnis der englischen gesellschaftlichen Regeln sowic seine perfekten Sprachkenntnisse erleichtern den Kontakt vom ersten Augenblick an. Die Tatsache, daß er der Sohn von Lady Margret Winslet ist, ehemalige Hofdame der unvergessenen Prinzessin Vicky, gibt sogleich Anlaß zu ausführlichen dynastischen Plaudereien, wie sie der englische Adel liebt. Spätestens nach fünf Minuten wird allgemein festgestellt, daß man garantiert über irgendwelche Earls und Lords miteinander verwandt ist.

So empfängt ihn auch hier freundliches Interesse und eine günstige Aufnahme sowie das Versprechen, George samt Gemahlin bei Gelegenheit zu einer Gartenparty, der natürlich weit größeren englischen Kolonie, einzuladen.

Das Paar hat sich in diesen Wochen eingerichtet, man kennt inzwischen die kleinen Fürsorglichkeiten beim Essen und Trinken, Bella akzeptiert die arabische Eigenschaft, immer nur mit dem Mann zu reden, selbst wenn – wie etwa in Dingen des Haushalts – nur sie gemeint sein kann. Kurz: der Alltag beginnt sich zu normalisieren, und allmählich erwacht die Lust, Neues zu erleben.

Langsam und geführt von einem deutsch sprechenden Einheimischen, den die Botschaft ihnen empfohlen hat, beginnt man in den nächsten Wochen, die Stadt zu erkunden. Sie besuchen den brodelnden Souk, die zahllosen belebten Straßen, fahren am Ufer des Nils entlang, besichtigen die Fassade des Palasts des Khedive, die vielen interessanten Bauten der Stadt, und allmählich beginnen Bella und George auch kleinere Ausflüge in die Umgebung zu machen, nach Gizeh zu den Pyramiden und nach Memphis zu den Ruinen und Tempeln.

Zum ersten Mal sitzt Bella auf einem Kamel, das sich – kaum ist sie in den Sattel gestiegen – plötzlich zu einer ungeheuren Größe erhebt, so daß sie laut und völlig verängstigt zu schreien beginnt. George, der Führer und der arabische Kameltreiber müssen sie beruhigen, aber auch danach, als das Kamel sich fortzubewegen beginnt und im Paßgang den Sattel samt der verängstigten Bella hin und her schaukelt, kann sie sich kaum kalmieren. Erst langsam findet sie ihre Fassung wieder, und es dauert lange, bis sie schließlich den Kamelritt genießen kann, bis sie sich unverkrampft den Pyramiden, diesen steinernen Zeugen alter ägyptischer Herrlichkeit, widmen kann.

Es ist Spätnachmittag, »die beste Zeit«, hat der Führer erklärt, »die Fremden haben sich schon verlaufen, die Hitze des Tages wird milder, und wenn die Sonne allmählich die Spitzen und Kanten der Pyramiden rot und golden zu färben beginnt, ist es ein unvergeßliches Erlebnis«.

Und so erleben sie diese Zeugnisse der antiken Vergangenheit, im roten Abendlicht, das die Ränder überstrahlt und der ganzen Szenerie etwas Unwirkliches, Mystisches verleiht.

39

Es ist Februar geworden, Bella und George haben sich richtiggehend eingelebt, nicht nur, daß Georges Hüsteln verschwunden ist, auch seine Depression ist verflogen. Im warmen Klima, im ungezwungenen Ambiente eines gewissermaßen gesellschaftlich akzeptierten Müßiggangs ist der Druck, sich beruflich engagieren zu müssen, geringer geworden, hier in Kairo gibt es ohnehin keine Möglichkeit, sich zu betätigen. Arbeiten, das tun eigentlich nur die Dienstboten.

Eines Tages erlebt George seine Umgebung auf völlig neue Weise. Es beginnt damit, daß Botschafter von Mannhardt an einer der informellen Reunionen, bei denen sich die deutsche Kolonie so gerne trifft, einen der bekannten modernen Kunstmaler aus Berlin einführt.

»Der Künstler hält sich nur wenige Wochen in Kairo auf«, erklärt Seine Exzellenz, »und wir sollten ihm in der kurzen Zeit, die ihm zur Verfügung steht, ein wenig behilflich sein, die Stadt von all ihren Seiten kennenzulernen.«

Tatsächlich zeigt der Maler schon an diesem Abend etliche Skizzen herum, schnell hingeworfene Eindrücke von Land und Leuten, die einigen der Anwesenden so gut gefallen, daß sie gleich darum bitten, eines oder mehrere dieser Blätter erwerben zu können. Auch Bella ist von dem flotten Stil ebenso wie von der impressionistischen Darstellung angetan. Nur wenige Striche, einige Schraffuren, und der Betrachter sieht die Personen oder die kleine Szene lebhaft vor sich.

»Er hat einen überzeugenden Stil und plastische Darstellungskraft«, meint sie zu George beim Heimfahren in der Kutsche, »ich bin überzeugt, wir werden noch viel von ihm hören, oder besser gesagt, zu sehen bekommen«, lacht sie schelmisch und drückt sich, wie in letzter Zeit häufiger, schon in der dunklen Chaise ganz eng an ihren Mann.

»Ich suche das wahre, ungeschminkte Volksleben, das Echte und Unverfälschte«, schwärmt der Künstler, als er beim nächsten Mal zufällig auf von Räckwitz trifft.

Allein und ohne einheimischen Führer wolle er sich unter das gemeine Volk wagen, dennoch sei ihm ein handfester Begleiter, wie der Offizier, ganz angenehm, erklärt er. George sagt arglos zu, bei Gelegenheit einmal mitzukommen. Diese kommt allerdings schneller als gedacht, denn an einem der folgenden Abende steht der Künstler, einen Zeichenblock unter dem Arm, unvermutet in der Halle und bittet George, ihn zu begleiten.

»Es war ein ereignisreicher Abend«, erklärt George kurz angebunden beim späten nächtlichen Heimkommen auf Bellas Erkundungen, mehr ist ihm nicht zu entlocken.

Aber wenigstens kann er jetzt einige der Fragen beantworten, auf die das Regiment im fernen Berlin anscheinend so brennt, wie von Kitzingen vor einiger Zeit schrieb. Und so setzt sich George einige Tage später hin und verfaßt weniger einen Brief als einen Bericht über den Abend samt seiner merkwürdigen Begegnungen.

Du hast mich gefragt, ob es »das« in Kairo auch gebe, lieber Kitz, und Du hast erzählt, die alten Kameraden seien ganz wild auf eine Aussage zum hiesigen »Stellungskrieg«. Ja, am liebsten würde man sogar die detailreiche Beschreibung einer »Nahkampfszene« von mir erhalten.

Nun, was die schönen Einheimischen betrifft, so habe ich schon etliche hochgewachsene braune Gazellen gesehen, ebenso stolze Nubierinnen – mit einer Haut glänzend wie Ebenholz. Da mag man sich nur zu gerne vorstellen, daß auch hier der Aufruf des Propheten gelten möge: »Stecke dein Schwert in die Scheide, mein Sohn.« Allein, lieber Kitz, Du weißt es, daß ich es persönlich so gut getroffen habe, daß ich so unbeschreibbar glücklich bin, mit meiner Bella …! Was brauche ich da glänzendes Ebenholz?

Dennoch kann ich Dir heute einen Bericht liefern.

Letzte Woche bat mich ein Berliner Maler, der kurze Zeit in Kairo verbringt, ihm doch einen Abend lang Gesellschaft zu leisten. Seinen Namen kennst Du sicherlich, tut jetzt aber nichts zur Sache. Er wollte das Leben der Einheimischen »hautnah« kennenlernen. Ich sagte ihm, daß ich ihm da nicht weiterhelfen könne, aber er hatte bereits einige Tips aus anderer Quelle erhalten. Wir lassen die Chaise also in der Hauptstraße warten und mischen uns in den Sog der nächtlichen Menschenmassen, die zielsicher Richtung alter Fischmarkt treiben. Irgendwo am Eingang einer dunklen Gasse ist ein Stand mit Naschereien, Orangen, Zuckerwerk und einigen schleimigen Leckereien, von einer Blendlaterne grell erleuchtet.

»Hier sind wir richtig«, sagt der Künstler und drückt seinen kleinen Skizzenblock fester an sich, »mein Gewährsmann hat mir diesen Stand genau so beschrieben.«

Und dann werden die Gassen kleiner, enger. Es sind meist Männer, die jetzt noch diesem Weg folgen. Es wird allmählich schummrig, eine ungewisse Spannung liegt in der Luft, ein Wohlsein, ein Rausch, etwas wie Vergnügen weht durch die Gasse. Es schwatzt um uns herum, es summt und klingt durch das ungewisse dunkle Licht der Nacht. Hier gibt es keine Laternen, kein Straßenlicht, und doch ist von irgendwoher ständig ein Leuchten, eine Helligkeit zu erkennen.

Dann fällt plötzlich ein weißer Streifen durch einen Türbogen. Der dunkle Rahmen umschließt ein Bild: knallig, bunt, aufdringlich, grotesk – Weiber … eine ganze Menagerie. Hel-

les und dunkles Fleisch, nur halb bekleidet, kaum bedeckt im flackernden Licht etlicher Öllampen; Verrenkungen schmaler Glieder, Lockungen zartgliedriger Hände.

Man ist erschrocken, und doch lacht man, weiß nicht, ob man stehenbleiben und glotzen oder weitergehen und die Augen niederschlagen soll. Der Strom der Menschen treibt uns weiter, bis aus einer anderen Tür ein noch impertinenteres Licht blinkt, das wirklich zeigt, was es zeigen will. Und so geht es weiter.

Wir schauen, scherzen, sind entzückt, schaudern.

Verletzt die Direktheit der Barbarei unsere europäischen Augen, unsere Sinneskultur, oder lockt der Reiz der grellbunten Fremdheit, der animalische Geruch geradezu tierischer Lust, der durch diese Gasse weht, uns weiterzugehen, immer tiefer in diese Verführung einzutauchen?

Ist es vielleicht das Blitzen und Begehren dieser raubtiergleichen schönen Augen, die katzenartigen Bewegungen, das Fletschen, Lachen, Verführen dieser weißen großen wundervollen Zähne im schwarzvioletten, rosalichen Maul?

Welcher Zwiespalt zwischen Scheußlichkeit und hinreißender Ästhetik, grauenerregendem Schmutz und lockender Sinnlichkeit! Möchte man ihn nicht küssen, diesen arabischen oder nubisch schwarzen Mund? Erwartet man sich nicht paradiesische Feste und Erlebnisse von einer solchen Umarmung?

Aber man sieht dazwischen auch das Grauen, entstellte Wesen, die sich dennoch anbieten, dennoch lachen, Lebensgenuß versprechen, obwohl der Körper, den sie unverhüllt zeigen, entstellt ist von der Krankheit oder dem Schicksal der Geburt. Engel oder Teufel, bisweilen scheint's ein Totentanz zu sein, was sich um uns bewegt. Dennoch sind die Menschen hier nicht roh, kein Betrunkener kreuzt unseren Weg, weder lautes Geschrei noch Streit ist zu hören, wie auf unseren Volksfesten, vielmehr weht ein Hauch von Flöten und Geigen durch die Gassen, dunkle Trommeln oder Tamburins sind von fern zu hören. Da mag ein Bauchtanz begleitet werden, da wiegen sich gesetzte Männer bei der Wasserpfeife zur Musik eines Flötenspielers.

Nein, der Bauchtanz hat uns nicht in eines der merkwürdig verwinkelten und durch leiterartige Treppen verbundenen Gebäude geführt, obwohl wir einmal, an einem offenen Raum vorbeikommend, die merkwürdige Gymnastik der Orientalinnen im schwachen Licht einiger Öllampen erkennen. Wir bleiben nicht stehen, wir lassen uns weiterziehen. Eine schwarze Puppe ist es, ein Mädchen, das uns treppauf, treppab weiterwinkt. Ein Kind fast noch, obwohl ihre graubraun rosafarbenen Finger sechzehn aufzählen.

Eigentlich widerlich mit ihren Wulstlippen und dem Speckglanz ihres kleinen runden Gesichts und doch so nett – von einem so naiven Reiz, daß man ihr folgen muß.

Endlich eine offene Kammer, ein Bett, ein Stuhl, eine Messingschale und ein Tontopf voller Wasser. Sie ist nicht schüchtern und kein Neuling, und doch geschieht jede ihrer Bewegungen, alles, was sie tut, mit einer bezaubernden Anmut. Das Flitterkleid, dann das Hemd, und – wie soll ich's nennen – das Pumphöschen fällt.

Das dunkle Körperchen, es wiegt sich. Es ist so fein, so artig trotz aller haarlosen Nacktheit.

»Ich bin schwarz, aber gar lieblich…«, sagt Sulamith im Hohenliede Salomons – unwillkürlich muß ich jetzt daran denken, da ich Dir dies alles berichte.

In all ihrer fremden Wüstheit hat sie etwas Animalisches, etwas im reinen Sinne Wildes, dennoch mit dem Menschlichen Versöhnendes.

Trotzdem, im letzten bleibt uns Europäern diese Ebene wohl unzugänglich, ja verschlossen.

Ich schenke ihr ein Geldstück und, weil sie so hübsch bittet, noch ein zweites und eine Zigarette dazu. Wir lachen miteinander – befreit und gleichzeitig gemeinsam menschelig.

Ich streichle ihre Haut – mein Begleiter skizziert die ganze Zeit wie von Sinnen jede ihrer Bewegungen in wildem Eifer –, nie haben meine Finger etwas Sanfteres berührt. Aber sie ist kitzelig und läuft davon.

Auf dem Stuhl liegen noch ihre Kleider – auch diese zeich-

net mein Begleiter mit fliegendem Strich. Die Kleine hat sich längst irgendwo – splitternackt treppauf, treppab – versteckt, ich sehe sie nicht mehr.

Gute Nacht denn, kleiner Unhold – gute Nacht, denke ich und zerre meinen aufgeregt keuchenden Künstler wieder ins Freie.

Ja, lieber Kitz, das ist der Orient, kein »Stellungskrieg«, aber doch voller Geheimnisse. Und wenn Du in der nächsten Saison bei der Ausstellung eines bekannten Künstlers ein paar wohlgeratene Gemälde zu Gesicht bekommst, mit ebenso wohlgeratenen braunen Schönheiten in ziemlicher Nacktheit und arabischer Umgebung, erinnere Dich dieses Briefes. Nur hier im lebensvollen und lebenstollen Kairo bekommt man solche Anregungen, sieht man derartige Bilder in natura, hat mir der Künstler bestätigt.

Ich bedauere es jetzt schon, daß wir dieses Paradies irgendwann wieder aufgeben müssen.

Obwohl die neugewonnenen Freunde nach der letzten Einladung im phantastischen maurischen Saal ihres außergewöhnlichen Palastes geschworen haben, so schnell lasse man das reizende deutsche Paar nicht wieder weg, haben sich Bella und George einen Termin gesetzt, den sie einhalten wollen; auch die Schiffspassage ist schon gebucht: Zum 1. April wollen sie sich wieder Richtung Triest und Berlin begeben.

Mirja drängt auf ein Wiedersehen, der Automobilclub hat für Ostermontag, den 22. April, seine erste Ausfahrt geplant, von Kitzingen hat zu einem runden Geburtstag eingeladen.

Es scheint sich glücklich zu fügen, daß im März noch ein großes gesellschaftliches Ereignis gefeiert wird: der Geburtstag des Khedive. Er ist wie in jedem Jahr exakt zu diesem Fest aus Cannes zurückgekommen, wo er im Frühjahr immer einige Wochen zu verbringen pflegt. Und alljährlich gibt es verschiedene Feste zu diesem Anlaß; einmal feiert die Großfamilie des Herrschers, dann die religiöse und politische Führungsschicht Ägyptens. Schließlich – und nur über dieses Fest wird auch in den internationalen Gazetten berichtet – gibt der Khedive in den feudalen Festsälen des Hotels Luxor einen Empfang für die wichtigsten Angehörigen der europäischen Kolonie, an der Spitze die Botschafter der akkreditierten Staaten. Dieses Fest hat einen eher europäischen Stil, der Khedive ist schließlich in England erzogen worden. Botschafter Graf Mannhardt hat es arrangiert, daß Bella und George ebenfalls eine Einladung erhalten haben.

»Kommen Sie in Uniform, ich werde Sie entsprechend einführen«, hat der Botschafter lächelnd bestätigt. »Es wird ein schönes Abschiedserlebnis für Sie sein – der Khedive ist sehr prachtliebend.« So kommt es, daß sich auch ihre Kutsche in die Schlange der zahlreichen Kaleschen einreiht, die langsam vor dem Hotel Luxor zum Stehen kommen, um die Gäste aussteigen zu lassen. Die Exzellenzen erscheinen in ihrer eleganten Diplomatenuniform, die Herren – soweit Offiziere – ebenfalls in Tenue, ansonsten im Frack. Die Damen tragen ihre schönsten langen Abendroben – Schultern, Hals und Arm müssen jedoch bedeckt sein –, und alle haben ihren wertvollsten Schmuck angelegt.

Der Festsaal ist in einen Traum aus Tausendundeiner Nacht verwandelt worden, mit zahlreichen Nischen und Zelten, in denen Diener des Palasts in den entsprechenden Gewändern die verschiedensten arabischen Genüsse anbieten, Halva und Kassia, kleine Souflaks am Spieß und all die fremdartigen Speisen und übersüßen Leckereien, die die Orientalen so lieben. Von irgendwoher klingen fremdartige Laute, Weihrauch durchzieht den Saal. Bella erinnert sich einiger einheimischer Feste, die sie schon gesehen und erlebt hat, nur hier ist alles noch viel prächtiger und opulenter, sie hat beinahe ein Gefühl, als befinde sie sich wirklich im Märchenpalast des Khedive.

Pünktlich ertönt ein Gong, fremdartige Fanfaren erklingen, und dann betreten Hoheit und seine Entourage in traditioneller weißer Djebba und rotem Fes, der Khedive in goldfadendurchwirktem Stoff und mit schwarzem Fes, den Festsaal. Tief verneigen sich die Diener, auch die Europäer deuten eine Verneigung an. Der Herrscher schreitet einmal durch den Saal, mit der Hand leicht grüßend, dann ertönt wieder ein Gong, und das Defilee beginnt. Man stellt sich zwanglos an, entsprechend der Ancienität, und jeder wünscht der Hoheit Gesundheit und ein langes Leben.

Botschafter Graf Mannhardt stellt das Paar von Räckwitz vor mit der Bemerkung, der Major der Gardedragoner komme aus Berlin und habe den Winter hier verbracht. Der Khedive nimmt dies wohlwollend zur Kenntnis. »Ich habe große Achtung vor der Armee des deutschen Kaisers«, sagt er in perfektem Englisch.

Nach dem Defilee reicht man Erfrischungen und kleine Speisen. Anschließend werden alle durch die großen Flügeltüren nach draußen gebeten, denn der Khedive bietet seinen Gästen ein ganz auserlesenes Schauspiel, eine orientalische Phantasia. Direkt hinter dem Hotel Luxor befindet sich eine Rennbahn, angelegt von den Engländern, gefördert von Seiner Hoheit, der ein großer Anhänger des Pferderennsports ist. Überhaupt gelten die Engländer in Ägypten als Schutzmacht und besitzen großen Einfluß auf die Politik ebenso wie auf den Khedive, der schon durch seine Erziehung in Großbritannien allem Englischen gegenüber sehr aufgeschlossen ist.

Kaum hat man sich aufgestellt, gibt der Herrscher ein Zeichen: Wilde Musik erklingt, und wie von Zauberhand erscheinen von allen Seiten farbenprächtige Reitertruppen, die auf die Bahnmitte galoppieren und dort ein phantastisches Reiterspiel vollführen.

Von Räckwitz kann sich kaum satt sehen an den tollkühnen Kapriolen, den halsbrecherischen Einlagen und den verwegenen Galopps. »Dies ist wirklich ein ganz außerordentliches Erlebnis für mich, gerade als Reiteroffizier«, sagt er zu Graf Mannhardt und dankt nochmals, ihm dieses exquisite Erlebnis zum Abschied ermöglicht zu haben.

»Ach, lieber Räckwitz, vielleicht sind Sie mir ja auch irgendwann einmal behilflich …«, lacht der Botschafter leichthin.

Später ziehen sich die Herren in den ersten Stock zurück; hier gibt es Zigarren und Alkohol für die Europäer, und man munkelt, daß der silberne Becher des Khedive an solchen Abenden keinen Tee, sondern Whiskey enthalte. Der Herrscher scheint an diesem Abend besonders aufgeräumt zu sein, und irgendwann bittet ein Diener den deutschen Botschafter in die Runde des Herrschers, wo schon die anderen Repräsentanten der europäischen Länder beisammenstehen. Gerade erzählt Seine Hoheit von seinem fabelhaften Casinoglück in Monte Carlo und dem Glanz des Hotels Negresco in Cannes: »Es ist der europäische, vielleicht auch der zutiefst französische Stil, der die Côte immer wieder für uns so reizvoll macht«, meint er, sich dem französischen Botschafter zuwendend.

Exzellenz de Pury verbeugt sich lächelnd.

»Und wir teilen diese Vorliebe mit zahlreichen Mitgliedern des britischen Hochadels, die wir dort mit großer Freude jedes Jahr wiedersehen. Der Archduke of Westington beispielsweise ist ebenso wie wir ein großer Bridge-Liebhaber, wir hatten mehrere Abende das gemeinsame Vergnügen.«

Der englische Botschafter verneigt sich ebenfalls.

»Lord Westington gilt selbst in London als sehr guter Spieler; ich freue mich, Hoheit, daß Sie soviel Freude mit ihm hatten.«

»Ja, wir hatten wirklich großes Vergnügen, auch durch einen Untertanen Ihrer geschätzten Majestät, des Kaisers Franz Josef«, wendet er sich jetzt an den österreichischen Botschafter. »Es handelt sich um einen gewissen Emil Jellinek, mit seiner reizenden elfjährigen Tochter. Ich glaube sie heißt Mercedes. Also, dieser Jellinek hat schon mehrmals auf der Corniche, der gewundenen Uferstraße oberhalb Cannes, an Rennen mit einem dieser neuen Motorwagen teilgenommen. Das war hochinteressant. Er selbst fuhr zuerst ein französisches Fabrikat, eine Voiturette, dann eine viersitzige Benz-Kutsche und schließlich einen Daimler-Motorwagen. Wir glauben, daß es ein deutsches Produkt ist. Jedenfalls hat er mit diesem Wagen das letzte Rennen klar gewonnen.

Doch damit war er nicht zufrieden. Nun kaufte er jüngst einen neuen Daimler ›Phönix‹. Da liegt der Motor wohl vorne und leistet unglaubliche achtzehn PS. Es sei dies das erste Straßenfahrzeug mit vier Zylindern, hat uns dieser Jellinek, ein wirklicher Motorwagenenthusiast, versichert. Wir waren sehr fasziniert und hätten viel gegeben, diesen Wagen zu besitzen und zu chauffieren. Allein meine Adjutanten konnten nichts ausrichten. Wir haben Jellinek dann selbst bei einer Redoute gesehen und mit ihm gesprochen. Sein Wagen blieb jedoch unverkäuflich, trotz unserer hoch gebotenen Summen. Er sei immer noch nicht zufrieden mit der Konstruktion, erklärte er uns, er wolle einen neuen Motorwagentyp in Deutschland bauen lassen, mit noch höherer Geschwindigkeit. Aus dieser Serie werde er uns dann gerne ein Exemplar anbieten. – Bislang haben wir jedoch noch nichts von ihm gehört. Vielleicht könnte Exzellenz von Mannhardt da ein wenig behilflich sein, durch direkten Kontakt mit der Firma in Deutschland«, wendet er sich an den deutschen Botschafter. »Wir wollen in jedem Fall einen solchen Motorwagen hier in Kairo haben, die Kosten sind dabei absolut nebensächlich.«

Graf Mannhardt verspricht, sich umzusehen, es sei ihm eine Ehre, dem Monarchen einen privaten Wunsch zu erfüllen.

Der Abend ist wieder einmal ein voller Erfolg, sowohl bei den zahlreichen ausländischen Gästen als auch für den Khedive, der das Zusammensein mit den Repräsentanten der europäischen Mächte immer sichtlich genießt.

Anderentags geht eine Depesche nach Berlin, inwieweit das Auswärtige Amt abklären könne, ob es einen Daimler-Motorwagen gebe beziehungsweise ob man bei der Firma dann anregen könne, einen Handlungsbevollmächtigten nach Kairo zu senden. Es gebe hier wohl die Möglichkeit, sich dem ägyptischen Herrscher gewogen zu machen.

Der zuständige Beamte in Berlin, dem die Depesche vorgelegt wird, murmelt etwas von orientalischen Potentaten und deren verwegenen Wünschen und beschließt, die Angelegenheit erst mal mit seinem Vorgesetzten zu bereden.

An diesem Tag gehen noch etliche andere Depeschen und telegraphische Berichte nach Europa. Alle Botschafter haben nämlich der Erzählung des Herrschers mit Aufmerksamkeit gelauscht und ihre Schlüsse daraus gezogen.

Der Engländer bittet das Foreign Office zu prüfen, unter welchen Umständen man zwei englische Sportautomobile sogleich hierher verschiffen lassen könne. Damit könne man sich den Khedive für lange Zeit gewogen machen, und vielleicht ergebe sich ja mit diesem Erstexport in den Orient eine Reihe von weiteren Kontakten und Geschäften für Großbritannien.

Der österreichische Botschafter telegraphiert nach Wien, schildert ausführlich das elegante Fest und die Tatsache, daß Hoheit von einem österreichischen Staatsbürger geschwärmt habe. Nebenbei bittet er um Nachforschung nach einem gewissen Jellinek, der wohl in Cannes lebe und – wie der Name schon andeute – k. u. k. Staatsbürger sei. Auch dieser Bericht schließt mit einer Anfrage, ob die österreichische Automobilproduktion mittlerweile konkurrenzfähige Produkte anzubieten habe. Diese Depesche landet ebenfalls auf dem Tisch eines Beamten des Wiener Außenamts, den der letzte Satz sehr verärgert hat. »Da Herr Botschafter mecht sich um seine Obliegenheiten kümmern und net a noch anfangen, mit am Automobül umanandzukutschieren.« Spricht's, schreibt's ein dickes »Abgelehnt« an den Rand und legt das Schreiben in die Ablage.

Exzellenz de Pury wird ebenfalls tätig. In einem Brief an den Quai d'Orsay stellt er die Importanz der alljährlichen Besuche des Khedive an der Côte ins rechte Licht, bittet gleichzeitig um Informationen wie Zeitungsberichte et cetera, so vorhanden, zu jenem offensichtlich berühmten Cornicherennen. Das Gesuch schließt mit dem Hinweis, daß die Rennen es dem ägyptischen Potentaten sehr angetan hätten, wenn auch die Qualität der französischen Automobil-Sportwagen offensichtlich noch zu verbessern sei. In diesem Zusammenhang bitte er um die Nennung einschlägiger Firmen. Es scheine, der Herrscher zeige gewisses Interesse an französischen Produkten.

Eine weitere Depesche erreicht seinen Bruder Maurice mit der Bitte, sofort zu ermitteln, welches das beste französische Sportautomobil sei, und ihm den Namen der Firma mitzuteilen. Ebenso sei es günstig, mit dem Konstrukteur und Autobauer Kontakt aufzunehmen. Es könne sich daraus ein größerer Auftrag ergeben, und er, Maurice, könne eingeschaltet werden.

Auch der italienische Botschafter telegraphiert. Er erinnert sich eines Freundes in Turin, ebenso an eine Automobilschmiede in der gleichen Stadt. Das Schreiben wird eher kurz. »Wir könnten hier vielleicht ein paar der neuen schnittigen italienischen Motorwagen verkaufen. Frag mal bei der Firma Fiat an – der Chef heißt irgendwie Agnolli oder so, und seine Frau ist mit unserer Familie über Onkel Lucca verwandt. Sieh zu, ob Du einen der sportlichen Zweisitzer bekommen kannst; vielleicht erst einmal auf Rechnung und nur zur Probe. Dann schiffe Dich sofort mit dem Wagen nach Kairo ein. Ich denke, da läßt sich was machen.«

Von alledem haben Bella und George nichts mitbekommen. Sie genießen das Fest und gewissermaßen ihren persönlichen Abschied von Kairo. Bella beschließt insgeheim, wenn möglich, im kommenden Jahr wiederzukommen.

Aber erst einmal gilt es, sich in den folgenden Wochen bei allen neu gewonnenen Freunden reihum zu verabschieden, besonders herzlich bei Vetter Richard, dem sie hier soviel zu verdanken haben. Der hingegen wirkt diesmal gar nicht so fröhlich. »Denk dir, ich muß mit dem nächsten Schiff nach London, aber nur für etwa ein bis zwei Wochen, dann wieder zurück hierher. Ich soll mich dort um irgendwelche Motorwagen kümmern, die unser Herrscher hier bestellt hat – aber natürlich auf höchster diplomatischer Ebene.«

»Schade, dein Schiff geht natürlich über Zypern und Gibraltar nach England, sonst hätten wir noch gemeinsam reisen können«, bedauert von Räckwitz. »Jedenfalls hoffe ich, daß wir uns möglichst bald wiedersehen«, sagt Bella, die in der Zwischenzeit ganz gut Englisch sprechen gelernt hat, und drückt ihm zum Abschied warm die Hand.

Wenn sie gewußt hätte, wie schnell sie Vetter Richard wiedersehen sollte …

Vom Berliner Außenministerium erhält Botschafter Graf Mannhardt nach etlichen Wochen eine lapidare Rückdepesche. Der Name der Firma heiße DMG – Daimler Motoren Gesellschaft, Sitz in Cannstatt bei Stuttgart. Angesichts der Vielzahl der dort produzierten Modelle empfehle man einen direkten Kontakt durch den Khedive. Man könne aber auch hier der ägyptischen Botschaft die Adresse mitteilen, wenn der ägyptische Herrscher dies wünsche.

»Typisch deutsch«, wettert Exzellenz am Abend im häuslichen Kreise. »Korrekt ausgeführt, aber gefühlsmäßig völlig neben der Sache. Dabei hätte man den deutschen Interessen hier eine geschickte Wendung geben können, schließlich verspricht Ägypten in den kommenden Jahren ein großer Markt für den Import von Maschinen und Industrieanlagen zu werden! – Aber nein«, er läßt den Satz unvollendet und schüttelt den Kopf. Nur mit seiner Frau kann er so offen reden.

»Du mußt dir vorstellen, der Monarch ist völlig verrückt nach diesem deutschen Automobil, ließ in der Zwischenzeit bereits mehrfach anfragen, ob eine Nachricht vorliege. Und jetzt das! Wie soll ich ihm das erklären?«

Er geht rastlos im Zimmer auf und ab. »Ich kann doch nicht sagen, daß wir unfähig sind, den richtigen Wagen zu liefern – auf diese Weise, und ohne Rückendeckung aus der Heimat kann man die Interessen des Deutschen Reichs hier einfach nicht vertreten!«

»Sag mal«, beginnt seine Frau plötzlich, »hat uns der Räckwitz nicht einmal erzählt, daß er selbst so ein Automobil fährt? – Vielleicht hat der ja Kontakte.«

Überrascht bleibt der Botschafter stehen. »Räckwitz, ja richtig, sprach der nicht sogar von einem Daimler, den auch SKH Fürst Ratibor besitzt? Das ist eine grandiose Idee, Martha, den bestelle ich gleich morgen in die Botschaft. Das ist vielleicht sogar der ideale Mann für diese etwas delikate Angelegenheit.«

»Von Räckwitz? – das Ehepaar hat sich doch abgemeldet und ist, soweit ich informiert bin, in diesen Tagen nach Alexandrien abgereist, sie müßten jetzt wohl schon auf dem Schiff sein, das sie nach Triest bringt. Er fährt wohl mit der ›Burgenland‹, soweit ich weiß«, erklärt der erste Sekretär am anderen Morgen auf die Frage des Botschafters. Dieser droht die Fassung zu verlieren. »Versuchen Sie die Abfahrtszeit festzustellen. Wo legt das Schiff als nächstes an? Kann man den Dampfer antelegraphieren?«

Als sei diese Nachricht noch nicht schlecht genug, liest er anschließend in der einzigen örtlichen englischsprachigen Zeitung, den »Egypt-News«, unter der Rubrik »In Kairo angekommen« neben zahlreichen anderen Gästen die Nachricht: »Hotel Luxor – Conte Raffaele di Spigno in Begleitung eines selbstfahrenden Motorwagens, den er hier vorführen will. Es ist dies das erste Automobil in Ägypten.«

Graf Mannhardt ist zu lange im diplomatischen Dienst, um die Ankunft dieses Conte als reinen Zufall zu werten. »Ich würde eine Flasche Gin darauf wetten, daß zu diesem Zeitpunkt noch mindestens ein weiteres Automobil Richtung Kairo schwimmt«, murmelt er. Ganz unrecht hat er damit nicht. Der französische Botschafter hat seine Kontakte genutzt, und Bruder Maurice hat etliche Recherchen unternommen; als Kaufinteressent getarnt, hat er mehrere Sportwagen gefahren und dabei selbst viel gelernt. Der Dion-Bouton Tricycle, der derzeit so beliebte französische Dreirad-Motorwagen, kommt nicht in Frage, das Fahrzeug scheint zu simpel für einen Monarchen. Auch die dreirädrige Léon-Bollée Voiturette kann Maurice de Pury nicht überzeugen. Anders dagegen der Wagen der Firma Panhard&Levassor, er gilt in Paris derzeit als das schickste und schnellste Automobil.

Ansonsten versteht Maurice es vorzüglich, die Interessen Frankreichs, der Automobilfirma, und seine eigenen so geschickt miteinander zu verweben, daß er seit zwei Tagen im Staatsauftrag und als Bevollmächtigter des Motorwagenherstellers mit einem gedeckten Wagen, einem sogenannten Pullmann, einem Sportwagen und einem Techniker auf der »Liberté« von Marseille Richtung Kairo unterwegs ist.

Um das Unglück an diesem Tag zu komplettieren, erhält Graf Mannhardt gegen elf Uhr einen persönlichen Brief des Khedive. Er sei sehr unglücklich, daß er noch keine Nachricht von diesem berühmten Automobilhersteller habe, auch jener Jellinek habe ihm, entgegen seiner Zusage, noch keine Nachricht zukommen lassen. Er, der Khedive, wolle nochmals betonen, daß dieses Fahrzeug wirklich sein innigster Wunsch sei und man weder Zeit noch Kosten sparen möge – er komme für alles auf. Und in einem Nachsatz wird darauf hingewiesen, daß Exzellenz in dieser Angelegenheit ständig Zutritt zu ihm habe.

Nun gibt es kein Halten mehr, per Express wird sofort nach Alexandria zur Port Authority telegraphiert, ob die »Burgenland« noch im Hafen liege. Und wenn ja, ob sie aufzuhalten sei. Gleichzeitig telegraphiert man an den Kapitän, wenn irgend möglich später auszulaufen und gleichzeitig Herrn und Frau von Räckwitz auszurichten, daß sie auf allerhöchste Order dringend noch vor Abreise mit seiner Exzellenz Kontakt aufzunehmen hätten beziehungsweise am besten sofort zurück nach Kairo reisen sollten.

Der Hafen telegraphiert zurück, das Schiff lichte gerade die Anker. Auch Kapitän Dolezal sieht sich leider außerstande zu warten, »da wir am anderen Tage auf Korfu IKH die Erzherzogin Eugenie pünktlich an Bord zu nehmen haben. – Herr von Räckwitz ist verständigt und hält sich bereit«.

Erneutes Telegraphieren mit dem Schiff: Von Räckwitz erhalte in Korfu vom dortigen deutschen Konsul weitere Order. Schließlich ein verschlüsseltes Telegramm an jenen, er möge diese Nachricht entschlüsseln und ihren Inhalt dem ankommenden von Räckwitz zur Kenntnis geben.

So kommt es, daß Bella ab Korfu die Heimreise alleine antritt, George mit dem nächsten Postdampfer zurück nach Kairo fährt.

Der Botschafter erwirkt sofort eine Audienz beim Khedive, stellt von Räckwitz als deutschen Fachmann für schnelle Sportwagen vor, der selbst einen solchen Wagen der Firma Daimler besitze. Er sei eigens wegen der Wichtigkeit des Wunsches Seiner Hoheit nach Kairo zurückgekommen und freue sich, Seiner Hoheit zur Verfügung zu stehen, so wie er zu Hause in Berlin auch schon SKH Fürst Ratibor bei Auswahl und Beschaffung eines ähnlichen Phönix Daimler zur Seite gestanden habe.

Diese Sätze sind nicht nur diplomatisch perfekt, sie erzielen auch die richtige Wirkung bei Ihrer Hoheit, dessen Miene sich augenblicklich aufhellt. George lächelt nur über diese Flunkerei, versteht es dennoch glänzend, in seinem gewählten Englisch mit dem Herrscher über die modernen, sportlichen

Motorwagen zu parlieren. Seine damaligen ersten diesbezüglichen Erkundigungen in London kann er zusätzlich als Informationshintergrund einsetzen, so daß er den Monarchen völlig überzeugen kann. Am Schluß der beinahe einstündigen Audienz sieht sich von Räckwitz mit höchster Gunst und nahezu unbeschränktem Portefeuille belohnt und gleichzeitig zum geheimen und privaten Automobilgesandten befördert. Selbstredend soll er seinen Wohnsitz wieder am gleichen Ort aufnehmen, was die Verwaltung des Monarchen regeln werde.

Schon am folgenden Tag erhält er einen bedeutenden Geldbetrag, einen Sonderausweis und Papiere, die jede Botschaft beziehungsweise alle Konsulate des Staates Ägypten anweisen, dem genannten Inhaber in jeder Weise behilflich zu sein und ihn mit Geld und allem anderen, was dieser fordere, zu unterstützen.

An diesem Abend schreibt George einen beinahe übermütigen Brief an Bella nach Berlin: »Denk Dir, ich bin jetzt ägyptischer Sonderbotschafter, habe eine Tätigkeit, habe Einkommen, verwalte ein Riesenportefeuille, nur um das zu tun, was ich letztes Jahr am liebsten tat: mich um Automobile zu kümmern. Wir werden unseren Palast wieder beziehen, was diesmal die Verwaltung des Monarchen regelt. Halte Dich bereit, ich werde bald in Berlin sein, um mit Dir gemeinsam nach Kairo zurückzukehren und hier zu leben.«

Von Räckwitz beschließt als erstes, Cannes zu besuchen, jenen Herrn Jellinek zu treffen und Näheres über diesen speziellen Daimlerwagen zu erfahren.

Kurz vor Zypern begegnet sein Schiff auf dem Weg nach Cannes dem französischen Dampfer Liberté, an Bord Maurice de Pury mit seinen Wagen; hätte von Räckwitz davon gewußt, er hätte sich bestimmt Sorgen gemacht.

Auch der italienische Botschafter ist nicht untätig geblieben. Kaum zwei Tage nach der Ankunft des Motorwagens will man am Nachmittag im kleinen Kreise der italienischen Kolonie eine Vorführung geben, allein man muß sich mit dem gereichten Cinzano begnügen. Der rote italienische Wagen sieht zwar schnittig aus, aber der Motor ist nicht dazu zu bewegen anzuspringen, und der Conte hat in seinem Leben noch nie einen Schraubenzieher in der Hand gehabt. Die hektische Suche nach einem Techniker erbringt einen Schotten, der gemeinhin die Baumwollmaschinen einer Spinnerei wartet und angeblich früher in England beim Zusammenbau von Automobilmotoren mitgearbeitet habe.

Der will sich also darum kümmern, den Motor wieder flott zu bekommen, genehmigt sich zuerst einmal einen doppelten Whiskey und beginnt, auf diese Weise gestärkt, den Motor zu zerlegen.

Derweil trifft von Räckwitz den Unternehmer Jellinek schon am Tage seiner Ankunft in dessen Villa. Er gibt sich als Weltenbummler aus, der von der sensationellen Leistung des von Jellinek gesteuerten Daimler erfahren habe und meint, er hoffe ebenfalls auch ein solches Automobil zu erwerben.

Jellinek erzählt bereitwillig die ganze Geschichte, insbesondere daß die mit Hilfe seiner Vorschläge verbesserten Automobile, die man bei der Firma Daimler derzeit zusammenbaue, in Zukunft den Namen seiner Tochter Mercedes tragen würden. Sie seien das beste, was es bisher im Automobilbereich gebe, auch habe er gegen zahlreiche Widerstände in der Firma darauf gedrungen, daß die Wagen zirka vierzig Kilometer schnell zu fahren hätten. Dreißig Wagen dieser neuen Serie seien bereits bestellt und bezahlt. Dazu habe er sich als Hauptimporteur für die USA, Frankreich, Belgien und natürlich Österreich-Ungarn etabliert, und im kommenden Jahr, wenn die Fertigung dieses neuen, dann Mercedes genannten Wagens anlaufe, werde er eine großartige Verkaufsoffensive starten. So lange müsse sich der Gast schon noch gedulden.

Von Räckwitz hat genug gehört; mit dem nächsten Zug ist er unterwegs nach Stuttgart, nicht ohne Bella in einem erneuten Brief vom Fortgang der Dinge zu berichten.

Auch seinem alten Fahrlehrer, dem Herrn Läpple, schreibt er von seiner neuen Aufgabe und bittet ihn, falls möglich, ebenfalls nach Stuttgart zu kommen, um die Angelegenheit gemeinsam zu besprechen. Schließlich informiert er noch SKH

Fürst Ratibor und bittet, bei Schwierigkeiten auf seine Fürsprache hoffen zu dürfen.

Maurice de Pury ist in Ägypten angekommen. In aller Heimlichkeit werden die Automobile als Diplomatengepäck ausgeladen. In den nächsten Tagen werden, wieder unter größter Geheimhaltung, draußen in der Wüste erste Fahrversuche unternommen, die sich als erfolgreich herausstellen.

Tags darauf bittet der französische Botschafter um eine Sonderaudienz beim Monarchen und teilt ihm mit, die Republik Frankreich sei stolz darauf, ihm einen Repräsentationswagen der Marke Panhard vorführen zu dürfen. Auch ein Sportwagen, ein Levassor, sei angekommen, und man stehe bereit, falls Hoheit sich die Wagen ansehen und eine Probefahrt zu unternehmen wünsche. Seine Hoheit ist hoch erfreut und läßt schon für die nächste Woche einen Termin bestimmen.

Vetter Richard trifft in England auf eine wohlvorbereitete Mannschaft, die ihn ab sofort täglich mit dem Führen solcher Automobile vertraut macht. Die entsprechende Abteilung des Foreign Office will mit ihm noch einmal die genauen Wünsche des Monarchen besprechen. Man hat bereits dessen Wappen auf die Türen des großen Rolls-Royce gepinselt und schickt zusätzlich einen zweisitzigen Roadster der Marke Whippet. Beide Firmen haben je einen Verantwortlichen ausgewählt, dazu je einen Techniker. Als Supervisor und Leiter dieser kleinen Crew ist Vetter Richard auserwählt. Schon nach etwa einer Woche werden die Wagen samt Mannschaft in Richtung Kairo verladen.

Nach tagelangem Arbeiten hat der schottische Ingenieur es wirklich geschafft, den italienischen Wagen zum Laufen zu bringen. Er macht zwar fürchterlichen Lärm – der Conte ist sicher, daß er viel lauter klingt als in Turin –, aber der Wagen fährt und – er ist schnell, sehr schnell. Es gibt jedoch den einen Nachteil, daß die Maschine immer wieder ohne ersichtlichen Grund stehenbleibt. Aber der Conte ist so stolz auf sein Gefährt, daß er sofort die erste Ausfahrt damit unternimmt.

Angesichts des knatternden, fauchenden und qualmenden roten Ungetüms stieben Menschen und Tiere auf den Straßen auseinander, es gibt einen ungeheuren Auflauf, und als das Automobil nach ein paar hundert Metern einfach stehenbleibt, nimmt die Polizei die beiden Fremden kurzerhand wegen Aufruhrs fest. Die aufgebrachte Menge hätte den schönen roten Wagen auch sicherlich sogleich als Teufelszeug zerstört, wäre da nicht zufällig im letzten Augenblick die Kutsche des englischen Botschafters samt Bedeckung vorbeigefahren und hätte wenigstens den Wagen gerettet. Anderntags muß der italienische Botschafter beim Khedive zutiefst um Verzeihung bitten. Nur seine Erklärung, dieser Wagen sei ja eigentlich dazu bestimmt gewesen, dem Monarchen vorgeführt zu werden, stimmt diesen milde. Er sagt sogar zu, das Automobil baldmöglichst zu besichtigen und die beiden Fremden freizulassen.

Der englische Botschafter macht sich angesichts dieses unerwarteten Zusammentreffens seine Gedanken, jedenfalls wird bezüglich des eigenen Vorhabens ein weiteres Mal »top secret« befohlen. Gleichwohl fällt den Botschaftsangehörigen auf, daß in letzter Zeit bei Treffen mit Angehörigen anderer Länder und Dienste sehr häufig das Thema Automobil im Mittelpunkt steht, obwohl die meisten bislang kaum je einen solchen Kraftwagen gesehen haben.

Auch der deutsche Botschafter verdonnert bei der nächsten Lagebesprechung das gesamte Personal zu strengstem Stillschweigen, gibt es doch für ihn in dieser Sache jetzt endlich einen Lichtblick. Von Räckwitz hat aus Cannstatt telegraphiert, daß er sich wohl schon in den nächsten Tagen mit einem solchen Wagen nach Kairo aufmache. Exzellenz hat zurückgekabelt: »Bitte um höchste Priorität und Schnelligkeit, man spricht hier davon, daß auch die anderen Staaten keineswegs untätig sind.«

Erstmals hat nun auch er den Monarchen wieder in dieser Sache getroffen und ihm versichert, der ersehnte Daimler-Sportwagen – genau das neueste Jellineksche Automobil – sei, dank der Bemühungen und der Beziehungen des von Räckwitz, bereits verladen und unterwegs. Der Herrscher dankt ihm voller Freude über diese Nachricht. Gleichzeitig kommt ihm ein – wie er findet – glänzender Gedanke.

40

Im Grunde genommen hat von Räckwitz Glück gehabt; sein alter Fahrinstruktor Läpple, der damalige Leiter der Berliner Niederlassung, ist in der Zwischenzeit nach Cannstatt zurückberufen worden und mittlerweile Leiter der Fertigung. Er ist ein weitblickender Ingenieur, der bei diesem Auftrag die Chance sieht, unter den gesamten Potentaten des Orients Kunden zu gewinnen, und der elegante, perfekt Englisch sprechende von Räckwitz scheint ihm der richtige Mann, solche Verbindungen anzukurbeln. So ist es kein Problem, den Vorstand davon zu überzeugen, von Räckwitz' Ansinnen zu folgen. In Tagarbeit und Nachtarbeit baut man aus den Teilen der für Jellinek vorgesehenen Automobile ein erstes Exemplar zusammen und führt Probefahrten durch, bis Läpple zufrieden ist. Der leichte, leistungsstarke Motor hat fünfunddreißig PS, die Kraftübertragung funktioniert mittels Kette, und eine Kulissenschaltung regelt die Geschwindigkeit. Der Wagen hat einen niedrigen Schwerpunkt und einen neuartigen Preßstahlrahmen. Zum ersten Mal wird ein sogenannter Bienenwabenkühler eingebaut, der das Problem der Motorkühlung mit Wasser sehr verbessert. Wilhelm Maybach, der Chefkonstrukteur der DMG, ist für die Entwicklung und Planung verantwortlich, auf ihn geht auch die Idee mit dem Bienenwabenkühler zurück, der sehr viel weniger Wasser braucht.

Es wird also der erste Mercedes mit all den Vorgaben, die der autoverrückte Österreicher aus Cannes vorgeschlagen, ja, bisweilen unter Druck, durchgesetzt hat. Dieser Wagen ist schnell, zuverlässig und – gemessen an den Sportwagen des Auslands – von gediegener Eleganz. Von Räckwitz besteht darauf, daß dieser Wagen nicht schwarz, wie üblich, sondern silbern lackiert wird. Dabei denkt er an einen Schutzanstrich wegen der großen Hitze in Kairo. Später einmal wird die Silberfarbe geradezu das Markenzeichen aller Mercedes-Rennwagen werden.

Endlich ist alles bereit, der Wagen zusammengebaut, am kommenden Tag soll Abfahrt sein.

Am Vorabend bittet der gesamte Firmenvorstand – die Daimler-Söhne, Wilhelm Maybach und die Vorstände Duttenhofer und Lorenz – von Räckwitz zu einem letzten Gespräch ins Chefbüro.

Es dauert einen Augenblick, bis der gesamte Vorstand beisammen ist, Zeit genug für von Räckwitz, einen Blick aus dem Fenster in den inneren Hof des Fabrikgeländes zu werfen. Dort steht ein Motorwagen mit einer großen offenen Ladefläche, eine Art Lastwagen für die Landwirtschaft. Darauf montiert ist ein Schild, offensichtlich ein Werbeplakat, bei dessen Text von Räckwitz erst schmunzeln, dann laut lachen muß. Da liest er in Riesenschrift fröhliche Knittelverse:

Der Daimler ist ein gutes Thier,
Zieht wie ein Ochs, du siehst's allhier;
Er frißt nichts, wenn im Stall er steht,
Und sauft nur, wenn's zur Arbeit geht;
Er drischt und sägt und pumpt dir auch,
Wenn's Moos dir fehlt, was oft der Brauch;
Er kriegt nicht Maul- noch Klauenseuch
Und macht dir keine dummen Streich.
Er nimmt im Zorn dich nicht aufs Horn,
Verzehrt dir nicht dein gutes Korn.
Drum kaufe nur ein solches Thier.
Dann bist versorgt du für und für.

Er lacht noch immer, als Wilhelm Maybach ihn ins Vorstandszimmer bittet.

»Ja, ja, das war noch der alte Daimler, der produzierte gerne solche scherzhaften Knittelverse«, schmunzelt Maybach.

Dann wird es ernst. Die Herren wünschen dem Unternehmen Glück und Erfolg. Zusätzlich bieten sie von Räckwitz an, bei positiver Resonanz in Ägypten die Verkaufsrepräsentanz der Firma für den gesamten Nahen Osten zu übernehmen. Der weitgereiste Daimler-Sohn hat nämlich die anderen Herren des Vorstands in der Zwischenzeit davon überzeugen können, daß es bei den reichen Potentaten bestimmt einen Markt für die neuen Daimler-Automobile geben wird.

Dieses Angebot nimmt von Räckwitz mit Freuden an.

»Seien Sie überzeugt, meine Herren«, erklärt er dem Vorstand, der sich um ihn versammelt hat, »dieses Automobil, der neue Mercedes-Daimler, wird in Kairo Furore machen, und ich werde mit Hilfe meiner Kenntnisse der Region und meiner vielfältigen Beziehungen alles tun, dem Wagen zu einem Erfolg im gesamten Nahen Osten zu verhelfen.« Das hören die Herren gerne, und so wird er mit allen guten Wünschen gen Kairo verabschiedet.

Als schnellsten Weg hat man den Orientexpreß bis Konstantinopel gewählt, dort würde ein Schiff der deutschen Handelsmarine bereitliegen, welches das Auto als Diplomatengepäck übernehmen solle. Der vorsichtige Läpple hat eine große, stabile Holzkiste bauen lassen mit Eisenarmierung und Trossenringen. Der Transport muß unkompliziert sein, jedenfalls soll dieser wichtige Auftrag nicht an einem Verladeschaden scheitern. Überdies schickt er einen seiner besten Mechaniker, einen gewissen Renz, mit, dazu ein umfangreiches Lager an Ersatzteilen.

»Damit könnet Sie grad a neues Wägele zusammebaue«, lacht der in breitem Schwäbisch angesichts der beinahe ebenso großen Ersatzteilkiste, »aber sicher ist sicher.«

George hat auch Bella verständigt. Sie ist mit den großen Schrankkoffern schon wieder unterwegs mit der Bahn Richtung Wien, wo sie in den Orientexpreß umsteigen soll, da man sich dort treffen will. Ab Konstantinopel wird man dann gemeinsam die Schiffsreise nach Kairo antreten.

Die Engländer verstehen es, die Ankunft ihrer Automobile streng geheimzuhalten. Entladen wird nachts, die Fahrzeuge auf pferdegezogenen Planwagen verzurrt, bis man im eigentlichen Botschaftsbereich ankommt.

Schon tags darauf, während die Techniker noch im Hof der Botschaft die Motoren anlassen und diese auf ihre Funktion und Lauffestigkeit überprüfen, läßt sich die englische Exzellenz beim Khedive melden, nur um ihm zu verkünden, die englische Krone rechne es sich zur Ehre an, ihm die besten Automobile der Welt vorzuführen. Seine Hoheit hört dies natürlich mit Vergnügen und verspricht, bei nächster Gelegenheit die Wagen in Augenschein zu nehmen, vielleicht sogar einmal einen auszuprobieren.

Der deutsche Botschafter hat eine erneute Depesche bekommen, der Wagen werde übermorgen in Konstantinopel auf ein eigens dort liegendes Schiff der deutschen Handelsmarine verladen und komme in spätestens zwei Wochen in Kairo an. Natürlich wird diese neue, positive Nachricht sofort an den Monarchen weitergeleitet.

Einmal im Jahr pflegt der Herrscher die Emire, Wesire und Würdenträger seines Landes zusammenzurufen, um Angelegenheiten des Reiches zu besprechen, Ämter zu verteilen, Steuern festzulegen und gemeinsam in der großen Moschee zu beten. Dies geschieht immer zum Ende des Monats Ramadan, der Fastenzeit, in dem man gemeinsam das Freudenfest feiert. Auch diesmal sendet er Kamelstafetten in alle Teile des Reiches und bittet zum großen Wahid – dem Rat der Weisen. In diesem Jahr soll ein besonderes Schauspiel, eine gemischte Kavalkade, vorgeführt werden – ein Kampfspiel zwischen Pferd- und Kamelreiter. Seit Wochen schon üben seine Elitetruppen unentwegt, um dieses Schauspiel vor den Gästen perfekt vorzuführen. Zu diesem Zweck hat man sogar eigens außerhalb der Stadt eine steppenartige Landschaft planiert und mehrere Tribünen aufgebaut, dazu vornehme morgenländische Zelte, sollen doch zu diesem Abschlußfest nicht nur die Gäste des Monarchen, Wesire, moslemische und weltliche Würdenträger seines Hofs, sondern auch die Repräsentanten der europäischen Mächte eingeladen werden.

Währenddessen haben Bella und George Alexandrien erreicht und fahren mit dem Zug weiter nach Cairo. Man beschließt, die Kisten per Pferdewagen nachkommen zu lassen, und erst einmal in den Park des Palasts zu transportieren, der nun wieder ihre Wohnung bildet. Mit Erstaunen stellen sie fest, daß jetzt eine ständige Wache vor dem Tor Posten bezogen hat und den Park umrundet, ähnlich wie dies bei den Botschaften der Fall ist. Exzellenz klärte sie auf, der Monarch wolle auf diese Weise die Wichtigkeit und seine Wertschätzung für von Räckwitz bekunden.

Schon einen Tag nach Ankunft der Kisten macht sich der Ingenieur Renz daran, den Wagen auszupacken, zu überprüfen und anzukurbeln. Auch die Frage, wo Benzin beziehungsweise Ligroin zu beziehen sei, muß geklärt werden, und als der Motor nach einigen Justierungen jenes sonore runde Geräusch von sich gibt, das Renz vom heimischen Motorenprüfstand in Cannstatt gewöhnt ist, nickt er den Umstehenden zu. »Sie könnet dene Khediv oder wia der hoißt jetzat herhole, es Motörle lauft, und der Wage goht jetz wie d'Sau.«

Da muß Exzellenz Graf Mannhardt herzlich lachen und klärt den guten Mann auf, daß es sich um eine Hoheit handele und keinen gewöhnlichen Mann.

»Ha no«, meint der pfiffige Schwabe, »wenn seller ko Schwäbisch verstoht un I ko Ägyptisch, dann isch's grad egal, was i sag.« Spricht's und wendet sich wieder der Feineinstellung des Motors zu.

Man kann sich Freude und Stolz vorstellen, mit dem anderntags der deutsche Botschafter sich im Palast anmeldet und gleich hinzusetzt, Herr von Räckwitz komme ebenfalls in seiner Begleitung.

Der Monarch empfängt sie bester Stimmung, beglückwünscht sich und die beiden Herren, daß sie es doch noch geschafft haben, seinen sehnlichsten Wunsch zu erfüllen. Er verspricht, noch am gleichen Tag inkognito zum Palast zu kommen und den Wagen anzusehen.

Eine beinahe unscheinbare geschlossene Kutsche biegt am Spätnachmittag in den Park ein. Der »doorman« kommt heraus, um den Schlag zu öffnen, und sinkt beinahe um, als der allmächtige Herrscher höchstselbst aus der Kutsche steigt. Sofort wirft er sich zur Erde und stammelt irgend etwas, aber der

Khedive befiehlt seiner Begleitung, einem Lakai, ihn aufzuheben, ihm ein Goldstück zu geben und ihm gleichzeitig zu verbieten, je etwas von dieser Begegnung zu erzählen. Dann stehen auch schon der Botschafter und von Räckwitz bereit, um gemeinsam mit dem Monarchen um den Palast in den hinteren Hof zu gehen. Dort befindet sich der offene silberne Mercedes-Zweisitzer, mit gelben Ledersitzen, hell poliertem Holzlenkrad und schwarz glänzender Kulissenschaltung.

Auf ein Zeichen von George tritt Ingenieur Renz aus dem Schatten des Hauses, verneigt sich, murmelt kaum hörbar auf schwäbisch: »Ha, das isch er jetz – on wie solt I zu dem no sage?«, und ergreift die Anlasserkurbel. Nach nur zweimaligem Drehen brüllt der Motor kurz auf, um dann in ein sanftes, sonores Schnurren überzugehen.

»Ja – genau so – genau so habe ich ihn in Erinnerung, nur in anderer Farbe, der Wagen von diesem Jellinek war schwarz, aber ansonsten ... die gleiche Eleganz!« Der Monarch ist sichtlich begeistert. »Fährt er genauso schnell wie der Wagen in Cannes?« wendet er sich an von Räckwitz. Dieser erklärt, daß dies das allerneueste Modell sei, das nochmals verbessert, noch betriebssicherer, ja sogar noch schneller fahren werde.

»Und – können Sie den Wagen chauffieren?« Räckwitz antwortet, daß er zu Hause in Berlin das Vorgängermodell besitze und mit diesem schon viele Ausfahrten und mehrere Rennen gefahren sei. Der Botschafter setzt hinzu, er sei diese Rennen zusammen und auch gegen SKH Fürst Ratibor gefahren, der ebenfalls das Vorgängermodell besitze.

Nachdem noch einige Details erklärt werden, rollt der Wagen mehrmals vierzig bis fünfzig Meter auf dem Platz vor und zurück, dann verabschiedet sich der Khedive, höchst zufrieden, alle seiner besonderen Gunst versichernd.

Man werde weiter von ihm hören – sind seine letzten Worte, und der Botschafter erklärt von Räckwitz, daß der Monarch derzeit wohl doch sehr von der großen Konferenz in Anspruch genommen sei.

Schon wenige Tage später bittet der Herrscher den deutschen Botschafter mitsamt von Räckwitz zu einer Audienz. Wechselseitiges Erstaunen, als sich zur gleichen Zeit nicht nur die

Geschäftsträger von Italien, Deutschland, England und Frankreich versammeln, sondern dazu der italienische Conte di Spigno, der Bruder des französischen Botschafters, Maurice de Pury, und Vetter Richard. Möglichkeiten des Austauschs gibt es keine, da sie bereits in den Audienzsaal zum ägyptischen Herrscher geführt werden.

In einer kurzen Ansprache dankt dieser erst einmal für das so kurzfristig zustandegekommene Treffen. Sein Dank gilt ebenfalls den Botschaftern, die seinem privaten Wunsch soviel Bedeutung beimaßen, daß sie ihre Regierung davon in Kenntnis setzten. Er geht dann auf die laufende Konferenz ein, legt einige Ergebnisse dar und lädt insbesondere nicht nur die ohnedies schon eingeweihten Exzellenzen, sondern auch die vier anderen Herren zur großen Kavalkade am kommenden Samstag ein. Sie würden einen Ehrenplatz auf der Tribüne zusammen mit den Geschäftsträgern ihrer Länder einnehmen.

Endlich kommt er zur Sache.

»Exzellenzen, meine Herren, jede hier vertretene Nation hat uns mindestens ein Automobil angeboten, nachdem wir solches Interesse an diesen neuen Fahrzeugen gezeigt haben. Alle diese Motorwagen wurden von uns inkognito besichtigt.

Der Regierung von Frankreich und der Krone von England danken wir ganz besonders für die Bereitstellung eines großen Repräsentationswagens. Wir werden in den nächsten Tagen einmal eine Fahrt damit unternehmen; auch die auswärtigen Gäste unserer derzeitigen Konferenz sollen dieses moderne Fortbewegungsmittel kennenlernen. Man soll mit ihnen eine Ausfahrt machen. Dann werden wir diesbezüglich weitere Entscheidungen treffen.

»Aber«, der Monarch blickt alle der Reihe nach an, »unser wirkliches Interesse, unsere Passion, ist ein zweisitziger Sportwagen, den wir selbst chauffieren wollen – diesen Wunsch haben uns die hier Anwesenden alle erfüllt. Vier Sportwagen stehen derzeit in Kairo, von denen wir uns für einen entscheiden werden.

Deshalb haben wir Sie, meine Herren, am Samstag zur Kavalkade geladen. Sie werden am Tag darauf auf dem gleichen Gelände ein Wettrennen fahren, alle vier. Wir möchten nicht, daß ein Domestik den Wagen fährt, den wir uns aussuchen wollen; aber da ist ja wohl keine Befürchtung. Dem Sieger winkt ein Ehrenpreis, und natürlich werden wir dieses Automobil dann auch übernehmen und selbst fahren wollen. Denn – das werden Sie verstehen – nur das beste Gefährt ist für uns das richtige.«

Ein hörbares Murmeln beginnt.

Der Monarch lacht. »Meine Herren, das ist ein sportliches Ereignis, das erste Autorennen auf ägyptischem und afrikanischem Boden, es wird eine faire Entscheidung, der Beste möge gewinnen. Die ganze europäische Kolonie, ebenso wie meine Wesire und Würdenträger, aber auch die Teilnehmer der Konferenz sollen Zeugen dieses einmaligen Ereignisses werden. Sie, meine Herren, werden Ihre Wagen selbst chauffieren, nochmals, wir möchten nicht, daß ein Domestik diesen herrschaftlichen contest dominiert.

Ab morgen hat jede Nation einen Tag Zeit, die Rennstrecke abzufahren und den Motorwagen zu erproben. Die Reihenfolge ist die gleiche, wie mir die Wagen vorgestellt wurden; zuerst Italien, dann Frankreich, dann Großbritannien und schließlich Deutschland. Dann ist zwei Tage Ruhe, und am dritten Tag, am Abend um achtzehn Uhr, wenn der kühle Wind vom Meer hereinzuwehen beginnt, werden wir persönlich das Rennen starten. Alle vier Wagen werden nebeneinander vor der Tribüne postiert – wie auf der Pferderennbahn. Die Distanz geht über je eine Meile, an den Wendepunkten wird eine Säule mit den Fahnen der beteiligten Nationen wehen. Die Fahne Ägyptens wird am Start aufgezogen, und wer sie nach fünf Umrundungen als erster wieder passiert, der soll der Sieger sein, den wir persönlich auszeichnen.«

Die Botschafter erinnern sich nicht, je eine solch lange und präzise Rede von Seiner Hoheit gehört zu haben, allein diese Sache scheint ihm wichtiger als alles andere.

Mit einem huldvollem Winken der Hand werden alle entlassen. Vor dem Audienzzimmer verabschieben sich die Exzellenzen voneinander, ein wenig förmlicher als sonst und mit wachsamem Blick auf die zukünftigen Gegner. Nur Vetter Richard witzelt: »It's a good sport – George, I hope you don't drive like you ride.« George klopft ihm schweigend, aber freundschaftlich auf die Schulter.

41

Die Nachricht von diesem Autorennen verbreitet sich wie ein Lauffeuer in der Stadt. Jeder will an diesem Ereignis teilnehmen. Die Kairoer Tageszeitung »El Mokattam« heizt das Interesse noch mehr an und berichtet jetzt täglich von den Probefahrten, von den Fahrern und den verschiedenen Motorwagentypen, nicht zuletzt vom großen Interesse des Khedive an diesen neuen Wundermaschinen.

Das Volk strömt bereits zu den »Vorrunden« in riesigen Mengen, so daß die halbe Palastgarde eingesetzt werden muß, um einen reibungslosen Ablauf zu gewährleisten. Die meisten haben noch nie ein Automobil gesehen. Moslems werfen sich auf die Erde und rufen Allah an, Christen und Kopten bekreuzigen sich, und die jüdische Gemeinde verbietet ihren Mitgliedern die Teilnahme, weil da Teufels Blendwerk die Wiederkunft des Stammvaters vortäusche.

Jede Nation hat einen Tag Zeit, den Wagen auf dieser Strecke einzufahren. Die Italiener sind als erste dran, und die ganze italienische Kolonie hat sich draußen versammelt, um dem Conte beizustehen. Der schottische Ingenieur ist selbstverständlich auch dabei, der Botschafter hat eigens Whiskey mitgebracht, um dessen Konzentration zu stärken.

Man hat es nicht noch einmal gewagt, mit dem Wagen durch die Stadt zu fahren, auf einem Fuhrwerk wird das feuerrote Gefährt zur Rennstrecke gebracht und vorsichtig auf zwei Brettern heruntergefahren. Dann beginnt das Anlassen. Zuerst bockt der Motor ein wenig, dann jedoch bullern die eisernen Pferde los, und die gesamte italienische Kolonie klatscht vor Begeisterung.

Dummerweise hat der Wagen zwischendrin immer wieder Aussetzer. Manchmal geht der Motor auch ganz aus, und der Lenker muß kurbeln in der Hoffnung, daß er wieder anspringt. Dennoch überreichen die Damen dem mutigen Chauffeur am Schluß Blumen, denn man ist ja keineswegs sicher, ob die anderen Fahrzeuge überhaupt anspringen werden. Noch am gleichen Abend wird in der italienischen Botschaft ein großes Freudenfest gefeiert.

Nur der Schotte schraubt zu dieser Zeit noch an der Maschine herum, die zu allem Übel auch noch nach metrischem System funktioniert, wie er ständig fluchend feststellt.

Der französische Sportwagen, ein Panhard-Levassor, ist schwarz und ziemlich hochbeinig, was im Wüstensand von Vorteil sein kann. Auch ihn hat man – jedoch mitten in der Nacht – auf einem Pferdewagen an die Rennstrecke gebracht, wo der rote Italiener schon unter der Tribüne und unter ständiger Bewachung steht.

Der Wagen springt gut an, absolviert klaglos einige Runden, bis er plötzlich völlig unvermutet in der Wendekurve ein Rad verliert. Das Rad rollt weiter, die Achse bohrt sich in den Sand, und nach mehrmaligem Drehen kommt der Wagen abrupt zum Stehen. Zum Glück ist die Geschwindigkeit an dieser Stelle nicht so groß, so daß es keine weiteren Schäden gibt.

Dieses Unglück ist wohl nicht zum ersten Mal passiert, hat der Wagen doch bewußt hinten zwei Ersatzräder aufmontiert. Nach geraumer Zeit ist das neue Rad angeschraubt, und die Runden werden wieder aufgenommen. Seitdem fährt der Chauffeur wesentlich vorsichtiger und damit sehr viel langsamer.

Am folgenden Tag sind die Engländer dran. Sie haben den Wagen völlig abgedeckt und lassen ihn von zwei Mauleseln in aller Frühe zur Rennstrecke ziehen, der Weg von der Botschaft ist auch der kürzeste.

Der grünlackierte Wagen hat eine schnittige Form, nur ganz kleine Frontscheiben und keine Türen. Klaglos springt der Motor an, der Wagen dreht völlig souverän seine ersten Runden und bleibt dann unvermittelt hustend und stotternd stehen.

Es dauert eine ganze Weile, bis die beiden Mechaniker die Idee haben, daß es an Treibstoff mangelt. Dieser muß erst einmal umständlich besorgt werden, was Übungszeit kostet. Die Sonne steht schon über dem Zenit, bis man mit dem nötigen Nachschub ankommt. Aber das Problem bleibt, denn der Wagen verbraucht so viel Kraftstoff, daß er die fünf Runden nicht durchhalten kann, ohne mindestens einmal nachgefüllt zu werden.

Von Räckwitz hat seinen silbernen Sportwagen wieder in die große Transportkiste geschoben. Mit Hilfe einer Pritsche aus den Beständen der hiesigen Armee und der Kraft von zwei Pferden schafft er das Automobil in der Frühe problemlos zur Rennstrecke.

Die Ersatzteilkiste ist ebenfalls transportiert worden, insbesondere zwei Fässer mit Ligroin, bisweilen auch Benzin genannt, das spätestens nach diesem Großeinkauf der deutschen Botschaft in den Pharmazien der Stadt nicht nur knapp, sondern geradezu ausverkauft ist.

Der Wagen wird ausgeladen, die paar Meter zur Rennstrecke gerollt, der Fahrer steigt ein. Dann betätigt Ingenieur Renz die Kurbel. Problemlos springt die Maschine an, von Räckwitz ist bereit, zieht die Brille über seine Augen und läßt die Kupplung springen. Ein Kavaliersstart soll es werden, damit die zahlreichen Zuschauer, unter denen er natürlich auch einige Konkurrenten vermutet, gleich wissen, was der Wagen zu leisten imstande ist. Allein – es ist Georges erster Start im Wüstensand, und der verhält sich bekanntlich ganz anders als Berliner Straßenpflaster. Die Räder drehen sofort durch und bohren sich bis beinahe zur Nabe in den Sand, der Motor stirbt ab und gibt auf, von Räckwitz hat seine erste Lektion gelernt.

»Seitdem bin ich butterweich gefahren«, erzählt er am Abend seiner Frau. »Aber es gibt noch ein anderes Problem!« fährt er fort. »Der Wagen hat den neuen Wabenkühler, eine sehr gute Erfindung des Herrn Maybach. Dieser Kühler ist optimal bei unseren heimischen Temperaturen, aber hier bei der Wüstenhitze war ich nicht so sicher, ob der Motor nicht heißläuft. Ich habe mit dem Ingenieur Renz gesprochen, und der hat dann im Laufe des Tages das für deutsche Verhältnisse konstruierte Kühlaggregat mit einfachsten Mitteln in einer hiesigen Schmiede verändert.«

Die Tribünen sind dreiteilig angeordnet, in der Mitte auf einem Podest das große rote Zelt des Herrschers mit goldenen Quasten und Troddeln, durch Speere gehalten und nach vorne geöffnet. Rechts und links Sitztribünen, über die große Segel gespannt sind, um die Sonne abzuhalten. In der Mitte halten sich der Khedive und sein Sohn auf sowie die wichtigsten Berater. Die linke Tribüne ist für die Großen des Reichs und die Mitglieder der Konferenz reserviert, die rechte Seite für die europäische Kolonie, die in weißen Uniformen und feinen Mousselinkleidern mit großen Hüten erschienen ist. Ständig werden Erfrischungen gereicht, und immer wieder wird die eine oder andere Persönlichkeit ins Zelt des Herrschers gebeten. Die ganze Rennbahn ist von Militär umstellt, nur in angemessener Entfernung und scharf abgetrennt darf das Volk dem Ereignis beiwohnen.

Am ersten Tag kommt die große Kavalkade zur Aufführung. Aber nachdem bekannt wurde, daß am kommenden Tag das erste Autorennen in der Geschichte des Landes stattfinden soll, gilt das Interesse eher diesem Ereignis als dem faszinierenden Pferd- und Kamelkampfspiel.

Am großen Tag strömen die Massen schon morgens zur Rennbahn. Ab dem Nachmittag trifft auch die Prominenz in zahllosen Kutschen ein. Alle nehmen voller Spannung ihre Plätze ein. Ein orientalischer Marsch erschallt, das Fest ist eröffnet. Die beteiligten vier Herren begrüßen sich, wünschen einander viel Glück, gehen sich ansonsten aber eher aus dem Wege, selbst Vetter Richard verweilt ausschließlich im englischen Sektor, und Botschafter Sir Windermere hat das Ehepaar von Räckwitz diesmal nicht zu sich gebeten. Die Deutschen kennen den Brauch der Engländer, bei nationalen Feiertagen kleine Fähnchen mit dem Union Jack zu schwenken; Gräfin Mannhardt hat daher insgeheim die Parole ausgegeben, daß am Renntag jede Frau eine schwarz-weiß-rote Schärpe zu tragen habe. Auch die Franzosen sind auf eine ähnliche Idee gekommen, ihre Damen tragen eine große Rosette im bleu-blanc-rouge der Grande Nation. Abgesprochen haben sich anscheinend auch die Italienerinnen und zur Feier des Tages die Schleier ihrer Hüte in den Nationalfarben dekoriert.

Die in Kairo anwesenden Journalisten und Fotografen lassen sich das Rennen ebenfalls nicht entgehen, haben sich bereits mit den Heimatredaktionen abgesprochen, sich vom Hof die Sondererlaubnis geben lassen, wenigstens die Rennwagen fotografieren zu dürfen, und haben sich an günstigen Eckpunkten postiert. Trotz der tropischen Hitze verschwinden sie immer wieder unter dem schwarzen Tuch ihrer Plattenkameras, um Positionen und Ausschnitte festzulegen.

Der Monarch hat sich für diesen Tag höchstpersönlich das gesamte Kommando vorbehalten. Vier Läufer in Dienerkleidung, am Arm eine Schärpe in der Farbe des jeweiligen Wagens, tragen seine Befehle zu den verschiedenen Gruppen. Die Musik spielt morgenländische rasante Märsche, als der Herrscher zum ersten Mal vor das Zelt tritt und den vier Läufern die Anweisung gibt, die verhüllten Wagen in einer Reihe vor seinem Zelt aufstellen zu lassen.

Dann befiehlt er, die Abdeckungen zu entfernen. Allgemeines Ah und Oh ist die Antwort. Blank gewienert und glänzend poliert stehen die vier Sportautomobile nebeneinander, innen der rote Italiener, rechts von ihm der schwarze Franzose, dann der grüne Engländer und schließlich der silberfarbene deutsche Mercedes. Daneben verharren in Lederjacken, Ledermützen und mit hochgeschobenen Brillen reglos die Lenker.

»Einsteigen«, kommt der nächste Befehl. Dann endet die Musik, eine erwartungsvolle Stille setzt ein, und der Herrscher gibt den Befehl, gemeinsam die Wagen anzulassen. Die Techniker rennen vor die Kühler, setzen die Kurbel ein, die Lenker ziehen die Brillen herunter, steigen ein, und donnerndes, noch nie gehörtes Brummen erfüllt die Luft. Die Techniker hasten zurück hinter die Startlinie.

Der Khedive hebt kurz die Hand, um sie in der nächsten Sekunde sinken zu lassen. Gleichzeitig wird an der Startlinie die ägyptische Fahne gehißt.

Das ist das Startsignal zur ersten Runde. Das Brüllen der Motoren verstärkt sich zu ohrenbetäubendem Lärm. Die Wagen schießen alle gleichzeitig vor, nein, der deutsche Lenker hat offensichtlich schon wieder zuviel Gas gegeben, seine Wagenräder bohren sich in den Sand, drehen durch, Gas zurück. Die Räder mahlen, kommen frei und rollen an, aber die anderen sind in der Zwischenzeit schon etliche Meter voraus.

Am schnellsten scheint der Italiener. Gleich zu Beginn setzt er sich vor das Feld, umrundet die erste Säule mit großer Geschwindigkeit und hat auf der Gegengeraden schon einen beachtlichen Vorsprung. Die italienische Kolonie bricht in tosenden Beifall aus, »Bravo-bravo«- und »Viva Italia«-Rufe branden auf, während die Deutschen zusehen müssen, daß ihr Wagen zwar stetig, aber doch nur langsam aufholt. Aber der Lärm der italienischen Schlachtenbummler bricht schlagartig ab, als der Wagen genau vor der Tribüne ins Stottern gerät, Fahrt verliert und zu Beginn der zweiten Runde von dem hinter ihm fahrenden Engländer mühelos überholt wird. Nun ist es an ihnen, ein gewaltiges »Hurra« loszulassen. Der Engländer behält eine Runde die Führung, und irgendwer beginnt bereits, »Rule, Britannia« zu singen. Aber das Rennen ist noch nicht zu Ende.

In der dritten Runde holt der Franzose auf. Kopf an Kopf fahren die beiden Wagen, und jetzt ertönt neben dem »Hurra« der Engländer auch »Vive la France« aus den mit der Trikolore geschmückten Reihen. Ganz unweiblich hört man auch kräftige Frauenstimmen schreien. Selbst die französische Exzellenz läßt sich dazu hinreißen, die Arme hochzurecken und zu jubeln.

Der deutsche Wagen fährt beinahe unauffällig, dafür aber stetig im Windschatten der beiden und macht dabei Meter um Meter gut. Der Italiener hat es wieder geschafft. Neu angelassen kommt er ebenfalls erstaunlich schnell näher, aber – leider gibt es eine zweite Stotterperiode, und die dauert an, so daß er von dem jetzt führenden Franzosen überrundet wird.

In der vierten Etappe liefert sich der Deutsche mit dem Engländer ein Kopf-an-Kopf-Rennen. Doch plötzlich fällt der Engländer zurück, der Motor stottert, Deutschland ist vorne. Jetzt kann man die Strategie der Engländer erkennen, sie haben an acht verschiedenen Stellen der Rennstrecke je einen Mann mit einer Benzinkanne postiert. Der Nächststehende ist schon losgelaufen, auch ein anderer rennt sofort auf den langsamer fahrenden Wagen zu. Der erste springt auf, schüttet, während der Wagen noch rollt, sofort neuen Kraftstoff in den Tank.

Der Wagen ruckelt, bockt, dunkler Rauch kommt stoßweise aus dem Auspuff, aber im nächsten Augenblick bewegt sich das Auto unter kräftigen Stößen nach vorne, der Motor hat wieder Kraft. Donnernder Beifall, und nicht nur von seiten der englischen Kolonie, belohnt das Husarenstückchen, das seinen Höhepunkt darin findet, daß der Mann mit seiner leeren Kanne am Wendepunkt, wo langsam gefahren werden muß, abspringt und sich im Sand abrollen läßt.

Der Deutsche hat jetzt die erste Position, »Heil, heil!« schreien alle mit der schwarz-weiß-roten Schärpe, obwohl sich der Franzose von hinten immer näher heranschiebt. Auch der Engländer holt kräftig auf, zumal die beiden Erstplazierten an der Wendesäule zur fünften Runde nur um ein Haar aneinander vorbeikommen. Der Deutsche fährt innen, der Franzose versucht ihn außen zu überholen und klebt beinahe an seinem Hinterrad. Der Italiener fährt nur noch um der Ehre willen und wird jedesmal, wenn er an der Tribüne vorbeikommt, von seinen Landsleuten frenetisch bejubelt.

Die letzte Runde. Der Deutsche hat noch immer die erste Position, der Franzose klebt weiter an seinem Hinterrad, der Engländer holt Meter um Meter auf. Es scheint ein spannendes Finale zu geben. Plötzlich beginnt der Motor des Franzosen zu rauchen. Der Wagen läuft weiter, aber er zieht eine blaue Rauchfahne hinter sich her, die den Engländer massiv stört.

In der vorletzten Geraden verliert der Franzose an Tempo, der Engländer schiebt sich näher, der Deutsche kann noch einmal einen Zahn zulegen und geht mit hoher Geschwindigkeit in die letzte Kurve. Doch dann beginnt der deutsche Wagen zu schleudern, fängt sich wieder, schleudert erneut und ist offensichtlich kaum noch in der Lage, die Spur zu halten.

Die Zielgerade, der Franzose versucht mit letzter Kraft und immer stärkerer Rauchentwicklung, seinen zweiten Platz zu halten. Der Engländer muß weiter außen fahren, um wegen des starken Rauchs noch etwas sehen zu können, holt aber weiter auf.

Der Deutsche, noch immer auf Platz eins, hat dennoch mit massiven Schwierigkeiten zu kämpfen. Der Wagen schlingert ununterbrochen, der Fahrer ist aufgestanden, liegt jetzt über dem Lenkrad und versucht mit beiden Händen, die Spur zu halten. Gummiteile fliegen weg, und jetzt erkennt man, daß einer der Continental-Vorderreifen wegen der großen Hitze geplatzt ist, der Wagen nur noch auf der Felge fährt.

Es ist still geworden im weiten Rund, alle sind aufgestanden und beobachten den Kampf der Männer in ihren knatternden Kisten. Auch der Khedive hat sich erhoben, der Mann an der Zielfahne macht sich bereit, auf das Handzeichen des Herrschers die Fahne zu senken.

Noch zweihundert Meter, hundert Meter, der führende deutsche Wagen schlingert immer mehr, jetzt fliegen auch vom anderen Vorderrad die Gummifetzen weg. Der Franzose wird immer langsamer, der Engländer holt noch immer auf, nur auf der Gegenseite rollt munter der Italiener, in der erst vierten Runde.

Jetzt! Der Monarch senkt die Hand, die Flagge geht nieder, von Räckwitz überfährt, »überschlingert« wird er später sagen, als erster die Ziellinie.

Der Franzose bleibt praktisch auf der Linie stark qualmend liegen, der Engländer hat ihn bis zum Hinterrad erreicht. Tosender Beifall von allen Seiten, Jubel und Hochrufe. Aber der Sieger ist offensichtlich so mitgenommen, daß er auf den Sitz zurückfällt und für einen Augenblick über dem Lenkrad zusammengesunken bleibt. Die Temperatur unter der Ledermontur muß höllisch sein.

Sofort springt der Ingenieur Renz hinzu und hilft ihm aus dem Wagen. Von Räckwitz reißt sich die Montur auf, zieht sich Brille und Kappe vom Kopf. Und dann kommen schon die Läufer und geleiten ihn zum Monarchen.

Während er den Weg über die Rennstrecke geht und die Stufen besteigt, ist es ruhig geworden im Publikum, völlige Stille folgt auf den tosenden Beifall.

Der Khedive beglückwünscht von Räckwitz, heftet ihm einen Orden an die Brust, und während ein Pokal überreicht wird, beginnt Bella plötzlich in die Stille des weiten Runds zu singen. Zuerst zaghaft und leise, dann fällt die ganze deutsche Kolonie ein, und schließlich tönt es wie ein mächtiger Chor über den ganzen Rennplatz:

»Deutschland, Deutschland über alles,
über alles in der Welt.
Wenn es fest zum Schutz und Trutze
brüderlich zusammenhält ...«

»Man hätte zuerst die Kaiserhymne singen müssen«, wird der Botschafter später bemängeln, aber »Heil Dir im Siegerkranz« wird anschließend ohnehin angestimmt.

Der Botschafter setzt noch am gleichen Abend eine umfangreiche Depesche ab, die den Ruhm der deutschen Farben in den schönsten Tönen schildert. Er vergißt dabei keineswegs den ausserordentlichen Anteil von George von Räckwitz, Major der Gardedragoner i. R., hervorzuheben, ebenso wie die Qualität der deutschen Industrie, und schließt mit der Versicherung, die gesamte Veranstaltung habe »zweifellos dazu beigetragen, den Glanz des Deutschen Reichs nicht nur in Ägypten, sondern durch die Anwesenheit der zahlreichen anderen orientalischen Würdenträger im gesamten Nahen Osten zu heben«.

Postwendend kommt die Order, den Siegerwagen dem Herrscher als Geschenk des Reichs anzubieten, was umgehend geschieht. Der Khedive nimmt das Geschenk dankend an und revanchiert sich, indem er Seine Allerhöchste Majestät, den deutschen Kaiser, und das deutsche Reich mit einem altägyptischen Sarkophag bedenkt, der noch heute in der ägyptischen Sammlung des Berliner Museums zu besichtigen ist.

Auch die Gazetten überschlagen sich in Lobpreisungen. Das ungewöhnliche Rennen wird durch die vor Ort anwesenden Journalisten weidlich ausgeschlachtet und, nachdem die ersten Fotos in Berlin angekommen sind, groß veröffentlicht. Andere Blätter wie »Über Land und Meer« und die diversen Sonntagspostillen lassen phantasievolle Zeichnungen zu ihren

Berichten erstellen; und für kurze Zeit ist der Name von Räckwitz in aller Munde.

Am meisten freut sich dieser über eine Depesche von Fürst Ratibor. »Donnerwetter – janz famos«, kabelt der und schreibt, der ganze Club sei stolz auf ein so hervorragendes und erfolgreiches Mitglied, das einmal mit ihnen um den Wannsee und an die Havel gefahren sei.

Mirja schreibt einen langen Brief mit Glückwünschen auch von ihrem Manne und legt Zeitungsausschnitte bei. Mascha schreibt, sie erzähle jetzt überall, daß sie mit der Frau eines so berühmten Mannes einmal die Schulbank gedrückt habe. Auch Frau Hartmann aus dem Hause in der Kantstraße schreibt über die Botschaft einen Glückwunschbrief; nur aus Breslau hört Bella kein Wort – weder von ihrer Familie noch von seinem Regiment. Selbst Emil Jellinek schickt ein Glückwunschtelegramm aus Cannes. Er hat über die internationale Presseberichterstattung von dem Räckwitz'schen Erfolg gelesen. Da der Siegerwagen »Mercedes« genannt wurde, hat er auch begriffen, daß es sich um ein Automobil nach seinen Konstruktionsvorschlägen handeln mußte. Aber Jellinek ist zu sehr Geschäftsmann, um kleinlich nachzufragen; die Jubelberichte in der internationalen Presse kommen auch seinen Interessen zugute.

Vetter Richard ist einer der ersten gewesen, der den Freund und Konkurrenten ehrlich beglückwünscht hat. »Eine Runde mehr, und ich hätte dich gehabt«, lacht er und schlägt ihm freundschaftlich auf die Schulter.

»Das glaube ich gerne«, bekräftigt George, »ich habe den Wagen nur deshalb die letzten hundert Meter bändigen können, weil ich ihn gehalten hab' wie ein durchgehendes Pferd!«

Die Glückwünsche der anderen Konkurrenten ebenso wie die der Botschafter fallen eher kühl aus. Immerhin sind alle stolz, ein so ungewöhnliches Rennen auf afrikanischem Boden mitgemacht und ausgetragen zu haben.

»Dabeisein ist alles«, meint der Conte versöhnlich, und sein Botschafter erwidert, die europäischen Länder hätten allesamt eine gute Figur gemacht.

Von Cannstatt bemüht sich eigens ein Mitglied der Geschäftsleitung nach Kairo, um sich vor Ort von den Wundergeschichten zu überzeugen, die man in den deutschen und internationalen Gazetten lesen kann. Im Gepäck hat er ein Angebot an von Räckwitz, als Repräsentant des Werks den gesamten Mittleren Osten zu übernehmen.

Die Bedingungen sind sehr kulant, der Ingenieur Renz und ein Mechaniker sollen ständig in Kairo bleiben, und nachdem schon mehrere Anfragen anderer Würdenträger bei von Räckwitz eingegangen sind, sagt dieser gerne zu.

Selbst Emil Jellinek aus Cannes hat sich noch einmal bei von Räckwitz gemeldet. Er schickt nur wenige Monate später einen eigenen Bericht vom ersten Mercedes-Sieg an der Côte d'Azur unter seiner Leitung, anläßlich der Woche von Nizza im März 1901.

Der erste Tag kam, Rennen durch das Esterel-Gebirge nach Salon.
Werner hatte die Lenkung des Wagens.
Wir zitterten der Ankunft entgegen.
Man signalisierte den ersten, ein weißer Wagen tauchte auf, es ist der Mercedes mit Werner am Steuer …
Zweiter Tag: Nizza – La Turbie; fünfzehn Kilometer bergauf.
Jetzt waren wir schon Favorits. Resultat: Werner auf Mercedes Erster.
Dritter Tag: Meilenrennen auf der Promenade des Anglais.
Resultat: Werner auf Mercedes Erster.

Und derselbe Wagen, der die Distanzfahrt, das Bergrennen und das Meilenrennen gewonnen hatte, fuhr eine Viertelstunde nach dem Rennen, mit vier bequemen Sitzen ausgestattet, als eleganter Tourenwagen durch Nizza. Das war eine Sensation sondergleichen.
Wir hatten auf allen Linien gesiegt:
Der Mercedeswagen war lanciert … Mercedes war Trumpf.

»Siehst du, Bella, wir haben auf das richtige Pferd gesetzt«, lacht George und nimmt sie in die Arme. »Bella, Bella, nun wird wirklich alles gut!« sagt er aus vollem Herzen, nachdem er das Angebot unterschrieben hat.

42

Zuerst einmal will der Monarch das Fahren mit dem Motorwagen lernen, und das verlangt viel Fingerspitzengefühl, denn ein orientalischer Herrscher kann keine Fehler machen, noch weniger darf man ihn korrigieren. Da helfen von Räckwitz die heimische Kinderstube und seine Offiziersausbildung ebenso wie seine Erfahrungen in England.

In der Folgezeit erhält er zahlreiche Angebote – aus Konstantinopel von der Hohen Pforte, aus Beirut, ja sogar aus Karthoum im Sudan –, einen dieser Motorwagen vorzuführen.

In Kairo selbst können sie sich vor Einladungen kaum retten, der Monarch zeichnet ihn mehrfach durch persönliche Audienzen und Anreden aus, sogar die ägyptische gute Gesellschaft, die sonst schon aus Glaubensgründen sehr zurückhaltend gegenüber den westlichen Ausländern ist, öffnet sich gerne. Bella gewinnt auf diese Weise große Einblicke in das Leben einer muslimischen Frau. »Sie scheinen nur äußerlich so unterdrückt«, äußert sie einmal nach einem solchen Abend George gegenüber, »in Wirklichkeit regieren sie im stillen und viel stärker, als wir Europäer uns das vorstellen.«

Nur einen Wunsch kann von Räckwitz seinen neuen arabischen Freunden nicht erfüllen, den gleichen Motor-Rennwagen, wie er ihn gefahren hat und wie ihn jetzt der Herrscher besitzt, noch jemand anderem zu verkaufen, denn der darf in diesem Land kein zweites Mal gefahren werden.

Selbst das Angebot einer seiner neuen Freunde, sich das beste Pferd aus seinem großen Stall auszusuchen, kann daran nichts ändern. Immerhin, so kommt von Räckwitz dennoch wieder zum Reiten, und es scheint sich damit eine weitere positive Entwicklung anzubahnen, war das Reiten doch früher die Hauptbeschäftigung in seinem Leben. Freilich – mit den heißblütigen Arabern muß er sich erst einmal anfreunden, und Bella vergeht fast vor Angst, wenn sie am Rande der Reitbahn steht und seinen waghalsigen Reitkünsten zusieht. Sie wäre um kein Geld der Welt auf so ein Pferd gestiegen. »Was man in der Jugend nicht lernt ...«, lacht sie leichthin, und leiser: »Denk mal, a jiddisches Mädchen auf einem Pferd, der Großvater würde einen Blitz zur Erde senden.«

Da macht ihr das Tennisspiel, das Vetter Richard pflegt, schon mehr Vergnügen. Es gibt in der englischen Kolonie einen Instruktor, der sie unterweist, und schon bald hat sie die Freude, von einigen der englischen Damen zum Tennis eingeladen zu werden.

»Ich bewundere deine Eleganz, mit der du auf dem Court nach den Bällen jagst«, sagt George anerkennend, nachdem er sie einmal beim Tennisspiel beobachtet hat. »Das weiße lange Kleid umweht dich, als sei es nur ein Schleier, der Stehkragen deiner Bluse läßt deinen Hals noch länger und schöner wirken, und die Bewegungen deines Körpers sind die einer Tänzerin.« Bella lächelt geschmeichelt. Sie freut sich über seine Komplimente, genießt seine Zuneigung ebenso wie er ihre stete freundliche Stimmung schätzt, die liebevolle Zuwendung und Hingabe selbst in den kleinsten Dingen des Alltags.

»Wünschst du dir nicht irgendwann ein Kind?« fragt er eines Tages beinahe unvermittelt, als sie Hand in Hand im kleinen Innenpark sitzen und in die Sterne schauen. Sie sieht ihn mit großen Augen an. »Ich denke, es wäre schön, mit dir zusammen einem Menschen das Leben zu schenken.« Bella sagt noch immer nichts, da fährt er fort: »Wir sind so glücklich, wir haben alles, wir könnten soviel weitergeben an die nächste Generation ...«

Für Bella kommt diese Vorstellung völlig überraschend. Darüber hat sie nie nachgedacht. Sie zögert ein wenig, sinniert weiter: Habe ich solche Gedanken nur einfach nie zugelassen?

»Ich glaube, das wird schwierig«, preßt sie schließlich hervor, und irgend etwas schnürt ihr die Kehle zu. Eine kurze Sekunde denkt sie an ihren ersten Ehemann, an die Schmerzen, wenn er zu ihr kam.

»Würdest du denn ein Kind von mir wollen? Einen kleinen Räckwitz?« Versonnen schweigt er einen Augenblick. Denkt er an das elterliche Gut, an seine Jugend, denkt er an einen Nachfolger seines Stammbaums? überlegt Bella.

»Ein Kind von dir ...«, sagt sie verträumt, »einen kleinen George II.« Dann jedoch verdüstert sich ihr Gesicht wieder. George, der ihren Stimmungswechsel nicht verstehen kann, fährt fort: »Er könnte dich trösten, wenn ich vielleicht einmal nicht mehr bin. Er könnte dir beistehen, wenn du alt geworden bist.«

»George, sprich nicht so«, sie neigt sich zu ihm herüber und küßt ihn sanft. »Du bist es, der mich immer trösten wird, mir immer beistehen soll. Mit dir will ich alt werden. Was das andere Problem betrifft ...« Sie schweigt einen Augenblick und fährt dann leise fort: »Ich glaube, ich kann wohl keine Kinder bekommen, da gab es schon früher Probleme. – Aber wenn du willst, gehe ich einmal zu dem neuen Botschaftsarzt, der in diesen Tagen ankommen soll, und konsultiere ihn.«

Der neue Arzt, das erfährt sie von ihren Bekannten, ist ein gewisser Dr. Berger aus Berlin.

»Er soll seinerzeit in einen Skandal verwickelt gewesen sein, irgendwie ging es um das uneheliche Kind einer Bediensteten«, meint Frau Steinheuer vage. Bella erinnert sich ebenfalls dunkel, etwas von dieser Sache gelesen zu haben. Nein, zu ihm will sie doch nicht gehen. Dann lieber warten, bis sie im Sommer wieder in Berlin sind.

Merkwürdig, denkt sie bisweilen, jetzt verbringen wir den Urlaub in Berlin und leben hier. Das hätte ich mir nie vorstellen können. Aber »das Geschäft«, wie George sich mittlerweile ausdrückt, wenn er von seiner Arbeit für die DMG spricht, läßt sich ganz ordentlich an. Mehrere vornehme Ägypter haben sich in der Zwischenzeit für einen Wagen der Firma Daimler entschieden. Auch ein reicher griechischer Reeder läßt sich den neuen Mercedes in Athen vorführen. George ist sich sicher, daß er dort einen weiteren Abschluß machen wird; der Daimler wäre dann auch in Griechenland eines der ersten Automobile. Selbst aus der Türkei liegen bereits Anfragen vor.

»Wir können wirklich zufrieden sein«, erklärt er dem deutschen Botschafter anläßlich einer Redoute.

Und dann ist auch schon der Sommer da; für zwei Monate fährt das Paar zurück nach Berlin.

»Ach, wie heiß es mal wieder ist«, sagt Frau Hartmann, als sie sich auf der Treppe des vertrauten Hauses in der Kantstraße treffen. Bella stimmt ihr lächelnd zu, und gleichzeitig denkt sie daran, daß diese Frau nie in Kairo war und wirkliche Hitze, Tropenhitze gar nicht kennt. »Da siehst du es! Alles ist relativ«, lacht George, als sie ihm von der kleinen Begegnung im Treppenhaus erzählt.

Relativ ist auch die Aufnahme des Paares von der Gesellschaft. Wieder überschlagen sich die Gazetten mit Lobeshymnen über Georges großen Sieg, und wo sie auch hingehen, die wißbegierigen Reporter sind schon da. Aber es gibt auch Mißtöne: Einladungen, die nur ihn ansprechen, oder beleidigende Bemerkungen über das »Erbswurstgeld«, das man in Kairo »verjubele«.

Der Frauenarzt hat Bella untersucht. »Verwachsungen, Frau von Räckwitz. Vielleicht hat es ja einmal innere Verletzungen gegeben in Ihrer Jugend, beim Reiten vielleicht. Ich fürchte, ich kann Ihnen wenig Hoffnung auf einen Stammhalter machen.«

Bella nimmt die Nachricht mit gemischten Gefühlen auf, aber George versucht sie zu trösten: »Wir haben ja uns«, sagt er und drückt sie an sich.

Nur sporadisch überfliegt sie die Berliner Zeitungen und die Gesellschaftsnachrichten.

»Das sagt mir alles nicht mehr viel«, meint sie zu George. Doch eine Anzeige ist ihr sofort ins Auge gesprungen:

Luise und Simon Finkelstein
beehren sich,
die Geburt eines strammen Jungen anzuzeigen.
Horst.
Es freuen sich die glücklichen Eltern
und Schwesterchen Wilhelmine.
Taufe am Sonntag, 17. Juni, in der Erlöserkirche.

Aha, er hat wieder geheiratet, denkt sie ohne Groll. Und er ist konvertiert. Er hat jetzt, was er immer wollte. Sie weint ihm keine Träne nach, sondern wünscht ihm innerlich alles Gute.

Berlin ist jetzt im Sommer längst nicht so reizvoll, wie sie es sich vorgestellt haben. Alles scheint hier seinen Trott zu gehen. Viele Familien sind in der Sommerfrische in die Kaiserbäder oder an die Nordsee gefahren. Die Theater haben Pause, der Hof weilt ebenfalls nicht in Berlin. Politisch bewegt sich wenig bis gar nichts; die kaiserliche Flottenpolitik erscheint George als Großmannssucht, das militärische Säbelrasseln kommt ihm mit dem Blick von außen eher trivial vor.

Sie sind bisweilen eingeladen, aber das hiesige gesellschaftliche Leben ermüdet sie eher, und private Bindungen gibt es ohnehin kaum. Bella hat sich überlegt, nach Breslau zu fahren, verwirft den Plan aber wieder. Ihr Konto in Berlin zeigt eine beruhigende Höhe an, so daß sie nicht einmal mit der Silbersteinschen Bank telefonieren muß.

Sie besucht statt dessen Mirja, aber auch diese alte Freundschaft hat sich sehr verändert. Die Kinder sind groß geworden, und die alte Freundin hat nichts mehr von ihrer leichten, fröhlichen Art. Sie erscheint ihr älter, nachdenklicher, auch unzufriedener. Immer wieder fallen ihr kleine Geschichten jüdischer Diskriminierung im Alltag ein. »Fritz denkt wohl darüber nach, den Dienst zu quittieren, er will sich dann als Arzt niederlassen«, erzählt sie. So hält sich das Gespräch im vagen, und selbst der abends heimkommende Fritz vermag keine neue oder fröhliche Farbe in die Unterhaltung zu bringen. Er freue sich, daß Georges Hüsteln abgenommen habe, meint er. Aber Bella erscheint dieser Satz wie die Feststellung eines Arztes, nicht die eines Freundes.

So verabschiedet sie sich bald; unten an der Tür flüstert Mirja plötzlich: »Du, ich habe neulich deinen Verflossenen gesehen. Er hatte eine stämmige Walküre am Arm, und das Kindermädchen schob einen Kinderwagen hintendrein.«

»Ich weiß«, sagt Bella gleichmütig, »damit ist er sicher glücklicher geworden.«

George trifft derweil von Kitzingen, aber der scheint auch

müde geworden zu sein; Mathilde, seine Frau, ist kränklich, die Tochter schon aus dem Haus. Seine erneuten Glückwünsche zu dem großen Rennen klingen eher schal. Sein Dienst im Kriegsministerium ödet ihn offensichtlich an, und das Interesse an ihrem Leben im Ausland hält sich in Grenzen. Lediglich der Hinweis, daß man jetzt plane, eine Motorfahrzeugtruppe aufzustellen, vermag George zu interessieren. Aber da weiß der gute Kitz nun auch wieder nicht allzugut Bescheid. »Du mußt verstehen, diese Entwicklungen treibt das Train- und Eisenbahndepartement voran, ich bin ja noch immer bei der Reiterei«, erklärt er. »Und am liebsten würde ich auch demissionieren, mich nach Hause auf unser Weingut zurückziehen und den lieben Gott einen guten Mann sein lassen«, murmelt er während des Gesprächs.

Selbst den offiziellen Besuch in Cannstatt sieht von Räckwitz nicht unkritisch. Er hat seine Erfolgsbilanz vorgelegt, der Vorstand ist zufrieden und dankt ihm. Aber gleichzeitig stellt er fest, daß die entscheidenden Gremien gewechselt haben. Er erfährt, daß verschiedene Kräfte um die Vorherrschaft in der Firma streiten. Der geniale Maybach ist kränklich und aufs Altenteil abgeschoben worden. Daimlers Söhne denken weniger an eine Sportwagenfirma als an eine konventionelle Gebrauchswagenproduktion. Damit wiederum kann George wenig anfangen – sein Verkaufssegment ist der Luxus- und Sportwagenbereich.

»Ist doch alles recht eng hier«, bemerkt George nach seiner Rückkunft an diesem Abend Bella gegenüber, und in der Tat, beide sind geradezu froh, daß sich der Urlaub dem Ende zuneigt und man wieder nach Ägypten zurückreisen kann.

43

Hier in Kairo scheint ihr Glück wirklich vollkommen, Jahreszeiten kommen und gehen, die man am Rande der Wüste kaum spürt. In ihrem Palast können sie weiterhin wohnen, das hat der Khedive in Dankbarkeit geregelt. Nach Berlin sind sie nur noch einmal zurückgefahren, der Geschäfte wegen. George geht in seinem neuen Beruf völlig auf. Präzision, Ordnung und gutes Verhandlungsgeschick hat er schon als Offizier gelernt, in die gute Gesellschaft ist er hineingeboren, und die Mercedes-Wagen von Daimler sind mittlerweile in der ganzen Welt bekannt und gefragt.

Bella ist nach wie vor eine liebenswürdige Gesellschafterin und bezaubernde Ehefrau. Mit Richard verbindet sie immer noch eine tiefe Freundschaft und Verbundenheit.

Auch zum deutschen Botschafter Graf Mannhardt samt seiner Frau hat sich ein geradezu freundschaftliches Verhältnis entwickelt, getragen von gegenseitiger Achtung und Anerkennung. Ja, selbst Frau Steinheuer, die rheinische Frohnatur, die Bella als erste zu einem »kleinen Nachmittagskaffee« eingeladen hatte, ist immer noch von der gleichen Liebenswürdigkeit. Ob es darum geht, etwas Besonderes für Haus oder Küche zu finden, oder ob Bella durch den Souk schlendern und sich wieder einmal einen Seidenschal kaufen will – Frau Steinheuer ist als verständnisvolle und beratende Freundin immer bereit zu helfen.

Irgendwann eines Abends, als sie im lauschigen Innenhof zusammensitzen, nachdem sich die Dienerschaft längst zurückgezogen hat, erinnert sich Bella ihrer gemeinsamen Träume – damals, als sie in der Sächsischen Schweiz auf der Bergspitze saßen. Und wieder einmal fragt sie ihren Mann: »Denkst du jetzt, daß das hier unser gelobtes Land ist?«

George erinnert sich des lateinischen Zitats »Ubi bene ibi patria – wo es mir gutgeht, da ist mein Vaterland«, aber nicht einmal dem mag er als überzeugter Deutscher zustimmen. »Wo wir zusammen sind, wo unsere Liebe uns trägt, wo unsere Herzen im gemeinsamen Takt schlagen, da ist für uns das Gelobte Land, nicht in einer Region, nicht in einer Gegend oder in einem Land, sondern in unserer Zweisamkeit, in unseren Herzen.«

Da schaut sie zum großen runden Mond am nachtblauen Firmament, zu den zahllosen Sternen des südlichen Himmels. Sie lauschen dem Zirpen der Zikaden in den Büschen, und wie von selbst finden sich im stummen Einverständnis ihre Hände.

Am anderen Morgen macht er sich schon früh reisefertig, ein vierzehntägiger Aufenthalt im Süden ist geplant. Zuerst mit dem Zug bis Assuan, dann per Schiff den Nil hinunter, schließlich zu Pferd bis Karthoum. »Ich verstehe ja nicht so ganz, was der Großwesir an diesem abgelegenen Flecken mit einem Motorwagen will – ich denke, sie haben nicht mal halbwegs vernünftige Straßen dort; aber wenn es der Wunsch des Potentaten ist, wenn er dafür zahlen will ..., kann ich ihm gerne einen Motorwagen verkaufen«, sagt er kopfschüttelnd beim Abschied und umarmt seine Gattin.

»In zwei Wochen bin ich zurück«, ruft er leichthin und springt in die bereitstehende Kutsche, die ihn zum Zug nach Assuan bringen soll. Bella winkt ihm nach, bis er verschwunden ist.

Dieses jugendlich männliche Bild voller Kraft und Eleganz, der leichtfüßige Sprung in die Kutsche, das lachende schmale braune Gesicht, das übermütige Winken mit dem Hut, das sind die letzten Bilder, die sie sich in den folgenden Tagen immer wieder ins Gedächtnis ruft, wenn sie an ihn denkt und auf ihn wartet.

Es sind gerade ein paar Tage vergangen, sie beschäftigt sich mit Lesen, spielt ein wenig Tennis und spürt wieder einmal, wie unwichtig ihr alles erscheint, wenn er nicht um sie ist. Irgendwann zwischendrin wird sie von einer merkwürdigen Unruhe ergriffen; dunkle Gedanken ängstigen sie, ohne daß sie einen Grund noch eine Richtung hätte angeben können. Sie schläft unruhig, düstere Träume begleiten sie des Nachts, und es ist, als lege sich ein Reifen um ihre Brust, der sie beklemmt, ihr den Atem nimmt.

Als sie eines Nachts erst gegen Morgen in einen unruhigen Schlaf fällt, träumt sie von einem Turm, nein, er ist nicht düster, er steht im Licht an einem steilen Abhang, schaut hinunter in ein großes Tal, und als sie näher geht, sieht sie das Räckwitz'sche-Wappen mit dem Balken und den drei Blättern, über dem Eingang des Turmes eingemeißelt.

Spät erwacht sie an diesem Tag, fühlt sich wie zerschlagen und versucht den Traum, die düsteren Gedanken der Nacht, zu vergessen. Ihre Toilette ist noch nicht beendet, als ein Läufer ihr die Nachricht überbringt, Bella möge sich baldmöglichst in der Botschaft einfinden. Aufs höchste beunruhigt, läßt sie sofort nach dem Frühstück anspannen und sich zur Botschaft fahren. Sie wird gleich vorgelassen, und als von Mannhardt ihr mit ernstem Blick entgegentritt, weiß sie, daß etwas passiert ist.

»Ich habe eine schlimme Nachricht für Sie, Ihren Gatten betreffend«, beginnt die Exzellenz. »Regen Sie sich nicht auf, verehrte Frau Bella.« Er hat sie beinahe umarmt, statt zur Begrüßung die Hand zu reichen, und die Vertraulichkeit des Vornamens gewählt. »Ihren Gatten hat auf seiner Reise in den Süden wohl ganz plötzlich ein Fieber ereilt, und er liegt krank darnieder. Wir haben unseren neuen Botschaftsarzt schon mit einer Eilpost und eigens vom Monarchen gestellter militärischer Bedeckung auf den Weg geschickt. Mehr können wir von hier aus im Augenblick leider nicht tun.«

»Was ist passiert?« preßt sie angstvoll heraus. »Bitte sagen Sie es mir.«

»Was wir bis jetzt wissen, ist wenig genug! Wir hören seit einigen Wochen, daß in der Gegend von Fahidijn ein merkwürdiges Fieber auftritt, mit schweren Folgen. Die englische Botschaft hat als erstes Nachricht davon erhalten, eine Abteilung ihrer Highlanders auf dem Weg nach Karthoum war davon betroffen, und offensichtlich ist niemand zurückgekommen. Man scheint bislang nicht feststellen zu können, um welches Fieber es sich handelt. Wir haben einigen Reisenden, die sich an uns gewandt haben, deshalb die Fahrt nach Karthoum ausgeredet. Aber natürlich wußte hier niemand, daß Ihr Mann ...«, er läßt den Satz in der Luft hängen.

Fünf lange, qualvolle Tage später die Gewißheit: Die kleine Gruppe mit von Räckwitz, Ingenieur Renz und zwei einheimischen Bedienten ist schwerstkrank. Für Renz kommt jede Hilfe zu spät, von Räckwitz kämpft mit dem Tode.

Der Khedive hat sofort eine Besuchersperre für dieses Gebiet erlassen, einen »Cordon sanitaire«, den niemand durchbrechen kann. Der deutsche Botschaftsarzt Dr. Berger ist der letzte, der die

Gruppe gesehen hat und zumindest von Räckwitz zurückzuholen versuchte. Das neue Wundermittel der Firma Bayer aus Deutschland, Aspirin, hat ebensowenig angeschlagen wie Chinin, Gin, Aderlaß und die wenigen anderen Möglichkeiten der Medizin. Das Fieber verursacht unkontrollierte Diarrhöe, der Körper trocknet trotz starker Gaben von Flüssigkeit aus, bei gleichzeitig stark erhöhter Temperatur. Nach zwei Tagen ist der Kranke nicht mehr transportfähig, nach einem weiteren Tag verstirbt George von Räckwitz ohne Bewußtsein in den Armen des Arztes.

Dr. Berger hat noch vor Ort aus seuchentaktischen Gründen veranlaßt, George's Leichnam einzuäschern. Es ist für ihn die einzig denkbare Möglichkeit, wenigstens seine Asche nach Kairo zu bringen. Er verständigt, so bald wie möglich, telegraphisch die deutsche Botschaft vom Tode des bekannten Deutschen. Der Botschafter und das gesamte Personal nehmen diese Nachricht mit Erschütterung auf. Man denkt an die Ehefrau, man erinnert sich des allseits beliebten Paares. Stille Trauer legt sich an diesem Tag über alle Geschäfte und Gespräche, während sich die schlimme Nachricht wie ein Lauffeuer in der ganzen deutschen Gemeinde und darüber hinaus bei der gesamten europäischen Kolonie verbreitet.

Nach einem kurzen Gespräch mit seiner Frau macht sich Botschafter von Mannhardt eine Stunde später auf den schweren Weg, Frau Bella von Räckwitz die Gewißheit vom Tode ihres Mannes zu überbringen.

44

Bella ist nach den ersten Worten des Botschafters völlig geschockt, ein Kältegefühl kriecht in ihr hoch, bis zum Herz, und ihr ganzer Körper versteift sich, bis sie wie versteinert dasteht. »Nein, nein«, murmelt sie, »nein, das ist nicht wahr.« Damit dreht sie sich um, verläßt das Zimmer, zu keinem weiteren Wort mehr fähig. Von Mannhardt versucht ihr zu folgen, mit einer Handbewegung weist sie ihn ab. Einen Augenblick steht er noch unschlüssig in der Tür, aber sie ist schon nach oben verschwunden. So bleibt ihm nur, das Hausmädchen von dem schrecklichen Ereignis zu informieren und seine Adresse zurückzulassen. »Rufen Sie mich bei Gefahr – und zwar sofort –, dafür bin ich zu jeder Zeit zu sprechen«, schärft er der Bediensteten ein. »Frau von Räckwitz ist in einem bedrohlichen Zustand, sie könnte unüberlegte Schritte tun.«

Bella hat sich in ihr Schlafgemach zurückgezogen. Jedes Gefühl ist von ihr gewichen, es scheint, als seien selbst ihre Gedanken festgefahren mit dem einzigen unendlich traurigen Satz: »Er ist nicht mehr.« Irgendwie versucht sie, das Unfaßbare zu begreifen – aber es gelingt ihr nicht.

Tot – all ihre Empfindungen kreisen um diesen Gedanken, um diese unfaßbare Tatsache. Tränen laufen ihr übers Gesicht, sie kann diese Flut nicht stoppen, die unendliche Traurigkeit ihrer Seele nicht anders bewältigen, als zu weinen, zu weinen, zu weinen – bis sie erschöpft einschläft.

Das Mädchen hat ihr inzwischen wortlos schwarze Kleider besorgt und bereitgelegt, aber sie verläßt erst gar nicht das Bett. Wie in Trance verbringt sie die nächsten Tage. Der englische Arzt, der mehrmals vorbeischaut, kann sie gerade mal zum Trinken des bereitgestellten Wassers ermutigen. Ansonsten reagiert sie auf keine Ansprache, läßt keinen Trost zu.

Tot – tot, wiederholt sie immer wieder und versucht ihre Gedanken irgendwie zu ordnen, einen Sinn, eine Erklärung für das Geschehen findet sie nicht.

Sie schließt sich im Haus ein, ißt nichts, trinkt kaum etwas. Frau Steinheuer kommt beinahe täglich, aber mehr, als ihre Hand zu halten, vermag sie nicht zu tun. Erst der energischen Frau von Mannhardt gelingt es, die Abgemagerte wenigstens dazu zu bringen, Nahrung aufzunehmen.

Dr. Berger ist inzwischen mit der Urne zurückgekehrt. Auch er läßt sich bei Bella melden, wird aber abgewiesen. Mit gebieterischer Geste schiebt er das Mädchen beiseite, murmelt: »Ich bin Arzt«, und geht selbst hinauf in Bellas Schlafgemach. Erschreckt fährt sie auf.

»Ich bin Doktor Berger, ich war bei Ihrem Manne – bis zuletzt«, sagt er hastig, und seinem sorgenvollen Blick präsentiert sich eine bleiche, sichtlich abgemagerte Frau mit wirren Haaren und leerem Blick. Das war nicht mehr die schöne, stolze Frau von Räckwitz, von der in der Botschaft gesprochen wurde, das war eine leidende, stark gezeichnete, schwerkranke Frau.

Voller Mitgefühl kondoliert er ihr in warmen Worten, nimmt schließlich ihre Hand und erklärt, ihr Mann sei in seinen Armen gestorben, ihren Namen auf seinen Lippen. Ist sich aber bei diesen Worten nicht sicher, ob sie zu ihr dringen. »Er hatte einen leichten Tod« murmelt er.

Dennoch scheint sie diese Auskunft ein wenig zu beruhigen. Sie bedankt sich mit einem Kopfnicken und einem gehauchten Danke, und als er von der Überbringung der Urne spricht, weint sie zwar wieder, aber wirkt doch gefaßter als zuvor.

»Das Leben geht weiter, Frau von Räckwitz – es muß weitergehen, auch für Sie!« sagt er eindringlich. »Ihr Mann hätte nicht gewollt, daß Sie sich selbst aufgeben.«

Schließlich überreicht er ihr Wappen- und Ehering ihres Mannes, seine goldene Uhr und die wenigen persönlichen Dinge, die er auf seiner Reise bei sich trug.

Den Ehering steckt sie sofort über ihren eigenen, danach hindert ein neuer Tränenstrom weitere Worte. Und als Dr. Berger sich verabschiedet, nickt sie nur.

In den folgenden Tagen kommt Dr. Berger noch mehrmals; Frau von Mannhardt besucht Bella ebenfalls nahezu täglich, und Frau Steinheuer bemüht sich nach Kräften, der Trauernden Trost und Mut zuzusprechen, aber es dauert Tage, bis Bella allmählich wieder in der Lage ist, am Leben um sie herum teilzunehmen.

Wochen später richtet die deutsche Botschaft in der kleinen evangelischen Kirche der ortsansässigen protestantischen, deutschsprachigen Gemeinde eine Trauerfeier aus. Vorne vor dem Altar steht ein Katafalk, bedeckt mit der Fahne des Deutschen Reichs, darauf sein Helm und sein Offizierssäbel und davor, auf einem Kissen, seine Orden. Zu beiden Seiten des Katafalks haben sechs deutsche Offiziere verschiedener Waffengattungen Aufstellung genommen und halten die Totenwache. Sie sind in aller Eile aus Konstantinopel herbeigeholt worden.

Sie salutieren, während Chopins Trauermarsch vom Phonographen erklingt und der deutsche Botschafter von Mannhardt die Urne durch die Kirche trägt und auf das kleine Podest vor dem Katafalk stellt.

Die gesamte deutsche Gemeinde ist anwesend, dazu die Geschäftsträger und Vertreter der anderen Botschaften, ein Gesandter des Khedive und viele andere Menschen, die den sympathischen Deutschen seit seiner Ankunft in Kairo kennen- und schätzengelernt haben.

In der ersten Reihe die Witwe, völlig verschleiert, ihr zur Seite und sie immer wieder stützend Vetter Richard und die Gattin des Botschafters. Pfarrer Wedemann hat einen alttestamentarischen Text gewählt, der Botschafter spricht von dem wertvollen Menschen Georg von Räckwitz, von der Bereicherung, die alle seine Freunde empfunden hätten, die ihn kennengelernt haben. Er zeichnet für alle Anwesenden noch einmal dessen Lebensweg nach. Natürlich erwähnt er den schon historischen Sieg im ersten Automobilrennen auf afrikanischen Boden, ein deutscher Sieg, der nur durch den außerordentlichen Einsatz des teuren Verstorbenen möglich gewesen sei. Und dann singt plötzlich jemand das Bella so vertraute Lied:

»So nimm denn meine Hände und führe mich
bis an mein selig Ende und ewiglich«.

Da erinnert sie sich wieder an ihre Hochzeit, an die Worte des Pfarrers damals, und wieder schießt ihr ein Tränenstrom aus den Augen.

Nein, sie hört nicht mehr, wie anschließend eine anteilnehmende Botschaft des deutschen Monarchen verlesen wird, ebensowenig hört sie die warmherzige Trauerdepesche seines Freundes von Kitzingen, sogar im Namen des gesamten Regiments.

Ohne Wissen der Trauergemeinde haben die Engländer inzwischen ein kleines Detachment Highlanders vor der Kirche aufgestellt, und als die Feier zu Ende geht, ertönen von draußen militärische Kommandos, die Ehrenformation nimmt Haltung an, dann folgt ein Trommelwirbel, und ein englischer Hornist bläst den großen deutschen Zapfenstreich.

Da ist kein Auge, das trocken bleibt, und selbst langjährige Botschaftsangehörige können sich nicht entsinnen, jemals eine solch rührende Totenfeier erlebt zu haben, über alle nationalstaatlichen Grenzen hinweg.

Die Urne wird auf dem internationalen Friedhof beigesetzt. Die deutsche Botschaft sorgt für eine ehrende Bronzeplatte. Bella nimmt von alledem nichts zur Kenntnis. Schwere Depressionen, Todeswünsche und Selbstmordgedanken überfallen sie immer wieder.

Die zahlreichen Kondolenzschreiben aus der Heimat nimmt sie ebensowenig wahr wie die Zeitungsberichte über ihren Schicksalsschlag und den Tod des beliebten Motorsportenthusiasten.

Auch die Firma Daimler hat kondoliert und gleichzeitig erklärt, daß der Vorposten in Kairo derzeit nicht mehr besetzt werden könne. Dem Khedive wird, ebenso wie den anderen Besitzern eines Daimlerautos, mitgeteilt, daß bei anfallenden Fragen und Problemen ein Ingenieur oder Mechaniker schnellstens von Konstantinopel oder Triest zur Stelle wäre.

Bella hat ein langes Gespräch mit Vetter Richard, der just zu diesem Zeitpunkt zum Rapport nach London muß. Sie teilt ihm ihren Entschluß mit, Kairo so schnell wie möglich zu verlassen und nach Berlin zurückzukehren. »Sieh, hier erinnert mich alles – wirklich alles – nur an ihn. Ich kann keinen Schritt tun, ohne an George denken zu müssen, ich kann niemanden sehen, ohne von ihm reden zu müssen ... Nein – Ägypten, das war George. Ich gehe, weil ich gehen muß. Ich gehe, weil ich hier glücklich war, so wie ich es nie mehr sein werde, sein kann.« Sie faßt seine Hand. »Ich werde und kann auch in der Heimat nicht mehr Lebensmut fassen, sieh, ich habe niemanden dort, der auf mich wartet, aber wenigstens ist eine Distanz geschaffen zwischen hier, dem Land, das mir meinen Mann nahm, und dem Alltäglichen, was ich jetzt erst neu bewältigen lernen muß«, erklärt sie dem Vetter. Richard nickt stumm. Er bittet sie, mit ihrer Abreise bis zu seiner Rückkehr aus London zu warten.

Das Haus in kürzerer Zeit aufzugeben ist letztendlich kein Problem. So packt Bella allmählich und unter Tränen alle Kleider, alle Dinge, die ihnen beiden hier lieb waren, in die großen Schrankkoffer und rüstet sich zur Heimreise.

Die Abfahrt des Schiffs verzögert sich wegen der Herbststürme, und so besucht sie noch einmal alle Menschen, die ihr hier etwas bedeutet haben, verabschiedet sich damit von dem Lebensabschnitt, in dem sie am glücklichsten war.

Auch zur Rennbahn fährt sie noch einmal hinaus, stumm sieht sie über das weite leere Rund, den Ort des größten Triumphes ihres Mannes. Bei der Start- und Ziellinie sind einige Arbeiter damit beschäftigt, etwas zu bauen, aber sie achtet nicht darauf. Und doch wird sie an dieser Stelle ihre letzte kleine Freude in Ägypten haben.

An ihrem letzten Wochenende in Kairo lädt sie das Ehepaar von Mannhardt persönlich noch einmal ein, aber man bleibt nicht in der Botschaft, sondern fährt, zu Bellas Erstaunen, mit der Kutsche hinaus zur Rennbahn. Und hier zeigt ihr der Botschafter das kleine Denkmal, das der Khedive für ihren verstorbenen Mann errichten ließ: eine Säule, vierkantig, in der Art der Obelisken.

Auf allen Seiten ist das runde Wappen des Khedive aufgelegt. Dann folgt ein Text: auf zwei Seiten in arabischen Zeichen, auf den anderen beiden in englischer Schrift.

Bella ist so gerührt, daß ihr sofort wieder die Tränen in die Augen schießen, so daß sie kaum lesen kann, was dort geschrieben steht. Da erhebt der Botschafter seine Stimme:

»Du, der du vor diesem Steine stehst,
Wundere dich nicht über meinen stillen Zustand.
Gestern war ich schneller als du,
Morgen wirst du ruhig sein wie ich heute.
Welch sanfter Erinnerungsort für den,
Der Großes hier getan hat:
MAJOR
GEORG WILHELM WERNER von RÄCKWITZ
Sieger im 1. Automobilrennen von Ägypten«

Der Botschafter schweigt einen Augenblick, dann meint er: »Das ist arabische Lyrik – eine große Ehre für Ihren verstorbenen Gemahl.«

Der Tag der Abfahrt ist angebrochen, Salah, der treue Diener, hat zum letzten Mal das Frühstück für sie bereitet, und nun steht sie auf der kleinen Freitreppe, die zum Vorplatz und zur Auffahrt ihres Palasts führt.

Sie blickt die Allee entlang, wo die Kutschen der Freunde allmählich eintreffen, und für einen Augenblick erinnert sie sich daran, wie sie mit großen, staunenden Augen ihren ersten Blick auf das Herrenhaus tat, neugierig, gespannt auf das Neue und – an Georges Arm. Sie hätte bei diesem Gedanken schon wieder weinen können, vor allem beim Abschied von ihren treuen Bediensteten, die sich ebenfalls der Tränen kaum erwehren können.

Die engen Freunde der verschiedenen Kolonien sind alle noch einmal erschienen, ihr die Hand zu drücken. Sie nickt stumm, spürt Mitgefühl und Wärme, die von jedem einzelnen, von jeder Umarmung ausgehen. »Schade, daß Vetter Richard, dem ich das ganze Kairoer Leben verdanke, noch immer nicht zurück ist; das Schiff aus London hätte schon vor zwei Tagen ankommen müssen«, sagt sie zu den Umstehenden.

Buchstäblich im allerletzten Augenblick – die Freunde haben schon die Taschentücher zum »Fare well« in der Hand –, da prescht seine Droschke die Auffahrt hoch, ihren Namen rufend, springt er heraus, direkt vor ihre Füße. Eine letzte innige Umarmung, ein gestammelter Dank ihrerseits, gute Wünsche für die Zukunft. Dann legt er ihr ein kleines, schwarz-weißes Bündel in die Hand.

»Hier, für dich – gegen deine Einsamkeit. Hab ihn lieb! Es ist ein kleiner Peking-Palasthund, das ist eine ganz seltene Rasse. Dieser hier stammt direkt von den Pekinesen der Lady Richmond. Alles, was du für ihn brauchst und über ihn wissen mußt, habe ich schon in deine Schiffskabine schaffen lassen«, flüstert er noch schnell.

Bella sieht auf das kleine Fellknäuel, erblickt darin zwei große dunkle Augen, die sie treu anschauen, und da weiß sie, daß sie in Zukunft wenigstens einen kleinen Hund hat, den sie liebhaben kann. Der Kutscher drängt zur Abfahrt, die Freunde winken zum letzten Mal. Eine der englischen Damen, Bellas Tennispartnerin, beginnt plötzlich, wenn auch mit tränenerstickter Stimme, ein Lied zu singen, und alle fallen ein: »Old long sayne ...«

Nehmt Abschied, Brüder, ungewiß ist alle Wiederkehr.

Die Zukunft liegt in Finsternis und macht das Herz uns schwer ...

45

Berlin ist Bella fremd geworden, die Menschen haben sich verändert, denkt sie bisweilen. Vielleicht bin ja auch ich eine andere geworden, in den Jahren im Ausland. Nur das ältliche Dienstmädchen, das während ihrer gesamten Abwesenheit die Wohnung betreut hat, ist noch die gleiche; eine Köchin läßt sie nur noch stundenweise kommen, und die Putzfrau wird lediglich zweimal pro Woche tätig. Die Sechszimmerwohnung in der Kantstraße scheint ihr auf einmal zu groß, bietet aber gleichzeitig so etwas wie Geborgenheit, beinahe schon ein Stück alte Heimat. Denn Berlin ist hektischer geworden, die neue Epoche der Technik raubt den Menschen die Ruhe, die Maschinen stehlen die Zeit, glaubt sie, wenn sie an das geruhsame Leben in Kairo denkt. Statt der Pferdedroschken bimmeln quietschende Elektrische mittlerweile durch etliche Straßen, spannt sich ein Schnellbahnnetz über die Stadt, und die Motorwagen beherrschen das Straßenbild. Man muß aufpassen, bisweilen sogar beiseite springen, will man nicht überfahren werden.

Berlin ist auch härter geworden, stellt Bella fest, dabei hat die Politik sie nie sehr interessiert. Manche Rede des Kaisers überfliegt sie in den Gazetten, seine Flottenpolitik sagt ihr wenig. Sie hat den Eindruck, daß das Militär in jüngster Zeit mächtig auftrumpft – Säbelrasseln gegen Frankreich und England.

Wenn sie später am Abend in ihrer Wohnung sitzt, ihren Hund auf dem Schoß krault, die letzten Jahre Revue passieren läßt, spürt sie die tiefe Einsamkeit, die sie in solchen Momenten ergreift.

Sie hat hier keine Freunde. Bisweilen wird sie erkannt, teilweise auch angesprochen, aber es ist ihr, als handle es sich dabei gar nicht um ihre Person, die gefragt wird, sondern um die Sensation, die man mit ihrem Namen verbindet.

Baron von Kitzingen hat offensichtlich durch die Gazetten erfahren, daß Bella wieder in Berlin ist. Eines Tages überbringt sein Bursche ein Billett: »General Heinrich von Kitzingen bittet, der gnädigen Frau von Räckwitz seine Aufwartung machen zu dürfen.« Er ist also befördert worden, denkt sie fast mechanisch, aber das alles ist nicht mehr wichtig für sie.

Und dann steht er ein paar Tage später »in vollem Wichs«, wie George gerne sagte, im Salon. Bella hat das Mädchen angewiesen, ihn hereinzubitten, und während sie sich von der Ottomane erhebt, schlägt er die Hacken zusammen und begrüßt sie.

Aha – er ist förmlich gekommen, versteht sie. Das Mädchen übernimmt Säbel und Mütze, und Bella bedankt sich vorneweg für sein Kondolenzschreiben, nachdem sie ihm einen Platz angewiesen hat. »Aber das war doch selbstverständlich, liebe Frau von Räckwitz« – in der Stimme schimmert immer noch seine alte joviale Freundlichkeit durch. Und während er weiterspricht, erinnert sie sich des liebenswürdigen Gastgebers, den sie auf einer ihrer Reisen auf seinem Weingut in der Pfalz besucht hatten. »Er war mein bester Freund«, hört sie wie von weitem von Kitzingen sagen, »ein herzensguter Mensch, und ich weiß, wie sehr er seinerseits an Ihnen hing, ich weiß, wie sehr Sie an ihm. Es muß Sie unendlich getroffen haben, Trost kann Ihnen da kaum einer spenden, liebendes Andenken ist wohl das einzige, was von einem Menschen … was letztlich von uns allen bleibt.« Er erkundigt sich nach ihrem Wohlergehen, spricht von der Betroffenheit der alten Kameraden im Regiment anläßlich der Nachricht von seinem Tode. Persönlich wird das Gespräch allerdings nicht. Erst beim Abschied drückt er ihr warm und länger die Hand. »Verehrte Frau von Räckwitz, Sie waren die große Liebe meines besten Freundes, für Sie hat er alles, Ruhm, Karriere, Familie, aufgegeben. Nachdem ich Sie kennengelernt habe, kann ich seinen Schritt verstehen.« Er schweigt einen Augenblick, als kämpfe er mit den Tränen.

»Sie waren für ihn eine wunderbare Frau, und auch ich werde Sie als außergewöhnliche Frau in Erinnerung behalten. Leben Sie wohl und gottbefohlen, ich werde nicht nur ihn, ich werde auch Sie nicht vergessen.«

Bella läutet, das Mädchen kommt und reicht ihm Säbel und Mütze, er salutiert, dann schließt sich die Tür.

Es scheint ein Abschied für immer, doch alljährlich schickt er ihr zu Weihnachten eine Kiste mit den besten Weinen des Weinguts von Kitzingen und eine sehr persönliche Grußkarte.

Aber Bella wird ihn noch einmal wiedersehen.

Rea, das kleine Pekinesenhündchen, wächst heran und ist ihre einzige Freude, so wie Vetter Richard es vorausgesagt hatte. Verspielt und intelligent ist der Hund, das niedliche Gesichtchen zeigt erstaunlich unterschiedliche Mimik; ob sich das Hündchen freut oder spielen will, ob sie traurig ist oder verärgert. Bella hat sich in kürzester Zeit so an das kleine Tier gewöhnt, daß sie keinen Schritt mehr ohne ihre kleine Rea macht.

Sie hat keine Literatur über diese seltene Hunderasse gefunden, nur einen Bericht in der »Eleganten Welt«, mit der interessanten Geschichte, daß diese Hunde seit mehr als zweitausend Jahren ausschließlich im chinesischen Kaiserpalast in Peking lebten. Bei der Eroberung des Kaiserpalasts 1860 durch die Engländer und Franzosen floh der gesamte kaiserliche Hofstaat samt ihren Hunden. Die wenigen verbliebenen Tiere sollten getötet werden, denn es war bei Todesstrafe verboten, einen solchen Hund außerhalb des Palasts zu bringen. Durch Zufall jedoch fanden die Engländer noch fünf lebende Hunde. Der Eunuche, der die ihm anvertrauten Tiere bei der Einnahme des Palasts töten sollte, brachte es nicht übers Herz. So kamen die ersten Pekinesen, zwei Pärchen und ein Weibchen, nach Europa. Königin Victoria wurde das einzelne Weibchen als Geschenk verehrt. Die Familie Mountbatton bekam das eine und Lady Richmond erhielt das andere Pärchen.

Jetzt ist dieses wuschelige schwarz-weiße Knäuel mit den großen Augen und dem possierlichen Wackelgang zugleich ihre letzte Verbindung zu den schönen und unbeschwerten Tagen im fernen Ägypten. Manchmal erscheint ihr diese Zeit bereits wie ein lang vergangener Traum, langsam ertrinkend im Meer der Erinnerungen.

Immer wieder einmal liest sie Reas »Steckbrief«, wie sie gerne den erklärenden Begleitbrief nennt, den Vetter Richard ihr damals samt Hundekörbchen in die Schiffskabine hatte schaffen lassen.

Mein Name ist LingLing – das heißt der Frühling,
denn im Frühling bin ich geboren.
Ich bin ein direkter Nachkomme der ersten europäischen Pekinesen,
aus der Zucht von Lady Richmond.
Über zweitausend Jahre lebte unsere Familie ausschließlich im kaiserlichen Palast in Peking und diente nur der kaiserlichen Familie zur Freude.
Nach der Sage entstamme ich der Verbindung zwischen einem Löwen und einer Affendame.
Ein Gott hielt die Hand über sie. So habe ich die Anlagen beider Ahnen geerbt,
den Löwenmut des Urvaters und das feine Gesicht der Affenmutter.
Auf der Stirn trage ich ein ganz seltenes Merkmal, das nur wenige in meiner Familie haben: eine weiße Flamme im schwarzen Fell.
Es ist das dritte Auge und wird auch der Daumenabdruck Buddhas genannt.
Mein langes glänzendes schwarz-weißes Fell wird sich immer

wie die schönste chinesische Palastseide anfühlen und ebenso glänzen, wenn du mich jeden Tag bürstest.
Im Palast habe ich am liebsten Wachtelbrüste und Haifischflossen gegessen.
Mittlerweile bin ich jedoch nicht mehr so wählerisch,
feines Fleisch und Fisch, angereichert mit Gemüse, erfreuen mich sehr.
Ich bin es gewohnt, mein Geschäft auf einer Zeitung zu verrichten.
Wenn ich groß bin, magst du mich auch auf die Wiese führen.
Englischen Rasen liebe ich am meisten,
unsere Palastgärten waren von feinstem Rasen umgeben.
Wenn du mich auf diese Weise gut pflegst, kann ich sehr alt werden.
Am wichtigsten aber ist, daß du mich wirklich liebst und dich täglich mit mir beschäftigst.
Dann bin ich dir immer treu ergeben und werde keinen Blick von dir lassen,
denn ich suche mir nur einmal ein Frauchen, mit dem ich lebe und auch sterben werde.

Bella liebt diesen kleinen Text, sie kann ihn schon auswendig, nur den Namen ihres Lieblings hat sie geändert, Rea – nach dem ägyptischen Sonnengott Ré –, aber mit weiblicher Endung. Denn sie erinnert mich immer an Ägypten, denkt sie, und mein Sonnenschein ist sie auch.

Irgendwann hat Bella sich entschlossen, Mascha einen Brief an die alte Adresse nach Hamburg zu schreiben, andeutend, daß sie wohl gerne einmal zu Besuch kommen würde. Die liebe alte Schulfreundin ist längst verheiratet und inzwischen mit fünf Kindern gesegnet. Gerne würde Bella sie wiedersehen. Der Kontakt ist in letzter Zeit fast abgerissen; zu viel stürzte nach Georges Sieg auf Bella ein, zu turbulent waren die letzten Jahre in Kairo. Aber auch Mascha hat sich sicherlich verändert, vermutet Bella. »Die Mutterschaft erfordert meine ganze Kraft«, hatte sie ihr in einem der letzten Briefe geschrieben.

Die Rückantwort kommt prompt. »Dein Brief hat mich über Umwege erreicht, denn wir sind längst umgezogen in ein eigenes Haus. Mein Mann, die Kinder und ich würden Dich gerne bei uns zu Hause willkommen heißen. Ich habe meinem Mann so viel von Dir erzählt, daß er gespannt ist, Dich kennenzulernen. Und meine Kinderschar solltst Du auch einmal sehen, bevor sie alle groß geworden sind ...«

Spontan beschließt Bella, das nächste Wochenende nach Hamburg zu reisen. Sie schickt ein Telegramm und sitzt wenige Tage später im Zug. Die kleine Rea ist auch mitgekommen und hat es sich auf dem Nebensitz gemütlich gemacht, eingerollt schläft sie bis Hamburg.

Bella hat ansonsten nur den kleinen Koffer mitgenommen, denn für zwei bis drei Tage im Hotel wird das schon reichen, denkt sie.

Mascha erwartet sie bereits auf dem Perron, umgeben von zwei Halbwüchsigen, die sich sofort Bellas Koffer bemächtigen. Kräftig, rundlich ist sie geworden, wie ihre Mutter, schießt es Bella durch den Kopf. Kaum sind sie vor Maschas hübschem kleinem Haus in Harvestehude angekommen, springen drei weitere Nachkommen aus dem Haus. »Komm rein«, lacht Mascha fröhlich, »laß dich vom Kindertrubel nicht stören, jetzt bekommst du zuerst einmal eine heiße Schokolade.«

»Genau wie vor mehr als zwanzig Jahren«, sagt Bella verblüfft. »Als ich zum ersten Mal in deinem Elternhaus war, hat deine Mutter mir auch sofort eine Tasse angeboten.«

»Ist ja auch gesund und schmeckt«, sagt die Freundin. Mit Genugtuung stellt Bella fest, daß sich Mascha so gut wie gar nicht verändert hat. Ob das Leben mit dieser unkomplizierten und geradlinigen Lebenseinstellung nicht leichter ist? fragt sie sich.

Wenig später kommt der Ehemann aus der Schule. Ein Oberstudienrat, wie ihn schon Wilhelm Busch gezeichnet haben könnte, mit Vollbart und sonorer Stimme, Anzug und Weste und einem Blick hinter der goldgeränderten Brille, daß Bella beinahe das Gefühl hat, sie müsse heute noch ein Gedicht aufsagen, das sie nicht gelernt hat.

»Salve filia Wratislaviae«, begrüßt er sie. Und während Bella ihn noch ein wenig konsterniert anschaut, echot der Älteste schon: »Das heißt ›Sei gegrüßt, Tochter Breslaus‹.«

»Er redet immer in lateinischen Sentenzen«, legt Mascha der Freundin begütigend die Hand auf den Arm, »aber Menne, unser Großer, liefert zu meiner und aller Freude die Übersetzung gleich wie aus der Pistole geschossen nach.«

Er ist liebenswürdig, findet Bella, und auch er freut sich, die vielbesprochene Freundin aus Kindertagen einmal persönlich kennenlernen zu können. Ansonsten ist er begierig, alles über das alte Ägypten, die Ruinen und die Pyramiden zu erfahren. »Er unterrichtet Altgriechisch und Latein im Gymnasium, weißt du«, erklärt Mascha beim Essen und holt anschließend die Jüngsten herein, damit sie »Tante Bella« gute Nacht sagen können.

»Post cenam stabis, seu passus mille meabis«, tönt der Vater, kaum daß die Teller abgetragen sind, und wie schon am Nachmittag echot Menachem: »Nach dem Essen sollst du ruhn oder tausend Schritte tun.«

»Falsch«, erklärt die älteste Schwester. »Es muß heißen: Nach dem Essen sollst du stehn oder tausend Schritte gehn.«

»Sie ist schon in der Untertertia«, erklärt Mascha. Bella lacht und betrachtet hinfort amüsiert das wortreiche lateinisch-deutsche Plänkelspiel zwischen dem rundlichen Vater und dem sehr sportlich und drahtig wirkenden Ältesten. Nicht so einfach, sich gegen den Papa zu behaupten, muß sie unwillkürlich denken.

Am folgenden Tag sitzt der Vater am Klavier, er hat noch immer die schöne Stimme, von der Mascha in ihrem Brief einstmals geschwärmt hatte. Der jüngere Sohn Isi besucht schon das Konservatorium – er will Geiger werden. Mit weichen, romantischen Tönen verzaubert er die Zuhörer. Dazu klingen das Cello der Schwester und der Kontrabaß des Ältesten. Selbst die beiden Jüngsten spielen schon eine kleine Blockflötensuite. Und dann lassen alle zusammen am Schluß gemeinsam ein Barockdivertimento von Vivaldi erklingen. Bella ist schlichtweg begeistert. Zum ersten Mal seit langer Zeit denkt sie wieder an das eigene Klavierspiel ihrer Kindheit, ihrer Jugend im Elternhaus zurück.

Das fleißige Üben von Maschas Schwester hatte sie damals bewogen, den Vater um ein Klavier zu bitten. Ob sie sich wieder einmal ein Klavier anschaffen und die alten Sonatinen wieder üben sollte? fragt sie sich. Gleichzeitig erkennt sie mit einem kleinen Stich in der Brust die Freuden, die Kinder bringen können und die ihr versagt geblieben sind. Nie wird sie ein Kind haben, dem sie die ersten Töne auf dem Instrument zeigen könnte. Sie muß sich Mühe geben, diese düsteren Gedanken zu verscheuchen.

Nach zwei Tagen fährt Bella nach Berlin zurück, nicht ohne vorher versprochen zu haben, bei Gelegenheit wieder einmal einen Hamburgbesuch einzuplanen.

Liebenswerte Menschen, denkt sie, während der rumpelnde Zug die Fahrt in ihre Heimat antritt. Freundliche, guterzogene, musikbegeisterte Kinder – die perfekte deutsche Bürgerlichkeit mit Häuschen im Grünen und Beamtenpension.

Erst nach Monaten meldet sie sich wieder bei ihrer anderen Freundin Mirja und lädt sie zu sich in die Kantstraße ein. Aber die Jugendfreundin ist ihr noch fremder geworden als beim letzten Berlinbesuch. Ihr Alter macht sich bemerkbar: graue Haare, rundliche Figur. Bella dagegen ist heimlich ein wenig stolz auf ihre schlanke Gestalt, die sie, nicht zuletzt durch das häufige Tennisspiel in Kairo, behalten hat. Aber grau geworden ist auch sie im letzten Jahr, vom Leid um den Verlust ihres geliebten Mannes.

Mirja berichtet von den Kindern, die groß geworden sind und längst ins Gymnasium gehen, dem verstorbenen Schwiegervater Rabbi Nachmann und von Fritz, der mittlerweile bei einem anderen Regiment steht und immer noch darüber nachdenkt, seinen Dienst zu quittieren.

Zu Bellas Leben findet sie offensichtlich keinen Zugang, kann sich in ihre unendliche Trauer nicht einfühlen. Will oder kann sie sich das Leben in Ägypten nicht vorstellen? Ist sie neidisch auf meine Weltgewandtheit, auf meine finanzielle

Unabhängigkeit? Bella wagt nicht, sich darauf eine Antwort zu geben.

Von Breslau weiß sie noch einiges zu berichten, ihr Vater, Professor Friedmann, ist mittlerweile gestorben, die Mutter lebt nun mit ihnen hier in Berlin, und Frau Mendelsohn, die Institutsleiterin ihrer Jugend, weilt mittlerweile ebenfalls nicht mehr unter ihnen. »Professor Paul Ehrlich, du erinnerst dich bestimmt an ihn, hat vor kurzem den Nobelpreis in Medizin bekommen«, erzählt sie. »Und Lele hat Physik und Mathematik studiert und es geschafft, als zweite Frau in Wien zu promovieren, stell dir vor. Inzwischen ist sie nach Berlin gekommen, um bei Professor Max Planck zu lernen. Sie arbeitet derzeit am chemischen Institut mit Professor Otto Hahn, beschäftigt sich mit Radium und Strahlen ... Ich habe sie erst neulich einmal zufällig getroffen. Sie ist unverheiratet und geht völlig auf in ihrer Wissenschaft.« Mirja schweigt einen Augenblick. »Ja, wir werden älter«, resümiert sie, »unsere kindischen Träume sind verflogen, erfroren im kalten Hauch des Lebens.«

Es gibt nur ein Thema, bei dem sie wach wird, bei dem ihre Augen glänzen wie früher, bei dem sie geradezu in Begeisterung verfällt: Zionismus. Bella erinnert sich, von einem gewissen Theodor Herzl gehört zu haben, auch von einem Zionistenkongreß in Basel, aber genaue Vorstellungen hat sie dazu nicht.

Mirja und ihr Mann allerdings sind wohl in der zionistischen Weltbewegung tätig, träumen davon, Palästina wieder zur Heimat der ganzen Judenheit werden zu lassen, ja, vielleicht irgendwann selbst noch dahin auszuwandern. »Endlich heimkommen ins Gelobte Land«, ruft sie empathisch. Bella zuckt zusammen, hat sie nicht selbst mit George vom Gelobten Land geträumt?

»Aber das ist nur wüste, unkultivierte Erde dort«, wirft Bella ein wenig heftig ein und erinnert sich an die Reisebeschreibungen eines englischen Freundes in Kairo, der einen Ausflug nach Palästina unternommen hatte und ihr damals lang und breit von seinen Erlebnissen dort berichtete.

»Ich glaube, du weißt nicht, wie trostlos eine Halbwüstenei ist. Da wohnen ein paar arabische Kleinbauern, Palästinenser, in schmutzigen kleinen Dörfern, in elenden kleinen Städten, dann gibt es Jerusalem, die einzige richtige Stadt ..., natürlich mit etlichen Glaubensbrüdern. Aber denkst du, die haben auf Berliner Großstadtpflanzen, wie wir es sind, gewartet?«

Mirja ereifert sich, gerade von dort komme die ganze jüdische Kultur. Man wolle wirklich aufs Land ziehen, es urbar machen wie die Väter, den jüdischen Glauben wieder ernst nehmen, wie die Schriften es verlangen.

»Was würde wohl dein verstorbener Schwiegervater dazu sagen? Der war ja nun wirklich ein Doktorrabbiner, ein Reformjude mit Talar und Beffchen.« Bella zügelt sich, sie will die Freundin nicht verärgern, aber sie spürt, hier trennen sich die Wege.

Mirja erzählt derweil von den vielen kleinen Sticheleien im Alltag, den antijüdischen Schriften und davon, daß man es leid sei, immer nur beweisen zu müssen, daß man kein guter, sondern ein besserer Deutscher zu sein habe.

Als man sich verabschiedet, spricht Mirja eine vage Einladung nach Hause aus, und neben dem Dankbillett, das Bella in den folgenden Tagen erhält, sendet sie ein Buch von Theodor Herzl, »Der Judenstaat«, und eine Reihe Schriften des ersten zionistischen Vereins, der »Nationaljüdischen Vereinigung«. Bella interessiert das Thema wenig und legt das ganze Paket erst einmal beiseite.

Ins Theater mag sie nicht mehr gehen, alles erinnert sie an George, und so meidet sie all die Orte, die sie zusammen besucht haben, wo sie zusammen glücklich waren. Am liebsten spaziert sie stundenlang durch den Grunewald oder entlang des Wannsees. Hier trifft man wochentags keinen Menschen, hier kann sie ihren Träumen nachhängen, sich selbst wiederfinden.

Bellas Hündchen mit dem kuriosen Wackelgang sorgt allenthalben für Aufmerksamkeit, was sie gar nicht so sehr schätzt. Kinder bleiben auf der Straße stehen und wollen den kleinen schwarz-weißen Hund streicheln, Erwachsene fragen ständig nach der Rasse ihres Lieblings, der immer stolz mit hocherhobenem Schwanz vor ihr herläuft und es an offensichtlichem Selbstbewußtsein nicht fehlen läßt. Auch mit größeren Tieren legt Rea sich an, knurrend und fauchend läßt sie kaum einen anderen Hund an sich heran.

»Sie mag keine Hunde«, sagt sie dann bisweilen zu den erstaunten Hundebesitzern, »sie hat sich einen Menschen angeschafft, und das genügt ihr.«

In den vergangenen Jahren sind die ersten Pekinesen nach Berlin gekommen, das konnte man vielfach in der Presse lesen. Aber es waren ausschließlich braunhaarige Tiere, und es ist der größere Typus, nicht die Miniaturform wie die kleine Rea. Diese Kleinhunde waren bei den Chinesen die sogenannten Ärmelhunde, sie versteckten sich in den großen Ärmeln der Kleider und waren die Spieltiere der Prinzessinnen am Pekinger Kaiserhof. Angeblich gab es dort für jedes Kleid den Hund in der passenden Fellfarbe.

Bei einem ihrer Spaziergänge spricht sie ein Mann auf den Hund an. Er sei begeistert von dem außerordentlich schönen Tier, sagt er neben vielen anderen Dingen, die Bella hocherhobenen Hauptes gar nicht zur Kenntnis nimmt, denn ihre Erziehung erlaubt es ihr nicht, sich auf Gespräche mit fremden Männern einzulassen oder zu antworten, wenn sie auf der Straße angesprochen wird. Ungerührt geht sie weiter, obwohl der Mann intensiv ins Gespräch zu kommen versucht. Irgendwann läßt er ab, und dennoch bemerkt sie, daß er ihr in einem gewissen Abstand folgt, bis sie endlich das Haus in der Kantstraße erreicht hat.

Am folgenden Tag überreicht ihr der Hausbesorger einen Brief. »An die stolze Besitzerin des süßen kleinen Hundes«, steht anstelle der Adresse.

»Ick ha mir jedacht, det können nur Sie sein, jnä Frau«, murmelt der Mann. Bella nimmt den Brief unschlüssig entgegen, bereit, ihn ungeöffnet in den Papierkorb zu werfen. Eher zufällig fällt ihr Blick auf den Absender: »Professor Richard Müller, Kunstmaler, Akademie Dresden«.

Das erweckt ihr Interesse, und so öffnet sie den Umschlag dann doch. Das Schreiben bringt sie unerwartet zum Schmunzeln.

Verehrte Unbekannte,
nehmen Sie bitte als erstes meine aufrichtige Entschuldigung für das gestrige ungebührliche Ansprechen Ihrer Person auf der Straße entgegen. Da Sie offensichtlich – das habe ich Ihrem Benehmen entnommen – eine Dame von Stand sind, müssen Ihnen meine vielfachen Annäherungsversuche flegelhaft, ja wahrlich ungebührlich vorgekommen sein.

Dafür möchte ich mich bei Ihnen, gnädige Frau, in aller Form entschuldigen.

Allein – und aus dem folgenden mögen Sie meine lauteren Absichten ersehen, aber auch meine Erregung als Künstler, die mich alle üblichen gesellschaftlichen Regeln vergessen ließ – aufgrund meiner Faszination von Ihrem so schönen und höchst interessanten Hündchen, einer äußerst seltenen Rasse, wie ich vermute. Deshalb bitte ich hiermit untertänigst um die Erlaubnis, Ihren Hund malen zu dürfen.

Ich bin Professor der Kunstakademie Dresden, habe zahlreiche Ausstellungen beschickt und darf von mir sagen, daß mein Bekanntheitsgrad nicht gerade gering ist. Nachdem ich mich zuförderst der Griffelkunst hingegeben habe, ist die Tableaumalerei in jüngster Zeit stärker hervorgetreten. Dabei bevorzuge ich einen akkuraten, minuziös realistischen Malstil, wie er einem solch außerordentlichen Sujet mit Ihrem süßen Hund sicher zukommt.

Die Galerie Dresden hat mehrere Werke von mir angekauft, darunter das Gemälde »Meine Hunde«, das sehr viel Beachtung findet. Auch in den Museen Prag, Königsberg, Berlin und in der Kunsthalle Karlsruhe befinden sich bereits Arbeiten von mir.

Nun hoffe ich, mich hinreichend vorgestellt und mit meinem Ansinnen keine Fehlbitte getan zu haben. Ich würde mich auf eine Zeile von Ihrer Hand unendlich freuen.

Bella überlegt einige Tage, wie sie den Brief behandeln soll. Schließlich entscheidet sie sich, dem Maler zu antworten und ihm einen Besuch in ihrer Wohnung zu gestatten.

Herr Müller erscheint pünktlich, hat bereits ein paar Skizzenblätter dabei, die den kleinen Hund beim Laufen zeigen, die er »aus dem Kopf«, wie er sagt, gezeichnet hat. Man unterhält sich ein wenig, dann macht sich der Künstler mit Kohle und Papier erneut daran, verschiedene Posen der kleinen Rea zu skizzieren. Ein angenehmer Mensch, findet Bella nach dem ersten Besuch und gestattet gerne einen weiteren Termin.

So erhält sie beim zweiten Treffen ein paar Skizzenblätter als Geschenk; und eine Fotografie des fertigen Gemäldes samt einer schön ausgeführten Zeichnung, als Dank und Aufmerksamkeit folgt ein halbes Jahr später. Das Bild zeigt die kleine Rea, wie sie in einer ebenso typischen wie unnachahmlichen Haltung auf dem Boden sitzt, hinter ihr die aufgebauschte Welle eines Orientteppichs. So genau sieht es aus, wenn Rea einem Bällchen hinterherrennt und dabei den Teppich hochschiebt, denkt Bella. Der Künstler berichtet außerdem, daß das Gemälde nun in Dresden ausgestellt sei und es schon mehrere Kaufinteressenten gebe.

Bella hat sich nicht entschließen können, das Gemälde zu erwerben. »Ich habe ja das Original«, sagt sie zu sich selbst, hängt aber dennoch die gelungene Zeichnung im Salon auf.

Viele Jahre später wird sie auf einer Titelseite der Zeitschrift »Die Dame« ihre kleine Rea wiedererkennen, als Abbildung des Gemäldes von Richard Müller.

Irgendwann geht sie bei der Berliner Filiale der Silbersteinschen Bank vorbei. Kaum hat sie ihren Namen gesagt, da bittet man sie schon ins Chefzimmer, und der Zweigstellenleiter kümmert sich persönlich um sie.

»Also, es gibt gar keine Probleme, gnädige Frau«, säuselt er. Und gibt dann so beruhigende Auskünfte, daß sie weiß, sie muß sich um ihre Zukunft keine Sorgen machen. »Und das sind nur die Zinsen. Ihre Papiere, sonstigen Guthaben und Beteiligungen verwaltet unsere Zentrale in Breslau. – Da ist alles in besten Händen«, schließt der Bankangestellte verbindlich lächelnd und reicht ihr, mit vielfachen Bücklingen, zum Abschied die Hand.

Am nächsten Tag kauft sie sich ein Klavier und versucht nun täglich ein wenig an ihrer alten Fertigkeit anzuknüpfen, die sie als Kind beim Klavierspiel zeigte. Ach ja, die Clementi-Sonatinen, die erste in C-Dur, die spielen sich noch recht gut, dann Kuhlau, und schließlich erinnert sie sich des seinerzeit so beliebten Salonstücks »Das Gebet einer Jungfrau« von Thekla Bardezewska, das sie bei Besuchen besonders gern vorgeführt hatte. Sie erwirbt das Blatt in einer Musikalienhandlung und etliche andere Noten, die sie aus der Jugendzeit kennt.

»Spiel uns doch mal was Schönes vor, kleine Bella ...«, hört sie noch immer die Stimme der Mutter. Und dann sieht sie sich zum Klavier gehen, den Deckel aufklappen, die Noten zurechtrücken und mit klopfendem Herzen das Stück spielen. Natürlich wird man anschließend gelobt, aber irgendwie war ihr diese Schaustellerei auch zuwider. Dennoch denkt sie mit Wehmut an ihr Elternhaus und an den Großvater zurück. Mit diesen Gedanken und in dieser Stimmung schreibt sie einen Brief nach Hause. Aber sie erhält wieder keine Antwort.

Nur einmal noch wird sie Breslau wiedersehen, nämlich anläßlich der Beerdigung von Tante Silberstein. Vetter Max, längst im Vorstand der Familienbank, hatte eine offizielle Trauerkarte geschickt, und Bella war trotz der Betroffenheit über diese Nachricht froh, wenigstens Mitteilung bekommen zu haben. Denn wenn es noch eine Verbindung zu ihrer Familie gab, dann war es diese standfeste und gradlinige Frau. Sie war für Bella Begleiterin, Gesprächspartnerin und Vertraute gewesen. Sie hatte ihr damals nicht nur in Usedom beigestanden, sondern sie auch seinerzeit in Berlin unterstützt, bei der schwersten Entscheidung ihres Lebens. Da hatte sie ihr geraten, ihr persönliches Glück der gesellschaftlichen Konvention vorzuziehen und aus dem ehelichen Haus ihres Mannes Finkelstein auszuziehen.

Bella beschließt, an der Beerdigung teilzunehmen und damit der Tante die letzte Ehre zu erweisen, ihr Lebewohl zu sagen.

Schwarz gekleidet, den Hut mit einem großen Schleier, fährt sie in die schlesische Hauptstadt. Der Droschkenkutscher kennt den Weg zum jüdischen Friedhof in der Lohsestraße. Bevor sie aussteigt, zieht sie den Schleier tief über ihr Gesicht. Dann bleibt sie abseits der Trauergemeinde stehen, eine Fremde, die vielleicht eine Erinnerung an die Tote haben mag. Hinter mehreren Grabmälern, halb versteckt, beobachtet sie den Trauerzug. Vorneweg der Kantor, Psalmen murmelnd, dann der alte Silberstein, der gebrechlich in einem Rollstuhl sitzt. Die Tante war seine älteste Tochter. Dahinter ihre Geschwister, Silke, mit ihrem Gatten, auch schon grau und gebeugt, an der Seite ein nicht mehr ganz junger Mann, wohl ihr Sohn. In der nächsten Reihe Bruder Ruben mit Frau Eva, einer geborenen Bronski. Gleich dahinter sein Sohn Max mit Frau. Max Silberstein, der Bella einmal auf der Sederfeier küssen wollte, ist mittlerweile ein stattlicher Mann, der die Bank führt. An seiner Seite seine gutaussehende Frau mit ihren vier Söhnen; drei von ihnen in den kleidsamen blauen Bleyle-Matrosenanzügen. Der Älteste geht vorneweg, hocherhobenen Hauptes trägt er bereits die grüne Uniform der Einjährig-Freiwilligen eines Jägerregiments.

Und dann Bellas Eltern, Mutter, die jüngste Schwester Silberstein, allmählich grau und gebeugt, und Vater, alt und weiß geworden. Bella kann Erregung und Emotion nur schwer im Zaum halten. Hinter den Eltern Bruder Fritz, rundlich geworden, hält er eine hochgewachsene Blonde am Arm, daneben werden zwei Kinder, ein Junge und ein Mädchen von einem Kindermädchen geführt. Da fühlt sie sich plötzlich wirklich ausgestoßen aus der Familie und aus dem Leben derer, die kaum zwanzig Meter entfernt von ihr stehen. Sie weiß nicht mehr, wie es um ihre Eltern steht, sie kennt weder die Frau noch die Kinder des Bruders. Friedrich ist sicher in den elterlichen Betrieb eingestiegen – ob er glücklich ist?

Sie muß sich am nächsten Grabstein aufstützen, so schwer wird ihr ums Herz. Aber gleichzeitig weiß sie, daß sie trotzdem die richtige Entscheidung getroffen hat. Sie hat nicht mehr sprachlos unter der Konvention gelitten, wie vielleicht noch ihre Vorfahren, sondern ihr Leben – mit allem Anstand und auch in Pflichterfüllung – in die eigenen Hände genommen.

Wie lautete noch das kleine Gedicht, das ihr der Vater damals ins kindliche Poesiealbum geschrieben hatte?

Wenn du am Scheidewege stehst
Und Pflicht und Wunsch den Kopf verwirren,
Du wirst im Pfad nur selten irren,
Wenn du den unbequemen gehst.

In ihrem Leben war wohl ihr »Wunsch« der unbequemere Weg geworden. Dennoch bereut sie trotz des momentanen Schmerzes keine Sekunde, der Liebe zu ihrem Manne nachgegeben zu haben.

Die Obsequien sind beendet, der große Trauerzug löst sich auf, und man geht auf die Hauptallee zum Eingangstor zurück.

Plötzlich, in ein paar Schritten ist Vetter Max bei ihr. »Du mußt Bella sein«, flüstert er, und als sie nickt, fügt er hinzu: »Ich danke dir, daß du gekommen bist.« Bella drückt ihm stumm die Hand, der Schmerz drückt ihr die Kehle zu. Sie läßt den Schleier unten und bittet den Droschkenkutscher, der vor dem Friedhof gewartet hat, durch die Kaiser-Wilhelm-Straße zur Schweidnitzer Straße zu fahren. »Welche Hausnummer, gnä' Frau?« fragt der Mann. »Fahren Sie nur langsam durch die Straße – ich möchte sie kennenlernen.«

Stumm fährt sie am elterlichen Haus vorbei, blickt die Fensterfront empor und erinnert sich plötzlich des Speisezimmers im zweiten Stock halblinks, von dem aus sie einmal die Kürassiere gesehen hat. »Zur Gitschiner Straße«, gebietet sie dem Kutscher, als sie das Rondell mit dem Denkmal Kaiser Wilhelms I. erreicht haben. Sie wirft einen letzten Blick auf das ehemalige Höhere Töchterinstitut für Mädchen Israelitischen Glaubens. Frau Mendelsohn ist lange tot, Büros und Kontore haben heute die Räume in dem ein wenig heruntergekommenen Gebäude bezogen.

»Und nun hinaus zur Liebichshöhe.« Der Kutscher schüttelt den Kopf, sagt aber nichts, ist in seinem Gewerbe doch der Kunde König.

Sie steigt nicht aus, der schiere Anblick genügt ihr. Die Erinnerungen bleiben das einzige, was uns niemand nehmen kann, denkt sie und meint Vaters Stimme zu hören, der ihr hier einmal die Welt erklärt hat.

Das Sommerhaus der Familie – Hübschels Paradiesgarten – ist nicht leicht zu finden. Aber Bella ist diesen Weg mit dem Landauer, mit der Chaise, ja manchmal auch mit dem kleinen Einspänner, so oft gefahren, daß sie den Kutscher problemlos einweisen kann. »Fahren Sie nur über die Brücke, am Stadion vorbei und immer weiter in die Auenwälder hinein«, befiehlt sie.

Und dann fährt der Wagen die lange Mauer entlang, bis das große schmiedeeiserne Tor erscheint. Der große gepflegte Park sieht noch genauso aus wie zu ihrer Kindheit, das schöne Holzhaus mit den zierlichen Türmchen und den Schnitzereien im russischen Stil ist inzwischen neu gestrichen und renoviert worden. Nun fährt Bruder Fritz wohl mit seinen beiden Kleinen des Sonntags hier hinaus. Ob die Schabzigs noch immer hier wohnen und für Ordnung sorgen? denkt sie, aber sie wagt nicht auszusteigen. Alles wirkt so, als sei sie gestern noch hier gewesen. Selbst die Schaukel befindet sich noch am gleichen Platz. Spontan springt sie dann doch aus der Droschke, geht den Zaun entlang, während unter ihren Füßen die halbtrockenen Eicheln krachen, welche die alten Bäume abgeworfen haben. Ach, und da in der Mitte der schönen Wiesenfläche steht immer noch die große mächtige Blutbuche. Da hatte der altgewordene Großvater ihr einmal Bucheckern geknackt und zu essen gegeben, aber sie hatten ihr nicht geschmeckt. Erst viel später hatte sie begriffen, was diese Bucheckern für ihn bedeuteten; sie hatte seine Emotion, ja Rührung, die ihn beim Anblick und beim Knacken dieser kleinen Früchte überkam, damals nicht verstanden, nicht verstehen können. Auch die kleinen Dinge sind wertvoll, auch das Unscheinbare kann überlebenswichtig sein, weiß sie jetzt.

»Und nun nochmals zurück zum jüdischen Friedhof.« Der Kutscher schüttelt stumm den Kopf. In die Ecke der Chaise gedrückt, spürt sie während der ganzen Fahrt die Schaukelbewegungen des Wagens, und sie erinnert sich an so viele Fahrten hierher während ihrer Jugend. Wie ein kleines Kind rollt sie sich zusammen, während Trauer und Schmerz sich langsam in ihrem Herzen ausbreiten. Am Haupttor bittet sie den Kutscher, erneut zu warten.

Dann schlendert sie zur Grabstätte ihres Großvaters und legt einen kleinen Stein auf eine der Balustraden, wie es jüdische Sitte ist. Resigniert blickt sie über die leeren, ausgesparten Flächen des großen Grabmals; hier werden die Eltern auch einmal begraben werden, der Bruder, seine Kinder ... – Nur für mich ist kein Platz vorgesehen, ich werde hier niemals ruhen.

Dann geht sie zum Blumenstand, kauft eine Blume und legt sie zusammen mit einem Stein auf das frische Grab der Tante. Dann dreht sie sich abrupt um. »Zum Zentralbahnhof bitte«, fordert sie den Droschkenkutscher auf und verläßt mit dem nächsten Zug Breslau. Es ist das letzte Mal, daß sie die Familie und ihre Heimatstadt gesehen hat.

Die Zeit verrinnt langsam für Bella in ihrer großen schönen Wohnung. Sie liest viel, aber nicht mehr wie früher »Über Land und Meer« oder andere Fernwehzeitschriften, die von der weiten Welt, von fremden Völkern und fernen Stätten berichten. Das hat sie ja alles selbst gesehen und kennengelernt. Eher hat es ihr die Literatur angetan und neuerdings sogar die moderne Kunst. George war kein großer Kunstliebhaber gewesen; sie entdeckt nun dieses Gebiet neu für sich. Eine Ausstellung mit Gemälden und Zeichnungen von Max Liebermann fasziniert sie. Und seine neuen realistischen Themen wie »Der Kirchgang in Laeren« oder »Die Gänserupferinnen« schulen nicht nur ihren Blick, sondern auch das Gefühl, daß die pompöse Salonmalerei des vergangenen Jahrhunderts vorüber ist. All die wuchtigen Bilder, die in ihrem Elternhaus hingen, die pseudoholländischen Bauerndarstellungen, die Früchtestilleben und die Wassernixen, die Bella immer schon häßlich fand, sie haben sich überlebt, und neue Malschulen sind an ihre Stelle getreten.

Auch kunstgewerbliche Ausstellungen des neuen Stils, den man jetzt nach dem Namen der Münchner Zeitschrift »Die Jugend« nur einfach »Jugendstil« nennt, findet sie interessant. Das finkelsteinsche Berliner Haus hatte ein damals völlig unbekannter junger belgischer Architekt namens van de Velde gebaut und eingerichtet. Ein Freund von Finkelstein, ein gewisser Herbert Esche aus Chemnitz, hatte ihn empfohlen und sich später selbst eine Villa von dem gleichen Architekten bauen lassen. Jetzt gilt dieser van de Velde als einer der Großen der neuen Kunstrichtung und ist in aller Munde. Über die Villa Esche hat sie schon einen ausführlichen Bericht in einem der Gesellschaftsblätter gelesen, und sie erkennt die Stilverwandtschaft mit dem Hause in Berlin, in dem sie einmal als Frau Finkelstein lebte, einsam war und gelitten hat, wie sie sich eingesteht.

Eines Tages fasziniert sie ein großer Bericht, auf den sie zufällig in der Zeitschrift »Die Dame« stößt. »Moderne Kunst in Breslau« heißt die Überschrift. Da wird ein großes »Stadtpalais voller Kunst« beschrieben, da gibt es Fotos von Gemälden, Bilder von Innenansichten ... es dauert wirklich einige Augenblicke, bis sie sich klar wird, hier wird von ihrem Bruder Fritz berichtet, all diese Gemälde hängen in den Räumen, in denen sie aufgewachsen ist.

So hat er doch in dieser Form und auf diese Weise seinen eigenen Weg gefunden, denkt sie leicht amüsiert und fragt sich gleichzeitig, wo die alten Eltern jetzt wohnen mögen. Aber dann faszinieren sie wieder die Fotos der Kunstwerke, die jetzt in ihrem ehemaligen Elternhaus hängen.

Landschaftsbilder von Max Wislicenus, ein Erich Erler und ein Eugen Spiro ... aha, eine moderne Skulptur von Ignatius Taschner steht jetzt im Zentrum des großen Treppenaufgangs. Professor Taschner, so ist zu lesen, kam aus München und betreut die Bildhauerklasse der neuen Breslauer Kunstakademie.

Der Galerist Arthur Lichtenberg habe ihn anfänglich bei den ersten Ankäufen heimischer Künstler beraten, berichtet der Sammler dem Magazin, neuerdings jedoch begeistere sich Fritz Hübschel, ebenso wie sein Sammlerkollege, der Bankier Max Pringsheim, für die französische Schule von Barbizon, wird weiter in dem Bericht geschildert.

Ach, siehe da, der Pringsheim-Sohn«, erinnert sie sich wehmütig. Der war damals auch auf dem großen Ball gewesen. Ich glaube, er hat sogar einmal mit mir getanzt, grübelt sie kurz, bevor sie weiterliest.

Gemeinsam mit Carl Sachs, der in jüngster Zeit zwei Courbets und andere Impressionisten erworben habe, und Toni und Albrecht Neisser plane man sogar, demnächst im renommierten Künstlerbund Schlesien unter dem Vorsitz von Theodor Gosen eine Ausstellung zeitgenössischer französischer Kunst aus eigenen Beständen zu zeigen.

Da ist sie doch wieder einmal stolz, eine geborene Hübschel zu sein, aus einer erfolgreichen Familie zu stammen, die nicht nur dem Vaterlande einen großen Dienst erwiesen hat mit ihrer Erbswurst, sondern in der dritten Generation auch die schönen Künste fördert.

Eines Tages wird sie noch einmal ganz intensiv mit George und ihrem Leben mit ihm konfrontiert. In großer Aufmachung bringen die Berliner Zeitungen die Feiern zum Hundertjährigen Jubiläum des 1. Gardedragonerregiments Queen Victoria. Die englische Königin ist Ehrenkommandeur des Regiments, das vor einhundert Jahren im Kampf gegen Napoleon gegründet wurde. Derzeit feiert es seinen Ehrentag.

Wie passend für das Regiment, das ich führe, daß ausgerechnet Queen Victoria unser Chef ist, hatte George früher mehr als einmal betont. Er hatte doch, durch Blut und Neigung, so einen Hang zu Großbritannien, erinnert sich Bella lächelnd.

Die Hundertjahrfeier wird mit allem Pomp begangen. Der Kaiser selbst hat sich angesagt, Paraden, Festbankette und Defilees wechseln sich ab, und der Höhepunkt soll die Enthüllung eines Denkmals sein, mit den Namen aller Offiziere dieser einhundert Jahre.

Etliche Wochen später kommt sie zufällig an der Kaserne in der Belle-Alliance-Straße vorbei. Da steht der hohe steinerne Obelisk, bekrönt mit dem Preußenadler und der vierseitigen Umschrift: »Allen Kameraden – 1810 bis 1910 ewiges Gedenken – 1. Gardedragonerregiment – Queen Victoria«. Und darunter in goldenen Lettern die Namen aller Offiziere mit ihrem Dienstgrad. Eher zufällig geht sie um den Stein herum und sucht bei »R« nach dem Namen ihres Mannes. Schockiert stellt sie fest, daß er fehlt. Sie kann es kaum fassen, liest alle Namen, findet von Kitzingen, Dr. Nachmann und noch einige andere, an die sie sich erinnert – nur Georges Namen nicht; man hat ihn getilgt.

Nun ist sie geradezu froh, daß er diese Schmach nicht miterleben mußte – gleichzeitig regt sich in ihr so etwas wie Stolz, aber auch Wut; diesen Makel wird sie, legitime Ehefrau des Rittmeisters und späteren Majors Georg Heinrich Werner von Räckwitz, auszulöschen wissen. Noch weiß sie nicht wie, aber ihr Wille, etwas zu tun, wächst mit jedem Tag. Und sie spürt die Verpflichtung, das Ehrenschild derer von Räckwitz' wieder reinzuwaschen.

46

Das Frühjahr läßt in diesem Jahr lange auf sich warten, immer wieder Schneefall, Matsch und vereiste Straßen. Da fällt ihr Goethes »Italienische Reise« in die Hände, und schon steht ihr Entschluß fest: Sie wird Italien besuchen, die Museen in Florenz besichtigen –, auf jeden Fall aber den italienischen Frühling genießen.

Die Agentur Cook ist auf solche Wünsche spezialisiert. Man kann den Salon- oder Schlafwagen buchen, sogar ein eigenes Logierabteil, und erstklassige Hotels reservieren lassen. Rundfahrten können arrangiert, Führungen gebucht werden; Thomas Cook, der englische Reisespezialist, erfüllt seit kurzem auch in Berlin die ausgefallensten Passagierwünsche. Das Bureau befindet sich auf der Friedrichstraße. Dort empfängt man Frau von Räckwitz auf das freundlichste und verspricht, binnen kurzem eine entsprechende Reiseroute auszuarbeiten und alles per Depesche zu reservieren.

Einen gültigen internationalen Paß besitzt Bella noch von ihren Ägyptenreisen, und um die Visa für eine Lust- und Bildungsreise durch Österreich und für Italien kümmert sich

Cook. Zum ersten Mal seit langer Zeit packt Bella wieder einen Schrankkoffer – vom Trauerschwarz verabschiedet sie sich und nimmt statt dessen ihre helle und freundliche Frühlingsgarderobe mit. Als sie am Anhalter Bahnhof eine Woche später in den eleganten internationalen Fernzug der Deutschen Reichsbahn, Berlin–Roma Termini, einsteigt und ihr der Waggonschaffner unter zahlreichen Bücklingen das persönliche Abteil zuweist, spürt sie, daß sie die richtige Entscheidung getroffen hat. Hinter ihr bringt ein Dienstmann den geliebten kleinen Tageskoffer ins Abteil und schleppt anschließend den großen Schrankkoffer zum Packwagen. Die kleine Rea hat sie selbst auf dem Arm.

Das Reisen macht sie leicht, sie freut sich auf das Neue, das Unbekannte, das sie in Italien erwartet. »Die Lust des Reisens ist das Reisen«, hatte ihr ein Freund in Kairo einmal erklärt. In diesen ersten Stunden in dem angenehm warmen Abteil, bedient von einem aufmerksamen Wagenschaffner, mag sie dieser Sentenz gerne zustimmen.

Bella blickt hinaus, das Pekinesenhündchen hat es sich wieder auf ihrem Schoß gemütlich gemacht. Draußen fliegt die schneekalte Welt vorbei, sie läßt sich tragen vom gleichmäßigen Stampfen der Dampfmaschine und hört mit stillem Vergnügen ab und an dem Pfeifen der Lokomotive zu. Am Abend wird das Coupé unter den geschickten Händen des Schaffners zum Schlafabteil, während sie im Speisewagen das Essen einnimmt, und als es nach einer ruhigen, durchfahrenen Nacht wieder Morgen wird, sieht sie um sich herum das Alpenpanorama in seiner majestätischen, verschneiten Schönheit. Je mehr es in den Tag hineingeht, um so freundlicher wird der Ausblick aus dem Wagenfenster, der Schnee verschwindet, frisches Grün erscheint, und dann ziehen erste blühende Mandelbäume vorbei, und als sie am späten Nachmittag in Florenz ankommt, kann sie den schweren Wintermantel gleich dem wartenden Hausdiener des Grandhotels Principe übergeben.

Firenze – schon der Name klingt nach Süden. Das Hotel hat eine bezaubernde Aussicht über die Stadt am Arno, die Zimmer sind plüschig, aber vornehm ausgestattet.

Das quirlige italienische Leben, die melodischen Sprachfetzen der Einheimischen ebenso wie die ausgreifende Gestik der Menschen hier ziehen sie in ihren Bann, nehmen sie völlig gefangen; das lebhafte südliche Flair, die angenehmen frühlingshaften Temperaturen lassen sie das kalte Berlin schnell vergessen.

Am andern Morgen ein erster Rundgang. Nur wenige Schritte vom pompösen Eingang des Principe nehmen sie schon die verwinkelten Gassen der Altstadt auf. Kurze Zeit später tritt sie auf einen viereckigen Platz, der von einer imposanten Kirche beherrscht wird. Mächtige Säulen markieren den Eingang, und gewaltige Figuren zieren den First. An den übrigen drei Seiten des Platzes sieht man imposante Renaissancepaläste mit endlosen Fensterreihen und mächtigen Toren, bisweilen beidseitig flankiert von antiken nackten Götterfiguren. Aber das schönste ist der Blumenmarkt mitten auf dem Platz. Einfache Stände mit zahllosen Kübeln und ein Blumenmeer in allen Farben erheitern Bellas Gemüt. Aber es bleibt ihr wenig Zeit zu beschaulicher Betrachtung – immer wieder wird sie angestoßen, vorwärts gedrängt, mitgerissen, ohne es zu wollen findet sie sich in einem sich ständig bewegenden Menschenstrom wieder.

Über dem ganzen Platz liegt ein melodisches Brausen, eine unbestimmbare Lautmalerei, gleich einem hohen Singsang. Es ist das helltönige, vielfache Sprechen, Schreien, Rufen und Diskutieren aus tausend Frauenkehlen. In Ägypten hat sie ähnliches im Souk erlebt, aber da war es das dunkle Raunen von Tausenden von Männerstimmen, hier gleicht es eher einem Vogelzwitschern, dem Tirilieren der Tauben, die in Scharen über dem Platz kreisen.

Unmittelbar vor einem Stand scheinen sich zwei Frauen zu streiten. Lautstark und gestenreich ist die hitzige Unterhaltung. Bella spürt die Spannung in der Luft.

Und dann erklingt plötzlich von irgendwoher ein Glöckchen – mit einem Schlag verstummt das Brausen. Sie blickt um sich, sieht, daß die Menschen um sie herum in die Knie sinken; aus der Kirche, die hohen Treppen hinabschreitend, erscheint ein Knabe in langem rotem Talar und weißem Spitzenüberhemd. Er trägt in der einen Hand das Glöckchen, in der anderen Hand, trotz des hellen Tages, eine brennende Laterne. Dahinter ein älterer Mann, vermutlich ein Priester. Er hat einen schwarzen Talar, darüber ebenfalls ein weißes Spitzenhemd und einen langen violetten Schal um die Schultern. Auf dem Kopf einen merkwürdigen schwarzen Vierkanthut mit halbrunden Schwüngen und einer Quaste in der Mitte. Irgendetwas Viereckiges, ähnlich einer Burse, trägt er vor der Brust und macht damit eine Bewegung, die man wohl Segen nennt. Die beiden kommen immer näher, Bella sieht, daß sie als einzige noch steht, da zieht sie auch schon eine fremde Frau fordernd am Kleid und bedeutet ihr, sich ebenfalls hinzuknien. Etwas unwillig geht sie in die Hocke.

»Corpus Domini – corpus Domini«, murmelt der Priester, woraufhin die Anwesenden mit der Rechten ein Kreuz zeichnen. Das Glöckchen erstirbt, verschwindet in einer Gasse, alle stehen auf, und im nächsten Augenblick schwebt das gleiche hohe Zwitschern wieder über den Ständen, den Blumen und den Menschen. Die beiden Frauen streiten weiter in gleicher Intensität, als sei nichts geschehen.

Für die nächsten Tage mietet sich Bella einen Deutsch sprechenden Stadtführer, Signore Luigi, der ihr die Bauten, Renaissancepaläste, Uffizien und die zahllosen Kirchen erklärt, von denen sie den Eindruck hat, daß sie alle »Santa Maria della irgendwas« heißen. Er ermöglicht auch Eintritte in Museen, zeigt ihr die toskanische Landschaft.

Am Abend an der Table d'hôte kommt sie mit einem englischen Ehepaar ins Gespräch. Die beiden erzählen begeistert von San Gimigniano, der befestigten Stadt auf dem Hügel und den interessanten Geschlechtertürmen, die Bella daraufhin auch besichtigen will. Ein Wagen wird gemietet und hinausgefahren in den blühenden italienischen Frühling. Und während der Führer seine Erklärungen gibt und die Sonne die liebliche toskanische Landschaft überstrahlt, setzt sich eine Idee in ihrer Seele fest: Geschlechterturm – Gedächtnisturm.

Für den Rest des Tages ist sie nicht mehr bei der Sache. Ein Gedanke beginnt sich in ihr mehr und mehr zu festigen: Wie wäre es, einen Räckwitz'schen Gedächtnisturm zu bauen?

47

Auf der Rückfahrt von Florenz blättert sie eher gelangweilt in der neuesten Ausgabe der Zeitschrift »Die Dame«. Dort findet sie einen Bericht über verschiedene Entwürfe zur Errichtung eines Völkerschlacht-Denkmals bei Leipzig. In zahlreichen Zeichnungen wird der gewaltige Bau geschildert; besonders die Entwürfe eines noch sehr jungen Architekten werden gelobt. Bella hat jetzt nur noch Augen für repräsentative Türme, und als sie im Text den Namen des Architekten erfährt, glaubt sie, einen kleinen Schritt in Richtung ihrer Träume getan zu haben. Aber es soll noch einige Zeit vergehen, bis sich eine Vorstellung, ein Konzept, ein Plan immer stärker herausschält – einen Von-Räckwitz-Turm, das ist es, was sie, zu Ehren ihres Mannes, errichten will.

Plötzlich entdeckt sie in allen möglichen Zeitschriften Abbildungen der gerade in Mode kommenden Bismarcktürme. Dabei trifft sie immer wieder auf den Namen des Düsseldorfer Architekten Kreis, offensichtlich ein Spezialist für derartige Denkmäler.

Wo er denn stehen soll, dieser Räckwitzturm ihrer Phantasie, darüber hat sie bisher kaum nachgedacht.

Darüber geht der Sommer ins Land, und als der Herbst die Platanen in der Kantstraße bunt zu färben beginnt, entschließt sie sich zu einer Kur in Baden-Baden. »Zwar wird mich auch dort jeder Stein an George erinnern«, sagt sie zu dem Arzt, der ihr die Kur empfiehlt, aber die dortige, allseits gerühmte Wasserkur will sie sich dann doch nicht entgehen lassen. »Setzen Sie sich dem Andenken an Ihren Gatten bewußt aus – Sie müssen damit leben lernen. Gehen Sie die alten Wege, die Sie früher gemeinsam gegangen sind. Es werden Wege der Erinnerung, aber auch der Verarbeitung Ihrer Trauer. Nehmen Sie Ihr Schicksal nicht mehr nur passiv leidend hin, sondern leben Sie aktiv den Abschied«, diese Worte hatte ihr der Arzt mit auf den Weg gegeben.

Also, wieder Baden-Baden, »die Sommerhauptstadt Europas«,

wie der Vater einstmals sagte. Baden-Baden, wo sich »gallischer Esprit und deutsche Gemütlichkeit paaren«, wie George bei ihrem ersten Besuch festgestellt hatte. Er meinte damit nicht nur die vom französischen Geist inspirierten Bauten, sondern die gesamte Atmosphäre, die durch die Nähe zu Frankreich geprägt sei. Als sie zum ersten Mal wieder durch die Lichtentaler Allee spaziert, scheint es ihr, als gehe er noch immer an ihrer Seite. Gemeinsam bewunderten sie damals die Villen der Fürsten Meschnikow und Kreptowitsch, die großen Häuser etlicher anderer russischer Nobilitäten. Hier kurte Dostojewski, liest sie in den Kurprospekten, hier spielte er im Casino und verlor alles. Hier entstand die Idee zu seinem Roman »Der Spieler«. Aber auch Turgenjew kehrte hier ein, und Brahms komponierte ebenfalls an diesem Ort.

Nein, sie will nicht noch einmal im Hotel Meßmer wohnen, trotz der angenehm zentralen Lage in der Nähe des Konversationshauses, der Musikpavillons und der eleganten Ladenzeile, in der man so hübsche kleine Dinge erstehen kann. Denn hier endete ihre große Hochzeitsreise.

Diesmal geht sie ins Hotel Stephanie, das sich nach dem Umbau aufs feinste und nobelste präsentiert. Glücklicherweise muß sie sich über die Kosten keine Gedanken machen.

Bella ist eine reiche Dame der besten Gesellschaft, der adelige Name garantiert ihr die erwünschte Aufmerksamkeit, und hier gibt es weder hämische Blicke noch Tuscheleien hinter ihrem Rücken.

Täglich besucht sie das Friedrichsbad, die säulengeschmückte Trinkhalle. Sie wandert gerne durch die Arkadenreihe der sechzehn korinthischen Säulen. Dabei grüßt sie im stillen die Büste Wilhelms I. vor dem Eingang, den Kaiser, den ihr Vater so geschätzt hatte.

Kurkonzerte und Spaziergänge entlang der Oos füllen ihren Tag aus. Beim Bahnhof liegt der neu angelegte Golfplatz. Bella beobachtet nahe der Übungswiese die Schläge einiger Briten und der ersten Deutschen, welche dieses Spiel neuerdings mit Ausdauer betreiben. »Interessant, aber kurios, nichts für Damen« ist ihre Einschätzung dieser scheinbar gerade in

Mode kommenden Sportart aus dem britischen Königreich. Da bleibt sie lieber ihrem Tennis treu und spielt ab und zu mit einem der angestellten Tennislehrer auf dem Platz des Hotels.

Mittlerweile gibt es auch motorgetriebene Gesellschaftswagen, mit denen man Ausflüge in die Umgebung machen kann. So fährt sie zur Ebersteinburg, ein andermal zu den Geroldsauer Wasserfällen und der Mühle, später auf die ersten Schwarzwaldhöhen über Bühl hinauf bis Plättig und zum Hotel Sand. Hier spaziert sie stundenlang mit Rea, bewundert die mächtigen Felsvorsprünge und seltsam geformten Felsentürme, auf denen bisweilen kleine Aussichtshütten stehen. Diese Landschaft erinnert sie ein wenig an die Sächsische Schweiz, an ihren damaligen Ausflug mit George, auch an die Diskussion um das »Gelobte Land«. Der nach Bühl steil abfallende Berghang des Kohlberg unweit Plättig hat ähnlich bizarre Felsformationen, wie sie sie damals unweit Dresden gesehen hatten. Auch dort schaut man in eine weite Ebene.

Hier oben sitzend, in die endlose Weite des Rheintals schauend, kommt es ihr in den Sinn, unweit dieser eleganten internationalen Stadt, wo sie so glücklich war, wo sie vielleicht auch in Zukunft einmal selbst leben könnte, ihren Traum zu verwirklichen. Dieser letzte Gedanke, noch sehr unklar erst, festigt sich im Laufe der kommenden Tage zu einem konkreten Plan.

Sie nimmt Kontakt mit dem Architekten Kreis auf, ebenso mit der Stadt Bühl, Besitzer dieses felsigen Waldstücks. Sie erklärt, sie sei fest entschlossen, oben am Felsabhang, unweit Plättig, einen Räckwitzschen Gedächtnisturm zu bauen. Die frühere Energie, die alte Spannkraft scheint sie aufgrund des gewünschten Vorhabens wieder zu beflügeln. Endlich hat sie ein Ziel, für das es sich zu leben lohnt.

Bei einem ihrer Spaziergänge durch die Lichtentaler Allee hört sie plötzlich hinter sich halblaut ihren Namen. »Frau von Räckwitz? Sind Sie nicht Frau Bella von Räckwitz?« Erstaunt wendet sie sich um und blickt direkt in ein gebräuntes Gesicht mit dunklem Vollbart.

»Dr. Adanoff – wenn ich nicht irre«, meint sie ohne viel Enthusiasmus, ohne große Wiedersehensfreude in ihrer Stimme.

Aber der Arzt spürt ihre ablehnende Haltung nicht oder läßt sich zumindest nichts anmerken. »Gestatten, daß ich Sie ein paar Meter begleite?« fragt er leichthin und plaudert direkt los. Er sei derzeit auf Urlaub und wolle sich in Baden-Baden erholen. In den folgenden Tagen trifft man sich mehrmals, denn Bella ist zu dem Entschluß gekommen, daß seine Begleitung immer noch angenehmer sei als das stete Alleinsein. So trifft man sich bisweilen im Wandelgang, am Nachmittag beim Kurkonzert oder auch wieder einmal im Kurpark. Nach einigen Tagen beschließt man, bei schönstem Herbstwetter, gemeinsam hinauszuwandern, um die Höhen des Schwarzwalds zu erkunden. Zuerst geht es zum Schwanenwasen, dann nach Plättig, schließlich führt sie den Arzt zum Kohlberg und den bizarren Kohlbergfelsen. Hier oben, bei phantastischer Sicht hinunter auf die Dörfer und zu den fernen Bergen der Vogesen, enthüllt Bella ihm ihre Pläne. Adanoff, sichtlich beeindruckt, versteht ihre Beweggründe und bewundert ihre Tatkraft, aber »verzeihen Sie, wen wird es in Berlin oder in Breslau, auf Groß-Räckwitz oder in London, geschweige denn in Kairo interessieren, wenn hier auf einsamer Höhe ein Räckwitzturm entsteht?« gibt er zu bedenken. So spricht man tagelang über den Standort, bis Adanoff ihr einen anderen Vorschlag unterbreitet. »Was halten Sie von der Idee, wenn Sie, gnädige Frau, mit Ihren finanziellen Möglichkeiten ein Genesungsheim errichten würden, hier auf dem Kohlberg? Ein Genesungsheim für Offiziere seines Regiments oder allgemein für erholungsbedürftiges höheres preußisches Militär.« Er macht eine bedeutungsvolle Pause und fährt dann nachdenklich fort: »Ich bin mir sicher, Unsere Allerhöchste Majestät würde eine solch hochherzige Tat sehr ästimieren und wohl auch honorieren. Man müßte natürlich den Plan erst einmal an allerhöchster Stelle vorlegen, und ...«, wieder macht er eine Pause, »SKH müßte die Idee persönlich gutheißen und genehmigen«, beeilt er sich hinzuzufügen.

In dieser Nacht liegt Bella lange wach. Wieder einmal denkt sie an George, diesmal an ihre erste Begegnung auf Usedom, damals war auch er in einem dortigen Offiziersgenesungsheim gewesen. War ein solches Haus vielleicht doch die bessere Idee, ihrem geliebten Mann ein Denkmal zu setzen?

In den folgenden Tagen erweist sich Dr. Adanoff als kompetenter, gut beratender Gesprächspartner. Was bedeutet das überhaupt genau, ein Genesungsheim? Welche Kriterien müßte dieses Haus aufweisen? Welche baulichen und personellen Voraussetzungen müssen erfüllt werden? Nicht zuletzt stellt sich die Frage der Kosten eines solchen Unternehmens.

Briefkontakt mit dem Architekten, ob er ein solches Haus zu planen und zu kalkulieren imstande sei; ein Brief auch nach langer Zeit an Vetter Max Silberstein mit Erkundigungen nach dem Stand ihres Vermögens. Dr. Adanoff schlägt eine Fahrt nach Bad Homburg bei Frankfurt vor, dort existiere eine solche Einrichtung. Als ehemaliger Stabsarzt könne er ihr sicherlich dort Zutritt verschaffen. Nach diesem Besuch, der Besichtigung und einem Gespräch mit dem medizinischen Leiter ist Bella begeistert; ja, ein solches Heim will auch sie errichten, allerdings noch eleganter, noch feiner, noch exklusiver.

Zurück in Baden-Baden muß Dr. Adanoff sich bald verabschieden; sein Urlaub ist zu Ende. Aber man beschließt, in Kontakt zu bleiben. Ihre Skepsis ihm gegenüber ist zwar noch immer nicht ganz gewichen, aber immerhin hat er ihr eine große Chance eröffnet und verfügt über gewisse Beziehungen in Berlin.

Kurz vor ihrer Abreise trifft der Architekt Kreis in Baden-Baden ein, gemeinsam wandert man auf dem Kohlberg, erörtert die Möglichkeiten eines solchen Baus. Dabei hat Bella mehrfach von ihrem Florenzbesuch erzählt, von den beeindruckenden Palästen der Stadt und von einem großen kolorierten Stich, den sie damals in Florenz erworben hatte: Das Bild zeigt ein barockes Jagdschloß in der Nähe von Turin, Wohn- und Residenzschloß der regierenden italienischen Könige aus dem Hause Savoyen. »Sie werden es in Ihrer Literatur sicherlich finden«, erklärt Bella dem Architekten ein ums andere Mal. »In diesem Stile könnte ich mir die zu errichtende Anlage hier auf dem Kohlberg gut vorstellen.«

Nur wenige Tage später erhält sie Post von ihm, eine positive Antwort, und erste grobe Aufwandsberechnungen, ebenso die Größe des Baukörpers, die Anzahl notwendiger medizinischer Räume, die Gesellschaftsräume, nicht zuletzt die Anzahl und Größe der Zimmer. Auch Vetter Max schreibt sehr positiv, er bedaure, daß Bellas Familie ihre konservative Haltung nicht ändern könne, dankt nochmals für ihren damaligen stillen Besuch am Grabe. Was ihre finanzielle Situation betrifft, so glaube er nicht, daß Bella ihr Vermögen jemals aufbrauchen könne. Ein kurzes Zahlenwerk der angelegten Werte und Beteiligungen samt jährlich zu erwartenden Zinsen liest sich so erfreulich, daß für Bella der Entschluß endgültig feststeht, dieses Haus – im Geist sieht sie es eher als Schloß – zu bauen.

An einem der letzten Tage in Baden-Baden nimmt sie nochmals Kontakt mit der Stadt Bühl, Besitzer der ins Auge gefaßten felsigen Aussichtslage auf, diesmal mit konkreten Absichten. Ein Verkauf scheint möglich, Einzelheiten müssen geklärt, Bedingungen abgesprochen werden.

Zurück in Berlin, erwirkt sie ein Zusammentreffen mit von Kitzingen. Der General versichert ihr mehrfach, ihr noch immer gewogen zu sein, hört sich die, wie er sagt, »völlig verrückte Geschichte« an und scheint von der Idee ebenso fasziniert wie vorsichtig bezüglich einer Realisierung. Was er Bella nicht sagen kann, ist die Tatsache, daß Kaiser Wilhelm II. seit jeher wenig Sympathie für von Räckwitz hegt. Das hängt wohl mit dessen englischer Mutter und deren enger Beziehung zu des Kaisers ungeliebter Mutter, Kaiserin Victoria Friedrich, zusammen. Diese Abneigung wurde auch während Räckwitz' Militärlaufbahn nicht geringer, umgab dieser sich doch allzugerne mit einem englischen Flair, was der Kaiser nicht ausstehen konnte. Nicht zuletzt sein früher Abschied, die Heirat mit einer Geschiedenen, dazu auch noch Jüdin ... – von Kitzingen kann sich nur allzugut vorstellen, wie Seine Majestät bei Nennung des Namens reagieren würde: »Räckwitz?«, gedehnt und durch die Nase gesprochen. »Wir wüßten nicht, was Wir mit ihm zu schaffen hätten.«

So versucht er Bellas Begeisterung erst einmal zu bremsen.

»Sie wissen, verehrte Frau von Räckwitz, der Kaiser muß einem solchen Unternehmen seine persönliche Zustimmung geben, und man weiß, daß er kein großer Freund zivilistischer Aktivitäten ist.« Bella dringt in ihn, seinen Einfluß geltend zu machen. Von Kitzingen wehrt lachend ab. »Da überschätzen Sie aber meine Möglichkeiten, gnädige Frau.« Immerhin schlägt er vor, ein Gesuch an den Kaiser zu schreiben und auf jeden Fall Zweck und Bestimmung darzulegen, Architekturentwürfe zu präsentieren und natürlich die Überlassungsmodalitäten an das Offizierskorps klar zu definieren.

48

Der Architekt hat erste Entwürfe eines repräsentativen Baus im Stile des italienischen Barockjagdschlosses gezeichnet, dazu etliche Detailvorschläge und einige Innenansichten gesandt. Sie werden dem Gesuch an den Kaiser beigelegt, und dann heißt es nur noch warten.

Wieder ein kalter Winter in Berlin, aber in diesem Jahr ist Bella glücklich, trotz des ungeduldigen Wartens auf das Ergebnis des kaiserlichen Bescheids. Sie sammelt Fotos von repräsentativen Gebäuden, um daran eigene Vorstellungen präzisieren zu können. Sie liest Aufsätze in modernen Architekturzeitschriften, entwickelt eigene Ideen zu einem Innenhof, in dem sie, vielleicht mit einem Denkmal, ihren Mann ehren will. In zahlreichen schriftlichen Aufzeichnungen hält sie ihre persönlichen Anregungen für die Inneneinrichtung der Salons und Gesellschaftsräume fest.

Dann flattert endlich der Brief des kaiserlichen Hofmarschallamts ins Haus:

Seine Kaiserliche Majestät geruhen allergnädigst das Vorhaben auf dem Kohlberg, Nähe Baden-Baden, gutzuheißen. Man habe die Unterlagen der entsprechenden Abteilung des kai-

serlichen Generalstabs und der medizinischen Aufsicht übergeben. Dort möge man auch zu gegebener Zeit um eine Abnahme und Betriebsgenehmigung zum vorgesehenen Zweck nachsuchen. Seine Kaiserliche Majestät jedenfalls wünsche dem Vorhaben einen positiven Verlauf.

Das ist beinahe mehr, als sie sich erhofft hat; voller Glück schreibt sie einen ersten Brief an Dr. Adanoff, einen weiteren an den Besitzer des ins Auge gefaßten Grundstücks samt umgebendem Wald, daß sie den bereits vorbesprochenen Kauf nun tätigen wird, und schließlich teilt sie dem Architekten in Düsseldorf ihr Kommen mit.

Man versteht sich, wie schon in Baden-Baden, auch diesmal auf Anhieb, der große weißhaarige Mann scheint der Richtige zu sein, ihre hochfliegenden Pläne umsetzen zu können.

Gemeinsam fährt man nochmals nach Baden-Baden und zum Kohlberg hinaus, nimmt das vorgesehene Areal nun genau in Augenschein. Ebenso schnell erwirbt Bella eine große Fläche Wald und Felsen samt Quelle und Zufahrtswegen. Eine Bitte der Gemeinde Bühl anläßlich der Grundstücksübertragung kann sie ohne große Mühe erfüllen; der geplante Bau, die ganze Anlage soll später Bühler Höhe heißen.

Ab jetzt kann präzise geplant, das Gelände vermessen, ein Modell angefertigt werden.

Dann geht alles sehr schnell; dank der kaiserlichen Zustimmung öffnen sich die Türen aller regionalen Baubehörden, so daß die Genehmigungen bis zum Frühsommer vorliegen. Schon werden die Bauarbeiter angeworben, schweres Gerät hinauf auf das kleine Plateau gebracht und eine Seilbahn installiert, die das Material nach oben schaffen soll. Währenddessen entstehen im Architekturbüro erste genaue Innenentwürfe, und auf dem Plateau wächst der Rohbau, aus heimischem Sandstein gemauert, langsam aus der Baugrube heraus.

Bella hat sich für die Zeit des Baus wieder im Hotel Stephanie einquartiert, sie genießt jeden kleinen Schritt zur Fertigstellung, und gleichzeitig ist sie in ständigem Kontakt mit dem Architekturbüro, denn bei der Gestaltung und besonders bei der Innenausstattung will sie eigene Ideen einbringen und durchsetzen.

Auch die Idee des Gedächtnisturms wird auf einem kleinen Felsvorsprung seitwärts vom mächtigen Hauptbau, verbunden nur durch einen kleinen, über eine Brücke führenden Zugang, realisiert. Innen ist nur ein Raum vorgesehen, über der Tür wird sein Wappen eingemeißelt. Auf der dem Tal zugewandten Seite, nicht zu sehen vom Haupthaus, läßt sie eine Steinbank errichten, auf der sie oft sitzen und an George denken wird.

Dr. Adanoff erkundigt sich in Briefen immer wieder nach dem Baufortschritt, und als der Herbst kommt, man darangeht, das Richtfest für den Rohbau zu feiern, da hat auch er wieder Urlaub und steht eines Tages neben Bella vor dem riesigen Gebäude.

Deutlich kann man jetzt schon die gewaltigen Dimensionen des schloßartigen Bauwerks erkennen. Zur Talseite hin erinnert der Bau mit seinem gewaltigen Rund als Mittelachse und den beiden stumpfwinkligen Flügeln noch immer an das italienische Jagdschloß bei Turin. Die mehrstöckige Fläche ist durch Sandsteinbänder gegliedert, geschwungene Fenstereinfassungen geben dem Gebäude einen imposanten Charakter. Vorgebaut ist eine riesige Terrasse, ebenfalls leicht gerundet, mit großzügigen Treppenabgängen zu beiden Seiten. Zwei riesige Bronzeskulpturen, ein liegender Hirsch und eine Hirschkuh, werden diese Abgänge einmal schmücken.

Ganz anders dagegen die Rückseite, zugleich die Eingangsfront. Hier dominiert der gebrochene Sandstein in seinen Rottönen und erinnert eher an eine Burg oder Festung. Dem runden Mittelbau der Talseite ist ein quaderförmiges neoklassizistisches Hauptportal vorgesetzt, mit hohem, stark gegliedertem Giebel und kräftigem Gesims. Darüber soll einmal die Bronzeskulptur des preußischen Adlers schweben. Durch diesen Vorbau wird man später den turmartigen Mittelbau betreten, die Rotunde, die als Empfangshalle geplant ist. Daran anschließend rechts und links im stumpfen Winkel die beiden Seitenflügel, abgefangen wiederum von stumpfwinkligen Anbauten, die den sogenannten Ehrenhof umschließen. Es ist ein

Innenhof mit zentralem Brunnen, daneben ein Seitenhof. Dieser Ehrenhof wird abgeschlossen durch ein hohes Eingangstor mit Giebel, wie man es von Festungen her kennt, bekrönt mit einer Armaria. Zu beiden Seiten entstehen zwei kleine würfelförmige Eingangsbauten, Wachthäuschen nicht unähnlich.

Über diesem Tor will sie die Inschrift anbringen lassen: »Vielen zur Genesung – einem zur Erinnerung«.

Dr. Adanoff ist begeistert. Er bewundert nicht nur den Bau, sondern auch ihren Mut und ihren Willen, dieses Werk in die Tat umzusetzen. Er scheint ihr gewogen, lobt und unterstützt offensichtlich all ihre Ideen und Pläne, aber sie kann ihr Mißtrauen dem dunklen, undurchsichtigen Arzt gegenüber nie ganz aufgeben. Was dabei seine eigenen Interessen sein könnten, darüber ist sich Bella nicht schlüssig.

Brieflich fordert sie in diesem Jahr immer wieder große Beträge von Vetter Max Silberstein an, verschlingt der Bau doch gewaltige Summen. Dieser warnt denn auch irgendwann ganz freundlich, daß jede Quelle einmal versiegen könne. Sie hört jedoch nicht auf ihn, ist zu sehr von ihrer Idee eingenommen. Sie kümmert sich um jede Einzelheit der Gestaltung und Einrichtung bis hin zu den Entwürfen für die Lampen, Bespannungen und Vorhänge, die eigens für die Ausstattung des luxuriösen Hauses gewebt werden. Es verbinden sich aktuelle Kunstströmungen wie der Japonismus mit Anregungen, die sie aus der orientalischen Kunst bezieht. Der Architekt und seine Mitarbeiter vor Ort nehmen ihre Vorschläge teilweise auf, steuern aber auch eigene hinzu, und so entsteht ein Bauwerk von ganz außerordentlichem Reiz, was sowohl den Baustil als auch die reiche und kostbare Innenausstattung betrifft.

In einem Brief im kommenden Frühjahr schreibt sie über den voranschreitenden Innenausbau:

Lieber Herr Adanoff,
die Fortschritte sind unübersehbar, Sie würden Bühler Höhe nicht mehr wiedererkennen.

Sie erinnern sich doch des großen runden zweigeschossigen Mittelsaales, das Zentrum des Schlosses. Er soll gewisser-

maßen die Visitenkarte des Hauses werden, denn hier kommt man als erstes hinein, von hier aus gehen alle anderen Salons und Zimmer ab. Deshalb befinden sich in den sechzehn Nischen der Rundung teilweise Türen und Fenster, letztere mit einem phantastischen Blick ins Tal. Eingerahmt sind die Nischen von kannelierten Säulen, und darauf ruht – vom ersten Stock aus zu betreten – ein eleganter, schmaler Rundgang, eine Empore. Auch hier wieder Säulen, darüber Abschlußbögen und in den Zwickeln feine reiche Stuckverzierungen, die gerade angebracht werden. Dazu gibt es einen vornehmen Mosaikboden.

Dieser Kuppelbau macht mir schon jetzt große Freude, ein wenig Pantheon, ein wenig Friedrichsbad unten im Tal.

Von der Rotunde gelangt man rechter Hand in die sogenannte rote Diele, mit hoher Eichenvertäfelung und einer sogenannten Kölner Decke, wie der Architekt sagt. Es sind stuckierte und verzierte Querbalken. An der Stirnseite erhebt sich ein großer schwarzer Marmorkamin, darüber sein – nein, unser Wappen.

Während man auf der einen Seite durch mehrere Fenster ins Tal blickt, gibt es auf der Gegenseite einen kleinen Raum mit eingebauten Schränken, dort soll die spätere Bibliothek Platz finden. Daran anschließend der Speiseraum und das Spielzimmer, mit Zitronenholzvertäfelung und reicher Stuckdecke. Die Möbel der Inneneinrichtung sind gegenwärtig noch im Stadium der Entwürfe und Zeichnungen.

Auf der gegenüberliegenden Seite folgt das Billardzimmer, und weiter hinten, durch einen Gang ebenfalls mit der zentralen Rotunde verbunden, der japanische Teesalon.

Es soll ein Aufenthaltsraum vor der Bäderabteilung werden, die sich daran anschließen wird.

In diesem Zimmer habe ich mich mit meinen Ideen durchgesetzt. Feine japanische Malerei bedeckt die Wände, handbemalte Seidentapeten und zierliche Lackmöbel mit Goldmalereien, dazu fernöstliche Vasen und Porzellan. In den Zimmern dagegen herrscht bislang noch Rohbauatmosphäre, aber bis Sie wiederkommen, wird auch dort schon vieles geschehen sein …

Für die rote Diele bestellt sie bei dem Münchner Künstler Fritz Erler ein Gemälde, Kaiser Wilhelm II. stehend in Galauniform. Es soll an einem eigens dafür vorgesehenen Vorsprung der Wand hängen und einen zentralen Platz einnehmen.

An diesen Namen, Fritz Erler, erinnert sie sich noch aus ihrer Breslauer Jugendzeit. Da hatte er das Bild von ihrem Vater als Schlaraffe gemalt. Jetzt lebt und wirkt er längst in München. Der Maler ist erfreut, einen so prominenten Auftrag ausführen zu dürfen, und Bella bittet ihn mehrfach zu Gesprächen und Skizzen nach Baden-Baden; über Breslau fällt kein Wort. Während einer ihrer Unterhaltungen kommt ihr die Idee zu einem weiteren Gemälde – ihr Mann George im Glanz seiner blauen Dragoneruniform mitsamt seinen Orden. »Ja, so soll er hier verewigt werden«, erklärt sie dem Maler und legt ihm dabei etliche Fotografien vor, die ihren Mann als Offizier zeigen. Schließlich bietet Erler ihr an, zusätzlich ein Porträt der Bauherrin und Spenderin zu malen. »Sie sollten sich ebenfalls in diesem Raum verewigen, gnädige Frau. Auf der gegenüberliegenden Wandseite sollte man, schon der Symmetrie halber, den gleichen Mauervorsprung erstellen«, erklärt der Maler.

So entsteht ein weiteres Gemälde, das sie als Dame von Stand zeigt, aufrecht, im Reitmantel, mit großem flachem Strohhut, in der Hand eine Reitgerte. Sie lehnt an einem Ohrensessel mit rotem Streifenbezug, und zu ihren Füßen sitzt der kleine schwarz-weiße Pekinese. Das kleine, muntere Hündchen begleitet sie auch tatsächlich auf Schritt und Tritt, wann immer sie über die Baustelle schreitet.

Die reiterliche Situation samt der Reitgerte allerdings gefällt Bella nicht, schließlich ist sie nie geritten. Allein der Maler macht ihr klar, daß eine adelige Dame immer reite und deshalb auch mit einer solchen Gerte abzubilden sei.

Wenn er meinen Mädchennamen und meine Herkunft kennen würde …, denkt Bella amüsiert.

Das Porträt des Kaisers wird ebenso wie ihre beiden Porträts später im Kaminzimmer hängen. Ihr Bild wird irgendwann auch eine Titelseite der Zeitschrift »Die Jugend« zieren.

1913 ist das Werk beinahe vollendet, die Außenfronten sind fertiggestellt, die Innenstukkaturen und Malereien sind aufgebracht, und der feine mosaikartige Marmorboden in der Rotunde ist verlegt. Auch die aufwendigen Wandvertäfelungen sind angebracht. Rauchsalon und Billardzimmer, rote Diele und Bibliothek, ebenso der kleine Durchgang und die Rotunde strahlen in luxuriösem Glanz.

In der Zwischenzeit sind die Außenanlagen in Angriff genommen: Es entsteht ein Park entlang der langen Auffahrt zum Schloß mit Laubengängen und Spazierwegen. Den Beginn dieser Auffahrt markiert ein großes Eisentor mit ihrem Wappen. Dazu seitwärts ein Pförtnerhäuschen. Auch eine Konzertmuschel wird im Park gebaut, ebenso eine umfriedete Anlage für Luftduschen und -kuren.

Die felsige Landschaft an der Talseite hingegen soll nach ihrem Willen die ursprüngliche Wildheit behalten. Das »Schloß im Bergwald«, wie sie gerne sagt, soll auf diese Weise als Denkmal in Fels und Wald erfahren und gesehen werden.

Diese Denkmalfunktion des ganzen gewaltigen Baues als Erinnerung an ihren verstorbenen Mann betont sie immer wieder. Diese Absicht beschreibt nicht nur das Wappen am Außentor und die Eingangswidmung »Vielen zur Genesung – einem zur Erinnerung«, sondern auch die mehrfache Verwendung des Von-Räckwitz-Wappens. Am Georgenturm läßt sie nochmals eine Tafel anbringen, welche die Erinnerung an ihn wachhalten soll.

Was jetzt noch fehlt, ist die Einrichtung der medizinischen Abteilung. Dies soll nach Meinung des Architekten mit den Berliner Fachleuten des Kriegsministeriums abgestimmt werden, um deren Wünschen gerecht zu werden.

Bella läßt daraufhin zahlreiche Fotos der Innen- und Außenansichten erstellen und schickt sie mit entsprechendem Brief an die Verwaltungsabteilung der Militärgenesungsheime im Kriegsministerium, man möge befinden, welche medizinischen Einrichtungen nun vorgenommen werden sollen.

Und natürlich schickt sie einen Satz der Fotografien an das kaiserliche Hofmarschallamt mit der Bitte, dieselben dem Kaiser vorzulegen: »... möchte ich dieses Bauwerk, das dem Andenken meines verstorbenen Mannes, des Majors im ersten Gardedragonerregiments, Georg Heinrich Werner von Räckwitz, gewidmet sein soll, Eurer Majestät als Offizierserholungsheim zu Füßen legen.«

Die gleichen Bilder gehen auch an von Kitzingen mit der Bitte, er möge sich doch höheren Ortes dafür einsetzen, daß der Kaiser von der Fertigstellung Kenntnis bekommt.

49

Wochenlang erhält sie keine Nachricht, und man mag sich die Unruhe vorstellen, mit der sie jeden Tag den Briefträger erwartet. Bella ist inzwischen ganz übergesiedelt und als erste Bewohnerin in ihr »Schloß« gezogen, hatte sie sich doch von Anfang an dort eine kleine, aber elegante Wohnung vorbehalten. Auch das Personal, Bonne, Koch, Putzfrau samt Hausmeister und Gärtner, ist bereits eingetroffen und hält das ausgedehnte Anwesen samt Park in Ordnung.

Dann überschlagen sich plötzlich die Ereignisse. Von Kitzingen berichtet von der überraschend guten Aufnahme im Generalstab und den Planungsvorbereitungen im Kriegsministerium, wie das Gebäude zu nutzen sei. Seine Majestät, so schließt sein Brief, habe mit großem Interesse von dem ganzen Vorhaben Kenntnis genommen und werde demnächst wohl eine Entscheidung treffen. Diese Entscheidung liegt schon bald auf ihrem Tisch. Der Kaiser läßt ihr seine Anerkennung und sein Wohlwollen ausrichten, er selbst beabsichtige, höchstpersönlich anläßlich eines Staatsbesuchs in der Schweiz das Bauwerk zu besichtigen, das, nach den Fotos zu urteilen, so gut gelungen sei, daß es ihn selbst begeistert habe.

Briefe und Depeschen wechseln hin und her, der Kaiser wird mit seinem Sonderzug auf der Reise zum Staatsbesuch in der Schweiz in Baden-Baden übernachten. Recht früh am folgenden Morgen wird er per Automobil nur mit kleinster Entourage für eine halbe Stunde zur Bühler Höhe hinauffahren. Es soll ein kurzer, inoffizieller Besuch sein, ohne Bekanntmachung in der Bevölkerung, ohne Ehrenjungfrauen, Musikkapellen oder örtliche Repräsentanten.

Bella ist mit allem einverstanden, wohl wissend, daß dieser Besuch dennoch nicht zu verheimlichen sein wird. Tage vorher kommt, nur kurz angemeldet, ein Berliner Inspizient, besichtigt alle Räume, die nähere Umgebung, stellt diverse Fragen und legt fest, welche Zimmer der Kaiser zu sehen wünscht. »Seine Majestät kommt früh am Tage, halten Sie zur Sicherheit ein kleines Frühstück bereit; genauere Angaben dazu werden Sie noch erhalten.« Damit verabschiedet er sich wieder.

Und dann kommt der große Tag. Schon eine Stunde vorher haben die Bediensteten links von der Eingangspforte Aufstellung genommen, und Bella vergewissert sich immer wieder, daß die Häubchen und Schürzen, die Krawatten der Diener perfekt sitzen. Rechts von der Tür werden der Architekt, seine zwei Mitarbeiter und der Bauleiter im Gehrock postiert. Sonst ist niemand vorgesehen, wie von Berlin gewünscht.

Bella trägt ein morgendliches Kostüm, dessen taillierter Schnitt ihre schlanke Figur betont.

»Ich bin aufgeregt wie ein Schulmädchen«, gesteht sie dem Architekten.

Plötzlich hört man Motorenlärm von der Auffahrt, und schon biegt ein Polizeiwagen in den Innenhof ein, umrundet den Brunnen, bleibt vor der Treppe stehen. Es folgt das Automobil Seiner Majestät, schließlich ein dritter Wagen mit zwei Adjutanten und einem persönlichen Bediensteten. Der springt als erster aus seinem Gefährt, eilt die paar Schritte vor und reißt den kaiserlichen Wagenschlag auf. Die Dienstmädchen verharren schon im Hofknicks, die Diener neigen sich tief, und auch der Architekt und seine Mitarbeiter senken ihre Häupter. Der Kaiser steigt aus, Bella geht ihm zwei bis drei Schritte entgegen und sinkt dann zum Hofknicks nieder.

»Frau von Räckwitz, wenn ich nicht irre«, sagt der Monarch leutselig und reicht ihr die Hand, die andere auf dem Rücken.

Sie steht auf, und mit einem gehauchten »Ich freue mich ja so« und »Bitte schön, treten Sie ein, Eure Majestät« weist sie zur Tür. Die Worte bleiben ihr vor Erregung und Stolz beinahe im Halse stecken.

Die beiden Adjutanten sind in der Zwischenzeit ebenfalls ausgestiegen und schreiten hinter dem Kaiser ins Innere. Bella schließt sich ihnen an, dann der Architekt und die restlichen Mitarbeiter. Auch die Polizisten des ersten Autos sind ausgestiegen, haben sich umgesehen und verteilen sich jetzt offensichtlich um das Gebäude.

Sehr angetan sei der Kaiser von dem Blick über das Tal und der Pracht der Rotunde gewesen, berichtet sie später ihren beiden Freundinnen. »Hier liegt uns unser schönes Deutschland zu Füßen«, soll er ausgerufen haben. »Und diesen Turm, den Gedächnisturm zu Ehren meines Mannes, werde ich ab heute ›Wilhelmsturm‹ nennen, wenn Eure Majestät es gestatten«, flüstert Bella mit bebender Stimme und zeigt durch das Fenster auf den runden Turm im hellen Sonnenlicht. Er habe nur genickt, erzählt sie später, aber seit diesem Tag trägt der Gedächtnisturm den Namen des Kaisers – Wilhelmsturm.

Beim Rundgang hat ihm der Architekt dann weitere Einzelheiten erklärt. »Schön, schön«, soll er immer wieder gesagt haben, und als sie dann zu dem kleinen Morgenimbiß in den Salon bittet, nimmt er zwar nur eine Tasse Kaffee und ein kleines Stück Gebäck an, aber sie kann ihm jetzt endlich diese ganze Pracht, dieses »Schloss«, wie sie immer sagt, zu Füßen legen ... »ein Offizierserholungsheim zu Ihrer freien Verfügung, Majestät«.

Das ist ein ungeheures Geschenk, hatte der Bau bis zu diesem Zeitpunkt doch etwa dreieinhalb Millionen Goldmark gekostet.

Er habe sich bedankt, erzählt sie später; er werde mit den zuständigen Stellen Kontakt aufnehmen, er möge sich gerne vorstellen, daß seine Offiziere hier die beste Möglichkeit hätten, wieder Kraft schöpfen zu können. Eine feste Zusage gibt er nicht. Dann ist schon wieder Aufbruch, ein Adjutant ist vorgegangen, hat die Wagenkolonne herangewinkt, der Wagenschlag ist schon wieder offen, ein Hofknicks, tiefe Verbeugungen, Händewinken aus dem offenen Wagenfenster, die kleine Autokolonne setzt sich wieder in Bewegung.

Eine Woche später erreicht sie ein Brief der kaiserlichen Kanzlei, in dem Seine Majestät sich für den Besuch bedankt und bestätigt, sich auf der Bühler Höhe sehr wohl gefühlt zu haben. Die Annahme des Geschenks jedoch macht er davon abhängig, daß die Erbauerin auch die Unterhaltskosten tragen müsse. Dann würde er gerne dem vorgesehenen Zweck zustimmen wollen.

Da bricht für Bella eine Welt zusammen, sind ihre Mittel doch beinahe erschöpft. Vetter Max hat schon mehrfach darauf hingewiesen, daß sie drauf und dran sei, ihr Vermögen völlig zu ruinieren.

Man wird später nie mehr feststellen können, warum der Kaiser zwar leutselig war, das außerordentliche Geschenk jedoch nicht angenommen hat.

Mehrere Meinungen sind dabei vertreten worden:

Hätte er sich dafür auf eine so großherzige Weise revanchieren müssen, wie er nicht konnte oder auch wollte?

Wollte er sich auf der persönlichen Ebene von einer Bella Finkelstein oder Hübschel nichts schenken lassen?

Wirkte der alte Groll gegen ihren Mann und seine englische Mutter immer noch nach?

Hatte das Kriegsministerium Bedenken? War den protestantisch kargen Preußen vielleicht sogar der hier betriebene Aufwand zuviel, die Pracht zu gewaltig?

Waren, am Vorabend des Kriegs, die erforderlichen Mittel zum Unterhalt des gewaltigen Baus bereits anderweitig gebunden?

Stellte sich vielleicht das Regiment dagegen mit dem Argument, man könne einen Offizier nicht zuerst relegieren und dann gewissermaßen ein Ehrenmal für denselben Mann akzeptieren, zumal dieser nicht auf dem Felde der Ehre, sondern als Kaufmann sein Leben gelassen hatte?

Vielleicht war es ja auch eine Mischung aus all diesen Argumenten, die den Kaiser dazu bewog, das noble Geschenk zurückzuweisen.

So wohnt Bella erst einmal allein auf der Bühler Höhe.

Zwar werden die medizinischen Einrichtungen teilweise noch ausgebaut, die Zimmer fertig eingerichtet, aber nie wird ein kaiserlich-preußischer Offizier hier Genesung suchen.

50

Im Juni 1914 verändern die Schüsse von Sarajewo endgültig diese Welt. Bella muß erkennen, daß sich ihre Pläne nicht mehr realisieren lassen.

Im August, an einem schönen, lauen Sommerabend, bittet sie den Hausmeister gegen einundzwanzig Uhr, alle Lichter im ganzen Schloß anzuzünden. Sie ist auf einen der Felsen in der Umgebung gestiegen und schaut lange und sinnend in die große Ebene hinunter. Sie mag Zwiesprache gehalten haben mit dem geliebten Mann, und Erinnerungen mögen ihr gekommen sein an ihrer beider Traum vom Gelobten Land.

Als die Dunkelheit allmählich hereinbricht, beginnen im Schloß die Fenster zu leuchten, zuerst unten, dann der Mittelstock, und schließlich brennt jedes des sich im Gebäude befindenden Lichts.

Es ist überliefert, daß sie zwischen Bewunderung für ihr Werk und tiefster Enttäuschung über das Nichtgelingen ihrer Pläne hin und her gerissen war. »Hier stehe ich und blicke auf den Untergang meiner Habe«, soll sie gesagt haben, »auf mein Werk, dessen Glanz mich nicht mehr erreichen kann.« So wird der Hausmeister später berichten.

In wenigen Wochen ist wirklich aller Glanz vorbei. Die stolzen und farbenprächtigen preußischen Regimenter ziehen feldgrau in den Krieg, verbluten bei Verdun, vor Fort Douaumont und am Chemin des Dames. Bellas Gärtner und ihr Hausmeister sind schon in den ersten Kriegstagen ins Feld gerückt. Nach einem halben Jahr erhält sie die erste Todesnachricht und nur ein Jahr später die nächste: »Gefallen auf dem Felde der Ehre für Kaiser und Vaterland«.

Noch im Spätherbst 1914 ist eine kleine Kommission von Berlin auf der Bühler Höhe erschienen und hat die Räumlichkeiten besichtigt. Nein, als Lazarett würden sich die Baulichkeiten nicht eignen; vielleicht werde man einmal im Rahmen einer Spezialaufgabe auf die Bühler Höhe zurückkommen.

Irgendwann erhält sie einen Brief von Max mit einer Trauerkarte: Vater ist gestorben. Da knickt sie für ein paar Tage völlig zusammen. Mühsam stammelnd versucht sie sich des kaddisch, des alten jüdischen Trauergebets, zu erinnern.

Völlig vereinsamt lebt Bella nun vier lange Jahre auf dem stillen Kohlberg in ihrem Schloß Bühler Höhe, betreut nur von einem Mädchen. Ihre einzige Freude bleibt die kleine Rea.

Die Kriegsnachrichten werden immer bedrohlicher, und selbst Bella hat – trotz ihrer Abgeschiedenheit – zwischendurch als Krankenschwester in einem nahegelegenen Lazarett Dienst getan; diese Konfrontation mit dem Grauen des Krieges hat ihren Lebensmut noch mehr zerstört als die Einsicht, niemals mehr ihren Traum verwirklichen zu können.

An einem grauen, nebligen und regnerischen Samstag, dem 9. November 1918, hält Bella die Zeitung mit der Abdankung des Kaisers in Händen. Es ist die Abendausgabe des Berliner Lokalanzeigers mit dem Titel:

Abdankung des Kaisers – Thronverzicht des Kronprinzen – Ebert zum Reichskanzler ausgerufen – Republikanische Gegenaktion der Sozialdemokraten.

Auf der dritten Seite ein Extrablatt: *Die Redaktion des Berliner Lokal Anzeigers ist von Vertretern des revolutionären Volkes (Spartakus-Gruppe) besetzt.*

Und dann liest sie weiter: *Die rote Fahne weht über Berlin …*

Es folgt ein Vierzehnpunkteprogramm und am Schluß: *Es lebe die sozialistische Republik Deutschland.*

Da spürt Bella, daß ihre Welt untergegangen ist, ihre Zeit ist abgelaufen.

Als sie bald darauf erfährt, daß in Berlin jetzt ein gewisser Karl Liebknecht und eine gewisse Rosa Luxemburg das große Wort führen, hört Bella auf, Zeitung zu lesen. Diese Welt, das Chaos der folgenden Wochen und Monate, will sie nicht mehr verstehen.

1919, die Bühler Höhe kann gerade noch auf kleinstem Niveau gehalten werden, steht plötzlich Dr. Adanoff vor der Tür. Er ist alt geworden, weiß die Haare, ebenso der Bart; vier Jahre war er Truppenarzt an der Front. Er überblickt sofort die bedrängte Lage der Besitzerin und schlägt ihr vor, das Schloß aufzugeben. Er werde versuchen, mit Hilfe eines Bankenkonsortiums die Bühler Höhe zu retten. Gleichzeitig müsse ein fähiger Betreiber gesucht werden, um ein privates Sanatorium oder ein Hotel aufzuziehen.

Dies sei, so erklärt er, die einzige Möglichkeit, das Projekt vor dem totalen Bankrott zu bewahren und ihr gleichzeitig noch gewisse Vermögenswerte zu erhalten.

Bella wehrt sich mit allen Fasern ihres Herzens gegen die Aufgabe ihres Lieblingsprojekts, gegen den Verlust ihres Lebenswerks. Erst ein langes Gespräch mit Bankdirektor Dr. Kahn aus Baden-Baden, einem wohlwollenden Berater, läßt sie endgültig das ganze Ausmaß der Katastrophe erkennen.

Schweren Herzens stimmt Bella einer Veräußerung des Gebäudes zu. Dr. Adanoff versucht inzwischen mit Hilfe des Bankdirektors neue Geldgeber und solvente Betreiber zu interessieren, um in die luxuriösen Baulichkeiten zu investieren.

Bella hat sogar ihrem Bruder das ganze Projekt angeboten, doch auch auf diesen Brief erhält sie keine Antwort. Max Silberstein, den sie in dieser Sache um Rat und Hilfe bittet, kann nicht mehr für sie tun; unumwunden schreibt er:

In dieser wirtschaftlichen Situation, in der wir uns befinden, sehe ich keine Möglichkeit, Dir unter die Arme zu greifen. Du wirst ja wissen, daß Deine dortigen Banken auf alle hiesigen Geld- und Sachwerte, die auf Deinen Namen laufen, die Hand haben. Ihre Forderungen übersteigen mittlerweile die verbliebenen und noch kalkulierbaren Werte bei weitem.

Alle Deine Aktien sind wertlos geworden, die Beteiligungen notleidend, und selbst die Anteile an den großväterlichen Gütern werfen nichts mehr ab.

Wochen später muß sie aus dem Schloß ausziehen. Ihre Mittel sind völlig erschöpft, und nur dank der Hilfe des Bankdirektors entgeht sie einem öffentlichen Konkurs.

Sie übersiedelt in eine kleine Frühstückspension am Ende der Stephanienstraße in Baden-Baden. Die Besitzer sind einfache, ehrliche Leute. Der Mann ist aus dem Schwarzwald zugewandert, war über Jahre hinweg Hausdiener in einem der feinen Hotels. Seine Frau, Tochter eines Handwerksmeisters, hat das mehrstöckige Haus geerbt, in dem sie seit einigen Jahren die Pension betreiben. Frühstück gibt es im Frühstücksraum, angerichtet von der Hausfrau. Nur Bella besteht darauf, in ihrem eigenen Zimmer zu frühstücken. Sie lebt sehr zurückgezogen, möchte möglichst wenig Kontakt mit den anderen Pensionsgästen.

Am Spätmorgen geht sie meist spazieren, am Mittag nimmt sie ein einfaches Essen in einem der kleinen Gasthäuser der Umgebung ein. Man weiß wenig von ihr in der Pension.

1923 zerschlagen sich endgültig alle Pläne. Die Inflation hat sowohl Dr. Adanoff und seine Geldgeber als auch Bella um ihr ganzes Vermögen gebracht. Die Bühler Höhe soll versteigert werden, der Termin ist schon anberaumt.

In diese Zeit fällt ein weiterer Unglücksbrief von Vetter Max: Mutter ist gestorben.

Obwohl sie ein halbes Leben lang keinen Kontakt mehr zu ihrer Familie besaß, trifft sie die Nachricht hart. In der Folgezeit beschließt sie, keine Briefe mehr zu öffnen. »Immer nur noch mehr Katastrophen«, murmelt sie und wirft ein paar nachgesandte Briefe von Mascha und Mirja schweren Herzens einfach weg.

Ihre Gedanken werden Tag für Tag trüber, und nichts kann sie mehr herausreißen aus ihrer Trauer und ihrem Schmerz. Angesichts der letzten Nachrichten und ihrer gesamten Situation glaubt Bella, nicht länger leben zu können. Seit einigen Tagen hat sie das Haus nicht mehr verlassen, düstere Ahnungen, melancholische Erinnerungen umwölben ihre Gedanken.

Alles erscheint ihr unerträglich und sinnlos, ohne jede Zukunftsperspektive. An einem eisigen Dezembermorgen schneidet sie sich in ihrem kleinen Pensionszimmer die Pulsadern auf.

Nur dem kleinen, schon altgewordenen Pekinesenhündchen ist es zu verdanken, daß sie rechtzeitig gefunden wird. Das kleine Tier hat die bedrohliche Situation offenbar erfaßt und springt so kräftig und nachhaltig gegen die Zimmertür, daß der Pensionsinhaber heraufkommt, um nach dem Rechten zu sehen. Dabei findet er die verblutende Bella, die im allerletzten Moment ins Krankenhaus gebracht wird.

Die Geschichte von dem kleinen Hund, der seine Herrin gerettet hat, macht die Runde und findet ihren Niederschlag in einer Zeitungsnotiz des »Baden-Badener Tagblattes«. »Wunder einer Rettung« heißt der kleine Bericht, in dem von dem seltsamen schwarz-weißen Pekinesen, der die alleinstehende Frau Bella von R. in letzter Minute vor dem Tode bewahrt habe, erzählt wird. Auch andere Zeitungen haben die Geschichte von der Rettung einer adeligen Dame durch ihr kleines Pekinesenhündchen nachgedruckt.

Baron von Kitzingen hat sich nach dem Krieg auf sein Weingut in der Pfalz zurückgezogen. Er ist alt geworden, müde, der verlorene Krieg, die ganze politische Situation in Berlin haben ihn zurückgetrieben auf sein Gut. Nur selten noch greift er zu einer Zeitung. »Mich interessiert das alles nicht mehr«, sagt er bisweilen zu seiner Frau, wenn er die politischen Schreckensmeldungen, die Berichte von den Reparationen, von den zahllosen Parteiaufmärschen und den wirtschaftlichen Zusammenbrüchen überfliegt.

So ist es eher Zufall, daß er die kleine Notiz von der »wundersamen Rettung einer Frau von R.« in der Zeitung findet und liest. Ein Anruf im Krankenhaus bestätigt seine Vermutung. Nur wenige Tage später steht er unversehens mit einem Blumenstrauß an Bellas Krankenbett.

»Ja, was machen wir denn für Sachen?« beginnt er scherzhaft die Unterhaltung, und nachdem er die sprachlose Kranke sieht, stellt er sich lachend vor: »Von Kitzingen«, und setzt hinzu: »Ehemals erstes Gardedragonerregiment. Sie erinnern sich!«

Bella nickt müde. »Der gute Kitz«, sagt sie, »so nannte Sie mein verstorbener Mann.«

Von Kitzingen besucht sie auch am folgenden Tag, und er weiß so manche Schnurre zu erzählen aus der Geschichte des Regiments, nicht zuletzt ein paar der Casinosprüche, die damals bei Georges Ausscheiden die Runde machten.

Kitzingen kommt jetzt täglich vorbei, nicht ohne ihr vorsichtig ins Gewissen zu reden. »Ein Preuße gibt nicht auf, gibt sich nicht auf – das hätte Ihr seliger Herr Gemahl nie verstanden.«

Er hat sich mittlerweile erkundigt, hat die trostlose Lage Bellas begriffen, und als nach ein paar Tagen sein Aufenthalt beendet ist, setzt er ihr ein kleines Legat aus, monatlich auszuzahlen.

»Im Namen der Ehre des Regiments, nehmen Sie diese kleine Donation als Dank, gnädige Frau. Ich weiß, daß Sie unendlich viel mehr dem Kaiser, dem Offizierscorps überlassen wollten!«

Gerührt und dankbar nimmt Bella die kleine Unterstützung an.

Mittlerweile hat sie das Krankenhaus verlassen, ihr Zimmer wieder bezogen und führt zusammen mit ihrem Hündchen nun wieder das zurückgezogene Leben einer älteren Dame in kleinen Verhältnissen. Die Konzerte im Kurpark sind kostenlos, ebenso die Natur auf den vielen Spaziergängen entlang der Oos, das sind die kleinen Freuden, die sie jetzt noch genießt. In der Lesehalle ist sie ebenfalls ein häufiger Gast.

Im Frühstücksraum der Pension steht jetzt der ganze Stolz des Inhabers: ein Radioapparat. Daraus trällern neben all den flotten Schlagern der Saison immer wieder rechtsnationale Parolen, antijüdische Diskriminierungen. Besonders erschrecken sie die Reden eines Mannes mit einer hohen österreichischen, schnarrenden Stimme. Was sie da hört, verheißt ihr wenig Gutes.

Irgendwann bei einem Spaziergang durch die Stadt findet sie in der Bücherwühlkiste eines Antiquariats einen Talmud und eine deutsch-hebräische Bibel. Sie kauft beides für ein paar Pfennige und beginnt zu lesen. Ohne es sich einzugestehen, spürt sie, daß sie dabei ist, nach ihren Wurzeln zu suchen.

Nach langer Zeit erreicht sie ein umfangreicher Brief von Mirja.

Wir haben viel über Dich und Deine Aktivitäten gehört, wir haben die Bilder Deines Schlosses in einer Zeitschrift gesehen. Wir hoffen, es geht Dir gut in diesen schlechten Zeiten. Fritz hatte in den letzten Jahren eine private Arztpraxis hier in der Gegend. Aber jetzt haben wir uns endgültig entschlossen, alles aufzugeben und nach Palästina auszuwandern. In Berlin hat sich seit dem Zusammenbruch eine starke antijüdische Stimmung breitgemacht, die uns zu ertragen nicht mehr möglich scheint. Wildeste Gerüchte, unbewiesene Behauptungen und Anschuldigungen machen überall die Runde, werden gedruckt und, was das schlimmste ist, geglaubt. Erst neulich sagt unser Nachbar etwas von der »raffenden Rasse, den Juden, und der schaffenden Rasse, den Ariern«, und das zu Fritz.

Solchen Situationen wollen wir unsere Kinder nicht aussetzen. Wir haben schon alles in die Wege geleitet, das Haus ist verkauft, in Kürze geht's los ins »Gelobte Land«.

Warum kommst Du nicht einfach mit? Du hast hier doch auch nichts mehr, was Dich hält.

Bella wird diesen Brief nicht beantworten. Doch die immer stärker werdende antijüdische Stimmung hat sie ebenfalls registriert. Eines Sonntagmorgens sieht sie ihren Pensionsinhaber, ein sonst so rechtschaffener Mann, plötzlich in SA-Uniform aus dem Hause gehen. Und nur Tage später singt er im Flur ein äußerst widerliches Lied: »Schlagt dem Judenpack die Schädel ein …«

Darüber hat Bella lange nachdenken müssen, und von Tag zu Tag vergräbt sie sich mehr in ihr Zimmer – mit dem Talmud.

Und dann kommt wirklich ein trauriger Tag, der ihr endgültig die Augen öffnet.

Baron von Kitzingen hat seinen Besuch angekündigt und Bella zum Essen eingeladen. Aber er ist dieses Mal nicht fröhlich. Irgend etwas bedrückt ihn. Irgendwie druckst er herum. Da fragt sie ihn unverblümt: »Was ist los, Baron? Hat es etwas mit mir zu tun?«

Umständlich zuerst, aber immer direkter beginnt von Kitzingen zu berichten, daß die Zeiten sich geändert hätten, große Umwälzungen in ganz Deutschland zu befürchten seien. »Ich bin keiner von den völkisch-deutschen Parteigängern, aber es gibt allenthalben immer stärkere Ressentiments gegen den jüdischen Bevölkerungsanteil. Sie werden es selbst schon gelesen haben«, fährt er fort. »Judenrepublik – ist noch das geringste Schimpfwort. Ich teile als Konservativer diese Ideen nicht unbedingt, aber ich sehe schwierige Zeiten auf Deutschland zukommen. Deshalb würde ich Ihnen raten, in die USA auszuwandern. Gehen Sie, bevor es zu spät ist. In Deutschland brodelt es, und die Massen sind unberechenbar. Diese neue Nationalsozialistische Partei schürt derlei Instinkte ganz gezielt, und ihre SA marschiert durch die Stadt und singt vom ›Judenblut, das vom Säbel rinnt‹.« Als Bella nur stumm nickt, ergreift er ihre Hand. »Frau Bella«, sagt er sehr eindringlich und zum ersten Mal so persönlich, »Frau Bella, Sie erhalten weiter die kleine Donation, aber ansonsten kann ich nichts für Sie tun.« Er zieht einen Briefumschlag heraus.

»Dies ist eine offene Passage – natürlich bezahlt – von Hamburg in die USA, auf einem englischen Passagierschiff, damit Sie nicht auch dort noch Probleme bekommen. Die Reise sollte wie ein Urlaub aussehen – besorgen Sie sich ein Urlaubsvisum.« Bella sieht ihn erschrocken an. An eine solche Möglichkeit hat sie überhaupt noch nicht gedacht.

Ein weiterer Umschlag wird ihr in die Hand gedrückt. »Hier, nehmen Sie, Sie werden auch drüben erst mal ein wenig Geld benötigen. Vorsicht, es sind amerikanische Dollars, ihr Besitz, es sind ja Devisen, ist verboten. Seien Sie also vorsichtig.«

Bella macht eine fahrige Bewegung, sie fühlt sich plötzlich so hilflos.

»Ein Weiteres«, von Kitzingen zeigt auf den zweiten Brief.

»Ich habe ein paar Empfehlungsschreiben mit hineingepackt, es sind Briefe an Pfälzer Landsleute, Menschen, die ich kenne, aus meinem Ort. Sie sind vor Jahren schon ausgewandert und haben inzwischen Fuß gefaßt dort drüben. Sie könnten Ihnen in den ersten Tagen weiterhelfen.« Er atmet schwer. »Mehr kann ich nicht für Sie tun.«

Mit einer impulsiven Geste drückt Bella seine Hand.

»Danken Sie mir nicht, es kommt von Herzen.« Er macht eine kleine Pause, und dann sagt er gepreßt: »Es geht auch um die Ehre des Regiments.«

Jetzt hat Bella wirklich Mühe, ihre Contenance zu behalten. Ihre Augen füllen sich mit Wasser.

Stumm drückt sie ihm nochmals die Hand.

»Gott befohlen, liebe Frau Bella«, sagt er zum Abschied und hält ihre Rechte ganz lange in seinen großen und warmen Händen. »Behalten Sie mich in guter Erinnerung.«

An diesem Abend weint Bella zum ersten Mal wieder seit langer Zeit, und am Freitag Abend rafft sie sich zum ersten Mal seit vielen, vielen Jahren auf, die Synagoge zu besuchen.

Sie kennt den Weg, es ist gar nicht weit zur Stephanienstraße Nummer 5. Schon häufig ist sie an dem Bethaus mit seinen beiden charakteristischen Ecktürmen und dem romanischen Rundbogenportal vorbeigegangen. So geht es wohl zusammen, der deutsche Stil und unsere alten Traditionen, denkt sie. Ähnliches hat sie auch schon in der Zeitung gelesen: »Mit dem imposanten Bau im kernigen deutsch-romanischen Stil unserer großen Dome hat sich das jüdische Bürgertum im deutschen Vaterland integriert«, stand vor Jahren einmal im »Baden-Badener Tagblatt«.

Bisweilen hat sie auch schon Mitglieder der jüdischen Gemeinde oder Kurgäste am Schabbat gesehen: soignierte Herren mit steifem Hut, gut gekleidete Frauen, die vor der Synagoge standen und sich unterhielten. Aber sie selbst hatte nie mehr die Absicht gespürt, sich dem alten Glauben erneut zu nähern.

»Sind Sie neu hier?« spricht sie eine ältere Frau an, als Bella ganz erstaunt auf dem Vorplatz stehenbleibt und feststellt, daß man hier offensichtlich Eintrittskarten braucht, um den Gottesdienst zu besuchen.

Bella nickt.

»Keine Sorge, ich regle das«, sagt die freundliche Dame. Dann spricht sie den jungen Mann an, der die Karten entgegennimmt und abreißt. »Herr Gutterer, meine Bekannte hat keine Karte, weil sie gerade erst angekommen ist, aber ich nehme sie mit auf die Frauenempore, dort ist ja immer noch ein Platz frei, da kommen wir doch ohne Karte rein, oder muß ich Ihren Vater da drüben fragen?«

Bei einer zweiten Menschenschlange kontrolliert offensichtlich der Vater die Karten.

»Das geht schon in Ordnung, Frau Michaelis, da brauchen wir meinen Vater nicht zu fragen«, sagt der junge Mann, nickt freundlich und läßt die beiden Frauen eintreten.

Bella wird die beiden Männer später noch häufiger treffen.

»Sie müssen wissen, die Synagoge ist während der Ferien und an den hohen Festtagen immer so überfüllt, daß der Synagogenrat sich entschlossen hat, Platzkarten auszugeben«, erklärt die Dame freundlich. Bella folgt Frau Michaelis die gewundene Treppe hoch. »Sie sind Kurgast hier?« fragt sie, als sie oben angekommen sind und sich nach einem Platz umsehen. Bella schüttelt den Kopf. »Nein, ich lebe jetzt hier«, sagt sie einfach.

»Dann kommen Sie doch am Mittwoch zum wöchentlichen Treffen unseres jüdischen Frauenbundes, dann finden Sie gleich Anschluß hier. – Wir treffen uns im Gemeindehaus hinter der Synagoge, neben dem Dienergebäude.«

Bella bedankt sich vielmals. Nein, da wird sie nicht hingehen. Was soll sie da? Und dann macht sie sich am folgenden Mittwochabend doch auf den Weg zum verabredeten Treffpunkt. Die ältere Frau wartet bereits am Eingang. »Gut, daß Sie gekommen sind«, meint sie, »in diesen schweren Zeiten müssen wir zusammenhalten. Übrigens, mein Name ist Michaelis«, stellt sie sich jetzt richtig vor. »Hübschel, Bella Hübschel«, antwortet Bella völlig spontan und liegt später die halbe Nacht wach und überlegt, was sie wohl dazu veranlaßt haben könnte, ihren alten Namen wieder zu benutzen.

Der Frauentreff ist offensichtlich als Hilfsorganisation für in

Not geratene jüdische Mitbürger gedacht. Bella wird gleich freundlich aufgenommen, ihre Herkunft nicht hinterfragt. Seitdem nimmt sie regelmäßig an den Treffen der etwa zwanzig älteren Damen teil. Meist sind es die Ehefrauen von Geschäftsleuten sowie Anwalts- oder Arztgattinnen, mit denen sie nun häufig verkehrt und die ihr wieder ein wenig Lebensfreude schenken.

Dann fegen auch schon die Novemberstürme durch die Straßen. Bella verschenkt fast ihre gesamte Garderobe für einen der Wohltätigkeitsbasare, die der Verein in der Vorweihnachtszeit veranstaltet. »Sie stammen noch aus meiner Familie«, erklärt sie, und niemand fragt näher nach.

An diesem Abend spricht man unter anderem auch über die Organisation des Chanukka-Fests. Auf einmal sagt Frau Lipsky: »Hört mal her, ich habe in einem älteren Heft der ›Weltbühne‹ ein kleines Gedicht gefunden, es heißt ›Heilige Nacht‹ und stammt von einem gewissen Erich Mühsam. Und sie beginnt laut vorzulesen:

Geboren ward zu Bethlehem
Ein Kindlein aus dem Stamme Sem.
Und ist es auch schon lange her,
seit's in der Krippe lag,
so freun sich doch die Menschen sehr,
bis auf den heut'gen Tag.
Minister und Agrarier,
Bourgeois und Proletarier –
Es feiert jeder Arier
Zu gleicher Zeit und überall
Die Christgeburt im Rindviehstall.
(Das Volk allein, dem es geschah,
das feiert lieber Chanukka.)

»Mühsam, ist das nicht der Anarchist, der …?«, – fragt eine.

»Das ist es ja gerade, was das kleine Gedicht so lustig macht«, lächelt Frau Lipsky.

In diesem Augenblick erinnert sich Bella wieder eines Satzes, den der Großvater voller Ärger mehrfach ihrem Vater gegenüber gebraucht hatte: »Du bleibst immer Jude, wenn du von einer jüdischen Mutter geboren bist, daraus entlässt dich nichts und niemand.« Das galt wohl auch für jenen Anarchisten ... erst später gesteht sie es sich ein ... das gilt auch für sie.

Die Frauen unterhalten sich weiter über das Lichterfest, über Weihnachten. Da zitiert Frau Kahn plötzlich:

Des Herzens Ton wird stets zum Himmel dringen
Ob deutsch, latein, ob wir hebräisch singen,
ob Kirche, Synagoge oder Dom.

»Ein schönes Gedicht«, sagt Bella. »Wer hat es geschrieben?«

Da lächelt die Runde, und sie erfährt, daß die freundliche Dame, die sie im Herbst hier eingeführt hat, nicht nur die Sprachenschule leitet, sondern auch eine bekannte Heimatdichterin ist, die schon zahlreiche Gedichte und Singspiele geschrieben hat.

»Beim nächsten Treffen bringe ich Ihnen den ganzen Text mit, er ist schon einige Jahre alt, ich habe die Reime zur Einweihung unserer Synagoge veröffentlicht.«

Schon in der kommenden Woche hält Bella das kleine Gedicht in Händen und liest mit wachsendem Interesse.

Vollendet ward in uns'rer Stadt ein Tempel;
Er trägt der Würde schlichten Adelsstempel.
Und deutsche Gottesfurcht hat ihn erbaut,
Kein fremder Stamm, der noch gen Zion schaut;
Denn sind verschieden auch die äußern Formen,
Das Gute hat doch stets dieselben Normen;
Des Herzens Religion die wahre ist! ...

Aber so harmonisch, wie sich die Dichterin das Zusammenleben von Juden und Christen einmal vorgestellt hatte, ist es nicht mehr, und angesichts so vieler erschreckender Geschichten der letzten Zeit ist den Frauen auch gar nicht weihnachtlich-friedlich zumute.

Bella hört voller Abscheu und Erschrecken zahlreiche Episoden, die neuerdings jüdischen Menschen in diesem Land angetan werden. Allmählich erwägt sie ernsthaft, dieses Land zu verlassen.

Das ist nicht mehr mein Land – das ist auch nicht mehr das Gelobte Land, sagt sie sich in den letzten Wochen immer wieder. Zuerst schmerzt es, wenn sie es nur zu sich selbst sagt, dann spricht sie es öffentlich in Frauengruppen aus, aber statt Widerspruch erntet sie nur Kopfnicken bei den Umstehenden.

Der junge Gutterer, der immer die Karten vor der Synagoge abgerissen hatte und der sie in der Stadt immer so freundlich gegrüßt hatte, hat irgendwann diesen Hilfsdienst aufgegeben. Ein halbes Jahr später sieht sie ihn in SA-Uniform. Als er ihrer ansichtig wird, wechselt er die Straßenseite, um sie nicht grüßen zu müssen.

Noch ein Ereignis beschäftigt sie tagelang.

Die Stadt Baden-Baden hat einen neuen Generalmusikdirektor, Ernst Mehlich, angestellt, der hatte vorher in Berlin und an der Oper in Breslau gearbeitet, und blendende Kritiken gehen ihm voraus. Schon bald erlangt auch das Orchester unter seiner Leitung einen hervorragenden Ruf.

Bella besucht gerne die öffentlichen Konzerte, für die Musik zeigt sie noch immer Interesse. Die Zeitungskritiken loben den neuen Mann, nur in dem Blatt »Der Führer« wird in geradezu unglaublicher Weise gegen Mehlich gehetzt, weil er jüdischer Herkunft, wenn auch protestantischen Glaubens ist. Insbesondere natürlich, weil er auch Werke moderner Komponisten wie Arnold Schönberg und Alban Berg aufführt.

Der Bürgermeister verteidigt ihn, zahlreiche Leserzuschriften in den bürgerlichen Blättern stellen sich vor ihn, aber die Hetze hört nicht auf.

Sie will sich gar nicht mit diesen negativen Zeitläuften beschäftigen, aber eines Sonntagmorgens, als sie im Stadtgarten spazierengeht, hat die neue großsprecherische Partei NSDAP ein »Morgenkonzert besonderer Art« angekündigt, und natürlich strömen ganze Menschenscharen dort ein.

Eine SA-Kapelle spielt flotte Märsche, dazwischen gibt es

Aufrufe, Forderungen und hämische Hinweise auf die »Verjudung« des Kulturbetriebs.

Schließlich tritt eine Diseuse auf und singt einen gerade bekannten Filmschlager – nur ganz leicht verändert und auf den neuen Generalmusikdirektor gemünzt.

Ich bin von Kopf bis Fuß
Auf Juda eingestellt,
und das ist meine Welt
und sonst gar nichts.
Das ist – was soll ich machen? –
meine Natur,
ich kenne Juda nur
und sonst gar nichts.
– Arier umschwirr'n mich
– Wie Motten das Licht.
– Und wenn sie verbrennen,
– Das kümmert mich nicht.
Ich bin von Kopf bis Fuß
Auf Juda eingestellt …

Bella möchte sich die Ohren zuhalten, sie wendet sich ab, läuft, so schnell sie kann, nach Hause und sperrt sich für den Rest des Tages ein.

Die Lage in Deutschland scheint explosiv geworden zu sein, und als sie irgendwann auf dem Titelblatt einer Zeitung das Foto einer jüdischen Frau sieht, die von etlichen SA-Männern durch die Straße gejagt wird, dabei ein großes Schild mit der Aufschrift »Ich habe Rassenschande getrieben« um den Hals trägt, steht ihr Entschluß zur Auswanderung fest.

Ein letztes Mal besucht sie die Bühler Höhe. Dort hat nach mehreren Anläufen ein Konsortium inzwischen ein Sanatorium eingerichtet; die Horch, Maybach und Mercedes in der Auffahrt sagen ihr, daß es sich um eine zahlungskräftige Klientel handeln muß, die hier Erholung sucht.

Sie blickt auf das hohe Tor; noch immer steht darüber die von ihr angebrachte Inschrift »Vielen zur Genesung – einem zur Erinnerung«. Etwas wird bleiben, denkt sie, und irgendwie tröstet sie dieses Wissen.

Sie geht zum Haupteingang vor, direkt zur Rezeption und fragt die junge Frau nach Dr. Adanoff. Der sei hier nicht bekannt, erwidert diese und blickt Bella dabei verwundert an. Bella wirft einen letzten Blick in die Rotunde, wendet sich dann mit einer gehauchten Entschuldigung abrupt zum Gehen. Draußen spricht der Wagenmeister sie an: »Entschuldigen Sie, gnädige Frau, ich habe zufällig gehört, wie Sie sich nach Dr. Adanoff erkundigten. Außer mir kennt den hier niemand mehr.« Er macht einen Augenblick Pause. »Ja«, sagt er dann, »der Doktor ist leider nicht mehr am Leben. Er hat sich nach der letzten Pleite erschossen, dort drüben bei der großen Friedenstanne. – Kannten Sie ihn, gnädige Frau?« Er sieht sie an. »Flüchtig«, murmelt Bella, bedankt sich für die Auskunft und wendet sich ab.

Sie kennt jeden Weg, jeden Stein hier auf der Bühler Höhe. Und so lenkt sie zum letzten Mal ihre Schritte durch den Wald, um zum Abschied ihren geliebten Turm zu berühren. »Leb wohl, George.«

Bella hat ihre Dinge geordnet, die offene Passage nach New York nun fest gebucht. In der Pension erklärt sie, daß sie für wenige Wochen nach Hause fahren wolle. Die Miete ist bis Monatsende bezahlt, und es sind, neben ihrem Hündchen, nur wenige Habseligkeiten, die sie mitnimmt. Frau Michaelis übergibt sie ein verschlossenes Couvert mit dem Hinweis, sie fahre für längere Zeit nach Hause und man möge diesen Brief am Zwanzigsten des Monats beim Frauentreff öffnen. In diesem Schreiben hat sie die Kündigung ihres Zimmers in der Pension hinterlegt, ebenso die Verfügung, alle im Zimmer verbliebenen Sachen dem Vereinszweck, den in Not geratenen Juden, zuzuführen. Ihr gesamter Schmuck soll aus dem Banksafe genommen und in einem großen Auktionshaus versteigert werden, der Erlös dem gleichen Zwecke zufließen. Sie hat nur den Verlobungsring, die beiden Eheringe und die kleine Perlenkette, die sie einstmals von ihrem Vater zum ersten Ball geschenkt bekam, behalten.

In ihrem Zimmer auf dem Tisch finden die bestürzten Frauen mehrere Briefe und Päckchen mit der Bitte, alles abzuschicken. Ein Päckchen ist an Baron von Kitzingen adressiert. Darin bedankt sie sich nochmals für die Passage und seine Großherzigkeit.

In einem weiteren Absatz vermacht sie ihm die goldene Uhr, die ihr Mann beim Tode getragen hat. »Nehmen Sie seine Uhr zum An- und Gedenken. Sie zeigte immer seine, unsere und ihrer beider gemeinsame Zeit. Ich weiß, Sie werden sie in Ehren halten.«

Einen weiteren Brief schreibt sie an Mirja mit dem Zusatz »Bitte um Nachsendung«.

Es ist uns nicht vergönnt, in diesem Land in Frieden und Gleichberechtigung zu leben. – Siehe, der Herr schlägt sein Volk. Ihr habt die Konsequenz gezogen – werdet glücklich. Vielleicht habt Ihr ja das Gelobte Land gefunden, ohne Krieg, ohne Haß, ohne gegenseitige Verfolgung. Ich muß meinen Weg zu Ende gehen. Leb wohl, Deine Dich immer liebende Bella.

In weiteren Briefen und fertig gepackten Päckchen übergibt Bella den Kidduschbecher sowie die beiden Schabbatleuchter an Mascha.

Ich habe Dich sehr gern gehabt, bereits seit unserem ersten gemeinsamen Schultag. Du hast mich einst als Jungverliebte in Deine Seele schauen lassen, und ich habe Dein Leben, Deinen Mann und Deine Kinder später kennengelernt und ebenfalls liebgewonnen. Deshalb will ich Euch gerne das Kostbarste, was ich noch besitze, schenken. Es ist ein Schatz, den Rost und Motten nicht zerstören können; die Zeichen unseres Glaubens und unserer Tradition. Haltet den Becher und die Leuchter in Ehren, sie haben mich in guten und in schlechten Zeiten stets begleitet. Und wenn Ihr dann manchmal beim Anzünden der Kerzen an mich denkt, dann wird auch meine Seele zusammen mit dem Schabbatengel um Euch sein und mit Euch feiern.

Die beiden Hochzeitsbecher mit dem preußischen Adler und dem Judenstern auf der Brust soll Frau Michaelis als Andenken behalten. In einem beiliegenden Schreiben dankt sie ihr und den Frauen für die erfahrene Solidarität und Freundlichkeit.

Dann gibt es schließlich noch ein Paket an Vetter Max Silberstein. Es enthält das Hochzeitsgeschenk des Vaters, die große silberne Muchelschale, die sie immer so geliebt hat. Ihr Jugendbild, das schmale hohe Gemälde, das sie im weißen Kleid mit den seitlichen zarten Rosenapplikationen zeigt, schenkt sie ihm ebenfalls. Alle anderen sollen die Frauen des Mittwochtreffs untereinander aufteilen. »Jede möge sich eines der Gemälde nehmen«, schreibt sie dazu, »das ihr am besten gefällt.«

Durch diese Briefe und Vermächtnisse erfahren die Frauen zum ersten Mal, daß die freundliche und zurückhaltende Frau Hübschel, die sie kennengelernt haben, in Wirklichkeit die bekannte, ja berühmte Frau von Räckwitz war, die das gewaltige Schloß auf der Bühler Höhe erbaut hat. Und man geht daran, ihren Willen zu erfüllen.

Bella kommt in Hamburg an und geht am nächsten Tag auf das Schiff. Die Passage lautet auf Frau Bella von Räckwitz, aber sie stellt sich, wenn es nötig ist, den Mitreisenden nur unter ihrem Mädchennamen vor.

Nur wenige Passagiere erinnern sich später, mit ihr ein paar Worte gewechselt zu haben. »She was a very charming lady«, wird eine Missis Benford später aussagen. Auch die deutschen Passagiere werden erklären, sie hätten kaum Kontakt mit der schweigsamen, älteren Frau gehabt. Man hat sie auf keiner der Bordveranstaltungen gesehen.

In der letzten Nacht, vor der Ankunft in New York, erinnert sich die Deckwache, morgens gegen fünf Uhr eine Frau im Abendkleid mit einem schwarz-weißen Pekinesen im Arm auf dem Achterdeck gesehen zu haben. »Gehen Sie besser wieder rein, Madam, es ist kalt draußen«, will er gesagt haben.

Beim nächsten Rundgang sieht er nur noch den Pekinesen

auf einem Poller sitzen, und ein paar Fotos, die der Fahrtwind in Wirbeln umhertreibt. Er wendet sich dem Pekinesen zu und sieht, daß dem Hund eine Träne aus den Augen läuft, dann noch eine. Einen Augenblick will er diesem Anblick nicht glauben, aber dann erinnert er sich einer Geschichte, die seine Schwester einmal erzählt hat. Sie war bei dem Earl of Huntington angestellt. Als dieser eines Tages verstarb, hätte sein Pekinese wirkliche Tränen geweint. »Doch, ich weiß es«, hatte sie behauptet, »Pekinesen sind die einzigen Hunde, die weinen können.«

Man sollte ihn hereinbringen, denkt der Mann im weitergehen und beschließt, das kleine Hündchen – wenn es beim nächsten Umgang noch da ist – auf die Brücke zu bringen.

Als er jedoch wieder an der Stelle vorbeikommt, ist der Hund verschwunden, und auch die Fotos sind verweht.

Die Einwanderungsbehörde in New York macht keine langen Protokolle. Zwar steht auf der Passagierliste eine neunundvierzigjährige Person deutscher Staatsangehörigkeit namens Bella von Räckwitz, letzter Wohnort Baden-Baden, aber wenn niemand der Passagiere sich an eine Person dieses Namens erinnert, kann man die Akte wohl schließen. Ein »immigration officer« hat sich in der Kabine, in der diese Person angeblich die Überfahrt verbracht hat, umgesehen. Außer einer Postkarte unter dem Tisch, die ein schloßartiges Gebäude auf einem felsigen Berg zeigt, wurden keinerlei persönliche Gegenstände, Kleider oder ähnliches gefunden.

Die kleine Akte mit dem Titel »unknown person – Bella von Räckwitz – second name perhaps Hübschel« –, bestehend aus Zeugenvernehmung, Durchschlag der Passagierliste und Passageunterlagen, wandert in den an Merkwürdigkeiten so reichen Ordner »Unresolved« der New York Port Authority.

Nur wenige Wochen später übernachtet ein gewisser Adolf Hitler samt Anhang auf einer Wahlkampfreise unter falschem Namen auf der Bühler Höhe.

Epilog

Bellas Bruder Fritz ist 1932, im Alter von fünfundfünfzig Jahren, an Krebs gestorben. Seine nichtjüdische Frau lebt bis 1945 unbehelligt im Sommerhaus, dem »Paradiesgarten« der Familie Hübschel. Sie kommt beim Einmarsch der Russen ums Leben, das Haus brennt nieder.

Fritz' Sohn Paul hat die Firmen der Familie nach dem Tode des Vaters übernommen und durch mehrere Notverkäufe »arisiert«. Während eines Ferienaufenthalts auf Rügen kann er sich mit seiner Familie über die Ostsee nach Schweden retten. Die Familie wird später in die USA auswandern.

Fritz' Tochter Elfriede hat den Sohn des bekannten Unternehmers Loew geheiratet. Die Familie hat mehrere Wohnsitze und kann rechtzeitig über England in die USA emigrieren. Loew kommt 1945 als amerikanischer Offizier nach Deutschland zurück.

Vetter Max Silberstein, inzwischen alt geworden, hat die Bank bereits 1930 an seinen Sohn übergeben. Dennoch kann er die Enteignung und Zwangsübernahme durch eine deutsche Großbank nicht überleben. Er begeht zusammen mit seiner Frau Suizid.

Maschas Mann, der Oberstudienrat Erich Blumenthal, wird in seinem letzten Dienstjahr als Folge des Gesetzes zur »Wiederherstellung des Berufsbeamtentums« aus dem Staatsdienst entlassen. Die Familie lebt weiter auf kleinem Niveau in ihrem Haus bei Hamburg. 1941 werden die beiden sowie die jüngste Tochter, die die Eltern betreut, mit einem großen Transport in den Osten deportiert; dort verliert sich in Lodz die Spur.

Maschas ältester Sohn Menachem, genannt Menne, hat schon vor dem Ersten Weltkrieg als Einjährig-Freiwilliger das Patent gemacht und im Ersten Weltkrieg als Offizier vor Verdun gekämpft. Ab 1919 hat er sich als Sportlehrer beim jüdischen Wanderbund »Blau-Weiß« engagiert. Er wandert bereits vor 1933 nach Palästina aus.

Maschas Sohn Isi ist Geiger und Orchestermusiker geworden. Er spielt in Berlin unter Furtwängler. 1937 wird er zwangsweise aus dem Orchester entfernt.

Frau Michaelis wird 1942 mit zweiundachtzig Jahren nach Theresienstadt deportiert, wo sie eine Woche später ums Leben kommt.

Das Schloßhotel Bühler Höhe übersteht nicht nur die zwanziger Jahre, sondern auch das Dritte Reich unbeschadet, nachdem 1934 Philipp Reemtsma mit einem ungewöhnlichen finanziellen Engagement das Fortbestehen sichert.
Während des Zweiten Weltkriegs dient das Haus als Lazarett. Doch schon bald danach erhält das Schloß seinen alten Glanz zurück, nachdem der französische General Koenig in einem Akt der Großzügigkeit das Haus freigegeben hat.
In den fünfziger Jahren entdeckt Konrad Adenauer dieses Refugium und kommt häufig als Bundeskanzler herauf, um sich zu erholen.
Max Grundig läßt das Haus später restaurieren und als Schloßhotel Bühler Höhe zu neuer Schönheit ausbauen.
Seine heutige Eleganz und zeitlose Vornehmheit verdankt das Schloßhotel jedoch Dietmar Hopp. Er und seine Familie führen die Reihe der großherzigen Besitzer fort, die sich über die Jahrzehnte hinweg, für diesen Bau begeistert haben.
Menschen aus aller Welt suchen hier Ruhe und Erholung in stilvollem Rahmen.
Bella von Räckwitz, die Erbauerin des »Schlosses im Bergwald«, sie hätte wohl ihre Freude am heutigen Leben im Schlosshotel Bühlerhöhe.
Das Denkmal, das sie ihrem Manne setzen wollte, es hat die Zeiten überdauert und bis heute steht über dem Eingang: »Vielen zur Genesung – Einem zum Gedächtnis«.

Glossar der jiddischen Ausdrücke

agune – wörtlich »angekettete Frau«, d. h. Ehefrau ohne Mann, verlassene Ehefrau

bar-mizwa – wörtl. »Sohn des Gebotes«. Fest der Mündigkeit des 13 jährigen Knaben, der bei dieser Gelegenheit zum ersten Mal aufgerufen wird, aus der Thora vorzulesen.

bichernize – Bücherfreundin, gebildete Frau, Blaustrumpf, oft abwertend

broche, broches (pl) – Segen, Segensspruch

challe – auch chale, challah – geflochtener mit Eiweiß glasierter Zopf aus weichem weißen Hefeteig von sehr feinem Geschmack, Sabbatgebäck über das der Segen gesprochen wird.

chanukka – auch chanike, hanuja – Lichterfest, fällt meist in den Dezember, erinnert an die Wiedereinweihung des Tempels, 165 v. Z. An den 8 darauffolgenden Tagen wird jeweils eine Kerze an der Menora (s. d.) angezündet. In jüngerer Zeit eine Art Gegenstück zu Weihnachten, wird mit Geschenken und Spielen für die Kinder gefeiert.

chejder – auch cheder – die jüdische Elementarschule für Knaben, wo hebräisch gelehrt wird, einzige Lektüre ist die Thora, die im Sprechgesang rezitiert wird.

chevra – auch chevre – Freundeskreis, Verein

chevra-kadischa, Beerdigungsbruderschaft

ganew – Gauner, Schlauberger, auch Dieb (vgl. das Wort Ganove)

get – wörtlich »Urkunde«. Scheidungsbrief einer rabbinischen Scheidung, die nur der Mann beantragen kann.

gilgul – auch gilgl – wörtl. »Umdrehung des Rades« wiedergeborene Seele, Umgänger

goj, gojim (pl) – ein Nichtjude ein »Gentile«

gojim naches – wörtlich Leckerei, also Vergnügen der Nichtjuden, (vgl. das Wort naschen)

havdalla – auch hawdole – Zeremonie die das Ende des Sabbats bezeichnet.

jarmulke – auch jarmelke – Gebetskäppchen (in Israel Kippa), das fromme Juden aus Ehrfurcht vor Gott tragen um keinesfalls barhäuptig zu sein.

Jid, Jidn (pl) – Jude, die verkürzte Form von Jehuda, Menschen die aus Judäa stammen (mit langen Vokal iij ist es neutral mit kurzem Vokal wird es zum Schimpfwort).

jom-kipur – auch jojm-kiper – Versöhnungstag, einer der beiden höchsten jüd. Feiertage

kaddisch – auch kadesch – das feierlichste und wohl älteste jüd. Gebet, meist gebraucht als Begriff für Trauergebet, Totengebet.

Kaftan – traditionelle jüdische Bekleidung im Schtetl, langer Rock im Gegensatz zum russischen kurzen gegürteten Rock

kehilla – auch kahal –, eigentlich Versammlung, jüd. Kultusgemeinde, Selbstorganisation der jüdischen Gemeinden.

kidusch – auch kiddusch – der Segensspruch, mit dem der Sabbat beginnt, wird am Freitag Abend vor dem Mahl über einen Becher Wein (kidusch Becher) zusammen mit 2 »broches« (s. d.) gesprochen. Dazu gehören auch die beiden Challe (s. d.)

kashe – Buchweizengrütze, auch Graupengericht, typisch jüdische Speise

kittl – weißes Leinenhemd, wird häufig zur Hochzeit geschenkt, zu bestimmten Anlässen getragen – ist schließlich das Totenhemd (vgl. das Wort Kittel)

Klezmer – auch Klesmer – jüd. Musik aus dem Schtetl, Musikantengruppen, die häufig von Ort zu Ort zogen und etwa bei Hochzeiten, traditionelle Musik Volkstänze etc. spielten.

koscher – eigentlich »erlaubt«, d. h. Speise und ihre Zubereitung nach jüd. Ritualgesetzen.

lamdn – auch m'lamed – Lehrer an der jüd. Elementarschule chejder.

magid – auch maggid – eigentlich »Sprecher« (Wander-)prediger und Lehrer der Ärmsten im Schtetl.

Mahme – Mutter

massel tov – auch masl-tow – eigentlich »gut Glück«, bedeutet nicht »Viel Glück« sondern »Glückwunsch«, oder »Gratuliere«

Menora – auch menore – der siebenarmige Kerzenleuchter, auch der neunarmige (eigentlich achtarmige) chanukka-

Leuchter wird oft als menora bezeichnet, dabei ist die neunte Kerze der »chameß« (Diener) der nur zum Anzünden der anderen Kerzen dient.

mikwe – eigentlich »Ansammlung von Wasser«, ein Ritualbad, das die jüd. Braut vor der Hochzeit und fromme Frauen allmonatlich am Ende ihrer Periode und nach der Geburt besuchen.

pejes – peje (Sing) – Schläfenlocken orthodoxer Juden

Pessach – auch pejßach – das Passafest zur Erinnerung an die Befreiung des Volkes aus der ägypt. Sklaverei.

Purim – jüd. Freudenfest zur Erinnerung an die Rettung der persischen Juden vor dem Plan des Haman alle jüd. Männer zu töten. Den Plan durchkreuzte die schöne Königin Esther und ihr Onkel Mordechai. Wird mit Maskeraden gefeiert, ähnlich dem christlichen Karneval.

Rabbi – auch Rebbe – »verehrter Meister«, häufig aber nicht immer bedeutet es Rabbiner

Reb – respektvolle allgemeine Anrede: Herr

Rebbezem – auch rebezn – die Frau und rechte Hand des Rabbiners, lehrt die Mädchen, und ist in der Gemeinde der »hilfreiche Engel«

rosch-ha-schana – jüdisches Neujahresfest

Schabbat – auch Schabbes, allg. Sabbat – eigentlich »Ruhe« oder arbeitsfreier Tag, jüdischer »Sonntag«, »Braut und Königin der Woche« für den gläubigen Juden

schabbes-goij – Nichtjude der dafür bezahlt wird, dass er Schabbat alle Dinge tut, die den gläubigen Juden verboten sind (Licht anmachen, kochen, heizen etc).

schadchen – berufsmäßiger Heiratsvermittler

schammes – Synagogendiener

schejtel – Perücke die von orthodoxen jüd. Frauen getragen wird, wenn sie verheiratet sind.

Schickse – nichtjüdisches Mädchen, wird häufig auch abwertend benutzt.

sch'ma Jsroel – auch Schema Jsrael – das bekannteste jüd. Gebet, wird drei- bis vielmal am Tage gesprochen »Höre Israel, der Herr unser Gott ist ein einziger Gott …«

Schtetl – Diminuitivform von »stot« – Stadt, bezeichnet jüdische Dörfer und Ansiedlungen in Osteuropa, Polen Russland etc. vor dem 2. Weltkrieg.
Seder – auch ßejder – eigentlich »Ordnung«, feierliche Mahlzeit am Vorabend von Pessach.
sojcher – jüdischer Wanderhändler, Kaufmann im Schtetl.
tallit – auch taleß – Gebetsmantel oder Gebetsschal, der beim Gebet und beim Gottesdienst getragen wird
Talmud – wörtl. »Belehrung«, jüdische Gesetzessammlung mit langen rabbinischen Bibeldiskussionen, unerschöpfliches Kompendium des Wissens auf allen Gebieten (keine Bibel).
Tate – auch Tateleben, Vater
Thora – wörtl. »Gesetz«, hebr. Bezeichnung für den Pentateuch, die 5 heiligen Bücher Mose
zizes – eigentlich »Quasten«, Schaufäden an den Ecken des tallit, die beim Tode abgeschnitten werden.